KNAUR

MONIKA MAIFELD

Mütter hat man nie genug

ROMAN

KNAUR

Besuchen Sie uns im Internet:
www.knaur.de

Aus Verantwortung für die Umwelt hat sich die Verlagsgruppe
Droemer Knaur zu einer nachhaltigen Buchproduktion verpflichtet.
Der bewusste Umgang mit unseren Ressourcen, der Schutz unseres Klimas
und der Natur gehören zu unseren obersten Unternehmenszielen.
Gemeinsam mit unseren Partnern und Lieferanten setzen wir uns für eine
klimaneutrale Buchproduktion ein, die den Erwerb von Klimazertifikaten
zur Kompensation des CO_2-Ausstoßes einschließt.
Weitere Informationen finden Sie unter:
www.klimaneutralerverlag.de

MIX
Papier aus verantwortungsvollen Quellen
FSC® C014496
FSC www.fsc.org

Originalausgabe Oktober 2022

Ein Imprint der Verlagsgruppe Droemer Knaur GmbH & Co. KG, München

Redaktion: Silvia Kuttny-Walser
Covergestaltung: FAVORIT BÜRO, München
Coverabbildung: Collage von FAVORIT BÜRO unter Verwendung
von Motiven von Shutterstock.com
Satz: Adobe InDesign im Verlag
Druck und Bindung: GGP Media GmbH, Pößneck
ISBN 978-3-426-22782-4

2 4 5 3 1

Prolog

Sonntag, 6. Mai 1990

Wo ist mein Kind?«

Der Schrei der Frau brach sich an den weiß gekachelten Wänden des alten Kreißsaals.

Ein Schrei, so voller Verzweiflung, dass es dem Mann ins Herz schnitt.

Woher nimmt sie bloß noch die Kraft?, fragte er sich. *Nach diesen qualvollen sechzehn Stunden!*

Hätte der Mann sich nicht voller Sorge über seine Frau gebeugt, hätte er vielleicht bemerkt, wie sich das Gesicht der Hebamme vor Wut und Hass verzerrte. Vielleicht hätte er sich gewundert. Vielleicht hätte er nachgefragt, nachgehakt. Vielleicht wäre dann alles anders gekommen.

Aber der Mann streichelte mit der freien Hand über die Wange seiner Frau. »Gretha«, sagte er sanft.

Sie richtete sich halb auf und zeigte anklagend auf das tote Baby in seinem linken Arm. »Das ist nicht mein Kind!«

»Gretha, hör zu …«

»Das ist ein Junge!«, keuchte sie und sank matt zurück. »Ich habe doch ein Mädchen bekommen.«

Verzweifelt schluchzte sie auf. »Ich weiß es genau. Ein Mädchen!«

»Geben Sie mir das Kind«, sagte die Hebamme zu dem Mann und riss ihm förmlich den Säugling aus dem Arm. Routiniert schlug sie den kleinen Körper wieder in das Mulltuch ein, das ihm heruntergerutscht war, als er die Kette mit dem Medaillon um den Knöchel des Babys hatte befestigen wollen. So, wie es seine Frau von ihm gefordert hatte.

So, wie es in ihrer Familie Tradition war.

»Wenn ich zu erschöpft bin, musst du dich darum kümmern«,

hatte sie mit ungewohnter Beharrlichkeit verlangt. »Unser Kind soll sofort unter dem Schutz der Heiligen stehen. Versprich mir das!«

Natürlich hatte er es versprochen.

Der Schutz der Heiligen kommt zu spät, hatte er traurig gedacht, vorhin, als die Hebamme mit dem Baby im Arm zurückgekommen war. Mit dem Baby, mit dem sie unmittelbar nach der Entbindung hinausgeeilt war. »Atemprobleme«, hatte er verstanden.

Als er in den Augen der Hebamme schon diesen fürchterlichen Satz lesen konnte, bevor sie ihn aussprach.

Das Baby ist tot.

Seine Frau hatte aufgeschluchzt, das weiße Bündel in den Arm genommen und immer wieder mit den Fingerspitzen zart die Linien des kleinen Gesichts nachgezeichnet.

Dann hatte sie ihm das Baby gereicht.

»Das Medaillon«, hatte sie geflüstert. »Johannes, gib ihr das Medaillon.«

Er hatte um die richtigen Worte gerungen. Wie konnte er seiner Frau sagen, dass kein Schutz mehr …

»Sie soll damit begraben werden«, hatte sie gehaucht.

Als er jedoch versucht hatte, das fest um das Baby gewickelte Tuch zu entfernen, damit er das Kettchen um das Fußgelenk legen konnte, war ihm das Tuch hinuntergerutscht. Ungläubig hatten beide auf den nackten Körper gestarrt. Und seine Frau hatte diesen Schrei ausgestoßen, der immer noch in seinen Ohren hallte.

»Ich habe ein Mädchen!« Seine Frau drückte sich vor Anstrengung laut keuchend wieder hoch. »Ich will mit einem Arzt sprechen!«

»Wir dürfen uns nicht aufregen!«, sagte die Hebamme. »Wir sind zu erschöpft.« Sie griff in die Tasche ihres Kittels. »Wir müssen jetzt schlafen.« Bevor Johannes reagieren konnte, setzte sie eine Spritze auf die Kanüle im Handrücken seiner Frau und drückte den Kolben hinunter.

Johannes sah, wie seiner Frau die Lider schwer wurden.

»Wo ist meine Tochter?«, formten ihre Lippen. Dann fielen ihr die Augen zu.

Donnerstag, 17. Mai 2018

Niemand beachtete die Schmetterlingsraupe.

Sie war aus einem üppig mit saftigem Grün gefüllten Fahrradkorb gefallen. Ein Student hatte für sein Kaninchen frische Gräser auf einer nahe gelegenen Wiese gerupft. Als der junge Mann mit seinem Rad über die Bordsteinkante geholpert war, hatte die Raupe ihren Halt verloren und war durch das Gitter des Korbs auf die Fahrbahn gerutscht. Hier kroch sie nun. Das erste Auto verfehlte sie knapp. Aber es war nur eine Frage der Zeit …

Stefanie Gruber strebte über die Brücke der Passauer Altstadt zu, und wie jeden Morgen, wenn sie hier entlangging, nahm sie bewusst das Panorama in sich auf und sann darüber nach, was für ein Glückskind sie doch war.

Sie war geliebt und behütet in einem wunderbaren Elternhaus groß geworden. Sie hatte das Glück gehabt, in der idyllischen Landschaft Niederbayerns aufzuwachsen. Und sie hatte den schönsten Beruf der Welt.

Einen Beruf, in dem sie ihre Liebe zur Musik und ihre Liebe zum Holz vereinte.

Zuerst hatte sie ja geplant, Geigenbauerin zu werden. Aber dann …

Geigenbauer hatten einen Namen, gute Geigenbauer wurden berühmt, den Namen Stradivari kannte jedes Kind.

Aber niemand sprach von den Bogenbauern.

Dabei wusste jeder Musiker, der ein Streichinstrument spielte, dass das Instrument nur so gut klang, wie es der Bogen zuließ.

Und Stefanie, die selbst seit ihrem vierten Lebensjahr – nachdem sie beharrlich um Unterricht gebettelt hatte – Geige beziehungsweise später Bratsche spielte, hatte sich, als sie älter wurde, besonders für die Bögen interessiert. Was machte einen guten Bogen aus? Warum *krallte* sich der eine geradezu in die Saiten und führte einen schwer wie Regenreifen ein Auto auf einer nassen Straße (wie es die berühmte Violinistin Anne-Sophie Mutter in einem Interview beschrieben hatte), während ein anderer Bogen über die Saiten *sprang* wie ein nervöses Rennpferd?

So hatte Stefanie schon früh gewusst, dass sie Bogenbauerin werden wollte.

Sie hatte nach dem Abschluss der Mittleren Reife eine Lehrstelle in einer Werkstatt für Instrumentenbogenbau angetreten. Die Gesellenprüfung gemacht. Gesellenjahre absolviert.

Und vor sechs Monaten hatte sie ihr Ziel erreicht: Sie hatte erfolgreich ihre Prüfung zur Bogenbaumeisterin abgelegt – als eine der jüngsten, die dies jemals in Bayern geschafft hatten.

Und sie hatte sogar Räume für eine Werkstatt mitten in Passau gefunden. In der Stadt, die sie liebte und die für sie, die aus dem gerade mal zwanzig Kilometer entfernten Vilshofen stammte, auch Heimat war.

Ein Kollege aus dem Orchester, dem sie seit ihrem achtzehnten Lebensjahr semiprofessionell als Bratschenspielerin angehörte, hatte sie darauf aufmerksam gemacht, dass sein Cousin ein Ladenlokal vermieten wolle. Sie hatte sich keine Chancen ausgerechnet: Eine siebenundzwanzig Jahre junge Frau, die sich unmittelbar nach bestandener Meisterprüfung selbstständig machen wollte – nicht unbedingt die Art von solventem Mieter, den man sich als Vermieter wünscht. Wahrscheinlich hatte der Vermieter sie aus reiner Höflichkeit gegenüber seinem Cousin zu einem Gespräch eingeladen. Aber sie hatte ihre Chance genutzt und ihn überzeugen können.

Und so lag ihre Werkstatt nun tatsächlich in der pittoresken Milchgasse in Passau.

Und jeden Morgen, wenn sie von ihrer kleinen Einzimmerwohnung auf der anderen Seite des Flusses über die Brücke Richtung Altstadt ging, schaute sie auf dieses Panorama und war erfüllt von einer unbändigen, dankbaren Freude.

Dass sie diesen Beruf hatte! Dass sie hier in Passau eine Werkstatt gefunden hatte! Dass sie schon viele Kunden gewonnen hatte!

Darüber hinaus bot diese Woche noch einen ganz besonderen Höhepunkt: Am kommenden Samstag hatte sie Geburtstag. Sie würde zu Hause bei ihren Eltern in Vilshofen feiern. Für den Abend war sie mit ihrer »Band« – zwei Freundinnen, mit denen sie schon seit vielen Jahren eher hobbymäßig Jazz spielte – für einen Auftritt im Lieblingscafé gebucht. Und Bertram würde bei allem dabei sein.

Bertram Kogler. Stefanie lächelte in sich hinein. Der ungeduldige, ungestüme Bertram Kogler. Vor zwei Wochen hatte er ihr tatsächlich einen Heiratsantrag gemacht. Aber das ging ihr nun wirklich zu schnell. Schließlich war es gerade mal vier Monate her, dass das Münchner Unternehmerpaar Kogler sie und ihre Band engagiert hatte. Und schon am nächsten Abend hatte der Sohn und Juniorchef vor ihrer Werkstatt in Passau gestanden. Mit einem riesigen Rosenstrauß im Arm sagte er: »Seit ich Sie gestern bei Ihrem Auftritt gesehen habe, habe ich das Gefühl, es gibt nichts Wichtigeres in meinem Leben, als Sie kennenzulernen. Würden Sie mir die Freude machen, mit mir zu Abend zu essen?«

Mit einem Lächeln, derart schüchtern und bittend und ängstlich wegen einer möglichen Absage … Sie hatte zugesagt.

Der Tisch im Restaurant war bereits reserviert gewesen.

»Darf ich morgen wiederkommen?«, hatte er mit diesem schüchternen Lächeln, das sie so rührte, vor ihrer Haustür gefragt.

Er hatte gedurft. Und den nächsten Abend auch. Und den übernächsten. So waren sie ein Paar geworden.

Bertram faszinierte sie. So schüchtern, wie er einerseits wirkte, so ungestüm war er auf der anderen Seite. Und organisierte ohne langes Grübeln die Dinge, wie er sie haben wollte. So hatte er zum Beispiel auch vor Kurzem ruckzuck ein Kennenlernabendessen für die beiden Elternpaare organisiert.

Trotzdem würde er sich mit der Hochzeit gedulden müssen. Das ging ihr einfach zu schnell. Zumindest ihr Bruder musste Bertram noch kennenlernen, denn die Meinung ihres Bruders war ihr wichtig. Aber am kommenden Samstag bei ihrer Geburtstagsfeier bot sich auch dazu endlich Gelegenheit.

Die Sonne strahlte vom weiß-blauen niederbayerischen Himmel, und der Asphalt warf die Wärme zurück; es war richtig heiß, obwohl es noch nicht einmal neun Uhr war. Dieser Maitag fühlte sich schon wie ein Sommertag an.

Stefanie verharrte kurz, fuhr sich mit den Händen in den Nacken unter die dichten, schulterlangen braunen Haare und fächelte sich mithilfe der Haare frische Luft ins Genick.

Und während sie so stand und die Haare in ihrem Nacken lockerte, fiel ihr dieser intensiv leuchtende grüne Farbklecks auf der Fahrbahn auf.

Sie schaute genauer und erkannte die schwarzen Streifen mit den orangenen Punkten. Die Raupe eines Schwalbenschwanzes. In ganz sattem Grün.

»Oh«, sagte sie bedauernd.

Im Garten ihrer Eltern in Vilshofen konnte man die Raupen auch manchmal finden. In der Schule hatten sie sogar einmal unter Anleitung des Biologielehrers einen Raupenkasten gebaut und die Verpuppung beobachtet. Sie erinnerte sich, dass der Lehrer die Raupe extra irgendwo bestellt hatte, weil die Raupen unter Naturschutz standen und es verboten war, eine Raupe aus der Natur zu nehmen.

Nun, das nutzte dieser hier wenig, diese würde gleich platt gefahren.

Schade.

Stefanie schaute über die Schulter. Gerade sprang hinten die Ampel um. Das Rotlicht hatte der Raupe eine Gnadenfrist gewährt. Aber jetzt fuhren die Autos an. War vielleicht ausreichend Zeit, um gefahrlos …?

Stefanie trat einen Schritt vom Bordstein, stellte sich breitbeinig auf die Fahrbahn und wedelte mit den Armen. Es war Platz genug, der Fahrer des roten Sportcabrios, das auf sie zurollte, ging sofort vom Gas und kam einige Meter vor ihr zum Halten.

Der junge Mann am Steuer mit der tief in die Stirn gezogenen Stoffkappe sah nett aus, fand Stefanie. Obwohl er sie mit seiner ganzen Aufmachung, vor allem mit dem weißen Hemd und der bunt gemusterten Seidenkrawatte, an den Bankangestellten erinnerte, mit dem sie vor wenigen Monaten über ein Darlehen für ihre Existenzgründung verhandelt hatte.

»Was ist passiert?«, fragte er, während die ihm folgenden Fahrzeuge eines nach dem anderen abbremsten. Sie waren ja alle erst im Anfahren begriffen gewesen, sie hatten keine Schwierigkeiten, zum Stehen zu kommen. Stefanies Rechnung war aufgegangen. Aber schon hupte einer der hinteren ungeduldig.

Ein Fahrer – vielleicht der Huper – kurbelte sein Fenster herunter und streckte weit den Kopf hinaus, wohl um die Ursachen für diesen unvorhergesehenen Stopp zu erkennen.

Der weit aus dem Fenster ragende und sich hin und her bewegende Kopf sah witzig aus, und Stefanie musste lächeln, während sie auf das rote Cabrio zuging.

»Da ist ein Tier auf der Fahrbahn«, sagte sie zu dem Mann mit der Kappe.

»Oh!«, meinte der Mann. »Das kann gefährlich werden! Hund? Katze? Wo ist das Viech?«

Er versuchte, an Stefanie vorbeizuschauen.

Sie nickte ihm beruhigend zu. »Keine Sorge, ich kümmere mich darum.« Sie wandte sich ab, ging zu der Raupe, bückte sich und zog ein Taschentuch aus ihrer Hosentasche.

Wieder hupte es vom Ende der Schlange. Eine zweite Hupe fiel ein.

Jetzt stoppte auch auf der Gegenfahrbahn ein Auto. Neugierig schaute die Fahrerin zu ihr herüber. Das darauf folgende Auto musste bremsen und ebenfalls anhalten. Dessen Fahrer hupte ebenfalls sofort. Der allerdings bevorzugte Stakkato: kurze Signale mit noch kürzeren Pausen.

Das Hupen hatte offensichtlich eine ansteckende Wirkung; jetzt wollten mehr oder weniger alle Fahrer ihre Hupen vorführen. Die unterschiedlichen Temperamente zeigten sich in der Variation der Hupsequenzen, aber für das Resultat machte es keinen Unterschied: Der Lärm war ohrenbetäubend.

Stefanie, die wusste, dass Schwalbenschwanzraupen eine übel

riechende Substanz absondern konnten, wenn sie sich in Gefahr wähnten, schob vorsichtig mit dem Fingernagel die Raupe auf das weiße Tuch.

Plötzlich fiel neben ihr ein Schatten auf den Asphalt, dann funkelten braune, spiegelblank geputzte Schuhe in ihrem Blickfeld.

Behutsam hielt sie das Tuch mit der Raupe, schützend legte sie die freie Hand darüber, dann erhob sie sich und wandte sich dem Mann zu, dessen Gestalt den Schatten geworfen hatte. Es war der nette junge Mann aus dem Cabrio.

Jetzt allerdings sah er nicht mehr so nett aus. Er starrte sie mit offenem Mund an, im Blick eine Mischung aus Fassungslosigkeit und Wut.

Stefanie dachte daran, dass sie den Kredit nicht bekommen hatte.

Der Mann musste zweimal ansetzen, bevor er einen Ton herausbrachte.

»Wo ist das Tier?«

Stefanie hielt ihm die linke Hand entgegen und lüftete kurz die rechte.

»Hier. Schauen Sie.«

Das Gesicht des Mannes rötete sich.

»Sie veranstalten dieses Chaos hier wegen einem Wurm?«

»Es würde ›eines Wurms‹ heißen, wenn es einer wäre.«

»Wa-was?« Für einen kurzen Moment war der Mann verblüfft.

»Genitiv: wegen *des* Wurms. Aber wie gesagt: nur wenn es einer wäre. Dies hier aber ist eine Raupe. Eine Schwalbenschwanzraupe. Von einem herrlich intensiven Grün.«

Der Mann hatte seine Verblüffung überwunden. Seine Stimme wurde laut und feindselig.

»Sie haben was von Gefahr gefaselt!«

»Es war doch auch gefährlich! Die Raupe wäre um ein Haar überfahren worden.«

Am Hals des Mannes schwoll eine Ader. Stefanie beobachtete es fasziniert. So hatte sie das noch nie gesehen.

»Ich halte doch nicht für eine Raupe!«

Stefanie legte den Kopf nachdenklich zur Seite.

»Ach so? Es tut mir leid, wenn es ein Missverständnis gegeben hat. Ist Ihnen die Raupe zu klein? Ab welcher Größe würden Sie denn …?«

Irgendwie resignierten die Hupenden gerade; es war plötzlich ruhig. Aber es war eine Ruhe, der man anmerkte, dass sie nicht anhalten würde. Die kurze Stille war nur eine Atempause.

Der Mann holte so tief Luft, dass sich sein Brustkorb sichtbar hob.

»Sind Sie eigentlich noch ganz richtig in der Birne?« Stefanie hörte den aggressiv drohenden Unterton und trat vorsichtshalber einen Schritt zurück.

»Ach, das ist so eine Frage, die man selbst nur schlecht beantworten kann. Was ist denn Ihre Meinung dazu?«, antwortete Stefanie.

Über die Schulter des Mannes sah Stefanie, wie sich drei Autos weiter hinten bei einem schon auf die Entfernung ramponiert wirkenden Transporter sowohl Fahrer- als auch Beifahrertür öffneten und zwei Männer in blauen Handwerker-Overalls ausstiegen und näher kamen.

Ihr Gegenüber brüllte los.

»Sie gehören doch hinter Schloss und Riegel! Oder gleich in eine Anstalt! So was wie Sie darf man doch nicht frei rumlaufen lassen! Sie …«

Die beiden vermeintlichen Handwerker hatten sie jetzt erreicht.

»Was ist denn los? Wo ist das Problem?«, fragte der größere der beiden, ein etwa dreißig Jahre alter Mann. Unter seinen Ärmeln zeichneten sich dicke Muskelpakete ab.

»Diese Verrückte hier, die wollte …«

Wieder hupte jemand, sofort schloss sich ihm ein Zweiter an.

»Vielleicht sollten wir unsere Unterhaltung ein anderes Mal fortsetzen, und Sie gehen nun zurück zu Ihrem Auto und fahren weiter?«, schlug Stefanie mit ihrem freundlichsten Lächeln dem Mann vor, dessen Ader am Hals inzwischen wie wild pochte. »Damit sich dieser Stau endlich auflösen kann?« Sie spürte regelrecht, wie ihre Augen spitzbübisch funkeln wollten, als die Aufmerksamkeit der beiden Hinzugekommenen sich dem Weißbehemdeten zuwandte. Sie bemerkte den missbilligenden Blick, mit dem das Muskelpaket das Sportcabrio musterte.

Stefanie nickte zum Abschied und ging mit ruhigen, langsamen Schritten über den Bürgersteig davon. Sie hörte noch, wie das Muskelpaket fragte: »Du kannst fahren? Ja, warum schwingst du dann nicht deinen Angestelltenarsch in dein rotes Spielzeug da und fährst endlich los, verdammt noch mal, statt hier …«

Einige Hupen lärmten erneut, und sie konnte den Rest nicht mehr verstehen. Vorsichtig hielt sie die Raupe in der Hand, von hinten drangen Gebrüllfetzen an ihr Ohr, aber dann hörte sie, wie erst ein Wagen startete, dann der nächste und wie das Hupen verebbte. Nach und nach fuhren die Fahrzeuge wieder los. In diesem Moment passierte sie der rote Flitzer, und sie sah aus den Augenwinkeln, wie der zuerst nette und dann doch nicht mehr so nette junge Mann ihr einen kurzen Blick zuwarf und sich mit weit ausholendem Zeigefinger an die Stirn tippte.

Sie zuckte mit den Schultern.

Wenige Minuten später setzte Stefanie behutsam die kleine Raupe in einem Gebüsch am Innufer ab.

»Da haben wir ja ein schönes Chaos angerichtet, wir beide«, sagte sie zu der Raupe und schaute dem langsam davonkriechenden Tier lächelnd hinterher.

Vom nah gelegenen Kirchturm schlug es neun Uhr. Stefanie erhob sich voller Vorfreude auf diesen Tag und auf das ganze Leben. Sie war eben einfach ein Glückskind.

Mittwoch, 2. Mai 1990

Paula Köhler rang keuchend nach Luft und wischte sich über die Stirn. Während sie die sechs Stufen zum Kirchenportal hochstieg, liefen ihr kleine Schweißrinnsale aus den Haaren in den Nacken. Dabei war es gar nicht so warm.

Aber sie war einfach zu dick geworden in der letzten Zeit. Fünfundzwanzig Kilo hatte sie zugenommen und keine drei Jahre dafür gebraucht. Ob das die Wechseljahre waren? Oder lag es am Frust? Seit Helmut sie verlassen hatte, aß sie zu viel. Dieses Naschen am Abend vor dem Fernsehapparat blieb nicht ohne Folgen. Und wenn sie morgens von der Nachtschicht im Kreißsaal nach Hause kam, brachte sie sich inzwischen gleich zwei Croissants aus der Bäckerei mit. Die sie dann, dick mit Butter und Marmelade bestrichen, verzehrte, bevor sie sich ins Bett legte. Früher hatte Helmut sie mit einem leckeren Frühstück empfangen, mit Orangensaft, frisch aufgeschnittenen Tomaten …

Helmut. Wenn sie an Helmut dachte, stand ihr das Bild dieses liebevoll gedeckten Frühstückstisches vor Augen. Ansonsten war die Erinnerung an das Leben mit diesem Mann erstaunlich schnell verblasst.

Vielleicht hatte sie sie auch verdrängt. Sie hatte Mordpläne geschmiedet, als sie ihn mit seiner neuen Partnerin in der Stadt auf dem Markt gesehen hatte. Mit Kinderwagen!

Während ihres Zusammenlebens hatte er ihr immer wieder beteuert, dass es ihm nichts ausmache, dass sie einfach nicht schwanger wurde. Dass er überhaupt kein Interesse daran hätte, Vater zu werden. Und schob bereits sechs Monate nach ihrer endgültigen Trennung den Kinderwagen!

Die große Holztür quietschte leise, als Paula sie aufdrückte. Sie ging achtlos an dem Ständer mit den Postkarten vorbei, warf keinen Blick auf den kleinen Tisch mit den ausliegenden Büchern und schenkte auch den großen Bildbänden über den Heiligen Rock, diese in Trier verwahrte Reliquie, die angeblich Teile aus der Tunika Jesu enthielt, keine Aufmerksamkeit.

Der Geruch des Weihrauchs ließ sie leicht schwindeln, und ein Frösteln überlief sie. Offenbar wurde die Kirche nicht mehr geheizt. Aber die Frühlingswärme hatte es noch nicht hinter die dicken Mauern geschafft.

Helmut … Vielleicht bekäme er einen Herzinfarkt, er litt unter Bluthochdruck. Sie würde es ihm von Herzen gönnen. Oder gleich die ganze Familie? Paula blickte zum Altar, schlug das Kreuzzeichen und stellte sich vor, wie Helmuts Auto gegen einen Brückenpfeiler knallte, Feuer fing und er und seine Frau jämmerlich verbrannten. Und das Kind bliebe elternlos zurück. Wie wunderbar!

Was für ein Unsinn.

Sie bekäme natürlich niemals das Sorgerecht für dieses Kind. Mit welcher Begründung denn?

Sie änderte das Bild des brennenden Autos vor ihrem inneren Auge und packte das Baby noch ins Auto dazu.

Aber ohne Mann musste sie die Hoffnung auf ein Kind aufgeben. Wo sollte ein Kind herkommen – ohne Mann?

Einige Male war sie abends weggegangen, hatte sich einen beliebigen Typen geschnappt und mit ihm die Nacht verbracht. Aber sie war nicht schwanger geworden.

Weil sie Babys liebte, weil sie ein Kind wollte, deswegen war sie Hebamme geworden. Es war pure Schikane des Schicksals, dass sie dazu verdammt war, tagaus, tagein Kinder auf die Welt zu holen – und sie selbst schaute ins Leere.

Direkt links von ihr hielt die Heilige Jungfrau Maria ihren Sohn fest im Arm und schaute von einem Holzpodest an der Wand lächelnd auf das Kind.

Hierhin wendete sich Paula.

Wie jeden Tag.

Sie zog den bereits passend gefalteten Fünfeuroschein aus ihrer Hosentasche und quetschte ihn durch den schmalen Schlitz in der hölzernen Geldkassette. Sie nahm eine der großen Kerzen aus dem Fach und spießte sie auf einen freien Nagel auf dem Kerzenhalter. Neben ihrer Kerze von gestern, der von vorgestern, neben der langen Reihe ihrer Kerzen der letzten Tage. Knapp zwei Wochen brannte eine Kerze. Das wusste sie inzwischen. Wenn sie kam, flackerten vor ihr die Flammen von dreizehn dicken Kerzen. Wenn sie ging, waren es wieder vierzehn.

Der alte Küster tippelte den Gang entlang. Er warf nur einen kurzen Blick auf die Frau, die jeden Tag kam, jeden Tag eine halbe Stunde mit fest ineinander verkrampften Händen vor der Statue der Muttergottes kniete und lautlos die Lippen bewegte.

Wenn er gewollt hätte, hätte er die mantraartig wiederholte Bitte von ihren Lippen ablesen können.

Aber natürlich wandte der Küster diskret seinen Blick zur Seite, als er an ihr vorbeischlurfte.

Und Paula betete.

»Ich bitte dich, liebe Gottesmutter, Heilige Jungfrau Maria, schenk mir ein Kind. Ich bitte dich, Heilige Jungfrau Maria, schenk mir ein Kind. Ich bitte dich, Heilige Jungfrau Maria, schenk mir ein Kind …«

Donnerstag, 17. Mai 2018

Ein paar Minuten später als üblich ratterte die klapprige Eisenjalousie vor dem Schaufenster von Stefanies Werkstatt nach oben. Die hereinfallenden Sonnenstrahlen wanderten über die Werkbank mit der kleinen Spirituslampe, über deren Flamme – als einem von vielen Arbeitsgängen bei der Bogenherstellung – die Holzstangen Abschnitt für Abschnitt in Form gebogen wurden. Die Strahlen ließen die Politur in dem Fläschchen daneben wie flüssiges Gold aufschimmern, und mit dem immer weiter sich öffnenden Rollladen legte sich der Lichtstreifen nach und nach über das Tableau an der Wand, wo die Werkzeuge griffbereit hingen. Schon blitzten die Klingen in den Schnitzmessern, funkelten die verschiedenen Feilen; sogar die matt-dunklen Griffe der Hobel und der kleinen Stemmeisen glänzten im Licht. Durch das gekippte Fenster in der Rückseite des Raums strömte etwas Luft herein und ließ die Pferdehaare, die neben dem Wandtableau in bereits abgeteilten Büscheln hingen, sanft wehen.

Das Rattern und Ächzen hallte von den Häuserwänden in der schmalen Gasse wider, während der Motor das schwere Eisengitter immer weiter in die Höhe zog. Und als die Sonnenstrahlen tief in den Laden reichten, reflektierten plötzlich die hinten an der Rückwand aufgeschichteten langen Holzstangen das einfallende Licht warmrot in den Raum zurück. Diese etwa fünfundsiebzig Zentimeter langen Stangen mit dem – noch – quadratischen Querschnitt, aus denen die Kunst des Bogenbauers, beziehungsweise in diesem Fall der Bogenbauerin, mit viel Handarbeit einen hoffentlich wohlklingenden und den Bedürfnissen des Musikers entsprechenden Instrumentenbogen fertigen würde.

Eine Sorgenfalte bildete sich auf Stefanies Stirn. Sie hatte noch einunddreißig Stangen, sie konnte also noch einunddreißig Bögen fertigen. Und dann?

Denn der Fernambukbaum, der nur in Brasilien wuchs und der dieses einzigartige Holz lieferte, aus dem die Bogenbauer der ganzen Welt die Instrumentenbögen fertigte, war vom Aussterben bedroht. In weiten Regionen des Landes schon ausgerottet, stand er unter Naturschutz, und das Holz wurde nicht mehr aus Brasilien ausgeführt.

In der aktuellen Ausgabe der Fachzeitschrift für die deutschsprachigen Geigen- und Bogenbauer hatte sie vorgestern Morgen die Annonce eines Kollegen gefunden, der aus Altersgründen seine Werkstatt schließen wollte und seinen Bestand an Fernambukholzstangen zum Kauf anbot. Sie hatte direkt angerufen. Ob sie ihm zwanzig oder dreißig Stangen abkaufen könne. Mehr konnte sie sich nicht leisten bei einem Preis von zweihundert Euro pro Stange.

Da war der Mann noch ziemlich nett gewesen. Sie solle sich doch bitte in einer Stunde wieder melden.

Und eine Stunde später hatte er schon alles verkauft gehabt und sie nur noch abgewimmelt. »Es hat jemand den ganzen Posten genommen. Tut mir leid.«

Offenbar war ein anderer Bogenbauer schneller gewesen, hatte vielleicht mehr geboten, was auch immer. Hätte der nicht für sie ein paar Stangen zurücklassen können?

Sie hatte noch nach dem Namen des Käufers gefragt, aber da war der Verkäufer ungehalten geworden.

Stefanie hatte vor Ärger die halbe Nacht nicht schlafen können.

Alle Bogenbauer dieser Welt experimentierten bereits seit einiger Zeit mit anderen Hölzern, mit anderen Materialien und Verbindungen, aber kein anderes Holz hatte ein ähnlich ideales Verhältnis zwischen Festigkeit und Elastizität; aus keinem anderen Holz ließen sich Bögen bauen, die auch nur annähernd an die Fernambukholzbögen heranreichten.

Wobei Stefanie gestern von einem Kollegen gehört hatte, der

mit dem Holz des Speierlings ganz vielversprechende Ergebnisse erzielt hatte. Vielleicht sollte sie auch einmal …?

Ihr Handy klingelte.

Ein Blick auf das Display. Felix.

»Hallo, große Schwester«, schallte es aus dem Telefon.

Stefanie lachte. Felix war fast zwei Köpfe größer als sie. Er kam auf ihren Vater. Während sie noch schmaler als ihre Mutter war und – was sie manchmal bedauerte – auch die Kleinste in der Familie.

Aber für Felix, der achtzehn Monate jünger war als sie, würde sie immer die große Schwester bleiben.

»Ich komme am Samstag«, sagte er.

»Ich freue mich auf dich!«

Zwar fuhr Steffi von Passau aus normalerweise ein- oder zweimal pro Woche nach Vilshofen und besuchte die Eltern, trotzdem sahen die Geschwister sich eher selten. Denn Felix hatte weder die väterliche Schreinerei übernehmen wollen, die immer noch existierte, noch zeigte er Interesse an der Tür- und Fensterfabrik, die sein Vater vor fünfunddreißig Jahren gegründet hatte. Er war von der Leidenschaft seines Vaters für Autos und Motoren angesteckt, hatte eine Ausbildung zum Elektroniker für Maschinen und Antriebstechnik gemacht und direkt nach dem Abschluss eine Stelle bei BMW in München gefunden. Und seit er in München lebte, wurden die Besuche bei den Eltern immer seltener. Stefanie und ihre Eltern hatten den Eindruck, dass er seine Ungebundenheit in vollen Zügen genoss; insbesondere war er im letzten halben Jahr mit drei verschiedenen jungen Frauen zu Hause erschienen, die er jedes Mal als seine Freundin vorgestellt hatte.

»Mami organisiert ja ein großes Geburtstagsremmidemmi für dich.«

»Ja, das lässt sie sich nicht nehmen.«

»Bestimmt wieder mit Motivtorte.«

»Natürlich! Ich bin schon ganz gespannt, was sie sich dieses Jahr hat einfallen lassen.«

»Und ich bin gespannt auf deinen Freund!«

»Ich bin so froh, dass du ihn endlich kennenlernst!«

»Ich bin auch schwer neugierig, ich gebe es zu. Das ging so schnell mit euch beiden, das ist doch eigentlich gar nicht deine Art.«

Stefanie lachte. »Ja, Bertram ist ziemlich dynamisch.«

»Papa hat gesagt, er sei ein nervöser Zippel.«

»Das stimmt. Bertram kann schlecht still sitzen.«

»Ich hätte nicht gedacht, dass so jemand für dich der Richtige ist.«

Stefanie dachte daran, wie Bertram ihr erklärt hatte, dass er bei ihr das erste Mal in seinem Leben das Gefühl hätte, wirklich zur Ruhe zu kommen.

»Er liebt meine Gelassenheit«, sagte sie jetzt.

»Ich wollte eigentlich eher wissen, was *dir* an *ihm* gefällt?«

Stefanie dachte nach.

»Na so was!«, sagte Felix, und vor Verwunderung zog er die Worte in die Länge »Du musst aber lange überlegen.«

»Nein, das muss ich überhaupt nicht. Es ist nur …«

»Du überraschst mich. Ihr habt doch sogar schon die Eltern zusammengebracht. Ich dachte, ihr seid quasi verlobt!«

Stefanie räusperte sich. »Ja, das wäre er wohl gerne. Verlobt, meine ich. Deswegen hat er auch … also, dieses Elterntreffen, das hat er organisiert. Damit hat er mich ein bisschen überrumpelt.«

»Das ist aber nicht die feine Art!«

»Doch, ich habe mich ja gefreut. Ich war noch am Überlegen, und er hat einfach losgelegt. Das ist es ja, was mir an ihm gefällt. Ich bin doch immer so bedächtig und langsam, und er macht einfach.«

»Du handelst überlegt. Aber auf gar keinen Fall langsam. Redet er dir das etwa ein?«

Stefanie lachte auf. »Ich fürchte, jetzt habe ich deinen Beschützerinstinkt geweckt. Dazu besteht überhaupt kein Anlass. Ganz im Gegenteil. Wenn, dann müsstest du eher ihm beistehen.«

»Behandelst du ihn so schlecht?«

Stefanie lachte auf. »Was du mir alles zutraust.« Dann bekam ihre Stimme einen nachdenklichen Klang. »Ich habe allerdings noch Probleme, mich auf sein Tempo einzulassen. Aber ich liebe an ihm, um deine Frage zu beantworten, dass er zuhört. Und dass er kein Problem damit hat, zuzugeben, wenn er sich geirrt hat. Und …«

»Das hört sich gut an. Beides.«

»Eben!«, sagte Stefanie eifrig. »Deshalb …« Sie zögerte. »Jedenfalls bin ich wirklich gespannt, wie du ihn findest.«

Sie kicherte leise. »Und man ist als Frau ja auch immer neugierig, was andere Frauen so denken. Also wenn du mir später heimlich Valeries Meinung über Bertram verrätst?«

»Ja – nein.« Plötzlich druckste Felix herum. »Ich weiß, ich wollte Valerie mitbringen.«

»Ach nee!«, sagte Stefanie und lachte ungläubig. »Valerie ist auch schon Geschichte?«

Felix räusperte sich erneut. »Na ja …«, begann er.

Stefanie grinste in sich hinein. Unverbesserlich, dieser Felix. »Dann bringst du halt die Neue mit. Wie heißt sie denn?«

»Um die Wahrheit zu sagen«, hob er an, »ich habe mich noch nicht endgültig entschieden. Entweder heißt sie …«

Stefanie prustete los. »Weißt du was? Bring einfach beide mit.«

Ihr Bruder gab einen unverständlichen Laut von sich. Es hörte sich an, als ob er kicherte. »Das geht nicht«, sagte er endlich. »Es stehen nämlich drei zur Auswahl.«

»Felix!«

»Ja, was soll ich denn machen? Sie sind alle so cool! Jede auf ihre Art. Ich kann mich einfach nicht entscheiden. Aber bis Samstag werde ich mich zu einer Entscheidung durchgerungen haben.«

»Ich glaube, ich sollte einfach froh sein, wenn es bis Samstag nicht schon vier geworden sind.«

Sie hörte Felix vergnügt glucksen, als er auflegte.

Freitag, 4. Mai 1990

Die Hebamme schnaufte die Stufen der Kirchentreppe hinauf. Heute würde sie vor ihrer Nachtschicht beten. Morgen früh, nach Schichtende, musste sie zuerst zum Einkaufen fahren. Der Kühlschrank war leer, und ihr nichtsnutziger Halbbruder, der seit drei Monaten bei ihr wohnte, war offenbar nicht in der Lage, sich mal zu einem Supermarktbesuch aufzuschwingen, um den Vorrat an Lebensmitteln, den er beherzt dezimierte, wieder aufzufüllen. Während sie die Kerze ansteckte, dachte sie darüber nach, dass sie ihn wahrscheinlich bald hinauswerfen würde. Er hätte Streit mit dem Alten, hatte er erklärt, als er so unvermutet vor der Tür gestanden hatte. Und ob er bei ihr unterkommen könne.

Was hatte eigentlich sie damit zu tun? Es war sein Vater, nicht der ihre. Und die gemeinsame Mutter war schon lange tot. Sowieso erstaunlich, dass er sie gefunden hatte. Sie hatte gedacht, sie sei für den Rest der Familie – wobei der Begriff Familie hier geradezu lächerlich war – spurlos verschwunden.

Und nun schmarotzte er sich bei ihr durch und machte keine Anstalten, in irgendeiner Weise etwas zum Haushalt beizutragen.

Sie faltete die Hände und begann mit ihrer persönlichen Fürbitte: »Heilige Jungfrau Maria, ich flehe dich an, schenk mir ein Kind. Heilige Jungfrau Maria, ich flehe dich an, schenk mir ein Kind. Heilige Jungfrau Maria …«

Der Küster warf nur einen kurzen Blick auf die betende Frau.

Er stellte die beiden gläsernen Schwingtüren auf und entriegelte den zweiten Flügel des großen Holzportals. Sämtliche möglichen Türen standen nun weit offen und ließen die warme Luft von draußen in die Kirche. Denn die Messfühler der automatischen Heizung drosselten diese, sobald es draußen warm wurde. Aber die dicken Mauern speicherten die Frühjahrskühle der Nächte – die Kirche kühlte immer weiter aus.

Die Hebamme merkte nicht, dass auf einmal die Geräusche von der Straße ungehindert in die Kirche drangen. Ein Moped knatterte laut, sie hätte auch das wütende Klingeln eines aufgebrachten Radlers hören können. Aber sie war zu vertieft in ihre Gedanken und in ihre Bitten.

»Heilige Jungfrau Maria, du weißt, wie sehr ich mir ein Kind wünsche.

Ich habe mein Leben lang gedient, ich war immer für andere da, schon für meine lieblose Mutter und meinen egoistischen Stiefvater. Ich habe mich nie beschwert und die Lasten, die der Herrgott mir auferlegt hat, klaglos ertragen. Aber Heilige Jungfrau Maria, ich flehe dich an, ich bitte dich, schenk mir ein Kind. Heilige Jungfrau Maria, ich bitte dich …«

Eine einzelne junge Mutter kam mit ihrem etwa fünfjährigen Sohn die Straße entlang. Sie hatte den Kleinen bei seinem Spielfreund abgeholt. Der Kleine bockte, heulte und schrie. Er hatte weiterspielen wollen. Denn der Freund besaß genau dieses todschicke Rennauto mit Fernbedienung, das er selbst sich vom Osterhasen gewünscht hatte. Und das der Osterhase ihm nicht gebracht hatte! Seit Mutter und Sohn bei dem Freund aufgebrochen waren, quengelte der Kleine. Die Nerven der Mutter, die noch Wochenendeinkäufe erledigen wollte, lagen blank. Jetzt stemmte sich der kleine Junge mit seiner ganzen Kraft gegen die ziehende Hand seiner Mutter.

Die Hebamme in der Kirche kniete vor der Figur und hob den Kopf mit den fest geschlossenen Augen der Statue entgegen. »Heilige Jungfrau Maria…«

Draußen zog die Mutter das widerstrebende Kind an den Treppenstufen der Kirche vorbei. Aber die Hitze machte ihre Hände schweißig, und der Kleine riss sich los. Bockig rannte er weg von seiner Mutter, zwei Stufen hoch, in Richtung Kirchentür.

Der Mund der Hebamme bewegte sich ohne Pause. »Ich flehe dich an…«

Die gehetzte Mutter sah das Spielwarengeschäft ein paar Meter weiter vorne. Ihr Mann hatte gemeint, der Kleine besäße genug Autos. Aber der hatte gut reden, der hatte nicht dieses Theater auszuhalten.

Die Türen der Kirche standen weit auf, der Klang der Straße drang ungehindert in den weiten Raum. Die Hebamme Paula Köhler war in einer anderen Welt: »… schenk mir ein Kind!«

Und die Mutter des Kindes schrie dem bockenden Kleinen zu: »Du kriegst es ja. Du kriegst es noch heute!«

Paula zuckte zusammen und riss die Augen auf. Die hölzerne Schnitzerei stand reglos auf ihrem Sockel, die Augen nach wie vor auf das Jesuskind in ihrem Arm gerichtet. Aber diese Stimme, die hallte nach in Paulas Ohren: »Du kriegst es ja. Du kriegst es noch heute.«

Freitag, 18. Mai 2018

Stefanie hatte gestern wieder zwei Bögen zum Behaaren hereinbekommen. Beide Kunden waren Berufsmusiker und hatten bereits das zweite Mal ihre Bögen zu ihr gebracht. Sie schienen mit ihrer Arbeit zufrieden zu sein.

Bei einem Berufsmusiker hielt eine Behaarung nur etwa drei Monate, also war die Wahrscheinlichkeit hoch, dass ein zufriedener Kunde nach etwa einem Vierteljahr erneut kam.

Stefanie griff nach dem Pferdeschweif, der zu ihrer großen Erleichterung endlich gestern geliefert worden war.

Denn auch die für die Bespannung notwendigen Haare waren schwer zu bekommen. Die Hengste, deren Schweifhaare am besten geeignet waren, lebten in der Inneren Mongolei. Zwar bestellte sie bei einem Großhändler in Deutschland, der sich unter anderem auf den Import dieser Hengsthaare spezialisiert hatte. Trotzdem vergingen von der Bestellung bis zur Lieferung oft zwei oder drei Wochen.

Die angekommenen Haare waren fast fünfundsiebzig Zentimeter lang. Stefanie ließ sie durch die Finger gleiten. Optisch waren die Haare schon mal von guter Qualität. Wunderbar hell, fast weiß. Wie gut die Haare später ein Instrument zum Klingen brachten, konnte man erst beurteilen, wenn sie verarbeitet waren. Schon jetzt sortierte Stefanie erste einzelne Haare aus, die ihr irgendwie beschädigt oder angerissen schienen.

Stefanie breitete den Pferdeschweif der Länge nach auf der Werkbank aus und suchte den Punkt, von dem an sich die Haare verjüngten. Naturgemäß wurden die Haare zum Schweifende hin dünner. Dieser Bereich war für die Behaarung eines Bogens nicht geeignet.

Als sie die Region gefunden hatte, wo die Haare ihren Querschnitt verringerten, schnitt sie diesen Teil ab und warf ihn in den Müll.

Dann begann die intensive Untersuchung.

Immer und immer wieder kämmte sie die Haare und fuhr prüfend mit den Fingern am einzelnen Haar entlang. Und immer mehr Haare landeten im Abfall.

Stefanie arbeitete hoch konzentriert.

Es war viel Mühe, aber das Haar war das Element, das den Kontakt zur Saite herstellte. Wenn das Haar nicht gut war, konnte der Ton nicht sauber klingen. Die Sorgfalt, mit der man die Haare auswählte, machte sich später im Klang bemerkbar. Und ein Haar mit einem ungleichmäßigen Querschnitt, einer Splissstelle oder sogar einem Knötchen konnte einen ganzen Bogen ruinieren.

Endlich war sie zufrieden und griff nach dem speziell für diesen Zweck angefertigten Werkzeug, eine Art Portionierer.

Sie musste lächeln, denn ihr fiel ein, wie Bertram beim Anblick dieses Werkzeugs aufgelacht hatte und gemeint hatte, das Ding sähe aus wie dieser Portionierer, mit dem man in der Küche die benötigte Menge Spaghetti abmaß.

Genau genommen war es auch nichts anderes.

Mithilfe dieses Geräts konnte sie nun Portionen für einen einzelnen Bogen abteilen.

In der Werkstatt, in der Stefanie ihre Lehre gemacht hatte, hatte man die Haare gezählt. Einhundertsiebzig Haare kamen dort auf einen Geigenbogen. Keines mehr und keines weniger.

Stefanie hätte nicht zu sagen vermocht, wie viele Stunden sie während ihrer Lehrzeit dagesessen und einzelne Schweifhaare eines Hengstes aus der Inneren Mongolei gezählt hatte.

In ihrer eigenen Werkstatt handhabte sie es anders. Sie empfand die Zählmethode als zu ungenau. Denn die einzelnen Haare variierten natürlich trotz allem in ihrer Stärke. Stefanie bevorzugte das Wiegen. In ihren Augen war das die genaueste Methode, die optimale Haarmenge für den Bogen zu bestimmen.

Sie zog sich die Präzisionswaage heran und legte das erste Büschel, das sie mit ihrem Portionierer abgeteilt hatte, darauf.

Stefanie lachte vergnügt auf. Das hatte sie gut getroffen. Genau fünf Komma sechs Gramm. Genau die Menge an Haaren, die auf einen Geigenbogen gehörte.

Stefanie stellte das mit Wasser gefüllte Glas bereit und spannte ein Ende des Haarbüschels in eine kleine Zwinge. Sie würde das Büschel jetzt auf die benötigte Länge für den Bogen zurechtschneiden. Vorher musste sie die Haare allerdings anfeuchten; dadurch dehnten sie sich aus. Nachher, im Bogen, zogen sie sich beim Trocknen wieder zusammen und standen schon dadurch leicht unter Spannung.

Aber kaum hatte sie das Schwämmchen in die Hand genommen, klingelte es an der Tür.

Sie öffnete und schlug vor Überraschung die Hände vors Gesicht. Noch nie hatte Stefanie einen derart üppigen, prachtvollen Strauß aus langstieligen dunkelroten Rosen gesehen.

»Das soll ich hier abgeben«, murmelte der schmächtige Bote, der hinter dem Strauß fast verschwand. Er musste den Kopf zur Seite biegen, damit er Stefanie sehen konnte.

»Der ist ja verrückt«, sagte Stefanie. Aber das war typisch Bertram. Immer größer als groß, üppiger als üppig.

»Danke!« Sie streckte die Arme aus. »Sie können mir den Strauß in die Arme legen. Aber gehen Sie nicht weg. Moment bitte!«

Der Junge war vielleicht vierzehn, schätzte Stefanie jetzt, als sie ihn sehen konnte. Sicher ein Schüler, der sich etwas Taschengeld dazuverdiente.

Sie legte den Strauß auf ihrer Werkbank ab und zog ihr Portemonnaie aus der Hosentasche.

»Hier!« Sie freute sich, als sie das glückliche Strahlen sah, das beim Anblick des Fünfeuroscheins über das Gesicht des Jungen huschte.

Eigentlich war es viel zu viel Trinkgeld. Aber erstens fand sie im Portemonnaie kaum Münzen, und zweitens hatte sie das Gefühl, bei einem solchen Strauß den Blumenboten nicht mit einem Trinkgeld von fünfzig Cent abspeisen zu können.

Das einzige Gefäß in ihrer Werkstatt, das diese Menge an Rosen fassen konnte, war der Putzeimer. Sie platzierte den Strauß auf dem Boden, neben der kleinen Tür zur Kochnische. Heute Abend würde sie buntes Seidenpapier kaufen und den Eimer damit umhüllen. Der Strauß war ein Traum.

Ihr Handy klingelte. »Bertram, du bist ja verrückt!«

»Ich wollte dir eine Freude machen. Ist es mir gelungen?«

»Wie kannst du nur fragen!«

»Bei dir weiß ich nie so genau. Ich dachte, du erzählst mir jetzt, wie viel Gutes man mit dem Geld hätte tun können.«

Stefanie spürte, wie sie errötete. Wie gut er sie schon kannte. Das war tatsächlich ihr erster Gedanke gewesen: *Was für eine Verschwendung!*

Sie warf einen Blick zu dem Blumenstrauß und versuchte, seinen Preis zu kalkulieren. Aber sie gab es schnell auf. Der Strauß war einfach zu opulent, sie konnte die Menge der Rosen nur schätzen – und wenn sie dann grob kalkulierte, ergab sich eine derart hohe Summe … Ihr wurde der Hals trocken, und sie schluckte. Sie würde den Strauß so oft wie möglich anschauen, ein Foto machen und die Erinnerung daran mit aller Macht am Leben erhalten, sodass die Freude darüber viele Jahre anhalten würde. Dann hätte sich diese Ausgabe wenigstens …

Worüber sprach Bertram da gerade?

»… und da mein Vater mich darum gebeten hat, muss ich ihm natürlich den Gefallen tun. Ich habe versucht, den Termin zu verschieben, aber *no way!* Wir müssen froh sein, dass der Typ überhaupt kommt.«

Worum ging es hier bloß? Jetzt waren ihr doch tatsächlich mitten im Gespräch die Gedanken weggelaufen.

»Bertram, entschuldige. Wenn wer kommt?«

»Der Architekt! Ich habe dir doch davon erzählt. Dieser Stararchitekt, der unser Bad in Ibiza …«

Jetzt fiel es ihr ein. Ja, Bertram hatte davon erzählt. Im Ferienhaus der Familie Kogler auf Ibiza sollte umgebaut werden.

»… also sagst du deinen Eltern bitte, dass es mir wirklich leidtut. Aber wie gesagt, mein Vater hat mich gebeten, weil ihm dieser andere unaufschiebbare Termin dazwischenkommt.«

Stefanie setzte aus dem, was sie sowieso schon wusste, und dem, was sie gerade gehört, aber nicht direkt aufgenommen hatte, die wesentlichen Informationen zusammen.

»Du kannst zu meinem Geburtstagskaffee morgen nicht kommen?« Ihre Stimme klang rau.

»Das habe ich dir doch gerade erklärt! Ich fliege heute Abend noch nach Ibiza, damit ich den Termin mit dem Architekten morgen wahrnehmen kann. Also sagst du bitte deinen Eltern …«

Stefanie schluckte.

»Bertram«, unterbrach sie ihn. »Entschuldige bitte. Aber ich denke, es wäre vielleicht netter, wenn du selbst anrufst und absagst. Meinst du nicht, das wäre persönlicher?«

Bertram schwieg.

»Du hast natürlich recht!«, sagte er dann. »Ich rufe gleich bei deinen Eltern an.« Er zögerte. »Sorry, es war gedankenlos von mir.«

Stefanie lächelte. Da war es wieder. Er war es wirklich wert, geliebt zu werden. Wie er sie verstand. Die Dinge sah wie sie. Keine Probleme damit hatte, einen Fehler zuzugeben.

»Und es tut mir wirklich leid, dass ich bei deinem Geburtstagskaffee nicht dabei sein kann.«

»Ist schon in Ordnung«, sagte Stefanie. »Wenn dein Vater dich braucht, dann geht das natürlich vor. Das ist doch gar keine Frage.«

»Ich bin auch sehr enttäuscht. Aber wo wir gerade von deinem Geburtstag reden: Da habe ich sowieso noch eine Frage an dich.«

Bertrams Stimme verriet seine heitere Erregung.

»Was denn für eine Frage?«

»Wegen deines Geschenks. Also eines habe ich ja schon, trotzdem!«

»Du musst mir doch nichts schenken.«

»Will ich aber!«

Stefanie lachte. »Wie ich dich kenne, werde ich dich nicht hindern können. Also, wie lautet die Frage?«

»Um wie viel Uhr bist du eigentlich geboren?«

»Was?«

»Uhrzeit deiner Geburt. Die brauche ich.«

»Wieso?«

Stefanie überlegte. Um wie viel Uhr war sie auf die Welt gekommen? War das schon einmal Thema bei ihnen daheim gewesen? Irgendwie nie.

Von Felix wusste sie die Uhrzeit seiner Geburt. Ihr Vater machte oft genug seinen Standardwitz darüber: »Ein waschechter Handwerker! Man hört und sieht nix von ihm, aber kaum schlägt die Uhr fünf und es ist Feierabend, da taucht er auf.«

»Wozu brauchst du die denn?«

»Das ist noch geheim. Sonst wäre es ja kein Geschenk.«

»Tut mir leid, Bertram. Ich weiß es nicht.« Stefanie grübelte. Oder hatte sie dieses Detail einfach vergessen?

»Nein, ich weiß es nicht«, wiederholte sie.

»Ach, schade! Ich bräuchte diese Info unbedingt. Ich habe nämlich da jemanden kennengelernt, der macht ganz witzige … Ach, ich will noch nix verraten! Frag mal deine Eltern. Ich brauche die Stunde deiner Geburt. Ist ja noch ein bisschen Zeit. Allerdings nicht mehr so viel. Ich wollte nämlich am Mittwoch zu dir rübergebraust kommen, passt dir das?«

»Ich habe Probe am Mittwochabend, ich kann da nicht«, erwiderte Stefanie betrübt.

»Kannst du nicht schwänzen?«

»Das wäre aber unfair gegenüber den anderen.«

»Sorry, der Vorschlag war auch nicht ernst gemeint. Aber ich komme trotzdem. Irgendwann ist die Probe ja vorbei.«

»Es wird sicher zehn Uhr.«

»Ich gehe im Restaurant was essen und warte da auf dich. Wir müssen schließlich deinen Geburtstag nachfeiern.«

»Wird dir das nicht zu viel? Wo du schon das Wochenende auf Ibiza bist?«

»Es wird mir zu viel, wenn ich dich so lange nicht sehe«, sagte Bertram. »Ich komme am Mittwoch, übernachte bei dir und fahre am nächsten Morgen wieder zurück. Ich habe am kommenden Donnerstag keine Termine, ich kann problemlos etwas später ins Büro gehen.«

»Gibt das keinen Ärger?«

Bertram lachte. »Ich bin der Juniorchef. Wer will mir Ärger machen?«

Bertram hatte vor einem knappen Jahr sein Betriebswirtschaftsstudium abgeschlossen und war in die Firma seines Vaters eingestiegen.

»Ja, wenn das geht? Dann komme ich gegen zehn ins Restaurant.«

»Siehst du! Geht doch.«

Das war Bertram, dachte Stefanie. Bei ihm *ging* immer alles. Für ihn gab es keine Probleme. Das war natürlich einfach, wenn man zum Geldausgeben eine so lockere Einstellung haben konnte wie er. Aber trotzdem, es beeindruckte sie.

»Ich werde also auf Ibiza im Luxusrestaurant sitzen und mich auf den kommenden Mittwoch in Passau freuen – das hätte ich mir vor einem halben Jahr auch nicht träumen lassen«, sagte Bertram. »Aber schön ist … Oh, ich muss Schluss machen, mein Herz. Frau Ebert winkt mir grade – sie braucht mich für irgendwas.« Frau Ebert war Bertrams Sekretärin, das wusste Stefanie inzwischen.

»Ich rufe dich heute Abend wieder an«, fügte Bertram eilig hinzu, und schon hatte er aufgelegt.

Samstag, 19. Mai 2018

Ruth Gruber warf noch einen letzten kontrollierenden Blick auf die festlich gedeckte Geburtstagstafel. Es gab keinen Grund zur Nervosität: Alles war perfekt. Das cremefarbene Porzellan mit dem schmalen Goldrand glänzte, die Sektgläser zum Anstoßen blinkten, und in der Mitte des Esstischs prangte die Motivtorte, die sie soeben aus dem Kühlschrank genommen hatte.

Stefanie würde wahrscheinlich innerhalb der nächsten Minuten in Passau losfahren. Felix hatte angerufen, er war bereits vor fast einer Stunde in München gestartet, also würden ihre Kinder innerhalb der nächsten Stunde eintreffen. Bis dahin sollte die Torte genau die richtige Temperatur haben.

Es war inzwischen Tradition: Sie fertigte zu Stefanies Geburtstag eine Motivtorte. Angefangen hatte es mit einem Clownsgesicht in bunten, kräftigen Farben zum ersten Geburtstag. Diese Torte hatte die Kleine derart begeistert, dass Ruth sich auch im darauffolgenden Jahr etwas überlegt hatte: Da Enten damals die Lieblingstiere von Stefanie waren, schwammen am zweiten Geburtstag zwei gelbe Marzipanenten auf einem dunkelblauen See aus Zuckerguss auf der Torte. Seither hatte sie, Ruth, zu jedem Geburtstag mithilfe von Marzipan, von mit Lebensmittelfarben gefärbtem Zuckerguss, unter Zuhilfenahme von klein gemahlenen Nüssen und Rosinen und auch sonst mit allem, was sich irgendwie eignete, eine Motivtorte kreiert.

Dieses Jahr hatte sie anhand eines Fotos von Stefanies Werkstatt in Passau in mühseliger Handarbeit ein stilisiertes Abbild der Fassade und des Schaufensters und der Eingangstür auf die Torte gezaubert. Und mithilfe einiger gegossener feiner Schokoladenstangen und einiger gezogener Zuckerfäden sogar Geigenbögen in das Schaufenster gelegt.

»Die ist dir aber wieder ausnehmend gut gelungen!« Gerade kam Josef zur Esszimmertür herein und legte ihr den Arm liebevoll um die Hüften.

»Ich bin auch zufrieden.«

»Was ist los?«, fragte Josef, der spürte, dass seine Frau auf seine Umarmung nicht so reagierte wie sonst.

»Ach, ich bin nervös.«

»Warum?«

»Ahnst du das nicht? Jetzt will Stefanie vielleicht bald heiraten. Wer weiß, was da auf uns zukommt.«

Josef küsste seine Frau zärtlich auf die Stirn.

»Das habe ich nun davon, dass ich eine Hamburgerin geheiratet habe. Wie heißt das, was ihr da oben immer so gerne macht? Spökenkieken?«

Ruth musste lachen. »*Wir* machen das nicht gerne und nicht immer und …«

Josef drückte seine Frau noch einmal fest an sich. »Es ist alles gut! Mach dir keine Gedanken!«

Ruth nickte angestrengt lächelnd.

»Ich hole jetzt die Kamera und das Album«, sagte Josef.

»Wunderbar.«

Josef hatte bisher jedes Jahr die Torte fotografiert, und es gab sogar ein spezielles Fotoalbum für diese Tortenfotos.

Er hielt ihr das Album hin, als er mit der Kamera in der rechten Hand wieder zurückkam.

»Ach ja, lass mal schauen. So schöne Erinnerungen!«

Ruth und schlug mit einem leisen Lächeln Blatt für Blatt um.

Auf jeder Seite war die Torte des jeweiligen Lebensjahres abgebildet, und die Motive erinnerten daran, was in den verschiedenen Jahren für Stefanie wichtig gewesen war.

»Das Foto dürfte gut geworden sein«, sagte Josef, legte die Kamera beiseite und schaute ihr über die Schulter. »Da fing es an«, sagte er. Ruth hatte gerade die Aufnahme vom fünften Geburtstag aufgeschlagen: eine Marzipangeige auf der Torte.

»Erinnerst du dich?«, fragte sie.

Josef lachte. »Und ob!«

Stefanie war mit vor Aufregung leuchtend roten Wangen aus der Kindergartentür gestürzt. Zufälligerweise hatten an dem Tag sogar sie beide gemeinsam ihre Tochter abgeholt.

»Ich möchte Geige spielen lernen«, hatte sie atemlos gejapst, noch bevor sie ihren Eltern den obligatorischen Begrüßungskuss gegeben hatte.

Und sie hatte den ganzen Fußweg nach Hause, die ganzen zwanzig Minuten lang, von der Geigerin erzählt, die heute im Kindergarten ein kleines Konzert gegeben hatte. Und dass sie, Stefanie, ganz allein die Geige hatte halten dürfen. Und einen Ton machen! Und wie die Töne geklungen hatten. Und wie schön sich das Holz der Geige angefühlt hatte. Und dass Geigen auch von Schreinern gebaut wurden! Ob ihr Vater das gewusst habe? Und dass die Frau erzählt habe, dass es eine Geigenlehrerin für Kinder in Vilshofen gebe. Und dass sie, Steffi, da unbedingt hinwolle. Und die Frau habe gesagt, dass das aber ziemlich viel Geld kosten werde. Und dass sie nie mehr, wirklich nie, nie mehr ein anderes Geburtstagsgeschenk oder Weihnachtsgeschenk wolle, wenn sie nur …

Ruth lächelte bei der Erinnerung. »Mal schauen, wie lang das anhält«, hatte Josef damals etwas verständnislos die tatsächlich nicht billigen Geigenstunden kommentiert. Aber als Stefanie dann mit achtzehn als Bratschistin in das renommierte Passauer Orchester aufgenommen worden war, war er förmlich geplatzt vor Stolz. »Ich habe es immer gewusst!«, hatte er allen erzählt, denen, die es hören wollten – und den anderen auch.

»Schon sehr ärgerlich, dass das mit meinem Geschenk nicht geklappt hat«, sagte Josef jetzt betrübt.

Sein Geschenk für Stefanie war nicht da. Und dabei hatte er so ein großartiges Geschenk für Stefanie aufgetan. Aber es kam von weit her, und die Transportfirma hatte sich als unzuverlässig herausgestellt. Das Geschenk würde mit Verspätung eintreffen.

»Sie wird sich in vier Wochen noch genauso darüber freuen«, sagte Ruth.

Josef nickte. »Es ist halt nicht zu ändern. Komm, wir blättern weiter …«

Ruth schlug die nächste Seite um: Im Jahr darauf zierte eine Schultüte mit herausquellenden Smarties die Torte, es folgte ein

Bild des Hundes, den die Familie sechzehn Jahre lang gehabt hatte, in den nächsten Jahren bezogen sich die Tortenbilder auf irgendwelche kleineren Ereignisse wie Urlaubsfahrten oder sonstige Erlebnisse. Ruth blätterte jetzt schneller durch; beide nickten unbewusst, als sie den Führerschein und das Auto sahen, ein paar Jahre später prangte auf der Torte ein mit Schokolade überzogener Marzipaneiffelturm, der darauf anspielte, dass Stefanie ein Gesellenjahr bei einem berühmten Bogenbauer in Paris absolviert hatte, irgendwann ein Gesellenbrief – und dieses Jahr würde nun ein Bild des mit Geigenbögen dekorierten Sprossenfensters von Stefanies Werkstatt in Passau dazukommen.

Ruth klappte das Fotoalbum zu, und Josef gab ihr einen Kuss auf die Wange.

»Die Mühe, die du dir immer machst. Unglaublich!«, sagte er.

»Stefanie freut sich immer so darüber.«

Das war richtig, Stefanies Freude war *ein* Grund, dass sie sich solche Arbeit machte.

Aber manchmal fragte sie sich im Stillen, ob sie mit diesem Aufwand nicht nur ihr schlechtes Gewissen besänftigen wollte.

»Du hast ja für vier gedeckt!«, sagte Josef plötzlich.

»Felix hat heute Morgen angerufen. Er kommt jetzt doch allein.«

»Was ist denn los? Hat ihm endlich mal eine einen Korb verpasst?«

»Er hat nicht gesagt, warum.«

»Und dieser Bertram hat auch abgesagt? Wunderbar! Da haben wir Stefanie für uns.«

Ruth lachte. »Kann es sein, dass du eifersüchtig bist?«

»Blödsinn!« Josef wies diesen Gedanken mit einer wegwerfenden Handbewegung weit von sich.

»Aber … ach, vergiss es.« Er schüttelte den Kopf.

Ruth ahnte, was er meinte. Diese Beziehung hatte sie beide überrascht. Und wenn Ruth ehrlich zu sich selbst war, musste sie zugeben, dass sie sie auch nicht besonders erfreut hatte.

Dabei hatte sie, hatten sie beide, nichts gegen Bertram. Steffi hatte ihn vor etwa drei Monaten das erste Mal mit nach Hause gebracht und den Eltern vorgestellt. Zwar hatte Ruth beim Anblick des teuren Sportwagens, der da auf den Hof rollte, gedacht: *So ein Auto passt nicht zu Stefanie.* Und als der junge Mann die langen Beine aus seinem Sportwagen schwenkte (und Ruth auch die extravaganten Schuhe registrierte), war ihr durch den Kopf geschossen: *Der ist aber geschniegelt.*

Die regelmäßigen Züge, die samtenen braunen Augen, das sanft gebräunte Gesicht, das an Sonne und Meer denken ließ, mit den dazu passenden, von der Sonne aufgehellten Strähnen in den leicht gelockten braunen Haaren – sicher ein Mann, dem die Frauen nur so hinterherliefen.

Aber als dieser Bertram mit seinem einnehmenden Lächeln auf sie zukam, sie anschaute mit diesem Blick, in dem so sehr die Bitte lag, sie möge ihn doch als Freund der Tochter akzeptieren, hatte Ruth gedacht: *Na ja, man soll ja niemanden nur nach seinem Äußeren beurteilen!,* und ihn herzlich begrüßt.

Seither hatte Stefanie ihn noch einige Male mitgebracht, und man hatte sich nett unterhalten. Bisher hatten diese wenigen Stunden nicht ausgereicht, um mit diesem Menschen *»warm«* zu werden. Aber wahrscheinlich – hoffentlich – würden sie es mit der Zeit schaffen, zu ihm eine herzliche Beziehung aufzubauen.

Zu diesem Mann, den Steffi vielleicht heiraten würde. Der ihr Schwiegersohn werden würde. Der Vater ihrer Enkelkinder.

»Aber du hast recht«, sagte Ruth. »Steffi wird wohl in Zukunft meistens mit ihrem Freund kommen«, (Ruth ignorierte, wie ihr Mann bei dem Wort *Freund* unwillig die Stirn kräuselte), »und auch wenn Felix noch ziemlich herumflattert« – ein stolzes Lächeln huschte über das Gesicht ihres Mannes, über das Ruth nur den Kopf schütteln konnte –, »so ist es doch der Lauf der Dinge, dass wir alt werden und unsere Kinder eigene Familien gründen und …«

»Ach, hör auf!«, stöhnte Josef in übertriebener Dramatik. Er nahm seine Frau in den Arm. »Wir werden nicht alt. Wir werden nur reif.«

Ruth lachte auf. »Solange wir dabei keine faulen Stellen entwickeln, soll es mir recht sein. Jedenfalls will ich dieses Wochenende ganz bewusst genießen! Ich freue mich auf Stefanies Konzert heute Abend. Und morgen mache ich uns einen richtig luxuriösen, ausgiebigen Pfingstsonntags-Brunch. Es gibt sogar Roastbeef – so ein Mist!«

»Was ist denn los?«

»Ich habe vergessen, die Zeitschaltuhr zu stellen!«

Wie lange war der Braten jetzt schon im Ofen? Ruth befreite sich hektisch aus Josefs Arm und eilte in die Küche.

Die Zeitschaltuhr vergessen! Das war ihr noch nie passiert.

Sie musste sich zusammenreißen.

Aber sie war einfach nervös. Sie war immer nervös an Stefanies Geburtstag. Sie wusste auch, warum. Denn jeder Geburtstag zeigte an, dass ein weiteres Jahr vergangen war. Ein weiteres Jahr, in dem sie das, was sie sich so lange schon und so fest vorgenommen hatte, wieder nicht geschafft hatte. Und mit jedem Jahr wuchsen die Zweifel, ob sie es überhaupt jemals schaffen würde.

Sonntag, 20. Mai 2018

Ruth ließ den Blick über ihre Familie am Frühstückstisch schweifen und war glücklich. Es war Sonntagvormittag, genau genommen ging es sogar auf Mittag zu; nicht nur von der Uhrzeit her war es tatsächlich ein Brunch, den sie hier zu viert genüsslich zelebrierten. Der Tisch war reichlich gedeckt, sogar das Roastbeef war saftig und rundum gelungen, und sie hatten lange geschlafen, denn gestern war ein herrlicher Tag gewesen, dem ein noch schönerer Abend gefolgt war.

Stefanie hatte sich sehr über die Torte gefreut.

»Ich glaube, das ist die schönste, die du jemals gemacht hast«, hatte sie gestrahlt und Ruth mehrmals umarmt.

Auch mit den Geschenken hatten sie Stefanies Wünsche gut erraten. Ruth war neulich beim Packen der Umzugskisten für Passau aufgefallen, dass Stefanies Bademantel ziemlich abgetragen war. Der neue flauschige hatte Stefanie zum Strahlen gebracht. Felix hatte es geschafft, im Antiquariat zwei längst vergriffene, aber gesuchte Bücher über die Geigenbögen des François Tourte zu finden, der als Begründer des modernen Bogenbaus galt. Stefanie gab einen kleinen Jubelschrei von sich, als sie das Geschenkpapier von den Buchdeckeln entfernt hatte.

Und dann hatte es noch den herrlichen Dialog zwischen Josef und Stefanie gegeben.

»Mein Geschenk kommt in ein paar Wochen. Da gab es Transportprobleme.« Josefs Stimme hatte man angehört, wie betrübt er darüber war.

»Ihr habt mich doch schon so reich beschenkt!«, hatte Steffi sich gewundert.

Josef hatte verschmitzt gegrinst. »Von mir kommt auf jeden Fall noch was.« Und nach einer kleinen Pause. »Was richtig … wie soll ich sagen … was richtig Großes!«

»Oh? Jetzt machst du mich noch neugieriger. Was ist es denn?«

»Ich mag es nicht einfach sagen. Es soll ja eine Überraschung sein. Und die ist einfach größer, wenn du das Geschenk auch vor dir liegen hast, es anfassen kannst.«

Stefanie hatte den Finger ans Kinn gelegt, als Zeichen dafür, dass sie nachdachte. »Darf ich raten?«

»Und wenn du es errätst?«

»Dann musst du es mir natürlich sagen.«

»Dann ist doch die Überraschung beim Teufel.«

»Aber schließlich ist ja heute mein Geburtstag.«

»Na gut«, hatte Josef gelacht. »Drei Fragen.«

»Vier!«

»Nein, drei. Du bist mir zu intelligent.«

Alle hatten gelacht.

»Ach Papi, bitte! Drei ist so wenig.«

»Na gut. Von mir aus. Vier.«

»Und kannst du mir nicht noch einen Tipp geben?«

»Das auch noch?«, hatte Josef mit gespielter Empörung gefragt.

Wieder hatten alle gelacht.

»Bitte!«

»Na gut! Hier kommt der Tipp. Das Geschenk hat eine Besonderheit. Du kriegst eine Rechnung dafür.«

»Ich muss mein Geschenk bezahlen?« Stefanies Augen weiteten sich vor Überraschung.

»Was soll das denn?«, rief Felix spontan.

Stefanie schüttelte verwundert den Kopf.

»Ja«, sagte Josef. »Wie soll ich es erklären, ohne zu viel zu verraten. Aber du wirst … du brauchst … äh, wie gesagt, du kriegst eine Rechnung. Und mehr sage ich jetzt einfach nicht mehr!«

Stefanies Finger beschrieb kleine Kreise.

»Eigentlich sind das ja viele Hinweise. Groß, Transportprobleme – und ich kriege eine Rechnung?« Sie zögerte noch einen Moment. »Transport. Also kommt es von irgendwo her. Moment, das ist noch keine Frage. Es ist entweder weit weg oder schwer, oder beides, sonst müsste man es ja nicht transportieren lassen. Moment, das ist auch noch keine Frage!«

Plötzlich fiel Stefanie etwas ein. Beim Einzug in ihr kleines Apartment hatten sie sich darüber unterhalten, dass die vorhandene, mitgemietete Küchenzeile wohl aus einem Billigmöbelhaus stammte und die vorhandene Nische nur unvollkommen ausnutzte. Eine wahnsinnige Platzverschwendung.

Josef hatte bereits bei der ersten Besichtigung gesagt: »Da müsste man was auf Maß reinbauen. Das könnte man so schön machen!« Stefanies Stirn kräuselte sich nachdenklich. Für eine solche maßgefertigte Küchenzeile bräuchte ihr Vater natürlich die Elektrogeräte, die er einbauen wollte. Zum Beispiel diese extraschmale Spülmaschine, über die sie damals auch schon gesprochen hatten. So ein ausgefallenes Modell hatte sicher längere Lieferzeiten. Oder auch der Backofen: Ein bestimmter Backofen war manchmal nicht direkt zu bekommen; sie erinnerte sich, dass ihre Mutter seinerzeit auf das gewünschte Modell sechs Wochen hatte warten müssen. Jedenfalls wäre ihr Vater, wenn er ihr eine solche Küche schreinerte, abhängig von der Lieferung der Elektrokomponenten.

Stefanie nahm den Finger vom Kinn.

»Meine erste Frage: Ist der Platz, wo das Geschenk hinkommt, in Passau?«

»Ja.«

Wenn ihr Vater ihr eine kleine maßgefertigte Küchenzeile schenken wollte, wäre das von der Organisation her kompliziert. Ihr Vater hätte zum Beispiel hinter ihrem Rücken ausmessen müssen.

Das würde bedeuten, dass: »Zweite Frage: Kann es sein, dass du mich irgendwie … wie soll ich sagen … mich ein bisschen hast austricksen müssen, damit du dieses Geschenk realisieren kannst?«

Josefs Augen weiteten sich vor Überraschung.

»Ja«, sagte er.

Stefanie strahlte über das ganze Gesicht. Plötzlich ergab auch dieser verwirrende Satz über die Rechnung einen Sinn. Wenn er ihr eine solche Küche baute, müsste er ihr eine Rechnung darüber geben. Denn natürlich würde sie, wenn sie irgendwann einmal auszog, versuchen, sich diese Küchenzeile entweder vom Vermieter oder vom Nachmieter ablösen zu lassen.

Stefanie konnte den Triumph in ihren Augen nicht verbergen.

»Und es hat was mit Holz und mit Schreinerei zu tun!«

Es war schon keine Frage mehr, sondern eine Feststellung.

Josef nickte, leicht resigniert grinsend.

»Ich glaube, ich hab's«, freute sich Steffi.

»Ja, ich denke fast, du hast es tatsächlich.«

»Meine vierte Frage: Du schreinerst mir eine kleine Küchenzeile?«

Jetzt zog über Josefs Gesicht ein breites Grinsen.

»Nein!«, sagte er mit Genugtuung. »Und das war die letzte Frage!«

»Ooch, Papi!«

»Du wirst dich gedulden müssen.«

Josef und Ruth zwinkerten sich lachend zu. Das Geschenk würde Stefanie eine riesige Freude bereiten, das wussten beide, aber die Überraschung wäre wirklich vollkommener, wenn Stefanie es in der Hand halten konnte.

Später am Kaffeetisch sagte Felix: »Wirklich schade, dass dein Bertram jetzt doch nicht kommt.«

»Ihm tut es auch sehr leid«, sagte Stefanie. »Er lässt euch übrigens herzlich grüßen.«

Bertram hatte ihr bereits am frühen Morgen gratuliert. Als er auf dem Weg zum Flughafen war. Und sie noch mal daran erinnert, dass er …

»Ach ja, ich muss euch unbedingt noch etwas fragen! Um wie viel Uhr bin ich eigentlich geboren?«

Ruth setzte die Kaffeetasse ab, die sie gerade in der Hand hielt.

»Wie bitte?«

Stefanie schob den Tortenheber unter das Kuchenstück, auf dem der kunstvoll gefertigte Zuckergussgeigenbogen lag. »Ich habe richtig Hemmungen, das abzuschneiden. Viel zu schade. Ich hätte die ganze Torte bei mir ins Schaufenster stellen sollen!«

»Oh, ja!«, sagte Felix. »Wenn die mal zwei oder drei Wochen im Fenster in der Sonne steht! Du wirst sehen – das wird fantastisch, wie die anfängt zu leben. Mach das mal – damit kommst du sicher sogar in die Zeitung!«

Stefanie tat, als müsste sie überlegen. »Schlechte Presse ist immer noch besser als keine Presse, heißt es!« Sie lachte auf. »Aber ich glaube, ich ziehe es doch vor, das Stück zu essen!« Sie hob sich das Kuchenstück auf den Teller. »Also, Mami, wie viel Uhr war es?«

Ruth schaute Rat suchend zu Josef.

»Ich habe dir das erste Mal in deine wunderschönen Augen geschaut, da war es genau zehn Minuten nach elf!«, sagte Josef lächelnd zu Stefanie.

Und Ruth fügte ein »Genau!« hinzu.

Sie erhob sich. »Ich bin gleich wieder da.«

»Alles okay?«, fragte Felix.

»Ja, natürlich. Ich geh nur kurz ins Bad.«

Als Ruth zurückkam, erzählte Steffi von ihrer Werkstatt, von Erlebnissen mit Kunden, von Aufträgen, die sie kürzlich bekommen hatte. Sie war glücklich, das konnte man spüren.

Am Abend waren sie zu Steffis Auftritt gegangen, der ein voller Erfolg in dem ausverkauften Café gewesen war. Sie hatten Freunde und Bekannte getroffen, Stefanie hatte auch lange mit ihren beiden besten Freundinnen zusammensitzen können, und sie hatten den Abend wunderbar ausklingen lassen. Als Ruth ins Bett ging, hatte der Wecker drei Uhr gezeigt.

Und jetzt saß ihre ganze Familie hier am Frühstückstisch. Ruth atmete tief aus.

»Hast gut gespielt gestern Abend«, sagte Felix gerade zu seiner Schwester, während er nach der Remouladensoße griff.

»Woher willst du das denn wissen?«, neckte ihn Steffi, denn Felix' fehlende Musikalität war schon fast sprichwörtlich.

»Die Leute haben geklatscht«, grinste Felix.

Steffi hob lachend den Arm und deutete eine Kopfnuss an.

Hinter Ruth auf der Ablagefläche der Eckbank vibrierte das Handy.

»Wer will denn am Sonntag um diese Uhrzeit was von mir?«, wunderte sich Ruth.

»Wenn du drangehst, weißt du es«, sagte Felix mit vollem Mund.

»Ab vierzig Gramm wird es undeutlich«, tadelte ihn sein Vater.

Felix grinste verlegen.

Ruth schaute auf das Display. »Null, eins, sieben, eins …«

»Auf jeden Fall eine Mobilnummer«, sagte Felix, immer noch kauend, und wich schuldbewusst dem Blick seines Vaters aus.

Das Handy vibrierte erneut.

»Gruber.«

Ruth suchte Stefanies Blick. »Guten Morgen, Michael.«

Stefanie richtete sich kerzengerade auf. Michael? Bertrams Vater? Was war passiert? Ein Unfall?

Während die Männerstimme am anderen Ende der Leitung redete, entspannte sich Stefanie. Auch wenn sie keine einzelnen Worte verstehen konnte, ließen sowohl der Tonfall als auch Ruths Gesichtsausdruck erkennen, dass nichts Dramatisches passiert war. Die anderen allerdings hingen immer noch wie hypnotisiert an

Ruths Lippen, und Josef runzelte die Stirn. Warum rief der Vater von Steffis Freund sie am Sonntagmorgen an?

Die beiden Familien hatten sich bisher ein einziges Mal getroffen. Bei diesem von Bertram organisierten gemeinsamen Abendessen.

Es war anstrengend gewesen; alle hatten sich schwergetan, gemeinsame, beide Familien interessierende Themen zu finden. Herr und Frau Kogler, beziehungsweise Michael und Yvonne (Herr Kogler schlug das Du bereits beim Aperitif vor), waren leidenschaftliche Golfspieler und machten aus ihrer Enttäuschung, dass sie es hier mit Nichtgolfern zu tun hatten, keinen Hehl. Josef Gruber dagegen hatte in jungen Jahren fast die ganze Welt bereist, interessierte sich für politische und gesellschaftliche Zusammenhänge, sprach im Übrigen auch passabel Englisch und sogar leidlich Französisch und konnte mit diesen Menschen, die so davon schwärmten, dass in den Restaurants auf Ibiza die Speisekarten auch auf Deutsch ausgelegt wurden, wenig anfangen.

Aber schließlich fanden die beiden Männer doch ein Thema. Denn der grundsolide, ansonsten so sparsame und bescheidene Josef Gruber hatte ein einziges Laster: Er war autoverrückt – und innerhalb weniger Augenblicke diskutierten die Männer über Acht- und Zwölfzylindermotoren, über irgendwelche Vergasertypen, über die Schönheit des alten Jaguar-E-Type-Modells im Vergleich zu anderen alten Oldtimern und Ähnliches mehr.

Und die zwei Frauen stellten fest, dass sie beide Rosenliebhaberinnen waren, und erleichtert darüber, einen Gesprächsstoff gefunden zu haben, tauschten sie intensiv ihre Erfahrungen mit den verschiedenen Rosenschädlingen aus: wie Ruth einmal einen Rosenzikadenbefall erfolgreich abgewehrt hatte, welche verheerenden Schäden der Rosenwickler in Yvonnes Rosenbeet angerichtet hatte und was der Gärtner gegen den Rosentriebbohrer empfahl. Glücklicherweise war, als sie bei der Hartnäckigkeit des Dickmaulrüsslers angekommen waren und ihnen die Schädlinge auszugehen drohten, der Espresso getrunken und die Rechnung bezahlt, und alle hatten das Gefühl, nun könne man sich ohne Gesichtsverlust voneinander verabschieden.

Und jetzt, an diesem gemütlichen Sonntagmorgen, den die vier Grubers entspannt am Frühstückstisch ausklingen ließen, war dieser besagte Michael am Telefon.

Die drei Zuhörenden runzelten allesamt fragend die Stirn, als Ruths Gesichtsausdruck zu ungläubiger Verzweiflung wechselte, während dagegen ihr Mund die Worte formte: »Heute? Aber natürlich. Was für eine wunderbare Idee!«

Josef gab den ersten missbilligenden Ton von sich. Seine Frau warf ihm einen strafenden Blick zu.

»Also bis nachher!« Und, nach einer kleinen Pause. »Wir freuen uns.«

Nach einer für die gespannten Zuhörer gefühlten Ewigkeit drückte Ruth endlich auf die Taste, mit der sie das Gespräch beenden konnte.

Alle Blicke hingen an Ruths Lippen. Die holte ganz tief Luft, schaute ihrem Mann in die Augen und sagte: »Koglers waren gestern in Passau bei einem Termin und haben spontan dort übernachtet. Jetzt haben sie gerade festgestellt, dass es von Passau zu uns nach Vilshofen ja nur ein Katzensprung ist. Und da haben sie beschlossen, auf einen Kaffee vorbeizukommen. Wenn es uns recht ist.«

»Oh«, sagte Felix. »Dann lerne ich wenigstens die schon kennen. Auch schön!«

»Das heißt, wir kriegen gleich Besuch?«, erkundigte sich Josef ungläubig. Sein Gesichtsausdruck wurde bockig. »Ich habe überhaupt keine Zeit. Wir sind vom Stammtisch aus verabredet und ich …«

»Josef!«

Josefs Gesichtsausdruck wurde immer grimmiger. »Wir haben doch vielleicht auch Pläne! Das ist wirklich sehr …«

»Papi!«

Josef Gruber schaute zu Steffi, sein Blick wurde weich und die wütend in Falten gezogene Stirn glättete sich.

»Ich finde es nett, dass sie so spontan vorbeikommen. Dieses Zwanglose, das macht man doch nur, wenn man gut miteinander befreundet ist«, sagte Steffi. »Das beweist doch auch eine Form von Vertrauen.«

»Das ist ein guter Aspekt.« Ruth zwinkerte Stefanie lächelnd zu.

»Na ja – damit hat die Gemütlichkeit dann ein Ende!«, brummte Josef und erhob sich. »Dann werde ich wohl ins Bad müssen, mich für Besuch herrichten.«

Ruth nickte. »Ich muss auch ins Bad. Steffi und Felix, bringt ihr die Küche in Ordnung? Und wenn die zum Kaffee kommen, sollten wir vielleicht noch schnell einen Kuchen backen.«

Freitag, 4. Mai 1990

Paula Köhler schwankte, als sie durch das Kirchenportal ins Freie trat. »Du bekommst es, du bekommst es noch heute«, hallte es als Endlosschleife in ihrem Kopf. Die Jungfrau Maria hatte zu ihr gesprochen. Die Heilige Muttergottes hatte ihr ein Kind zugesagt.

Wo war es? Sie schaute sich suchend um. Wie hatte die Heilige sich das vorgestellt?

Wie betäubt wankte Paula in Richtung ihres Autos, welches zwei Querstraßen weiter geparkt war.

Die Schritte zogen sich, sie hatte das Gefühl, ihre Knie zitterten. Noch um diese eine Ecke, wenige Schritte später um die nächste, dann wäre sie am Auto.

Paula bog ab, und ihr stockte der Atem.

Vor dem Elektrogeschäft zwei Häuser weiter stand ein Kinderwagen. Ein einsamer Kinderwagen. Ohne eine Mutter, ohne einen Vater, ohne irgendeinen Menschen. Einfach ein dunkelblauer Kinderwagen. Ganz allein.

Paula rang nach Luft, als sie ihre Schritte beschleunigte.

Da war es – ihr Baby!

Sie erreichte den Kinderwagen und warf einen Blick hinein. Ihr Gesicht verzog sich zu einem Ausdruck von Zärtlichkeit und Liebe. Das Baby schlummerte selig, den Kopf ganz leicht zur Seite gedreht, die Fäustchen links und rechts vom Kopf fest geballt, der beim Einschlafen herausgefallene Schnuller lag auf dem hellblau geblümten, flachen Kopfkissen.

Sie zögerte keine Sekunde. Sich kontrollierend nach allen Seiten umschauen und den Griff des Wagens packen war eins.

Sie schob den Kinderwagen über den Bürgersteig. Mit eiligen Schritten. Sie rannte fast. Und schon war sie am ersten Haus vorbei.

Da vorne war die Kreuzung. Nur knapp zwanzig Meter entfernt. Bis dahin musste sie es schaffen. Dort konnte sie nach rechts in die kleine Straße abbiegen und wäre erst einmal außer Sichtweite. Fünf Meter weiter stand ihr Auto.

Sie wusste genau, was sie dann zu tun hatte.

Sie würde das Baby aus dem Wagen nehmen, schnell vor den Beifahrersitz auf den Boden legen und dem Kinderwagen noch einen dosierten Schubs geben, damit er vielleicht einige Meter weiter vor einem Haus zum Stehen kam und so eine falsche Fährte legte. Sie würde um das Auto hasten, einsteigen und wegfahren. Und neben ihr ein Baby.

Die Heilige Jungfrau! Sie hatte ihr Versprechen gehalten.

»Hilfe!«, schrie es hinter ihr. »Hilfe! Mein Kind wird entführt!«

Paula hörte ein Klappern. Das waren rennende Schritte auf dem Pflaster. Sie beschleunigte.

Das Klappern der Schritte hinter ihr schien lauter zu werden.

Paula rannte nun auch.

Die Frau hinter ihr schrie. »Nein!« Ein Schrei, der angefüllt war mit Angst und Verzweiflung, ein Schrei, der die Luft zerschnitt.

»Schrei nur«, dachte Paula. »Je mehr du schreist, desto langsamer rennst du.«

In diesem Moment traten aus der Metzgerei ein Haus weiter vorne drei junge Männer. Jeder hielt ein belegtes Brötchen in der Hand, und sie unterhielten sich scherzend, mitten auf dem Bürgersteig stehend, die gesamte Breite einnehmend.

Daran kam sie nicht vorbei.

Jetzt hoben die Männer den Kopf, die eben noch lachenden Mienen wurden fragend, staunend, wütend.

Und hinter ihr die Schritte kamen näher.

»Mein Baby!« Ein verzweifelter Schrei, der auch die Männer mobilisierte.

Sie kam da nicht vorbei!

Es blieb ihr nichts anderes übrig.

Paula stoppte.

Die Frau, die von hinten an ihr vorbeistürzte und nach dem Kinderwagen griff, rempelte sie so heftig an, dass Paula beinahe hingefallen wäre.

»Sascha! O mein Gott! Sascha!«

Der Kinderwagen wackelte heftig, und das Baby begann zu weinen.

Die Frau riss förmlich ihr Kind aus dem Wagen und umklammerte es mit beiden Armen.

»Die da hat mein Kind entführt!«, schrie sie mit vor Panik kippender Stimme. »Rufen Sie die Polizei! Schnell! Diese Frau hat mein Kind gekidnappt!«

Und zu Paula: »Was haben Sie ihm getan? Was haben Sie mit meinem Sascha gemacht?«

Etwas hilflos schauten die drei jungen Männer von der Frau zu Paula und wieder zurück, im selben Moment trat der Metzger, von dem Lärm und dem Geschrei aufmerksam geworden, aus seinem Geschäft.

»Was ist denn los?«

»Die da …« Plötzlich begann die junge Frau zu zittern. Ein Schluchzen überwältigte sie. Sie konnte nur noch mit dem Finger auf Paula zeigen.

»Rufen Sie die Polizei! Die hat das Kind gekidnappt!«, brachte sie, immer wieder von Schluchzern geschüttelt, mit Mühe hervor.

»Das ist ein Missverständnis«, sagte Paula. »Ich kann das aufklären!«

Der jungen Frau versagte jetzt völlig die Stimme. Sie drückte ihr Baby an sich, strich ihm ohne Unterlass über den Rücken und drückte ihm einen Kuss nach dem anderen auf die Wange.

»Hören Sie«, sagte Paula zu dem Metzger und zu den drei jungen Männern, die sie alle grimmig und drohend ansahen.

»Ich bin Hebamme! Ich zeige Ihnen auch sofort meinen Ausweis.«

Es war Paula schon öfter aufgefallen, dass den Wörtern Ich bin Hebamme eine Magie innewohnte. Sofort wurde der Blick der Zuhörer weich, sie lächelten sie an, in den Augen erschien ein Ausdruck von Bewunderung. Eine Hebamme war ein guter Mensch. Immer.

Ähnlich auch hier. Der grimmige Ausdruck in den Augen der drei jungen Männer verschwand und machte einer fragenden Neugier Platz.

Zwei ältere Frauen, die die Straße entlangkamen, machten neugierig bei der Gruppe halt und hörten zu.

»Ich kam an dem Elektrogeschäft vorbei …«, erklärte Paula.

»Ich habe dort zwei Batterien gekauft!«, unterbrach die Mutter.

»Und da stand dieser Kinderwagen, ganz allein …«

»Ich wollte nur schnell …«, schluchzte die Mutter. Aber sie war schon leicht in die Verteidigungsposition gerückt, Paula spürte es; die Stimmung bei den drei jungen Männern und dem Metzger änderte sich.

»Ich habe kurz reingeschaut und das schlafende Baby gesehen und mich noch gewundert, dass der Wagen hier so einsam steht«, sagte Paula.

»Man lässt doch nicht sein Baby allein auf der Straße«, sagte eine der beiden älteren Frauen und warf der jungen Mutter einen empörten Blick zu.

»Es waren nur fünf Minuten«, schniefte die junge Mutter unter Tränen.

»Und da habe ich die Wespe gesehen!«, sagte Paula, machte eine dramatische Pause und fügte hinzu: »Die saß auf dem Schnuller, genau neben dem Mund des Babys!«

Dann wartete sie auf die Wirkung. Und die kam.

»Lieber Himmel!« Die größere der beiden Frauen schlug sich die Hände vors Gesicht. Ihre Begleiterin riss erschrocken den Mund auf.

In den Blicken der drei jungen Männer zeigte sich so etwas wie Bewunderung. Nur der Metzger, der musterte Paula nach wie vor mit misstrauisch zusammengezogenen Augenbrauen.

»Das kommt davon, wenn man sein Kind allein lässt!«, sagte die kleinere der beiden Frauen, die ihre Sprache jetzt offenbar wiedergefunden hatte.

»Die Stufen ins Geschäft sind doch so steil. Ich krieg den Wagen da einfach nicht …!« Die Mutter war nun endgültig in die Position der Angeklagten gerutscht.

»Und ich dachte, wenn der Säugling jetzt im Schlaf den Mund nach dem rausgefallenen Schnuller öffnet und ihn sich holen will – und die kriecht da rein, die sticht, die … Ich kann es gar nicht erklären, meine Gedanken sind gerast. Jedenfalls dachte ich, gleich sticht sie. Und dann flog sie plötzlich ein paar Zentimeter hoch – und da habe ich den Wagen genommen und bin losgerannt. Damit der Luftzug die Wespe hinausträgt, damit

sie wegfliegt. Deswegen bin ich so gerannt. Und es hat ja auch funktioniert!«, sagte Paula und genoss die Bewunderung in den Gesichtern der jungen Männer und das erleichterte und zustimmende Gemurmel – »wie geistesgegenwärtig« und »was für ein Glück« – der beiden Frauen.

Paula wandte sich jetzt direkt an die junge Mutter.

»Glauben Sie mir, ich schwöre es bei allen Heiligen und bei was auch immer Sie wollen: Ich wollte Ihrem Kind nichts zuleide tun! Und jetzt zeige ich Ihnen meinen Zutrittsausweis für das Krankenhaus in Perlich, wo ich arbeite.« Sie zog aus ihrer Hosentasche das kreditkartengroße Plastikrechteck.

»Schauen Sie. Mein Name, mein Foto, das Krankenhaus. Und wenn Sie die Polizei informieren möchten, dann tun Sie das. Ich verstehe es. Das war jetzt schon eine missverständliche Situation.« Paula schüttelte kurz lachend den Kopf. »Wenn ich mir überlege, wie das für Sie ausgesehen haben muss! Da kommt so eine, schnappt sich den Kinderwagen und rennt damit weg! Es tut mir wirklich leid! Ich habe nicht nachgedacht. Ich habe nur die Wespe gesehen, wie sie direkt am Mund Ihres Kindes gekrabbelt ist, und da habe ich die Panik bekommen. Und als die Wespe dann aufflog, da dachte ich: Jetzt! Und bin mit dem Wagen losgespurtet. Das war wirklich mehr als blöd von mir. Ich bitte Sie vielmals um Entschuldigung.«

»Nein!« Die junge Mutter stotterte vor Aufregung. »Ich muss Danke sagen! Entschuldigen Sie, dass ich … aber ich dachte …«

»Sie konnten doch gar nichts anderes denken! Es war meine Schuld, niemand anderer kann was dafür!«, sagte Paula und genoss wieder das Gemurmel hinter sich. »Die soll mal froh sein, dass diese Hebamme sich so gekümmert hat.«

Paula hielt immer noch ihren Ausweis der Mutter vor das Gesicht. »Bitte schreiben Sie sich meine Personalien auf. Ich muss nämlich los, ich muss in den Kreißsaal. Ich bin schon spät dran. Also, wenn Sie sich bitte alles notieren, damit Sie die Polizei informieren können?«

Die Frau schüttelte entsetzt den Kopf. »Ich rufe doch nicht die Polizei! Nein, ich …«

»Wie Sie wollen.« Paula schob die Karte wieder in die Hosentasche zurück. Sie warf demonstrativ einen Blick auf die Uhr. »Ich müsste allerdings jetzt wirklich los.«

»Aber natürlich! Vielen Dank noch einmal!« Die junge Mutter hatte das Übermaß an Emotionen nicht verkraftet. Sie wimmerte nur noch.

»Gerne. Ich bin froh, wenn ich helfen konnte. Dann alles Gute!«, sagte Paula, nickte allen noch einmal kurz zu und ging, Schritt für Schritt, auf die Kreuzung zu, wo in der Querstraße rechts ihr Auto stand. Schauten die anderen ihr nach? Sahen sie, wie ihre Beine bebten? Sie bekam fast einen Krampf im Genick, so stark war der Drang, sich umzudrehen, und so schwer war es, dem zu widerstehen.

Aber sie schaffte es. Endlich saß sie in ihrem Auto. Ihre Finger flatterten, als sie den Zündschlüssel drehte.

Die kleine Versammlung vor der Metzgerei löste sich allmählich auf. Die beiden älteren Damen gingen weiter ihres Wegs, nicht ohne der jungen Mutter noch ein missbilligendes Kopfschütteln zuteilwerden zu lassen; die drei jungen Männer konzentrierten sich wieder auf ihre belegten Brötchen.

Nur der Metzger stand noch an seinem Platz vor der Tür und kraulte sich nachdenklich unterm Kinn.

»Eine Wespe?«, sagte er halblaut zu sich selbst. »So früh im Jahr?«

Sonntag, 20. Mai 2018

Und den habt ihr tatsächlich heute noch gebacken? Verrückt! Habt ihr denn keinen Bäcker hier in der Nähe, der sonntags geöffnet hat? Also, bei uns in Starnberg, da gibt es eine Konditorei – ich sage euch! Allein schon wie die Kuchen aussehen! Richtige kleine Kunstwerke sind das. Viel zu schade zum Essen eigentlich.«

»Aber keiner schmeckt auch nur annähernd so gut wie dieser hier«, unterbrach Yvonne Kogler ihren Mann.

Koglers waren bereits um halb zwei in ihrem schwarzen SUV in die Hofeinfahrt eingebogen. Die vier Grubers waren gerade mit den Vorbereitungen fertig gewesen.

Und schon war es zur ersten Missstimmung gekommen. Michael hatte in plumper Vertraulichkeit Ruth auf die Wangen geküsst und anschließend Josef umarmt und ihm auf den Rücken geklopft, als wären sie die engsten Freunde, die sich nach langer, schmerzhafter Trennung endlich wiedergefunden hatten. Da hatte Josef bereits missmutig die Stirn gerunzelt. Aber als Michael dann sagte: »Wo das jetzt was wirklich Festes mit unseren Kindern ist, wollte ich doch mal schauen, aus welchem Stall dieses Pferdchen eigentlich kommt.«

Josef Gruber war rot angelaufen. »Das hier ist kein Stall, und meine Tochter ist kein Pferdchen. Bei dieser Einstellung würde ich doch vorschlagen, dass ihr lieber wieder …«

Ruth hatte ihn unterbrochen: »Jetzt kommt erst einmal herein.« Und auch Yvonne hatte ihren Mann am Arm gefasst und gesagt: »Also, manchmal bist du unmöglich. Ich entschuldige mich für meinen Mann.« Michael hatte laut gelacht, »Nix für ungut« gebrüllt, und die beiden Ehefrauen hatten einen Blick des gegenseitigen Verstehens getauscht. Ihre Aufgabe für den Rest des Zusammenseins lag klar vor ihnen.

»Danke«, erwiderte Ruth jetzt Yvonnes Lächeln, und Stefanie fragte: »Darf ich dir denn noch ein Stück anbieten?«

»Das wär ja mein drittes. Ist das nicht fast unverschämt?«

»Aber nein, das wäre ein riesiges Kompliment!«, sagte Stefanie und griff nach dem Tortenheber.

Yvonne nickte lachend. »Wenn das so ist …«

»Darf ich dir auch noch eins geben?«, fragte Stefanie Michael, aber der wehrte ab. »Danke. Mir macht das so ein trockenes Gefühl im Hals« Er lachte. »Habt ihr vielleicht was Nettes zum Befeuchten im Haus?«

»Natürlich«, sagte Ruth – und als sie sah, wie sich die Stirn ihres Mannes wieder bedrohlich rötete, fügte sie schnell hinzu: »Ich habe auch gerade im Moment gedacht, dass dieses unverhoffte Treffen heute doch unbedingt einen Grund zum Anstoßen ist.«

Ihr Mann erwiderte ihren Blick und verzog kurz den Mund, aber dann gab er Felix mit einem Kopfnicken ein Zeichen. Felix sprang auf und holte eine Flasche Sekt aus dem Keller, während Ruth die Gläser auf dem Tisch bereitstellte.

Währenddessen legte Stefanie Yvonne ein Stück Kuchen auf

den Teller und versuchte, eine ablenkende Unterhaltung in Gang zu bringen. »Schade, dass ich nicht wusste, dass ihr nach Passau kommt. Ich hätte euch gerne meine Werkstatt gezeigt.«

Michael nickte. »Es hat sich kurzfristig ergeben. Ein Grundstücksangebot. Wird aber wohl nix. Zu teuer.«

»Dann habt ihr die Fahrt ganz umsonst gemacht? Wie ärgerlich.«

»Wir haben es gleichzeitig als Wochenendtrip genutzt«, sagte Michael Kogler. »Und – ich gebe es zu – ich hatte auch im Hinterkopf, dass das eine Gelegenheit ist, mal in Ruhe zu reden. Das wäre ja jetzt angebracht.«

Er deutete mit dem Kinn auf Ruth und Josef.

Beide schauten ihn verständnislos an.

»Was ist jetzt angebracht?«, fragte Josef.

»Dass wir in Ruhe reden!«

Josef runzelte unwillig die Stirn.

»Kannst du mir bitte erklären, worauf du hinauswillst?«

Michael legte die Kuchengabel an die Seite.

»Nun ja … Da unsere beiden Kinder sich gefunden haben, müssen wir uns wohl Gedanken machen.«

Stefanie setzte sich kerzengerade hin, und Josef schob angriffslustig den Kopf nach vorne.

»Ich verstehe nicht, was du meinst!«

Michael tupfte sich umständlich mit der Serviette den Mund ab.

»Nun, das fängt doch ganz trivial bei der Organisation der Hochzeit an. Schließlich …«

»Moment«, sagte Stefanie. »Wieso Hochzeit? Wer heiratet denn?«

Michael öffnete den Mund und schloss ihn wieder. Er warf einen kurzen hilfesuchenden Blick zu seiner Frau, dann schaute er wieder zu Steffi. »Ich dachte, ihr wärt euch einig! Ich dachte, er hätte dir einen Antrag …«

»Ihr habt euch verlobt?«, fragte Ruth überrascht und warf einen schnellen Blick auf die Hand ihrer Tochter. Aber da war kein Ring.

Stefanie spürte, wie ihr das Blut ins Gesicht stieg. »Nein!«, sagte sie mit heller Stimme. »Ich weiß nicht, was Bertram erzählt hat. Er hat mal kurz angedeutet, dass er … dass er sich das vorstellen kann. Und ich habe auch … aber wir waren uns einig, dass es noch viel zu früh ist, um über so etwas überhaupt nachzudenken.« Alle starrten sie an. Sie schüttelte hilflos den Kopf. »Wir kennen uns doch erst so kurz.«

»Ach, so ist das«, sagte Michael gedehnt. »Ich hatte Bertram anders verstanden.« Er klopfte mit der flachen Hand auf seine Brusttasche. »Da hätte ich unseren Hausjuristen wegen des Ehevertrags ja gar nicht so hetzen müssen.«

Stefanie schnappte nach Luft, und das Gesicht ihres Vaters rötete sich erneut.

»Mein Mann ist aber auch immer viel zu schnell in allem«, sagte Yvonne und lächelte Stefanie an. »Wenn du dir noch nicht sicher bist, ob du mit Bertram zusammenbleiben willst, dann ist das doch auch in Ordnung.«

»Doch, ich bin mir ja sicher!«, erwiderte Stefanie aufgebracht. »Ich bin mir so sicher, wie man sich das nach vier Monaten sein kann. Aber ich weiß auch, dass vier Monate einfach eine verd…, eine sehr kurze Zeit sind.«

Yvonne beugte sich nach vorne, langte über den Tisch und tätschelte Stefanies Hand. »Ärgere dich nicht. Du hast ja recht. Es war, glaube ich, einfach ein Missverständnis zwischen meinem Mann und Bertram.«

Stefanie atmete tief aus. Dann drückte sie kurz die Hand, die unablässig über die ihre streichelte.

Yvonne nickte ihr tröstend zu und zog die Hand zurück.

»Aber wo wir gerade von Hochzeit reden: Habt ihr denn gestern ferngesehen? Ich finde ja, dass Meghan gut zu Harry passt.«

Josef schnaubte kurz, aber Ruth warf ihm einen warnenden Blick zu.

»Wir haben nicht Fernsehen geschaut«, sagte Ruth. »Stefanie hatte doch gestern Geburtstag …«

»Geburtstag? Davon wussten wir ja gar nichts!«

Yvonne erhob sich, ging zu Stefanie und legte ihre Arme um

sie. »Da muss ich mit Bertram aber mal richtig schimpfen, dass er uns das nicht erzählt hat. Herzlichen Glückwunsch zum Geburtstag, du Liebe.«

Michael erhob sein Glas. »Ich trinke auf dein Wohl!«

Stefanie bedankte sich, etwas verlegen, schon wieder so im Mittelpunkt zu stehen. Überhaupt fühlte sie sich unwohl. Sie hatte das Gefühl, dass ihr die Koglers unausgesprochen einen Vorwurf daraus machten, dass sie noch nicht heiraten wollte.

Yvonne zeichnete mit dem Daumen kleine Schlängel auf das beschlagene Champagnerglas.

»Eigentlich habe ich eine Idee«, sagte sie auf einmal. »Ich verstehe sehr gut, Stefanie, wenn du meinst, eure Bekanntschaft sei zu kurz, um schon zu heiraten. Andererseits ... sind wir ja nun in München, wie soll ich sagen, Personen des öffentlichen Interesses. Es kann also durchaus passieren, dass, wenn du mit Bertram ausgehst, du am nächsten Tag ein Foto von euch beiden in der Zeitung findest.«

»Ach du meine Güte«, entfuhr es Stefanie.

»Ehrlich?«, platzte Felix heraus. »Steffi, ich werde nicht mehr von deiner Seite weichen!«

Über Stefanies Gesicht huschte ein kurzes Grinsen.

Aber Yvonne war nicht zum Scherzen aufgelegt. »Und darunter steht dann: Juniorchef Bertram Kogler mit seiner Begleiterin. Wenn der Reporter gemein sein will, vielleicht sogar: mit seiner aktuellen Begleiterin. Und wenn er ganz fies ist, dann steht da vielleicht sogar: mit seiner aktuellen Gespielin.«

Josef Gruber wollte auffahren, aber seine Frau verstärkte den Druck, mit dem sie seine Hand seit geraumer Zeit festhielt und ihn so schon zweimal am Auffahren gehindert hatte.

Stefanie schaute Yvonne ratlos an. »Ich werde die Reporter nicht daran hindern können.«

Yvonne nickte beruhigend. »Ich weiß. Aber es gäbe natürlich einen völlig anderen Eindruck, wenn da stünde: Bertram Kogler mit seiner Verlobten. Was ich damit sagen will, ist, denkt doch mal darüber nach, ob ihr euch nicht verloben wollt.«

Stefanie öffnete den Mund zu einer Entgegnung, aber Michael Kogler kam ihr zuvor.

»Das ist eine geniale Idee von dir, meine Liebe. So eine Verlobung – die zeigt, dass die Beziehung ernst ist, und trotzdem kann man sich mit der Heirat Zeit lassen. Das solltet ihr euch wirklich mal durch den Kopf gehen lassen. Mit einer Verlobung ist ja noch nix passiert. Überleg dir das mal, Stefanie. So eine Verlobung, die macht die Beziehung seriös.«

»Ja, vielleicht schon«, sagte Stefanie nachdenklich.

»Und eine Verlobungsfeier, das ist ein schönes Fest, das eine Gelegenheit bietet, die beiden Familien miteinander bekannt zu machen. Ganz entspannt und locker. Nicht so offiziell wie bei einer Hochzeit. Was meint ihr denn dazu, Ruth, Josef?«

»Ich finde, das alles ist allein die Angelegenheit von Stefanie und Bertram«, sagte Josef verärgert. »Und selbst wenn die jungen Leute den Wunsch hätten, uns in eine solche Diskussion einzubinden, so sollte als Allerersters doch euer Sohn mit am Tisch sitzen.«

Michael fühlte sich gemaßregelt, aber bevor er seiner Ungehaltenheit Ausdruck geben konnte, sagte Yvonne: »Du hast vollkommen recht, Josef. Das müssen die beiden besprechen, und dann schauen wir weiter. Ich glaube, mit uns ist gerade die Fantasie durchgegangen, denn eine solche Verlobungsfeier wäre eine wunderbare Gelegenheit, Michaels frisch entdeckten Bruder einzuladen. Michael, diese Geschichte musst du unbedingt erzählen.«

Erstaunt sahen die Grubers, wie sich die gerade noch so verärgert angespannten Gesichtszüge von Michael Kogler zu einem breiten Grinsen verzogen. Ganz eindeutig hatte Yvonne ihren Mann im Griff. Und eilig auf andere Gedanken gebracht.

Ruth fragte schnell: »Was heißt denn: frisch entdeckter Bruder?«

Jetzt lachte Michael laut auf.

»Ja, das ist ein Ding! Hört zu!«

Er schob seinen Kuchenteller von sich und beugte sich vor.

»Kennt ihr die Reklame von diesen Instituten, die da so Ahnenforschung machen?«

Josef und Ruth schüttelten den Kopf, aber Felix nickte begeistert. »Ja, natürlich! Die Werbung läuft fast jeden Abend im Fernsehen. Du schickst deine DNA-Probe hin und dann …«

»Genau!«, sagte Michael. »Bei uns im Golfklub haben das ein paar Leute gemacht. Und davon geschwärmt. Und … also wir haben uns davon anstecken lassen und uns auch so ein Testkit zusenden lassen.«

»Cool!«, sagte Felix.

»Du kennst dich damit aus?«, fragte seine Mutter erstaunt.

»Natürlich! Das ist doch der ganz große Hype jetzt. Auf Facebook sind Unmengen von Leuten, die plötzlich Verwandte gefunden haben …«

»Facebook!« Der Tonfall von Josef sagte alles. In seinen Augen war dieses Internet eine gigantische Zeitvernichtungsmaschine, die dabei auch noch die Leute verblödete.

Felix lachte. »Ich weiß, was du meinst, Papa. Aber diese Gen-Geschichte ist echt krass! Du erfährst zum Beispiel, zu wie viel Prozent du asiatisch bist und ob du afrikanische Vorfahren hast und lauter solche Sachen.«

Josefs Laune war sowieso nicht die beste. »Was soll mir das bringen, wenn ich weiß, dass ich einen Vorfahren aus – was weiß ich – von mir aus aus der Inneren Mongolei habe. Ich bin deshalb doch kein anderer Mensch. Es kommt doch darauf an, wie *ich* bin, nicht wie oder wer meine Vorfahren waren!« Seine Stimme war unwillkürlich lauter geworden, und Ruth fasste wieder nach seiner Hand und hielt sie fest.

»Also im Golfklub hat einer erfahren, dass er von Dschingis-Khan abstammt.«

»Angeblich!«, sagte Yvonne. »Gezeigt hat er uns den Stammbaum noch nicht.«

»Irre!« Felix bekam glänzende Augen. »Dschingis-Khan! Ob wir auch von Dschingis-Khan abstammen? Papa, ist das nicht endgeil?«

Josefs Stimme wurde immer ungehaltener. »Was wär denn dann anders, wenn es so wäre? Kannst du mir das erklären?«

Felix verzog kurz das Gesicht, aber er wurde einer Antwort enthoben, denn Michael fuhr fort: »Jedenfalls haben wir die Ergebnisse bekommen, und die konnten wir … das ist natürlich freiwillig, das musst du nicht machen … aber wir haben unsere Ergebnisse in so einen Stammbaum eintragen lassen und dann«, er lachte dröhnend auf, »dann hat sich herausgestellt, dass mein lieber Vater, Gott hab ihn selig, wenn er immer beruflich in Amerika war, so lieb gar nicht war. Oder besser formuliert: Er war noch lieber, als wir uns das vorgestellt haben! Ich habe dort einen Bruder, also Halbbruder natürlich.«

»Nein!«, sagte Ruth, und Josef fragte: »Ist das sicher? Das ist vielleicht nur ein Irrer, der irgendwas will?«

Michael nickte. »Nein, nein! Wir sind verwandt, das ist eindeutig. Ich habe in der Zwischenzeit auch schon mit ihm geredet. Also wir haben geskypt. Er sieht mir sogar ziemlich ähnlich. Und er hat Fotos von sich als Kind bei meinem Vater auf dem Arm. Scheint aber auf jeden Fall ein respektabler Kerl zu sein. Hat übrigens auch ein kleines Unternehmen.«

»Unglaublich!«

»Ja, das war eine Überraschung. Aber wie gesagt, der Kerl kommt mir ganz passabel vor; ich denke, ich kann mich mit ihm sehen lassen. Und er ist wohl auch finanziell gut gestellt, ich muss also nicht befürchten, dass da auf mich irgendwelche Forderungen …«

»Und wenn ihr eine Verlobungsfeier macht, würden wir die nutzen und ihn einladen«, ergänzte Yvonne.

»Das ist endcool!«, sagte Felix begeistert.

Stefanie nickte. »Ich muss natürlich mit Bertram darüber reden, aber ich glaube fast, ich … wie gesagt, Bertram und ich werden das besprechen.«

Unvermittelt tippte Michael seiner Frau auf die Schulter und erhob sich. »Ich schätze, wir müssen los. Hab noch einen Termin nachher. Bin schon ziemlich knapp in der Zeit.«

Die nächsten Minuten vergingen mit Umarmungen, Verabschiedungsfloskeln, Versprechen auf baldiges Telefonieren und Ge-

genbesuche – und dann standen die vier Grubers nebeneinander auf dem Hof und winkten dem davonfahrenden SUV hinterher.

»Puh«, sagte Felix, als der Wagen außer Sichtweite war. »Und was wollten die jetzt hier?«

»Ich weiß es«, sagte Josef mit grimmiger Miene. »Sie wollten ein Wort loswerden. Ein einziges Wort. Der ganze Rest war nur Verpackung.«

Felix schaute verständnislos. »Welches denn?«

»Felix hat nicht aufmerksam zugehört«, sagte Ruth. »Er war am Anfang zu sehr in Gedanken.« Sie warf Stefanie einen fragenden Blick zu. Stefanie legte den Finger ans Kinn. Dann nickte sie. »Ehevertrag.«

»Genau«, sagte Josef.

Stefanie sah die Furchen auf seiner Stirn. »Ihr habt euch so viel Mühe gemacht, mir ein schönes Geburtstagswochenende zu organisieren. Und dann kommt dieser Stress. Es tut mir wirklich leid.«

Ruth griff nach ihrer Hand. »Du kannst doch nichts dafür! Und … es war doch nicht so schlimm.«

Josef wollte ein unwilliges Schnauben von sich geben, aber als er das unglückliche Gesicht von Stefanie sah, sagte er: »Ich fand's auch … auch ganz nett.«

Stefanie lachte schallend auf und drückte Josef einen Kuss auf die Wange. »Für diese Lüge liebe ich dich noch einmal ganz besonders.«

Ruth stand links von ihr, Josef rechts, Stefanie legte um jeden einen Arm und sagte strahlend: »Es kann ja schließlich nicht jeder so wunderbare Eltern haben wie ich!«

Mittwoch, 23. Mai 2018

Drei Tage später eilte sie durch die engen Gassen, in denen noch die Tageshitze stand, obwohl es schon nach zweiundzwanzig Uhr war. Die Orchesterprobe hatte ein paar Minuten länger gedauert, Bertram wartete sicher schon ungeduldig auf sie.

Sie war nervös. Sie musste ihm heute von dem Vorschlag seiner Eltern erzählen. Als sie am Sonntag beim abendlichen Telefonat Bertram von dem überraschenden Besuch berichtet hatte, war sie nicht weiter auf den Inhalt der Gespräche eingegangen.

Das Restaurant, in dem er wartete und das unweit ihrer Wohnung lag, galt als eines der besten in Passau.

Bevor Stefanie Bertram kennengelernt hatte, war sie nur zwei Mal in diesem Restaurant gewesen: Die Eltern hatten die silberne Hochzeit und einen runden Geburtstag von Ruth dort gefeiert.

Als Bertram damals so überraschend mit dem ersten riesigen Strauß roter Rosen vor ihrer Werkstatttür gestanden und sie mit diesem schüchternen, hilflos bittenden, sie so rührenden Lächeln gefragt hatte, ob er sie zu einem Abendessen einladen dürfe, kam sie erst das dritte Mal in dieses Restaurant.

Für Bertram dagegen stellte das Lokal, wenn er nach Passau kam, eher so eine Art Kantinenersatz dar. Stefanie hätte nicht zu sagen gewusst, wie oft sie beide in den vergangenen vier Monaten dort gegessen hatten.

»Herzlich willkommen«, sagte der freundliche Kellner, der sie am Eingang begrüßte. Noch während er ihr den Mantel abnahm, hörte sie Bertram.

»Stefanie!«

Bertram winkte ihr gut gelaunt zu. Er saß – als einziger Gast – an der Restaurantbar, die sich im hinteren Teil an den Speisesaal anschloss.

»Wir sind die letzten Gäste. Aber ich habe organisiert, dass du noch einen Käseteller bekommst«, sagte er stolz.

Eigentlich wartete zu Hause im Kühlschrank ein kleiner Imbiss, den sie vorbereitet hatte. Aber wenn Bertram so fürsorglich war …

»Schließen die nicht gleich?«, fragte sie angesichts der Leere.

»Erst um elf. Und der Ober hat mir versichert, dass wir ganz in Ruhe unseren Champagner genießen können. Wir haben alle Zeit der Welt.«

Bertram winkte dem älteren Herrn, der hinter dem Bartresen stand, zu. Der lächelte freundlich zurück und zog die Champagnerflasche aus dem Kühler, der auf der hochglanzpolierten Holztheke stand.

Champagner. Natürlich.

Sie schlief oft schlecht auf Champagner, und für morgen hatte sie sich viel vorgenommen.

Bertram, der ihr Zögern spürte, sagte: »Ach komm! Wir müssen doch auf deinen Geburtstag anstoßen.«

Stefanie nickte. Schließlich war er eigens von München hergefahren.

Während die Flüssigkeit in den Gläsern aufschäumte, sagte sie: »Ich muss dir noch vom Sonntag erzählen.«

»Soll ich Ihnen den kleinen Tisch hier in der Bar decken?«, fragte ein Kellner, der gerade einen Wagen aus der Küche rollte. »Da sitzen Sie zum Essen vielleicht bequemer.«

Beim Anblick der vier Cloches, die auf den beiden Ebenen des Wagens glänzten, stöhnte Stefanie entsetzt auf.

»Du hast was von Käseteller gesagt.«

»Die warme Küche hat ja leider schon geschlossen, aber wir haben uns erlaubt, ein paar kalte Kleinigkeiten herzurichten«, erklärte der Kellner und lüftete nacheinander die Hauben: »Zunächst eine Platte mit gemischten italienischen Vorspeisen, weiter die hausgemachte Gänseleberpastete mit unserer Brioche, ferner hat unsere Küche der unüblichen Hitze Rechnung getragen und ein Gazpacho auf die Karte gesetzt, und hier haben wir noch eine Dessertauswahl. Ich wünsche Ihnen guten Appetit.«

»Wunderbar!«, sagte Bertram. »Ja, machen Sie uns den kleinen Tisch zurecht.«

Beim Anblick all dieser Köstlichkeiten merkte Stefanie erst, wie hungrig sie war.

Das lästige Thema vom Sonntag hatte Zeit bis nach dem Essen, beschloss sie.

Bertram führte sie an den runden Bartisch in der Ecke des Raums.

Zehn Minuten später wischte sie sich mit der blütenweißen Stoffserviette sorgfältig den Mund ab und gab ein genüssliches

Stöhnen von sich. »Das war gut!« Sie lächelte etwas verlegen. »So verwöhnt zu werden, daran will ich mich lieber nicht gewöhnen.«

»Das sollst du aber!« Bertram nahm ihre Hand und drückte sie an seine Brust. »Du bist so eine tolle Frau. Ich habe noch nie jemanden getroffen wie dich! Du bist absolut einzigartig!«

»Ich hoffe doch, dass das für jeden Menschen zutrifft«, schmunzelte Stefanie.

Bertram musste einen Moment überlegen. »Ach so, ja. Nein! Natürlich! Aber …«

Stefanie lachte laut auf. »Habe ich dich so verwirrt?«

Bertram nickte. »Du verwirrst mich immer«, sagte er mit leuchtenden Augen.

»Das tut mir leid.«

»Siehst du? Deswegen bist du etwas Besonderes. Jede andere Frau wäre von diesem Kompliment entzückt gewesen.«

Stefanie legte ihren Zeigefinger ans Kinn.

»Abgesehen davon, dass du hoffentlich nicht *jede* Frau so gut kennst …«, Stefanies Zeigefinger beschrieb kleine Kreise, »… frage ich mich, warum es erstrebenswert sein soll, seinen Partner zu verwirren. Ist es nicht schöner, wenn einen der Partner versteht? Wenn mein Partner weiß, was ich denke oder was ich meine?«

»Mit dir kommt man aber auch immer in merkwürdige Diskussionen!«, sagte Bertram, suchte den Blickkontakt zu dem Kellner hinter der Bar und deutete auf sein leeres Glas. »Lass uns anstoßen! Und ich will dir dein Geschenk geben.«

Als der Ober Anstalten machte, Stefanies Glas weiter zu füllen, wehrte sie ab.

»Lass was nachgießen«, sagte Bertram. »Damit er kühler wird.«

»Ich pack das nicht mehr.«

»Dann lässt du es eben stehen.«

»So eine Verschwendung.«

»Die Flasche ist sowieso geöffnet. Jetzt ist es egal, ob es in deinem Glas übrig bleibt oder in der Flasche. Komm, Stefanie, wir müssen doch feiern! Ich bin nur für dich von München hergefahren.«

Stefanie nickte dem Kellner zu. Die Gläser klangen hell. »Herzlichen Glückwunsch, meine Geliebte!«, sagte Bertram und zu dem Kellner: »Bringen Sie mir bitte den Karton, den ich an der Garderobe abgestellt habe?«

Der ältere Mann nickte. »Sehr gerne.«

Er verschwand durch die Tür. Das war eine gute Gelegenheit. Jetzt konnte sie Bertram endlich erzählen, was seine Eltern vorgeschlagen hatten.

Sie sprachen gleichzeitig.

»Bertram, was ich dir noch …«

»Dein zweites Geschenk hat ja …«

Sie lachten.

»Du zuerst«, sagte Stefanie.

Bertram nickte.

»Dein zweites Geschenk hat leider nicht geklappt, weil deine Info mit der Uhrzeit zu spät kam«, sagte er bedauernd.

»Wozu wolltest du denn wissen, um wie viel Uhr ich geboren bin?«

Bertram lachte triumphierend. »Du kommst nie drauf!«

Stefanie nickte. »Ja, ich habe stundenlang gegrübelt. Ich gebe mich geschlagen.«

Bertram grinste und hob langsam sein Glas.

»Lass uns noch mal anstoßen!«

»Du willst mich auf die Folter spannen!«

Bertram kicherte. »Eigentlich wollte ich es dir auch noch gar nicht verraten. Aber – es ist ziemlich aufregend. Ich kann es einfach nicht für mich behalten.«

Stefanie lächelte ihn erwartungsvoll an.

Bertram machte noch eine kleine Pause, bevor er das Geheimnis lüftete.

»Du kriegst ein Horoskop! Dein ganz persönliches, individuelles Horoskop! Ich habe da jemanden kennengelernt, der …«

»Was?« Stefanie hatte Mühe, ihre Verblüffung nicht allzu offen zu zeigen.

»Ich weiß, was du denkst. Aber der Typ ist echt gut. Das ist ein

Bekannter von einem Typen im Segelklub, und der hat schon für ganz viele ... jedenfalls sind alle total begeistert. Weil so total eingetroffen ist, was er gesagt hat. Jeder lässt sich jetzt bei dem ein Horoskop stellen. Sämtliche Unterhaltungen drehen sich nur darum.«

»Also, Bertram, ganz ehrlich, ich glaube absolut nicht ....«

»Nein, nein. Warte! Ich hab's auch für Bullshit gehalten. Aber hier – das ist wirklich anders. Wart's ab. Der Typ ist auch schweineteuer *by the way*. Ich schenke dir deines halt zu Weihnachten, und dann reden wir noch mal.«

Er grinste. »Und dieser Typ hat mir übrigens auch sofort gesagt, dass du als Stier nachtragend bist. Was sagst du jetzt?«

Das war eine ihrer negativen Eigenschaften. Sie war nachtragend. Deswegen war auch ihre letzte Beziehung nach sieben Jahren zerbrochen. Eine einmalige Untreue ihres damaligen Partners, die sie nicht hatte verzeihen können.

»Ja, das bin ich«, gab sie zu. »Aber ich bezweifle, dass das irgendwas mit dem Datum oder der Uhrzeit meiner Geburt zu tun hat.« Sie schüttelte fassungslos den Kopf. »Dass du an so was tatsächlich glaubst?«

Bertram strahlte sie verliebt an. »Ich hoffe, du liebst mich trotzdem noch.«

Stefanie musste lachen. »Ich bin vielleicht nachtragend«, sagte sie, »aber ich bin auch beständig. Wenn ich Ja zu etwas sage, kann man sich darauf verlassen.«

»Ich weiß, mein Herz, ich weiß.«

Das war die Gelegenheit. »Deswegen will ich auch, was uns betrifft, alles in Ruhe angehen. Und jetzt komme ich dazu, was ich dir schon die ganze Zeit erzählen will: vom Besuch deiner Eltern. Deine Eltern meinten offenbar, wir wären sozusagen schon auf dem Weg zum Standesamt, und als sie gemerkt haben, dass wir noch nicht ...«

Sie stockte. Sie konnte doch jetzt nicht eine Verlobung vorschlagen – das war ja so, als würde sie ihm quasi einen Antrag machen. Wie sah das denn aus? Als wolle *sie ihn* heiraten. Als wolle *sie ihn* einfangen.

Überhaupt, wieso hatte sie sich nicht gleich gegen diesen Vorschlag gewehrt? Irgendwie war sie in der Defensive gewesen, hatte sich auf eine undefinierbare Art schuldig gefühlt. Und plötzlich spürte sie, warum sie sich so unwohl fühlte. Sie sollte als Bote benutzt werden – *sie* sollte Bertram auf die Idee einer Verlobung bringen. Weil die Koglers, aus welchen Gründen auch immer, diesen Wunsch Bertram nicht selbst übermitteln wollten.

»Ich muss mich für meine Eltern entschuldigen«, sagte Bertram in ihre Gedanken hinein. »Ich kann mir genau vorstellen, was da vor sich gegangen ist.«

Stefanie hob fragend die Augenbrauen.

»Mein Vater wollte sicherstellen, dass du mich nicht wegen meines Geldes heiratest. Und meine Mutter macht sich überwiegend Gedanken darüber, was die Leute sagen.«

Stefanie nickte betrübt. Plötzlich war es leichter, es auszusprechen »Sie hat vorgeschlagen, dass wir uns verloben. Und als sie das so erklärt hat, fand ich das sogar eine ganz gute Idee. Aber jetzt … also sich mit dem Gedanken zu verloben, dass das ja noch nichts wirklich Verbindliches ist, das finde ich nicht richtig. Und nun habe ich ein schlechtes Gewissen deinen Eltern gegenüber.«

Bertram griff nach ihrer Hand. »Wichtig ist, dass ich dich liebe. Du tust mir gut. Ich brauche dich. Deswegen würde ich dich lieber heute als morgen heiraten. Aber wenn du noch ein bisschen warten willst, ist das für mich auch okay. Was meine Eltern denken, ist in diesem Zusammenhang völlig unwichtig.«

Er lächelte sie an, und ein großer Stein plumpste von Stefanies Herzen. Wie er sie verstand. Und zu ihr hielt. Er war es wirklich wert, geliebt zu werden!

Stefanie sah über Bertrams Schulter, wie der Kellner sich ihrem Tisch näherte. Er trug einen langen, schmalen, mit üppigen Blüten aus goldfarbenem Geschenkband dekorierten Karton in den Händen, den er nun Bertram reichte.

Bertram nahm ihn mit einem dankenden Nicken an und hielt ihn ihr hin.

»Bitte sehr! Herzlichen Glückwunsch zum Geburtstag!«

»Das ist ja … ich habe noch nie ein derart toll verpacktes Geschenk bekommen!«, sagte Stefanie. Vorsichtig löste sie zwei seitliche Klebestreifen.

»Wir haben in der Firma eine Frau, die verpackt bei uns auch immer die Präsente für die Geschäftspartner und den ganzen offiziellen Kram. Macht die das nicht sensationell?«

»Jedenfalls sehr opulent«, lachte Stefanie.

»Nun mach es schon auf!« Bertram hibbelte in seinem Sessel hin und her.

»Ich will die schönen Blüten nicht zerstören.«

»Ich bin so gespannt, was du sagst!«

Als Stefanie den langen Karton geöffnet hatte und den länglichen, in feines Seidenpapier eingeschlagenen Gegenstand sah, ahnte sie schon, um was es sich handelte. Einen Bogen. Einen Instrumentenbogen. Darauf lag ein weißer Briefumschlag.

»Du musst zuerst den Brief aufmachen!«, sagte Bertram aufgeregt.

Stefanie öffnete den Umschlag und zog den zusammengefalteten Papierbogen heraus. Ihr Herz klopfte schneller. Sie kannte diese grüne Farbe. Während ihrer Gesellenjahre in Paris hatte sie zwei oder drei Mal ein solches Papier in der Hand gehalten. Sie faltete den Bogen auf.

Links oben stand, wie sie es schon geahnt hatte: CERTIFICAT D'AUTHENTICITÉ.

Diese Bescheinigung stammte von dem Gutachter Jean-François Raffin und seinen Kollegen, allesamt Experten für die Begutachtung und Zertifizierung historischer Bögen. Und sie bescheinigten, dass der Bogen, der im Folgenden genauestens beschrieben war und von dem noch ein Foto auf dem Zertifikat prangte, von André Vigneron stammte.

Stefanie schluckte.

»Na, was sagst du?«, fragte Bertram.

»Ich muss ihn ja noch auspacken«, sagte Stefanie.

Behutsam löste sie das schmale Paket aus seiner Verpackung und entfernte langsam das schützende Seidenpapier.

Der historische Bogen lag in ihrer Hand.

»Ein Pariser Auge«, sagte sie bewundernd.

»Wo?« Bertram schaute verständnislos.

»Hier, im Frosch.«

»Du machst mich wahnsinnig. Was ist der Frosch?«

Stefanie lachte. »Entschuldige. Schau: hier dieses Teil, dieses Holzklötzchen – damit spannst du die Haare ein. Siehst du? In dieses Element. Das Ganze nennt man Frosch. Der ist meistens aus Ebenholz. Der hier auch, nehme ich an. Aber dieser ist mit Silber verkleidet. Und das hier«, sie tippte auf die kreisrunde Perlmutteinlage mitten im Silber, »das nennt man das Auge. Und wenn es mit so einem Ring versehen ist wie hier, dann ist es ein Pariser Auge.«

Sie wog den Bogen in der Hand.

»Ich habe noch nie einen so wertvollen Bogen in der Hand gehalten«, sagte sie.

»Ich wusste auch nicht, dass man für einen Bogen derart viel Geld ausgeben kann«, sagte Bertram.

Stefanie nickte. Sie kannte die Preise. »Wie bist du überhaupt an den Bogen gekommen?«

»Ich habe gegoogelt wie ein Wilder nach historischen, wertvollen Bögen. Gefällt er dir?«, fragte Bertram begierig.

»Er ist wunderschön«, sagte Stefanie und beugte sich zu ihm hinüber. »Ich danke dir sehr!«

Sie wollte ihm einen schnellen Dankeskuss geben, aber er hielt sie fest und küsste sie leidenschaftlich.

Nur gut, dass wir die letzten Gäste sind, dachte Stefanie.

»Vorsicht, der wertvolle Bogen«, sagte sie, als er sie endlich losließ.

Sorgfältig schlug sie den Bogen wieder in das Seidenpapier ein.

»Da werden deine Kollegen staunen, wenn du mit einem solchen Bogen ankommst!«, sagte Bertram.

Stefanie nickte. Das würden sie tatsächlich.

Sie beschloss, Bertram nicht zu sagen, dass sie mit diesem Bogen nichts anfangen konnte. Es war ein Geigenbogen. Sie spielte Bratsche.

Freitag, 4. Mai 1990

Paula hatte keinen Blick für die liebliche Schönheit des Moseltals, schaute nicht auf die restaurierte Burg, die über den Weinbergen thronte, und schenkte auch den romantischen Fachwerkhäusern auf der rechten Straßenseite keine Beachtung. Sie musste sich darauf konzentrieren, das Auto unfallfrei über die enge, heute irgendwie wahrscheinlich infolge von Ausflugsverkehr besonders dicht befahrene Straße zu lenken, obwohl ihr die Tränen in den Augen standen. Aber sobald sie die Tränen wegwischte, quollen neue hervor. Sie hatte es verdorben. Die Jungfrau Maria hatte ihr ein Kind geschenkt und sie war zu ungeschickt gewesen, zu langsam – oder einfach zu dumm, das Kind anzunehmen.

Warum bloß hatte sie den Kinderwagen genommen? Diesen schweren Wagen, der sie so unbeweglich gemacht hatte. Warum bloß hatte sie nicht einfach das Baby aus dem Wagen gehoben? Sie hätte sich schneller bewegen können, sie wäre an den jungen Männern längst vorbei gewesen, bevor die Mutter überhaupt bemerkt hätte, was los war. Und vor allem: Sie, Paula, wäre nicht auf den ersten Blick als die Entführerin erkennbar gewesen. Es wäre Verwirrung entstanden, und sie wäre längst in ihrem Auto mit dem Baby unterwegs gewesen, bevor … Wenn sie doch nur …

Die Jungfrau Maria hatte ihr ein Baby geschenkt, es ihr sozusagen auf dem Servierteller präsentiert, und sie war zu dumm gewesen, es zu nehmen.

Die Tränen hinterließen dunkle Flecken auf ihrer Bluse.

Zu dumm für ein Kind. Zu dumm für das Leben.

Paula lenkte das Auto unter Tränen auf einen kleinen Parkplatz. Dahinter ging es auf die Bahngleise.

Ihr Entschluss stand fest.

Nachdem das Schicksal ihr die Erfüllung ihres einzigen Wunsches in diesem Leben nicht gewährte, brauchte sie auch dieses Leben nicht mehr.

Paula ließ den Autoschlüssel stecken. Was interessierte sie, was mit dem Auto passierte.

Wie im Reflex griff sie nach ihrer Handtasche auf dem Beifahrersitz. Sie hob sie an und ließ sie wieder fallen. Wozu mitnehmen?

Paula stieg aus dem Auto – sie schloss noch nicht einmal die Autotür – und ging Richtung Bahndamm.

Es waren nur wenige Schritte. Trotzdem keuchte sie, als sie oben auf der Trasse ankam. Und ächzte und stöhnte, als sie endlich lag.

Die Gleise waren unbequem. Der harte Stahl im Nacken …

Sie warf einen Blick auf die Uhr. Sie hatte Glück. Sie würde nicht lange warten müssen. Endlich habe ich mal Glück in meinem Leben, *dachte sie und fing an, hysterisch zu kichern. Der Zug, der hier stündlich verkehrte, sollte in etwa drei oder vier Minuten kommen. Sie kannte den Fahrplan, schließlich fuhr sie oft genug mit der Bahn nach Perlich.*

Ein paar Minuten – das sollte auszuhalten sein. Paula versuchte, den kalten, harten Druck des Stahlbands in ihrem Nacken zu ignorieren. Warum hatte sie bloß die Handtasche nicht mitgenommen? Sie hätte ihren Kopf darauf betten können. Auch dafür zu dumm. Sie schloss die Augen.

Das war es also. Das war es gewesen. Ein armseliges Leben. So ein armseliges Leben.

Dabei war sie ganz nah dran gewesen! Die Tränen liefen ihr seitlich über die Schläfen und benetzten die Ohren. In einer wütenden Bewegung mit zu Fäusten geballten Händen wischte sie darüber.

In dem engen Moseltal fing sich der Schall des rollenden Zuges, und Paula konnte das Rumpeln in der Ferne schon leise hören.

Sie erinnerte sich, wie in Western die Helden immer prüften, ob sich ein Zug näherte. Funktionierte das eigentlich? Sie drehte den Kopf leicht zur Seite und drückte das Ohr auf das Metallband. Wie kalt! Aber tatsächlich, das Gleis summte.

Der Zug konnte nicht mehr weit entfernt sein. Wenn er pünktlich war, dann vielleicht noch ein oder zwei Minuten.

Paula atmete tief ein. Es wurde auch Zeit. Diese Position hier war nicht einfach nur unbequem, die war schmerzhaft.

Das andere Gleis drückte ihr qualvoll in die Wade. Ob sie die Beine anziehen konnte? Das Wichtigste war doch wohl, dass der Kopf sauber auf dem Gleis lag.

Das Vibrieren im Gleis wurde stärker. Es lief ihr durch den ganzen Körper.

Das wäre es dann gleich gewesen.

Sie wäre weg. Kinderlos. Spurlos.

Obwohl sich sicher viele Mütter dankbar an sie erinnern würden. Oder vielleicht auch voller Hass. Schließlich hatte sie den Gebärenden oft den Zuspruch, den diese so nötig gebraucht hätten, verweigert. War nicht gekommen, wenn eine gepeinigte Frau voller Not nach ihr gerufen hatte.

Nicht, dass sie jetzt ein schlechtes Gewissen deswegen quälte. Wirklich nicht. Schließlich besaßen diese Weiber Kinder.

Das Echo des rollenden Zuges füllte allmählich das Tal.

Ihr Halbbruder würde sie allerdings, wenn vielleicht nicht unbedingt in liebevoller, doch wenigstens in dankbarer Erinnerung behalten. Schließlich würde er erben. Gar nicht mal wenig. Die Eigentumswohnung. Und auf dem Festgeldkonto lag auch noch ein ordentlicher Batzen.

Der hatte ausgesorgt mit ihrem Tod. Der würde an ihrem Grab stehen und Mühe haben, sein zufriedenes Grinsen zu unterdrücken.

Das Gleis übertrug die Vibrationen in ihre Halswirbel. Und von da aus pflanzten sich die Wellen die Wirbelsäule hinunter fort. Interessantes Gefühl. Fast als würde ihr Körper schon schweben.

Aber warum sollte er sein Grinsen eigentlich unterdrücken? Es gab ja niemanden, den es stören könnte.

Ihr Bruder würde an ihrem Grab stehen und voll satter Zufriedenheit grinsen!

Es war nicht knapp, jedenfalls nicht sehr. Der Zug war noch einige Hundert Meter entfernt, als Paula sich hektisch vom Gleis rollte.

Auf allen vieren krabbelte und krauchte sie über die höllisch schmerzhaften Schottersteine Richtung Böschung – und rutschte mit dem Kopf voran voller Panik hinunter … Nicht dass der Sog des Zuges …

Der Zug ratterte vorbei. Paula schrie. Sie schrie an gegen ihre Angst und ihr Entsetzen, gegen ihre Wut und gegen ihre Verzweiflung.

Die Räder donnerten neben ihren Ohren auf dem Bahngleis – der Zug schien nicht enden zu wollen.

Einen kurzen Moment war Paula überzeugt, sie habe es nicht geschafft, sie sei tot – und sie sei in der Unterwelt gelandet: ein niemals pausierendes höllisches Donnern, ein bitterer Geschmack von Eisen am Gaumen, ein bösartiger Luftzug, der an ihr riss. Und so bliebe es bis in alle Ewigkeit.

Und dann doch. Dann endete es doch. Schon ließ das Grollen nach, plötzlich war der Zug vorbei.

Paula blieb noch einen Moment liegen, ihr Atem ging keuchend, ihre Beine zitterten.

Unendlich müde hob sie den Kopf. Sie sah ihr Auto, nur wenige Schritte entfernt. Die Fahrertür stand weit offen.

Die musste geschlossen werden. Sie musste die Autotür schließen. Der Parkplatz neben ihrem konnte ja sonst nicht genutzt werden. Die Autotür … die musste …

Unter Aufbietung aller Kräfte rappelte sich Paula Köhler aus dem Gestrüpp auf. Ihre Hose war übersät mit schwarzen, öligen Flecken, und aus einem langen Riss im rechten Hosenbein leuchtete die weiße Haut ihres Knies hervor.

Sie wankte zu ihrem Auto, ließ sich hineinfallen und schloss die Tür von innen.

»Ich habe einen Schock«, sagte sie zu sich selbst. Sie legte die flatternden Hände auf das Lenkrad und zwang sich, ruhig zu atmen.

Sie zählte. »Einundzwanzig, zweiundzwanzig …«

Die Hände wollten weiter flattern, sie umkrampfte das Lenkrad fester.

»… dreiundzwanzig, vierundzwanzig …«

Sie betrachtete sich im Rückspiegel. Streifen von öligem Schmutz mischten sich mit kleinen Blutstropfen, die aus irgendwelchen Rissen langsam, zäh hervorquollen. Paula öffnete mit zitternden Fingern ihre Handtasche und zog ein Taschentuch heraus.

Sie würde sich krankmelden und nach Hause fahren. Die Gebärenden schafften das ohne sie. Und wenn nicht, war es auch egal.

In dem Moment klingelte ihr Handy.

»Köhler.«

»Ich wollte fragen, wo Sie bleiben. Ich bin allein, Frau Steffen konnte nicht mehr auf Sie warten. Die musste ihren Sohn aus dem Kindergarten holen. Und ich habe zwei Frauen hier, die sich schwertun …« Die Hebammenschülerin. Eigentlich durfte die überhaupt nicht allein Dienst tun.

Die würde eine Vertretung für Paula organisieren müssen.

»… und zu allem Überfluss«, fuhr die junge Frau hektisch fort, »…

hatten wir gerade eine Totgeburt, das ist meine erste. Ich habe keine Ahnung, wie das jetzt mit diesem ganzen Papierkram geht.«

Es gab ein totes Baby?

Ein totes Baby!

Darüber hatte sie schon öfter nachgedacht. Wenn sie ein totes Baby hätte, dann wüsste sie, was sie zu tun hätte.

Da war es.

Schon wieder wollten ihr die Tränen in die Augen treten. Aber jetzt waren es Tränen der Dankbarkeit, Tränen des Glücks. Ein totes Baby!

Da war ihre Gelegenheit. Und die würde sie nicht ruinieren, die würde sie nutzen!

»Ich hatte einen kleinen Unfall«, sagte Paula.

»O mein Gott!«

»Keine Sorge, es ist nichts passiert. Ich komme nur etwas verspätet. Aber ich bin in zehn Minuten da.«

Paula wartete die Antwort nicht ab, sondern drückte das Gespräch weg und warf das Handy in die Tasche. Ihre Finger waren ruhig, als sie den Reißverschluss der Tasche schloss.

Samstag, 26. Mai 2018

Super, dass es geklappt hat!«

Felix strahlte Stefanie an, als er für sie die Tür aufriss.

»Ich war sowieso mit Fahren dran. Bertram war ja erst vor drei Tagen in Passau.«

Stefanie war vorhin nach München gekommen, wie sie es, seit sie mit Bertram zusammen war, jedes zweite oder dritte Wochenende tat.

Felix nickte und öffnete die Schublade seines Schreibtischs.

»Und wo ist Bertram jetzt?«, fragte er, während er zwei helle, gleich aussehende Kartons aus der Schublade zog und auf seinen Schreibtisch stellte.

»Der holt seine Mutter in Starnberg ab. Wir wollen später gemeinsam durch die Stadt bummeln.«

Felix schenkte seiner Schwester einen mitleidigen Blick. »Du Arme!«

Stefanie lachte. »Ich gebe zu, ich bin froh, wenn es vorbei ist. Aber sie sagt, sie hat immer die Frauen beneidet, wie sie da mit ihren erwachsenen Töchtern in den Umkleidekabinen standen und sich gegenseitig die Kleidungsstücke begutachtet haben. Und da habe ich gedacht, ich tue ihr halt mal den Gefallen. Die zwei Stündchen gehen auch vorüber. Und außerdem freue ich mich, dass du heute Abend mit uns essen gehst und ihr euch endlich kennenlernt.«

»Ja, das wird jetzt Zeit«, sagte Felix.

Stefanie ließ sich auf das voluminöse Sofa fallen.

»Mein Gott, ist das wieder heiß heute. Hast du mal ein Glas Wasser für mich?«

Felix räusperte sich. »Hat das noch einen kleinen Moment Zeit?«

»Was? Das Wasser?«

»Ja. Bitte trink jetzt mal vorerst nichts.«

»Warum das denn? Hast du Angst, ich übergebe mich, wenn du mir erzählst, weswegen du mich unbedingt heute Mittag zuerst allein sehen wolltest?«

Felix lachte. »Ach was! Einen Moment Geduld bitte, ich erkläre es dir sofort!«

»Jetzt bin ich echt gespannt«, sagte Stefanie. »Ich habe gedacht, du willst mir beichten, dass du Vater wirst. Und mit mir besprechen, wie wir das den Eltern beibringen. Aber deswegen dürfte ich doch einen Schluck Wasser trinken?«

»Vater? Um Himmels willen nein!« Felix grinste kurz. »Also, zumindest soweit ich weiß …«

Stefanie wollte etwas sagen, aber Felix winkte ab. »Die Dinge, die ich bestimmen kann, die tue ich alle. Mach dir mal keine Gedanken.«

Er rutschte auf seinem Sessel nach vorn und schaute sie an. »Nein, es geht darum, dass ich dich bitten wollte, ob wir zwei einmal diesen DNA-Test machen lassen.«

»Welchen DNA-Test?«

»Wovon Koglers neulich erzählt haben. Diesen Abstammungstest. Ich finde das so geil!«

»Ach so, dieses Ding.« Stefanie lachte. »Entschuldige, ich habe nicht geschaltet. Ich war in Gedanken noch beim Vaterschaftstest und habe den Zusammenhang gesucht.«

Felix schüttelte tadelnd den Kopf. »Du kannst mir schon glauben, dass ich aufpasse wie ein Luchs. Außerdem bin ich ziemlich wählerisch. Nicht jede, die mal vorübergehend …«, jetzt grinste er wieder »… mich begleitet, darf auch in mein Bett!«

»Gut, gut«, lachte Stefanie. »Ich habe ja gar nichts gesagt. Um also auf diesen Abstammungstest zurückzukommen, dann mach das doch. Ich versteh nur nicht: Warum wolltest du mich deswegen unbedingt sehen?«

»Ich wollte dich bitten, dass du auch einen machst.«

»Ich? Wieso das denn?«

»Damit ich einen Stammbaum anlegen kann. Wo dann schon ein Verwandter drinsteht. Dann könnten wir das Mami und Papi zeigen. Ich habe das Gefühl, Papi hat einfach nicht wirklich geschnallt, worum es geht und wie das funktioniert. Deswegen war er so dagegen.«

»Den Eindruck hatte ich auch. Also, dass er es nicht richtig versteht.«

»Ja, Papa hat gedacht, das ist der gläserne Mensch, und der ist dann auch noch im Internet für jeden einsehbar. Aber wenn wir es ihm an unserem Beispiel zeigen und erklären könnten – ich bin mir sicher, dann hätte er seinen Spaß daran. Er ist doch so weltoffen! Wenn er versteht, dass er damit vielleicht entfernte Verwandte in Amerika oder Australien finden könnte – das wäre doch genau sein Ding. Und Mami fand es sowieso faszinierend, ich habe ihr Gesicht gesehen. Die hat ganz große Augen gemacht und bekam einen völlig anderen Gesichtsausdruck.«

»Stimmt«, sagte Stefanie nachdenklich.

»Und selbst wenn sich keine Verwandten finden, diese Abstammungsgeschichte ist doch auch für sich allein schon spannend:

Kannst du dir vorstellen, wie unser Vater ausflippen würde, wenn er vielleicht erfährt, dass er abstammungsmäßig wahrscheinlich ein Wikinger ist?«, fragte Felix.

»Er würde platzen vor Stolz!«

»Der würde eine ganzseitige Anzeige ins *Vilshofener Tagblatt* setzen.«

Beide lachten laut auf.

»Also, wie gesagt, ich dachte, wir beide machen das mal und schauen, wie das funktioniert. Und dann könnten wir Papi und Mami zum Geburtstag oder zu Weihnachten einen Test und den Stammbaum mit unseren beiden Namen drin schenken? Irgendwie vielleicht schön ausgedruckt und gerahmt? Was weiß ich. Oder – das könnte ja tatsächlich passieren – wir finden sogar schon irgendeinen entfernten Verwandten? Stell dir das mal vor! Wenn wir vielleicht tatsächlich jemanden, zum Beispiel einen Cousin dritten Grades oder so, entdecken – wir könnten sogar ein Überraschungstreffen organisieren. Wir laden Mami und Papi zum Essen ein, und dann kommen wir ins Restaurant, und da sitzen schon zwei Leute an unserem Tisch, und Mami und Papi sind ganz verwirrt, und dann sagen wir: Dürfen wir vorstellen, Papi – das ist dein Großcousin aus Rom, der Conte del …«

Stefanie prustete los. »Grade galoppiert die Fantasie mit dir aber gewaltig über alle Berge.«

Felix grinste. »Gut, vielleicht sitzt da auch nur der Supermarktverkäufer aus dem Nachbardorf. Aber du weißt, was ich meine. Was wir alles entdecken könnten! Und wenn wir es schon mal für uns beide machen, kann Papa sich das viel besser vorstellen. Und dann wäre das doch ein ganz tolles Geschenk für die beiden.«

»Das hört sich wirklich spannend an«, gab Stefanie zu.

»Du machst also mit?«

»Na klar!«

Felix erhob sich und holte die beiden hellen Kartons vom Schreibtisch. »Ich habe schon zwei Testkits besorgt.«

»Ach – wir machen das jetzt gleich?«

»Ja«, sagte Felix und schob Stefanie einen der beiden Kartons zu. »Deswegen habe ich dir auch kein Wasser gegeben. Wann hast du das letzte Mal was gegessen oder getrunken?«

»Heute Morgen.«

»Also, das ist länger als dreißig Minuten her?«

»Ja, auf jeden Fall.«

»Dann können wir sofort loslegen«, sagte Felix befriedigt.

»Mein Gott«, sagte sie. »Das ist ja richtig aufregend! Und was müssen wir dafür tun?«

»Zuerst öffnen wir die Päckchen«, lachte Felix. Er erhob sich. »Ich hol grad mal meinen Laptop.«

»Wieso das?«, fragte Stefanie verblüfft, während sie den Karton an der Perforation aufriss.

»In dem Karton sollte irgendwo ein Aktivierungscode stehen. Mit dem müssen wir uns auf der Website anmelden, damit wir unsere Ergebnisse bekommen«, erklärte Felix.

»Stimmt, hier! Schau, da steht's.« Stefanie hatte die Verpackung aufgeklappt und tippte aufgeregt auf die Innenseite des Deckels. »Aktivieren Sie Ihren DNA-Test unter …«

Felix saß bereits wieder auf seinem Sessel, den aufgeklappten Laptop auf dem Schoß.

»Moment, Moment – es lädt.«

Ungeduldig rieb er sich die Hände. »Da! Da ist die Website!«

Er hob den Kopf und schaute Stefanie erwartungsvoll an. »Dann mal los. Sag mir deinen Code.«

Stefanie begann vorzulesen. »R7D-9D … mein Gott, was für eine Ziffernfolge.«

»Nicht nachlassen!«

Stefanie diktierte sorgsam die Buchstaben und die Zahlen, Felix tippte ein.

»Machen wir zuerst mal bei dir weiter«, sagte er. »Einverstanden?«

»Unbedingt. Bitte! Ich bin ja richtig aufgeregt.«

Felix lachte. »Keine Sorge. Du schaffst das! So, was steht hier? Schritt zwei: Speichelprobe abgeben. Jetzt nimmst du das Röhrchen und spuckst rein. Siehst du? Und bis zur schwarzen Linie mindestens, aber ohne Schaumbläschen. Und …«

»Dreh dich mal bitte um«, sagte Stefanie. »Ich mag nicht, wenn man mir dabei zusieht, wie ich in ein Glas spucke.«

»Da ist doch nix dabei!« Felix schüttelte den Kopf, aber er schaute wie gewünscht in die andere Richtung.

»Fertig«, sagte Stefanie nach einer kleinen Weile.

»Gut. Jetzt musst du nur noch den Trichter abmachen und den Deckel draufschrauben. Aber fest. Ganz fest. Im Deckel ist so eine Konservierungslösung, die wird dadurch freigesetzt.«

Stefanie schaute auf ihren Karton und das Faltblatt, das vor ihr lag und auf dem die einzelnen Schritte genau beschrieben waren. »Ich kann auch schon lesen, lieber Bruder«, sagte sie spöttisch. »Und jetzt muss ich fünf Sekunden schütteln, stimmt's?«

»Da! Es hat geklappt! Schau …«, rief Felix begeistert. Eine blaue Flüssigkeit floss langsam aus dem Deckel an der Glaswand herunter in das Röhrchen.

Felix holte tief Luft. »Sorry, ich bin auch … es ist wirklich aufregend.«

»Schon okay, kleiner Bruder«, lachte Stefanie, während sie das Röhrchen immer noch schüttelte.

»Das war es ja schon«, sagte Stefanie dann, und sie hörte sich fast enttäuscht an. »Noch in den Beutel hier und zukleben – und ab zur Post damit.«

Felix nickte. »Ja, ist wirklich nichts dabei.«

Er drehte sein Proberöhrchen, um seinen Aktivierungscode lesen zu können, und begann zu tippen.

Stefanie packte ihren Probenbeutel in den beigelegten Versandkarton. Ein schneller Blick auf die Uhr. »Oje. Ich muss los. Bertram wartet vielleicht schon unten. Kann ich mein Päckchen hierlassen? Bringst du beide zur Post?«

Felix saß da, das Proberöhrchen in der Hand, den Mund fest geschlossen, und bewegte die Wangen heftig hin und her. Ganz offensichtlich versuchte er, die nötige Menge Speichel zu erzeugen. Er nickte nur.

»Bevor du jetzt ausspuckst, geh ich lieber«, lachte Stefanie. Sie warf ihm eine Kusshand zu, aber als Felix den Mund über das

Röhrchen beugte, wandte sie sich zur Tür. Schon halb im Treppenhaus rief sie noch über die Schulter: »Aber sag mir Bescheid, wenn du diesen Stammbaum hast, bitte!«

Freitag, 4. Mai 1990

Die Besuchszeit war lang vorbei, der Parkplatz wirkte verwaist. Trotzdem ließ Paula das Auto bis zum hintersten Platz rollen. Sie brauchte einfach die Schritte über den Parkplatz, die körperliche Bewegung, um weiter zur Ruhe zu kommen. Ihr stand die größte Aufgabe in ihrem Leben bevor, und sie wusste genau, was sie zu tun hatte. Aber sie musste konzentriert vorgehen, sie durfte sich keinen Fehler erlauben.

Obwohl Paula sich bereits im Auto etwas gesäubert hatte, stieß die Hebammenschülerin einen kleinen Schrei aus, als sie sie erblickte. Ricarda hieß die junge Frau übrigens, es stand auf dem Kittel, den sie trug. Paula hatte der Name nicht einfallen wollen.

»Es sieht dramatischer aus, als es ist«, erklärte Paula. »Ich war mit dem Rad unterwegs und bin auf einem Schotterweg ausgerutscht und gestürzt.«

Die junge Frau schlug sich die Hand vor den Mund.

»Es ist wirklich nicht schlimm«, beruhigte Paula. »Ich muss nur kurz ins Bad, mich etwas herrichten. Dann können wir loslegen.« Paula lachte. »So, wie ich jetzt aussehe, kriegen unsere Mütter ja vor Schreck eine Sturzgeburt nach der anderen.«

»Ich bin so froh, dass Sie da sind!«, sagte die Kleine. »Ich wusste gar nicht, wo ich zuerst hin soll. Bei der einen läuft zwar alles glatt bis jetzt, aber es wird noch dauern, und die klingelt ständig, dass man ihr das Händchen hält. Und in Bett drei, da ist es richtig problematisch. Die Frau, die kam gestern Abend, fünf Minuten nachdem Sie weg waren. Da ist der Muttermund schon seit Stunden nur fünf Zentimeter geöffnet, und es geht einfach nicht weiter. Und dann natürlich noch die Totgeburt.«

»Mach dir keine Sorgen, das kriegen wir schon hin. Die Patientenpapiere von der Totgeburt legst du mir bitte auf den Schreibtisch. Um die Frau von Bett drei kümmere ich mich gleich. Ich gehe jetzt nur noch ins Bad. Das kann allerdings etwas dauern.«

»Ja, klar.«

Fürs Reinigen und fürs Überschminken der kleinen Risswunden und Verletzungen brauchte Paula wenige Minuten. Und dann hatte sie ein unglaubliches Glück. Niemand sah sie auf dem Weg in den Keller, wo der Kühlraum war. Niemand bemerkte, wie sie – mit dem eiskalten toten Baby unter ihrem Kittel – im Personalaufenthaltsraum ihren Spind aufschloss. Niemand wunderte sich, warum sie im Waschraum einen Putzeimer mit warmem Wasser füllte, und es kam auch niemand in den Gemeinschaftsraum, als sie den Eimer mit dem warmen Wasser in ihren Spind hob.

Aber als sie das tote Baby hineinlegen wollte, stellte sie fest, dass sie den Eimer nicht ausreichend gefüllt hatte.

Der kleine Körper passte nicht ganz hinein.

Die Füße! Die Füße konnten kalt bleiben. Sie würde es gut in Tücher einschlagen. Auf die Füße kam es nicht an.

Kurz entschlossen stopfte sie den Körper kopfüber in den Eimer. Und jetzt war ihr Glück auch aufgebraucht. Schwesternschülerin Lara betrat den Raum.

Paula schlug die Tür zu ihrem Spind zu. Es schepperte leise.

»Oh, ich habe Sie gar nicht gesehen«, sagte Lara erschrocken.

»Mir ist auch schon passiert, dass ich reinkam und nicht bemerkt habe, dass jemand hier hinten an den Spinden steht«, sagte Paula und drehte den Schlüssel im Schloss zweimal sorgfältig um.

»Man sieht ja gar nichts mehr«, sagte Ricarda erleichtert, als Paula zurückkam.

Paula nickte. »Die Kratzer sind nur ganz oberflächlich. So, nun lass uns mal zu der Frau gehen mit dem Muttermund, der sich nicht öffnet.«

Die Frau, die sich gerade wieder krümmte und dabei unterdrückt aufschrie, unterschied sich in nichts von all den anderen Gebärenden in Paulas Augen. Aber der Mann! Wie der schon aussah! Diese ärmellose Lederweste, aus der die nackten, über und über tätowierten Oberarme herausschauten, und diese überschulterlangen Haare, die offen sicher fast bis zur Taille reichten, jetzt aber zu einem Zopf zusammengefasst lang über den Rücken baumelten. Diese riesigen Silberringe an den Fingern der linken Hand. Dass ihre Kollegin einen in dieser Aufmachung überhaupt in den Kreißsaal ließ …

Das war doch keine Aufmachung für einen Mann. Und schon gar nicht für einen Vater!

So jemand sollte ein Kind aufziehen dürfen? Und sie nicht? Sie würde dieses verlorene Kind retten.

Mittwoch, 30. Mai 2018

Stefanie und Bertram telefonierten.

»Bertram, ich hatte einen fantastischen Tag!«

»Du bist ja ganz euphorisch«, lachte Bertram. »Was ist passiert?«

»Stell dir vor, ich habe Florian Willeitner kennengelernt und die Soulfiddle gesehen. Ich durfte sogar kurz darauf spielen, und ich darf …«

»*Was* hast du gesehen?«

»Erinnerst du dich nicht? Ich habe dir schon einmal davon erzählt.«

»Sorry. Nein.«

Stefanie schluckte. »Ich hatte dir neulich die Website von Florian Willeitner gezeigt. Diesem Geiger und Komponisten, der hier aus Passau stammt und schon eine große internationale Karriere gemacht hat.«

»Stimmt, jetzt erinnere ich mich«, sagte Bertram.

»Und der hat doch dieses Instrument entwickelt, zusammen mit einem hiesigen Geigenbauer! Eine Mischung aus Gitarre und Viola und so einer Art norwegischer Laute – die Soulfiddle. Mit zehn Saiten! Ich habe dir Fotos gezeigt. Weißt du noch?«

»Ja, ja genau. Jetzt habe ich es wieder.«

Irgendwie hörte es sich für Stefanie nicht überzeugend an.

»Wie kann man denn auf zehn Saiten spielen?«, fragte Bertram in ihre Zweifel hinein.

»Fünf sind Resonanzseiten, die werden nicht gestrichen – das musst du erst mal können!«

»Und den hast du heute kennengelernt?«

»Ja. Und zwar bei … ach, das ist so verrückt. Hier gibt es doch diese *Innstadt Brauerei,* die stillgelegt ist; wir sind schon an diesen schönen, alten Gebäuden vorbeigelaufen.«

»Ich erinnere mich.«

»Jedenfalls: dieser Florian Willeitner – und noch ein paar andere – spielen in dieser Brauerei und in diesem Kessel.«

»*Im* Kessel?«

»Ja!«

»Warum das denn?«

»Weil der so eine tolle Resonanz hat. Ich habe es gehört heute. Es ist wirklich Wahnsinn. Die Eigenfrequenz des Kessels liegt irgendwo zwischen g und gis – und das schwingt, das vibriert, das … ich kann es gar nicht beschreiben.«

»Wie groß ist denn dieser Kessel, um Himmels willen?«

»Nun, jedenfalls braucht man auch innen eine Leiter, um vom Einstieg aus nach unten zu kommen. Und dann stehen sie zu dritt da drin, und es ist noch reichlich Platz.«

»Na, das ist ja … schon beeindruckend!«

»Nicht wahr?«, lachte Stefanie. »Ein Freund aus dem Orchester, der mit Herrn Willeitner befreundet ist, hat mir davon erzählt. Sie nennen das Kesselsessions. Heute war die erste. Und er hat mir Florian Willeitner vorgestellt. Und ich durfte diese Soulfiddle kurz spielen. Und jedenfalls … ich habe Herrn Willeitner gefragt, welchen Bogen er dafür benutzt. Denn die Saiten sind ja stärker, du hast also eine völlig andere Reibung. Er spielt es übrigens sowohl mit Geigen- als auch mit Bratschenbogen, je nachdem, wie viel Druck er auf die Saiten bringen will. Aber jetzt halte dich fest!«

»Du machst es aber spannend!«

»Ich darf für ihn – für dieses Instrument – einen Bogen entwickeln. Ist das nicht Wahnsinn?«

»Das ist wirklich crazy. Ich gratuliere dir!«

Stefanie blies laut die Luft aus.

»Puuh! Ja, ich bin wirklich noch ganz aufgeregt.«

»Das kann ich mir vorstellen. Aber wie machst du das denn? Einen Bogen konstruieren?«

»Ich denke, dass ich den Schwerpunkt etwas nach hinten verlagere. Ich muss noch nachdenken. Und mal ein bisschen rechnen.«

»Wieso rechnen?«

»Na ja. Wenn man den Bogen als zweiarmigen Hebel auffasst, mit dem Drehpunkt des Daumens und Mittelfingers am Frosch, dann ergibt sich für eine ideale Führung des Bogens, dass die Momente ...«

»Stopp!«, sagte Bertram mit so viel Entsetzen in der Stimme, dass Stefanie lachen musste. »Das ist ja Physik!«

»Natürlich. Die Hebelgesetze, Kraftübertragung, das alles gehört zu den Grundlagen der Bogenentwicklung.«

»Meine Hochachtung vor dir steigt ins Unermessliche. Aber tu mir den Gefallen und verschone mich mit Formeln.«

»Du Armer. Aber du hast recht, ich bin viel zu sehr ins Detail gegangen. Dabei wollte ich dir nur erklären, dass der Schwerpunkt des Bogens stimmen muss. Sonst wird das Handgelenk müde und die Finger verkrampfen, und – je nachdem – bei manchen Stricharten kann der Bogen sogar unkontrollierbar springen und jetzt hier, wo wir zehn Saiten haben, da ...«

»Wie viele Liter Bier haben eigentlich in diesen Kessel gepasst?«, fragte Bertram.

»Oh, das weiß ich leider nicht«, sagte Stefanie.

»Schade«, meinte Bertram. »Das hätte mich jetzt wirklich interessiert.«

Stefanie hörte durchs Telefon Bertrams Wohnungsklingel anschlagen.

»Ah, da kommt Leon. Ich muss Schluss machen, mein Herz! Bis morgen.«

Und schon hatte er aufgelegt.

Stefanie legte das Telefon auf den Tisch. Ihre Euphorie war verflogen.

Samstag, 5. Mai 1990

Paula kochte vor Wut. Sie hatte alles perfekt geplant. Und bis fast zuletzt hatte alles so funktioniert, wie sie es sich vorgestellt hatte.

Die Geburt war extrem schwer gewesen. Und Paula nervös. Das erste Mal, dass sie bei einer Entbindung nervös war. Wenn jetzt doch noch etwas schiefging? Wenn sie einen Fehler machte?

»Pressen! Pressen! Jetzt pressen Sie doch endlich!«, hatte sie die völlig erschöpfte Frau angeschrien.

Und endlich, endlich das Baby in den Händen gehalten. Ihr Baby!

Die Mutter hatte ihr Kind sehen wollen. Aber sie war viel zu kraftlos, um sich überhaupt aufzurichten.

Paula hatte das Baby gepackt und war damit zur Tür geeilt.

»Ich muss das Kind retten«, hatte sie den Mann angeschrien, der sich ihr in den Weg stellen wollte. »Es hat Atemprobleme!«

Und dann hatte es schnell gehen müssen. Und es war *schnell gegangen. So oft hatte sie diese Situation in Gedanken schon durchgespielt.*

Obwohl die Minuten wie nichts zerronnen waren.

Es war mitten in der Nacht. Aber so ein Krankenhaus schlief nie. Und deswegen war es wieder unglaubliches Glück, dass ihr niemand begegnete, als sie durch die Gänge eilte, dass sie niemand sah, als sie zu ihrem Auto hetzte, dass sie niemand ansprach, als sie an ihrem Spind hantierte.

Alles lief, wie sie es geplant hatte. Alles war gerichtet.

Und der Mann hatte die Botschaft bereits in ihren Augen gelesen, als sie zurück in den Kreißsaal kam, das weiße Bündel fest im Arm.

»Das Baby ist tot.«

Und die Mutter hatte geschluchzt, und die Eltern hatten beide geweint, und alles war gut gewesen.

Bis der Mann das Tuch von dem toten Baby abwickelte. Und offensichtlich wurde, dass es ein Knabe war.

Paula meinte, immer noch den Schrei zu hören.

»Wo ist meine Tochter?«

Die Frau würde keine Ruhe geben. Das spürte Paula. Es würde ihr nichts anderes übrig bleiben, als die Frau aus dem Weg zu schaffen.

Gut, dass der Zugang in der Handvene noch lag.

Nur der Mann. Was machte sie mit dem? Wieso hatte der Idiot nur das Mulltuch …

Paula kochte vor Wut.

Dienstag, 19. Juni 2018

Das war mein Lieblingsbogen«, klagte die junge deutsch-kanadische Geigerin, die seit einem halben Jahr als festes Ensemblemitglied bei der Niederbayerischen Philharmonie spielte. »Aber seit er neu behaart ist, klingt er irgendwie dumpf.«

Stefanie wandte das Teil in ihren Händen hin und her.

»Ich habe die Behaarung nicht gemacht, oder?«

Die Frau schüttelte den Kopf. »Ich war zu Hause in Montreal. Und dann sind aber so viele Haare gerissen, dass ich ihn dort zu einem Bogenbauer geben musste.«

»Mir erscheint die Behaarung dicker als sonst.«

»Ja«, sagte die Frau. »Ich habe denen gesagt, sie sollen etwas mehr Haare nehmen. Wissen Sie, wenn beim Spielen welche reißen, dann habe ich noch eine Reserve.«

Stefanie schüttelte den Kopf. »Das funktioniert leider nicht. Bei zu vielen Haaren wird der Ton breit und kriegt so ein Rauschen.«

»Genau das ist das Problem!«

Stefanie nickte. »Ich denke, ich wiege mal, wie viele das hier sind.«

Während sie das Haarbüschel ausspannte, klingelte ihr Telefon.

Sie warf einen Blick auf das Display. Felix.

Sie entschuldigte sich bei der Geigerin: »Verzeihung bitte, nur eine Minute«, und griff nach dem Handy. »Ja?«

»Ich hoffe, ich störe dich nicht. Ich wollte …«

»Was ist los? Ist was mit Mami und Papi?«

»Nein! Keine Sorge! Da ist alles in Ordnung.«

Felix lachte, aber es war ein verkrampftes Lachen, ein Lachen, das nicht vergnügt klang. »Aber ich müsste mal mit dir reden. Kann ich am frühen Abend zu dir kommen?«

Egal, welche Strecke man wählte: Von München nach Passau brauchte man knapp zwei Stunden; es musste wichtig sein, wenn Felix an einem normalen Dienstag diese Tour auf sich nehmen wollte.

»Natürlich! Übernachtest du bei mir?«

»Ja. Ich bring auch was fürs Abendessen mit, brauchst dich nicht zu kümmern.«

»Oh – prima. Dann bis später.«

Der Zeiger der Waage pendelte sich bei fast sieben Gramm ein, und nachdem Stefanie das Bündel entsprechend auf ihre fünf Komma sieben Gramm ausgedünnt hatte und der Bogen kurz ausprobiert worden war, zog eine überglückliche Geigerin von dannen.

Den Rest des Nachmittags war Steffi unkonzentriert. Immer wieder schweiften die Gedanken ab zu Felix.

Sie schloss die Werkstatt ausnahmsweise um Punkt halb sechs und kam wenige Minuten später in ihrem Apartment an.

Bertram war bei seinem ersten Besuch entsetzt gewesen. »Hier wohnst du?« Denn das Apartment war klein, insgesamt kaum fünfundzwanzig Quadratmeter, aufgeteilt in einen Wohnraum, ein winziges Badezimmer und eine Kochnische unmittelbar hinter der Eingangstür.

Aber Stefanie hatte sich bei der Besichtigung sofort in den Raum verliebt, denn das breite, zweiflüglige Mansardenfenster ließ warmes Südwestlicht in den Raum und bot einen traumhaften Blick über die Stadt und ihre Flüsse, während das kleine Fenster im Bad nach Osten ausgerichtet war und so die Strahlen der Morgensonne einfing.

Stefanie hatte sich bei der Einrichtung auf das Nötigste beschränkt und helle, leicht wirkende Möbel ausgesucht. Ein Bett, gegenüber eine Schlafcouch, dazwischen zwei kleine Beistelltische auf Rollen; unter dem Fenster an der Wand entlang ein schmaler Ess- und Arbeitstisch, sodass sie bei den Mahlzeiten den Blick über die Stadt genießen konnte. Daneben der Notenständer mit dem Bratschenkoffer darunter. Auch beim täglichen Üben konnte sie immer wieder einen Blick über das herrliche Panorama schweifen lassen.

Ein einladender Raum, in dem man sich wohlfühlte.

»Wenigstens kommt kein Hochwasser rein«, hatte ihr Vater gesagt, als er zusammen mit Felix das Bettgestell, das zu ausladend für den engen Aufzug war, die vier Stockwerke hochgeschleppt hatte.

Stefanie freute sich normalerweise jeden Abend, wenn sie die Wohnungstür aufschloss und die Muster sah, die die Lichtspiegelungen auf den Beinen des Aluminiumnotenständers an die Wand malten. Heute allerdings hatte sie keinen Blick dafür.

Felix war sicher nicht vor fünf in München losgefahren, sie hätte also noch Zeit zum Üben.

Aber sie hatte noch nicht den Verschluss des Bratschenkoffers geöffnet, als es auch schon klingelte.

Konnte das bereits Felix sein? War er schon am Nachmittag losgefahren? Das bedeutete, er hatte sich Urlaub genommen. Offenbar war es wirklich dringend.

»Hallo, große Schwester. Hier ist der Abendessenlieferant.«

Felix umarmte sie und hielt ihr eine große, gut gefüllte Papiertüte mit dem Logo eines bekannten Münchner Feinkostmarkts entgegen.

»Geflügelsalat, Heringssalat, frisches Baguette, eine Käseauswahl, Obstsalat und Bayrisch Creme – was sagst du?«

»Wow!« Steffi lachte. »Das möchte ich ab jetzt jeden Abend.« Aber Felix war blass.

»Setz dich, die Fahrt war sicher anstrengend«, sagte sie. »Ich decke schnell den Tisch.«

Felix widersprach nicht, sondern ließ sich in die Kissen auf dem Sofa fallen. Was war nur los mit ihm?

Stefanies Unruhe wuchs und wuchs. War er vielleicht krank? Hatte er eine schlimme Diagnose erhalten?

Du wirst es gleich erfahren, schalt sie sich. *Hör auf, dich verrückt zu machen.*

»Wo soll ich die hintun?« Felix hielt die Zeitschrift hoch, die auf dem Sofa gelegen hatte.

»Pack sie auf die Fensterbank.«

»Papi liest diese Zeitschrift übrigens auch.«

»Papi? Was will der denn damit? Das ist eine Fachzeitschrift. Für Geigen- und Bogenbauer.«

»Die lag auf seinem Schreibtisch.«

»Versteh ich nicht.«

»Vielleicht war es ein Exemplar von dir?«

»Wahrscheinlich. Sicher ein älteres Exemplar, das ich daheim mal liegen gelassen habe. Das hat ihn halt interessiert.«

»Ja. Wahrscheinlich.«

»Was magst du trinken?« Sie nahm zwei Gläser aus dem Schrank und griff nach der Wasserflasche.

»Hast du einen Wein? Oder nein – besser einen Schnaps. Und gieß dir auch gleich einen ein.«

Stefanie schluckte kurz, dann nickte sie.

»Okay.« Sie ließ sich Felix gegenüber auf ihrem Bett nieder. »Den Tisch decke ich gleich. Jetzt will ich erst wissen, was los ist.«

Sie füllte zwei kleine Gläser mit dem Marillenschnaps und reichte eines Felix.

»Also, raus damit.«

Felix ließ die Flüssigkeit in seinem Glas kreisen, schaute noch einmal nachdenklich hinein, dann kippte er den Inhalt in einem Zug hinunter. »Prost.«

Er hob den Kopf, blickte Stefanie in die Augen, holte tief Luft und öffnete den Mund.

»Wir sind nicht verwandt.«

Stefanie hatte gerade das Glas bis zum Mund gehoben. Der Arm sank – und verharrte auf halber Strecke.

»Was?«

»Wir sind nicht verwandt. Du bist nicht meine Schwester. Oder ich bin nicht dein Bruder. Oder … ach, ich weiß nicht. Ich weiß überhaupt nichts mehr.«

Felix griff nach der Flasche auf dem Beistelltisch, goss sich sein Glas voll und schüttete auch diesen zweiten Schnaps in einem Zug hinunter.

Steffi saß wie erstarrt, den Arm mit dem noch randvoll gefüllten Glas immer noch auf halber Höhe.

»Ich verstehe dich nicht«, sagte sie endlich.

Felix lächelte gequält. »Wir haben völlig verschiedene DNA. Wir sind nicht verwandt.«

Langsam dämmerte es Steffi. »Dieser Test?«

Felix nickte. »Ich habe schon vor Tagen mein Ergebnis bekommen. Ich wollte dann den Stammbaum anlegen und habe deinen Account geöffnet, ich hatte ja dein Passwort und alles. Also habe ich mich bei mir eingetragen und dir dann einen Stammbaum angelegt und dich eingetragen. Da hätten wir eigentlich wechselseitig in unseren Stammbäumen aufscheinen müssen. Aber ich habe alles versucht und -zig Mal eingegeben und kontrolliert. Ich krieg uns einfach nicht zusammen in einen Stammbaum. Das heißt, wir sind nicht verwandt.«

Steffi schaute auf Felix, dann auf ihr Glas, dann kippte auch sie den Schnaps in einem Zug.

»Dann habe ich es andersrum versucht. Du kannst die Nähe der Verwandtschaft durch sogenannte Matches feststellen. Da findest du Verwandte bis zum fünften Grad.«

Stefanie schaute ihr Schnapsglas an und schüttelte sich.

»Das ist ja Blödsinn«, sagte sie dann. »Ich kann mich erinnern, dunkel auf jeden Fall, wie du geboren wurdest. Es gibt die Fotos von Mami, wo sie mit dir schwanger ist. Es ist …«

Sie erhob sich. »Ich decke uns jetzt den Tisch. Dann essen wir in Ruhe. Und anschließend überlegen wir, was da passiert sein könnte. Aber dass wir nicht verwandt sind, das ist Blödsinn.«

Felix erhob sich. »Ich helfe dir.«

Sie schwiegen, während sie Teller, Bestecke und Servietten auf dem Tisch platzierten, beide hingen ihren Gedanken nach.

»Soll ich uns einen Weißwein aufmachen?«, fragte Steffi.

Felix nickte.

Sie aßen, und langsam bekam Felix wieder etwas Farbe ins Gesicht. Plötzlich sagte Steffi: »Ich weiß, was passiert ist!«

Felix hob hoffnungsvoll den Kopf.

»Das waren doch diese ewig langen Nummern- und Buchstabenfolgen – dieser Code, den man eingeben musste. Da haben wir einen Fehler gemacht. Vielleicht habe ich mich irgendwo verlesen, das war doch so klein geschrieben. Oder du hast dich vertippt. Das ist es. Ganz sicher.«

Felix schüttelte den Kopf. »Nein.«

»Kannst du denn jetzt noch feststellen, was für einen Aktivierungscode du eingegeben hast?«

»Indirekt ja. Ich sehe ja meinen eingegebenen Code. Und kann den vergleichen mit dem in meinen Unterlagen. Das habe ich schon mindestens fünf Mal gemacht.«

»Vielleicht verliest du dich immer an derselben Stelle? Je nach Schrifttyp kann man doch oft Buchstaben nicht eindeutig zuordnen und weiß nicht, ob das nun ein großes I oder ein kleines L oder eine 1 sein soll. Da gibt es sicher etwas, was du jedes Mal falsch liest.«

»Nein, so ist es nicht. Das habe ich alles kontrolliert. Aber selbst wenn … selbst wenn ich da einen Fehler gemacht hätte: Du kriegst nicht einfach, wenn du einen Tippfehler machst, die DNA-Informationen von einem Fremden.«

»Gut. Dann gibt es irgendwo ein Feld, das man anklicken muss, dass man die Ergebnisse mit anderen teilen kann. Das hast du nicht gesehen. Nicht gefunden.«

»Doch. Ganz sicher. Ich habe alles gemacht.«

»Gut, dann weiß ich den Grund nicht. Aber ich bin mir ganz sicher, dass da irgendwo der Fehler liegt. Oder die haben im Labor die Proben mit der von einer dritten Person verwechselt. Entweder deine oder meine. Andere Möglichkeiten gibt es nicht.«

»Doch«, sagte Felix.

Stefanie hob fragend den Blick.

»Einer von uns kann im Krankenhaus vertauscht worden sein. Als Säugling.«

Stefanie schüttelte den Kopf. »Das glaubst du doch selbst nicht.«

»Das liest man immer wieder, dass so was passiert.«

»Früher mal. Heutzutage nicht mehr.«

»Als ich geboren wurde, war *früher.*«

»Blödsinn!«

Felix schluckte hart. »Ist dir eigentlich klar, was das heißt? Wir haben nichts miteinander zu tun.«

Sein Grinsen missglückte, als er hinzufügte: »Wir könnten sogar heiraten.«

Stefanie öffnete den Mund, um etwas zu sagen, und schloss ihn langsam wieder.

Felix goss sich Wein nach. Stefanie runzelte die Stirn. Sie war noch beim ersten Glas. So kannte sie Felix nicht.

»Weißt du was?«, sagte sie. »Ich glaube, wir sollten das Ganze einfach vergessen.«

Felix schüttete den Inhalt des Glases in einem Zug hinunter.

»Irgendwas ist offenbar schiefgegangen«, fuhr sie fort, »aber vielleicht sollten wir das als Wink des Schicksals verstehen? Wir sollten diese DNA-Geschichte bleiben lassen. Vielleicht hat Papi recht. Es gibt Sachen, die … man muss nicht alles wissen.«

Felix griff nach der Flasche. »Gleich leer?«, fragte er verwundert. »Sollen wir noch eine aufmachen?«

»Was hältst du davon, wenn wir bald schlafen gehen? Ich habe morgen einen vollen Tag. Und du willst sicher ziemlich früh los?«

»Ja. Gut. Von mir aus. Aber diesen Test, den machen wir noch mal. Unbedingt! Diesmal bei einem anderen Institut. Wo nicht so ein Scheiß rauskommt.«

Felix' Stimme war laut, und er unterstrich seine Sätze mit weit ausholenden Handbewegungen. Bei dem letzten Satz schlug er sich fest auf den Oberschenkel. Und er schien Schwierigkeiten mit seiner Zunge zu haben, er lallte leicht.

Stefanie wollte eigentlich widersprechen, aber offensichtlich war ihr kleiner Bruder angetrunken. Besser diskutierte man das ein anderes Mal.

So spülten sie nachdenklich die Gläser und die Teller, und während Felix im Bad war, richtete Stefanie die Gästecouch her. Zehn Minuten später lagen beide im Bett, und Felix schlief, nicht zuletzt aufgrund des reichlichen Alkoholgenusses, schnell ein. Stefanie allerdings lag noch lange wach.

Samstag, 5. Mai 1990

Ob das Baby noch lebte?

»Schönes Wochenende. Haben Sie morgen Dienst?«

»Nein, ich komme erst Montag wieder.«

»Dann genießen Sie das Wochenende. Das Wetter soll ja gut werden.«

Die junge Frau an der Rezeption hatte in der Kantine schon einige Male mit Paula zusammengesessen. Paula wusste, dass die Frau in Trier wohnte, verlobt war und in einem halben Jahr heiraten wollte. Die würde sicher auch bald Kinder bekommen. Alle bekamen Kinder. Nur ihr war es verwehrt geblieben.

Aber jetzt hatte auch sie ein Baby! Seit heute hatte sie ein Baby. Die Jungfrau Maria hatte ihr ein Kind geschenkt. Hoffentlich lebte es noch. Hoffentlich hatte sie das Schlafmittel nicht zu hoch dosiert.

Sie hatte vorhin das frischgeborene Mädchen in ein Handtuch eingeschlagen, in eine große Plastiktüte gesteckt und war zu ihrem Auto gerannt.

Dort eingestiegen, hatte sie der Kleinen ein Schlafmittel gespritzt und sie in den Einkaufskorb vor dem Beifahrersitz gelegt.

Zurückrennen, den Jungen aus dem Schrank holen, abtrocknen, in zwei große Tücher einschlagen und mit betrübtem Gesicht den Eltern bringen: Alles hatte gut funktioniert, bis dieser Mann das Tuch abgezupft hatte. Sie hatte gedacht, ihr bliebe das Herz stehen. Aber dann hatte sie die schreiende Mutter niedergespritzt, und den Vater hatte sie überzeugen können. Die Mutter würde sicher einige Tage im Krankenhaus bleiben müssen, die war stark mitgenommen von der Entbindung, sie hatte viel Blut verloren.

Paula hatte inzwischen den Gedanken verworfen, in Bezug auf die Mutter etwas Abschließendes zu unternehmen. Zwar hatte die Mutter den Betrug gemerkt, und natürlich wäre es am besten, wenn die Frau ein-

fach … Aber ein Todesfall auf der Station? Das brächte Unruhe, würde Aufsehen erzeugen. Und irgendwelche Ermittlungen konnte sie gerade jetzt absolut nicht gebrauchen. Jetzt, wo sie endlich ein Kind hatte!

Ihr Kind!

Ja, es war ihr Kind. Das wusste sie nun sicher. Denn es war noch etwas geschehen. Der Gedanke daran trieb Paula Tränen der Dankbarkeit in die Augen.

Der Vater hatte um den Knöchel des toten Jungen eine goldene Kette gelegt. Mit einem Medaillon.

»Ich möchte, dass unser Kind mit diesem Medaillon beerdigt wird«, hatte der Mann zu ihr gesagt.

Was du schon willst!, *hatte Paula höhnisch gedacht.*

Und hatte später, als sie das tote Kind zurück zu den Leichenboxen gebracht hatte, die Kette entfernt. Das wäre doch eine wahnsinnige Verschwendung, diese wertvolle Kette mit zu beerdigen.

Und dann hatte sie die Kette in der Hand gehalten. Auf den Anhänger geschaut. Und sie hatte ihn eigentlich nur ganz vorsichtig zu öffnen versucht. Nur ganz leicht, eher probeweise, die Finger an die beiden Verschlussbügel gelegt. Sie hatte nicht gedrückt. Also kaum. Fast gar nicht. Und wie von allein, wie von Zauberhand, ohne dass sie etwas dazu getan hätte, war er aufgesprungen.

Und ihr Herz hatte wirklich für einen Moment aufgehört zu schlagen.

Aus dem offenen Medaillon blickte ihr die Jungfrau Maria entgegen!

Sie sah etwas anders aus, als Paula sie kannte. Die Haut war dunkler und die Kleidung prachtvoller. Aber es war ihre Jungfrau Maria!

Nicht dass Paula nur im Mindesten daran zweifelte, dass sie richtig gehandelt hatte.

Schließlich hatte die Jungfrau Maria ihr ein Kind versprochen.

Aber hier war der Beweis: Das Kind dieser Menschen war dasjenige, das die Heilige Jungfrau Maria für sie, Paula Köhler, vorgesehen hatte!

Paula musste ihre Beine zwingen, nur mittellange Schritte zu machen, nicht loszurennen, nicht über den Linoleumboden zu hasten, sondern sich zu bewegen in der leicht trödelnden, etwas erschöpften Art, wie sie sich auch sonst nach einem ermüdenden Arbeitstag durch den breiten, dunklen Flur des Krankenhauses bewegte.

»Danke. Ihnen auch«, antwortete Paula der Frau am Empfang, und endlich war sie durch die zweiflügelige Glastür hindurch.

Vor wenigen Minuten war die Sonne aufgegangen. Die Strahlen wärmten angenehm ihre Haut und vertrieben die feuchte Kühle.

Seit knapp zwei Stunden lag das Kind im Auto. Sie hatte vorhin die Standheizung angemacht. Aber die schaltete sich nach einer Stunde automatisch aus. Hatte diese Stunde ausgereicht? Oder war das Auto zu schnell wieder ausgekühlt in den kühlen Nachtstunden? War das Baby vielleicht schon erfroren?

Dort, fast am Ende des Parkplatzes, stand ihr dunkelblauer Kombi.

Sie konnte sich nicht mehr beherrschen, sie musste jetzt wissen, ob das Baby noch lebte. Das kleine Mädchen. Ihr kleines Mädchen. Das ihr von Gott und der Jungfrau Maria versprochene und geschenkte kleine Mädchen.

Das Tappen ihrer Schritte auf dem Asphalt wurde schneller und schneller; trotzdem zogen sich die Sekunden in ihrer Wahrnehmung wie Stunden. Fast fühlte sie sich wie in einem Albtraum: Sie rannte und rannte und rannte – und kam doch nicht vom Fleck.

Aber endlich erreichte sie ihr Auto. Ihr klopfte schmerzhaft das Herz bis zum Hals, als sie auf den Knopf drückte und die Entriegelung klackte.

Vor dem Beifahrersitz stand ihr mit schwarz-weiß kariertem Stoff bezogener Einkaufskorb. Und darin lag das Baby, hastig in zwei Handtücher eingeschlagen.

Es atmete, das sah sie sofort.

Aber sie erkannte auch mit geübtem Blick, dass hier ein Baby um sein Überleben rang. Die fahle Haut, die flache Atmung – der kleine Körper kämpfte mit dem Schlafmittel, das sie gespritzt hatte.

Sie warf einen hastigen Blick über die Schulter. Niemand da.

Sanft strich sie über die zarte Wangenhaut. Kalt. Zu kalt. Das Baby war bereits unterkühlt.

Die Angestellte am Empfang hob den Kopf, als der dunkelblaue Kombi mit quietschenden Reifen aus der Ausfahrt auf die Straße schlitterte.

Paula brauchte normalerweise etwa zwanzig Minuten für die Fahrt vom Krankenhaus zu ihrer Wohnung. Heute schaffte sie es in zwölf. Zweimal erzwang sie sich die Vorfahrt, einmal ignorierte sie – nach einem schnellen kontrollierenden Blick – eine rote Ampel.

Sie parkte in einem einzigen Anlauf auf dem zu ihrer Wohnung gehörenden Stellplatz ein, und es war ihr egal, wie schief ihr Auto stand. Der Nebenmann würde sich in sein Fahrzeug mühsam hineinquetschen müssen. Keine Zeit zur Korrektur. Lebte das Baby noch? Es hatte keinen Mucks getan während der Fahrt.

Sie fühlte kurz unter das Handtuch. Das Baby atmete immer noch. Sie warf eine Decke lose über den Einkaufskorb und eilte dann, den doppelten Griff des Korbs mit beiden Händen umklammernd, die Treppe zur Haustür hoch. In diesem Moment ging im Treppenhaus das Licht an. Jemand kam.

Paula schloss die Haustür auf. Dann schob sie die rechte Hand unter die lockere Decke und die Handtücher und legte sie vorsichtig auf den Mund des Babys.

Im Treppenhaus hallten Schritte.

Wer ging um diese Zeit …? Vielleicht Herr Backes aus dem dritten Stock?

Der war über achtzig und bekämpfte häufig seine senile Bettflucht durch frühmorgendliche Spaziergänge.

Und der nahm nie den Aufzug. »Treppensteigen hält gesund«, hatte er Paula mehr als einmal ungefragt erklärt.

Herr Backes war – vielleicht abgesehen von seinen Schlafstörungen – körperlich und geistig fit.

Und überaus neugierig.

Paula eilte die acht Stufen zum Aufzug empor.

Heute verfluchte sie auch die Tatsache, dass ihre Wohnung im fünften Stock lag. Als sie die Wohnung vor knapp zwei Jahren gekauft hatte – von dem Geld, das ihr ihr nichtsnutziger Vater, den sie noch nicht einmal gekannt hatte, hinterlassen hatte –, war sie so stolz darauf gewesen, sich die teuerste Wohnung in dieser neuen Wohnanlage leisten zu können.

Sie drückte auf den Knopf.

Die Schritte kamen näher. Jemand kam zu Fuß die Treppe hinunter. Der immer neugierige Herr Backes. Das Baby unter ihrer Hand bewegte sich. Gleich würde die Kleine anfangen zu wimmern. Was sollte sie sagen? Der Druck ihrer rechten Hand auf den Mund der Kleinen wurde fester. Wo blieb bloß der Aufzug?

Endlich faltete sich vor ihr die Tür des Aufzuges zur Seite, und sie konnte hineinschauen. Der Aufzug war leer. Wenigstens das.

Paula schnappte nach Luft. Sie spürte erst jetzt, wie sehr sie den Atem angehalten hatte.

Sie huschte in den Aufzug, unmittelbar bevor der Klang der Schritte zeigte, dass gleich jemand um die Ecke kommen würde, sie presste den Knopf für den fünften Stock, und der Aufzug ruckelte los.

Sie löste ihre Hand vom Mund des Babys. Es kostete sie Überwindung, nicht das Tuch zu heben, nicht hineinzuschauen. Aber sie durfte nichts riskieren. Jeden Moment konnte der Aufzug halten, und jemand konnte zusteigen.

In der Leuchtzifferanzeige über der Aufzugtür erschien die Eins. Sie kamen gleich in den ersten Stock. Verlangsamte der Aufzug seine Fahrt?

Nein, er ratterte weiter. Die Zwei blinkte auf. Paula hielt wieder die Luft an.

Wieder fuhr der Aufzug durch.

Ihr brach der Schweiß aus.

Als der Aufzug, ohne ein einziges Mal zu stoppen und ohne dass jemand zugestiegen wäre, endlich im fünften Stock hielt, rannen ihr kleine Schweißtropfen den Rücken hinunter.

Ihre Finger zitterten, als sie die Wohnungstür aufschloss. Sie hätte natürlich auch klingeln können, Thomas war wach, sie hatte den brüllenden Fernsehapparat bereits gehört, als sich die Aufzugtür geöffnet hatte.

Aber bis der das zur Kenntnis nehmen und sich – nach längerem Zögern und Nachdenken, ob er nun wirklich aufstehen solle – widerwillig aus seinem Bett erheben würde, bis ihr schmarotzender, ihr auf der Tasche liegender, halbkrimineller Halbbruder sich an die Tür geschleppt hätte – bis dahin hatte sie dreimal selbst geöffnet.

Endlich in der Wohnung angekommen, riss sie das Tuch von dem Baby.

»Komm, meine Kleine«, flüsterte sie, während sie den schlaffen Körper aus dem Einkaufskorb hob. »Jetzt bist du zu Hause. Jetzt wird alles gut. Gleich kriegst du Milch – gute warme Milch! Ich habe die teuerste Anfangsmilch gekauft, die es gibt. Du wirst sehen – gleich geht es dir gut!«

Freitag, 6. Juli 2018

Ich habe das Gefühl, es wird jeden Tag heißer.« Felix wischte sich über die Stirn.

Stefanie nickte. Die warme Luft, die durch die weit geöffneten Fensterflügel in den schmucklosen Raum wehte, erinnerte eher an die Wärme eines Föhns und brachte keine Erfrischung.

»Wir sind nervös, das macht es nicht besser«, sagte sie.

Felix biss sich auf die Lippe. Stefanie sah, wie er seine Hände ineinander verkrampfte.

Sie saßen im Besprechungszimmer ihres Vilshofener Hausarztes Dr. Werner Marten. Dr. Marten war in Vilshofen geboren und nach dem Studium hierher zurückgekehrt, wo er die Praxis seines Vaters übernommen hatte. Und nächstes Jahr, nachdem Dr. Marten über dreißig Jahre praktiziert hatte, würde sein Sohn die Praxis weiterführen.

Ruth und Josef Gruber waren nicht nur Patienten bei Dr. Marten, sondern sie waren auch mit der Familie Marten eng befreundet; Stefanie und Felix hätten nicht zu sagen gewusst, wie oft Dr. Marten und seine Frau bei den Eltern zu Gast gewesen waren in den letzten Jahrzehnten.

Und auch Stefanie und Felix waren – kaum dem Kinderarzt-Alter entwachsen – seine Patienten geworden. Vor zehn Tagen dann waren sie kurz entschlossen mit dem Ergebnis dieser mysteriösen DNA-Analysen zu Dr. Marten gekommen.

Dr. Marten hatte direkt zu einem seiner gefürchteten Monologe angesetzt, erklärt, wie viele unseriöse Anbieter sich im Netz tummelten, die für viel Geld irgendwelche Dienstleistungen anböten, die man bei seinem Hausarzt entweder umsonst oder für einen Bruchteil der Kosten bekäme, wie unsicher diese persönlichen Daten im Ausland seien und wie ungenau und unsauber in vielen dieser Labors gearbeitet werde.

»Das wundert mich nicht, dass so was bei euch herausgekommen ist. Das ist typisch für diese Anbieter, die …«

Irgendwann war er mit seiner Rede zum Ende gekommen und

hatte gemeint: »Also, dieses Ergebnis ist natürlich der totale Blödsinn! Ich würde an eurer Stelle keinen Gedanken daran verschwenden. Aber wenn ihr ganz sicher sein wollt, könnt ihr einen Geschwistertest machen lassen. Das geht in den Laboren, in denen auch Vaterschaftstests …«

»Bitte! Ja!«, hatte Felix gesagt.

Heute sollten sie beide das Resultat erfahren.

Vor fünf Minuten hatte die Sprechstundenhilfe sie in das Besprechungszimmer geführt. »Der Doktor kommt gleich.«

Seitdem saßen sie hier auf den beiden Besucherstühlen vor dem Schreibtisch, beobachteten die wehenden Gardinen und warteten. Der Anblick des vertrauten Wartezimmers mit den vor vielen Jahren von Josef Gruber geschreinerten Holzmöbeln konnte sie heute nicht beruhigen. Felix hatte die Unterschenkel angespannt um die Stuhlbeine geschlungen, Stefanie ließ den Blick über das von Wand zu Wand reichende deckenhohe Bücherregal schweifen und las die Titel auf den Buchrücken.

Aber wenn man sie gebeten hätte, die Augen zu schließen und die beiden letzten Buchtitel zu wiederholen, hätte sie es nicht gekonnt.

Die nur angelehnte Tür quietschte. Beider Köpfe ruckten zu dem weißen Türblatt. Aber es war nur der Durchzug; der böige Wind wurde immer heftiger, er zeigte das aufkommende Gewitter an.

Felix zuckte zusammen, als der Wind die Tür plötzlich gegen den Türrahmen schlug.

»Ich mache das Fenster zu«, sagte Stefanie. Doch in dem Moment, in dem sie sich erhob, betrat Dr. Marten den Raum.

Felix atmete laut aus.

»Guten Morgen, ihr beiden«, sagte Dr. Marten und ließ sich schwer auf seinem breiten Stuhl hinter dem Schreibtisch nieder. Er keuchte ein bisschen, sein Übergewicht machte ihm zusehends Probleme. Stefanie sah, wie sich auf der Stirn aus dem noch vollen, aber schon stark ergrauten Haarschopf ein Schweißtropfen löste und langsam die Stirn hinunterrann.

Vor Dr. Marten lagen, von seiner Sprechstundenhilfe Gabi bereitgelegt, nebeneinander ihre beiden Patientenakten.

Er legte die zwei gut gefüllten Pappmappen aufeinander und schob sie zur Seite.

»Ich mache es kurz«, sagte er, zog ein Zellstofftuch aus der Box vor ihm auf dem Schreibtisch und wischte sich über die Stirn.

Stefanie und Felix tauschten einen kurzen Blick. Das bedeutete, es würde noch ein längerer Monolog folgen.

»Es kommt für euch ja auch nicht mehr aus heiterem Himmel.«

Stefanie spürte, wie sie anfing zu schwitzen. Felix neben ihr atmete heftiger, sie konnte es hören.

»Ich kenne euch, seit ihr auf der Welt seid …«

»Dr. Marten, uns ist klar, dass das auch für Sie eine schwierige Situation ist.« Stefanie wusste, dass sie unhöflich war. Aber sie hielt diese Monologe heute nicht aus. »Bitte spannen Sie uns nicht auf die Folter! Sind wir Geschwister?«

Auch der sonst immer so höfliche und verbindliche Felix hielt die Ungewissheit nicht mehr aus. »Bitte nur ein Wort, Dr. Marten: Sind wir verwandt? Ja – oder nein?« Felix keuchte fast.

Dr. Marten holte tief Luft, dann seufzte er schwer und sagte: »Nein.«

Stefanie merkte erst jetzt, wie sehr sie gehofft hatte, dass es sich bei dem Ergebnis des amerikanischen Labors um einen Fehler handelte. Sie schluckte hart. Aus dem Augenwinkel sah sie, wie Felix neben ihr förmlich zusammensackte.

»Aber …« Stefanie schüttelte den Kopf. Was wollte sie eigentlich sagen? Was gab es zu sagen? »Aber … wie kann das sein?«

»Ich weiß es nicht. Ihr solltet vielleicht mit euren Eltern darüber reden.«

»Und es gibt nicht die Möglichkeit …? Verstehen Sie mich nicht falsch, ich will meiner Mutter … ich kann mir das nicht vorstellen … ich will sie nicht verdächtigen, aber vielleicht hat sie ja …« Felix stotterte.

Stefanie legte tröstend den Arm um ihren Bruder und neigte ihren Kopf zu seinem.

»Du meinst, dass eure Mutter vielleicht mal in einem schwachen Moment – wie soll ich sagen – einer Versuchung erlegen wäre?«

Felix nickte verlegen.

Dr. Marten schüttelte den Kopf.

»Nein. Ihr habt keinerlei genetische Gemeinsamkeiten. Das heißt, ihr seid auch keine Halbgeschwister.«

Dr. Marten wischte sich erneut über die Stirn.

»Natürlich kann man feststellen, wer von euch oder ob überhaupt einer von euch mit euren Eltern …« Dr. Marten stockte. Erst jetzt schien ihm über den medizinischen Sachverhalt hinaus klar zu werden, was er gerade gesagt hatte.

»Das kann doch alles gar nicht sein!«, sagte er mit völlig veränderter Stimme. »Ich erinnere mich noch so gut daran, wie deine Mutter mit dir, Felix, schwanger war!« Er zog die beiden Mappen wieder heran, klappte die oben liegende auf und warf einen kurzen Blick auf den weiß leuchtenden Briefbogen mit den wenigen schwarzen Buchstaben darauf. Er schüttelte fassungslos den Kopf. »Als du geboren wurdest, Stefanie, hat mein Vater noch die Praxis geführt. Aber ich weiß auch da noch genau, wie er erzählt hat, dass deine Mutter schwanger ist und deine Eltern sich so freuen!«

Mit einem hilflosen Lächeln klappte er den Aktendeckel wieder zu. »Es tut mir leid, aber ich kann euch keine Erklärung geben.«

Felix hob seinen Kopf von Stefanies Schulter. »Ich bin offenbar als Baby im Krankenhaus vertauscht worden. Eine andere Möglichkeit sehe ich nicht.«

»Das gibt es nicht mehr. So etwas konnte früher vielleicht mal passieren. Aber inzwischen?«

»Wissen Sie eine andere Erklärung?«

Dr. Marten schnalzte mit der Zunge.

»Rein theoretisch – ich betone: rein theoretisch! – wäre eine Verwechslung in einer Entbindungsstation selbstverständlich eine mögliche Erklärung. Aber dies trifft natürlich auf euch beide zu. Es könnte auch Stefanie …«

»Steffi ist so offensichtlich ein Produkt unserer Eltern«, lachte

Felix bitter, »sowohl vom Aussehen her als auch von der Mentalität – das Kuckucksei kann nur ich sein.«

»Felix!«

»Ist doch wahr!«

Dr. Marten legte die beiden Patientenakten wieder aufeinander. »Ich gebe zu, dass ich im Moment auch keine Erklärung habe. Der nächste Schritt müsste jedoch sein, herauszufinden, wer von euch – und ob überhaupt einer von euch – mit euren Eltern biologisch verwandt ist.« Seine Stimme war wieder die, die Stefanie und Felix kannten. Freundlich und mitfühlend, aber auch mit einer professionellen Distanz.

Dr. Marten packte die beiden Patientenakten mit einer abschließenden Bewegung auf den Stapel zu seiner Rechten. Da lagen die, zumindest für heute, erledigten Fälle.

»Am besten redet ihr zunächst mit euren Eltern. Vielleicht klärt es sich dann.«

»Was soll sich denn klären?« Felix wurde laut, was überhaupt nicht seiner Art entsprach.

»Vielen Dank, Dr. Marten«, sagte Stefanie. »Ich glaube, mein Bruder …« Sie stockte. Felix war ja nicht ihr Bruder.

Felix war nicht ihr Bruder? Erst jetzt realisierte Stefanie, was das alles bedeutete.

Andererseits: Natürlich war er ihr Bruder, ganz egal, welche Gene er hatte. »Mein Bruder«, wiederholte sie und betonte das Wort Bruder so, dass jeder verstand, was sie sagen wollte. »Mein Bruder und ich müssen das, glaube ich, erst einmal verarbeiten.« Sie erhob sich. »Jedenfalls herzlichen Dank. Und ich möchte Sie bitten, vorläufig nichts unseren Eltern zu sagen, ich weiß noch nicht …«

»Meine ärztliche Schweigepflicht gilt auch für euch!« Dr. Marten erhob sich, und Stefanie interpretierte dies zu Recht als Verabschiedung. Es fiel ihr schwer zu gehen, und sie spürte, dass es Felix genauso erging. Irgendwo im Hinterkopf war die irrationale Hoffnung, dem Arzt könnte noch eine Lösung einfallen, er hätte eine Idee, er würde … Es war der Kinderglaube an die Allmacht des Doktors. Aber ein solches Wunder würde es nicht geben. Dr. Marten hatte getan, was er konnte. Sie mussten jetzt gehen. Im Wartezimmer saßen Patienten: Menschen, die krank waren und denen der Doktor helfen konnte. Auf sie beide traf das nicht zu.

»Lass uns ins Eiscafé gehen, ich lade dich ein!«, schlug Stefanie vor, als sie aus der Arztpraxis auf die Straße traten und die Schwüle sie umfing.

»Ein Schwarzwaldbecher tröstet mich jetzt auch nicht«, knurrte Felix, richtete seinen Schritt aber trotzdem zielstrebig zur Eisdiele schräg gegenüber.

In stillem Einverständnis mieden sie die übervolle Terrasse und steuerten auf den Innenraum zu.

In dem klimatisierten Café war es ruhig. Ein paar ältere Damen und zwei ebenfalls ältere Ehepaare zogen offensichtlich die angenehmeren Temperaturen im Inneren vor, aber ansonsten war der Gastraum leer. Stefanie und Felix setzten sich in die hintere Ecke, hier konnten sie sich ungestört unterhalten.

»Was machen wir jetzt?« Felix' Gesichtsausdruck zeigte pure Verzweiflung.

»Zuerst bestellen wir uns etwas. Ich nehme ein Eis. Und was möchtest du?«

»Ich nehme … ach, es ist mir egal. Bestell mir einfach irgendwas.«

Stefanie schlug die Eiskarte auf.

»Wie kannst du nur so ruhig bleiben?«, fragte Felix.

»Ehrlich gesagt, weiß ich nicht, ob ich ruhig bin oder nicht.« Es knallte leicht, als Stefanie die Karte wieder zuklappte. »Ich habe auch keine Lust auf ein Eis. Ich nehme einfach …«

Schon trat eine junge Frau an den Tisch. »Was darf's sein?«

»Zwei Wasser bitte«, bestellte Stefanie mit einem fragenden Blick zu Felix. Der nickte.

Dann saßen die beiden da, hingen ihren Gedanken nach, schwiegen.

Die Serviererin stellte ein ovales Blechtablett mit zwei kleinen Wasserflaschen und zwei Gläsern auf den Tisch.

Seufzend griff Felix nach einer Flasche, öffnete den Schraubverschluss und goss ihnen beiden ein.

»Nun lass uns mal in Ruhe überlegen«, sagte Stefanie. »Was ist denn eigentlich passiert? Wir haben eine Information über unsere angeblichen Gene bekommen, die uns nicht gefällt. Aber hat sich etwas geändert dadurch? Lieben uns unsere Eltern …«

»… oder wer auch immer das ist«, unterbrach Felix.

Stefanie runzelte unwillig die Stirn. »… unsere Eltern!«, wiederholte sie noch einmal betont: »Lieben uns *unsere Eltern* deswegen weniger? Lieben *wir* unsere Eltern weniger? Lieben wir beide uns weniger?«

Felix drehte das Wasserglas in seiner Hand. »Nein, natürlich nicht.«

»Felix, meinst du nicht, wir sollten das Ganze einfach vergessen?«

Felix dachte nach.

»Ja«, sagte er. »Wenn wir diese blöde DNA-Analyse nicht gemacht hätten, wäre die Welt noch in Ordnung. Papi hatte recht. Man muss nicht alles wissen.«

Er rieb sich müde mit den Zeigefingern über die Augenlider.

»Es ist meine Schuld.«

»Blödsinn. Damit konnte ja nun keiner rechnen.«

Felix lachte bitter. »Nein, das konnte man wirklich nicht.«

»Also behalten wir das Ganze für uns?«

»Du hast recht. Was soll das? Eigentlich hat sich ja wirklich nichts geändert.«

Stefanie trank einen Schluck Wasser. Es schmeckte fad und abgestanden.

»Hast du eigentlich den Eltern gesagt, dass wir kommen?«

Felix schüttelte den Kopf.

»Hattest du vor, sie nach dem Arzttermin zu besuchen?«

Felix zuckte mit den Schultern. »Um ehrlich zu sein, habe ich mir gar keine Gedanken gemacht, was ich nach dem Arzttermin vorhabe.«

Stefanie nickte. »Ich habe auch nicht verraten, dass wir hier sind. Aber wir könnten ja jetzt einen Überraschungsbesuch machen. Sie würden sich freuen.«

Felix umklammerte sein Glas. »Ja. Würden sie sicher.«

Stefanie hob suchend den Kopf. »Zahlen bitte«, rief sie der Bedienung hinter dem Tresen zu.

Plötzlich wurde Felix weiß im Gesicht.

»Ich muss halt aufpassen, wenn ich jemanden kennenlerne«, sagte er.

»Wieso?« Stefanie zog ihr Portemonnaie aus der Tasche und klaubte die silbernen Münzen heraus.

»Dass ich nicht aus Versehen jemanden heirate, der in Wirklichkeit meine Schwester ist.«

Stefanie fielen die Münzen aus der Hand zurück in die Geldbörse.

»Du hast recht«, sagte sie verwundert. »Da muss man drauf achten.«

»Meine Partnerin darf keinen Bruder haben, der in meinem Alter ist.«

»Und für meinen Partner gilt das Gleiche. Er darf keine Schwester haben, die …«

Die Bedienung legte den Kassenzettel auf den Tisch. Stefanie fingerte erneut nach den Münzen.

»Du bist ja schon raus aus dem Risiko. Schließlich hat Bertram keine Geschwister.«

Endlich hatte es Stefanie geschafft, ein paar Münzen auf das Tablett zu legen.

»Wobei ein Cousin vielleicht auch schon zu nahe wäre. Das solltest du sicherheitshalber mal abklären.«

»Das ist doch …«

»Wirst du es eigentlich Bertram erzählen?«

Stefanie öffnete den Mund. Und schloss ihn wieder. Sie brauchte einige Momente, bis sie eine Antwort wusste.

»Natürlich werde ich es ihm erzählen. Ich will schließlich keine Geheimnisse vor meinem zukünftigen Mann haben.«

Sie wusste schon in dem Moment, als sie es aussprach, was Felix jetzt sagen würde. Und dass er recht hatte.

»Ihm sagst du es – und unseren Eltern nicht?«

Sie würde Bertram bitten müssen, es ihren Eltern gegenüber nicht zu erwähnen. Und …

»Meinst du, er kann es für sich behalten? Wirst du ihn bitten, es seinen Eltern nicht zu erzählen?«

Stefanie stützte den Ellenbogen auf den Tisch und strich sich immer wieder mit dem Zeigefinger über das Kinn.

»Es funktioniert nicht«, sagte sie. »Wir müssen es ihnen sagen.«

Felix nickte. »Sie haben auch ein Recht darauf, es zu erfahren.«

Auf der Terrasse kreischte jemand. Die kräftige Windböe hatte nicht nur Servietten vom Tisch geweht, sondern auch einen Plastikbecher umgeworfen und seinen Inhalt über die Hose einer Frau gegossen, die war aufgesprungen und wischte jetzt heftig über ihre Hosenbeine. Ein Papierschirmchen, das eben noch als Dekoration auf der Spitze des Bananensplit-Bechers gethront hatte, segelte in wilden Kreisen zu Boden.

»Es kommt ein Gewitter«, sagte Felix.

»Ja.«

»Dann fahren wir jetzt nach Hause und reden mit ihnen.«

Sonntag, 6. Mai 1990

Du hast sie ja nicht mehr alle!« Thomas fläzte mit lang ausgestreckten Beinen auf dem Küchenstuhl und tippte sich mit dem Finger an die Stirn. Paula auf der Eckbank ihm gegenüber hielt das kleine Mädchen auf dem Schoß und genoss den Blickkontakt zu dem Baby, das hungrig an der Flasche saugte.

»So ist es gut«, flüsterte sie. »Toll machst du das! Ich wusste doch, dass du das kannst.«

Das Baby schaute ihr ununterbrochen in die Augen, während es an der Flasche nuckelte. Noch nie in ihrem Leben war sie so glücklich gewesen. Außer in dem einen Moment, als sie zehn gewesen war und der neugebo-

rene Halbbruder ihren Finger umklammert und sie angelächelt hatte. Der einzige wirklich glückliche Moment in ihrer ganzen Kindheit.

Ihr Halbbruder, der ihr jetzt gegenübersaß.

»So einfach, wie du dir das vorstellst, geht das nicht!«, sagte Thomas.

»Von einfach war nicht die Rede. Wenn es einfach wär, könnte es ja jeder Idiot.«

»Diese Aussage impliziert, dass du mich nicht für einen Idioten hältst.«

»Du bist alles andere als das. Das weißt du, und das weiß ich.«

Thomas grinste zufrieden.

Nein, ihr Halbbruder war wirklich alles andere als ein Idiot. Ganz im Gegenteil. Sonst hätte er sie auch nicht gefunden.

Vor drei Monaten hatte er plötzlich vor der Tür gestanden. »Kann ich eine Zeit lang bei dir unterschlüpfen?«, hatte er gefragt. »Hab mich mit dem Alten gezofft.«

Der »Alte« war Thomas' leiblicher Vater, Paulas Stiefvater, der Mann, den ihre Mutter geheiratet hatte, als Paula acht Jahre alt gewesen war.

Ein Mann, an den Paula kaum eine Erinnerung hatte. Und er an sie wahrscheinlich auch nicht. Höchstens erinnerte er sich an den Ärger, den Paula ihm dadurch bereitet hatte, dass sie so kurz nach dem Tod ihrer Mutter ausgezogen war – und also nicht mehr als Haushälterin und Putzfrau zur Verfügung stand.

Sie war damals schon ausgebildete Hebamme gewesen und hatte noch am Abend der Beerdigung herumtelefoniert und eine Stelle gesucht. Und Glück gehabt: Sie hatte sofort einen Platz in dem kleinen Krankenhaus hier an der Mosel gefunden.

Zwei Monate später hatte sie ohne weitere Ankündigung das Haus verlassen; ihre Sachen hatten in einen mittelgroßen Koffer gepasst – und als der Stiefvater am Abend aus der Stadtverwaltung, wo er als Sachbearbeiter angestellt war, nach Hause kam, war der Abendbrottisch nicht gedeckt, lag keine frische Fleischwurst für ihn im Kühlschrank, und die Unterhose im Bad müffelte immer noch von dem Platz, an dem er sie achtlos hatte fallen lassen, statt schon nach parfümiertem Waschpulver duftend im Waschkeller auf der Leine zu trocknen.

Bis auf eine Karte zu Weihnachten im ersten Jahr hatte sie sich nicht mehr zu Hause gemeldet.

Zu Hause – wie albern. Es war nie ein Zuhause gewesen. In Paulas Erinnerung war ihre Mutter eine verbitterte, enttäuschte Frau, für die die Tochter ein Ballast war, den das ungerechte Leben ihr aufgehalst hatte. Und deren einziges Glück im Leben war, dass sie zu guter Letzt doch noch geheiratet worden war. Von einem Beamten!

Und zur Krönung dieses kurzen glücksähnlichen Zustands, der ihrer Mutter beschieden gewesen war, hatte sie sogar noch einen Sohn bekommen.

Ein ausnehmend hübsches Baby, ein kleiner Junge, der schon als Säugling in einer Art und Weise lächelte, die man nicht anders als charmant bezeichnen konnte. Ein Lächeln, bei dem auch der hartherzigste Mensch dahinschmolz.

Und der Kleine war clever. Und setzte beides ein: seinen Charme und seine Cleverness.

Er war für die Rolle des Kronprinzen vorgesehen, und er füllte sie ab seinem ersten Lebenstag wie selbstverständlich aus.

Während Thomas aufwuchs, fragte sich Paula oft: Was war Ursache und was war Wirkung? War ihr Bruder schon so egoistisch, egozentrisch und so rücksichtslos auf den eigenen Vorteil bedacht auf die Welt gekommen? Oder hatte die Tatsache, dass die Eltern wie närrisch mit dem Kleinen gewesen waren, ihm alles durchgehen ließen, ihn nach Strich und Faden verwöhnten, ihn erst zu diesem terrorisierenden Monster gemacht?

Als Thomas noch klein war, versuchte Paula manchmal, dem Kind Grenzen aufzuzeigen. Sie ließ sich nicht von einem lachenden Zweijährigen einfach zu seiner Unterhaltung wild an den Haaren reißen; sie nahm dem Dreijährigen den beim Nachbarskind gestohlenen Traktor ab und brachte ihn zurück; sie zwang den Vierjährigen, sich bei der Kindergärtnerin für die unflätigen Ausdrücke, mit der er sie bedacht hatte, zu entschuldigen. Sie versuchte, in dem Kind Empathie zu wecken, sie versuchte, das Kind dazu zu bringen, Verantwortung zu übernehmen.

Jedes Mal endete es in wütenden Beschimpfungen vonseiten der Mutter, die den Kleinen verteidigte und – egal, was er gemacht hatte – keine Fehler in dessen Verhalten entdecken konnte.

»Du bist ja nur eifersüchtig«, warf ihr die Mutter vor.

Und es stimmte: Sie war eifersüchtig. Aber nicht auf die Liebe der Mut-

ter, sie neidete dem kleinen Thomas nicht die Liebe der Mutter. Sie neidete der Mutter das Kind.

Dieser Moment, als der Kleine ihren Finger umklammert hatte.

Sie wollte auch ein Baby. Sie würde Babys bekommen, wenn sie erwachsen wäre. Nicht nur eines. Viele. So viele, wie es nur ginge … Und sie würde ihre Kinder richtig erziehen! Nicht dulden, dass aus ihnen solch gewissenlose, verwöhnte, arbeitsscheue Taugenichtse wurden.

»Wie hast du mich eigentlich gefunden?«, fragte sie jetzt, während sie die Kleine hochhob und ihr zärtlich den Rücken rieb.

Ihr Halbbruder grinste selbstgefällig, während er auf die teuren Markenschuhe an seinen Füßen blickte.

»Der Notar, der dich gesucht hat?« Er beugte sich nach vorne und rieb mit dem Zeigefinger über das schwarze Leder.

»Ach so!« Dass sie daran nicht gedacht hatte!

Der Notar, der sie wegen ihres ihr unbekannten leiblichen Vaters gesucht hatte.

»Der ist verschwunden – und ich bin froh drum!«, das war alles, was ihre Mutter auf Fragen nach dem Vater geantwortet hatte. Und Paula hatte sich auch – abgesehen von einer kurzen Phase im frühen Kindesalter – keine Gedanken um ihren Vater gemacht. Der war einfach nicht existent.

Umso größer war das Erstaunen, als sie vor knapp vier Jahren ein Schreiben von einem Notar bekam, der zunächst einige Informationen einschließlich ihrer Geburtsurkunde erbat und sie dann zu einem persönlichen Gespräch nach Kaiserslautern einlud.

Sie erfuhr zu ihrer großen Überraschung, dass ihr leiblicher Vater verstorben war, keine weiteren Angehörigen hatte und sie demzufolge das schmucke Zweifamilienhaus des Verstorbenen erbte.

Aus den Unterlagen, die sie vorfand, konnte sie ersehen, dass der Vater eine kleine Hausmeisterfirma gegründet und – sozusagen als »Handwerker für alles« – auch Reparaturen und Renovierungen durchgeführt hatte.

So hatte er sich ein halb verfallenes Haus in einer nicht so teuren Lage im Hunsrück kaufen können und es im Laufe der Zeit zu einem richtigen Schmuckstück hergerichtet. Und als er damit fertig war, war er gestorben, und sie war die einzige Verwandte.

Paula hatte das Haus gut verkaufen können und einen Teil des Erlöses in den Erwerb der schicken Loftwohnung in Trier gesteckt. Den nicht unerheblichen Rest hatte sie geschickt angelegt und nutzte die Erträge, um sich gelegentlich den einen oder anderen Luxus zu leisten, den das normale Hebammengehalt nicht hergab. Eine exklusive Reise zum Beispiel. Und ein schickes Auto.

»Ja, der Notar hat dich damals zuerst bei uns gesucht. Und als ich dann vor Kurzem nachgefragt habe, da hatte er dich gefunden.« Ihr Bruder nickte selbstzufrieden und riss sie aus ihren Gedanken und Erinnerungen.

»War ja offenbar 'ne ordentliche Erbschaft!«, sagte er und deutete mit dem Kinn in die Wohnung.

»Für mich allein reicht es.«

Thomas lachte. »Ich weiß, was du damit sagen willst.«

Er zog eine Schachtel Zigaretten aus der Hosentasche.

»Bist du verrückt geworden? Hier wird nicht geraucht!«

Thomas verzog missmutig das Gesicht.

»Nicht nur, dass man jetzt nachts nicht mehr schlafen kann, weil ein Baby brüllt, jetzt wird es auch noch tagsüber ungemütlich.«

»Als ob du nachts schlafen würdest!«

»Was meinst du damit?« Thomas richtete sich auf.

»Ich weiß genau, was du nachts so treibst.«

»Soso. Und du weißt was genau?«

Paula hatte den Bericht in der Zeitung über die seit Kurzem wieder zahlreich verübten Einbrüche gelesen. Und auch beim Staubsaugen das schwere Brecheisen unter dem Bett entdeckt. Und deswegen war ihr vorhin die Idee gekommen. Und ihr Bruder hatte sich an die Stirn getippt. Aber diesen Gefallen würde er ihr tun, tun müssen.

»Also, wie ich bereits sagte«, Paula grinste, denn sie wusste, er hatte verstanden: »Du besorgst mir eine solche Bescheinigung. Frag deine Hehler, deine Kumpane, was weiß ich wen. Du bist in dem Milieu daheim, du wirst schon jemanden finden, der so eine Bescheinigung fälscht.«

Thomas öffnete den Mund, aber sie ließ ihn nicht zu Wort kommen.

Die Kleine auf ihrer Schulter war eingeschlafen.

»Pass auf – ich lege die Kleine jetzt ins Bett, und dann muss ich auch bald schlafen gehen. Aber vorher erkläre ich dir, wie das läuft. Dafür ver-

gesse ich das Brecheisen unter deinem Bett – und deine nächtlichen Ausflüge.«

Jetzt grinste Thomas. »Was du nicht alles hörst und siehst.«

Paula ging nicht weiter darauf ein. »Und wenn ich kommende Woche zur Arbeit bin, versorgst du die Kleine. Dafür darfst du hier weiter wohnen.«

»Ich?« Jetzt war Thomas ehrlich erschrocken, seine Stimme wurde so laut, dass die Kleine an Paulas Schulter zusammenzuckte.

»Pssst«, machte Paula.

»Das kann ich nicht, ehrlich nicht«, sagte Thomas verzweifelt.

»Ich zeig dir alles. Du schaffst das schon. Bist doch ein smarter Junge.«

Sie erhob sich, um die Kleine ins Bettchen zu legen. Sie hatte sich alles genau überlegt. Es würde wunderbar funktionieren.

Freitag, 6. Juli 2018

Hallo, meine Große, schön, dass du anrufst. Wie geht es dir?«

»Gut, Mami. Gut.«

»Aber du hörst dich merkwürdig an. Ist etwas los?«

Stefanie schloss die Augen. Was sollte sie nur sagen?

»Mami, Felix und ich haben ein Problem, über das wir mit euch sprechen wollen.«

»Was ist denn passiert?«

»Passiert ist gar nichts. Aber wir müssen mit euch reden. Wir kommen gleich. Okay?«

»Ja, aber was ist … was heißt *gleich?*«

»Wir sind in zehn Minuten da. In Ordnung?«

Am anderen Ende der Telefonleitung war zunächst Schweigen.

»Ihr beide seid schon hier in Vilshofen? Aber warum …« In diesem Moment setzte das Geläut der Kirchenglocken ein. Der Ruf zur Abendmesse.

Stefanie konnte nicht mehr verstehen, was ihre Mutter sagte. Sie schrie noch »Bis gleich!« ins Telefon, dann beendete sie das Gespräch.

»Für mich ist es auf jeden Fall eine schöne Überraschung, euch so unverhofft zu sehen«, sagte ihre Mutter und umarmte sie und Felix in der ihr eigenen, bestimmten Art. Aber Stefanie spürte eine unvertraute Anspannung. Ruth fragte nichts, nur ihr forschender Blick verriet die Neugier.

Josef, der draußen unter dem Sonnenschirm am Esstisch in einer Autozeitschrift geblättert hatte, musterte die beiden mit nachdenklich gefurchter Stirn.

»Mami hat mir schon gesagt, dass ihr kommt. Ich freue mich, euch zu sehen. Aber ihr habt ein Problem, sagt Mami? Was ist denn los?«

»Ich helfe Mami noch schnell, den Tisch fertig zu decken, dann können wir gleich in Ruhe darüber reden«, sagte Steffi.

»Nun, ihr steht beide, so wie es aussieht, gesund vor mir. Obwohl Felix sehr blass ist. Ist es ein medizinisches Problem?«

»Nein«, sagte Felix.

Josef atmete erleichtert aus. »Dann hat es Zeit, bis das Essen auf dem Tisch steht. Ihr seid gesund – alles andere lässt sich lösen!«

Nein, Papi, dachte Stefanie, die diesen Spruch ihres Vaters kannte, *nicht alles.*

Aus der Küche kam ein klirrendes Geräusch. »Nichts passiert«, rief Ruth. »Mir sind nur die Gabeln runtergefallen.«

So schön könnte das jetzt alles sein, dachte Steffi, als sie den fertig gedeckten Tisch betrachtete: von der weißen quadratischen Porzellanplatte leuchteten die aufgeschnittenen roten Tomaten, die grünen saftigen Gurkenscheiben und die gelben Paprikaschnitze um die Wette, und das frische Landbrot mit der reschen Kruste duftete appetitanregend. Gerade brachte ihre Mutter eine Schüssel mit Kartoffelsalat aus der Küche.

»Steffi, auf der Anrichte steht noch eine Platte mit Fleischpflanzerl.«

»Ich geh schon.«

Das hier war zu Hause. Das hier war ihre Familie. Oder nicht? Stefanie spürte, wie ihr die Tränen in die Augen steigen wollten.

Sie saßen windgeschützt hinter dem Haus, trotzdem wirbelte immer wieder eine Böe herein.

»Ich glaube, wir kriegen ein Gewitter«, sagte Josef. »Lasst uns essen, bevor es uns erwischt.« Seine Hand deutete auffordernd auf die Schüsseln. »Jetzt greift mal zu, und dann sagt ihr, was los ist.«

»Ich habe keinen Appetit«, sagte Felix. »Ich glaube, ich kann nichts essen.«

Josef griff kopfschüttelnd nach der Serviergabel und legte sich zwei Fleischpflanzerl auf den Teller.

»Also, wenn du Mamis hausgemachten Kartoffelsalat verweigerst, dann muss es was wirklich Arges sein.«

Ruth bereitete sich auf das Auflachen vor, aber ihre Kinder reagierten nicht auf diesen Versuch ihres Mannes, die Stimmung aufzulockern.

»Raus mit der Sprache: Was ist los? Unsere Familie sitzt hier zusammen, wir sind alle gesund – alles andere kriegen wir geregelt.« Josef zog wie immer das Direkte vor.

»Leider sind wir nicht wirklich eine Familie!«, brach es aus Felix heraus.

Josef ließ die Hand mit dem Kartoffelsalat auf dem Löffel sinken.

»Wie bitte?«

Ruth wurde blass.

»Was redest du für einen Unsinn?«, fragte Josef, aber Stefanie bemerkte eine Unsicherheit in seiner Stimme. Und es war nicht der richtige Tonfall.

»Ich bin wahrscheinlich als Baby im Krankenhaus vertauscht worden. Ich gehöre gar nicht hierher.«

Josef öffnete den Mund, um etwas zu sagen, und schloss ihn dann wieder. Stefanie, die auf einen Widerspruch wartete, sah den Blick, den ihre Eltern wechselten.

»Ihr habt diese Gen-Geschichte gemacht«, sagte Ruth, und es war eine Feststellung.

Steffi richtete sich auf. Kerzengerade saß sie am Tisch, die Schultern straff gespannt, die Hände flach links und rechts vor sich auf der Tischplatte.

»Ja. Und dabei hat sich herausgestellt, dass Felix und ich genetisch nicht verwandt sind«, sagte sie.

Stefanie wartete auf entsetztes Aufschreien, auf Widerspruch, auf Fassungslosigkeit.

Aber die Reaktion ihrer Eltern war nicht die, die sie erwartet hatte. Stattdessen …

Ruth und Josef sahen sich lange in die Augen.

»Willst du oder soll ich?«, fragte Josef seine Frau.

»Lass mich mal zuerst«, antwortete Ruth ruhig. Aber Stefanie konnte das Zittern in ihrer Stimme hören.

Ruth stand auf und ging um den Tisch herum zu ihren Kindern. »Ich möchte mich zwischen euch setzen.«

Felix sprang auf und holte ihren Stuhl. Dann rutschten die beiden etwas auseinander, sodass Ruths Stuhl dazwischenpasste.

Ruth legte ihren beiden Kindern jeweils den Arm um die Schulter.

»Vor diesem Gespräch habe ich mich seit achtundzwanzig Jahren gefürchtet«, sagte sie, und Steffi spürte, wie ihr ein Kloß in den Hals stieg. Achtundzwanzig Jahre. Das bedeutete, es ging um sie. Sie hatte es geahnt. Irgendwo ganz tief drin hatte sie es gewusst, ab dem Moment, als Felix in ihrem Apartment ihr gegenübergesessen und gesagt hatte: »Wir sind nicht verwandt.« Für sie gab es keine Witze über die Uhrzeit, zu der sie geboren war. Keine Geschichten, wie der Vater beinahe zu spät im Krankenhaus eingetroffen war.

Für sie hatte es immer nur ausweichende Antworten gegeben. Stefanie schloss die Augen.

»Aber ich – oder besser gesagt wir – wollen dieses Gespräch auch seit achtundzwanzig Jahren führen. Und haben es irgendwie nicht geschafft.« Ruth holte tief Luft.

»Ihr seid beide meine Kinder, unsere Kinder, wir lieben euch, das wisst ihr.« Sie wandte sich Stefanie zu. »Stefanie, wir wollten schon so lange mit dir darüber reden. Aber am Anfang warst du noch zu klein und dann …« Ruth hatte plötzlich Tränen in den Augen. Josef erhob sich, zog sich seinen Stuhl ebenfalls neben Stefanie. Er griff nach ihrer Hand. »Dich zu bekommen war unser größtes Glück! Und es ist meine Schuld, dass wir nicht früher mit dir darüber gesprochen haben. Deine Mutter wollte es immer, aber ich … es hat mich einfach nicht interessiert. Du bist meine Tochter, ich liebe dich über alles, und … und dass du nicht meine Gene hast, sondern sozusagen adoptiert bist, finde ich das Unwichtigste auf der Welt.«

Durch Adoption. Sie war adoptiert. Der Kloß in ihrem Hals schwoll an. Stefanie konnte kaum noch atmen.

»Und warum habt ihr mir das nie gesagt?«, presste sie hervor.

Leise grollte in der Ferne ein Donner.

Stefanie schluckte und schluckte. Sie musste aufstehen. Sie konnte jetzt nicht hier still sitzen bleiben.

»Es kommt ein Gewitter«, sagte sie. »Lasst uns zuerst den Tisch abräumen.«

Ihre Mutter wollte noch etwas sagen, aber Stefanie wehrte mit der Hand ab. »Wir machen hier Ordnung, dann gehen wir rein. Und dann erzählt ihr alles in Ruhe, was ihr zu erzählen habt.«

Man musste Stefanie sehr gut kennen, um ihre innere Anspannung zu sehen. Wie sie noch gerader ging als sonst. Wie sie noch kontrollierter die Füße aufsetzte. Wie sie sich bei jedem Schritt erst zu vergewissern schien, dass sie festen Stand hatte, dass der Boden sie noch trug, bevor sie den nächsten Schritt tat.

Ein lauter Donnerschlag erstickte jeden weiteren Kommentar von Josef und Ruth im Keim. Ruth und Stefanie räumten den Esstisch ab, Felix trug die Stühle in den kleinen Vorbau an der Seite des Hauses; Josef kämpfte mit dem inzwischen stark böigen Wind bei seinem Versuch, den Sonnenschirm zu schließen.

Aber ein paar Minuten später war alles getan, und gerade als die ersten dicken Tropfen vom Himmel fielen, saßen die vier im Wohnzimmer.

Stefanie war als Erste ins Wohnzimmer gegangen und hatte in dem einzelnen Sessel Platz genommen. Sie kauerte nicht wie sonst gemeinsam mit ihrem Bruder auf der breiten Chaiselongue.

Ruth schluckte, als sie das sah.

»Soll ich uns vielleicht erst einmal ein gutes Glas Rotwein spendieren?«, fragte Josef.

»Danke nein, ich möchte nichts trinken.«

»Ich auch nicht!« Felix hatte wieder etwas Farbe im Gesicht, aber er hatte kein Wort gesprochen, seit Josef erklärt hatte, dass Stefanie adoptiert sei.

»Ja, wo fangen wir an?« Josef warf Ruth einen Hilfe suchenden Blick zu.

»Ich bin also adoptiert«, sagte Stefanie.

»Das ist nicht ganz das richtige Wort«, sagte Josef.

»Das verstehe ich nicht.«

»Lass mich mal zuerst.« Ruth saß in dem anderen Ohrensessel, schräg gegenüber von Stefanie, und atmete jetzt tief ein.

»Als wir geheiratet hatten und euer Vater …« Ruth sah, wie Steffi bei dem Wort Vater zweifelnd die Stirn runzelte. Es gab ihr einen Stich. »… mich hierher nach Vilshofen holte, war ich zunächst sehr glücklich. Ich habe mich hier sofort wohlgefühlt, obwohl ich aus Hamburg bin, aber meine Mutter, die Oma, war ja vom Chiemsee, und ich hatte als Kind dort immer die Sommerferien verbracht. Ich war also schon immer halb norddeutsch und halb bayerisch. Vielleicht hatte ich deswegen auch so überhaupt keine Probleme, hier im Ort akzeptiert zu werden. Ich war im Kirchenchor, im Sportverein, habe die Wohltätigkeitsbasare an Weihnachten mit organisiert und, und, und. Und dann haben wir darauf gewartet, dass ich schwanger werde. Aber es passierte nicht.«

»Ich habe zu der Zeit die Firma gegründet und aufgebaut; ich war natürlich nicht so auf ein Kind fixiert wie eure Mutter. Aber auch für mich stand nie infrage, dass wir eine Familie werden würden, mit einem oder zwei Kindern. Über etwas anderes habe ich gar nicht nachgedacht«, sagte Josef.

»Und so verging Jahr um Jahr. Und dann war ich beim Arzt, und der sagte, ich kann keine Kinder bekommen.«

Felix runzelte die Stirn und machte Anstalten, etwas zu sagen, aber Ruth stoppte ihn mit einer Handbewegung.

»Zuerst war ich zutiefst deprimiert, aber Josef hat mich getröstet und gemeint, wir könnten doch genauso gut ein Kind adoptieren. Und mit der Zeit und durch die vielen Gespräche, die Josef und ich führten, gewöhnte ich mich an den Gedanken. Wir schrieben an das Jugendamt. Bekamen Termine. Führten Gespräche mit den Mitarbeitern dort, immer und immer wieder. Schickten Papiere hin noch und nöcher. Es war furchtbar, ich habe mich gefühlt, als sei ich ein Verbrecher, der um Bewährung nachsucht.«

»Ich habe es nicht als so schlimm empfunden, aber es war zeitaufwendig und auch nervenaufreibend. Wie auch immer: Was dann passierte, war meine Schuld.« Josef sah, dass Ruth ihn unterbrechen wollte, und sprach schnell weiter: »Ich hatte auf einmal massive Probleme in der Firma, ein großer Kunde war in Konkurs gegangen und zahlte nicht. Jedenfalls habe ich zwei Gesprächstermine beim Jugendamt verpasst, und dann war der zuständige Sachbearbeiter wohl wütend auf uns, er hat das sicher mit Absicht gemacht, jedenfalls hat man uns ewig lange keinen neuen Termin gegeben. Und wir haben sehr viel Zeit verloren.« Er schluckte.

Ruth erzählte weiter. »Und dann, als ich zum x-ten Mal angerufen habe, um einen neuen Termin zu vereinbaren, hat man uns gesagt, wir seien doch eh inzwischen zu alt. Wir bekämen sowieso kein Kind mehr vermittelt. Aus heiterem Himmel!«

»Ich war gerade einundvierzig geworden und eure Mutter achtunddreißig.«

»Dieses Gespräch hat mir den Boden unter den Füßen weggezogen«, übernahm Ruth wieder. »Ich fühlte mich doch noch jung, jung genug für ein Kind und überhaupt eigentlich mitten im Leben stehend. Gerade im richtigen Alter, um eine Familie zu gründen. Und dann kam dieses Schreiben, dass unser Antragsverfahren eingestellt wird; dann habe ich es also noch schriftlich gekriegt, dass ich eigentlich schon aufs Altenteil gehöre, dass ich nichts mehr planen muss, dass das Leben für mich eigentlich schon vorbei ist. Und ich nie ein Kind bekommen werde.«

»Ich fühlte mich natürlich schuldig. Durch mich hatten wir mindestens ein Jahr verloren. Es war meine Schuld, dass der Beamte uns nicht mochte.«

»Er konnte uns schon vorher nicht leiden!«, berichtigte Ruth.

»Wie auch immer. Jedenfalls fiel eure Mutter in eine tiefe Depression. Sie zog sich aus den ganzen Vereinen zurück, ging nicht mehr raus; sie stand an manchen Tagen überhaupt nicht mehr auf, sondern blieb den ganzen Tag im Bett …«

»Du?«, fragte Felix. »Du bist tagsüber im Bett geblieben?«

Ruth nickte, verlegen lächelnd.

»Und ich überlegte, was ich machen könnte. Früher, als ich als junger Mensch durch die Welt getrampt bin, da hatte ich ja auch Menschen kennengelernt und mich mit manchen befreundet, die, wie soll ich sagen, nicht so im bürgerlichen Milieu verwurzelt waren.«

»Was meinst du damit?«, fragte Steffi. Es war das erste Mal, dass sie etwas sagte, seit sie im Wohnzimmer saßen.

»Na ja, halt irgendwelche Kleinkriminelle, die …«

»Du warst mit Kriminellen befreundet?« Felix riss die Augen auf.

»Nein … ja … nicht wirklich Kriminelle. Ach, wie erkläre ich euch das heute bloß? Das war damals doch eine völlig andere Zeit. Und auch der Staat war ein anderer. Die Ordnungsmacht, die Polizei: Ich rede von 1968, 1969, 1970. Es gab damals viel zu Recht zu kritisieren an diesem Staat. Auf jeden Fall meiner Meinung nach. Und wenn man die demonstrierenden Studenten unterstützte, wenn man sich mit manchen ihrer Ziele identifizieren konnte, wenn man zum Beispiel auch gegen den Vietnamkrieg war – ja, dann war man ganz schnell auf der anderen Seite. Oder, das ist jetzt vielleicht schlecht formuliert, ich sollte besser sagen: Die Schnittmenge zwischen kleinen Kriminellen auf der einen Seite und sogenannten linken Sympathisanten, von denen sich einige später – fürchterlicherweise – zu Terroristen entwickelten, die war eine Zeit lang schon erheblich. Es war … Es war eine andere Zeit, und ich bin sehr froh, dass die vorbei ist. Ich habe allerdings in der Tat Menschen kennen- und, das will ich betonen, auch schätzen gelernt, die ihren Lebensunterhalt …«, Josef grinste auf einmal fast spitzbübisch, »nicht durch legale Arbeit verdient haben.«

Stefanie und Felix schauten ihren Vater mit großen Augen an.

»Mami, was sagst du denn dazu?«

»Was soll ich dazu sagen. Das war damals so, wie euer Vater es beschreibt. Und in Hamburg, wo der *Spiegel* beheimatet ist, wo Franz Josef Strauß als Verteidigungsminister Anfang der Sechzigerjahre den Herausgeber des *Spiegel,* Rudolf Augstein, hat verhaften lassen, weil ihm dessen Berichterstattung nicht gepasst hat, da hatten wir auch eine große linke Szene.«

»Wir!«, sagte Felix ungläubig.

»Na ja, ich war auch gegen den Vietnamkrieg und gegen die prügelnden Polizisten bei der Schah-Demonstration – und dafür, dass Frauen ohne Erlaubnis ihres Mannes einen Arbeitsvertrag unterschreiben durften. Aber wir kommen vom Thema ab.« Ruth warf einen entschuldigenden Blick zu Stefanie. Saß die etwas weniger steif? Man konnte fast den Eindruck haben.

»Wie auch immer, ich hatte Kontakte«, fuhr Josef fort. »Und Ruth ging es schlecht, ich musste etwas unternehmen.«

»Ich fühlte mich minderwertig und hatte das Gefühl, mein Leben sei sinnlos. Und dann fragte mich Josef eines Abends, ob wir uns illegal ein Kind besorgen sollten. Er hätte da eine Adresse …«

Stefanie sog hörbar den Atem ein.

»Illegal!«, wiederholte Felix fassungslos.

Josef nickte. »Ja.«

»Zuerst hatte ich Angst, aber nach ein paar Tagen habe ich Ja gesagt.«

»Und dann haben wir begonnen zu planen. Ruth war ja eh schon seit einigen Wochen zu Hause; wenn ich jetzt nach ihr gefragt wurde, ließ ich durchblicken, dass es vielleicht bald freudige Nachrichten geben könnte.«

»Und wenn es nicht geklappt hätte?« Felix hatte sich von seinem Schock erholt und konzentrierte sich voll auf die logistischen Probleme.

»Dann hätte ich gesagt, sie hat das Kind verloren.«

»Aber ich verstehe nicht – wo kamen denn diese illegalen Babys her?«

»Nun, das war 1990. Die Mauer war gefallen, der Eiserne Vorhang existierte nicht mehr, und auf einmal gab es einen regen Kinderschmuggel aus den osteuropäischen Ländern. Kinder aus Waisenhäusern in Bulgarien und Rumänien hauptsächlich. Die Behörden hier brauchten ein paar Jahre, bis sie vernünftige Kontrollmechanismen installiert hatten. Aber bis dahin herrschte ein ziemliches Chaos. Es gab Eltern, die fuhren rüber und suchten sich in einem Heim ein Kind aus. Es gab drüben in manchen Behörden korrupte Angestellte, die man schmieren konnte und …«

»Ich bin also aus Rumänien oder Bulgarien?«, fragte Stefanie.

Ihr Vater nickte. »Gut möglich. Aber wir wissen es nicht.«

»Ihr wisst nicht, wo ich herkomme?«

»Es ist kompliziert.«

»Entschuldige, ich habe dich unterbrochen. Vielleicht erzählst du einfach weiter.«

Ruth registrierte, wie förmlich Stefanie mit Josef sprach. Ihr Herz schien immer schwerer in der Brust zu liegen.

»Wir hatten schon viele Wochen gewartet, und es wurde immer komplizierter. Immer mehr Bekannte und Nachbarn erkundigten sich, wie es Ruth denn ging. Ich hatte das Gefühl, dass unser Lügenschloss zu bröckeln begann. Eure Mutter ging so selten wie möglich raus. Und wenn es sich nicht vermeiden ließ, steckte sie sich ein Kissen unters Kleid. Aber allmählich gaben wir die Hoffnung auf. Wir setzten uns eine Frist: Wenn innerhalb der nächsten vier Wochen nichts passierte, würden wir behaupten, es sei was schiefgegangen mit der Schwangerschaft. Und dann erhielt ich plötzlich diese Nachricht. Ich rief sofort eure Mutter an …«

Ruth hörte das Klingeln des Telefons. Aber warum sollte sie aus dem Bett aufstehen und zum Telefon gehen? Das war irgendeine Freundin oder irgendeine Vereinskameradin, die sich nach ihrem Zustand erkundigen wollte. Die wissen wollte, wann denn der errechnete Termin sei. Und die sich irgendwann mit der Auskunft: »Ich will nicht darüber reden, ich bin abergläubisch, das bringt vielleicht Unglück«, nicht mehr abspeisen lassen würde.

Der Anrufbeantworter sprang an. Ruth drehte sich auf die Seite und zog sich die Decke über den Kopf. Die Ansage: »... wir rufen schnellstmöglich zurück«, drang nur noch ganz leise an ihr Ohr. Hätte sie den Text nicht gekannt, hätte sie ihn nicht verstanden. Jetzt sprach der Anrufer. Keine Frau. Ein Mann. Ihr Mann!

Ruth riss sich die Decke vom Kopf. »... packen für mindestens fünf oder sechs Tage, eher länger. Und solltest du mit jemandem Kontakt haben, sagst du, wir fahren für eine Woche zu deinem Vater, dem geht es nicht so gut.« Es piepste. Der Anrufer, ihr Mann Josef, hatte aufgelegt.

Ruth sprang aus dem Bett, raste zum Anrufbeantworter und hörte sich die Nachricht vollständig an. Es gab ein Baby. In Metz. Josef würde gleich nach Hause kommen, und er wollte in etwa einer Stunde losfahren.

Ihr Herz raste plötzlich. Ein Baby? Wieso? Woher? Wie alt? – Und wenn sie es vielleicht nicht mochte?

Ruth stand neben dem Anrufbeantworter, schloss die Augen und atmete tief durch. Sie musste sich zusammenreißen. Die Fragen konnte sie später klären, jetzt musste gepackt werden. Auch für ein Baby.

Sie unterdrückte gewaltsam die Vorfreude, die sie spürte, als sie die Windeln und die Anfangsmilch in die eigens für diesen Anlass gekaufte und mit einem großen grünen Elefanten bestickte Tasche packte. Josef traf etwa zwanzig Minuten später ein, und sie war bereit.

»Wir haben einmal übernachtet, bei Frankfurt irgendwo.« Während Josef erzählte, konnte man heute noch in seinem Gesicht die Anspannung von damals erkennen. »Wir haben nur drei oder vier Stunden geschlafen und sind dann gleich weiter. Ich sollte zu einer Adresse in Metz, aber es hatte geheißen, ich müsse unbedingt am nächsten Vormittag da sein. Ich bin gefahren wie ein Verrückter.«

»Und ich habe ihn machen lassen. Ich habe gedacht, entweder kriegen wir jetzt unser Baby, oder wir gehen halt drauf.«

»Mami!« Felix schüttelte entsetzt den Kopf.

»Um halb elf standen wir vor der Bruchbude. Als ich das Haus gesehen habe, wäre ich am liebsten wieder umgedreht. Die Klingelschilder heruntergerissen, offenbar einige Wohnungen schon länger nicht mehr bewohnt, Kabel, die im Treppenhaus von der

Decke hingen, und die Löcher im Putz waren noch das harmloseste.«

»Es gab natürlich keinen Aufzug. Wir sind zu Fuß hoch, wir hatten ja unten geklingelt, aber wir wussten nicht, in welchen Stock wir müssen.«

»Ich habe die ganze Zeit mit Ruth geredet, damit man unsere Stimmen hört. Und so war es wohl auch, denn als wir auf dem Absatz vom dritten Stock waren, riss auf einmal eine Frau ihre Tür auf.«

»Und da quoll vielleicht eine Rauchwolke raus! Die Wohnung war so was von verqualmt. Und die alte Hexe hatte natürlich auch eine brennende Zigarette in der Hand. Ich habe nur gedacht, hoffentlich ist das arme Baby nicht hier! Und dann mussten wir uns in diesem stinkenden Wohnzimmer auf das Sofa setzen, und die Frau redete auf Josef ein, und ich verstand kein Wort.«

»Mein Französisch war ziemlich eingerostet, aber ich habe schon verstanden, wie sie mir erklärt hat, dass das ja eine Vertrauensfrage ist und dass sie nicht die Verantwortliche ist und eigentlich überhaupt nichts damit zu tun hat und dass sie damit nur jemandem einen Gefallen tut und weil ihr das arme Baby so leidtut, und sie redete und redete.«

»Josef hat immer nur genickt und *oui* und *bien sûr* gesagt und endlich hat er mir übersetzt: Es ging um ein Mädchen, noch keine zwei Wochen alt, gesund. Und wir müssten uns jetzt sofort entscheiden.«

Ruth holte noch einmal tief Luft, und dann sah sie ihrer Tochter Stefanie fest in die Augen: »Ich wollte eigentlich sagen, dass wir das Kind doch erst einmal sehen müssten – und da hörte ich hinter einer Zimmertür ein Baby weinen. Und auch wenn Josef das später immer heruntergespielt hat und gemeint hat, das sind lediglich irgendwelche Hormone gewesen: Ich habe sofort gewusst, da weint mein Kind!«

»Deine Mutter ist aufgesprungen und zu dieser Tür gestürzt. Die Alte wollte sich ihr in den Weg stellen, aber deine Mutter … ich hatte sie noch nie und habe sie auch seither nie wieder so gesehen … wie eine Furie! Es war fast angsteinflößend – sie war nicht aufzuhalten. Sie hat die alte Hexe beiseite gestoßen und ist in das Zimmer gehechtet. Und ich habe den Umschlag aus meiner Jackentasche geholt, die Alte am Arm gepackt und ihr den Umschlag hingehalten.«

Ruths Augen wurden feucht, aber sie hielt den Blick unverwandt auf Stefanie gerichtet. »Das erste Mal, das ich dich sah. Es gibt keine Worte dafür. Du warst mein Kind. Schon ab dem Moment, als ich dich weinen hörte.« Ruth lächelte, während ihr eine Träne die Wange herunterrann. »Du hast geschrien wie am Spieß, dein Gesicht war krebsrot, die Augen hattest du fest zusammengekniffen, und dann habe ich dich hochgenommen.« Sie wischte sich über die Wange. »Und als ich dich auf dem Arm hielt, hast du aufgehört zu schreien. Du hast die Augen aufgemacht und mich angeschaut.« Obwohl Ruth scheinbar entspannt dasaß und mit ruhiger Stimme erzählte, konnten alle sehen, wie sehr die Erinnerung sie aufwühlte. »Dann kam diese alte Hexe hinter mir ins Zimmer gestürzt und schrie irgendwas, ich habe es nicht verstanden. Aber ich habe dich in meinen Armen gehalten, und ich wusste, ich gebe dich nicht mehr her. Unter keinen Umständen. Da hätte sie mich wirklich umbringen müssen. Oder besser, ich sie.«

»Genauso sah eure Mutter aus. Ich bekam wirklich Angst um diese Alte. Dabei wollte die uns nur noch sagen, dass sie eine Isoliertasche mit Muttermilchfläschchen vorbereitet hat und dass wir auf keinen Fall das kleine Kästchen auf dem Schreibtisch vergessen dürfen. Dass da die Geburtsbescheinigung drin ist. Ja, und das war es eigentlich. So kamst du in unsere Familie. Nicht auf dem Seeweg.«

Stefanie hatte auch *Das Geisterhaus* gelesen, erinnerte sich auch an den ersten Satz dieses Buches und würdigte diesen Versuch ihres Vaters, einen Witz zu machen, mit einem kleinen Lächeln. Josef atmete erleichtert aus. Wenn sie schon wieder lächelte, war das Schlimmste überstanden.

»Und warum habt ihr mir das nie erzählt?«

»Es tut mir so leid, Steffi!« Ruth zuckte mit den Schultern. »Am Anfang hatten wir natürlich einfach Schiss, du könntest dich verplappern. Im Kindergarten oder auch in der Grundschule.«

»Wir hatten die ersten Jahre schon ziemliche Angst. Das war doch alles illegal. Wenn das rausgekommen wäre! Sie hätten dich uns weggenommen und ins Kinderheim gesteckt. Wir hätten dich auf immer verloren. Ganz am Anfang ist Ruth jedes Mal zusammengezuckt, wenn es unerwartet an der Tür geklingelt hat. Deine Mutter hat täglich damit gerechnet, dass die Polizei vor der Tür steht und dich abholt.«

Stefanie musterte ihre Mutter lange. »Das war sicher eine furchtbare Zeit für dich.«

»Ich hatte viel Angst, aber ich war glücklich!«

»Aber mir ist noch nicht klar, wie ihr das den Leuten hier verkauft habt«, sagte Felix. »Die müssen sich doch gewundert haben, dass ihr plötzlich mit einem Baby auftaucht!«

»Als wir wiederkamen, haben wir halt erzählt, dass wir auf der Rückfahrt von Ruths Vater noch einen Kurztrip nach Metz eingeschoben haben und dass Ruth dort von den Wehen überrascht worden ist. Wir hatten ja ein Schreiben von einem Arzt aus Metz von der Alten bekommen, in welchem der bestätigte, dass Ruth mit seiner Hilfe ein Kind entbunden hätte. Und dass Ruth *schwanger* war, war ja inzwischen hier überall bekannt. Im Standesamt hier in Vilshofen arbeitete der Huber Sepp. Als ich dann die Geburtsurkunde beantragt habe, hat der mich natürlich zusammengestaucht. Was ich alles an Formalitäten in Frankreich schon hätte machen müssen. Und dass ich mit dem Baby gar nicht über die Grenze gedurft hätte. Und so weiter. Ihr dürft nicht vergessen, dass es damals das Schengener Abkommen noch nicht gab. An der Grenze sind wir allerdings – und darauf hatte ich gehofft – einfach durchgewinkt worden. Und beim Huber habe ich mich auf unseren Schock wegen der vorzeitigen Wehen berufen. Und dass wir nur noch nach Hause gewollt hätten. Der Huber kannte mich ja und wusste auch, oder besser gesagt: Er war der festen Überzeugung, dass Ruth schwanger gewesen war. Also, zu guter Letzt bekamen wir dann die offizielle Geburtsurkunde. So ging alles glatt.«

»Wahnsinn! Was für eine Geschichte!« Felix schüttelte sich. »Und was ist nun mit mir? Woher habt ihr mich?«

»Ja, das war dann noch die große Überraschung, die mein Gynäkologe für mich hatte, als ich ein knappes Jahr später zu einer Kontrolluntersuchung bei ihm war. Er wusste im Übrigen als Einziger Bescheid. Ihn musste ich einweihen. Denn er sah ja bei den Untersuchungen, dass ich noch keine Schwangerschaft durchgemacht hatte. Er hat mir seine Verschwiegenheit zugesichert, und ich habe mich auf die ärztliche Schweigepflicht verlassen. Und dann hatte ich völlig unerwartet den zweiten großen Glücksmoment in meinem Leben.« Ruth wandte sich zu Felix. »Als der Arzt mir sagte, dass ich schwanger bin, und mir erklärte, dass das sogar relativ häufig vorkommt, also dass Frauen, die ein Kind adoptiert haben, dann auf einmal doch noch selbst schwanger werden, da war mein Glück komplett.«

»Ach, ich bin ganz normal euer Sohn? Ohne kriminelle Aktivitäten? Ich komme mir jetzt fast langweilig vor.«

Alle lachten ein bisschen in dem Versuch, die Anspannung zu lösen.

Aber dann, fast wie auf ein geheimes Signal, richteten sich aller Blicke auf Stefanie.

»Wie geht es dir denn, Liebes?«, fragte Ruth.

»Keine Ahnung …«

»Ich weiß, wir hätten es dir sagen müssen, aber irgendwie … irgendwie haben wir den richtigen Zeitpunkt verpasst. Zuerst warst du zu klein, und dann auf einmal empfanden wir es schon als zu spät. Es tut uns so unendlich leid.«

Stefanie nickte und erhob sich. »Ich verstehe euch. Das war sicher alles nicht so einfach. Aber seid mir nicht böse, ich fühle mich erschöpft. Ich glaube, ich möchte jetzt erst mal schlafen.«

Stefanie trat an den Esstisch und machte Anstalten, ihre Eltern zu umarmen, aber dann ließ sie die Arme sinken.

»Es tut mir leid. Ich muss erst … ich bin nicht wütend auf euch, aber das ist alles … ich gehe jetzt schlafen.« Sie wandte sich ab, und dann stieg sie mit schweren, noch bedächtigeren Schritten als sonst die Holztreppe hoch in den ersten Stock in ihr Zimmer.

Josef griff nach der Hand seiner Frau. »Sie braucht ein bisschen Zeit. Mach dir keine Sorgen.«

Freitag, 11. Mai 1990

Paula erwachte vom Schreien des Babys. Mein Gott, was war sie müde! Denn sie hatte nicht einschlafen können. Ihre Gedanken waren Amok gelaufen.

Ihr Bruder funktionierte nicht wie erhofft. Er brachte einfach die erforderliche Bescheinigung nicht herbei. Und sie hatte das untrügliche Gefühl, dass er sie vertröstete.

Die Kleine schrie sich die Seele aus dem Leib. Paula seufzte. Auf den Schalter der Nachttischlampe drücken und aus dem Bett steigen war eine einzige fließende Bewegung. Das hatte sie in den vergangenen Nächten bereits gelernt.

Sie hob die Kleine aus dem Kinderbettchen, das direkt neben ihrem Bett stand.

»Hast du Hunger, mein kleiner Schatz?«

Sie schlüpfte in ihre Hausschuhe und redete beruhigend auf das Baby ein.

»Mama macht dir sofort was. Gleich gibt es die gute Milch. Einen kleinen Moment musst du noch Geduld haben. So ein tapferes Baby!«

In der Küche presste sie das schreiende Baby mit dem linken Arm an ihren Körper, mit der rechten Hand zog sie die Schublade auf, nahm den Messbecher heraus und drehte den Wasserhahn auf.

Die Tür des Gästezimmers klappte so laut, dass sie das Geräusch des laufenden Wassers übertönte.

»Geht das jetzt jede Nacht so?« Ihr Bruder Thomas machte aus seinem Unwillen keinen Hehl.

»Du kannst mir helfen, halt mal das Baby.«

»Ich?«

»Jetzt stell dich nicht so an, nur eine Minute.«

Widerstrebend nahm ihr Halbbruder ihr das Kind ab.

Die Kleine schrie wie am Spieß.

»Beeil dich, wenn das die Nachbarn hören!«

»Willst du lieber die Milch machen?«, fauchte Paula.

»So weit kommt's noch. Im Übrigen würde ich gerne mal wieder eine Nacht durchschlafen.«

Paula dankte im Stillen dem Zufall, dass ihr Bruder jetzt nur ihren Rücken sah. Denn sie war sich bewusst, wie sehr gerade die Wut ihre Gesichtszüge verzerrte. Was er sich herausnahm! Er wohnte hier umsonst, er futterte den Kühlschrank schneller leer, als sie ihn auffüllen konnte – und jetzt stellte er auch noch Ansprüche. Es kostete sie große Mühe, die Antwort, die ihr auf der Zunge lag, herunterzuschlucken. Wie gerne hätte sie gesagt: »Da ist die Tür!«

Aber sie brauchte ihn. Sein Benehmen zeigte allerdings, dass ihm das – bedauerlicherweise – sehr bewusst war.

»Besorg das Papier, dann kannst du gehen.« Paula hörte selbst ihren schnippischen Tonfall. Aber das machte nichts. Sie durfte sich ihm gegenüber auf keinen Fall schwach oder abhängig zeigen.

Paula bewunderte sich selbst, wie routiniert sie schon mit Wasserkocher, Thermometer, Fläschchen und Milchpulver agierte.

Sie schüttelte das Fläschchen noch einmal kräftig durch und hielt es sich für einen letzten schnellen Temperaturtest an die Innenseite ihres Unterarms. »Gib sie mir!«

Das inzwischen vom Schreien krebsrot angelaufene Baby schnappte hungrig nach dem Sauger der Flasche. Die Ruhe kam so abrupt, dass sie fast in den Ohren schmerzte.

Thomas schaltete die Kaffeemaschine an.

»Willst du um diese Uhrzeit einen Kaffee trinken?«

»Das macht mir nix. Ich schlaf trotzdem gut.« Er öffnete die Schranktür und musterte kritisch die Tassen. Paula ahnte, wonach er schaute. Seine bevorzugte Tasse – die mit dem größten Fassungsvermögen – war in der Spülmaschine. Wenn er jetzt deswegen maulte, dann würde sie ihn hinauswerfen, schwor sie sich. Bescheinigung hin oder her.

»Was willst du eigentlich sagen, wenn dich ein Nachbar fragt, was das für ein Baby ist, das da jede Nacht schreit?«, fragte er.

Paula zuckte mit den Schultern. Insgeheim trieb sie genau diese Sorge um. Das Risiko, dass jemand dumme Fragen stellte, wuchs mit jedem Tag.

»Wie lange, schätzt du, dauert das noch mit der Bescheinigung?«

»So schnell geht das nicht. Zumal du ja unbedingt den 14. Mai als Geburtsdatum eintragen lassen willst. Diese Extrawünsche machen es nicht einfacher. Ich verstehe sowieso nicht, wie du dir das alles gedacht hast.«

Paula lächelte dem Baby in ihrem Arm zu. Aber ihre Gedanken rasten. Ihre Befürchtungen waren berechtigt: Thomas erkundigte sich nach ihren Plänen. Er suchte nach dem Hebel, mit dem er mehr für sich herausschlagen konnte.

»Man hat nach der Geburt eine Woche Zeit, um die Geburtsurkunde zu beantragen. Wenn ich den Vierzehnten nehme, merkt kein normaler Mensch, dass die Kleine schon etwas älter ist«, erklärte sie.

»Aber könntest du dir nicht selbst die Bescheinigung ausstellen? Das ist doch das, womit die Leute zum Standesamt gehen normalerweise – mit der Bescheinigung eines Arztes oder einer Hebamme, oder nicht?«

»Ja. Das könnte ich. Aber das führt vielleicht zu kritischen Fragen.«

Jetzt wusste er, oder glaubte zumindest hoffentlich, dass sie nicht von ihm abhängig war. Dass es andere Möglichkeiten gab.

»Deswegen würde ich lieber vermeiden, mir selbst das Attest zu geben. Ich hätte gerne folgende Geschichte: Ich war schwanger und habe es keinem verraten, weil ich den Vater gar nicht kenne und mich geschämt habe.« Sie lachte auf. »Ich hätte nie gedacht, dass ich mal froh darüber bin, wie sehr ich in den letzten Monaten auseinandergegangen bin.« Sie sah, wie ihr Bruder unwillkürlich das Gesicht verzog. Er fand sie offensichtlich auch zu fett. Nun, seine Meinung zählte nicht. »Wenn es bei dem bleibt, was du angekündigt hast, dass es also einen Arzt in Metz gibt, von dem du eine gefälschte Bescheinigung bekommst, dann ist in meiner Geschichte Folgendes passiert: Ich wurde, als ich zum Bummeln in Metz drüben war, von den Wehen überrascht und habe mithilfe dieses Doktors Sowieso – an den du über deine Kontakte angeblich schon gekommen bist – meine Tochter entbunden. Und wenn der das bescheinigt, kann ich hier mit diesem Wisch zum Standesamt gehen und meine Tochter anmelden. Und alles ist gut.

Aber wenn du das mit der Bescheinigung nicht schaffst, dann mache ich es halt doch anders.«

Ihr Halbbruder schaute zweifelnd. »Aber die Nachbarn: Glaubst du wirklich, die nehmen dir das ab? Wenn du auf einmal hier mit dem Kinderwagen den Aufzug verstopfst? So dick bist du nun auch wieder nicht. Da wird es genug Frauen geben, die merken, dass da was nicht stimmen kann.«

»Deshalb will ich ja erst mal weg.« Das war keine Frage des Wollens. Sie musste *weg. So schnell wie möglich. Es war nur eine Frage der Zeit, bis irgendjemand dumme Fragen stellte. Misstrauisch wurde. »Ich gehe irgendwohin, wo mich keiner kennt. Ins Ausland wahrscheinlich. Vielleicht nach Südfrankreich. Ich brauche nur die Geburtsurkunde.«*

»Und dein Job?«

»Ich habe unbezahlten Urlaub beantragt. Den krieg ich auch, die diskutieren gerade schon wieder, das Krankenhaus ganz zu schließen, und sind froh um jeden, der von sich aus geht. Und übrigens, ich habe mich gestern krankschreiben lassen.«

»Ach, du bist krank?« Thomas lachte. »Was hast du denn?«

»Einen Magen-Darm-Infekt. Der zieht sich auch noch – zumindest so lange, bis ich eine ordentliche Geburtsurkunde und einen Pass habe.«

»Einen Pass? Wieso denn einen Pass?«

»Wenn ich mit dem Kind über die Grenze will, braucht es einen Pass. Für den Pass brauche ich wiederum die Geburtsurkunde. Und für die Geburtsurkunde brauche ich die Bescheinigung des Arztes, dass ich ein Kind entbunden habe. Sobald du mir so einen Wisch bringst, kriege ich alles andere besorgt – und dann haue ich ab, und du kannst wieder ungestört durchschlafen.«

Paulas Bruder nippte an seinem Kaffee. »Das kann ich sowieso. Ich brauch ja nur auszuziehen.«

Wohin denn?, *fragte sich Paula. Das war gelogen. Jede Wette.*

»Ach, du willst weg?«, fragte sie scheinheilig. »Das ist natürlich blöd. Ich hatte gehofft, du bleibst hier und kümmerst dich um die Wohnung.«

»Ja, was wird denn aus der Wohnung eigentlich? Hast du schon darüber nachgedacht?«

Jetzt kam es drauf an. »Ich will ein Jahr wegbleiben, und es wäre gut, wenn die Wohnung in der Zeit nicht leer steht … ich hatte gehofft, dass du so lange …?«

Glaubte er ihr? Natürlich würde sie die Wohnung nicht behalten. Wie sollte sie ihre Spur verwischen, wenn sie noch eine Wohnung in Trier hatte?

Sie wusste genau, wo sie hinwollte. Erst letztes Jahr hatte ihre Urlaubsreise sie nach Südfrankreich geführt. Sie hatte in den letzten Tagen in der Bibliothek Bücher gewälzt, in Reisebüros Prospekte studiert und mit Maklern telefoniert. Erst mal nach Südfrankreich. Wenn man die Touristen-Hotspots vermied und ins Hinterland ging, war es durchaus bezahlbar. Und dann würde sie einige Male umziehen. Sie käme mit einem Kind mit einem offiziellen legalen Pass und einer untadeligen Geburtsurkunde – und niemand könnte Fragen stellen. Sie brauchte nur diese Bescheinigung von dem Arzt, zu dem Thomas irgendwie schon Kontakt hatte.

»Und in einem Jahr kommst du wieder? Oder wie hast du dir das vorgestellt?«

»Ja, sicher.«

»Und dann stehst du hier auf einmal mit einem Kind im Hausflur? Hast du keine Angst, dass womöglich eine liebe Nachbarin das alles ganz genau wissen will?«

Doch, genau die hatte sie. Deswegen würde sie auch nicht mehr wiederkommen. »So anonym, wie das hier ist?«, erwiderte sie stattdessen. »Und ich habe im Haus doch überhaupt keine Kontakte. Es kennt mich niemand hier.«

Das stimmte. Die Anonymität war der Grund gewesen, dass sie hierhergezogen war. Wenn werdende Eltern wussten, wo eine Hebamme wohnte, hatte man keinen Feierabend und kein Wochenende mehr.

Als sie damals die Stelle in Perlich angenommen hatte, hatte sie sofort eine hübsche Wohnung gefunden, die zu Fuß nur wenige Minuten vom Krankenhaus entfernt lag. In einem kleinen Dreifamilienhaus die Dachgeschosswohnung. Wirklich sehr schön.

Aber jeder wusste: Da wohnt die Hebamme. Und die Leute besaßen offensichtlich nicht den Hauch von Schamgefühl. Sie hätte nicht sagen können, wie oft bei ihr in der tiefsten Nacht das Telefon geklingelt und sie aus dem Schlaf gerissen hatte.

»Entschuldigen Sie bitte, dass wir Sie um diese Uhrzeit anrufen, aber meine Frau fühlt sich gerade so merkwürdig … wir wollten nur mal fragen, ob …«

Genau deswegen war sie weggezogen. Hierher in die Stadt. Auch wenn sie nun täglich zweimal zwanzig Minuten fahren musste. Aber dieser Wohnblock versprach Anonymität. Und hielt dieses Versprechen auch weitestgehend.

Sie hatte das Ihre dazu beigetragen, indem sie den Kontakt zu den anderen Bewohnern konsequent vermied.

Aber das reichte nicht. Neugierige, die nichts Besseres zu tun hatten, als sich über andere Leute Gedanken zu machen und das Maul zu zerreißen, gab es überall. Sie würde nicht hierher zurückkommen.

Obwohl die Nachbarn hier im Haus noch das geringste Problem waren. Das hatte sie gestern deutlich vor Augen geführt bekommen. Sie hatte nicht widerstehen können und hatte die Kleine in dem neu gekauften Kinderwagen spazieren gefahren. Und prompt war ihr auf dem Markt eine ehemalige Wöchnerin über den Weg gelaufen, die sie auch noch erkannt und neugierig begrüßt hatte.

Und sie, Paula, hatte sich einfach nicht beherrschen können: Sie hatte voller Stolz ihre kleine Tochter vorgezeigt. Voll dummer Eitelkeit. Hinterher hatte sie sich verflucht deswegen – sie hatte das Erstaunen in den Augen der Frau gesehen.

Zu viele kannten sie, die Hebamme. Irgendwann würde sicher jemand dumme Fragen stellen. Sie musste hier weg. Irgendwohin, wo sie niemand kannte.

Sobald sie die offizielle, unanfechtbare Geburtsurkunde und einen Pass für die Kleine in der Hand hielt, würde sie verschwinden. Vielleicht auch Südfrankreich nur als Zwischenstation wählen? Und dann weiterziehen nach Spanien? Auch dort kannte sie von einem Urlaub die Gegend abseits der Touristenorte. Wunderbar war es da. Und auch nicht teuer. Dort könnte sie mit ihrer Tochter spazieren gehen und Menschen kennenlernen, denen sie angstfrei und stolz ihre Tochter präsentieren konnte.

Die Wohnung hier würde sie verkaufen. Dem Käufer müsste sie allerdings reinen Wein einschenken und ihn informieren, dass er ihren Bruder vor die Tür setzen musste. Er hatte keinen Mietvertrag, nichts, was bewies, dass er ein Recht hatte, hier zu wohnen.

Das würde sie alles schaffen. Alles würde legal und offiziell geregelt werden.

Ihr würde keine Gefahr mehr drohen.

Nur die Menschen, die sie kannten, die musste sie abschütteln. Vor allem ihren Halbbruder. Dem war nicht zu trauen, der würde die erste Gelegenheit nutzen, sie zu erpressen. Nicht um Geld wahrscheinlich, aber um Gefälligkeiten. Falsche Alibis zum Beispiel. Wobei – wenn er knapp bei Kasse war, wahrscheinlich auch um Geld.

Sie musste verschwinden. Aber vorher brauchte sie diese gefälschte Bescheinigung.

»Ich habe zu niemandem hier Kontakt«, wiederholte sie. »Wenn ich in einem Jahr mit einem Kind wiederkomme, wird sich keiner Gedanken deswegen machen. Wenn dann überhaupt noch jemand hier wohnt, der mich kennt.«

Natürlich war die Bewohnerfluktuation hoch in dem Haus, aber das Risiko war trotzdem zu groß.

Ihr Halbbruder musterte sie mit misstrauisch zusammengekniffenen Augen.

Paula wusste: Er war clever und verfügte über einen wachen Instinkt. Aber wie es so häufig bei solchen Menschen vorkommt, überschätzte er sich auch und konnte sich nicht vorstellen, dass ein anderer vielleicht ähnlich gerissen, ähnlich verlogen und ähnlich raffiniert agierte wie er.

»Und ich kann in diesem Jahr hier wohnen bleiben?«, erkundigte er sich noch einmal.

»Das wäre perfekt, wenn du das machst.« Übertrieb sie? »Ich könnte die Wohnung natürlich auch vermieten. So ein regelmäßiger Geldeingang ist schließlich nicht zu verachten.«

Paula sah, wie sich die Stirn ihres Bruders unwillig kräuselte. Jetzt überlegst du. Wo bleibst du, wenn ich einen Mieter finde?

»Aber das kostet mich nur wieder Zeit!«, sagte sie. »Und ich will eigentlich so schnell wie möglich verschwinden.«

Und die Miene ihres Bruders verfinsterte sich weiter. Genau. Jetzt überlegst du, dass mit jedem Tag das Risiko steigt, dass ich einen Mieter finde.

Paula musste all ihre Selbstbeherrschung aufbringen, um zu verhindern, dass sich auf ihrem Gesicht das Triumphgefühl widerspiegelte, als ihr Bruder sagte:

»Ich mache nachher noch mal Druck bei meinen Kontakten. Du kriegst das Ding, keine Sorge. Spätestens übermorgen – ich kümmere mich darum!«

Samstag, 7. Juli 2018

Ruth hatte unruhig geschlafen. Eine Last war ihr von der Seele gefallen. Eine Last, an die sie sich im Lauf der Jahre gewöhnt hatte – so sehr, dass sie überhaupt nicht mehr gespürt hatte, wie schwer diese Last wog. Erst jetzt bemerkte sie, um wie viel befreiter sie atmen konnte. Endlich wusste Steffi Bescheid.

Aber dafür gab es andere Sorgen. Wie hatte Steffi diese Informationen verkraftet? Wie ging es ihrer Tochter heute?

Steffi hatte gefasst gewirkt gestern Abend. Aber da stand sie noch unter Schock. Wie sah Steffi das Ganze heute?

Ruth fragte sich, ob sie das Vertrauen und die Liebe ihrer Tochter verloren hatte.

Um halb sieben hielt es sie nicht mehr im Bett. Sie erhob sich leise, um Josef nicht zu wecken, und ging die Treppe hinunter in die Küche, wo sie die Kaffeemaschine einschaltete.

Als sie ein Geräusch hörte und sich zur Tür drehte, zuckte sie zusammen.

Steffi stand da, fix und fertig angezogen, die Reisetasche in der Hand.

»Guten Morgen, mein Kind!«, sagte Ruth und spürte, wie ihr Herz zu rasen begann.

Stefanie runzelte die Stirn bei dem Wort *Kind*.

»Guten Morgen«, erwiderte sie.

Keine Anrede, kein *Mami*, kein *Mutter*.

»Du willst fahren.« Ruth stellte es fest, es war keine Frage.

»Ich habe gewartet, bis jemand von euch wach ist. Ich wollte nicht einfach so …«

Zitterte Stefanies Stimme?

Nein, eher nicht.

Wie gerne hätte Ruth ihre Arme ausgebreitet! Und gesagt: »Ach, mein Kind, ist doch alles gut!« Ein Kinderlied gesungen, »Heile, heile Gänschen« zum Beispiel – wie früher.

Aber Stefanies Körpersprache war eindeutig.

»Kommst du wieder?«

Stefanie schwieg.

Ruth wollte schreien. Sie verkrampfte die Hände ineinander.

Stefanie sah es. »Ich denke schon«, sagte sie. »Irgendwann wohl schon.«

Sie wandte sich ab und ging. In der offenen Haustür drehte sie sich noch einmal um. »Weißt du«, sagte sie, »ich verstehe das ja alles. Aber dass ihr mich so lange derart belügen konntet! Auch als Erwachsene noch. Schließlich bin ich seit zehn Jahren volljährig. Da sehe ich im Moment noch nicht, wie ich darüber hinwegkommen soll.«

Und schon fiel die Tür laut ins Schloss.

Ruth schaute tränenblind aus dem Fenster, sah zu, wie Stefanie in ihr Auto stieg und wie das Auto vom Hof rollte. Sie ging hoch ins Schlafzimmer. Josef saß wach im Bett.

»Sie ist gegangen«, schluchzte sie.

»Ich habe es gehört.«

»Josef, wir haben unsere Tochter verloren.«

Josef breitete die Arme aus, und Ruth schmiegte sich schluchzend hinein.

»Hab keine Angst«, sagte er. »Sie braucht ein bisschen Zeit. Aber wir haben sie nicht verloren, sie kommt wieder. Glaub mir.«

Er strich seiner Frau über den bebenden Rücken.

»Versetz dich doch einmal in ihre Lage. Was würdest du tun?«

Ruth seufzte unter Tränen. »Ich bräuchte wahrscheinlich Zeit.«

»Siehst du!«, sagte er. »Und sie ist wie du. Sie ist doch deine Tochter!«

Er hoffte, sie konnte die Zweifel in seiner Stimme nicht hören.

Stefanie rief Bertram an – noch während der Fahrt von Vilshofen nach Passau – und erzählte ihm alles. Er versicherte ihr, dass er sie liebe. Aber er konnte ihre Aufregung und ihre Traurigkeit nicht verstehen und nicht teilen.

»Sie haben mich all die Jahre belogen!«

»Sie wollten dich schützen. Sie wollten dir Schmerz ersparen. Da lügt man halt mal.«

Sie musste rechts an den Straßenrand fahren, denn die Tränen nahmen ihr die Sicht.

»Aber wie soll ich ihnen jemals wieder vertrauen?«

»Also, ich finde, das hat nichts miteinander zu tun.«

Er verstand sie nicht. Und dann erklärte er ihr, dass er, so leid es ihm gerade jetzt in dieser Situation tue und wie gerne er zu ihr käme und sie trösten würde, dass er leider heute Nachmittag zusammen mit seinem Vater zu einer Geschäftsreise nach Berlin aufbrechen müsse: »Da sitzen ein paar Baufirmen, die gerne mein Projekt machen wollen. Die Angebote liegen bereits vor. Aber wir müssen natürlich mit jedem verhandeln und schauen, wo wir den besten Preis rausholen. Diese Termine – sechs sind es insgesamt –, die sind schon lange vereinbart. Ich muss da einfach hin! Und am Freitag jetten wir von Berlin aus direkt nach London, da schaut sich mein Vater eine Immobilie an. Da würde er wahrscheinlich seinen englischen Freund mit ins Boot holen. Und ich muss mit, damit ich den kennenlerne. Der wird ja irgendwann vielleicht mein Partner, und ich kann schlecht absagen, nur weil es dir nicht gut geht.«

Stefanie wischte sich immer wieder die Tränen von den Wangen, jetzt nickte sie.

»Natürlich nicht. Fahr du ruhig. Wir reden in Ruhe, wenn für uns Zeit ist.«

»Es tut mir wirklich unglaublich leid«, sagte Bertram. »Aber so ist das halt bei uns. Business geht vor.«

»Ja, klar.«

»Aber wir telefonieren jeden Abend! Und vielleicht können wir sogar mal skypen! Lass den Kopf nicht hängen, ich liebe dich, egal, wie deine Gene aussehen.«

»Ja. Viel Erfolg. Bis dann.«

»I love you. Don't forget.« Und Stefanie hatte plötzlich das Gefühl, dass Bertram das Gespräch einfach beenden wollte.

Später dann, in ihrer Wohnung, zog Stefanie das Rollo an ihrem Fenster weit herunter und legte sich ins Bett. Dort blieb sie den Rest des Wochenendes und erhob sich nur, um appetitlos an einer trockenen Scheibe Brot zu kauen oder ein paar Haferflocken mit Milch zu essen.

Irgendwann hatte sie die Idee, ihre Freundinnen anzurufen, die sie erst kürzlich an diesem schönen Abend in Vilshofen getroffen hatte.

War das wirklich erst wenige Wochen her?

Die beiden besten Freundinnen. Schon seit Kindertagen. Sie drei standen sich wirklich nahe.

Hatten sich nahegestanden.

Die eine, Birgit, war mit dem zweiten Kind schwanger. Und hatte – mit einem zweijährigen Kleinkind und einer zu versorgenden Großmutter, die im Haushalt lebte – schon die letzten Jahre kaum noch für mehr Zeit gehabt als für eine flüchtige Begegnung oder ein hastiges, spätestens nach zehn Minuten von Babyweinen unterbrochenes Telefonat.

Die andere, Iris, wohnte inzwischen in Berlin, wo sie nach dem Studium sofort eine Stelle in einem Ministerium gefunden hatte. Die drei Freundinnen trafen sich also ohnehin nur noch selten. Wenn alle zufälligerweise in Vilshofen waren.

Sie könnte sie anrufen.

Aber was sollte sie ihnen sagen? *Übrigens, ich bin gar nicht aus Vilshofen. Ich weiß nicht, wo ich herkomme. Und ich werde es auch nie erfahren.*

Und genau genommen gehöre ich gar nicht zu euch.

Diese Freundschaften waren doch auch auf einer Lüge aufgebaut. Sie war nicht diejenige, für die die anderen sie hielten.

Wer war sie eigentlich?

Unendlich müde stand sie am Montag auf.

Als sie in der Werkstatt war, riefen – im Abstand von etwa einer Stunde – Ruth und Josef jeweils von ihrem Handy an.

Stefanie drückte beide Anrufe weg.

Auch Felix rief an. »Ich wollte mal hören, wie es dir geht.«

»Deine Eltern haben gesagt, du sollst mich anrufen, nehme ich an.«

»Steffi!«

»Oder etwa nicht?«

»Ich melde mich morgen wieder.«

Und das tat Felix auch. Er rief am nächsten Tag an. Und am übernächsten. Er rief jeden Tag an. Doch Stefanie war unversöhnlich.

»Deine Eltern …«

»Es sind nicht meine Eltern!«

»Von mir aus.«

Stefanie zuckte mit den Schultern. Es war eine Härte in ihr, wenn sie an Ruth und Josef dachte, eine Ablehnung, fast so etwas wie Hass. Nein, sie konnte den beiden den Betrug nicht verzeihen.

Auch Bertram meldete sich jeden Abend vor dem Schlafengehen und erzählte von seinem Tag und von den Geschäftsgesprächen. Er war in seinem Element, und Stefanie erwähnte ihr Thema in den Unterhaltungen mit ihm nicht mehr.

Tagsüber arbeitete sie in der Werkstatt, abends spielte sie Bratsche.

Sie mochte niemanden sehen, sie mochte mit niemandem sprechen.

Die Musik schenkte – wie immer – etwas Trost. Zumindest vorübergehend.

Ruth und Josef versuchten noch zwei weitere Male, sie anzurufen. Stefanie drückte die Taste für »Gespräch ablehnen«.

Nach dem zweiten Mal tippte sie eine SMS: »Mir geht es gut. Ich melde mich demnächst.«

Und immer wieder Felix.

»Sie machen sich Sorgen um dich.«

»Brauchen sie nicht. Ich habe ihnen geschrieben, dass es mir gut geht.«

»Ich war am Sonntag zu Hause. Sie sind beide fix und fertig. Papa schaut zum Fürchten aus. Und Mami ist käseweiß und hat total verquollene Augen.«

»Es tut mir leid, wenn sich deine Eltern nicht wohlfühlen.«

»Vielleicht bist du morgen besser drauf. Ich rufe wieder an.«

Das Gespräch am nächsten Tag verlief ähnlich. »Ich soll dich von ihnen grüßen.«

»Danke.«

»Soll ich zurückgrüßen?«

»Ehrlich gesagt ist mir das ziemlich egal.«

»Sei doch nicht so unversöhnlich.«

»Ich bin nicht unversöhnlich. Denn es gibt nichts zu versöhnen. Sich versöhnen kann man nur, wenn man im Streit liegt. Ich bin nicht im Streit mit deinen Eltern.«

»Ach, hör doch auf.«

»Ich habe mit nichts angefangen und weiß daher auch nicht, womit ich aufhören sollte.«

»Ich rufe dich morgen wieder an.«

Aber auch am nächsten Tag war Stefanie nicht gewillt einzulenken.

»Ich soll dir sagen, dass sie dich lieben.«

»Es tut mir leid, aber es entspricht absolut nicht meinem Verständnis von Liebe, jemanden derart anzulügen. In meinen Augen widerspricht sich das.«

»Ich rufe dich morgen wieder an.«

Samstag, 14. Juli 2018

Am Samstagnachmittag kam endlich Bertram.

Er hatte sich zwei Stunden vorher telefonisch angekündigt, und Stefanie schaffte es mit Mühe, noch schnell einzukaufen.

Eigentlich braucht er heute nicht zu kommen, ich heule ihm sicher nur stundenlang was vor, dachte sie.

Aber als Bertram um kurz nach fünf bei ihr klingelte, war der Auberginenauflauf im Ofen fast fertig, der schmale Tisch, an dem man nebeneinandersitzend das Altstadtpanorama genießen konnte, sorgfältig gedeckt und eine Flasche Weißwein sowie ein paar Flaschen Mineralwasser kalt gestellt.

Und zwei Ventilatoren arbeiteten auf Höchststufe und schufen eine fast angenehme Temperatur in dem kleinen Dachgeschossapartment.

»Endlich«, sagte er, als er sie in die Arme schloss. »Ich habe dich so vermisst!«

»Ich dich auch.«

»Es tut mir so leid, dass ich nicht bei dir sein konnte.«

»Schon gut. Du hättest ja nichts ändern können.«

Bertram nickte. »Geht es dir denn inzwischen besser?«

»Ich weiß es nicht. Magst du dich schon setzen? Das Essen ist gleich fertig.«

»Riecht lecker.« Bertram öffnete die Kühlschranktür und griff nach der Weinflasche. »Ich gieße uns schon ein, okay?«

»Ja, bitte.«

»Das waren ja Neuigkeiten, diese Sache da mit deinen Eltern«, sagte er.

»So kann man es nennen«, antwortete Stefanie und zog sich die Grillhandschuhe über.

»Es war für dich sicher ein Schock.«

Stefanie trug die Auflaufform an den Tisch. »Schock ist gar kein Ausdruck.«

Sie verteilte die überbackenen Auberginen auf den beiden Tellern. »Stell dir das doch mal vor: Du erfährst, dass die Menschen, die du für deine Eltern gehalten hast, gar nicht deine Eltern sind.«

»Das fänd' ich echt super, aber darauf kann ich leider nicht hoffen«, sagte Bertram. Stefanie rutschte der Löffel aus der Hand, es klirrte laut, als der Stil am Rand der Keramikform aufschlug.

»Bertram!«

»Entschuldige, so habe ich es natürlich nicht gemeint«, sagte Bertram. »Es ist nur … Du hast ja auch viel liebevollere Eltern als ich. Aber mein Vater … Ach, es war nur eine blöde Bemerkung. *Forget it.* Natürlich wäre es auch für mich ein Schock.«

Stefanie zog sich den Stuhl heran.

»Dass sie mich so belogen haben! Mit jedem Wort, mit jedem Satz!«

»Das allerdings verstehe ich. Zuerst warst du zu klein – und dann haben sie irgendwie den richtigen Zeitpunkt verpasst. Man kann in eine Lüge hineinrutschen und dann nicht mehr herausfinden. So was passiert leicht.«

Stefanie schüttelte den Kopf. »Du hast zu viel Verständnis.«

Bertram griff nach ihrer Hand. »Das hast du auch. Du wirst darüber hinwegkommen und dich damit abfinden. Schließlich sind es untadelige Leute, an denen es nichts auszusetzen gibt.«

Er führte die Hand an seine Lippen.

Stefanie entzog ihm die Hand. »Du verstehst mich nicht.«

»Doch«, sagte Bertram. »Ich verstehe dich sehr gut! Aber ich sehe auch, dass die Tatsachen nun einmal so sind, wie sie sind, und dass man das Beste daraus machen muss. Und das bedeutet, dass du sinnvollerweise einfach diese Geschichte mit deiner Herkunft vergisst und dich freust, dass du es mit deinen Eltern so gut getroffen hast.«

»Das kann ich nicht.«

»Vielleicht brauchst du einfach noch etwas Zeit.«

Stefanie schüttelte den Kopf.

»Lass uns erst einmal essen. Das riecht so wunderbar. Überhaupt hast du es uns so schön gemacht! Ich bin sehr glücklich, bei dir zu sein«, sagte Bertram und hob sein Glas. »Lass uns auf uns anstoßen. Solange wir beide zusammen glücklich sind, ist doch alles gut!«

Stefanie seufzte. »Zum Wohl.«

Sie bezweifelte, dass Bertram sie verstand. Offensichtlich verstand niemand ihre Enttäuschung und ihre Verletztheit.

Stefanie hatte das Gefühl, sie habe sich noch nie in ihrem Leben so allein gefühlt.

»Und das Schlimmste ist …«, fuhr Stefanie auf einmal fort, »… dass ich das Gefühl habe, ich weiß noch nicht einmal, wer ich bin. Ich bin nicht aus Vilshofen, ich bin überhaupt nicht von hier. Ich bin keine Niederbayerin!«

»Natürlich bist du das, du bist …«

»Nein! Ich bin wahrscheinlich Rumänin oder Bulgarin. Oder sonst was. Nicht, dass das irgendwie schlimm wäre. Aber … ich weiß es einfach nicht. Wo komme ich her? Wer waren meine Eltern? *Wie* waren meine Eltern? Wer bin ich?«

Stefanie hatte Angst, in Tränen auszubrechen. Aber scheinbar hatte sie gar keine Tränen mehr. Kerzengerade saß sie da, das Gesicht weiß wie die Wand, die Augen dunkel vor Traurigkeit.

»Ich habe keine Familie mehr!«

Bertram legte die Gabel sorgfältig auf dem Teller ab.

»Steffi …« Er griff nach ihren beiden Händen. »Doch! Lass mich deine Familie sein. Lass uns unsere eigene Familie gründen.«

Stefanie wollte etwas sagen, doch er ließ sie nicht zu Wort kommen.

»Ich wollte eigentlich bis nach dem Essen warten. Aber mir scheint, jetzt ist der richtige Zeitpunkt.« Er schob den Stuhl zurück und stand auf. »Auch wenn ich die letzte Woche körperlich nicht hier sein konnte: Ich war mit meinen Gedanken in jeder freien Minute bei dir. Ich habe doch bei unseren Telefonaten gespürt, wie erschüttert du bist. Und gemerkt, wie verloren du dich fühlst.«

Stefanie drehte sich auf ihrem Stuhl um neunzig Grad, sodass sie ihn anschauen konnte.

Bertram holte tief Luft. »Ich weiß, wir kennen uns noch nicht so lange. Aber ich habe vom ersten Moment an gewusst, dass du die Frau bist, mit der ich den Rest meines Lebens verbringen möchte.«

Mit der rechten Hand stützte sich Bertram auf der Esstischplatte ab, mit der linken fummelte er in seiner Gesäßtasche.

»Wir sind doch jetzt sowieso in dem Alter, in dem ein Mensch seine … ich sag's mal so: alte Familie verlässt und eine neue gründet.«

Endlich hatte er das gefunden, wonach er suchte, und brachte den linken Arm wieder nach vorne.

»Stefanie, du bist die Frau, mit der ich eine Familie gründen will. Du bist die Frau, die ich mir als Mutter meiner Kinder wünsche.«

Er streckte Stefanie den linken Arm entgegen und kniete nieder. »Stefanie, mein Herz, ich bitte dich, meine Frau zu werden.«

Er öffnete die noch geschlossene Faust.

Stefanie schlug die Hand vor den Mund.

Von der Handfläche blitzte ihr der goldene Ring mit dem großen einzelnen Diamanten entgegen.

»Stefanie, ich weiß, dass du noch warten wolltest. Aber jetzt, mit dieser neuen Entwicklung – ich spüre doch, wie verloren du dich fühlst. Bitte lass mich deine neue Familie sein!«

Stefanies Hand löste sich wie in Zeitlupe von den bebenden Lippen.

»Bertram …«, begann sie.

»Stefanie, ich möchte für uns, für dich, ein neues Zuhause schaffen. Unser Zuhause. Für unsere Familie.«

Jetzt kullerten doch die Tränen über Stefanies Wangen. *Unser Zuhause* hallte es in ihrem Kopf. *Unsere Familie.*

Aufschluchzend reichte sie Bertram ihre Hand, und er streifte ihr den Ring über den Finger.

Dienstag, 15. Mai 1990

Wie konnte es an einem Nachmittag im Mai schon so schwül sein? Paula hatte das Gefühl, es wurde jeden Tag schlimmer. Aber vielleicht lag es auch an ihrer Müdigkeit. Noch nie in ihrem Leben war sie so müde gewesen. Jede Nacht wurde die Kleine zwei oder drei Mal wach. Was würde sie dafür geben, einmal durchschlafen zu können.

Und Paulas Lider hatten sich auch noch nie so schwer angefühlt. »Am liebsten würde ich mir Streichhölzer zwischen die Lider klemmen«, hatte ihre Mutter früher manchmal gesagt. Merkwürdig, dass sie jetzt an ihre

Mutter dachte. Das erste Mal seit Jahren. Aber sie verstand vielleicht auch zum ersten Mal dieses Gefühl.

Ein Blick auf die Uhr: gleich halb sechs.

Sie musste sich beeilen, sie musste noch Windeln und Anfangsmilch besorgen. Vor allen Dingen ausreichend Anfangsmilch. Wer wusste schon, was es da unten in Frankreich gab? Obwohl Nizza ja eine große Stadt war; eigentlich sollte es dort doch auch so etwas wie Anfangsmilch zu kaufen geben.

Aber vielleicht ein anderes Fabrikat, das die Kleine nicht vertrug? Besser war es, ausreichend Vorrat mitzunehmen. Und Windeln. Die brauchte sie sowieso. Da hatte sie zu knapp kalkuliert.

Paula war aufgeregt. Heute hatte ihr Bruder eine Bescheinigung von einem Arzt aus Metz mitgebracht. In dieser wurde bestätigt, dass sie – in Anwesenheit des Arztes – eine Tochter geboren hatte. Am vierzehnten Mai.

Morgen würde sie mit diesem Papier, ihrem Personalausweis und ihrer eigenen Geburtsurkunde zum Standesamt in Trier gehen und eine Geburtsurkunde für ihre Kleine beantragen. Und da sollte es keine Probleme mit der Ausstellung geben. Denn sie hatte sicherheitshalber – unter falschem Namen natürlich – beim Standesamt angerufen und sich informiert, was sie benötigte.

Alles lag bereit, in einem gelben Folder auf ihrem Nachttisch. Einschließlich der Fotos der Kleinen für den vorläufigen Reisepass. Den brauchte sie, wenn sie mit dem Kind über die Grenze wollte. Aber der Standesbeamte hatte zugesagt, in einem dringenden Fall könne er diesen ebenfalls direkt ausstellen. Sie hatte eine plötzlich erkrankte Mutter in Frankreich vorgeschoben.

Und sobald sie diese Papiere hätte, würde sie losfahren. Sie würde ihre Tochter ins Auto laden und starten. Richtung Südfrankreich. Über das Reisebüro hatte sie eine kleine Ferienwohnung in Nizza gemietet. Eigentlich hatte sie in einen versteckten, einsamen Ort gewollt, aber dann hatte sie sich überlegt, dass sie in einer Stadt wie Nizza, die im Sommer von Touristen überlaufen war, sicher weniger auffiel als in einem kleinen Dorf, wo man sich über jeden Neuankömmling neugierig das Maul zerriss.

Sie keuchte. Es war wirklich unglaublich schwül. Der Schweiß lief ihr über die Stirn und brannte ihr in den Augen. Sie musste unbedingt abnehmen. Aber wenn sie bald mit ihrer Tochter ein neues Leben begann, würde ihr auch das gelingen.

Nur noch schnell in die Drogerie, dort auf der anderen Straßenseite. Dann rasch nach Hause, wo ihr Halbbruder mit ihrer Tochter allein war. Der Gedanke daran machte sie nervös. Er mochte keine Babys und konnte nicht gut mit ihnen umgehen.

Hoffentlich funktionierte morgen alles? Natürlich würde es funktionieren. Oder hatte sie etwas übersehen?

Nein. Sie hatte an alles gedacht. Und alles perfekt geplant. Morgen bekäme sie die Papiere, und dann würde nichts und niemand auf der Welt sie noch von ihrer Tochter trennen können!

Sie konnte es kaum erwarten, sie beschleunigte ihren Schritt, nur noch schnell in die Drogerie auf der anderen Straßenseite …

Das durfte doch nicht wahr sein! Machten die etwa schon Feierabend?

Die Tür der Drogerie hatte sich geöffnet, und zwei Angestellte in weißen Kitteln mit dem rot-blauen Logo der Drogeriemarktkette traten heraus. Die beiden positionierten sich links und rechts des großen Korbs, der auf dem Bürgersteig links von der Eingangstür den Passanten die heutigen Sonderangebote offerierte.

Tatsächlich, die Drogerie würde gleich schließen. Sie brauchte doch noch unbedingt das Milchpulver und die Windeln!

Die beiden Angestellten der Drogerie schauten sich an, zählten: »Eins, zwei, drei: hoch!«, und hoben dann gemeinsam den schweren Korb an, um ihn hineinzutragen.

Und ließen ihn entsetzt wieder fallen, als sie das Quietschen der Bremsen und unmittelbar darauf den dumpfen Aufprall hörten.

Sonntag, 15. Juli 2018

Die Nacht war zärtlich gewesen. Als Bertram Stefanie an sich gezogen hatte, hatte sie ihn abgewehrt. »Ich kann heute nicht.«

»Es ist doch alles gut«, hatte er geflüstert. »Ich halte dich. Bei mir bist du zu Hause.«

Und sie war eingeschlafen in seinen Armen und hatte durchgeschlafen bis fast sechs Uhr. Das erste Mal seit jenem Freitag, an dem ihr Leben zusammengebrochen war.

»Ich soll dich von meinen Eltern grüßen«, sagte Bertram beim Frühstück. »Sie gratulieren uns herzlich.« Als er Stefanies erstaunten Blick sah, fügte er hinzu: »Ich habe ihnen gestern Abend noch eine SMS geschickt. Dass wir uns verlobt haben.«

»Ach so. Ich verstehe. Sagst du von mir Danke und liebe Grüße zurück, bitte.«

»Meine Mutter schreibt, ihr hättet ja schon über die Verlobungsfeier gesprochen, und du wärst Feuer und Flamme gewesen?«

Stefanie unterdrückte das Störgefühl in ihrem Inneren.

»So war es eigentlich nicht. Deine Mutter hat die Idee einer Verlobung aufgebracht, und ich habe gesagt, ich denke darüber nach und rede mit dir darüber.«

»Na also! Habt ihr es also doch besprochen.«

»Aber wir haben es nicht *geplant!*«

Bertram zog sich Stefanies Hand an die Wange. »Vielleicht habe ich auch etwas missverstanden.«

»Eigentlich ist es ja auch egal. Es stimmt schon, deine Mutter hat das vorgeschlagen, und ich fand die Idee gar nicht schlecht. Weil sich so die Familien …«

Welche Familien?

Und wie lange war das schon her, dass Bertrams Eltern mit ihr in Vilshofen über eine mögliche Verlobungsfeier geredet hatten. Das war in einem anderen Leben passiert.

»Genau!«, sagte Bertram und küsste sie auf den Handrücken. »Dann legen wir jetzt einen Termin für die Verlobungsfeier und für die Hochzeit fest, und dann geht es los.«

Stefanie hob abwehrend die Hand. »Brauchen wir wirklich eine Verlobungsfeier? Sollen wir nicht erst …?«

»Was sollen wir erst?«

Es war unwirklich: Sie diskutierte hier mit Bertram ihre Verlobungs- und Hochzeitsfeier.

Wie oft hatte sie früher mit der Frau, die sie für ihre Mutter gehalten hatte, darüber gesprochen und lachend und voller Vorfreude Pläne geschmiedet.

Wenn ich mal heirate, dann möchte ich aber …

Wenn du mal heiratest, dann machen wir aber …

Ihr Herz krampfte sich zusammen.

Egal. Das war jetzt Geschichte. Hinter sich lassen. Nach vorne schauen.

»Nichts.« Stefanie rang sich ein Lächeln ab. »Lass uns loslegen.«

Bertram nickte zufrieden. »Dann zunächst die Termine. Meine Mutter hat schon mal im Restaurant nachgefragt.«

»*Was* hat deine Mutter?«

»Sich nach Terminen erkundigt. Und da wäre für die Verlobung …«

»Wie konnte sie einfach …«

Bertram küsste sie zärtlich. »Ich habe ihr verraten, dass es dieses Wochenende ernst wird zwischen uns. Ich hoffe, du bist mir nicht böse.«

»Natürlich nicht. Aber hätten nicht wir zwei …«

»Ich hatte sie gebeten, sich mal unverbindlich zu erkundigen.«

»Ach so.«

»Schließlich ist der Jachtklub sehr gesucht für solche Events.«

»Der Jachtklub?«, fragte Stefanie entsetzt.

»Das ist eine wunderbare Location! Traumhafter Blick, gutes Restaurant und angesehene Adresse – also …«

In ihrer Vorstellung hatte Stefanie sich immer irgendwo in Vilshofen oder in der Umgebung feiern sehen. Dort gab es ebenfalls wunderbare, ja einzigartige Lokale mit herrlichen Terrassen, die ebenfalls einen traumhaften Blick boten, mit barocken Festtagssälen mit einem gemalten bayerischen Himmel an der Decke, mit diesen köstlichen regionalen Speisen, wie es sie nur bei ihr zu Hause …

Nicht an zu Hause denken. Nicht an das frühere. Sie bekam ein neues Zuhause.

»Gut.« Sie presste die Lippen zusammen und nickte. »Wenn ihr meint, das sei ein guter Ort, dann feiern wir da.«

Bertram spitzte die Lippen für einen Luftkuss. »Wir haben uns Folgendes überlegt. Wir können die Hochzeit nicht zu kurzfristig ansetzen, denn unsere Gäste – also die, die wir gerne dabeihaben wollen –, die haben ja alle einen vollen Terminkalender. Da musst du normalerweise ein Jahr vorher Bescheid sagen, wenn du sichergehen willst, dass die nicht schon anderweitig verplant sind.«

Stefanie nickte.

»Deswegen würden wir die Einladung zur Verlobung mit einem *Save-the-Date* für die Hochzeit verbinden.«

Stefanie nickte erneut.

»Und das würde alles ganz wunderbar passen: Der Jachtklub ist am letzten Sonntag im September noch frei, und das wäre ein Supertermin, denn da folgt in der Woche darauf am Mittwoch ja der dritte Oktober. Das heißt, es gibt Brückentage, damit können auch Leute von auswärts kommen.«

»Sonntag?«, fragte Stefanie nach.

»Ja, ich weiß. Samstag wäre schöner. Aber da ist schon eine Veranstaltung im Lokal, und wir haben uns überlegt, dass das eigentlich prima funktioniert, denn …«

Sonntag war gut. Montags war in der Werkstatt sowieso Ruhetag, das passte.

»… und dann ist das gleich ein ganzes Event-Weekend, und selbst wenn jemand nicht zu meiner Verlobung kommen will, so locken wir ihn dann doch.«

»Entschuldige.« Stefanie zuckte zusammen. »Mir waren kurz die Gedanken weggelaufen. Was hast du gerade gesagt? Wieso Event-Wochenende?«

»Hast du mir nicht zugehört? An dem Wochenende ist doch auch Oktoberfest. Wir laden die Leute fürs Wiesn-Wochenende ein! Und machen ein tolles Programm: Es startet Samstagabend auf der Wiesn, Sonntag tagsüber Schiffstour auf dem Starnberger See, sollte das Wetter schlecht sein, organisieren wir stattdessen eine Führung im Buchheimmuseum. Wir kutschieren die Leute mit Bussen hin und her – wahrscheinlich machen wir Sonntagmorgen sogar noch ein Weißwurstfrühstück im Kloster Andechs. Oder dort nachmittags ein Biergartenbesuch – daran planen wir gerade noch.«

»Mein Gott!« Stefanie zog tief die Luft ein. »Ich dachte an eine Verlobungsparty. Mit ein paar Freunden oder so. Nicht an solch eine …«

»Wenn du dir Sorgen um die Kosten machst: Das zahlt natürlich die Firma! Das kann ich ja deinem Vater gar nicht zumuten. Ich denke, dass wir etwa einhundert Leute werden. Das ist ein Firmen-Event.«

Stefanies Augen weiteten sich.

»Ja.« Er lächelte sie entschuldigend an. »Du wirst Mitglied in einer Unternehmerfamilie. Einer großen und in München prominenten. Es kommt auch sicher Presse übrigens. Nur dass du schon mal vorgewarnt bist.«

»Waaas?« Stefanie schlug die Hände vor den Mund.

»Ich weiß.« Bertram nickte. »Ich hasse es auch. Aber es muss sein. Deswegen veranstalten wir ja das ganze Getöse. Damit wir groß in der Presse sind. Denn ich …«

»Du machst unser Verlobungsfest, damit wir in die Zeitung kommen?«

Bertram holte tief Luft. »Schau, mein Herz. Ich bin der Juniorchef. Und starte demnächst mit meinem eigenen großen Projekt. Und da ist so eine Verlobung eine wunderbare Gelegenheit, meinen Namen und mein Gesicht bekannt zu machen.«

Stefanie schüttelte den Kopf. »Ich verlobe mich doch nicht, um irgendwelche Projekte voranzutreiben.«

Bertram strich ihr zärtlich eine Haarsträhne aus der Stirn.

»Nein. Wir verloben uns, weil wir uns lieben. Aber ich bin in einer Position, wo es Menschen gibt, die es interessiert, wen ich heirate.« Er grinste kurz. »Allein schon die ganzen Mütter, die ihre Töchter auf mich gehetzt haben, um mich einzufangen.« Er wurde wieder ernst. »Es wäre doch ein Jammer, wenn wir diese Gelegenheit, mich und mein Projekt mit Nachdruck in die Öffentlichkeit zu rücken, nicht nutzen würden. Du hast ja keine Ahnung, was es kosten würde, wenn ich einen solchen Effekt mit Anzeigen und Werbung erreichen wollte!«

Stefanie schluckte. »Ich hatte mir was Kleineres vorgestellt. Etwas für uns?«

»Jetzt schau nicht so unglücklich. Pass auf: Meine Eltern und ich haben überlegt, dass ein Hochzeitstermin im Mai gut geeignet wäre. Der Mai ist sowieso der Monat der Verliebten – es ist noch lange genug hin, dass die Leute wahrscheinlich den Termin noch nicht anderweitig belegt haben. Und ich verspreche dir, dass wir die Hochzeit so machen, wie du willst! Ganz klein, wenn dir danach ist. Direkt nach der Verlobungsfeier planen wir. Und du entscheidest. Nur diese Verlobungsfeier – das wird eher so was wie eine geschäftliche Veranstaltung. Wäre das ein Angebot?«

Bertram schaute Stefanie Hilfe suchend an. »Diese Publicity, die ist so wichtig für mich, das kannst du dir gar nicht vorstellen.«

Sein Finger klopfte nervös auf die Tischplatte, und Stefanie legte tröstend ihre Hand darüber. Er war jetzt ihre Familie, und in der Familie hielt man zusammen und unterstützte sich gegenseitig.

»Wenn du dieses Fest so für deinen Job brauchst, dann machen wir das so.«

»Ich danke dir! Ich wusste, du verstehst mich!« Er zog sie in seine Arme und küsste sie erneut.

»Und es ist abgemacht, dass unsere Hochzeit unsere Privatangelegenheit ist? Dass das kein Firmen-Event wird?«, erkundigte sich Stefanie, als sie wieder sprechen konnte.

»Versprochen! Das wird eine ganz romantische Hochzeit! Mach dir schon mal Gedanken, wo und wie du gerne feiern möchtest.«

Montag, 16. Juli 2018

Ruth biss sich auf die Unterlippe. Eine SMS von Steffi. Endlich eine Nachricht. Auch wenn es nur eine knapp gehaltene Mitteilung war, dass Bertram und Steffi eine offizielle Verlobungsfeier planten und dass sie beide, Ruth und Josef, sich den Termin vormerken sollten.

Immerhin. Im September. Spätestens dann würde sie Steffi also endlich wieder einmal sehen. Dass sich Steffi allerdings in die Arme schließen lassen würde, das bezweifelte Ruth.

Stefanie war nachtragend. Schon immer gewesen. Einer ihrer wenigen Fehler. Das wusste Ruth.

Als Stefanie noch ein Kind gewesen war, hatten die Eltern sie einmal zu Unrecht beschuldigt, eine Zange aus der Schreinerwerkstatt nicht an ihren Platz zurückgebracht und stattdessen verbummelt zu haben. Einige Tage später hatte der damals zur Aushilfe angestellte Gärtner das Corpus Delicti aus seiner Gerätetasche gezogen. Trotz der ehrlich zerknirschten Bitte um Verzeihung hatte die etwa Fünfjährige tagelang mit den Eltern geschmollt.

Wie lange würde sie wohl dieses Mal *schmollen?* Würde sie ihnen beiden jemals verzeihen können?

Josef meinte immer nur: *Lass ihr Zeit. Sie braucht Zeit.*

Aber Ruth hörte die Angst in seiner Stimme.

Ruth scrollte auf dem Handy weiter nach unten. Ein PS! Das hätte sie beinahe überlesen.

Was schrieb Steffi da?

»Wie heißt die Straße in Metz, wo ihr mich geholt habt? Ich möchte hinfahren.«

Ruth stützte sich mit dem linken Arm schwer am Küchentisch ab. Steffi wollte nach Metz fahren. Offenbar Nachforschungen anstellen.

Sie musste sofort Josef anrufen. Und am besten gleich anschließend Felix. Sie brauchten Felix.

Dienstag, 17. Juli 2018

Stefanie zog den Geigenbogen gefühlvoll über die Saite. Er war gelungen: Er lag gut in der Hand, und der Klang, den er erzeugte, war rund und voll.

Sie legte die Geige, die sie immer bereithielt, um die Bögen auszuprobieren, hinter sich auf den kleinen Beistelltisch und griff nach dem politurgetränkten Läppchen. Noch ein letztes Mal das Holz zum Leuchten bringen – der Bogen war fertig, und der Kunde wollte ihn heute Nachmittag abholen.

Die Ladentür schwang auf.

»Grüß dich, große Schwester.« Felix schlenderte herein, eine kleine Papiertüte hing schwer an seiner linken Hand.

Stefanies Überraschung währte nur kurz. »Du schon wieder? Dich schicken doch deine Eltern.«

Felix ließ sich auf dem Besucherhocker auf der anderen Seite der Werkbank nieder und nickte.

Stefanie fuhr mit dem Lappen sorgfältig am Holz entlang, hielt den Bogen prüfend vor dem Fenster gegen das Licht, polierte wieder und wieder über eine Stelle in der Mitte.

Sie polierte. Und polierte.

»Reib kein Loch rein«, sagte Felix.

Stefanie konnte nicht verhindern, dass ein kurzes Grinsen über ihr Gesicht huschte.

Dann atmete sie tief aus und legte den Bogen aus der Hand.

»Also gut. Was gibt es? Ist es wegen meiner Verlobungsfeier?«

Felix schüttelte den Kopf.

»Nein. Ich soll dir etwas von ihnen geben.«

Stefanies Gesichtszüge verhärteten sich. »Ein Verlobungsgeschenk? Ich glaube nicht, dass ich etwas will.«

»Das wirst du wollen. Dafür würde ich meinen Fuß ins Feuer legen. Beide Füße. Und den Kopf.«

Stefanie kniff die Augen zweifelnd zusammen.

Felix hob die Tüte auf den Tisch, griff hinein und angelte eine kleine hölzerne Kiste heraus.

Er stellte die Kiste zwischen sich und Stefanie auf die Tischplatte.

Eine längliche Kiste. Eichenfurnier, erkannte Stefanie. Ein Deckel zum Aufschieben. Offenbar war die Kiste schon älter, das Furnier war an zwei Ecken abgeplatzt, das Weichholz darunter lag frei. Auf dem Deckel mehrere kleine Kratzer.

Diese Kiste war schon oft verstaut worden, irgendwohin geräumt, zwischen andere Kisten gestellt und wieder herausgezogen worden.

Sie schaute Felix fragend an.

»*Unsere* Eltern …«, Felix wartete auf Widerspruch, aber Stefanie war jetzt zu neugierig, um sich an dem *unsere* zu stören, »wollten es dir schon bei deinem letzten Besuch geben, aber du warst zu schnell weg.«

Stefanie hob die Kiste probeweise und schüttelte sie vorsichtig. Etwas rappelte merkwürdig gedämpft darin herum.

»Was ist das?«, fragte Stefanie.

»Dieses Kästchen – mit den darin befindlichen Dingen – haben unsere Eltern von der Frau erhalten, bei der sie dich geholt haben.«

»Was?« Stefanie stellte die Kiste so abrupt auf die Platte, als hätte sie sich daran verbrannt. »Wieso? Was ist … was war …?«

»Was hältst du von der Idee, einfach reinzuschauen?«

Ganz vorsichtig legte Stefanie einen Finger an die Kiste. Sie strich einmal tastend über das Holz, als könne sie so den Inhalt erspüren.

»Weißt du, was drin ist?«, fragte sie Felix.

»Sie haben sie vor mir nicht aufgemacht. Aber sie haben es mir erzählt.«

»Warum schicken sie dich damit?«

»Du hast ihnen geschrieben, du willst nach Metz fahren.«

»Ja.«

»Warum?«

Sie ließ von der Kiste ab und legte die Hände flach auf die Tischplatte.

»Ich weiß nicht mehr, wer ich bin«, sagte sie. »Es fehlt mir was aus meinem Leben.« Sie spürte, wie ihre Stimme schon wieder anfangen wollte zu zittern. »Ich dachte, ich schaue mal, wo ich eigentlich herkomme …«

Felix nickte. »Sie meinten, die Kiste würde dir helfen, eine Spur zu finden.«

Stefanie öffnete den Mund. Dann hob sie die rechte Hand, und ihr Zeigefinger wanderte erneut über das Holz und strich wie suchend über die leichten Kratzer an der Oberseite. Der Finger verharrte an der kleinen Einkerbung im Deckel, die dazu gedacht war, den Fingernagel hineinzulegen und so den Deckel aufzuziehen.

Sie probierte es.

»Der Deckel klemmt«, sagte sie überrascht.

»Vielleicht brauchst du einen Schreiner?«

Stefanie fing hysterisch an zu lachen. Sie zog etwas fester.

Die Ladenglocke bimmelte.

»Grüß Gott, Frau Gruber.«

»Grüß Sie, Herr Mayr. Schön, Sie zu sehen. Ihr Bogen ist fertig. Möchten Sie ihn ausprobieren?«

Noch nie war Stefanie ein Kunde derart umständlich vorgekommen. Herr Mayr spielte ganze Stücke auf der bereitliegenden Geige, probierte mit dem neuen Bogen verschiedene Strichtechniken aus, lobte natürlich überschwänglich Stefanies Arbeit und erzählte dann ausgiebig von seinen neuesten Projekten.

Herr Mayr musizierte in einem kleinen Trio, das immer wieder zu verschiedenen Anlässen engagiert wurde und jetzt nach Jahren erstmals wieder eine CD aufgenommen hatte.

Stefanie, die normalerweise an allem und jedem interessiert war, was ihre Kunden über ihre jeweiligen musikalischen Aktivitäten berichteten, nickte nur, gab einsilbige Antworten, und Herr Mayr realisierte bald, dass die junge Frau, die sonst immer so nett und gesprächig war, heute offenbar keinen Sinn für ihn hatte.

Endlich bezahlte er seinen Bogen und verließ das Geschäft, nicht ohne Felix noch einen finsteren Blick zuzuwerfen, den er zwar zu Recht als den für Stefanies Einsilbigkeit Verantwortlichen ausmachte, wobei er aber nichtsdestotrotz völlig falsche Schlüsse zog.

»Ich mache für heute zu«, sagte Stefanie entschieden, verriegelte die Tür hinter Herrn Mayr und drehte das Schild mit der Aufschrift *Geschlossen* zur Straßenseite.

Dann setzte sie sich wieder auf ihren Arbeitshocker.

Sie griff nach der Kiste und wandte sie zwischen ihren Händen hin und her.

»Willst du nicht aufmachen?«, fragte Felix.

»Ich glaube, ich habe Angst.« Sie schaute Felix Hilfe suchend an. »Erfahre ich, wer ich bin?«

Er schüttelte den Kopf. »Nicht wirklich, soweit ich weiß.«

Der Deckel klemmte. Sosehr Stefanie auch zog, er wollte sich nicht schieben lassen.

Stefanie drehte sich um und griff ein kleines Schnitzmesser vom Werkzeugtableau. Sie schob das Messer in den Schlitz und ruckelte ein paarmal hin und her. Plötzlich knackte es leise.

Sie konnte den Deckel zurückschieben und beugte den Kopf über die offene Kiste.

»Was ist das?« Sie zog einen Briefumschlag heraus. »Madame Edith Dubois«, las sie. »36 Rue des Bouchons, Metz.«

Sie warf einen fragenden Blick zu Felix.

»Das ist die Frau und die Adresse, wo sie dich geholt haben«, sagte Felix.

Stefanies Atem ging schneller.

Sie drehte den Umschlag. »Der Brief ist von einem Arzt, Dr. Jean-Pierre Bessons. Auch aus Metz. Der sitzt in der Avenue des Musées Nummer 132.«

Felix zuckte mit den Schultern. »Unsere Eltern haben gesagt, du kannst sie anrufen, wenn du Fragen hast.«

Stefanie zog das zusammengefaltete Blatt aus dem aufgeschlitzten Briefumschlag.

»Extrait d'acte de naissance«, las sie vor. »Wenn ich mein Französisch halbwegs erfolgreich reaktiviere, dann ist das meine Geburtsbescheinigung!«

Sie las. Aber als sie am Ende der Seite angekommen war, glitt ihr Blick wieder nach oben zum Textanfang, und sie las erneut. Sie schüttelte den Kopf.

»Ich verstehe das nicht«, sagte sie. »Hier wird bescheinigt, dass ich am 19. Mai 1990 in Metz als Tochter von Ruth Gruber, geborene Kabel, und Josef Gruber zur Welt gekommen bin, mit Uhrzeit und Gewichtsangabe.«

Felix nickte. »Ja, das ist wohl dieses gefälschte Papier, von dem sie erzählt haben.«

Stefanie ließ die Hand mit dem Briefbogen darin schwer auf die Werkbank sinken.

»Das ist doch …«, setzte sie an. »Das ist doch nicht …«

Sie schlug die Hände vors Gesicht und schaute über die Fingerspitzen Felix mit großen, erschrockenen Augen an.

Bisher war alles unwirklich gewesen, eine Geschichte, nein: eher eine Erzählung aus der Vergangenheit. Etwas, was sie betroffen hatte, was aber auch irgendwie nicht wirklich real gewesen war.

Aber hier hielt sie ein Papier in der Hand. Ein Papier mit ihrem Namen. Und dieses Papier war eine Fälschung.

Ihre Eltern – besser gesagt, ihre Nicht-Eltern – besaßen ein gefälschtes Zeugnis ihrer Geburt.

Sie nahm die Hände vom Gesicht und atmete bewusst und konzentriert mehrmals ein und aus.

Sie las noch einmal. Dann fiel ihr etwas auf.

»Mein Geburtsdatum. Das kann ja gar nicht stimmen.«

»Wieso?«

»Wenn dieser Arzt einen Termin eingetragen hat, an dem meine … also zu dem die beiden in Metz waren? Als die hier losgefahren sind, war ich doch schon auf der Welt. Oder nicht?«

Felix nickte nachdenklich. »So weit habe ich noch gar nicht gedacht. Aber du hast wahrscheinlich recht.«

»Mein Geburtstag ist also überhaupt nicht mein Geburtstag!« Stefanie verzog spöttisch den Mund. »Aber immer diese Torten!«

»Steffi!«

»Ist doch wahr.« Sie zog die Kiste zu sich heran. »Dann lass mal weiter schauen. Was gibt es denn sonst noch für nette Überraschungen?«

Sie fasste hinein und brachte ein schmales Papierbändchen heraus. »Was ist das?«

»Das sollte dein Geburtsbändchen sein.«

»Ah ja. Hier steht was drauf. Aber total verblasst! Kannst du das lesen?«

»Sie haben es mir gesagt. Es heißt Stefanie.«

»Stefanie ist mein richtiger Name? Das ist aber schön!« Ihr Gesicht strahlte plötzlich auf. Felix sah es. Jetzt musste er schlucken und konnte nur noch nicken.

»Und was hat eben so geklappert?«

Stefanie kippte das Kästchen um. Heraus fiel eine kleine goldene Kette mit einem Medaillon als Anhänger. »Wieso ist diese Kette hier drin?«

»Die sollst du um den Knöchel getragen haben.«

»Ich? Um den Knöchel?« Sie stutzte. »Das ist doch Gold. Oder?«

»Ich denke schon.«

»Das ist doch wertvoll! Wer gibt einem Baby, das er nicht will, so etwas Wertvolles mit?«

Felix zuckte mit den Schultern.

Stefanie drehte das Medaillon in den Fingern hin und her. »Weißt du, was drin ist?«

Felix nickte.

Stefanie knipste – nach einem letzten kurzen Zögern – die beiden Verschlussbügel an der Seite des Amuletts gegeneinander. Es sprang auf.

Ungläubig schaute sie auf das winzige, wohl handgemalte Ölbild. »Eine Heilige?!«

»Ja, wahrscheinlich. Sie haben sie mir nur beschrieben.«

»So?«

Stefanie reichte die Kette mit dem Anhänger Felix.

Felix nickte. »Ja, genauso habe ich mir die Frau vorgestellt. Mama kennt sie offenbar quasi auswendig.« Nachdenklich wiederholte er die Worte seiner Mutter. »Eine Frauengestalt, die mehrere bodenlange Umhänge übereinander trägt. Der oberste hellblau, darunter der weiße. Einige sind aufwendig bestickt, andere mit Perlen verziert. Auf dem Kopf sitzt ein prachtvolles Diadem. Und sie hat eine auffallend dunkle Hautfarbe.«

Er schaute Stefanie an. »Sie muss sich das Bild oft angeschaut haben. Sie wusste jedes Detail.«

»Lass mich noch mal bitte.« Stefanie streckte die Hand aus, und Felix ließ die Kette hineinfallen.

»Hast du eine Ahnung, wer diese Heilige sein soll?«, fragte Stefanie, nachdem sie das Bild lange betrachtet hatte.

»Nein.«

»Haben … haben deine Eltern etwas gesagt, wer das sein soll?«

»Nein. Sie haben auch keine Ahnung.«

Stefanie strich leicht mit dem Finger darüber. »Ich denke, es soll die Jungfrau Maria darstellen.«

»Meinst du?« Die beiden steckten die Köpfe über dem Medaillon zusammen. »So dunkel?«

»Ich hab's«, rief Felix plötzlich. »Es gibt doch diese schwarze Madonna von Tschenstochau – das liegt in Polen, also im Osten und früher auch hinter dem Eisernen Vorhang! Damit passt alles.«

Stefanie nickte. »Das könnte sein. Das Bildchen sieht aus wie naive Malerei. Ein Flohmarkthändler würde es sicher als Volkskunst bezeichnen. Also, da hat jemand, vielleicht ein etwas einfacherer Mensch, seine Vorstellung von der Jungfrau Maria – von der schwarzen Madonna – gemalt?«

»Und dir als Schutz mitgegeben? Dass die Jungfrau dich beschützt?«

»O mein Gott!« Stefanie schluckte. »Weißt du, was das bedeutet?«

Felix schüttelte den Kopf. »Nein.«

»Das bedeutet, dass ich höchstwahrscheinlich nicht aus einem Waisenhaus komme!« Stefanie stammelte vor Aufregung.

»Wieso?«

»So ein wertvolles goldenes Kettchen! Überleg doch mal. Ein Mensch, der gewissenlos Kinder verschachert – der lässt sich doch so eine goldene Kette nicht entgehen!«

Felix runzelte grübelnd die Stirn. »Das ist tatsächlich unwahrscheinlich. Da gebe ich dir recht.«

»Wenn ich angeblich ein Waisenkind war – wer sollte mir dann diese Kette gegeben haben? Und warum? Das ergibt keinen Sinn!«

Stefanie nickte bestätigend zu ihren Worten.

»Diese Kette hat mir jemand gegeben, dem ich wichtig war. So ein Amulett, so eine Heilige, das gibt man jemandem, den diese Heilige beschützen soll. Irgendjemand wollte, dass mich diese Heilige beschützt.« Sie hatte plötzlich Tränen in den Augen. »Irgendjemand hat mich geliebt. Obwohl er mich weggeben musste. Obwohl *sie* mich weggeben musste. Meine Mutter. Das war meine Mutter!«

Felix erhob sich von seinem Hocker, kam um die Werkbank herum und nahm sie in die Arme. Immer wieder strich er ihr tröstend über den Rücken.

»Schon gut«, sagte Stefanie, löste sich aus seiner Umarmung und zog die Nase hoch. Felix griff in seine Hemdtasche und zog ein Päckchen Papiertaschentücher hervor. »Hier.«

»Danke«, schniefte Stefanie.

»Es lieben dich übrigens viele Leute«, sagte er mit leichtem Vorwurf in der Stimme, als Stefanie sich etwas beruhigt hatte.

Sie nickte. »Du weißt, was ich meine.«

»Jaja, schon gut.«

»Puh«, machte Stefanie dann und griff wieder nach dem Umschlag. »Das sind ja schon Neuigkeiten. Also – das muss ich erst mal verdauen. Ich denke, ich brauche eine Tasse Tee. Du auch?«

»Gerne.«

Stefanie erhob sich und ging in die Miniküche in der hinteren Raumecke. Sie hielt die Kanne unter den Wasserhahn. Abrupt drehte sie sich zu Felix um.

»Wenn das tatsächlich meine Mutter war mit dem Amulett? Die lebt vielleicht noch!«, sagte sie durch die offene Tür.

Felix dachte kurz nach. »Kann schon sein. Die ist ja wahrscheinlich jünger als unsere Mutter.«

»Das heißt also: Da gibt es eine Frau irgendwo, die musste aus irgendwelchen Gründen ihr Kind weggeben, ihr Kind, das sie geliebt hat, und die fragt sich bis heute, was aus ihrem Kind geworden ist? Sehe ich das richtig?«

»Wenn sie noch lebt.«

»Wenn sie noch lebt. Genau. *Wenn* sie noch lebt. Vielleicht ist nicht mehr viel Zeit? Ich muss nach Metz!«

Plötzlich plätscherte Wasser auf den Boden.

»Achtung!«, schrie Felix und: »Huch«, rief Stefanie. Sie hatte die Kanne des Wasserkochers schief gehalten, der Ausguss der Kanne ragte über die Kante des Miniwaschbeckens – und das ständig von oben aus dem Wasserhahn nachlaufende Wasser sorgte nun für eine kleine Überschwemmung auf dem Fußboden.

»Mist«, sagte sie und drehte den Wasserhahn ab.

Felix war schon aufgesprungen und schaute sich suchend nach einem Lappen um.

»In der Toilette.« Stefanie deutete mit dem Kinn zu der Tür, während sie in die Knie ging und mit dem Geschirrhandtuch wischte.

Kurz darauf war der Boden getrocknet, und zwei Teebeutel zogen endlich in zwei Tassen vor Stefanie und Felix.

»Jetzt muss ich erst recht nach Metz«, sagte Stefanie. »Jetzt weiß ich ja sogar, wonach ich suchen kann.«

Felix verzog das Gesicht. »Nach so langer Zeit? Wo willst du denn da anfangen?«

Stefanie hob den Umschlag. »Hier, bei dieser Frau. Bei der Frau Dubois. Und bei dem Arzt!«

»Also, wenn diese Frau wirklich sozusagen professionell mit Kindern gehandelt hat, meinst du, die kann sich nach so langer Zeit an dich erinnern?«

»Meinst du denn, die hatte viele Kinder mit einer echtgoldenen Kette mit einem Medaillon daran um den Fuß?«

Felix stutzte. Und nickte. »Das ist tatsächlich eine Chance!«

Er warf einen Blick auf den Umschlag. »Die beiden müssen natürlich nicht unbedingt noch am Leben sein. Wer weiß, wie alt die damals waren.«

Stefanie zog scharf die Luft ein. »Ein Arzt?«, sagte sie plötzlich aufgeregt. »Den sollte man doch … lass uns mal googeln.«

»Genau!« Felix zog bereits sein Smartphone aus der Tasche. »Die Praxis müsste auf jeden Fall zu finden sein!«

Stefanie griff nach dem Laptop. »Du suchst den Arzt, ich die Frau?«

Felix nickte und streckte die Hand nach dem Umschlag aus. »Wie schreibt der sich noch mal?«

Aber zehn Minuten später schauten sich die beiden ernüchtert an.

»Im Telefonbuch von Metz war auch keine Frau Dubois«, sagte Stefanie niedergeschlagen. »Mir fällt beim besten Willen kein weiterer Suchbegriff mehr ein.«

»Und unter Bessons finde ich nur einen Partner in einem Architekturbüro.«

»Architekt. Schade. Ein Architekt ist kein Arzt.«

»Nein, der nutzt uns nichts.«

Mittwoch, 18. Juli 2018

Überraschung!« Bertram umarmte Stefanie leidenschaftlich. Er hatte von hinten die Arme um sie geschlungen, gerade als sie Feierabend machte und ihre Werkstatttür abschloss.

»Du?«, fragte Stefanie überrascht. Bertram war doch erst am vergangenen Wochenende bei ihr gewesen. Es war selten, dass sie sich zweimal in der Woche sahen.

»Was sollen denn die Leute denken?«, wehrte Stefanie seine Umarmung lachend ab.

»Dass ich dich liebe, was sonst.«

Stefanie schmunzelte kurz. »Aber wir müssen es ihnen ja nicht gleich hier auf dem Kopfsteinpflaster vorführen.«

»Freust du dich, dass ich da bin?«

»Sehr!«, sagte Stefanie.

»Ich dachte, ich muss mich mehr um dich kümmern. Wo ich doch so lange weg war, als es dir schlecht ging.«

»Das ist wunderbar! Zumal heute die Orchesterprobe ausfällt. Ich kann also den Abend mit dir unbeschwert genießen.«

»Perfekt. Deshalb erst mal *mangiare*«, sagte Bertram, griff nach

Stefanies Arm und steuerte sie in Richtung seines Lieblingsrestaurants.

»Soll ich uns nicht was kochen?«

»Ach«, antwortete Bertram gedehnt.

»Meine Kochkünste scheinen dich bisher nicht überzeugt zu haben«, lachte Stefanie.

»Doch! Es hat immer gut geschmeckt.« Bertram zog sie verliebt an sich. »Aber es ist doch einfach gemütlicher, wenn wir uns bedienen lassen und dabei entspannt sitzen und in Ruhe reden können.«

Stefanie nickte. »Vielleicht ist das heute tatsächlich besser, ich habe nämlich viel zu erzählen.«

»Wo ist dein Ring?«, fragte Bertram in ihre Gedanken hinein.

»Oh!« Stefanie brauchte nicht auf ihre linke Hand zu schauen. Der Ring lag in der Schublade unter der Werkbank.

Den ersten Tag hatte sie den Ring getragen. Und bereits am Morgen, als sie sich beim Bäcker eine Breze gekauft hatte, bemerkt, wie die Verkäuferin auf den Ring starrte.

Am Abend im Supermarkt in der Kassenschlange hatten zwei Frauen mit offenem Mund erst den Ring und dann sie angegafft. Und die Kassiererin hatte »Wow!« gemacht und anerkennend genickt.

Am Dienstag dann hatte Stefanie festgestellt, dass der Ring sie beim Arbeiten störte. Und ihn in die Schublade gepackt, wo sie ihn abends »vergaß«.

»Ich musste ihn zum Arbeiten abnehmen«, sagte sie verlegen.

»Du hast ihn in der Werkstatt?«

Stefanie nickte. Sie hörte die Enttäuschung in Bertrams Stimme.

»Komm, wir gehen die paar Schritte zurück. Ich hol ihn schnell«, sagte sie.

Wenige Minuten später schmückte der Ring wieder Stefanies Finger, und Bertram lächelte stolz und zufrieden, während sie durch die engen Straßen der Altstadt zu dem Restaurant gingen.

»Ich bin ganz gespannt, was du mir zu erzählen hast«, sagte Bertram. »Und ich habe auch ganz viel in petto, was ich mit dir besprechen möchte.«

Sie bummelten Arm in Arm die wenigen Minuten bis zu dem Restaurant, wo Stefanie hörte, dass Bertram bereits einen Tisch reserviert hatte.

»Und wenn ich jetzt nicht hierher gewollt hätte?«

»Dann hätte ich die Reservierung eben abgesagt. Das ist doch kein Problem. Und ist mir wesentlich lieber, als wenn ich mit dir hier ankomme, und die haben keinen Tisch für mich. Wie steh ich denn dann da?«

»Na ja, wie jemand, der keinen Tisch mehr bekommt, weil das Restaurant ausgebucht ist.«

»Auf gar keinen Fall!«, sagte Bertram, und Stefanie musste lachen über den entsetzten Gesichtsausdruck, den Bertram bei dieser Vorstellung aufsetzte. Aber das war typisch Bertram. Immer sorgte er vor, regelte, was zu regeln war. Sie konnte sich auf ihn blind verlassen. Kurz drückte sie liebevoll seinen Unterarm.

Sie bekamen den schönsten Tisch im Restaurant, schließlich war Bertram hier inzwischen bestens bekannt. Stefanie fragte sich, ob es jemanden in Passau gab, der so oft das Restaurant besuchte wie Bertram.

Bertram wollte Champagner zum Aperitif bestellen, aber Stefanie wehrte ab. »Ich möchte heute keinen Alkohol«, sagte sie. Bertram nickte. »Du hast recht. Es schadet nichts, wenn man einen Abend aussetzt. Bringen Sie uns eine große Flasche Wasser und einen Holundersaft bitte!«

»Sofort«, sagte der Kellner.

»So!«, sagte Bertram. »Jetzt haben wir Ruhe. Und es gibt doch so viel zu besprechen wegen unserer Verlobungsfeier.«

Stefanie nickte. »Ich habe, wie du wolltest, gleich am Montag die Liste mit den Namen der Personen, die ich einladen will, an deine Sekretärin gemailt.«

»Ich weiß. Die Einladungen sind auch direkt gestern rausgegangen, und heute haben tatsächlich schon mindestens fünfzehn Leute angerufen und bereits mündlich ihr Kommen zugesagt. Das Konzept Oktoberfest plus Verlobung geht voll auf!«

Stefanie schüttelte den Kopf. »Ich werde richtig nervös.«

»Brauchst du nicht. Es reicht, dass du da bist.«

Stefanie lachte hell auf. »Wie sich die Männer das so denken! Ganz so einfach ist es nicht. Ich muss mir überlegen, was ich anziehe. Und dann gehe ich vielleicht vorher zum Friseur und vielleicht sogar mal wieder zur Kosmetikerin. Und Maniküre … ach, da kommt so einiges zusammen.«

»Da hat meine Mutter sich schon Gedanken gemacht. Und eine Liste angelegt.«

Stefanie stutzte. »Sie macht eine Liste?«

»Ja, was du alles machen musst.«

»Was *ich* alles machen *muss?*«

Bertram sah Stefanies Blick. »Sie will dir nur behilflich sein. Und es macht ihr halt einfach Spaß, diese Dinge zu planen.«

Stefanie schluckte. »Gut, von mir aus kann sie eine Liste machen.«

Es zischte leise neben ihnen, als der Kellner die Wasserflasche öffnete.

»Sie würde das doch viel lieber alles mit dir gemeinsam planen. Und sie freut sich wie verrückt darauf, wenn du kommst und sie mit dir alles besprechen kann.«

»Ja, das verstehe ich. Ich mache das gerne mit ihr, wenn ich ihr damit eine Freude bereite.«

»Ich danke dir.« Bertram lächelte sie verliebt an.

»Aber jetzt möchte ich dir erst einmal erzählen, was ich in der Zwischenzeit erfahren habe. Du wirst staunen!«

»Du machst mich neugierig«, lachte Bertram.

Und Stefanie erzählte von dem Kästchen, dem Arzt, dem Haus in Metz, von Frau Dubois und der Kette.

»Hier, schau!« Sie hielt Bertram die Kette hin.

»Nett«, sagte er.

»Nimm doch mal! Du musst das Medaillon aufmachen.«

Bertram griff zögernd nach der Kette und öffnete das Medaillon.

»Irgendwie befremdlich«, meinte er beim Anblick der dunklen Heiligenfigur.

»Ja«, nickte Stefanie. »So gar nicht die Art, wie wir hier die Jungfrau Maria sehen. Wir vermuten, dass es aus dem früheren Ostblock stammt. Denn in Polen gibt es ja …«

»Stefanie!« Bertram ließ die Kette auf den Tisch fallen. »Stefanie, hör mal.«

»Was ist denn?«

Bertram klopfte mit der Spitze des Zeigefingers ein kleines Stakkato auf der weißen Tischdecke.

Stefanie legte beruhigend ihre Hand darüber. Bertram lächelte sie an.

»Ich liebe dich, das weißt du.«

Stefanie nickte überrascht.

»Und zwar unabhängig davon, wer deine Eltern sind.«

Stefanie nickte erneut.

»Aber denkst du nicht, es wäre besser, du würdest diese Geschichte auf sich beruhen lassen?«

»Was meinst du damit?«

Bertram zuckte mit den Schultern. »Was soll das bringen? Du hast doch wunderbare Eltern! Dein Vater ist ein gut situierter Unternehmer, deine Mutter eine gepflegte Frau mit einem herzlichen Auftreten, dein Bruder macht einem auch keine Schande; also, das ist doch eine Familie, mit der man sich sehen lassen kann. Auf die du stolz sein kannst! Was willst du da jetzt irgendwie … Du gehst ja auch ein Risiko ein!«

Stefanie richtete sich auf. »Was meinst du damit? Welches Risiko?«

Bertram deutete mit dem Kinn auf die Kette mit dem Medaillon. »Allein schon dieses Bildchen – ich will jetzt nicht unbedingt sagen, es wirkt proletenhaft, aber jedenfalls ziemlich primitiv. Das sind offenbar Leute, die …«

»Bertram! Willst du meine leibliche Mutter als proletenhaft bezeichnen?«

»Du weißt ja gar nicht, ob das von deiner leiblichen Mutter stammt.«

»Vielleicht auch von einer Großmutter. Oder Tante. Das ist

auch völlig egal. Jedenfalls war das ein Mensch, der mir nahestand! Oder besser: dem *ich* nahestand.«

»Ja, natürlich. Gegen den möchte ich auch auf keinen Fall etwas sagen. Ich meine doch nur.«

»Haben Sie schon gewählt?« Der Kellner schaute auffordernd zwischen den beiden hin und her.

»Was? Ach so – nein. Wir brauchen noch einen Moment«, sagte Bertram und machte mit der rechten Hand eine wegscheuchende Handbewegung.

»Was ich sagen will, ist: Du weißt doch gar nicht, auf wen du stößt. Und es könnte ja sein, dass du dir hinterher wünschst, die Frau oder die Leute gar nicht gefunden zu haben!«

Stefanie schüttelte den Kopf. »Aber es geht um meine Herkunft, um mich! Meine leiblichen Eltern sind doch ein Teil von mir! Und wenn ich darüber so gar nichts weiß – dann fehlt mir doch das Wissen über mich.«

»Ich verstehe dich«, lächelte Bertram sie an. »Ich verstehe dich wirklich gut. Aber was ich sagen will, ist: Denk noch mal in Ruhe darüber nach! Denn genau genommen kannst du dich doch eigentlich nur verschlechtern. Kannst du dich nicht einfach mit den Eltern identifizieren, die du hast? Und dir vorstellen, du wärst ganz normal adoptiert? Meinetwegen aus einem Heim oder so? Ich will dich nicht betrüben, aber was ist, wenn deine leibliche Mutter zum Beispiel Alkoholikerin ist? Oder noch Schlimmeres?«

»Das würde mir wehtun«, sagte Stefanie. »Vor allem, weil ich mich dann verantwortlich dafür fühlen würde.«

»Das ist ja Blödsinn. Aber vielleicht sollten wir endlich mal was bestellen, ich habe einen riesigen Hunger.« Bertram winkte den Kellner herbei.

»Ja, machen wir das«, sagte Stefanie geistesabwesend und tippte, als der Kellner kam, einfach auf das ganz oben stehende Hauptgericht auf der Karte.

»Jetzt mache ich mir noch mehr Sorgen um meine leibliche Mutter«, sagte sie, als der Kellner gegangen war. »Hoffentlich finde ich in Metz etwas heraus.«

»Wieso in Metz?«

»Ach, habe ich das noch nicht erwähnt? Ich fahre am Wochenende nach Metz, ich will schauen, ob ich mit diesen Namen oder unter diesen Adressen etwas herausfinde. Möchtest du vielleicht mitfahren?«

»Du fährst nach Metz?«

»Ja«, sagte Stefanie. »Also, wenn du mitkommen willst?«

»Und wann kommst du nach München?«

»Am Wochenende darauf. Da ist dann wieder München eingeplant.«

»Aber das geht doch nicht!«

»Wieso soll das nicht gehen?«

»Wir haben fest mit dir gerechnet. Wir haben dich doch überall eingeplant!«

»Wer ist wir?«, fragte Stefanie überrascht.

»Meine Eltern, meine Mutter, ich!«

»Davon weiß ich nichts.«

»Wieso? Da haben wir doch gerade drüber gesprochen!«

»Was?«

»Dass meine Mutter mit dir ihre Liste durchgehen und alles Mögliche besprechen will.«

»Aber du hast nicht gesagt, dass das an diesem Wochenende stattfinden soll.«

»Aber das ist doch … Wir haben doch schon am letzten Wochenende darüber geredet. Das war doch abgesprochen.«

»Was denn eigentlich?«

»Was alles zu tun ist. Und zu regeln. Und dass du kommst!«

»Wir haben aber keinen Termin ausgemacht.«

»Ja … aber das ist doch selbstverständlich! Schließlich ist nicht mehr so viel Zeit, und wir dachten, es ist völlig klar, dass du am Wochenende kommst.«

»Wir heißt wieder: deine Eltern und du?« Stefanie lehnte sich zurück. »Und jetzt komme ich eben ein Wochenende später. Wo ist das Problem?«

»Mein Gott!« Bertram war blass geworden. »Meine Mutter hat

Termine für dich gemacht. Genau die Sachen, die du vorhin – Kosmetikerin, Maniküre, was weiß ich. So Frauenkram halt.«

»Das tut mir wirklich leid, Bertram. Aber deine Mutter kann nicht über meinen Kopf hinweg und ohne es mit mir abzusprechen, irgendwelche Termine für mich machen!«

»Es war abgemacht, dass du kommst! Du bist außerdem auch dran mit der Fahrerei! Schließlich haben wir es die ganze Zeit so gehalten.«

»Aber dieses Mal nun eben nicht. Sag deiner Mutter, dass ich am Wochenende darauf komme. Das ist jetzt eine verbindliche Zusage!« Stefanie lächelte Bertram verschmitzt an. »Für das Wochenende darauf darf sie nun Termine für mich machen, so viele sie will. Ich werde ihr an dem Samstag ab fünfzehn Uhr in München zur Verfügung stehen.«

Aber Bertram erwiderte das Lächeln nicht. »So einfach geht das nicht! Das sind alles … der Friseur, das ist *der* Promifriseur! Da will jede Frau in München hin. Was meinst du, was es meine Mutter an Überredung gekostet hat, dass der dich noch im Terminkalender dazwischenquetscht. Das kann sie doch jetzt nicht einfach … Und bei den anderen ist das genauso! Was soll das überhaupt in Metz? Das ist doch reine Zeitverschwendung! Nach fast dreißig Jahren! Da findest du doch eh nichts mehr.«

Er schaute Stefanie verzweifelt an. »Gerade jetzt, wo wir wirklich Besseres zu tun haben! Kannst du deine Mutter nicht nach unserer Verlobung suchen?«

»Aber gerade *weil* es schon so lange her ist, habe ich das Gefühl, es kommt auf jeden Tag an.«

Bertram holte tief Luft. »Ich habe keine Ahnung, wie ich das meiner Mutter erklären soll.«

»Sag ihr doch einfach, wie es ist. Und ich muss übrigens weder zu einem Promifriseur noch zu der In-Kosmetikerin. Ich habe da schon eigene …«

»Du verstehst das nicht! Ich habe meinen Eltern nichts von dieser DNA-Sache erzählt. Wie soll ich denn jetzt begründen, dass du nicht kommst?«

Stefanie versteifte sich. »Und warum hast du das nicht erzählt?«

Bertram wollte seine Hand über ihre legen, aber Stefanie zog sie weg.

»Du weißt nicht, wie meine Eltern denken. Das würde ihnen überhaupt nicht gefallen. Sie wären vielleicht sogar gegen unsere Hochzeit.«

»Weil ich sozusagen adoptiert bin?«, fragte Stefanie fassungslos.

Bertram verzog das Gesicht. »Na ja, meine Eltern würden sich natürlich fragen, was das für eine Frau ist, die ihr Kind weggibt.«

Stefanie wollte etwas sagen, aber Bertram ließ sie nicht zu Wort kommen. Seine Stimme wurde lauter, und die bisher einzigen anderen Gäste, zwei Männer drei Tische weiter, drehten erstaunt die Köpfe in seine Richtung.

»Und unter diesen Umständen, so wie du heute hier reagierst, müssten sie sich natürlich auch fragen, warum du weniger Rücksicht auf die Wünsche meiner Mutter, also deiner zukünftigen Schwiegermutter, nimmst als auf die von dir vermuteten Wünsche einer Unbekannten – denn du weißt ja gar nicht, ob die überhaupt was von dir wissen will –, also auf die Wünsche einer völlig fremden Frau, von der man nichts weiter weiß, als dass sie gewissenlos und unmoralisch genug war, ihr Kind zu verkaufen.«

Auf seinem Gesicht erschienen hektische rote Flecken.

Stefanie schaute ihn mit großen, überraschten Augen an.

»Und wahrscheinlich würden sie mich auch noch darauf hinweisen, und da könnte ich ihnen nicht widersprechen, dass unter diesen Umständen ja nicht auszuschließen ist, dass es da bei dir womöglich irgendwelche Erbkrankheiten gibt.« Er schnappte nach Luft.

Stefanie erhob sich. »Abgesehen davon, dass ich mich nicht anbrüllen lasse, beweist du mir gerade, wie wichtig es für mich ist, nach Metz zu reisen. Im Übrigen ist es besser, wenn du heute Abend nach München zurückfährst. Und eines noch zur Klarstellung: Ich werde deinen Eltern die Wahrheit nicht verschweigen, ganz im Gegenteil. Und nun entschuldige, aber mir ist der Appetit vergangen.«

Gerade brachte der Kellner das Tablett mit dem Brotkorb und den unterschiedlich gewürzten Butterscheiben.

»Es tut mir sehr leid«, sagte Stefanie zu ihm, doch der Kellner lächelte sie freundlich an und sagte: »Das ist überhaupt kein Problem, gnädige Frau!«

In dieser Nacht fand Stefanie nur wenig Schlaf. Und wenn sie kurz einnickte, quälten sie wirre Traumfetzen: Ein Friseur errichtete auf ihrem Kopf aus Haarteilen einen Aufbau, der so schwer war, dass Stefanie den Kopf nicht mehr heben konnte, und ihre zukünftige Schwiegermutter stand dahinter und rief: Höher, höher, das muss höher werden. Oder sie musste auf Anweisung ihrer Schwiegermutter nass geschwitzt ein Kleid nach dem anderen anprobieren. Und plötzlich tauchte Bertram auf und schrie: »Mach bloß keine Schweißflecken in die teuren Kleider! Auf den Fotos in der Zeitung nachher gibt das gleich eine Überschrift!«

Donnerstag, 19. Juli 2018

Sie erwachte. Verschwitzt und mit Kopfschmerzen. Es war aber auch zu warm in ihrer Dachgeschosswohnung in diesem heißen Sommer 2018.

Nachdem sie zum gefühlten hundertsten Mal in dieser Nacht auf die Uhr blickte und die Leuchtziffern kurz nach fünf anzeigten, beschloss sie aufzustehen.

Es war schon hell draußen, als sie das Rollo am Fenster hochzog.

Sie füllte gerade den Heißwasserkocher, als das Handy pingte.

Eine WhatsApp-Nachricht. Von Bertram.

»Ich habe gesehen, dass du wach bist. Es tut mir so unendlich leid!«

Was sollte das bedeuten? Er hatte *gesehen?* Sie warf einen Blick aus ihrem Dachfenster. Gegenüber, auf der anderen Straßenseite, stand Bertrams Auto.

Sie rief ihn an. »Wo kommst du denn jetzt her?«

»Ich war die ganze Nacht hier. Stefanie, ich möchte mich entschuldigen!«

»Wie – die ganze Nacht?«

»Ich habe im Auto gesessen und gewartet, dass du dein Rollo hochziehst.«

»Bist du verrückt geworden?«

»Gestern Abend im Restaurant? Ja! Jetzt, weil ich hier warte, bis ich mich entschuldigen kann? Nein!«

Stefanie zögerte. Dann fragte sie. »Willst du auch eine Tasse Tee?«

Die Autotür unten schwang auf, Bertram stieg aus und winkte hoch.

Stefanie goss langsam das heiße Wasser über die leicht duftenden Blätter.

Bertram klopfte zaghaft an die Wohnungstür.

Stefanie öffnete. »Du hast doch einen Schlüssel. Warum kommst du nicht einfach rein?«

»Ich hatte das Gefühl, dieses Recht gestern Abend verwirkt zu haben.«

Stefanie seufzte. Sie ging zur Küchenzeile, griff nach der Teekanne, füllte zwei Tassen, setzte sich an den kleinen Tisch vor dem Fenster und machte dann eine einladende Handbewegung.

Bertram, der die ganze Zeit reglos in der offenen Wohnungstür gestanden hatte, schloss endlich die Tür und eilte neben sie.

»Stefanie!«

»Setz dich doch bitte.«

»Stefanie, ich habe mich absolut unmöglich verhalten. Ich weiß nicht, was in mich gefahren ist. Ich habe noch nie … Bitte bitte, kannst du mir verzeihen?«

Stefanie schaute sich Bertram an. Er sah furchtbar aus, übermüdet und zerquält. Jetzt gerade zitterte kurz ein zaghaftes Lächeln um seine Mundwinkel.

»Bertram«, sagte sie. »Wenn ich ehrlich sein soll, weiß ich noch nicht, ob ich das kann.« Sie pustete in ihre Teetasse. »Ich bin es nicht gewohnt, angebrüllt zu werden.«

»Ja, das war absolut unmöglich von mir. Und auch noch im Lokal! Vor allen Leuten!«

Stefanie lächelte traurig. »Für mich macht es keinen Unterschied, ob so etwas im Lokal oder daheim passiert. Jemanden niederbrüllen – das ist ein Akt der Aggression und der Gewalt. Ich kenne das von zu Hause nicht, und ich will das auch in meiner Beziehung nicht kennenlernen!«

»So habe ich das auch nicht gemeint! Ich hätte dich nicht anbrüllen dürfen.«

»Nein, das hättest du nicht.«

»Und ich habe dich beleidigt! Weil ich so wütend war. Ich wollte dich verletzen. Es tut mir so unendlich leid.«

Stefanie schaute ihn an und schwieg.

»Ich weiß auch nicht, was mit mir los war. Es hat mich alles gestresst. Und meine Mutter nervt mich damit, was du alles machen müsstest und was wir machen sollen und, und, und. Ich hatte gehofft, dass du sie am Wochenende etwas beruhigen könntest. Und als du dann gesagt hast, dass du nicht kommst, da habe ich irgendwie rotgesehen. Ich weiß, das ist keine Entschuldigung. Es gibt auch keine für mein Verhalten. Aber vielleicht ein bisschen eine Erklärung … Kannst du mir nicht noch mal verzeihen? Es wird nie, nie wieder vorkommen, ich verspreche es dir.«

Er hat mir gleich gesagt, dass du als Stier nicht verzeihen kannst, hörte Stefanie plötzlich Bertrams Stimme, als er damals von dem Astrologen erzählt hatte. Und das als Beleg dafür angeführt hatte, wie zutreffend die Horoskope dieses Mannes waren.

»Natürlich verzeihe ich dir!«, sagte sie. »Es ist nur …«

»Und was das andere anbetrifft, das werde ich meinen Eltern noch sagen. Versprochen! Ich brauche nur einen geeigneten Zeitpunkt. Die beiden sind im Moment sowieso schwer zu ertragen, mein Vater hat schon wieder eine Geliebte, und da ist derart Stress in der Hütte, das kannst du dir nicht vorstellen.«

»Dein Vater hat eine Geliebte?« Stefanie wäre beinahe die Teetasse aus der Hand gefallen.

»Ja, das kommt schon mal vor. Das hat nichts zu sagen. Aber meine Mutter macht dann doch gelegentlich Terz.«

»Deine Mutter weiß das?«

»Ja. Die kennt das. Der Vater braucht das ab und zu, das weiß sie. Eigentlich regt es sie auch nicht besonders auf, aber manchmal ist dann doch dicke Luft daheim, und da will ich nicht noch mit so stressigen Themen ankommen.«

»Ist schon gut«, sagte Stefanie. Sie wollte nichts weiter darüber hören. »Wahrscheinlich ist es sowieso besser, wenn ich es selbst erzähle. Ich glaube, es war nicht richtig von mir, dich damit zu belasten. Das tut mir leid.«

»Lass uns wieder gut sein«, bat Bertram. »Ich weiß, dass ich mich falsch verhalten habe, und es wird nie wieder vorkommen!«

Stefanie lächelte ihn an. »Natürlich sind wir wieder gut. Jeder macht mal einen Fehler, aber das Wichtige ist doch, dass wir es einsehen.«

»Jetzt hast du mich sehr glücklich gemacht.«

»Ich bin auch erleichtert«, sagte Stefanie. »Ich war auch sehr traurig. Aber mit diesen Geliebten deines Vaters, das schockiert mich.«

»Das hat nichts zu bedeuten, glaub es mir.«

»Nun gut, mich geht es nichts an. Aber da wirst du dir doch hoffentlich kein Beispiel daran nehmen?« Es war der Versuch, die gedrückte Stimmung etwas zu heben.

»Bist du verrückt?«, antwortete Bertram. »Wenn ich sehe, was der Alte für einen Stress deswegen hat? Niemals!«

»Das ist eine wahrhaft beruhigende Aussage«, sagte Stefanie und musste plötzlich grinsen. »Wenn dich der Gedanke an den Stress davon abhält.«

Endlich lächelte Bertram auch. Mit diesem Lächeln, das sie immer so sehr rührte.

»Ich liebe dich, mein Herz!«, sagte Bertram. »Ich liebe dich über alles, und allein schon deswegen käme eine Geliebte nie für mich infrage.«

Später am Tag rief Felix an und schlug vor, dass er sie doch nach Metz begleiten könne. »Ich war da noch nie. Es soll eine schöne Stadt sein.«

»Das wäre natürlich genial. Wir könnten uns beim Fahren abwechseln. Es ist eine ziemliche Strecke.«

»Eben! Aber zu zweit wird das locker. Wann wolltest du los?«

»Ich habe geplant, morgen und Samstag das Geschäft ausnahmsweise zu schließen. Also werde ich gegen neun hier starten.«

»Ich nehme mir frei. Und hole dich ab. Zu Hause oder in der Werkstatt?«

»Dann vielleicht doch in der Werkstatt, wenn es dir nichts ausmacht, dann arbeite ich vorher noch etwas.«

»Gebongt«, sagte ihr Bruder.

Freitag, 20. Juli 2018

Allerdings staunte Stefanie nicht schlecht, als Felix mit dem schweren Wagen von Josef vorfuhr.

»Er hat dir sein Auto gegeben?«

Felix nickte grinsend. »Jetzt werd aber bloß nicht zickig deswegen. Ich bin so happy, dass ich das Heiligtum mal fahren darf!«

Stefanie schüttelte fassungslos den Kopf. »Er gibt dir *sein Auto?*« Sie schmunzelte leicht. »Hast du Angst, ich werde nicht einsteigen? Ist schon in Ordnung. Es ist mir klar, dass ich dir das nicht antun kann.«

Gute acht Stunden später steuerte Felix das Auto seines Vaters durch die Rue des Bouchons in Metz, und Stefanie las mit klopfendem Herzen laut die Hausnummern vor. »22, 24 … da vorne an der Ecke muss die 36 sein. Ja, ich sehe sie. Da ist es.« Ihre Stimme war nicht ganz so fest wie sonst, doch sie saß noch aufrechter als üblich.

»Ich schau mich mal nach einem Parkplatz um.«

Stefanies Magen krampfte sich zusammen. Gleich wären sie an

dem Haus, in dem Ruth und Josef sie bekommen hatten. Gleich würde sie vielleicht etwas erfahren.

Aber einen Parkplatz zu finden, war schwerer als vermutet. Felix fuhr dreimal um den Block, also dreimal die Rue des Bouchons entlang bis zu ihrem Ende an dem großen Platz mit dem Kreisverkehr, dann auf den Kreisverkehr und in der ersten Abfahrt wieder hinaus, hinein in eine enge gewundene Straße mit den schmucklosen zweistöckigen Häusern aus den Sechzigerjahren, von dieser rechts an den rot-weiß gestreiften Baken einer Baustelle vorbei, hinter der das Auto nur noch über Kopfsteinpflaster rumpelte, und von da aus wieder rechts in die Rue des Bouchons. Jedes Mal, wenn sie wieder in die Rue des Bouchons einbogen, schnurrte Stefanies Magen ein Stückchen weiter zusammen. Inzwischen musste er wohl die Größe einer Erbse haben, so fühlte es sich jedenfalls für Stefanie an.

Zwei freie Plätze, die sie passierten, erwiesen sich als zu klein. Felix fluchte leise. »Das ist aber auch eine Riesenschaukel.«

Jedes Mal suchte Steffis Blick schon beim Einbiegen in die Rue des Bouchons das Haus, und im Vorbeifahren versuchte sie, so viele Einzelheiten wie möglich aufzunehmen.

Ruth und Josef hatten das um die Jahrhundertwende erbaute Haus als heruntergekommen und fast baufällig beschrieben. Das hatte sich geändert. Offensichtlich war das dreistöckige Haus in der Zwischenzeit saniert worden. In zwei Schaufenstern im Erdgeschoss bot eine Bank ihre Dienstleistungen an. Aufwendig verschnörkelte schmiedeeiserne Gitter schmückten die Balkone der Wohnungen in den drei Stockwerken darüber. Deren glänzendes Schwarz kontrastierte mit der makellosen hellorangefarbenen Fassade. Zwischen den Balkonen waren gemauerte Erker mit gesprossten Fenstern. Die Fenster des ausgebauten Dachgeschosses konnte Stefanie im Vorbeifahren nur erahnen.

Ihr Magen war inzwischen auf die Größe eines Reiskorns geschrumpft.

Endlich, gerade als Felix laut überlegte, ob man nicht weiter entfernt einen Parkplatz suchen und fünfzehn oder zwanzig Minuten Fußweg in Kauf nehmen solle, flackerte das gelbe Licht eines Autoblinkers vorne rechts, etwa dreißig Meter entfernt, auf.

»Das wurde aber auch Zeit«, stöhnte Felix leise. Für Stefanie zogen sich die Minuten des Einparkens wie Kaugummi. Aber endlich stand das Auto ordentlich in einer Lücke.

Stefanie ächzte, als sie ausstieg und die schwüle Hitze sie schlagartig umfing. Ihr Magen besaß noch die Größe eines Samenkorns.

Je näher sie dem Haus mit der Nummer 36 kamen, desto langsamer wurde Stefanies Schritt.

»Was ist?«, fragte Felix. »Schiss?«

»Ich weiß nicht, ich glaube, ich brauche noch ein paar Minuten«, sagte Steffi.

Felix warf einen Blick auf Stefanie. Sie war leichenblass.

»Willst du dich mal setzen?«

»Nein. Ich …« Plötzlich taumelte sie.

»Mensch, du hättest etwas essen sollen. So unvernünftig bist du doch sonst nicht!«

Die beiden hatten sich beim Fahren zweimal abgewechselt und diese Wechsel für längere Pausen genutzt, in denen sich Felix auch jedes Mal von den Buffets der Raststätten hatte verführen lassen. Aber Steffi hatte nichts essen wollen.

»Ich krieg nichts runter, bitte nicht«, hatte sie sich geweigert.

»Jetzt fällst du mir hier um, genau vor dem Haus, wo dich Mami und Papi geholt haben. Hat zwar 'ne schöne Symbolik, finde ich aber trotzdem übertrieben!« Felix hielt seine Schwester fest am Arm und blickte sich suchend um. »Schau mal, dahinten ist so eine Art Imbiss. Sollen wir dort hingehen? Mal ein Wasser trinken? Oder auch einen Schnaps?«

Stefanie musste kurz auflachen. »Oh, mein Gott, nein!« Sie zögerte. »Aber ein Wasser, vielleicht auch einen Kaffee, das wäre gut.«

Felix steuerte sie an der Nummer 36 vorbei zu dem Haus, an dem ein leuchtend rotes Transparent mit der Aufschrift »Maison des Quiches de Gabrielle« lockte. Eine Markise im gleichen Rot spannte sich über zwei auf dem Bürgersteig stehende Tischchen mit jeweils drei Stühlen.

»Ich geh rein und hol dir ein kühles Wasser und einen aufbauenden Espresso. Aber eigentlich solltest du auch was essen!«, meinte Felix, als er seine Schwester liebevoll auf einen der hellen Plastikstühle drückte.

Stefanie schüttelte stumm den Kopf.

Felix verkniff sich den Widerspruch. Aber am Tresen des blitzsauberen Gastraums, in dem es appetitanregend roch, bestellte er nicht nur zwei Café au lait und zwei Wasser, sondern auch, nachdem er die mit Kreide handgeschriebene Speisekarte sorgfältig studiert hatte, »et une Quiche Lorraine avec salade verte et frites«.

»Isch bringe es eusch an die Tisch«, antwortete die junge Frau hinter dem Tresen überraschenderweise auf Deutsch, und ihr französischer Akzent verzauberte Felix augenblicklich.

»Merci«, konnte er nur erwidern. Im letzten Moment schaffte er es noch, um zwei Bestecke zu bitten.

»Ich habe mir auch eine Kleinigkeit zum Essen bestellt«, sagte er dann zu Stefanie, während er das massive Holztablett mit den Getränken auf dem Tisch abstellte. Er öffnete eine der Flaschen und goss Wasser in die Gläser.

»Hier!«

»Danke!« Steffi trank das Glas in einem Zug leer.

Felix goss sofort nach. »Du hast zu wenig getrunken!«

Während Stefanie dankbar nickend nach dem Glas griff, meinte Felix: »Wir hätten doch zuerst ins Hotel fahren sollen.«

Sie hatten eigentlich geplant, den heutigen Tag zur Anreise zu nutzen, hatten vorgehabt, nach der Ankunft in Metz im Hotel einzuchecken und sich dann die Stadt noch etwas anzuschauen. Und am nächsten Morgen, so war es vorgesehen, wollten sie, gestärkt von einem luxuriösen Hotelfrühstück, frisch und ausgeruht in die Rue des Bouchons schauen, ob diese Madame Dubois vielleicht sogar noch dort wohnte oder ob jemand etwas über ihren Verbleib wusste. Um anschließend die damalige Adresse dieses Arztes aufzusuchen.

Aber als sie vorhin die Stadtgrenze von Metz passiert hatten, hatte Steffi gebeten, doch direkt zur Rue des Bouchons zu fahren.

»Ich habe nicht die Ruhe, durch die Stadt zu bummeln, wenn ich noch nicht bei diesem Haus war.«

Also waren sie, verschwitzt und abgespannt von der Fahrt nach sechshundert Kilometern im Freitagsverkehr, zuerst hierhergekommen.

»S'il vous plaît.« Die junge Frau stellte einen großen Teller in die Mitte des Tischs und legte mit einem verschwörerischen Lächeln zwei Bestecke daneben.

Felix strahlte sie an. »Merci beaucoup! C'est …« Er stotterte plötzlich.

Die Frau lächelte angesichts der offensichtlichen Bewunderung. »Was möchten Sie sagen: Bien? Delicieuse? Formidable? Isch kann 'elfen.«

»Alles!«, antwortete Felix verzückt.

Mit einem lauten Auflachen ging die junge Frau zurück in den Imbiss.

»Die ist ja …!« Felix staunte ihr mit offenem Mund hinterher.

»Das Essen riecht lecker!« Stefanie schnupperte. »Das ist eine Quiche, nicht wahr?«

»Ich dachte, hier sind wir in ihrem Heimatland, und da es da drin ausgesprochen appetitlich aussah, sollte man doch …«

Stefanie leckte sich die Lippen und schluckte. »Kann ich was davon haben?«

»Um ehrlich zu sein, habe ich sie für dich bestellt.« Stefanie schloss kurz die Augen und gab ein wohliges Brummen von sich. »Was für ein Glück, dass du mitgefahren bist!«

Sie griff nach der Gabel. Zuerst aß sie zögerlich, probierend, aber dann erwies sich die Wahrheit des Sprichworts: »Der Appetit kommt beim Essen.«

»Willst du auch was davon?«, fragte sie, noch kauend, und deutete auf das restliche kleine Stück der Quiche. Felix schüttelte lachend den Kopf.

Er angelte sich stattdessen eine Fritte. »Boah, sind die knusprig! Saugut!«

»Belgien ist nicht weit weg – das Mutterland der Fritten.«

Er nickte und kippte seinen Kaffee hinunter.

Als der Teller leer war, wischte sich Stefanie genüsslich den Mund mit der Serviette ab. »Das war gut«, sagte sie. »Du hattest recht, ich brauchte was zu essen.«

Felix grinste zufrieden.

Stefanie ließ ihren Blick zu dem Haus mit der Nummer 36 wandern. »Das Haus sieht aber nicht mehr so heruntergekommen aus, wie man nach der Beschreibung vermuten musste.«

Im Stillen bewunderte Felix, wie geschickt Stefanie vermied, von den Eltern zu sprechen.

»Das ist die Adresse auf dem Briefumschlag. Also, Frau Dubois hat hier gewohnt. Damit ist allerdings«, überlegte Felix laut, »noch nicht gesagt, dass das wirklich die Adresse ist, wo Mami und Papi waren. Sie können sich an den Straßennamen ja nicht mehr erinnern. Die Tatsache, dass sie einen Briefumschlag erhalten haben, auf dem eine Adresse von dieser Frau Dubois steht, besagt genau genommen gar nichts.«

Felix warf einen mitleidigen Blick auf seine Schwester.

»Sie erinnern sich ja auch nicht mehr, wie die Frau hieß, bei der sie dich geholt haben. Und wo sie geklingelt haben. Sie meinen, es sei Dubois gewesen. Aber erstens können sie sich täuschen. Und zweitens kann diese Frau Dubois ja auch irgendwelche *Geschäftsräume* ganz woanders gehabt haben. Wenn ich jetzt genauer darüber nachdenke, halte ich es sogar für ziemlich wahrscheinlich. So was macht man doch nicht zu Hause!«

Stefanie nickte. »Das habe ich mir auch schon überlegt. Aber auch wenn niemand sich mehr an die Adresse von damals erinnern kann – oder an den Namen auf dem Klingelschild –, so steht doch fest, dass dieses Zertifikat gefälscht ist, das die Unterschrift von diesem Arzt trägt, dass sein Absender auf dem Umschlag steht und dass dieses gefälschte Papier an diese Frau Dubois hier zu dieser Adresse gegangen ist. Also fangen wir hier an.«

»Genau genommen wissen wir ja noch nicht einmal, ob wirklich dieses Zertifikat mit diesem Umschlag verschickt wurde. Da könnte ja auch was völlig anderes drin gewesen sein.«

»Und der Arzt ist rein zufällig sowohl der Fälscher als auch der Absender? Das scheint mir ein zu großer Zufall.«

Felix nickte. »Das stimmt.« Er zückte sein Handy. »Ich mache mal ein Foto von dem Haus und schicke es Mami und Papi. Ob sie es wiedererkennen. Das wäre viel wert, wenn wir da sicher sein könnten.«

Felix blickte zu Stefanie. Die kaute auf ihrer Unterlippe – und endlich nickte sie.

Sie hatte wieder Farbe im Gesicht. »Lass uns nachsehen, wer da jetzt wohnt«, sagte sie, und ihre Anspannung war fast greifbar.

»Erwarte bitte nicht zu viel«, sagte Felix besorgt. »Nach achtundzwanzig Jahren – das ist eine so lange Zeit …«

»Ist mir schon klar. Ich erwarte gar nichts. Aber wer weiß … Sollen wir bezahlen?«

»Hab ich schon.«

»Dann lass uns loslaufen. Ich bringe nur noch schnell das Tablett rein.«

»Lass mich das machen«, sagte Felix.

»Gerne.«

Durch die Fensterscheibe konnte sie sehen, wie ihr Bruder und die Frau sich unterhielten. Vielleicht hätte sie doch lieber selbst die Sachen hineintragen sollen, dachte sie. Aber in dem Moment kam Felix – mit rosa angehauchten Wangen – zurück.

Drei Minuten später standen sie vor dem Haus mit dem dunkelblauen Hausnummernschild über der reich mit Schnitzereien verzierten dunklen Eingangstür.

Rechts blinkte ein Messingschild hell in der Sonne. Insgesamt acht Klingelschilder, eines davon mit dem Namen der Bank, sieben Schilder mit Namen von Personen. Aber …

»Keine Madame Dubois«, sagte Felix.

»Nein«, sagte Steffi.

Sie zögerte und ließ ihren Blick über das Klingelschild wandern.

»Ich soll im dritten Stock gewesen sein, richtig?«

»Wenn es dieses Haus war.«

In diesem Moment plingte sein Handy. Felix warf einen Blick auf das Display.

»Sie sagen, es war das Haus!«, sagte er aufgeregt. »Sie sind sich sicher, Papa erinnert sich an die Erkerform.«

Stefanie verzog das Gesicht. »Als wenn das eine Brücke wär – die Erkerform!«

Sie zögerte noch einen Moment, dann legte sie ihren Finger auf den Klingelknopf neben dem Namen »Roux« und drückte.

Die Sekunden schienen sich zu dehnen. Stefanie und Felix tauschten einen Blick. Nichts passierte.

»Versuch es noch mal.«

Stefanie nickte. »Ich warte noch einen kleinen Moment.«

Ein Schweißtropfen rollte ihr den Rücken hinunter. Die heiße Luft stand förmlich zwischen den Häusern.

Sie schaute die Straße auf und ab. Kein Mensch unterwegs, an den Fenstern waren fast überall die Rollladen heruntergelassen – der Versuch, die Hitze auszusperren.

Sie drückte ein zweites Mal auf den Klingelknopf und wischte sich über die Stirn.

Felix schaute auf die Uhr. »Gleich fünf. Wenn da jemand wohnt, der berufstätig ist, ist der wahrscheinlich noch gar nicht zu Hause.«

»Ja. Deshalb wollte ich ja unbedingt so fahren, dass wir den ganzen Samstag noch haben.«

Felix nickte.

»Ich glaube, da ist niemand. Ich klingle mal einen Stock tiefer. Was meinst du?«

Der oder die Bewohner der Wohnung im zweiten Stock hatten ein Klingelschild mit dem Namen Martinez.

»Ja. Bei Roux rührt sich niemand.«

Stefanie klingelte bei Martinez und wartete. Auch hier keine Antwort.

Nacheinander versuchte es Stefanie bei allen. Überall klingelte sie ein zweites Mal. Aber nichts tat sich.

»Das gibt es doch nicht, dass in einem so großen Haus kein einziger Mensch daheim ist!«, sagte Felix. Er ging ein paar Schritte nach links, hier war die Eingangstür zu der Bankfiliale. Felix rüttelte daran. Geschlossen. »Ich habe gedacht, wenn da noch jemand wäre, der wüsste vielleicht, wo die Hausbewohner sind oder wann die wiederkommen. Aber Freitagnachmittag um diese Zeit, da hat natürlich keine Bank mehr auf.«

»Lass uns ins Hotel fahren und einchecken. Wir versuchen es morgen aufs Neue«, sagte Stefanie. Ihre Stimme war dunkel vor Enttäuschung.

»Den Arzt suchen wir auch morgen?«

»Ja. Im Moment habe ich keine Energie mehr. Vielleicht haben wir morgen auch mehr Glück. Freitagnachmittag um diese Uhrzeit, da kauft man ein für das Wochenende oder erledigt sonst irgendwas, Reinigung, Schuhmacher, solche Sachen eben. Oder trifft sich mit Freunden auf einen Feierabenddrink. Lass uns nach dem Einchecken die Stadt genießen. Dann war die Fahrt hierher nicht umsonst.«

Felix konnte hören, wie Stefanie sich bemühte, sich die Enttäuschung nicht anmerken zu lassen.

Er versuchte, sie aufzuheitern, aber im Stillen dachte er darüber nach, dass es vielleicht keine so gute Idee gewesen war, Ende Juli nach Frankreich zu fahren. Es war nicht mehr so wie früher, wo wirklich alle Franzosen im August in Urlaub gefahren waren – auch in Frankreich verteilte sich die Urlaubszeit inzwischen auf Juli und August. Die Bewohner des Hauses tummelten sich höchstwahrscheinlich gerade an irgendeinem überfüllten Sandstrand am Mittelmeer oder am Atlantik oder in einer anderen beliebten Urlaubsregion.

Das Hotel, das Stefanie ausgesucht hatte, lag zentral und trotzdem halbwegs ruhig. Die beiden bezogen ihre Zimmer, dann bummelten sie durch Metz.

Felix fand die Stadt schön und freute sich über diesen Wochenendtrip, aber er spürte, dass Stefanie mit ihren Gedanken woanders war. Sie konnte die stimmungsvolle Atmosphäre nicht genießen.

»Hast du die Plakate gesehen?«, fragte Felix. »Demnächst findet hier ein großes Fest statt, Mirabellenfest heißt es.«

»Ah ja«, sagte Stefanie.

Sie aßen in einem Bistro zu Abend, waren bereits gegen halb zehn zurück im Hotel und gingen sofort zu Bett. Nicht nur die Fahrt hatte beide ermüdet.

Entgegen ihrer Erwartung schlief Stefanie tief und fest, am nächsten Morgen fühlte sie sich erfrischt und tatkräftig, und beim Frühstück konnte sie es kaum erwarten, wieder in die Rue des Bouchons zu kommen.

Samstag, 21. Juli 2018

Es war kurz vor zehn, als sie erneut angespannt auf die Klingelschilder an dem Haus in der Rue des Bouchons starrten.

»Soll ich wieder im dritten Stock anfangen?«, fragte sie.

»Hm«, meinte Felix. »Vielleicht machen wir es heute mal andersherum. Fang im ersten an. Ist doch egal, wir probieren ja eh alle durch. Oder nicht?«

»Ja, schon.«

»Hast du das Medaillon dabei?«

Stefanie schlug mit der flachen Hand leicht auf ihre dunkelblaue Bast-Umhängetasche. »Ja.«

Felix hob den Daumen.

Stefanie klingelte. Wieder schlug ihr Herz schneller. Wieder warteten sie. Wieder keine Antwort. Stefanie ließ ihren Blick die Straße entlang schweifen, während sie warteten. Eine einzelne junge Frau kam die Straße entlanggeschlendert, sonst war es menschenleer.

»Wie ruhig es hier ist!«, sagte sie.

Ferienzeit, dachte Felix.

»Hm, wieder keine Antwort. Ich klingle ein Stockwerk höher.«

»Ja, mach das.«

Wieder läutete Stefanie, wieder vergingen bange Minuten, wieder keine Reaktion.

»Aller guten Dinge sind drei«, sagte Stefanie mit einem angestrengten Lächeln und drückte auf den nächsten Knopf.

»Jetzt versuche ich mal das Dachgeschoss«, sagte Stefanie mit einem enttäuschten Seufzer einige Augenblicke später.

Aber bevor sie den nächsten Klingelknopf betätigen konnte, knackste es im Lautsprecher der Gegensprechanlage. Stefanie und Felix zuckten zusammen. Eine kratzige Stimme ertönte. »Oui?«

»Bonjour«, stotterte Stefanie überrascht. »Je m'appelle Stefanie Gruber, je suis d'Allemagne et ...«

Knacks. Der Mensch, von dem Stefanie noch nicht einmal hätte sagen können, ob es sich um einen Mann oder eine Frau handelte, hatte die Verbindung unterbrochen.

»Ach nein!« Stefanie schossen Tränen der Enttäuschung in die Augen. »Er hätte mich doch wenigstens ausreden lassen können.«

Felix legte tröstend den Arm um ihre Schulter. »Ich habe gestern Abend noch lange nachgedacht«, sagte er. »Hoffentlich macht diese Suche nicht alles noch viel schlimmer für dich.«

Stefanie seufzte. »Du meinst wegen der Enttäuschungen, die mir bevorstehen?« Sie nickte. »Ja. Darüber habe ich auch nachgedacht. Dass das wahrscheinlich eine Aneinanderreihung von Enttäuschungen wird. Und am Ende nichts dabei herauskommt.«

Sie richtete sich auf. »Aber ich muss es wenigstens versuchen. Sonst werde ich nicht mehr froh. Der Gedanke, dass es vielleicht eine Frau gibt, die sich verzweifelt fragt, was aus ihrer Tochter geworden ist – das bedrückt mich unglaublich. Und wenn das wirklich so ist, wenn diese Frau seit achtundzwanzig Jahren traurig ist – da werde ich doch wohl ein paar Enttäuschungen ein paar Tage lang aushalten. Das ist ja wohl das Mindeste!«

Felix merkte, wie Stefanies Körper sich immer weiter straffte. Er spürte förmlich, wie ihre Entschlossenheit zurückkehrte.

Unvermutet lachte sie leise. »Außerdem: Ergebnislos ist die Suche ja jetzt schon nicht mehr. Ich kenne das Haus, aus dem ich herausgekommen bin.« Ihre Augen funkelten vergnügt. »Jetzt müssen wir nur noch herausfinden, wie ich da hineingekommen bin.«

Felix schüttelte ungläubig den Kopf. »Sehe ich das richtig, dass jetzt *du mir* Mut machst?«

Die einzelne Fußgängerin war inzwischen näher gekommen und rief: »Salut! Bon retour!«

Felix strahlte plötzlich übers ganze Gesicht. Es war die nette Bedienung von gestern, von dem Imbiss drei Häuser weiter.

Die Frau hielt neben ihnen und lächelte sie fragend an. »Wen sucht ihr denn? Kann isch vielleicht 'elfen?«

»Ja …« Stefanie zögerte. »Wir suchen jemanden, der … ach, das ist eine ziemlich komplizierte Geschichte.«

»Isch kann euch einladen für eine *Noisette?*« Stefanie wollte ablehnend die Hand heben, aber die Frau fuhr fort: »Ich muss maintenant öffnen mein Bistro. Aber wenn ihr mögt, erzählt mir, wen ihr sucht. Isch kenne jeden in diese *maison.*«

Sie kennt jeden in diesem Haus. Das gab den Ausschlag. »Ja, dann können Sie uns vielleicht tatsächlich helfen!«, sagte Stefanie voller Hoffnung. Und sie konnten von dort außerdem den Eingang des Hauses im Blick behalten, sie würden sehen, wenn jemand herauskäme. Oder es betrat.

Fünf Minuten später saßen sie wieder unter der heiteren Markise, vor beiden stand eine kleine Tasse, aus der es fröhlich dampfte, und die junge Frau setzte sich zu ihnen. Steffis Angebot, den Kaffee zu bezahlen, hatte sie empört abgelehnt. »*Mais non!* Isch 'abe eusch eingeladen.«

»Aber nur unter der Bedingung, dass ich Sie auch einmal einladen darf«, sagte Felix eifrig.

Felix lächelte die Frau an, die Frau lächelte zurück, und fassungslos beobachtete Stefanie, wie dieser Blickkontakt zwischen den beiden sich hinzog und plötzlich zu lang war, um nichtssagend zu sein.

»*Alors*, wie kann isch 'elfen?«, fragte die junge Frau. »Ich 'abe ein kurze Zeit; die Ofen muss erst warm werden. Wen sucht ihr? Isch 'abe schon gestern gesehen, ihr 'abt geklingelt überall!«

Stefanie hatte sich in der Zwischenzeit Gedanken darüber gemacht, was sie dieser Fremden erzählen wollte.

»Wir suchen eine Verwandte, die wir gerne wiederfinden möchten und die hier vor achtundzwanzig Jahren gelebt hat.«

»Oh. Eine Verwandte! Aber achtundzwanzig Jahre? Das ist –

mais oui – das ist *vraiment très longue*. So lange wohnt niemand in dem Haus.«

»Ja, aber vielleicht weiß jemand etwas von einem Vormieter, und der wüsste dann vielleicht … ach, es ist wahrscheinlich wirklich einfach alles viel zu lange her.«

In ihrer Stimme schwang Traurigkeit. Die junge Frau schenkte ihr einen mitfühlenden Blick.

»Könnte ich vielleicht noch ein Wasser haben?«, fragte Felix. »Und wie spreche ich Sie an? Mademoiselle? Madame?«

Die junge Frau lächelte verschmitzt. »Mademoiselle. Aber manchmal, wenn ein besonders netter Mann kommt, dann darf er Gabrielle zu mir sagen.«

Ungläubig bemerkte Stefanie, wie ihr sonst so souveräner Bruder – genau wie gestern – rote Wangen bekam.

Und Gabrielle beobachtete mit offensichtlichem Vergnügen, wie Felix nach einer Formulierung suchte, mit der er herausfinden konnte, ob er denn zu diesen netten jungen Männern gehörte.

Und wieder lachte sie laut auf.

»Ihr also auch!«, sagte sie endlich und zwinkerte Felix zu.

»Danke!«, sagte Felix. Stefanie konnte es nicht glauben. Ihr sonst so flirterfahrener Bruder wirkte auf einmal wie ein Schüler.

Aber jetzt hatte er sich offenbar gefangen.

»Gabrielle! Wie Coco Chanel! Ein wunderbarer Name für eine erfolgreiche Geschäftsfrau. Und wie man sieht, passt es genau!«

Gabrielle lachte. »Ihr macht mir ja *des compliments*.«

»Natürlich!«, sagte Felix. »Und zwar mit Recht! Ich liebe diesen Vornamen. Er bedeutet übrigens die Mächtige. Und auch das passt ganz genau. Sie haben sicher Macht über viele Männer …« Sein verschmitztes Lächeln nahm seinen Worten den Ernst, ließ sie als heitere Spielerei erscheinen, als einen kleinen, harmlosen Spaß, gegen den man doch nichts haben konnte, und ließ gleichzeitig alle Möglichkeiten offen.

Stefanie verspürte den Wunsch, Felix unter dem Tisch einen kräftigen Tritt zu verpassen. Konnte er seine Flirterei nicht ein einziges Mal sein lassen.

Aber Gabrielle war ihm gewachsen. »Ja.« Ihr Lächeln wurde immer breiter. »Ich glaube schon. Ich bestimme über … über … ah – *beaucoup, beaucoup, vraiment beaucoup d'hommes!*«

Überrascht öffnete Felix den Mund, aber Gabrielle gab ihm nicht die Chance einer Antwort.

Sie ging in den Verkaufsraum, wo sie aus einem Kühlschrank direkt neben dem Eingang zwei Wasserflaschen nahm.

Sie war nicht wirklich außer Hörweite, sodass Stefanie keine Chance fand, Felix ihren Ärger spüren zu lassen. Aber sie nutzte tatsächlich die Chance für einen kleinen vorwurfsvollen Tritt. Felix zuckte, leicht schuldbewusst grinsend, die Schultern.

Und schon saß Gabrielle wieder am Tisch. »Ich erzähle euch mal, was ich weiß. Sie machen alle *ses achats* bei mir, alle kaufen bei mir ein; *vraiment,* ich kenne sie alle.«

Felix warf Stefanie einen triumphierenden Blick zu.

»*Alors*, in dem Haus wohnt die Familie Gérard, die ist in Urlaub. Daneben ein junger Mann«, sie warf einen Seitenblick auf Felix und schob ein: »*Mon Dieu*, sieht der gut aus! Monsieur René. Er darf auch Gabrielle zu mir sagen.«

Obwohl Stefanie angespannt zuhörte, registrierte sie das Vergnügen, mit dem die junge Frau ihren Bruder neckte, und auch den Schatten, der über das Gesicht des Bruders glitt.

»Familie Gérard kommt Mitte August zurück. Und René ist auch in Urlaub. Der ist aus Paris nach Metz gekommen, als die Dépendance vom Centre Pompidou hier eröffnet hat. Also vor acht Jahren ungefähr.«

Gabrielle beobachtete genau den unwilligen Blick von Felix, als sie fortfuhr. »René kommt sogar erst im September. Er ist mit seinem Mann irgendwo in Asien unterwegs.«

Und sie lächelte zufrieden, als die unwillige Furche auf Felix' Stirn verschwand und wieder einem strahlenden Lächeln Platz machte.

»Im zweiten Stock wohnt das Ehepaar Martinez, die sind eigentlich da. Die haben keine Kinder und machen *vacances* deswegen erst im September. An der Côte. Die finden es im August zu voll dort. Gerade gehen sie bestimmt irgendwo über einen Golfplatz. An so heißen Tagen lassen die sich immer eine ganz frühe Startzeit eintragen. Die sind retour am Nachmittag. Die haben beide Wohnungen, die ganze Etage. Madame Roux im dritten Stock lebt alleine, die hat sich die Wohnung gekauft, als ihr Mann gestorben ist. Die macht jetzt gerade ihre *courses* – ah, wie heißt es? – *faire des courses?* – Einkäufe machen. Sie macht ihre Einkäufe auf dem *Marché*. Und danach trifft sie sich mit Freundinnen im Café. Heute, wo es so heiß ist, auf einen Pastis. Das können auch zwei oder drei werden.« Gabrielle lachte. »Die Damen machen es sich gerne gemütlich und genießen das Leben. Daneben wohnen Monsieur Gilbert und neuerdings eine junge Frau, von der ich den Namen nicht weiß. Aber das wechselt. Wo die heute sind, weiß ich nicht. Die sollten eigentlich da sein. Ich vermute, er liegt noch im Bett. Mit seiner Freundin. Da habt ihr sicher gestört, als ihr geklingelt habt. Das war bestimmt der Mann, der so böse war. Und unter dem Dach wohnt Monsieur Bernard. Der lebt zurückgezogen, ist aber auch erst vor einem guten Jahr hier nach Metz gekommen. Ich kann mir nicht vorstellen, dass der was weiß über frühere Mieter hier im *maison*.«

»Wir könnten Madame Roux vielleicht fragen, von wem sie die Wohnung gekauft hat.«

»*Bien sûr!* Aber wenn Madame Roux zurückkommt, schläft sie erst einmal ihren Rausch aus. *Pas de chance* vor halb sechs. Das ist das Früheste, dass sie wird aufmachen die Tür.

»Sie wissen aber genau Bescheid über die Leute hier«, sagte Stefanie.

Gabrielle zögerte plötzlich. *»Oui«*, erwiderte sie gedehnt.

Habe ich sie gekränkt mit dieser Bemerkung?, fragte sich Stefanie. »Ich meinte das als Kompliment«, ergänzte sie schnell.

»Ja, ja.« Irgendetwas beschäftigte Gabrielle. Den Eindruck gewannen sowohl Stefanie als auch Felix. Sie tauschten einen Blick.

»Könnt ihr mir vielleicht etwas genauer sagen, warum ihr diese Frau sucht?«, fragte Gabrielle unvermittelt.

Stefanie und Felix schauten sich noch einmal an, dieses Mal überrascht.

»Es ist ziemlich privat«, sagte Stefanie zögernd. »Es handelt sich um eine Familienangelegenheit.«

Gabrielle musterte sie prüfend.

»Die Leute hier im Viertel, das sind fast alles Kunden von mir. Natürlich kenne ich die! Und ich komme auch schon mal in die Wohnungen, ich mache ja auch *livraisons*. Wenn jemand ist *malade*, ich bringe alles in die Wohnung. Er kann bestellen per Telefon, und ich bringe eine Quiche oder einen Salat schnell vorbei. Da lernt man die Leute kennen. Aber das ist ja erst seit fünf Jahren so, ihr wollt doch was wissen von früher.«

Irgendetwas an ihrer Betonung ließ Stefanie aufhorchen.

»Ja?«, sagte sie. Da gab es noch eine Information, Gabrielle wusste noch etwas, wollte noch etwas sagen.

Gabrielles Blick suchte den von Felix.

»Ich war ja auch früher schon viel hier«, sagte sie. »Bevor isch 'atte das Bistro.«

»Sie wissen, wie das hier ausgesehen hat, als Sie noch ein Kind waren?«

Gabrielle sah Stefanies hoffnungsvollen Blick und dämpfte gleich die Erwartungen. »Isch 'abe fünfundzwanzig Jahr'! Also was hier vor achtundzwanzig Jahren passiert ist – oder wer hier gewohnt hat –, das kann ich gar nicht wissen.«

»Ach so.«

Aber trotzdem ist da was. Sie denkt an irgendwas. Was weiß sie? Stefanies Puls schlug schneller.

»Aber …«

Wusste ich es doch! Da gibt es noch etwas. Irgendetwas weiß sie, was sie uns noch nicht gesagt hat! Stefanie hatte das Gefühl, jeder könne das Pochen in ihrer Halsschlagader sehen. Sowohl Felix als auch Stefanie richteten sich gespannt auf.

»Bonjour, Gabrielle. Ca va?«

Eine ältere Frau trat an den Tisch und grüßte Stefanie und Felix mit einem Nicken.

»Bonjour, Madame Legrand. Oui, ca va. Et vous?«

Gabrielle schenkte Felix noch ein – wie Stefanie anerkennen

musste – hinreißendes Lächeln. »Ich bin *retour* ganz gleich. Dann ich erzähle euch noch etwas.«

Sie verschwand mit Madame Legrand in ihrem Imbiss.

»Warum hast du mich getreten?«, erkundigte sich Felix scheinheilig.

»Kannst du nicht ein einziges Mal diese Flirterei sein lassen?«

»Wieso? Bringt doch was! Und außerdem ist sie wirklich süß. Hast du diesen entzückenden …«

»Hör auf! Ich will, glaube ich, gar nicht wissen, was du so entzückend findest.«

Felix grinste. »Ja. Ist vielleicht tatsächlich nicht das richtige Thema mit dir. Aber …« Sein Blick wanderte zur Fensterscheibe, durch die man vage Gabrielle und ihre Kundin erkennen konnte, wie sie sich unterhielten, während Gabrielle ein großes Backblech aus einem der Öfen an der Seitenwand des Imbisses zog.

Stefanie und Felix konnten nur Bruchstücke verstehen, aber es schien sich um eine völlig belanglose Unterhaltung zu handeln. Es ging um die Hitze, um das Mirabellenfest im kommenden Monat und um die richtige Temperatur und die Dauer, mit der die von Gabrielle vorbereitete *Quiche jambon* gleich zu Hause bei der Kundin noch im Backofen fertig gebacken werden sollte.

Kurz darauf trat Madame Legrand aus der Tür. Sie verabschiedete sich mit einem Nicken von Stefanie und Felix. In ihren Händen balancierte sie ein großes mit Alufolie bedecktes Backblech und trug es zu einem Auto, das einige Meter entfernt in einer Hofeinfahrt mit eingeschalteten Warnlichtern fröhlich vor sich hin blinkte.

Die Stuhlbeine machten ein leises Geräusch, als Gabrielle sich den Stuhl wieder heranzog.

»Hören Sie, Gabrielle«, sagte Felix. »Ich möchte, dass Sie wissen, dass wir niemandem irgendwelche Schwierigkeiten machen wollen. Es geht wirklich nur darum, ein paar Informationen über jemanden aus der Familie zu bekommen. Eine Frau aus der Familie, die wir …«, er nickte kurz nachdenklich, »ja, eine Frau, die wir lieben und die verschwunden ist. Ich weiß nicht, wie ich Ihnen das jetzt erklären kann. Es ist wirklich sehr privat. Und ich müsste

Einzelheiten erzählen, die diese Frau betreffen. Die ich aber ohne deren Einwilligung nicht erzählen will. Aber wie gesagt: Es hat niemand etwas zu befürchten. Wir wollen niemandem Schwierigkeiten bereiten. Wir möchten nur gern diese Verwandte finden. Weil wir sie wirklich sehr vermissen und sehr …«, er warf einen fragenden Blick zu Stefanie, und die nickte zustimmend. »Ja, weil wir sie sehr lieben!«

»Verschwunden, sagt ihr?«

Beide nickten.

»Vor achtundzwanzig Jahren?«

»Genau!«

»Quel drame!«

»Ja, es ist wirklich ein Drama!«, bestätigte Stefanie. »Wenn Sie uns da irgendwie helfen könnten … Und wie gesagt, es geht nicht darum, irgendjemandem Probleme zu machen oder so. Wir suchen nur meine …, also meine Verwandte.«

Gabrielle musterte sie lange.

»Ja«, sagte sie. »*Voilà!* Das ist genau der Punkt … Ich möchte *naturellement* niemanden in Probleme bringen.«

Stefanie hätte schreien mögen. *Jetzt sag doch endlich, was du weißt!*, dachte sie.

»Es ist nämlich so«, begann Gabrielle, »ich habe, wie gesagt, mein Bistro hier seit fünf Jahren.« Stefanie und Felix hingen an ihren Lippen. Aber gerade kam ein junges Paar, das ebenfalls Gabrielle freundlich grüßte und dann in den Imbiss hineinging.

»Bitte sagen Sie uns schnell, was Sie wissen. Wir halten das nicht mehr aus!«, sagte Felix erregt.

Gabrielle warf einen Blick durch das Schaufenster in ihren Laden hinein, wo die beiden vor der handgeschriebenen Schiefertafel über die einzelnen Gerichte diskutierten, und nickte.

»Das Haus hier und auch das Bistro gehören meiner Tante.« Stefanie und Felix hielten den Atem an. »Ich habe gemietet hier das *local commercial* von meiner Tante Zizi. Das war vorher kein Bistro. Das war vorher eine *petite alimentation generale*. In Deutschland sagt man Tante-Marie-Geschäft, glaube ich.«

Felix lachte. »Fast«, sagte er. »Tante-Emma-Laden heißt das.«

»*Ah oui!* Stimmt! Tante Marie ist ja das Kochbuch. Jedenfalls: Tante Zizi hatte also diese *alimentation generale.*« Gabrielle schaute wieder durch das Fenster ins Innere des Bistros und zuckte zusammen, als sie die nach ihr suchenden Blicke der beiden Leute im Geschäft sah. »Pardon, ich muss jetzt wirklich erst mal …« Aber im Abdrehen rief sie noch über die Schulter: »Über vierzig Jahre hatte sie die *alimentation.* Es gab niemanden im Viertel, den sie nicht kannte!«

»Mensch, das ist ja ein Hammer.« Felix blies mit einem lauten »Puh!« die Luft aus. »Das wäre genau die Richtige für uns. Die muss doch alles wissen, was hier passiert ist. Die muss auch die Frau Dubois kennen. Wenn die über vierzig Jahre hier ein Geschäft hatte?«

Aber Stefanie stöhnte leise auf.

»Was ist los?«, fragte Felix. »Freust du dich nicht?«

»Sie sagte: *kannte.* Nicht: *kennt.* Vergangenheit. Imperfekt. Die Frau *kannte* jeden. Vielleicht lebt sie nicht mehr?«

»Nein, so hat sie das nicht gemeint. Gabrielle meinte, die damals hier gelebt haben, die kannte sie. Sie kennt nicht mehr die, die heute hier leben …«

Stefanie schüttelte den Kopf. »Wenn es jetzt einfach zu spät ist?«, sagte sie, und ihre Züge verhärteten sich. »Wenn inzwischen alle tot sind?« Stefanie öffnete ihre Handtasche und zog das Medaillon heraus. Zart strich sie über die Oberfläche. »Hätte ich das doch schon früher gehabt!«

Felix presste die Lippen zusammen. »Jetzt warte doch mal. So wie diese Gabrielle uns Hoffnungen gemacht hat – das hätte sie nicht, wenn …«

Beide schauten durch das Fenster nach innen. Gerade griffen die beiden Gäste nach ihren Tabletts mit den Pommes und den großen Salatschüsseln darauf. Und Gabrielle machte Anstalten, wieder zu ihnen zu kommen. Jetzt blieb sie aber neben dem Tisch stehen. *»Maintenant la travaille arrive«*, lachte sie. »Das Geschäft geht los. Aber wie gesagt, meine Tante könnte sischer ’elfen euch.« Stefanie hörte das *Könnte* und ließ den Kopf sinken.

»Aber die ist im Moment in Urlaub. Die kommt erst in zwei Wochen wieder.«

»Sie lebt noch?«, entfuhr es Steffi.

»Mais oui!«, antwortete Gabrielle überrascht. »Die ist topfit. Im Moment wandert sie durch die Vogesen. Ihr werdet kommen müssen noch einmal …« Stefanie sah den Blick, den Gabrielle Felix zuwarf; Felix sollte wiederkommen, das wünschte sich Gabrielle, der Blick ließ daran keinen Zweifel, »denn am Telefon wird Tante Zizi euch ganz sicher nichts über *des clients* von früher erzählen. Vielleicht sie sagt euch sogar sowieso nichts. *Rien. Rien du tout.* Aber ich habe euch hier …«, Gabrielle blickte kurz auf, als sich eine Gruppe von jungen Leuten näherte. »*Oh, là, là*, die kommen zu mir. Jetzt fährt hier gleich die Post los. Ich habe euch geschrieben hier das Telefon von Tante Zizi.« Sie hielt Stefanie und Felix einen weißen Zettel hin. »Sie ist *retour* am 30. Juli. Sie weiß genau, wer hier hat gewohnt und wann und warum. Ihr könnt sie anrufen. Ich werde ihr sagen, dass ihr das macht.«

»Spricht Ihre Tante so gut deutsch wie Sie?«, fragte Felix.

»Bien sûr! Meine Grandmère war Deutsche. Also meine Mutter und meine Tante sind perfekt in Deutsch. Isch leider 'abe viel vergessen.« Einzelne aus der sich nähernden Gruppe riefen Gabrielle jetzt schon aus der Entfernung Begrüßungsworte zu. »Ich muss … Wie gesagt, sie kommt am 30. Juli zurück. Lasst ihr vielleicht zwei Tage zum Ankommen. Aber dann könnt ihr gerne anrufen.«

Gabrielle lächelte. »Viel Glück! Ich freue mich, wenn ihr mich besucht einmal wieder!« Ein letzter Blick auf Felix. Und schon tauchte Gabrielle mit den jungen Leuten unter lautem *»Bonjour!«* und *»Ca va?«* in ihren Imbiss ein.

Ungläubig staunend wendete Stefanie das Papier in ihrer Hand hin und her. »Diese Frau kennt die Frau, bei der ich geholt wurde? Also, wenn das wahr wäre!« Sie legte das Blatt Papier auf den Tisch, stellte die noch zu einem Viertel gefüllte Wasserflasche darauf und griff nach ihrem Handy. »Ich fotografiere den Zettel. Nur zur Sicherheit. Für den Fall, dass ich ihn verliere.«

»Du verlierst schon nichts. Im Gegensatz zu mir.«

»Irgendwann ist vielleicht auch bei mir das erste Mal.«

»Nicht fürs Verlieren.«

Beide lachten.

»Aber du hattest völlig recht«, meinte Felix. »Es war mehr als sinnvoll hierherzufahren. Nur mit Telefonbuch- und Internetrecherche hättest du die Informationen über diese frühere Ladeninhaberin nicht bekommen.«

»Nein, wahrscheinlich nicht. Wobei ich gestehen muss, dass ich ohne deine Wirkung auf Frauen wahrscheinlich sowieso keinen Erfolg gehabt hätte«, sagte Stefanie.

»Siehst du! Und du musst doch zugeben, dass ich absolut nichts gemacht habe: ein freundliches Kompliment über diesen schönen Vornamen. Sonst nichts. Ich kann überhaupt nichts dafür!«

Felix schaute so unschuldig, und auch Stefanie konnte sich dem Charme ihres Bruders nicht entziehen.

»Ich weiß«, schmunzelte sie. »Das wahre Opfer bist du!«

»Endlich sieht mal einer, wie es in Wahrheit ist!«, sagte Felix grinsend. »Allein dafür hat sich die Reise schon gelohnt.«

Er warf noch einmal einen Blick durch das Schaufenster in das Ladeninnere. »Wobei: Diese Gabrielle ist … ich glaube, diese Reise hat sich wirklich gelohnt.« Der nachdenkliche Unterton ließ Stefanie aufhorchen.

Dann jedoch wandte er sich wieder Stefanie zu. »Aber das könnte tatsächlich der Hinweis zu einer ganz heißen Spur werden!«

»Ja«, sagte Stefanie. »Wobei ich mich zwinge, mir nicht zu viele Hoffnungen zu machen. Selbst wenn diese Tante die Frau kennt, die hier«, Stefanie senkte den Kopf und flüsterte jetzt, »mit Babys gehandelt hat, ist damit ja noch nicht gesagt, dass wir deswegen meine Mutter finden. Und natürlich ist sowieso die ganz große Frage, ob meine Mutter überhaupt noch lebt.«

Drinnen im Imbiss fand so eine Art kleine Party statt. Felix warf erneut einen Blick durch das Fenster und fing Gabrielles Blick ein. Er lächelte, und sie lächelte zurück.

»Möchtest du vielleicht hierbleiben?«, fragte Stefanie.

Ihr Bruder zögerte tatsächlich.

»Nein«, sagte er endlich nach einem wehmütigen letzten Blick in das Ladeninnere.

»Wir fahren jetzt zu der Adresse von diesem Arzt.«

Zehn Minuten später standen sie in der Avenue des Musées vor dem Haus mit der Nummer 132. Es handelte sich um eine Art Zweifamilienhaus, relativ schmucklos, wohl irgendwann in den Sechzigerjahren gebaut. Eine kleine Treppe mit wenigen Stufen führte zu einer Tür im Erdgeschoss, neben der das große weiße Schild leuchtete. *»Dr. René Muller – Orthopédiste«*. An der Seite des Hauses war ein zweiter Eingang, offenbar der Zugang zu den Wohnräumen im ersten Stock.

»Die Praxis ist noch da. Aber es ist jetzt ein anderer Arzt«, sagte Felix.

»Ja, Dr. Muller, das ist nicht unser Mann. Aber wir könnten ihn fragen, von wem er die Praxis übernommen hat.«

»Aber nicht heute am Samstag.«

»Ich rufe am Montag an. Vielleicht kriege ich was raus.«

Felix schaute nachdenklich zu dem Seiteneingang. »Ob dieser Dr. Muller vielleicht im ersten Stock wohnt?«

Stefanie stutzte.

»Das gibt es doch oft, dass eine Wohnung zur Praxis gehört«, ergänzte Felix.

»Natürlich!«, sagte Steffi, und schon eilte sie den schmalen Kiesweg entlang, der zu dem Eingang führte. Felix kam kaum hinterher.

»Schau mal, was hier steht«, sagte sie aufgeregt und tippte mit dem Finger auf das chromfarbene Klingelschild.

»Bessons!«, las Felix überrascht vor.

»Der wohnt noch oben«, sagte Steffi atemlos. »Der hat unten – wahrscheinlich aus Altersgründen – seine Praxis abgegeben, ist aber in seiner Wohnung geblieben.«

»Das kann gut sein.«

Stefanie klingelte.

Ding – dong – dong schallte es laut durch den Hausflur, sodass die beiden es auch vor der Tür deutlich hören konnten. Stefanie biss sich auf die Unterlippe.

Die Eingangstür vibrierte, als der elektrische Türöffner brummte.

Stefanie und Felix warfen sich einen kurzen Blick zu, dann drückte Steffi gegen den metallischen Rahmen. Die Tür schwang auf.

Drei Marmorstufen, es folgte ein kleiner Absatz mit einer Wohnungsabschlusstür. Offenbar die Tür zur Praxis. Rechtsherum die Treppe ins erste Obergeschoss.

Im Hausflur war es angenehm kühl

Stefanie eilte voraus. Acht Stufen nach oben, eine weitere Rechtskehre, noch einmal sechs Stufen.

Als Stefanie die vorletzte Stufe gerade erreicht hatte, öffnete sich über ihr die Wohnungstür. Ein Mann stand da, und bei seinem Anblick hielt sie abrupt inne.

Stefanie hatte einen älteren Mann erwartet; der Arzt, der seinerzeit die Bescheinigung gefälscht hatte, musste inzwischen mindestens um die sechzig sein. Aber der Mann, der ihr verwundert entgegensah, war kaum älter als sie selbst, eher Anfang dreißig.

Unwillkürlich legte sie einen Finger ans Kinn. So stand sie auf der zweitobersten Stufe, diesem viel zu jungen Mann gegenüber, mit leicht geneigtem Kopf, den Finger am Kinn, und dachte nach.

»Bonjour«, sagte der Mann und lächelte Stefanie fragend an. *»Vous souhaitez?«*

Jetzt kam auch Felix um die Ecke geeilt.

»Huch«, sagte er, als er hinter der verblüfften Stefanie abbremsen musste. »Was ist denn los?«

»Ach, Sie sind Deutsche. Guten Morgen. Worum geht es?«

Die Miene des Mannes hatte sich geändert, sie hatte jede Freundlichkeit verloren. Jetzt schaute er eher ungehalten. Er schien Deutsche nicht zu mögen.

»Sie sprechen Deutsch?« Felix sprintete ein paar Schritte an Stefanie vorbei, die immer noch auf der zweitobersten Treppenstufe stand und sich erst jetzt aus ihrer Erstarrung löste.

»Offenbar. Ich habe wenig Zeit. Können Sie mir bitte sagen, was Sie wollen?«

Felix warf Stefanie einen auffordernden Blick zu.

Stefanie räusperte sich.

»Entschuldigen Sie, wir scheinen hier falsch zu sein. Wir suchen Doktor Jean-Pierre Bessons.«

Durch den Mann ging ein kleiner Ruck. Sein Gesichtsausdruck wechselte von gereizter Neugier zu gespannter Ablehnung.

»Warum?«

»Ich habe ein paar Fragen an ihn.«

»Was für Fragen?«

Stefanie ärgerte sich. Was ging das diesen Typen an?

»Die würde ich ihm gerne selbst stellen.«

»Hm.« Der Mann musterte sie mit finster zusammengezogenen Augenbrauen.

»Ist er hier?«

»Wer will das wissen?«

Stefanie ärgerte sich über sich selbst. Der Mann war im Recht. Sie benahm sich schlecht.

»Verzeihen Sie. Ich habe mich noch nicht vorgestellt.«

»Nein.«

Das brauchte er nicht noch zu betonen. Das wusste sie selbst. Offenbar jemand mit Ressentiments gegen Deutsche. Nun, das gab es hier immer noch. Stefanie wusste, dass auch in dieser Region viele ältere Menschen noch zu starke Erinnerungen an schreckliche Kriegserlebnisse hegten und schlimme Erfahrungen mit der deutschen Besatzung damals gemacht hatten.

Aber der hier war ja viel zu jung. Einfach nur ein Flegel.

»Mein Name ist Stefanie Gruber.«

Der Mann gab keine Antwort.

»Wie gesagt, ich habe Fragen an Dr. Bessons.«

Er starrte sie immer noch an.

»Also: Ist er hier? Oder können Sie mir sagen, wo ich ihn finde?«

»Mais oui«, sagte der Mann plötzlich. »Wenn Sie Fragen an ihn

haben? Natürlich. Versuchen Sie es. Wenn er kann, gibt er Ihnen sicher gerne Auskunft. Er ist allerdings umgezogen.«

»Ach so?«, sagte Stefanie. »Haben Sie zufälligerweise seine neue Adresse?«

»Nicht zufälligerweise. Ich habe ihn sogar dorthin begleitet.«

Irgendetwas störte Stefanie an seinem Gesichtsausdruck. Aber wenn er ihnen die Adresse gab …

»Möchten Sie es sich aufschreiben? Seine Adresse ist jetzt Nummer 12 in der Avenue de Blida.«

Felix rief an seinem Handy die Notizfunktion auf. »Wie schreibt sich das?« Er ließ sich den Straßennamen buchstabieren. »Und Nummer 12 war das?«

»Ja«, bestätigte der Mann.

Stefanie stand inzwischen neben Felix auf der obersten Stufe, der Mann mit seinen vor der Brust gekreuzten Armen füllte die Türöffnung derart abwehrend aus, dass sie unwillkürlich den Treppenabsatz nicht betreten hatte. Stefanie fühlte sich unwohl. Der Blick, mit dem der Mann sie musterte, gefiel ihr nicht. Zumal sie meinte, fast so etwas wie boshaften Spott im Blick des Mannes funkeln zu sehen.

Endlich hatte Felix sich die angegebene Adresse notiert.

»Vielen Dank«, sagte er, und auch Stefanie bedankte sich mit einem Nicken und einem kurzen Dankeschön.

Sie eilten die Treppe hinunter, Stefanie hatte das Bedürfnis, das Haus so schnell wie möglich zu verlassen.

»Das war aber das Kontrastprogramm zu der netten Imbissbesitzerin«, meinte Felix, als sie wieder im Auto saßen.

»Na, das ist ja kein Wunder«, sagte Stefanie. »Wenn dieser Mann zu mir so nett gewesen wäre wie diese Frau zu dir – also, dann hätte ich aber protestiert.«

Sie lachte, als sie sah, welches ertappte Gesicht Felix plötzlich zog. »Aber ich gebe zu, mir war der Typ auch nicht geheuer.« Sie kurbelte das Fenster herunter, um frische Luft ins Auto zu lassen. »Ganz im Gegenteil. Ich fand ihn richtig …« Sie suchte nach Worten. »Ich kann es gar nicht beschreiben, aber jedenfalls richtig unangenehm in seiner Art. Immerhin hat er uns aber die Adresse von diesem alten Dr. Bessons gegeben, mehr kann man nicht verlangen.«

»Wir haben überhaupt nicht gefragt, in welcher Beziehung dieser Typ zu unserem Bessons steht. Scheint ein Verwandter zu sein«, überlegte Felix, während er die Adresse aus seinem Handy in das Navi übertrug. »Wahrscheinlich der Sohn.«

»Ja, das vermute ich auch«, sagte Stefanie und startete den Motor.

»Wir hätten ihn eigentlich auch nach dem Brief fragen können. Vielleicht weiß er, was sein Vater so getrieben hat.«

»Ich habe daran gedacht. Aber er war mir so unangenehm; ich wollte nur noch weg«, sagte Stefanie. »Und wenn wir den Vater direkt fragen, ist das sowieso viel sinnvoller. In acht Minuten sollten wir bei ihm sein, laut Navi.«

»Ich bin gespannt.«

Das Navi führte sie aus dem Stadtzentrum. Die Bebauung veränderte sich. Zu beiden Seiten gab es jetzt größere freie Flächen, und zur Linken standen einige Wohnblocks. »Jetzt rechts abbiegen«, sagte das Navigationssystem, und Stefanie runzelte zweifelnd die Stirn. »Das soll eine normale Straße sein?«

Es war eher ein Weg, über den sie fuhren. Auf beiden Seiten Bäume, Sträucher, viel Grün, eine Mauer.

»Wir müssen aber richtig sein. Das hier ist die Avenue de Blida«, sagte Felix überrascht.

»Sie haben Ihr Ziel erreicht«, schepperte die helle Stimme des Navis, und im selben Moment realisierte Stefanie das Schild: *Cimetière de Chambière.*

»Der Typ ist doch echt …«, sagte sie, bog auf den Parkplatz ein und hielt an. »Der ist doch ein richtiges …!«

Felix richtete sich auf. »Auf das Wort warte ich jetzt gespannt!«, sagte er.

»Ich sage es nicht. Aber er ist es.«

Felix ließ seinen Blick umherschweifen. »Ich gebe dir uneingeschränkt recht.«

»Erinnerst du dich, wie er gegrinst hat, als er sagte: Wenn er kann, gibt er Ihnen gerne Auskunft?«

Stefanie saß am Steuer, beide Hände auf das Lenkrad gelegt, und versuchte die unbändige Wut, die sie empfand, zu beherrschen.

Die angegebene Adresse war der Friedhof. Es brauchte nicht viel Fantasie, um sich vorzustellen, wo sich Dr. Bessons aktuell aufhielt.

Stefanie hörte im Geiste die Stimme des Mannes: *Ich habe ihn sogar dorthin begleitet.* Ja, natürlich hatte er das. Bei der Beisetzung.

»Den werde ich noch mal besuchen, das kannst du mir glauben. Dem werde ich die Meinung sagen. So was von pietätlos. Wie kann man einen toten Verwandten derart missbrauchen. Ich …«

Felix warf Stefanie einen verwunderten Blick zu. Es entsprach nicht ihrer Art, sich so aufzuregen. Diese ganze Sache zehrte offensichtlich ziemlich an ihren Nerven. Er konnte es nachvollziehen. Er erinnerte sich noch gut an seine Verzweiflung, als er geglaubt hatte, im Krankenhaus als Säugling vertauscht worden zu sein. Und für Stefanie war dieser Albtraum Realität geworden.

»Wir haben aber trotzdem viel erfahren, finde ich«, sagte Felix in dem Versuch, Stefanie aufzumuntern.

»Ob uns das weiterhilft, wissen wir noch nicht.«

»Ich denke schon, dass wir viel erreicht haben. Ich bin unglaublich gespannt, was diese Tante dir demnächst erzählen wird.«

»*Wenn* sie was weiß. *Wenn* sie was erzählt«, seufzte Stefanie.

Aber dann nickte sie. »Du hast recht. Diese Tante – das könnte eine wirklich heiße Spur sein.« Stefanie seufzte. »Jetzt warten müssen, bis sie zurückkommt – das wird mir schwerfallen.«

Felix nickte.

»Sag mal«, meinte er plötzlich. »Wir hatten doch beim Googeln noch jemanden mit dem Namen Bessons gefunden. Willst du da vielleicht mal hin?«

Stefanie schüttelte wild den Kopf. »Von Bessons habe ich für heute definitiv die Nase voll!«

Dann wandte sie sich zu Felix und lächelte angestrengt. »Ich erinnere mich. Das war dieser Architekt. Aber das ist sicher nur eine zufällige Namensgleichheit. Ich werde mich in Geduld üben und auf Tante Zizi warten. Lass uns jetzt, bevor wir morgen nach Hause fahren, noch die Attraktionen dieser Stadt genießen, was meinst du?«

»Super Idee! Hier gibt es doch …« Felix druckste plötzlich herum.

»Was ist los?«

»Es gibt hier eine Dépendance des Centre Pompidou von Paris. Und das ist ein Bau mit einem Holzdach, das soll architektonisch so einzigartig sein. Menschen, die sich für Holz interessieren, sollten sich auf jeden Fall das Holzdach anschauen«, sagte Felix langsam.

»Ach! Lass mich raten. Du hast das von einem uns beiden gut bekannten Schreiner gehört.« Ein süßsaures Lächeln kräuselte Stefanies Lippen.

Felix grinste wie ertappt.

Stefanie kaute auf ihrer Unterlippe.

»Das arme Dach kann ja nichts dafür. Und wenn es so außergewöhnlich ist, sollten wir ihm die Ehre unseres Besuches erweisen.«

»Unglaublich«, sagte Stefanie später staunend beim Anblick der geschwungenen Holzkonstruktion, die auf vier Stützen ruhte und das Gebäude wie ein Zirkuszelt wirken ließ.

Und als sie das erleichterte Ausatmen von Felix registrierte, fügte sie mit einem säuerlichen Lächeln hinzu: »Es war ein guter Tipp.«

Felix konnte das zufriedene Grinsen nicht unterdrücken.

Wenn Stefanie ihre Identität suchte, schadete es nichts, sie daran zu erinnern, dass sie Holz liebte. Und wer sie zu dieser Liebe hingeführt hatte.

Auch den Rest des Tages verbrachten sie wie normale Touristen. Sie schlenderten an den Kanälen der Mosel entlang, bewunderten die Kathedrale, sahen *Le Temple neuf* mit den dreieckigen Dächern auf der Île du Petit-Saulcy, der »Kleinen Weideninsel« in der Mosel, und genossen in einem in ihren Augen typischen französischen Restaurant mit rot-weiß karierten Tischdecken ein schmackhaftes Abendessen, begleitet von einem hervorragenden Pinot gris aus der Region.

»Ich wusste überhaupt nicht, dass in Lothringen auch Wein angebaut wird«, meinte Felix.

»Ja, Reisen bildet eben doch«, lachte Stefanie.

Ansonsten verlief das Abendessen allerdings ungewohnt schweigsam. Stefanie war sich bewusst, dass sie sich in Bezug auf »Tante Zizi« in Geduld fassen musste und es sinnlos war, weiter darüber zu grübeln. Aber ihr Versuch, an etwas anderes zu denken, scheiterte kläglich.

Und auch Felix war, anders als sonst, schweigsam und sehr nachdenklich.

Am Sonntagmorgen starteten sie wieder nach Hause.

Montag, 23. Juli 2018

In der folgenden Woche war Stefanie zwar reichlich mit Arbeit eingedeckt, trotzdem wollte die Zeit nicht vergehen.

Immer wieder wanderten ihre Gedanken zu der unbekannten Tante. Ob die Frau wirklich etwas wusste? Ob sie ihr weiterhelfen konnte? Ob sie ihr weiterhelfen *wollte?*

Mehrmals am Tag zog Stefanie den Zettel aus der Schublade und schaute auf die Buchstaben, als ob diese ihr bereits das Geheimnis verraten könnten.

Dann hatte sie einen Albtraum. Sie träumte, sie blickte durch das Schaufenster in ihre Werkstatt und sah, wie dort eine Kerze umfiel und den Notizzettel in Brand zu stecken drohte – und in der Tür stand ein Feuerwehrmann mit vor der Brust verschränkten Armen und dem Gesicht dieses Mannes aus Metz. Der hinderte sie daran, hineinzulaufen und den Zettel zu holen. Ohnmächtig musste sie mit ansehen, wie der Zettel verbrannte. Und als sie – im Traum – beschloss, bei Gabrielle noch einmal die Telefonnummer der Tante zu erfragen, war Gabrielles Bistro in Metz einfach nicht mehr auffindbar. Sie wollte sich bei den Nachbarn nach der jungen Wirtin erkundigen, aber wo sie auch klingelte, niemand reagierte, keiner öffnete die Tür. Stefanie rannte im Traum von Haus zu Haus, aber es gelang ihr nicht, auch nur mit einem einzigen Menschen zu sprechen. Sie erwachte schweißnass.

Am nächsten Tag kopierte sie den Zettel noch zwei weitere Male. Eine Kopie schob sie zwischen die Seiten ihres Reisepasses.

So verging wieder ein Tag.

Am Abend telefonierte Stefanie – wie jeden Abend – mit Bertram. Und wie jeden Abend seit ihrem Streit versicherten sie sich gegenseitig ihrer Liebe, erklärten einander, dass sie sich wohl nicht richtig verhalten hätten: Bertram wegen seiner Brüllerei und Stefanie, weil sie Bertram, wie sie es jetzt formulierte, »vorgeschoben« habe, um die Eltern zu informieren.

Aber Bertram fragte nicht danach, was sie in Metz erreicht hatte.

Und Stefanie verspürte nicht das Bedürfnis, ihm davon zu erzählen.

Samstag, 28. Juli 2018

Am folgenden Samstag, nachdem sie wie an jedem Samstag um dreizehn Uhr ihre Werkstatt abgeschlossen hatte, fuhr sie endlich nach München, wo Bertram in seiner Junggesellenwohnung in Bogenhausen schon ungeduldig auf sie wartete.

Es wurde ein fürchterliches Wochenende.

Bertram empfing sie aufgeregt, mit hektischen roten Flecken im Gesicht. »Hör zu bitte. Meine Mutter kommt jede Minute. Ich habe ihr gesagt, du seist krank gewesen am vergangenen Wochenende.«

»*Was?* Aber wieso denn?«

»Wir haben doch ausgemacht, dass du meinen Eltern selbst diese ganze Geschichte mit deiner Mutter erzählst. Was hätte ich denn sagen sollen?«

»Dass ich ihnen die Gründe, die mich am letzten Wochenende hinderten, nach München zu kommen, gerne selbst erläutern möchte! Das hättest du sagen sollen. Und *so* hatten wir es auch ausgemacht!«

Bertram wollte nach Stefanies Hand greifen, aber sie zog die Hand weg.

»Wie konntest du nur …?«

»Es tut mir so leid! Aber du weißt ja nicht, was hier los war! Ich konnte einfach nicht!«

»Dann werde ich es deiner Mutter gleich erzählen.«

»Steffi, Stefanie, bitte nicht! Es ist im Moment … es ist alles ganz fürchterlich!«

Stefanie sah, dass Bertrams Hände zitterten.

»Was ist denn los, um Gottes willen?«

Bertram ließ sich in einen Sessel sinken. »Ach, es geht um diese Geliebte. Es ist wohl doch was Ernstes dieses Mal … meine Mutter ist fix und fertig.«

Stefanie setzte sich in den zweiten Sessel.

»Mein Vater denkt offenbar über Scheidung nach«, fuhr Bertram fort. »Das wäre für die Firma … er kann sie doch nicht auszahlen! Ach, ist ja auch egal. Jedenfalls wollte ich meiner Mutter nicht den Spaß verderben. Sie hat sich so auf diesen Samstag mit dir gefreut! Da wollte ich ihr nicht noch mehr zumuten.«

»Und nun?«

»Ich flehe dich an, meine geliebte Steffi, lass sie in dem Glauben, dass du krank warst letztes Wochenende. Wenn sie jetzt erfährt, dass auch du sie – wegen einer anderen Frau letzten Endes – zurückgesetzt hast … das gäbe ihr irgendwie den Rest.«

Stefanie schüttelte fassungslos den Kopf.

»Gut«, sagte sie. »Aber mach das bitte nie wieder. Zwing mich bitte nie mehr in eine Lüge hinein.«

Bertram nickte. »Ich verspreche es dir.«

Im selben Moment klingelte es, und Yvonne kam. Stefanie fühlte sich unwohl. Ihre Lüge belastete sie. Ganz besonders, als Yvonne sie fragte, ob es ihr wieder gut gehe, ihr verschiedene

Hausmittel empfahl und sich überhaupt sehr besorgt um ihre Gesundheit zeigte.

Bertram stoppte die Fragen seiner Mutter, indem er sie aufforderte, doch nun endlich zu den verschiedenen Adressen aufzubrechen, wo Yvonne Termine für Stefanie vorbereitet hatte. Und die waren in der Tat wochenendfüllend, die beiden Tage vergingen wie im Flug.

Yvonne stellte Stefanie ihrem Lieblingsfriseur vor, wo Stefanies Frisurenfolge für das Verlobungswochenende geplant wurde: »Für die Wiesn machen wir einen wunderbaren Flechtkranz – passend zum Dirndl, am nächsten Abend würde ich eine kleine Hochsteckfrisur empfehlen, und über Tag …« Nach dem Friseur schleppte sie Stefanie zu dem »Must-have«-Trachtengeschäft, wo sie am liebsten schon für Stefanie ein Dirndl gekauft hätte (was Stefanie allerdings mit dem Hinweis auf Ruth, die bei diesem Auswählen sicher auch dabei sein wolle, verhindern konnte), und hatte anschließend ein kleines Abendessen mit einem Kreis von Freundinnen organisiert, in den sie Stefanie schon einmal einführen wollte.

»Das sind alles wahnsinnig kunstinteressierte Menschen, ganz feinsinnige Leute! Einige gehören zu den Freunden und Förderern der Münchner Philharmoniker, andere sind in irgendwelchen Museumsförderkreisen; das ist bestimmt nützlich für dich, die zu kennen!«

All das rauschte an Stefanie vorüber, sie hatte zwischendurch das Gefühl, gar nicht anwesend zu sein.

Diese Verlobung, dieses Fest, das war weit weg. Und hatte irgendwie nichts mit ihr zu tun.

Zwischendurch erwischte sie sich dabei, wie sie mit der Hand in ihre Tasche fuhr und fest das Medaillon umklammerte.

Und wenn sie keiner sah, zog sie den Zettel mit der Telefonnummer aus der Handtasche und schaute sehnsüchtig darauf.

Bertram verhielt sich das gesamte Wochenende liebevoll und bemühte sich, ihr jeden Wunsch von den Augen abzulesen. Er entschuldigte sich mehrmals für seine Mutter und dankte Stefanie für ihre Geduld, ihre Unterstützung und ihre Mithilfe.

Obwohl Stefanie beim gemeinsamen Mittagessen am Sonntag, an dem auch Michael Kogler teilnahm, nichts Auffälliges im Verhalten ihrer zukünftigen Schwiegereltern feststellen konnte.

Trotzdem fühlte sich Stefanie das gesamte Wochenende fehl am Platz; sie hatte nicht nur keinen Sinn für das schicke Restaurant, in das Bertram sie am Sonntagabend ausführte, sondern sie konnte sich auch nicht entspannen während der ungestörten Stunden zu zweit in seiner Wohnung. Es war anders als sonst. Etwas hatte sich verändert.

Es war eine Erleichterung, als es Montag wurde und sie endlich wieder Richtung Passau fahren konnte.

Mittwoch, 1. August 2018

Stefanie musste nicht auf dem beigen Wandkalender mit dem fröhlichen Werbeaufdruck eines Passauer Obst- und Gemüsehändlers an der Wand nachsehen, um zu wissen, welches Datum heute war. Vor zwei Tagen sollte Madame Zizi Mischler von ihrem Wanderurlaub aus den Vogesen zurückgekehrt sein. Sie solle lieber zwei Tage warten, hatte diese nette Gabrielle gemeint. Ob sie den Ankunftstag mitgerechnet hatte? Eigentlich müsste der zählen, schließlich hätte sie, Stefanie, auch gleich an diesem Tag abends anrufen können. Andererseits hatte Gabrielle das ganz sicher nicht gemeint, sie hatte wahrscheinlich …

Ich mache mich total lächerlich mit diesen Gedanken, befand Stefanie. *Ich rufe heute an, ganz egal, wie man irgendwelche Tage zählt!*

Ihr Mund war trocken. Sie griff nach ihrem gefüllten Wasserglas. Ungläubig schaute sie auf die hellrot gefärbte Flüssigkeit darin. Hatte sie doch tatsächlich vergessen, ihr Trinkglas vor dem Hobeln abzudecken und vor hineinfallenden Spänen zu schützen?

Schließlich war die Tatsache, dass das Fernambukholz so stark färbte und deswegen jahrhundertelang als Färbemittel genutzt wurde, der Grund dafür, dass der Baum in die rote Liste der gefährdeten Arten aufgenommen werden musste.

Das war ihr noch nie passiert.

Sie ging in ihre kleine Küche, spülte das Glas und goss sich frisches Wasser ein.

»Ich rufe heute an!«, sagte sie auf dem Rückweg laut zu den zwei älteren Herren, die gerade draußen an ihrem Schaufenster vorbeigingen. Was für ein Glück, dass die sie nicht hören konnten.

Was mochte die beste Uhrzeit sein?

Nicht zu früh, das war ja klar. Stefanie warf einen Blick auf die Uhr. Erst neun.

Vor zehn auf keinen Fall. Besser wahrscheinlich halb elf.

Halb elf. Halb elf war perfekt.

Nur gut, dass Uhren sich durchs Draufschauen nicht abnutzten. Es wäre sonst nichts mehr übrig gewesen von der Wanduhr, als Stefanie um kurz nach halb elf mit zitternden Fingern die Ziffern in ihr Telefon tippte.

Um sich gleich darauf vor Enttäuschung auf die Lippe zu beißen. Besetzt.

Freu dich doch, jetzt weißt du schon mal, dass sie daheim ist! Sie ist daheim und telefoniert. Und es scheint eine gute Uhrzeit zu sein!

Stefanie zwang sich, eine volle Minute zu warten.

Unglaublich, wie langsam die Sekunden vergehen konnten.

Vor dem Fenster hüpften ein paar Spatzen umher und versuchten sich gegenseitig ein Stück einer Eiswaffel abzujagen.

Sie wählte erneut. Immer noch besetzt.

Eine Minute war auch zu kurz gewesen. Was war schon eine Minute? Vielleicht wartete sie besser fünf Minuten.

Aber nicht hier fünf Minuten wartend sitzen. Das würde sie nicht aushalten. Sie konnte den Müll rausbringen. Die Tüte war zwar nur halb voll, und sie konnte noch so viel umherschauen, es gab keinen weiteren Müll. Egal, sie konnte nicht herumsitzen und warten.

In dem kleinen, schattigen Hof war es bei der herrschenden Hitze richtig angenehm, sie warf die Mülltüte in die dunkelgraue Tonne und eilte mit großen Schritten zurück in ihre Werkstatt.

Erst drei Minuten vorbei. Egal. Drei Minuten mussten reichen.

Sie wollte nach ihrem Handy greifen – das im selben Moment klingelte.

Stefanie zuckte zusammen und stieß sich das Knie an der Werkbank.

»Autsch!«

Mit zitternder Hand nahm sie das ungeduldig klingelnde Telefon auf, und endlich gelang es ihr, sich zu melden.

»Grüß Gott, mein Name ist Volpert, und ich wollte mal fragen, ob Sie auch Carbonbögen führen.«

»Nein, leider nicht.«

»Wo kriege ich die denn?«

»Darf ich fragen, wofür Sie den Bogen benutzen wollen?«

»Mein Sohn lernt jetzt Geige, und sein Lehrer hat gemeint, ein guter Carbonbogen wäre sinnvoll.«

»Ah, Sie suchen einen Schülerbogen. Da finden Sie auf jeden Fall eine große Auswahl bei Gerhardt & Schimmel. Das ist …«

»Danke! Ich weiß, wo die sind. Haben Sie zufällig die Telefonnummer von denen?«

»Leider nicht«, sagte Stefanie. »Ich müsste nachschauen.«

»Das kann ich auch selbst. Vielen Dank. Können Sie mir vielleicht noch sagen, warum es ein Carbonbogen sein muss?«

»Für Schüler ist ein Carbonbogen auf jeden Fall ausreichend. Es gibt aber auch genauso günstige Holzbögen – da müssten Sie den Lehrer fragen, warum er Carbon vorzieht.«

»Ach so. Vielen Dank!«

»Sehr gern geschehen. Alles Gute, und ich wünsche Ihrem Sohn viel Spaß beim Spielen!«

Sie hätte sich lieber die Zunge abbeißen sollen, denn die Anruferin verstand den letzten Halbsatz als Signal, zu erzählen, wie ihr achtjähriger Sohn zum Geigenspiel gekommen war, erzählte, wie begeistert der Geigenlehrer über das unzweifelhaft außergewöhnliche Talent des Jungen war, und als sie Anstalten machte, die »Leistung« ihres Sohnes mit der seiner Mitschüler detailliert zu vergleichen, blieb Stefanie nichts anderes übrig, als mit dem Hinweis auf ein Gespräch, das sie dringend führen müsse, abrupt das Telefonat zu beenden.

Endlich hatte Frau Volpert aufgelegt, und Stefanie tippte erneut die Nummer von Zizi Mischler ein.

Der Anruf ging durch.

Stefanie hielt mit der linken Hand das Handy ans Ohr, die rechte umklammerte den Cellobogen, der gerade auf ihrer Werkbank lag.

Tuuut – Tuuut – Tuuut …

Nach dem achten Ton stoppte das System und teilte Stefanie in Französisch mit, dass der Teilnehmer im Moment nicht erreichbar sei.

»Ach Mensch!« Stefanie wusste nicht, ob sie weinen oder lachen sollte. Jetzt war Frau Mischler offensichtlich nicht mehr zu Hause.

Stefanie konnte sich nicht erinnern, in ihrem Leben schon einmal das Bedürfnis gehabt zu haben, mit voller Wucht auf den Tisch zu schlagen.

Sie hob die Hand und schaute sie nachdenklich an. Es würde nichts nutzen – und wahrscheinlich auch wehtun.

Sie ließ die Hand wieder sinken. Sie würde sich jetzt einen Plan machen. Wann die besten Anrufzeiten wären.

Rechts von ihr lag ein kleiner Notizblock mit einem Bleistift. Beides zog sie zu sich heran.

Frau Mischler machte wahrscheinlich Einkäufe. Danach würde sie sicher das Mittagessen vorbereiten. Stefanie überlegte. Sie würde also gegen Viertel nach elf noch einmal anrufen. Sie schrieb auf den Zettel: 11 Uhr 20.

Danach erst mal nicht mehr. Während Töpfe überzukochen drohten und Fleisch in der Pfanne schmorte, war sicher kein geeigneter Zeitpunkt.

Dann kam die Mittagspause. Bis drei Uhr sollte sie schon warten. Viertel nach drei wäre gut. Ah – vielleicht wäre Frau Mischler dann schon wieder unterwegs? Besser zehn nach drei. Oder fünf nach drei? Aber fünf nach drei war so knapp nach drei Uhr. Sieben nach drei. Sieben nach drei war gut. Stefanie schrieb auf: 15 Uhr 07.

Am Nachmittag, da gab es nicht so viel zu bedenken. Sollte Frau Mischler um kurz nach drei bereits wieder unterwegs sein, wäre sie vielleicht gegen siebzehn Uhr zu Hause?

17 Uhr 10 schrieb Stefanie unter die beiden anderen Uhrzeiten. Und darunter 17 Uhr 20. Und 17 Uhr 30. Und 17 Uhr 40. Darunter setzte sie Wiederholungspunkte.

Sie würde es alle zehn Minuten probieren. Bis vielleicht gegen halb acht.

Wenn sie bis dahin Frau Mischler nicht erreicht hätte, dann würde sie gegen einundzwanzig Uhr …

Ihr Handy klingelte.

Stefanie betrachtete mit gerunzelter Stirn nachdenklich die Liste mit den Zeiten vor sich, während sie nach dem Telefon griff, die Annahmetaste drückte und das Gerät ans Ohr hielt.

»Gruber.«

»Mischler.«

Beinahe wäre Stefanie das Telefon aus der Hand gefallen.

»Frau Mischler!« Stefanie wollte noch etwas hinzufügen, aber ihr Mund war plötzlich viel zu trocken.

»Ja. Ihre Nummer wird mir hier als verpasster Anruf angezeigt.«

Stefanie trank hastig einen kleinen Schluck aus dem Wasserglas.

»Ach so. Natürlich. Danke, dass Sie zurückrufen! Ich wollte Sie gerne sprechen, weil …«

»Ich weiß schon in etwa, worum es geht. Gabrielle hat mir erzählt, dass Sie Fragen zu ehemaligen Bewohnern in einem Haus hier in der Straße haben.«

»Oh. Ah. Ja …« Stefanie schalt sich im Stillen. *Ich bin doch wirklich blöde. Jetzt habe ich Hunderte Male an dieses Gespräch gedacht und mir aber nie richtig überlegt, was ich sagen will und wie ich es am besten anfange.*

»Sie haben also Fragen zu ehemaligen Kunden von mir. Und da muss ich Ihnen Folgendes sagen: In solch einem kleinen Geschäft, in das die Leute jeden Tag kommen, hört man viel. Und weiß man viel. Aber man behält es für sich. Es ist nicht gut fürs Geschäft und nicht gut für einen selbst, wenn man über Sachen redet, die einen nichts angehen, und mit Leuten redet, die diese Sachen auch nichts angehen. So habe ich das mein ganzes Leben lang gehalten. Und ich möchte jetzt, wo ich siebzig bin, nichts daran ändern.«

»Aber …«

»Deswegen habe ich auch sofort zurückgerufen. Ich dachte mir schon, dass Sie das sind, als ich die deutsche Vorwahl gesehen habe. Es tut mir leid, dass ich Ihnen nicht helfen kann, ich wünsche Ihnen noch einen schönen …«

»Wir suchen eine Verwandte!«, unterbrach Stefanie die Verabschiedungsfloskel. »Wir sind auf der Suche nach einer Verwandten. Eine Frau, die wir vermissen und um die wir uns Sorgen machen. Sie sind die Einzige, die uns helfen kann!«

»Eine Verwandte?«

»Ja, eine enge Verwandte.«

»Und wann soll die hier gelebt haben? Wie heißt sie?«

»Es geht um das Jahr 1990 und …«

»1990? *Mon dieu!* Das sind ja fast dreißig Jahre! Und da fällt Ihnen *jetzt* ein, dass Sie sich Sorgen um diese Verwandte machen?«

»Ja, weil …«

Stefanie zögerte. Wie viel wollte sie dieser Fremden verraten?

Aber Frau Mischler machte sich ihre eigenen Gedanken.

»Wie alt sind Sie eigentlich?«

Warum fragte Frau Mischler nach ihrem Alter? Ahnte sie, worum es ging? Wusste sie tatsächlich etwas?

»Ich bin vor Kurzem achtundzwanzig geworden«, antwortete Stefanie mit klopfendem Herzen.

»Das bedeutet also«, Frau Mischler ließ sich Zeit mit ihren Worten, »Sie sind 1990 geboren?«

»Ja.«

»Ich verstehe.«

Was verstand Frau Mischler? Was wusste sie, weswegen sie zu verstehen schien oder zu verstehen glaubte?

»Bleiben Sie mal dran. Ich mache mir schnell eine Tasse Kaffee.«

Stefanie hörte verschiedene Geräusche: Schritte, eine Schublade schien aufgezogen und geschlossen zu werden, eine Kanne wurde abgestellt, ein Löffel klirrte in einer Tasse.

Stefanie spürte, wie ihr am ganzen Körper der Schweiß ausbrach.

»Und Sie meinen, ich kenne die Frau, die Sie suchen?«, schallte es nun aus dem Hörer.

»Das weiß ich nicht, aber Sie kennen wahrscheinlich die Frau, die vielleicht die Frau kennt, die ich suche. Oje, das war jetzt etwas verwirrend, was ich eigentlich sagen will …«

»Ich verstehe schon«, sagte Frau Mischler. »Aber das ist nichts fürs Telefon. Können Sie noch mal nach Metz kommen?«

Stefanies Herzschlag verlor seinen Rhythmus.

»Gerne. Wann passt es Ihnen?«

»Mir ist es gleich. Wann wollen Sie?«

»Ich möchte gerne möglichst bald kommen. Vielleicht …?«

»Ist gut. Wir treffen uns am Sonntagvormittag um halb elf bei Gabrielle. Ich wünsche Ihnen noch eine angenehme Woche.«

Und schon hatte Zizi Mischler das Gespräch beendet.

Stefanie saß auf ihrem Hocker und bemühte sich, gleichmäßig zu atmen und das aufgeregt klopfende Herz zu beruhigen.

Zizi Mischler wusste etwas. Und würde mit ihr sprechen.

Aber sie, Stefanie, musste sich zusammenreißen. Sie durfte das nicht überbewerten. Selbst wenn sich Zizi Mischler an Edith Dubois erinnerte, war damit noch nichts gewonnen.

Es war ein kleiner Hoffnungsschimmer. Ein ganz kleiner. Eine erste winzige Öffnung in einer riesigen massiven Wand. Mehr nicht.

Stefanie rief Felix an.

»Du willst am Wochenende auch nach Metz?«, sagte Felix. »Dann könnten wir ja wieder das Auto nehmen. Mit dem Zug ist es nämlich ziemlich umständlich.«

»Wieso auch?«

»Na ja.« Felix' Stimme klang plötzlich belegt. »Gabrielle hat mich übers Wochenende eingeladen.«

»Ach«, sagte Stefanie überrascht. »Dann fahren wir doch wieder zusammen. Wie machen wir das?«

»Ich komme am Freitag nach Vilshofen, lass mir von Papa das Auto geben und hole dich am Samstag nach Ladenschluss bei dir ab, und wir starten direkt von der Werkstatt?«

»Perfekt!«

Sonntag, 5. August 2018

Endlich war es so weit. Heute würde Stefanie Zizi Mischler treffen. Nach fast acht Stunden Fahrt waren Stefanie und Felix gestern am späten Abend müde und geschafft in Metz angekommen und saßen jetzt am Frühstückstisch auf der Hotelterrasse.

Felix erhob sich. »Ich hole mir am Buffet ein Rührei. Kann ich dir was mitbringen?«

»Ich kriege nichts runter.«

»Schnupper doch mal: Da vorne gibt es frische Waffeln!«

Stefanie schüttelte den Kopf. »Es ist ja schon wieder so heiß.«

»Du musst doch was essen!«

Stefanie verzog das Gesicht.

Kurz darauf schob Felix den noch halb vollen Teller mit einem angewiderten Gesichtsausdruck zur Seite.

»Ich krieg auch nicht wirklich was runter«, sagte er mit einem verlegenen Grinsen.

»Das Wiedersehen mit Gabrielle?«, fragte Stefanie.

Er nickte.

Aber Gabrielle begrüßte Felix mit einem breiten Lächeln, umarmte ihn, küsste ihn auf die linke, auf die rechte und noch einmal auf die linke Wange und machte aus ihrer Freude, ihn zu sehen, keinen Hehl. Felix strahlte, als sie sich bei ihm unterhakte, während sie Stefanie und Felix zu dem kleinen Tisch direkt hinter dem Eingang rechts führte.

»*Chère tante,* das sind die beiden Deutschen, von denen ich dir erzählt habe. Stefanie und Felix Gruber.«

Und an Stefanie und Felix gewandt: »Das ist also meine Tante, Zizi Mischler. Sagt einfach Tante Zizi zu ihr.«

Tante Zizi erhob sich, um die beiden zu begrüßen.

»Ich hoffe, der Tisch hier drinnen ist Ihnen recht. Die Klimaanlage nutzt zwar nicht viel, aber besser als draußen ist es auf jeden Fall«, begrüßte Tante Zizi die beiden.

»Selbstverständlich.« Stefanie musste sich Mühe geben, sich ihre

Überraschung nicht anmerken zu lassen. Sie hätte nicht zu sagen gewusst, wie sie sich Tante Zizi vorgestellt hatte, jedenfalls aber nicht so.

Diese schlanke, Vitalität ausstrahlende Frau mit den extravagant kurz geschnittenen grauen Haaren und dem leuchtend roten Lippenstift wirkte – trotz ihres Alters, aus dem sie sich offenbar nichts machte – fast wie dem Cover einer Modezeitschrift entsprungen. Die weiße *oversized* Hemdbluse fiel locker über die lässige beige Hose, das Outfit wirkte kühl und frisch.

In dieser Hitze!, dachte Stefanie beeindruckt.

»Guten Tag.« Stefanie musste sich zu der Anrede überwinden »Guten Tag, Tante Zizi. Vielen Dank, dass Sie sich Zeit für uns nehmen.«

»*Bonjour.*«

Das war eine knappe Antwort. Stefanie und Felix standen vor dem Tisch, Tante Zizi nahm wieder Platz und schaute mit nachdenklich zur Seite geneigtem Kopf zu ihnen hoch.

Gabrielle drückte Felix am Arm. »Komm! Isch zeig disch meine *cuisine!*« Mit diesen Worten zog sie den Widerstrebenden mit sich fort. Stefanie war überrascht. Hatte Tante Zizi Gabrielle gesagt, dass die sich um Felix kümmern solle? Wollte sie »unter vier Augen« mit Stefanie sprechen?

»Setzen Sie sich.« Tante Zizi deutete mit der Hand auf den Stuhl ihr gegenüber.

»Danke. Ich habe Ihnen auch als kleines Dankeschön diesen Blumenstrauß hier mitgebracht.«

»Das sind schöne Blumen. Aber ich denke nicht, dass es etwas geben wird, wofür Sie sich bedanken müssten.«

Tante Zizi winkte in Richtung Theke. Offenbar hatte Gabrielle den Wink gesehen, denn sie eilte sofort herbei.

»Eine Vase für die Blumen bitte, *ma chérie* – und zwei Noisette bitte. Sie trinken doch eine Noisette, oder?«

Stefanie nickte nur. Die Enttäuschung schnürte ihr den Hals zu. Sie würde nichts erfahren, das hatte ihr Tante Zizi gerade unmissverständlich zu verstehen gegeben.

Die beiden saßen einander schweigend gegenüber. Tante Zizi musterte Stefanie mit ihren hellen, wachen Augen.

Stefanie suchte nach Worten, mit denen sie Tante Zizi umstimmen könnte.

Gabrielle brachte die beiden Tässchen, lächelte Stefanie ermutigend zu und verschwand wieder.

Tante Zizi riss die kleine Papiertüte mit dem Zucker auf und schüttete sich etwas davon in ihre Tasse.

»Sie auch?« Sie hielt Stefanie das angebrochene Tütchen hin.

Stefanie schüttelte den Kopf.

»Sie sind meine einzige Hoffnung.« Die Traurigkeit ließ ihre Stimme schwanken.

Tante Zizi verschränkte die Hände und tippte nachdenklich die Daumen aneinander.

»Meine Nichte hat mir erzählt, dass Sie etwas über eine Mieterin aus dem Haus Nummer 36 wissen möchten. Und ich habe Ihnen ja am Telefon bereits gesagt, dass ich ganz grundsätzlich keine Auskünfte über meine Kunden gebe. Das fände ich einfach unanständig. Das verstehen Sie sicher.«

Stefanie nickte stumm.

»Um das zu erfahren, hätten Sie allerdings nicht herkommen müssen«, fuhr Tante Zizi fort.

Stefanie hob erstaunt den Kopf.

»Es gibt aber Gründe, weswegen ich Sie persönlich kennenlernen wollte.«

Stefanie las in Tante Zizis Blick etwas, das sie nicht definieren konnte. Jedenfalls viel Wärme. Stefanie hatte plötzlich das Gefühl, dieser Frau vertrauen zu können.

»Aber dafür müssen Sie mir erzählen, warum Sie eigentlich diese Informationen haben wollen.«

Stefanie spürte etwas. War das Mitgefühl? Oder mehr? Jedenfalls hatte sie den Eindruck, Tante Zizi die Wahrheit sagen zu können, vielleicht sogar sagen zu müssen.

Also erzählte Stefanie: »Ich habe vor Kurzem erfahren, dass ich nicht das leibliche Kind meiner Eltern bin und …«

Tante Zizi hörte aufmerksam zu, während sie immer wieder gedankenverloren mit dem Löffel in ihrer Tasse rührte.

»... und so habe ich also den Namen Dubois und diese Adresse und außerdem noch ...«, Stefanie nestelte in ihrer Handtasche und zog das Schmuckstück hervor, »... dieses Medaillon.«

Tante Zizi nickte verstehend und gab einen anerkennenden Laut von sich. »Das ist Gold! Ist etwas in dem Medaillon?«

Stefanie öffnete es und reichte die Kette Tante Zizi.

Die nickte. »Eine Heilige. Irgendjemand, wahrscheinlich Ihre leibliche Mutter, hat Sie dem Schutz einer Heiligen anvertraut.«

Wie immer, wenn Stefanie an ihre leibliche Mutter dachte, spürte sie, wie ihr die Tränen in die Augen steigen wollten. Sie schluckte.

Vom Tresen drangen Gesprächsfetzen herüber. Felix saß mit seligem Gesichtsausdruck auf einem Barhocker, Gabrielle wuselte dahinter an ihren Backöfen herum, und die beiden unterhielten sich lebhaft.

Tante Zizi verschränkte die Hände ineinander, hob sie zum Gesicht und fuhr sich nachdenklich mit den Zeigefingern über die Lippen.

»Gut«, sagte sie unvermittelt. »Das ist ... Ich denke, ich sollte in diesem Fall eine Ausnahme machen.«

Ein Ruck ging durch Stefanie.

»Denn ich habe mir schon so etwas gedacht. Deswegen wollte ich Sie auch erst kennenlernen. Ich muss Sie aber gleich enttäuschen! Es wird Ihnen nicht wesentlich weiterhelfen, wenn Sie erfahren, dass Frau Dubois jeden Montag zwei Flaschen *51* gekauft hat!«

»Sie erinnern sich also an Frau Dubois?«, fragte Stefanie aufgeregt.

»Natürlich erinnere ich mich an meine Kunden! Und Frau Dubois ... nun, die war in verschiedener Hinsicht außergewöhnlich. Nicht nur, weil sie jeden Montag ihre zwei Flaschen *51* kaufte. Jeden Montag. Und immer nur *51*. Keinen anderen.«

»Was heißt *51?* Und was bedeutet: keinen anderen?«

»Ah – ja – ich habe mich ungenau ausgedrückt. *Pastis 51* heißt es korrekt. Das ist das Fabrikat. Aber Pastis heißt ja andererseits auch einfach nur Anisschnaps. Und da eine Firma ihren Pastis einfach *Pastis 51* genannt hat, sagt man meistens nur *51*.« Frau Mischler nickte. »Und Frau Dubois wollte immer nur *Pastis 51*. Einen anderen Pastis hat sie nicht genommen. Und wenn dieser *Pastis 51* aus war, ging sie woandershin. Ich hätte bestellen können, für Dienstagmorgen. Aber das reichte ihr nicht.«

Zizi Mischler hob ihre Tasse zum Mund und kippte den kleinen Kaffee auf einen Satz.

»Aber sie war auch – und deswegen sagte ich vorhin, Sie werden keinen Anlass haben, sich zu bedanken –, sie war auch deswegen außergewöhnlich, weil sie nie etwas von sich erzählte. Absolut nichts. Kein einziges persönliches Wort!«

Zizi Mischler hob den Arm, winkte Gabrielle kurz zu und deutete auf ihre Tasse.

»Wissen Sie, es ist nun mal so: Wenn man ein solches Geschäft hat wie meines, dann ... Ach, manchmal hatte ich das Gefühl, meine Milchtüten und meine Butterpackungen sind eher medizinische Hilfsmittel.« Sie lachte auf. »Wenn der verwitwete ältere Herr X plötzlich ein Bressehuhn im Einkaufskorb hat, geht es ihm nicht nur darum, fürs Abendessen vorzusorgen, sondern er will gefragt werden, ob er wieder Besuch von seinem Sohn bekommt. Damit er stolz von den Studienerfolgen seines Jungen erzählen kann. Wenn die junge, frisch verheiratete Frau Ypsilon zwei Dosen Raumspray kauft, weiß ich nicht nur, dass wieder der Besuch der Schwiegermutter ins Haus steht, sondern dann will sie mir vor allem auch ihr Herz darüber ausschütten, was diese böse Schwiegermutter in der Zwischenzeit alles verbrochen hat.«

Gabrielle stellte eine kleine Tasse vor Tante Zizi, die dankend nickte.

»Und gelegentlich hatte ich auch das Gefühl, dass ich an meiner Kasse eher in einem etwas merkwürdig aussehenden Beichtstuhl sitze.«

Sie hob in einer entschuldigenden Geste die Hände. »Und so

habe ich das im Übrigen auch immer verstanden. Das, was man mir erzählte, habe ich für mich behalten. Deshalb wollte ich eigentlich auch nicht mit Ihnen sprechen.«

Stefanies Nerven waren bis zum Zerreißen gespannt. Zizi Mischler erinnerte sich an Frau Dubois und wusste etwas. Etwas Erzählenswertes. Das spürte Stefanie.

»Ich dachte, ihr wollt vielleicht auch mal ein Wasser zwischen den ganzen Kaffees trinken«, unterbrach Gabrielle und stellte einen großen Glaskrug und zwei Gläser auf den Tisch.

»Ah! Das ist sehr aufmerksam von dir, mein Kind!«, sagte Tante Zizi.

Stefanie hätte schreien mögen. Unter dem Tisch verkrampfte sie ihre Hände fest ineinander.

Gabrielle goss die Gläser voll.

Zizi Mischler nickte Gabrielle dankend zu.

»Aber in diesem Fall kann ich eigentlich eine Ausnahme machen«, sagte sie. »Zumal ich damit auch nicht gegen meine Prinzipien verstoße, habe ich mir überlegt. Denn Frau Dubois hat mir, wie gesagt, nie etwas erzählt. In den ganzen zwei Jahren, die sie hier gewohnt hat, kein einziges Wort.«

Nur zwei Jahre?, dachte Stefanie enttäuscht. Dann war diese Spur ebenfalls kalt.

»Aber einiges erfährt man ja trotzdem«, fuhr Zizi Mischler fort. »Und dann gab es außerdem, und das wird Sie interessieren, diese Gerüchte.«

Ein Ruck ging durch Stefanie. »Gerüchte?«

»Ich erzähle Ihnen jetzt alles, was ich weiß«, sagte Zizi Mischler mit einem strafenden Unterton, und Stefanie realisierte, dass Zizi Mischler es nicht liebte, unterbrochen zu werden. Das liebte sie offenbar ganz und gar nicht.

»Also«, begann Zizi, »Edith Dubois stammt aus Esch in Luxemburg. Das ist so ziemlich das Einzige, was ich von ihr weiß. Denn einmal hat eine andere Frau aus Esch, die aber hier wohl nur aus Zufall vorbeikam, die habe ich hier nie mehr gesehen, ebenfalls bei mir eingekauft, und die hat Edith Dubois erkannt und laut begrüßt und mit ihr geredet. Und die hat sie auch regelrecht ausgefragt: Seit wann sie hier wohnt und was sie hier macht und so weiter. Und Edith Dubois war das ziemlich unangenehm. Das habe ich gemerkt.

Jedenfalls weiß ich aus dieser Unterhaltung, dass Edith Dubois aus Esch stammt und dass sie hier bei einem Gynäkologen am Empfang gearbeitet hat. Und dass sie die Stelle bekommen hat, weil sie so perfekt mehrsprachig war. Die Luxemburger können ja fast alle Deutsch und Französisch und Englisch. Jedenfalls früher. Wie das heute ist, weiß ich nicht. Wie auch immer: Viel verdient hat Frau Dubois bei ihrem Gynäkologen wohl nicht. Das konnte man an den Einkäufen sehen: Marmelade, etwas Butter, ein Baguette, immer das billigste Produkt. Auch nie ein Croissant. Obwohl sie Croissants mochte. Nur die beiden Flaschen *51*. Jeden Montag. Das war ihre Wochenration. Die hat sie sich gegönnt.«

»Und sie hat jeden Montag zwei Flaschen gekauft?«

»Jeden Montag! Immer abends gegen halb sieben.«

Frau Dubois war also vielleicht Alkoholikerin, dachte Stefanie resigniert. Damit sank die Wahrscheinlichkeit, dass sie noch am Leben war.

»Also, wie gesagt: Sie hat immer – vom *51* abgesehen – sehr bescheiden eingekauft. Aber dann …«

Stefanie presste die Lippen zusammen. Zizi Mischler hatte durchaus einen Hang für Dramatik, stellte sie fest, denn Zizi trank jetzt genüsslich einen Schluck nach dem anderen aus ihrem Wasserglas.

»Also wie gesagt: Es gab diese Ausnahmen!«

Stefanie hielt die Luft an.

»Urplötzlich kam sie abends angerannt. Dann hatte ich schon zu, war aber noch mit Aufräumen beschäftigt. Und solange ich im Laden war, war natürlich auch die Ladentür nicht abgeschlossen. Konnte jeder reinkommen. Nicht wie heute, wo einen die Verkäuferinnen von drinnen auch noch hämisch angrinsen, wenn man vor der Tür steht und darauf wartet, dass aufgemacht wird. Aber so eine Arbeitseinstellung, wie mein Mann und ich sie hatten, gibt es heute sowieso nicht mehr.«

Zizi verlor sich gerade in Erinnerungen, aber Stefanie, die das Gefühl hatte, der erste angespannte Nerv würde gleich mit einem lauten Knall zerreißen, traute sich nicht, noch ein weiteres Mal zu unterbrechen.

»Mein Mann ist jeden Morgen um halb drei aufgestanden und zum Großmarkt gefahren! Und wenn er dann gegen sechs Uhr wiederkam, haben wir die Einkäufe eingeräumt. Und ab da waren wir im Laden! Ja, mein Mann, Gott hab ihn selig. Ist viel zu früh gegangen. Wir wollten das alles jetzt gemeinsam genießen, wissen Sie. Wir …«

Aber jetzt bemerkte es Tante Zizi selbst. »Entschuldigen Sie. Das ist so eine Ungerechtigkeit des Schicksals, die mich manchmal etwas verbittert. Also zurück zu Frau Dubois. Dann kam sie plötzlich abends angerannt und hat eingekauft wie eine Wilde: Gleich zwei Brathähnchen, Schinken, Salami, Unmengen Paté. Sachen für sechs- oder siebenhundert Francs.«

Stefanie schaute verwirrt. Tante Zizi lachte. »Also für etwa hundert oder hundertzwanzig Euro.«

»Ah. Ich verstehe.«

»Das war schon auffällig.«

Zwei junge Frauen betraten, die Köpfe kichernd zusammengesteckt, das Bistro.

»Und sie hat nichts dazu gesagt. Und hat ganz deutlich vermittelt, dass sie auch nicht gefragt werden will. Jede andere Kundin hätte irgendwas erzählt, hätte erklärt: Ich kriege noch überraschend Besuch, oder sich entschuldigt, dass sie noch so spät kommt. Edith Dubois nicht. Die kam reingeschossen, hat wortlos ihre Sachen zusammengerafft, bezahlt und ist wieder verschwunden. Mir war völlig klar, dass sie die Sachen nur deswegen bei mir kauft, weil der Supermarkt schon geschlossen hat. Aber wie gesagt, solange ich im Laden war, konnte man auch reinkommen. Vor neun, halb zehn waren wir selten draußen, wir mussten ja noch putzen und alles. Na ja. Vier oder fünf Mal ist das bestimmt passiert. Also, dass Frau Dubois bei mir so einen Großeinkauf gemacht hat.«

»Hm«, sagte Stefanie. Das war zwar durchaus interessant, konnte aber alles Mögliche bedeuten. Es brachte sie nicht weiter. Aber sie las in Zizi Mischlers Augen, dass da noch was kam. Oder trog sie ihre Hoffnung?

»Aber ich war froh, dass sie von sich aus nichts erzählt hat. Ich wollte auch gar nichts wissen. Denn wie gesagt, schließlich gab es ja diese Gerüchte.«

Genau! Das hatte sie vorhin erwähnt. »Was waren das denn für Gerüchte?«

»Von nächtlichen Besuchen. Von Autos mit fremdländischen Nummern. Von merkwürdigen Männern mit weißen Bündeln im Arm. Und von …«

Tante Zizi machte eine effektvolle Pause, bevor sie die Rakete zündete.

»Und von Babyweinen in der Wohnung!«

»Von Babyweinen!« Stefanie lehnte sich zurück und atmete erschöpft aus. Sie fühlte sich, als wäre sie einen Marathon gelaufen.

»Von Babyweinen!« Sie musste es einfach noch einmal wiederholen. Das war der Beweis. Obwohl sie eigentlich keinen gebraucht hatte.

Diese Frau Dubois hatte nicht nur sie, Stefanie, dem Ehepaar Gruber verkauft. Sondern sie hatte – darauf deutete alles hin, was Tante Zizi wusste und erzählte – mit Kindern, mit Babys regelrecht gehandelt.

Und wenn sie Edith Dubois fand, könnte sie sie fragen, woher diese Kinder gekommen waren. Woher sie, Stefanie, gekommen war.

»Und was ist aus der Frau geworden?«, fragte Stefanie mit klopfendem Herzen. »Sie ist nach zwei Jahren weggezogen, sagten Sie?«

»Ja. Sie hat ziemlich überraschend geheiratet, einen Deutschen aus Konz. Und da ist sie dann auch hingezogen.«

»Den Namen habe ich noch nie gehört. Wo ist das?«

»Nicht so weit entfernt. Eine kleine Stadt, kurz vor Trier. Etwa hundert Kilometer von hier.«

Stefanie wurde ganz aufgeregt. »Meinen Sie, sie wohnt immer noch da?« Sie stutzte kurz. »Wie alt war – oder ich kann hoffentlich sagen *ist* sie eigentlich? Gibt es eine Chance, dass sie noch lebt?«

In der Zwischenzeit waren immer mehr Kunden ins Geschäft gekommen. Vor dem Tresen stand eine kleine Menschentraube. Stefanie hörte Lachen und fröhliche Unterhaltungsfetzen.

Zizi Mischler konnte ein ganz spitzbübisches Lächeln aufsetzen, stellte Stefanie gerade fest. »Ich denke schon, dass sie noch lebt. Vor ein paar Wochen tat sie das jedenfalls noch. Da habe ich sie nämlich hier auf dem Flohmarkt gesehen.«

»Sie war hier?« Stefanie spürte, wie das Adrenalin in ihren Handgelenken pochte. »Hier auf dem Markt? Sie lebt also noch! Und wohnt wahrscheinlich wieder hier?«

»Sie ist im Übrigen etwas jünger als ich, um diese Frage zu beantworten. Ob sie hier wohnt? Das ist nicht gesagt. Der Flohmarkt hier ist der größte in ganz Ostfrankreich. Hierher kommen Hunderttausende von Besuchern jedes Jahr. Leute von überall. Wir haben – heute sage ich natürlich *leider* – nicht miteinander geredet. Wie gesagt, das ist keine Frau, mit der man ein Schwätzchen hält. Wir haben uns kurz zugenickt, das war's. Ich konnte ja nicht ahnen, dass Sie kommen.«

»Nein. Natürlich nicht.«

Eine kleine Enttäuschung.

»Aber wenn sie hier wohnt, oder auch noch in Konz, dann könnte man sie sicher finden. Über das Telefonbuch zum Beispiel«, überlegte Stefanie.

»Ich weiß nur leider nicht mehr den Namen ihres deutschen Mannes.«

»Ach. Ach ja.« Stefanie schüttelte den Kopf. »Das war gedankenlos von mir.«

»Sie sind ganz blass«, sagte Zizi Mischler. »Geht es Ihnen nicht gut?«

Stefanie machte eine abwehrende Handbewegung. »Doch. Danke. Es ist nur – diese Hitze! Und die Fahrt gestern war auch schon anstrengend.«

Zizi Mischler winkte Gabrielle und bedeutete ihr, noch zwei Noisette zu bringen.

»Trinken Sie mal noch einen Kaffee«, sagte sie. »Der bringt Ihren Blutdruck wieder in die Höhe.«

Stefanie wollte dankend ablehnen, aber da stellte Gabrielle schon die kleine Tasse vor sie auf den Tisch.

Besser wäre es, mal etwas zu essen, dachte sie. Sie warf einen Blick zum Tresen. Mindestens zehn oder elf Personen warteten auf Gabrielle beziehungsweise darauf, dass sie bestellen konnten oder die bestellte Quiche fertig war.

Wenn sie jetzt etwas bestellte, bekäme sie sicher eine Sonderbehandlung, sie würde sicher nicht warten müssen. Aber das wäre ungerecht gegenüber den anderen. Das wollte sie nicht.

Stefanie ließ jetzt auch den Inhalt des Zuckertütchens in die Tasse rieseln und rührte heftig. Mit einer hastigen Bewegung schüttete sie den Kaffee hinunter. Es war keine gute Idee, sie merkte es sofort. Ihr Magen revoltierte gegen diese ungewohnte Menge zu starken Kaffees, und der heiße Kaffee war bei der sommerlichen Schwüle ohnehin nicht das geeignete Getränk.

Wieder brach ihr der Schweiß aus.

»Also«, sagte sie etwas resigniert, »wenn ich kurz zusammenfasse: Ich weiß nicht, wie diese Frau heute heißt, und ich weiß nicht, wo diese Frau heute wohnt.«

Tante Zizi lächelte mitfühlend. »Leider ja. So ist es.«

»Wie viele Einwohner hat denn dieses Konz?«

»Etwa zwanzigtausend. Wollen Sie nach Konz fahren und dort nach einer Frau suchen, die mit Vornamen Edith heißt und vor etwa fünfundzwanzig Jahren dort hingezogen ist?«

Stefanie zuckte nachdenklich mit den Schultern. Wenn sonst gar nichts mehr ging. Zwanzigtausend. So viel kam ihr das gar nicht vor. Man könnte in den Geschäften fragen. Bäcker, Metzger, so etwas. Obwohl – ohne Nachnamen?

Zizi fuhr wieder mit den Zeigefingern der verschränkten Hände an ihren Lippen entlang.

»Es ärgert mich so, dass ich mich nicht mehr an den Namen

dieses Mannes erinnere«, sagte sie. »Ich habe das Gefühl, er liegt mir auf der Zunge. Aber ich komme einfach nicht drauf.«

Sie löste die Hände wieder voneinander. »Es war nämlich irgendwie lustig, das weiß ich noch. Ich erinnere mich, dass ich die Heiratsanzeige in der Zeitung gesehen und laut gelacht habe. Aber ich weiß nicht mehr, warum.«

Tante Zizi umklammerte mit beiden Händen die Tischplatte und kniff die Augen fest zusammen.

»Nein«, sagte sie dann und öffnete die Augen wieder. »Ich komme einfach nicht drauf.« Ihr Blick bat Stefanie um Nachsicht. »Sie müssen das verstehen, ich habe ihn nur einmal gelesen und die Frau dann vielleicht noch zwei- oder dreimal gesehen – und dann war sie weg. Und es ist ja so lange her.«

Stefanie zuckte mit den Schultern. »Ich bitte Sie! Ich bewundere Sie sowieso! Woran Sie sich alles noch erinnern!«

»Leider nicht an das, was wichtig wäre«, sagte Zizi Mischler.

Sie schaute auf die Uhr. »Oh, là, là, gleich halb eins. Es tut mir leid, aber ich habe noch eine Verabredung.«

»Natürlich«, sagte Stefanie. »Ich habe Sie auch schon viel zu lange aufgehalten. Ich bedanke mich ganz herzlich bei Ihnen. Sie haben mir sehr geholfen!«

Das hatte Zizi Mischler tatsächlich. Was hatte sie, Stefanie, neulich zu Felix gesagt? »Jetzt müssen wir nur noch herausfinden, wie ich in dieses Haus gekommen bin.« Das wusste sie nun. Als weißes Bündel. Im Arm eines Mannes, der ein Auto mit ausländischem Kennzeichen fuhr.

»Sie haben gesagt, es waren ausländische Kennzeichen. Erinnern Sie sich zufälligerweise noch daran, aus welchem Land?«

»Nein, leider nicht. Aber es war was Exotisches. Also nicht irgendwie Deutschland oder Italien. Das wäre nicht bemerkenswert gewesen. Es war irgendwas wie Bulgarien, Rumänien, etwas in der Richtung. Irgendwas, was man hier selten sah. Damals jedenfalls.«

Stefanie nickte. Sie kam wohl, wenn auch vielleicht nicht aus einem Waisenhaus – da sprach das Armband dagegen –, tatsächlich aus dem ehemaligen Ostblock.

Unter diesen Umständen war es aussichtslos, ihre Mutter finden zu wollen. Stefanie schmerzte das Herz bei diesem Gedanken. Aber wenn man noch nicht einmal wusste, aus welchem Land?

»Sie haben mir wirklich sehr geholfen!«, wiederholte sie. Hatte Frau Mischler Stefanie doch ungewollt klargemacht, dass ihre Suche hier zu Ende war. »Kann ich Sie vielleicht noch irgendwo hinfahren?«

»Ah! Das ist nett, danke. Aber ich habe es nicht weit, ich wohne nur zwei Häuser weiter.«

Stefanie warf einen suchenden Blick zu Felix. Und staunte. Felix stand, mit einer Schürze angetan, hinter dem Tresen und schnitt irgendwelche grünen Blätter in Streifen.

Zizi Mischler erhob sich. »Ich habe ja Ihre Nummer. Vielleicht fällt mir der Name noch ein. Dann rufe ich Sie an«, sagte sie.

Es war nicht mehr als eine höfliche Geste, Stefanie machte sich nichts vor. Wie sollte dieser über siebzigjährigen Frau ein Name einfallen, den sie vor mehr als fünfundzwanzig Jahren einmal in der Zeitung gelesen und der für sie weiter keine Bedeutung gehabt hatte?

Stefanie erhob sich ebenfalls, verabschiedete sich, hielt Zizi Mischler noch die Tür auf, dann ging sie zu Felix.

»Hör mal, Schwesterherz. Du brauchst mich doch heute nicht mehr, oder? Ein Mitarbeiter von Gabrielle ist ausgefallen, und du siehst ja, was hier los ist. Ich kann ihr helfen, hat sie gesagt.«

»Ich verstehe«, sagte Stefanie. Vielleicht ganz gut, dass sie gleich allein sein konnte. In Ruhe all diese Informationen verarbeiten. Und die Enttäuschung.

»Hier«, Felix zupfte einen Zettel aus seiner Hosentasche. »Ich habe auch noch mal die Adresse von diesem Architekten herausgesucht. Für den Fall, dass du doch noch mit dem reden möchtest.«

Stefanie schüttelte den Kopf. »Ich glaube nicht. Nein. Aber trotzdem danke.« Sie steckte das weiße Papier in ihre Jackentasche. »Wie kommst du später zurück ins Hotel?«, fragte sie. Und musste trotz ihrer Traurigkeit grinsen, als Felix antwortete: »Gabrielle fährt mich.«

Amüsiert nickte sie den beiden zum Abschied zu und ging dann langsam zu dem Auto, das einige Häuser entfernt parkte.

Sie schloss die Autotür auf. Die Suche war beendet. Es war traurig. Einfach nur traurig. Aber wenigstens musste sie nicht denken, sie hätte wertvolle Jahre dadurch versäumt, dass sie erst so spät von diesen Umständen erfahren hatte. Zehn Jahre früher hätten auch nichts genutzt.

Nur diesem Flegel, der sie das letzte Mal zum Friedhof geschickt hatte, dem würde sie noch die Meinung sagen. Darauf würde sie nicht verzichten.

Und heute Abend würde sie – mit oder ohne Felix – durch Metz bummeln, irgendwo in einem französischen Bistro genussvoll zu Abend essen, vielleicht sogar einen Eau de Mirabelle zum Abschluss trinken – das musste man hier offenbar auch einmal gemacht haben –, und morgen würden sie und Felix zurück nach Hause fahren.

Aber Stefanie konnte nicht verhindern, dass ihr bei dem Gedanken an ihre leibliche Mutter, an diese Frau, die sie vielleicht so geliebt hatte, dass sie sie dem Schutz einer Heiligen anvertraut hatte, und die nie erfahren würde, dass es ihr, Stefanie, gut ging, die Tränen in die Augen stiegen. Alles verschwamm.

So saß Stefanie hinter dem Steuer und wischte sich ein ums andere Mal über die Augen.

Endlich hatte sie sich etwas beruhigt, wenigstens so weit, dass sie wieder klar sehen konnte. Und sah Tante Zizi, wild mit dem linken Arm winkend, auf ihr Auto zulaufen.

Stefanie öffnete die Tür.

»Der Name ist mir eingefallen!«, rief Zizi triumphierend, obwohl sie noch mindestens zehn Meter entfernt war. »Er ist mir wieder eingefallen.«

Stefanie stieg aus und hielt sich am Autodach fest. Tante Zizi hatte sie jetzt erreicht.

»Ich wusste doch, dass es etwas Besonderes war. Etwas Lustiges. Ich habe Ihnen ja erzählt, dass ich laut gelacht habe. Und jetzt weiß ich es wieder. Ich habe damals sogar meinen Mann gerufen. Der hat hinten das Toilettenpapier in das Regal geräumt. Maurice, habe ich gerufen, Maurice, komm mal her, das glaubst du nicht! Und dann ist er gekommen und hat gefragt, was los ist.«

Sie schaute Stefanie triumphierend an.

Stefanie hatte den Eindruck, dass etwas von ihr erwartet wurde. »Und?«, fragte sie matt. »Was war?«

»Dann habe ich zu meinem Mann gesagt: Diese Frau, die aus der Nummer 36, die immer den *51* kauft, die heiratet einen Ricard!«

Stefanie schaute ungläubig und verstand nicht.

»Verstehen Sie nicht? Ah, bei Ihnen trinkt man nicht so viel Anisschnaps. *Pastis 51! Ricard!* Das sind zwei der am häufigsten verkauften Anisschnäpse in Frankreich. Konkurrenten. Sie hat immer den *51* gekauft, ein anderer kam für sie nicht infrage, aber dann hat sie den *Ricard* geheiratet. Ist das nicht lustig?«

Die alte Frau schüttelte den Kopf. »Dass ich das vergessen konnte! Ich werde wirklich alt.«

Stefanie musste laut lachen. »Ganz bestimmt nicht.« Aber dann fiel ihr etwas auf. »Sie haben doch gesagt, sie hat einen Deutschen geheiratet? Ricard ist kein deutscher Name.«

»Da können Sie nichts drauf geben. Das ging doch hier hin und her. Mal waren wir französisch, dann mal deutsch, wieder französisch, wieder deutsch. Die Namen, die haben hier in Lothringen wirklich gar nichts zu bedeuten.«

»Das heißt also, dass diese Frau Dubois vielleicht tatsächlich als Frau Ricard in Konz lebt?«

»Das bedeutet, dass Frau Dubois auf jeden Fall eine Zeit lang, so 1991 oder 1992, als Frau Ricard in Konz gelebt hat. Ob sie das heute noch tut oder ob sie vielleicht inzwischen mit jemand anderem verheiratet ist oder geschieden ist und ihren Mädchennamen wieder angenommen hat oder ob sonst was passiert ist, das weiß ich natürlich nicht.«

Das war richtig.

»Was für ein Glück, dass Sie noch da waren. Warum sind Sie eigentlich noch nicht losgefahren?«, fragte Tante Zizi neugierig, und Stefanie hatte plötzlich eine Ahnung, warum Zizi Mischler »alles über jeden«, wie Gabrielle es formuliert hatte, wusste.

Ja, warum war sie noch nicht losgefahren?

Weil ich um meine Mutter geweint habe, dachte Stefanie, und auf einmal durchströmte sie eine heiße Zuversicht. Plötzlich hatte sie das Gefühl, sie sei nicht allein auf dieser Suche. Sie legte die linke Hand auf ihre Tasche. Im Seitenfach der Handtasche ruhte das goldene Medaillon. Fast konnte sie sich einbilden, eine beruhigende Wärme zu spüren. Sie atmete tief durch.

»Weil … Ach, ich habe einfach noch ein bisschen nachgedacht. Aber danke! Vielen, vielen Dank. Sie haben mir wieder Mut gemacht.«

Und so war es auch. Sie würde noch nicht aufgeben. So schnell auf jeden Fall nicht. Diese ehemalige Frau Dubois und spätere Frau Ricard, die irgendwann in Konz gewohnt hatte, sollte zu finden sein. Zumal es nun die Gewissheit gab, dass die Frau noch lebte. Zumindest vor ein paar Wochen noch gelebt hatte.

Auch wenn Frau Ricard viele Kinder *vermittelt* hatte – das Medaillon hob Stefanie heraus.

Kaum war Tante Zizi um die Ecke verschwunden, schnappte Stefanie nach ihrem Handy. Was fand sich im Telefonbuch von Konz unter *Ricard?* Aber der Empfang war schlecht und die Seite lud einfach nicht vernünftig.

Sie würde sich bis zur Ankunft im Hotel gedulden müssen. Dort gab es ein schnelles, funktionierendes WLAN-Netz. Und sie würde ins Restaurant gehen, inzwischen war ihr fast flau vor Hunger.

Der Rückweg zum Hotel führte durch die Straße, in der dieser Bessons wohnte. Vielleicht sollte sie doch noch mal mit dem Mann sprechen.

Durch die frisch aufgeblühte Euphorie fühlte sie sich stark genug, diesem Mann gegenüberzutreten, der sich in seiner Tür so breit gemacht hatte.

Aber er war nicht zu Hause. Oder öffnete einfach nicht die Tür. Auch das war ihm zuzutrauen.

Von der gegenüberliegenden Straßenseite aus schaute sie hoch zu den Fenstern im ersten Stock. Die Rollladen waren halb heruntergelassen, die Fenster standen gekippt. Das konnte alles und nichts bedeuten.

Die Mittagssonne brannte, und Stefanie wischte sich über die Stirn.

Jetzt erst mal ins Hotel. Endlich etwas essen. In Ruhe mit dem Laptop den Namen Edith Ricard googeln. Das Telefonbuch von Konz laden.

Oder wählte sich das Handy nun leichter ins Internet ein? Hatte sie hier in der Straße vielleicht einen besseren Empfang?

Das Auto hatte in der Sonne gestanden, und ihr schlug die heiße Luft entgegen, als sie die Autotür öffnete.

Sie fuhr die Fenster herunter, aber die hereinströmende Luft brachte kaum Abkühlung. Ihr T-Shirt klebte an der Haut.

Im Hotel würde sie erst einmal lang und ausgiebig duschen.

Nur noch schnell ins Handy gucken. Tatsächlich hatte sie wieder vollen Empfang. Sie rief Google auf. Tippte den Namen ein. Und Konz. Und wartete mit klopfendem Herzen.

Nichts. Aber das war vielleicht auch nicht zu erwarten gewesen.

Trotzdem: Enttäuschung.

Manchmal hatte sie das Gefühl, sie hätte bis vor Kurzem überhaupt nicht gewusst, wie sich Enttäuschung anfühlte.

Vielleicht sollte sie gerade noch schnell das Telefonbuch laden und es auf diesem Weg versuchen? Es dauerte wieder ewig, bis sich die Seite aufgebaut hatte. Oder kam es ihr nur so lange vor? Stefanie gab *Ricard in Konz* ein.

Hatte sich die Ladeschlange schon einmal derart lange gedreht?

Und dann – Stefanie schaute auf ihr Handy, schluckte, schloss kurz die Augen, öffnete sie wieder und schaute wieder auf das Display. Die Buchstaben leuchteten immer noch hell auf ihrem dunklen Hintergrund: *Ricard, M. u. E.* Mit einer Telefonnummer, einer Straße, einer Hausnummer in Konz. Sogar einer Postleitzahl. Das musste sie sein. Oder?

Das musste sie sein! E wie Edith, der Nachname Ricard und wohnhaft in Konz.

Sie hatte sie gefunden! Die Frau, die sie an ihre Eltern verkauft hatte!

Stefanie lehnte sich im Fahrersitz zurück und schloss die Augen.

Und jetzt?

Jetzt müsste sie mit dieser Frau reden. Und sie fragen, ob sie sich an sie, Stefanie, erinnerte.

Natürlich unwahrscheinlich. Wie viele Kinder mochte die Frau vermittelt haben? Und wie sollte sie Kontakt aufnehmen? Sollte sie dort anrufen?

Oder zuerst ins Hotel fahren, sich stärken und duschen? Nein, das hielt sie nicht aus.

Sie atmete noch ein paarmal tief ein und aus. Dann tippte sie die Nummer ein.

Es klingelte. Einmal, zweimal, dreimal.

Frau Edith Ricard, geborene Dubois, hob nicht ab. War nicht daheim an diesem ersten Augustsonntag. Tuuut. Inzwischen das sechste Mal. Offenbar kein Anrufbeantworter. Auf den hätte Stefanie natürlich sowieso nicht gesprochen. Damit war die Entscheidung gefallen. Inzwischen schmerzte der Magen vor lauter Hunger. Und die stickige Luft machte das Atmen schwer. Sie würde ins Hotel fahren und dafür sorgen, dass sie sich zumindest körperlich wieder regenerierte. Und dann telefonieren.

»Ja bitte?« Stefanie hätte sich beinahe vor Schreck auf die Lippe gebissen.

»Hallo«, stotterte sie. »Mein Name ist Gruber. Stefanie Gruber.«

»Ja?«

»Ich rufe an, weil … Das ist kompliziert. Ich weiß gar nicht, wie ich anfangen soll.«

»Da kann ich Ihnen nicht helfen.«

»Es geht um etwas, was vor achtundzwanzig Jahren passiert ist.«

»Ja?« Stefanie meinte plötzlich Misstrauen in der Stimme zu vernehmen, Misstrauen und Ablehnung.

»Als Sie in Metz gewohnt haben. Die Sache ist die: Ich bin nicht das leibliche Kind meiner Eltern …«

Knack. Stefanie zuckte zusammen. Frau Ricard hatte aufgelegt.

Eine kleine Enttäuschung. Oder, ehrlicherweise, eine große Enttäuschung. Aber davon würde sie sich jetzt nicht entmutigen lassen. Sie hatte den Namen, sie hatte die Adresse. Sie würde … Ach, irgendwas würde ihr schon einfallen.

Stefanie saß in ihrem Auto und vibrierte plötzlich vor Energie. Sie hatte die Frau gefunden.

Was konnte sie jetzt noch unternehmen?

Als sie sich anschnallte, knisterte der Zettel in ihrer Jackentasche leise.

Dieser Architekt. Dieser Namensvetter. Oder Verwandte. Es konnte ein Verwandter sein, der etwas wusste. Es war leichtsinnig, diese Möglichkeit zu vernachlässigen.

Sie zog den Zettel aus der Jacke, gab die von Felix notierte Adresse in das Navi ein und startete den Motor.

Und sie hatte Glück. Direkt vor dem Haus war ein Parkplatz frei.

Die Hitze flimmerte ihr vor den Augen, als sie sich der hellen Aluminiumtür des modernen Flachbaus näherte.

Bessons & Thiery, Bureau d'architecte stand auf dem Klingelschild. Das war keine Privatwohnung, das war das Architekturbüro, erkannte sie. Hier würde sie heute, am Sonntag, niemanden antreffen.

Sie klingelte eigentlich nur, weil der chromblinkende, auffallend designte Knopf einfach dazu einlud.

In ihren Achseln spürte sie die Nässe. Und plötzlich hatte sie den Eindruck, dass ihr Deo nicht mehr wirkte.

Höchste Zeit für eine Dusche.

Sie drehte sich um und war bereits zwei Schritte gegangen, als hinter ihr die Tür leise quietschte.

»Je peux vous aider?«, fragte eine dunkle Männerstimme. Stefanie drehte sich um. Und klappte entsetzt den Mund auf.

»Sie?«, fragte sie ungläubig. »Was machen Sie denn hier?«

»Sie sind das schon wieder! Ich arbeite hier. Wo haben Sie denn Ihren Mann gelassen?«

»Das war mein Bruder!«

»Ach so.«

In der Tür stand der unfreundliche Mann aus der Avenue des Musées, der sie vor drei Wochen zum Friedhof geschickt hatte.

Jetzt grinste er. »Und? Haben Sie meinen Vater gefunden?«

Er war der Sohn. Natürlich. Das hatte sie ja schon damals gedacht. Aber sie hätte auch darauf kommen können, dass der Sohn wahrscheinlich dieser Architekt war. Da hatte sie nicht geschaltet. Der Sohn war in ihrer Vorstellung auch Mediziner gewesen. Und der Architekt jemand anderer. Was für ein Unsinn. Der Sohn war der Architekt, er wohnte über der ehemaligen Praxis seines Vaters und hatte hier sein Architekturbüro.

Sein Grinsen wurde breiter.

»Hat er Ihre Fragen beantwortet?«

Stefanie fühlte Hitze in sich aufsteigen. Sie würde ihm nicht die Genugtuung geben, sie in die Irre geführt zu haben.

Sie nickte. »Ja. Danke der Nachfrage.«

Der Mann runzelte vor Überraschung die Stirn. »Ja?«, fragte er.

Stefanie fixierte ihn. »Ich gebe zu, ich hätte andere Fragen gehabt. Aber die Antworten, die ich bekommen habe, waren auch schon sehr aufschlussreich.«

Sie hatte seine volle Aufmerksamkeit, das sah sie.

»Zum Beispiel habe ich erfahren, dass der Sohn eines Betrügers und Urkundenfälschers ebenfalls ein Lügner und Betrüger ist.«

Der Mann schnappte nach Luft. Dann zogen sich seine Augen zu schmalen Schlitzen zusammen. »Wenn Sie mich nicht mögen, ist mir das mehr als recht. Aber ich lasse meinen Vater nicht als Betrüger und Urkundenfälscher bezeichnen.«

Stefanie stand auf der geteerten Fläche, die Sonne schien mit voller Kraft in die von einem Windfang geschützte Ecke hinein. Kurz dachte Stefanie darüber nach, dass es in diesem windstillen, voll der Sonne ausgesetzten Winkel wie in einem Brutofen war.

»Aber wenn er das doch ist …«

Dann kippte sie um.

Das entsetzte »*Mon Dieu!*« hörte sie nicht mehr.

Allmählich kam Stefanie wieder zu sich. Sie lag auf einer Liege, jemand tätschelte ihre Wangen.

»Hallo! Hören Sie mich? Machen Sie doch die Augen auf. Bitte!«

»Oh!« Stefanie stöhnte.

»Ah, Sie leben noch. Da bin ich aber erleichtert.«

Stefanie öffnete langsam die Augen und schaute sich um. Sie spürte unter ihren Händen glattes, kühles Leder, sie lag offensichtlich auf einer modernen Liege. Der Raum war groß, mit bodentiefen Fenstern nach Süden und Westen, helle Rollos dämpften das einfallende Licht. Trotzdem strahlte der Raum vor Helligkeit. Fünf Schreibtische standen asymmetrisch verteilt im Raum. An die beiden Wände waren überall Baupläne, Zeichnungen von Grundrissen und Fotos von Gebäuden gepinnt. Sie war in dem Büro des Architekten.

Sie wollte sich aufrichten.

Der Mann drückte sie sanft, aber unnachgiebig an der Schulter wieder nach unten.

»Bleiben Sie bitte erst einmal fünf Minuten liegen.«

Stefanie, die beim Aufrichten gespürt hatte, wie der Schwindel zurückkam, ließ sich bereitwillig auf die Liege zurücksinken.

»Was ist passiert?«, fragte sie.

»Ich denke, Sie hatten einen Kreislaufkollaps«, meinte der Mann. »Wahrscheinlich die Hitze heute.«

Stefanie nickte schwach.

»Oder sind Sie vielleicht schwanger?«

»Nein!« Stefanie warf ihm einen wütenden Blick zu. »Was für eine indiskrete Frage!«

»Finden Sie? Mein Vater war Gynäkologe, dürfen Sie nicht vergessen. Bei uns im Haus waren ständig irgendwelche Schwangeren, die umfielen. Kaum kam ich morgens die Treppe herunter, *plumps!*, lag da schon wieder eine … furchtbar! Und immer mitten im Weg. Ich musste die erst mühsam zur Seite rollen, bevor ich aus dem Haus konnte. Was glauben Sie, wie oft ich zu spät zur Schule …!«

Stefanie runzelte verständnislos die Stirn. Was erzählte dieser

Mann da? Dann bemerkte sie seinen Gesichtsausdruck und musste lachen. »Sie machen Witze!«

Er neigte den Kopf. »Vielleicht? Ein bisschen? Aber jetzt haben Sie gelacht, und Ihr Gesicht zeigt schon wieder etwas Farbe. Wenn Sie mir versprechen, still liegen zu bleiben, hole ich auch noch ein Glas Wasser für Sie.«

»Ich bleibe liegen.«

Der Mann nickte zufrieden.

Kurz darauf kam er mit einem Wasserglas zurück.

»Es ist kein Annäherungsversuch, aber ich würde Sie gerne halten, wenn Sie sich aufrichten.«

Stefanie nickte. Und so hielt der Mann sie in dem einen Arm, und mit dem anderen führte er das Wasserglas an ihren Mund.

Plötzlich wurde sie sich ihres verschwitzten T-Shirts bewusst.

»Es tut mir leid, es war so heiß heute«, sagte Stefanie.

»Ich weiß nicht, was Sie meinen«, sagte der Mann.

Sie suchte seinen Blick. Er lächelte sie an. »Trinken Sie«, sagte er. Seine Stimme war so sanft, beinahe hätte es ihr die Tränen in die Augen getrieben. Gehorsam nahm sie einige Schlucke.

»Bitte bleiben Sie noch etwas liegen«, sagte er. »Ich glaube, ein paar weitere Minuten Ruhe tun Ihnen gut.«

»Woher können Sie eigentlich so gut Deutsch?«, fragte Stefanie.

»Ich bin aus Forbach.«

»Aha.«

»Ach«, jetzt lachte er. »Das war dumm von mir. Sie sind nicht von hier, Sie kennen das nicht.«

»Nein.«

»Forbach liegt zwar in Frankreich, ist aber nur gute zehn Kilometer von Saarbrücken entfernt. Also sind die Verbindungen eng, und es sind sowieso viele bei uns zweisprachig. Und meine Mutter war auch noch aus Saarbrücken, also von daher. Wir kamen nach Metz, als mein Vater seine Praxis hier eröffnet hat. Da war ich gerade geboren.«

»Ach, so ist das.« Stefanie schaute hoch zur Decke, der Mann saß auf einem Stuhl neben der Liege, auf der sie lag.

»Ich kann aber jetzt nicht bis zum Sankt-Nimmerleins-Tag hier liegen bleiben.«

Der Mann zuckte mit den Schultern. »Ich wüsste nicht, wer Sie daran hindern sollte. Aber ich kann mir vorstellen, dass Ihnen vielleicht langweilig wird. So richtig spannend ist es bei uns selten.«

Er lachte leise. »Nur manchmal, da klingeln junge attraktive Frauen an der Tür und fallen anschließend um. Das macht einen arbeitsintensiven Sonntag dann schon kurzweiliger.«

Stefanie dachte nach. »Ist das jetzt doch irgendwie ein Annäherungsversuch?«

Der Mann zog die Stirn kraus. »Soll ich Ihnen ehrlich antworten? Ich weiß es selbst nicht so genau.«

Überrascht schaute Stefanie den Mann an. Und sah, wie er sie nachdenklich musterte.

Beide schwiegen eine Weile.

»Ich glaube, ich möchte mich gerne aufsetzen, Monsieur Bessons.«

»Ja, versuchen Sie es einmal. Soll ich Sie stützen?«

»Lieber nicht.«

Er nickte.

»Monsieur …«

»Können Sie bitte David zu mir sagen?«

Ihre Blicke fanden sich, und Stefanie hatte Schwierigkeiten, sich aus dem Kontakt zu lösen.

Sie setzte sich aufrecht. David beobachtete ihr Manöver, machte aber keine Anstalten, ihr zu helfen. Aber er reichte ihr das Wasserglas noch einmal. »Hier, Sie haben sicher zu wenig getrunken heute.«

Stefanie nickte und nahm das Glas.

»Haben Sie denn vernünftig gegessen?«, fragte David.

»Ich habe gefrühstückt.«

»Genug? Hmm«, David lachte kurz auf. »Ein Diätfrühstück ohne Kalorien, vermute ich?«

»Nein!«, erwiderte Stefanie empört. »Ich konnte nur nichts essen, weil ich heute …«

»Weil Sie was?«

»Das ist kompliziert.«

»Welche Fragen hätten Sie eigentlich meinem Vater stellen wollen?«

»Das Wasser ist alle. Könnte ich vielleicht …?«

»Aber natürlich. Entschuldigung.«

Während David in den Nebenraum ging, wo sich wahrscheinlich eine kleine Teeküche befand, überlegte Stefanie. Was sollte sie ihm erzählen?

David kam zurück. Ihr war bisher noch nicht aufgefallen, was für ein attraktiver, einnehmender Mann dieser David war. Etwas mehr als mittelgroß, schlank, aber mit breiten Schultern, dunkelblonde, leicht gelockte Haare mit einem Schnitt, wie ihn irgendwie nur die Franzosen hinbekamen – und diese faszinierenden graugrünen Augen mit dem sympathischen, offenen und warmen Blick.

Er reichte ihr das gefüllte Wasserglas und setzte sich wieder auf den Stuhl neben ihrer Liege.

»Sind Sie allein hier?«, fragte Stefanie.

»Ja. Ich wollte den Sonntag nutzen, um in Ruhe einen Projektentwurf fertigzustellen.«

»Und jetzt können Sie das nicht wegen mir?«

»Wenn ich wollte, könnte ich schon. Ihnen geht es ja wieder gut. Ich könnte Sie einfach vor die Tür setzen.«

Stefanie stellte das Glas auf dem gläsernen Beistelltisch ab, der am Kopfende der Liege stand.

»Das brauchen Sie nicht, ich gehe schon von allein.«

»Ich habe gesagt, *wenn ich wollte*. Da ich Sie noch nicht hinausgeworfen habe, scheine ich es nicht zu wollen.«

»Aber vielleicht möchte ich jetzt gehen.«

»Vielleicht möchte ich Sie nicht gehen lassen?«

»Wie wollen Sie mich hindern?«

»Indem ich Sie an Ihre moralische Schuld mir gegenüber erinnere? Schließlich habe ich Ihnen ja sozusagen fast das Leben gerettet.«

Er lachte ein bisschen, aber dahinter sah Stefanie eine Unsicherheit. Er wollte, dass sie blieb.

Wieder verfingen sich ihre Blicke ineinander. Wieder hatte Stefanie Mühe, ihren Blick aus der Verbindung zu lösen.

»Darf ich Ihnen einen Vorschlag machen?«, fragte David.

»Wenn es ein Vorschlag ist ohne die Verpflichtung, ihn anzunehmen, warum nicht?«

»Ich lade Sie in mein Auto, und wir fahren zu *Chez Geraldine*. Das ist ein kleines Bistro vier Ecken weiter. Eigentlich gar nicht weit, aber bei der Hitze will ich Ihnen den Fußmarsch nicht zumuten. Dort füttere ich Sie mit ein paar Spezialitäten von der Tageskarte, und dafür erzählen Sie mir, was Sie heute so aufgeregt hat, dass Sie nicht frühstücken konnten. Und vielleicht dann auch noch, warum Sie meinen Vater, den ich im Übrigen über alles geliebt habe und der für mich ein wahrhaft heldenhaftes Leben geführt hat, als Betrüger bezeichnen.«

In seinen Augen las sie durchaus Sympathie für sie. Oder Interesse. Oder irgendetwas in der Art. Aber sie sah auch die Ablehnung. Die Distanz. Das Abschotten.

Etwas zu essen wäre allerdings nicht schlecht. Und schon knurrte ihr Magen vernehmlich.

»Die Antwort ist eindeutig«, sagte David und hielt ihr seinen Arm hin. »Kommen Sie.«

»Einverstanden«, sagte Stefanie. »Unter einer Bedingung.«

»Die wäre?«

»Ich werde nicht gefüttert, sondern darf eigenständig essen.«

David schmunzelte. »Darauf können wir uns verständigen.«

Zehn Minuten später saßen die beiden in dem kleinen Bistro. Auf Davids Empfehlung hin, »das ist die Spezialität hier«, hatte sich Stefanie, genau wie David, eine Galette mit marinierten Feigen und Ziegenkäse bestellt. Als die Frau, die auch die Inhaberin war, wie Stefanie bei der herzlichen Begrüßung von David erfahren hatte, die großen, üppig gefüllten Teller brachte, hatte Stefanie gerade gesagt:

»Ich weiß nicht, wo ich anfangen soll.«

»Ich schlage vor, Sie genießen jetzt erst einmal unseren Imbiss. Und danach, wenn Sie gekräftigt genug sind, um mir meine Verfehlungen als Lügner und Betrüger vorzuwerfen, können Sie mir alles in Ruhe erzählen.«

Stefanie lächelte leicht verlegen, dann griff sie nach ihrer Gabel.

Beide aßen schweigend. Nur ab und zu tauschten sie einen Blick. Blicke, die vieles vorwegnahmen. Die schon Antworten gaben auf Fragen, die noch gar nicht gestellt worden waren.

»Das war gut!« Stefanie lehnte sich zurück. »So etwas ist mir noch nie passiert!«, sagte sie. »Ich habe mich, glaube ich, noch nicht einmal bedankt!«

David machte eine abwehrende Handbewegung. »Ich konnte Sie ja schlecht einfach liegen lassen. Diese ohnmächtigen Frauen vor der Eingangstür – das ergibt immer so einen ungepflegten Eindruck.«

Sie lächelten sich kurz an, bevor Stefanie den Blick schnell abwandte.

»Und nachdem der junge Mann, den ich als Ihren Lebensgefährten angesehen hatte, ja nur Ihr Bruder ist, es also niemanden gibt, dem ich die Verantwortung für Sie hätte zuschieben können …«

Sie war verlobt, fiel ihr gerade auf.

Und das sagte sie ihm jetzt.

Davids Gesichtsausdruck veränderte sich. Sein Blick auch. Der verlor jede Wärme.

Er fuhr sich mit beiden Händen durchs Haar. »Ich bin versucht zu fragen: Warum erzählen Sie mir das? Wie kommen Sie auf die Idee, dass mich das interessiert? Aber es wäre gelogen. Sie wissen das.«

Stefanie schnappte nach Luft. So ehrlich und unverblümt – so geradeheraus?

»Ich kann aber nichts dafür, oder?«

David schüttelte den Kopf. »Ich habe bereits mit dem Schicksal gehadert, als auf der Treppe damals hinter Ihnen plötzlich ein Mann um die Ecke kam, der offenbar zu Ihnen gehörte. Aber heute, als Sie mir sagten, dass es *nur* Ihr Bruder ist, da dachte ich ...«

Er hob die Hand, und Stefanie hatte den Eindruck, er wollte gleich wütend auf die Tischplatte schlagen. Aber er ließ die Hand langsam wieder sinken.

»Sie tragen keinen Ring«, stellte er fest.

»Er ist ... ich wollte nicht ... er ist zu wertvoll, und ich hatte Bedenken – auf der Reise.«

»Ach, so ist das.« Er schob seinen Teller an die Seite.

»Voilà«, sagte er. »Vielleicht arbeiten wir die Probleme in einer geordneten Reihenfolge ab. Mögen Sie mir erzählen, welche Fragen Sie an meinen Vater hatten? Und warum Sie ihn derart verunglimpfen?«

Stefanie schluckte und nickte. Sie traute ihrer Stimme nicht. Stattdessen öffnete sie ihre Handtasche, zog die Geburtsbescheinigung heraus und reichte sie David.

»Deswegen«, sagte sie.

David warf nur einen kurzen Blick auf das Papier. »Ja, das ist von meinem Vater. Das ist seine Unterschrift.«

»Aber es ist gefälscht. Diese Frau hier ist nicht meine Mutter.«

»Ja, das dachte ich mir jetzt schon.«

»Das wussten Sie?« Stefanies Stimme kippte fast vor Verblüffung.

»Ja! Dafür bewundere ich meinen Vater auch sehr.«

»Das müssen Sie mir bitte erklären.«

»Ich muss gar nichts.« Da war wieder der kalte, abweisende Blick, die ablehnende Körperhaltung.

Dieses Mal maßen sich ihre Blicke wie die zweier Gegner, die vor Beginn eines Kampfes versuchen, die Schwächen des Gegenübers auszuloten.

»Ihr Vater hat mit Kindern gehandelt, und dafür bewundern Sie ihn?«

»Vielleicht muss ich es doch erklären.« Davids Blick schweifte in die Ferne. »Mein Vater als Gynäkologe hatte viele Patientinnen, die sich nichts sehnlicher wünschten als ein Kind. Viele Familien, die

Platz und Geld und vor allem viel Liebe für ein Kind hatten. Und bei denen es einfach nicht klappte mit einer Schwangerschaft. Und auf der anderen Seite kannte er – insbesondere, weil er einige Male an Kongressen in osteuropäischen Staaten teilgenommen hatte – fürchterliche Waisenhäuser. Heime, in denen Kinder dahinvegetierten, an Betten gefesselt wurden, halb verhungerten, ich mag das nicht weiter ausführen, ich habe Fotos gesehen; die entsetzlichen Bilder erscheinen mir heute noch manchmal im Traum.«

Ja, er war ein empathischer Mensch. Stefanie glaubte es ihm sofort.

»Irgendwann konnte mein Vater das nicht mehr ertragen und beschloss, etwas zu unternehmen. Von da an hat er dafür gesorgt, dass solche kranken, vernachlässigten, ungeliebten Kinder aus diesen katastrophalen Verhältnissen in Familien kamen, wo sie geliebt wurden, gehegt wurden, eine Zukunft hatten. Und um das zu erreichen, hat mein Vater gelogen, betrogen, sich mit kriminellen Elementen eingelassen und auch Urkunden gefälscht; mein Vater ist viele Risiken eingegangen, aber er hat sich nicht abhalten lassen: Er hat mit seiner ganzen Kraft – und ganz nebenbei auch mit viel Geld – dafür gekämpft, so vielen Kindern wie möglich ein Zuhause, eine Familie zu geben. Was werfen Sie meinem Vater jetzt vor?«

Stefanie schluckte. Aus dieser Perspektive hatte sie das noch nicht betrachtet. Sie biss sich auf die Unterlippe.

»Ich nehme meine Anschuldigungen gegen Ihren Vater zurück«, sagte sie endlich.

»Ich akzeptiere Ihre Entschuldigung.«

Beide schwiegen wieder, aber dieses Mal war es kein gutes Schweigen.

»Aber warum wollten Sie denn jetzt genau meinen Vater sprechen? Was waren das für Fragen, die Sie ihm stellen wollten?«

»Ich wollte ihn fragen, ob er eine Ahnung hat, wer meine leiblichen Eltern sind.«

»Woher sollte er das wissen? Sie werden aus irgendeinem Heim stammen.«

Die Antwort kam barsch, fast aggressiv. Trotzdem hatte sein Blick kurz Mitleid gezeigt. Oder hatte sie sich getäuscht?

»Ich weiß nicht«, sagte sie. »Ich falle da offenbar aus dem Rahmen. Irgendjemand hatte, wie es scheint, doch etwas Liebe für mich übrig.« Sie zog das Medaillon aus der Tasche. »Das wurde mir als Baby mitgegeben.«

Überrascht nahm David das Medaillon in die Hand und bewunderte es. »Es ist Gold?«, fragte er, aber Stefanie hörte, dass er keinen Zweifel daran hatte.

Sie nickte.

»Dann kommen Sie allerdings nicht aus einem Heim!«

David drehte das Medaillon in seinen Händen hin und her.

»Und Sie sind sicher, dass Sie das bei sich trugen?«

Stefanie verzog das Gesicht. »Daran erinnern kann ich mich nicht, wenn Sie das meinen. Warum? Glauben Sie mir nicht?«

»Natürlich glaube ich Ihnen. Aber ich kann es mir nicht erklären. Das ergibt überhaupt keinen Sinn.«

»Ich verstehe nicht, warum das Medaillon Sie so irritiert?«

David legte das Medaillon auf die Tischplatte und lehnte sich zurück.

»Schauen Sie. Die Kinder, die mein Vater hergebracht hat beziehungsweise hat herbringen lassen, die stammten, wie ich bereits erwähnte, aus Kinderheimen. Aber obwohl es den Kindern schlecht ging, konnte man die ja nicht so einfach rüberholen. Selbst wenn viele der Betreuer in den Heimen aus Idealismus gehandelt haben, wenn viele wirklich nur den Kindern eine Familie geben wollten, so waren sie doch auf die Unterstützung irgendwelcher dubioser Elemente angewiesen. Die Kinder mussten ja hergebracht werden. Über die Grenze geschmuggelt werden zum Beispiel. Bis also so ein Baby hier war, ist das – entschuldigen Sie, wenn ich das so formuliere – durch zig Hände gegangen. Durch zig kriminelle Hände, um es genau zu sagen. Und da soll keine einzige Hand dabei gewesen sein, die sich dieses wertvolle, goldene Medaillon geschnappt hat? Das ist mehr als unwahrscheinlich. Das ist einfach nicht möglich.«

David nahm das Medaillon wieder in die Hand. »Die Bescheinigung ist von meinem Vater. Ich erkenne auch seine Unterschrift. Damit stellt sich mir die Frage: Wie kam mein Vater an Sie? Woher hatte er dieses Baby?«

Er blickte irritiert auf das Medaillon. »Ist etwas darin?«

»Machen Sie es auf.«

David drückte gegen den Verschluss.

»Das ist ja Saint Sara«, sagte er überrascht.

»Sie wissen, wen dieses Bildchen darstellt?« Stefanie schnappte nach Luft.

»Ja, natürlich. Es ist die heilige Sara, die Schutzheilige der … früher hat man Zigeuner gesagt, aber inzwischen gilt das als Diskriminierung. Das ist die Schutzheilige der Roma. Aus Saintes-Maries-de-la-Mer.«

»Darf ich noch mal schauen?«

»Ja, natürlich.«

Stefanie musterte lange das Bild. »Ich kenne diese Heilige nicht!«

»Die schwarze Sara, eine Missionarin aus dem ersten Jahrhundert? Sie kam mit den drei Marien über das Mittelmeer.«

»Welche drei Marien?«

David lachte. »Der Sage nach kam sie mit Maria Magdalena und – so meine ich jedenfalls mich zu erinnern – den Müttern der Apostel Jakobus und Johannes, die auch beide Maria hießen, wo ich aber die Namenszusätze vergessen habe. Die Gebeine von ihnen allen ruhen – zumindest angeblich – als Reliquien in der Kirche von Saintes-Maries-de-la-Mer.«

»Wieso eigentlich Saintes-Maries-de-la-Mer?«

»Dort soll das Boot, auf dem die Frauen der Legende nach ausgesetzt wurden und das angeblich weder Ruder noch Steuer hatte, angelandet sein. Und dort hat Sara dann durch Betteln die alten Frauen am Leben gehalten.«

»Ich habe von dieser Heiligen noch nie gehört!«

»Vielleicht weil dieser Ort in Frankreich liegt. Die alljährliche Wallfahrt dahin ist hier ein großes touristisches Ereignis. Das Fernsehen berichtet jedes Jahr darüber. Und die Details, die habe ich in der Schule gelernt. In Deutschland gibt es andere Legenden und Überlieferungen.«

Aufmerksam betrachtete Stefanie das Bild. »Dann wäre ich vielleicht eine Roma?«

»Das kann schon sein«, sagte David. »Darf ich das Zertifikat noch einmal sehen?«

Er las es aufmerksam. »Wer sind diese Leute, die hier als Eltern aufgeführt sind?«

»Sie haben mich gekauft. In Metz. Bei einer Frau, die wohl mit Kindern gehandelt hat.«

»Mein Vater hat keine Kinder *verkauft*. Schon gar nicht an irgendwelche Kinderhändlerinnen. Ich verstehe das nicht.«

David wirkte ratlos.

»Soll ich Ihnen die Geschichte von Anfang an erzählen?«

»Ich bitte Sie sehr darum!«

Und Stefanie erzählte. Von der Idee mit dem Weihnachtsgeschenk, dem Schock, dem Geständnis ihrer Eltern und ihrer Suche.

David hörte ihr aufmerksam zu, der ablehnende Ausdruck in seinen Augen war wieder verschwunden. Stattdessen zeigte seine Miene Mitgefühl und Anteilnahme.

»Ich würde dieser Frau, die mir das Medaillon mitgegeben hat, so gerne sagen, dass es mir gut geht. Dass ich eine glückliche Kindheit hatte. Dass sie sich keine Sorgen um mich zu machen braucht.«

Stefanie konnte nicht verhindern, dass ihre Stimme zitterte.

David schaute sie an. »Ich würde dich jetzt so gerne in den Arm nehmen und trösten.«

Stefanie schluchzte gequält auf. »Ich glaube, das ist keine gute Idee«, sagte sie und wischte sich über die Augen.

David nickte. »Nein. Ist es wirklich nicht. Entschuldigen Sie!« Er gab Stefanie das Medaillon zurück. »Diese Frau, die jetzt in Konz wohnt, die scheint mir ein Schlüssel zu sein. Auch ihre Reaktion, dass sie am Telefon einfach aufgelegt hat, spricht dafür. Sie sollten sie überrumpeln und zwingen, etwas zu erzählen. Erpressen Sie sie.«

»Erpressen?« Stefanie schüttelte den Kopf. »Diese kriminelle Energie ist offenbar chronisch in Ihrer Familie.«

Es war ein Test: Würde er wütend werden oder lachen?

David grinste kurz. »Sie meinen diese Geschichte mit dem Apfel und dem Stamm?«

Stefanie lächelte vorsichtig zurück. Sie beide näherten sich wieder aneinander an. Anders als vorhin. Vorsichtiger – und auch Minenfelder wie zum Beispiel intensiven Blickkontakt meidend. Aber er war nicht mehr so wütend. Sie atmete erleichtert aus.

»Wie würden Sie das denn angehen?«, erkundigte sie sich.

»Ich würde hinfahren und mich vors Haus stellen. Irgendwann muss sie mal herauskommen. Und dann würde ich sie abpassen.«

»Ich weiß nicht, wie sie aussieht.«

»Dann fragt man halt alle alten Hexen, die aus dem Haus kommen, ob sie Madame Ricard sind.«

Stefanie gluckste leise. David lächelte zufrieden, für einen kurzen Moment.

»Trauen Sie sich nicht?«, fragte er jetzt.

»Darüber muss ich erst nachdenken.« Stefanie versuchte, sich das vorzustellen. Sie steht vor dem Haus und spricht fremde Frauen an. »Und mit was soll ich die Frau erpressen?«

»Sie haben einen Brief. Und die Aussagen Ihrer Eltern. Entweder gibt Ihnen die Frau Auskunft oder Sie gehen zur Polizei.«

»Das ist doch bestimmt alles schon verjährt.«

»Na und? Es gäbe wahrscheinlich trotzdem irgendwelche Ermittlungen. Polizisten kämen ins Haus und würden Fragen stellen. Wer will das schon? Was werden bloß die Nachbarn denken? Die fragen sich, was man angestellt hat. Vielleicht fragt das auch der Ehemann? Vielleicht weiß der gar nichts von diesem lukrativen Geschäftsmodell, das seine Frau früher entwickelt hatte, und soll es nach Möglichkeit auch nicht erfahren? Sie sind ja höchstwahrscheinlich auch nicht das letzte Kind, mit dem sie gehandelt hat. Die letzten Geschäfte sind vielleicht noch nicht verjährt. Es ist auch nicht unmöglich, dass sie sogar jetzt noch davon lebt.«

»Sie haben recht. Ich fahre morgen hin und versuche es.«

»Kann Ihr Verlobter kommen?«

»Warum?«

»Sie sollten vielleicht nicht allein … immerhin ist diese Frau, wie mir scheint, eine richtige Verbrecherin, eine Kriminelle. Wer weiß, wie die reagiert.«

»Sie meinen, es könnte gefährlich werden für mich?«

David hob kurz die Schultern.

So weit hatte sie überhaupt noch nicht gedacht.

»Jaaa«, sagte Stefanie gedehnt. »Ich verstehe. Nein, mein Verlobter kann nicht kommen.«

»Warum eigentlich nicht?«

»Er hat zu tun.«

»Soll ich mit Ihnen fahren?«

»Sie?«

»Warum nicht?« Er lehnte sich zurück und schaute sie nachdenklich an. »Mich interessiert da auch einiges. Zum Beispiel, welcher Art die Verbindung dieser Frau zu meinem Vater war. Diese Geschichte – wie kam sie auf meinen Vater? Wieso hat er mit einer Frau zusammengearbeitet, die Babys verkauft hat?«

Mit einer müden Bewegung strich er sich die Haare zurück.

»Irgendwie ist das wahrscheinlich die andere Seite der Medaille. Aber ich wüsste das schon gerne genauer.«

Stefanie fiel etwas ein.

»Zizi Mischler hat gesagt, ihrer Erinnerung nach war diese Frau Dubois bei einem Gynäkologen beschäftigt.«

»Ach so? Na, da haben wir vielleicht schon die Verbindung!«, sagte David überrascht. »Aber ich erinnere mich nicht an eine Frau dieses Namens.«

Er sah Stefanies Blick und lachte. »Sie haben recht. Ich war vielleicht zwei oder drei Jahre alt. Also will das nichts heißen.«

Stefanie nickte. »Ich würde morgen vorbeifahren. Auf dem Weg nach Hause. Aber ich bin nicht allein. Mein Bruder ist wieder dabei. Sie können natürlich trotzdem gerne mitkommen.«

»Ach, er ist auch wieder hier? Na dann. Zu dritt brauchen wir da nicht aufzutauchen. Das wäre vielleicht auch taktisch nicht besonders klug«, sagte David nachdenklich. »Aber ich wäre Ihnen dankbar, wenn Sie mich hinterher anrufen und mir erzählen, was Sie erfahren haben.«

Stefanie nickte. »Selbstverständlich.« Sie öffnete ihre Handtasche und zog ihr Handy heraus. »Ihre Nummer?«

Als die Nummern ausgetauscht waren, zog Stefanie ihr Portemonnaie heraus. »Ich möchte bezahlen.«

»Das wäre sehr kränkend. Ich habe Sie eingeladen.«

David winkte der Frau hinter der Theke.

»Ich fahre Sie jetzt zu Ihrem Auto. Und dann bringe ich Sie und Ihr Auto zum Hotel.«

»Das kann ich nicht annehmen.«

»Ich bestehe darauf.«

»Und wenn ich das nicht zulasse?«

»Dann würde ich vielleicht versuchen, mich durchzusetzen.«

»Wie denn? Wollen Sie mich fesseln und knebeln?«

»Das wäre eine Möglichkeit.«

Stefanie konnte nicht mehr anders, sie musste ihn anschauen. Und sie las in seinem Blick so vieles: Zuneigung, Schalk, Betrübtheit, aber auch Entschlossenheit. Und jetzt sprach er es aus: »Ich bin ziemlich wild entschlossen, dafür zu sorgen, dass sowohl Sie als auch Ihr Auto heil und unversehrt im Hotel ankommen.«

»Das Auto gehört meinem Vater.«

»Dann vielleicht nur Sie. Unversehrt. Im Hotel.«

»Das mit dem Fesseln und Knebeln, das würden Sie aber nicht tun.«

»Möchten Sie es auf einen Versuch ankommen lassen?«

»Ich würde mich wehren!« Und plötzlich musste Stefanie lachen. Die Vorstellung, wie sie beiden ringkampfähnlich vor dem Haus auf dem Straßenpflaster … Sie lachte laut und herzhaft. Ihr Lachen steckte David an. Beide prusteten, die anderen Gäste hoben die Köpfe und schauten verwundert.

Es dauerte etwas, bis sie sich beruhigt hatten.

»Willigen Sie ein, dass ich Sie ins Hotel bringe. Bitte!«, sagte David, und Stefanie nickte.

»In welchem Hotel wohnen Sie?«

David bezahlte die Rechnung, dann fuhr er mit Stefanie zurück zu seinem Büro. Dort stellte er sein Auto ab, ließ sich von Stefanie den Schlüssel für ihr Auto geben und hielt ihr auffordernd die Beifahrertür auf.

Er fuhr sie bis ans Hotel, parkte vor dem Hoteleingang und winkte den Concierge herbei. Dem drückte er die Autoschlüssel in die Hand. »Mademoiselle fühlt sich nicht wohl. Kümmern Sie sich bitte um das Fahrzeug.«

Er geleitete Stefanie an die Rezeption, fragte nach dem Schlüssel für das Zimmer von Mademoiselle Gruber und begleitete sie im Aufzug nach oben.

Dort führte er sie bis an ihre Zimmertür.

Stefanie ließ alles mit sich geschehen. Sie fühlte sich wie paralysiert. Das war einfach zu viel. Diese Aufregungen, diese Enttäuschungen und diese Hoffnungen, die Hitze und jetzt auch noch dieser Mann, der ihre Welt auf den Kopf stellte.

»Werden Sie zu dieser Frau fahren?«, fragte David.

Stefanie nickte. Sie traute ihrer Stimme nicht.

»Aber nicht mehr heute, oder?«

Stefanie schüttete den Kopf.

»Ich bitte Sie ganz eindringlich, sich hinzulegen und den Rest des Tages auszuruhen«, sagte David. »Ich denke, Sie haben einen kleinen Sonnenstich. Lassen Sie sich vielleicht heute Abend etwas vom Roomservice bringen. Gehen Sie nicht mehr raus. Sie brauchen dringend Erholung.«

Stefanie räusperte sich. »Ja.«

»Sie fahren erst morgen, das versprechen Sie mir?«

»Ja«, krächzte Stefanie. Warum war ihre Stimme nur so rau und belegt?

»Mit Ihrem Bruder?«

Stefanie nickte.

»Gut. *Au revoir*. Und: *bon courage*.« David drehte sich um und entfernte sich mit jedem Schritt auf dem langen Hotelflur weiter von ihr.

»David!« Er drehte sich um, ein hoffnungsvolles Leuchten im Blick.

Stefanie räusperte sich. Und räusperte sich noch einmal.

»Wie kommen Sie jetzt zurück?«

»Mit dem Taxi.«

Sie nickte. »Ah ja.«

Er wartete noch einen Moment, ob sie noch etwas sagen wollte, dann nickte er, zuckte mit den Schultern und wandte sich ab. Gleich darauf war er um die Ecke verschwunden, und Stefanie hörte nur noch die Glocke des ankommenden Aufzugs.

Sie lehnte sich erschöpft an die Wand. Was für ein Tag! Und dazu noch diese drückende Hitze da draußen.

Glücklicherweise lief im Zimmer die Klimaanlage, und Stefanie hatte das Gefühl, endlich wieder tief atmen zu können.

Sie gönnte sich zunächst die heiß ersehnte Dusche. Als sie sich danach, eingewickelt in den flauschigen Hotelbademantel, in dem angenehm kühlen Raum aufs Bett legte, forderte ihr Körper nach den Anstrengungen und Aufregungen der letzten Stunden sein Recht. Immer wieder fiel sie in einen unruhigen Dämmerschlaf mit wirren Träumen, aus dem sie erschöpft und verschwitzt aufschreckte.

Sie erwachte, weil es an der Tür klopfte. Jemand rief leise ihren Namen. Felix.

Benommen erhob sie sich aus dem Bett und wankte zur Tür.

»Was ist passiert?«, rief Felix erschrocken aus, als sie öffnete. »An der Rezeption hat man mir gesagt, dass es dir nicht gut geht. Und ein Mann hätte dich hergebracht?«

Stefanie versuchte, die Benommenheit abzuschütteln.

»Sorry, dass ich dich geweckt habe«, sagte Felix zerknirscht. »Aber ich habe mir Sorgen gemacht. Ich habe auch schon zweimal angerufen«

Das Telefon lag auf dem Nachttisch. Stefanie schaute auf das Display. Fünf verpasste Anrufe! Zwei von Felix, zwei von Bertram und einer – sie wusste nicht, dass sie plötzlich lächelte – von David.

»Ich hatte einen kleinen Kreislaufkollaps«, erklärte sie Felix. Und wehrte sein Erschrecken mit einer Handbewegung ab.

»Aber es ist alles wieder gut. Ich mache mich etwas frisch, und dann könnten wir, wenn du willst, hier ins Hotelrestaurant gehen. Alternativ gäbe es die Möglichkeit, vom Roomservice irgendwas zu bestellen …«

»Das machen wir«, unterbrach Felix. »Wir gehen nicht mehr raus. Du müsstest dich mal sehen.«

Stefanie wollte es nicht zugeben, aber ihre Miene zeigte deutlich ihre Erleichterung.

»Das ist aber teurer, als wenn wir …«, meinte sie zögernd.

»Wir teilen uns was Kleines. Ich habe sowieso keinen Hunger. Ich habe so viele Quiches probiert – ich weiß nicht, ob ich überhaupt noch etwas essen will.«

»Ich geh grad kurz ins Bad«, sagte sie. »Du kannst ja schon mal die Menükarte studieren.«

Eine knappe halbe Stunde später saßen die beiden – Stefanie nach wie vor in den Bademantel gekuschelt – an dem Rolltisch, den der Hotelmitarbeiter hereingefahren hatte, bewunderten die weiße, perfekt gestärkte Leinentischdecke und die weiße Rose in der Silbervase und ließen sich ein Klubsandwich und Pommes schmecken.

»Das hat was!«, sagte Felix. »So schön kann es in einem Restaurant ja überhaupt nicht sein!« Er nahm eine Fritte aus der weißen Papiertüte in dem silberfarbenen Ständer und tauchte sie genüsslich in die Mayonnaise in dem Porzellanschüsselchen.

»Dann erzähl doch endlich mal, was du von Tante Zizi erfahren konntest. Ich bin inzwischen gespannt wie ein Bratschenbogen.«

Stefanie berichtete von Frau Dubois, den Autos mit den fremdländischen Nummern und den Gerüchten im Haus um das Kinderweinen. Felix lachte schallend, als sie den Zufall mit dem neuen Ehenamen und dem Anisschnaps erklärte. Und setzte sich aufrecht hin, als sie erzählte, dass sie diese Frau Dubois beziehungsweise Ricard im Telefonbuch von Konz gefunden hatte.

»Geil! Da fahren wir morgen hin?«

»Ja. Es liegt sowieso fast auf dem Weg.«

»Echt scharf!«, meinte Felix und angelte nach der nächsten Fritte.

Als Stefanie überlegte, wie sie am besten nun von David erzählen könnte, sagte Felix: »Bei uns im Bistro war übrigens mächtig was los, nachdem du gegangen warst!«

Auf Stefanies fragenden Blick hin berichtete er von einer Schlägerei, die es beinahe um eine bestellte Quiche gegeben hätte, und wie souverän Gabrielle die Streithähne zur Vernunft gebracht hatte; von einem Riesenansturm gegen drei Uhr nachmittags und wie sensationell Gabrielle mit dem Stress und der Hektik fertiggeworden war; und von der hilfsbedürftigen Oma, die ihren Geldbeutel zu Hause vergessen hatte, und wie großzügig Gabrielle …

Stefanie musste sich anstrengen, nicht zu grinsen. Man hörte immer nur »Gabrielle«, »Gabrielle«, »Gabrielle«.

Aber dann zog sie plötzlich die Luft scharf ein. Klang in ihrem Innern nicht auch ständig ein Name? David – David – David …

Unwillig schüttelte sie den Kopf.

»Jedenfalls kommt sie mich übernächste Woche besuchen«, sagte Felix gerade. »Sie fliegt. Von Luxemburg. Am Montagabend. Dienstag hat sie Ruhetag.«

»Gabrielle kommt nach München?«, fragte Stefanie überrascht.

Felix nickte mit einem glücklichen Grinsen im Gesicht.

Stefanie staunte. Aber bevor sie etwas dazu sagen konnte, klingelte ihr Handy.

Sie war ehrlich genug sich selbst gegenüber, um sich einzugestehen, dass sie enttäuscht war, als sie Bertrams Namen auf dem Display las.

»Mein Schatz, meine geliebte Stefanie, wie geht es dir?«

»Hallo, Bertram. Danke, mir geht es gut. Und dir?«

Felix erhob sich, winkte Stefanie verabschiedend zu, formte mit den Lippen ein »Bis morgen« und verließ das Zimmer.

»Es ist furchtbar heiß hier, aber wir sind den ganzen Tag gesegelt. Auf dem Wasser kann man es aushalten. Wie war es bei dir?«

Stefanie erzählte Bertram nichts von Frau Dubois, verheiratete

Ricard, irgendwann einmal wohnhaft gewesen in Konz. Er würde nicht wollen, dass sie dort hinfuhr. Er würde ihr Vorhaltungen machen.

Vor allem aber war sie sich sicher, dass er ihre Freude darüber, etwas erfahren zu haben, etwas erreicht zu haben, nicht teilen würde.

»So richtig entscheidend bin ich noch nicht weitergekommen«, sagte sie daher jetzt. »Ich habe schon einiges erfahren, viele Details, aber ob mich davon etwas weiterbringt, muss ich erst schauen.«

Bertram seufzte. »Hoffentlich verrennst du dich nicht zu sehr. Meine Meinung kennst du ja. Morgen fahrt ihr auf jeden Fall wieder zurück?«

»Ja.«

»Und nächstes Wochenende kommst du wieder nach München?«

»Ich denke schon.«

»Stefanie! Bitte!«

»Ja, ich komme. Ich habe es ja zugesagt.«

Sie konnte durch das Telefon hören, wie erleichtert Bertram ausatmete. »Prima. Jetzt gehen wir zu Gerhard, der gibt eine kleine private Grillparty auf der Terrasse. Das wird sicher spät, deswegen wollte ich mich vorher noch mal gemeldet haben. Ich sage also schon mal: Gute Nacht, mein Herz. Träum was Schönes!«

»Dir viel Spaß und grüß alle nett von mir.«

»Danke! Bis morgen dann. Ich liebe dich!« Bertram schmatzte einen Kuss ins Telefon. Aber als Stefanie antworten wollte, hatte er schon aufgelegt.

Stefanie schaute nachdenklich auf den Serviertisch vor ihr. Es war immer noch ein halbes Sandwich übrig – und die Tüte mit den Pommes war sogar noch zu zwei Dritteln gefüllt.

Stefanie rief den Roomservice an, dass man bitte den Wagen abholte, und ging ins Badezimmer. Sie mochte nichts mehr essen. Sie brachte nichts mehr hinunter.

Ihr Magen war plötzlich wie zugeschnürt, und sie wusste auch, warum.

Sie konnte ihre Aufregung, ihren Erfolg – wobei das Wort Erfolg vielleicht etwas hochgegriffen war, aber völlig egal, wie man es nannte –, sie konnte ihre Emotionen nicht mit ihrem Verlobten teilen.

Aber mit jemand anderem konnte sie es? Und als hätte er es gespürt: Da klingelte das Telefon, der Name David leuchtete vom Display. War das ein freudiges Hüpfen in ihrem Innern? Waren das etwa die berühmten Schmetterlinge im Bauch?

»Ja?«, meldete sie sich, und David sagte: »Ich hoffe, ich habe Sie jetzt nicht geweckt? Hier ist David.«

»Überhaupt nicht!«, sagte Stefanie. »Ganz und gar nicht. Es passt gerade wunderbar.«

Konnte sie nichts dagegen machen, dass ihr die Gesichtszüge derart entgleisten? Sie sah sicher aus wie eine Idiotin. Mit diesem breiten, seligen Grinsen auf dem Gesicht.

Nur gut, dass Felix nicht mehr hier war.

»Ich wollte hören, wie es Ihnen geht.«

»Sehr gut. Danke für die Nachfrage. Ich habe mich sowieso noch nicht richtig bedankt für Ihre Hilfe und das Essen und überhaupt für alles!«

»Doch. Das haben Sie. Mehrmals.«

»Aber ich kann ja noch mal …«

»Nein. Das war jetzt genug. Ich nehme einfach keine Dankesbezeugungen mehr an.«

Stefanie musste lächeln. »Ja, wenn das so ist …«

»Jetzt haben Sie gelacht. Stimmt es?«

»Ja. Woher wissen Sie das?«

»Ich habe es Ihnen angehört. Ich mag es, wenn in Ihrer Stimme …« Er stockte abrupt.

Verlegenes Schweigen.

»Sind Sie denn gut nach Hause gekommen?«

Jetzt lachte David. »Ja. Ich habe es nach Hause geschafft. Aber um ehrlich zu sein: Ich bin öfter allein unterwegs, und eigentlich habe ich es in den vergangenen vierunddreißig Jahren immer unfallfrei und unbehelligt nach Hause geschafft.«

Stefanie ärgerte sich über ihre Frage. Schließlich war er ein erwachsener Mann.

»Es ist ja nur … entschuldigen Sie!«

»Ich habe mich über Ihre Frage gefreut«, sagte David.

Darüber freute sich nun wiederum Stefanie, und dann schwiegen beide wieder und hingen stumm ihrer Freude nach.

»Nun«, sagte David nach einer Weile. »Sie fahren also morgen nach Konz? Es bleibt bei diesem Plan?«

»Ja.«

»Sie sind so nett und informieren mich darüber, was Sie erfahren haben, ja?«

»Natürlich. Ich rufe Sie direkt an.«

»Ich danke Ihnen. Dann wünsche ich Ihnen eine gute Nacht und viel Erfolg morgen.«

»Danke. Bis morgen dann.«

Stefanie schaute auf das Telefon. Der grüne Balken leuchtete noch, David hatte noch nicht aufgelegt.

Sie hielt sich das Handy wieder ans Ohr. Aber er sagte nichts.

Sie guckte wieder nach: Die Leitung stand immer noch.

Stefanie schloss die Augen, holte tief Luft – und dann drückte sie entschieden auf die rote Taste.

Sie musste aufpassen, dass sie sich nicht in etwas hineinsteigerte. Dieser David war ein netter Mann. Er hatte sich um sie gekümmert und auch sofort zugegeben, dass sie ihm gefiel. Natürlich schmeichelte das. Und die Souveränität, mit der er über seine Emotionen gesprochen hatte, war beeindruckend.

Aber sie kannte ihn ja überhaupt nicht. Und schon allein wegen der räumlichen Entfernung zwischen ihnen beiden hätte eine Beziehung gar keinen Sinn.

Was denkst du bloß? Du denkst schon an Beziehung? Jetzt aber mal langsam. Er hat angerufen, um dich daran zu erinnern, dass du ihm morgen Bescheid sagen sollst.

Ob sie ihn überhaupt noch einmal wiedersah? Diese lachenden Augen …

Jetzt reicht es aber!

Später lag Stefanie auf dem Bett, schaute an die Decke, und ihre Gedanken kreisten abwechselnd um David, um Bertram und um diese Frau Ricard, die sie morgen besuchen würde. Es dauerte lange, bis sie endlich einschlief.

Montag, 6. August 2018

Das Klingeln des Telefons weckte Stefanie. Sie warf einen Blick auf den Wecker. Sie hätte noch zehn Minuten gehabt. Nun ja. Sie griff nach dem Handy.

»Ja?«

»Habe ich Sie geweckt? Hier ist David.«

David. Ihr Herzschlag beschleunigte sich.

»Was ist passiert?«, fragte sie erschrocken.

»Nichts! Ich entschuldige mich, wenn ich zu früh anrufe, aber ich dachte, Sie sind vielleicht eine Frühaufsteherin, und ich wollte Sie auf jeden Fall erreichen, bevor Sie losfahren.«

»Warum denn?«

»Erstens, um zu hören, wie es Ihnen geht.«

»Danke. Mir geht es wieder gut. Ich merke erst jetzt, wie schlecht es mir gestern ging. Vielen Dank noch einmal für Ihre Hilfe.«

David gab einen undefinierbaren Laut von sich. »Und zweitens wollte ich Ihnen anbieten, mit Ihnen nach Konz zu fahren.«

»Warum denn das?«

»Mir ist nicht ganz wohl bei dem Gedanken, dass Sie dieser Kriminellen gegenüberstehen. Und wer weiß, was für ein Typ der dazugehörige Ehemann ist. Ihr Bruder ist zwar dabei, aber drei Personen wären eben noch einer mehr, nur zur Sicherheit. Und schließlich würde ich auch selbst gerne einmal mit der Frau sprechen.«

Er wollte mitfahren? Sie würde ihn noch einmal sehen? Mit ihm zusammen sein?

»Das wäre … das wäre nett«, sagte sie.

»Ja, das wäre es«, sagte David, und Stefanies Herz hörte überhaupt nicht mehr auf, freudig zu hüpfen, als er fortfuhr: »Wenn ich es aus Freundlichkeit anbieten würde, ja. Dann wäre es nett. Aber es ist reiner Egoismus. Ich will Sie sehen.«

»Ja«, sagte Stefanie, und dann konnte sie nicht mehr anders. Sie war ein offener Mensch und hasste Taktieren. »Ich Sie auch!«, fügte sie hinzu.

Wo sollte das nur hinführen?

»Wann wollten Sie losfahren?«

»Wir dachten, so gegen neun. Sodass wir um zehn vor Ort sind?«

»Ich habe nur leider heute kein Auto. Mein Partner braucht es. Kann ich bei Ihnen im Wagen mitfahren? Ich würde dann für den Rückweg den Zug nehmen.«

Er würde mit ihr im Auto sitzen? Ihr Herz kreiselte geradezu im Brustkorb herum.

»Ja, natürlich.«

»Dann bis gleich.«

War sie in ihrem Leben schon einmal derart beschwingt gewesen? Es würde alles gut werden. David würde kommen. Sie würden über eine Stunde zusammen im Auto sitzen. Sie würde …

Ihr Handy klingelte schon wieder. Hatte David etwas vergessen? Hatte er seine Pläne geändert? Ach nein: Bertram.

Bertram – was sollte sie ihm bloß sagen?

»Ja?«

»Wie geht es dir, mein Schatz?«

Wie unwohl sie sich plötzlich fühlte, als Bertram sie mit *mein Schatz* ansprach.

»Mir geht es ganz gut. Und dir? War die Party gestern Abend schön?«

Warum fühlte sie sich jetzt so verlogen?

»Na ja, wie das immer so ist. Viel zu viel Alkohol. Wenn du dabei gewesen wärst, wär mir das nicht passiert.«

»Es tut mir leid«, sagte Stefanie.

»Ja. Na ja. Ich nehme gleich noch ein Aspirin, dann wird es irgendwie gehen.«

Stefanies Handy klingelte in das Gespräch hinein.

»Was ist das?«, fragte Bertram.

»Der Wecker in meinem Handy. Bertram, ich muss ins Bad. Ich bin gleich mit Felix zum Frühstück verabredet und dann wollen wir …«

Sie wollte es ihm erzählen. Sie musste es ihm erzählen. Er würde sich auch für sie freuen, dass sie einen kleinen Schritt weitergekommen war bei ihrer Suche. Gestern war sie einfach zu müde gewesen.

»Ja, dann wünsche ich dir gute Fahrt. Ruf mich an heute Abend, wenn du zu Hause bist. Dicker Kuss!«

Und schon hatte er aufgelegt.

Stefanie schaute ungläubig auf das Handy. Eine furchtbare Angewohnheit war das, dass er immer so schnell auflegte. Plötzlich sah sie die Ziffern und begriff, wie spät es war.

»Ach du lieber Himmel!«

Sie sauste ins Badezimmer.

Stefanie schminkte sich kaum, aber heute Morgen trug sie ihr Make-up sehr sorgfältig auf.

Obwohl sie auch noch ihre Sachen abreisefertig zusammenpackte, schaffte sie es, als Erste am Frühstückstisch zu sitzen, denn Felix kam fast zehn Minuten zu spät.

»Entschuldige«, sagte er. »Ich habe ein bisschen verschlafen.«

»Kein Problem. Wir haben Zeit. Was ich dir aber unbedingt noch erzählen will: Du hast ja schon vom Rezeptionisten gehört, dass mich gestern ein Mann hergebracht hat …«

Sie stutzte mitten im Satz. Die beiden hatten einen Tisch direkt am Fenster, von dem aus sie einen wunderbaren Blick auf die parkähnliche Gartenanlage des Hotels hatten. Links konnte Stefanie sogar die Marmortreppe sehen, die zum Hoteleingang führte.

»Das ist ja Gabrielle«, sagte sie überrascht, als gerade eine junge Frau vergnügt die Stufen hinuntersprang. »Was macht die denn … Felix!«

Felix hob den Kopf und nickte verlegen lächelnd. »Ja.« Er blickte suchend aus dem Fenster und schaute Gabrielle mit einem glücklichen Lächeln hinterher, wie sie über den Kiesweg eilte. »Ja«, wiederholte er und nickte.

Dann bemerkte er Stefanies vorwurfsvollen Blick. »Wir haben halt noch telefoniert gestern Abend!«, sagte er.

»Und ehe du dich's versahst, war sie durch die Telefonleitung geschlüpft«, sagte Stefanie trocken.

Felix feixte. »So ähnlich.« Dann ging sein Blick noch einmal zum Fenster. Sein Blick wurde sehnsüchtig, als Gabrielle um die Ecke verschwand.

»Wir haben lange geredet. Und …«

»Du bist mir keine Rechenschaft schuldig«, sagte Stefanie. »Aber dass du sie ohne Frühstück hast gehen lassen! Du hättest sie doch mitbringen können.«

»Sie wollte nicht! Sie muss in den Laden.«

Stefanie nickte verstehend.

»Und was das andere anbetrifft: Ich habe mich verliebt.« Plötzlich grinste Felix. »Ich habe mich richtig verliebt! Kannst du dir das vorstellen?«

»Um ehrlich zu sein – ja. Ich habe mir fast schon so etwas gedacht.« Stefanie sah das Leuchten in den Augen ihres Bruders. »Und wie sieht Gabrielle das?«

»Sie sagt, sie liebt mich auch.«

»Das freut mich für euch.« Stefanie rührte nachdenklich in ihrem Tee. »Ihr wohnt allerdings weit auseinander.«

»Ja – nun. Aber wie heißt es so schön? Wo ein Wille ist, ist auch ein Fernbus.« Er grinste. »Beziehungsweise in diesem Fall ein Flieger. Und von Luxemburg hierhin ist es kaum weiter als in München von der Stadt bis zum Flughafen.« Er sah, wie Stefanie zweifelnd die Stirn runzelte, und meinte: »Na ja, vielleicht knapp doppelt so weit.« Felix machte eine wegwerfende Handbewegung. »Egal. Wir werden das schon irgendwie hinkriegen, wir lassen es jetzt mal 'ne Zeit so laufen und dann … Nanu, was macht der denn hier?«

Es war zehn Minuten vor neun, und David betrat mit suchendem Blick den Frühstücksraum.

»Ja, das wollte ich dir eben noch erzählen«, sagte sie und hob winkend die Hand. Im selben Moment entdeckte David sie. Mit Gewalt löste sie ihren Blick aus dem seinen, während er sich ihrem Tisch näherte.

»Wir haben uns gestern kennengelernt«, erklärte sie Felix schnell »also richtig, meine ich«, sie stotterte plötzlich. »Jedenfalls: David fährt mit uns nach Metz.«

»Wieso denn das?«

Aber da hatte David schon den Tisch erreicht.

»Ihr seid euch schon einmal begegnet«, begann Stefanie die Vorstellung. »Felix, das ist Monsieur …«

»Bitte!«, unterbrach David. »Ich heiße David.«

»Und ich Felix«, erwiderte der zögerlich.

»David, möchten Sie auch noch eine Tasse Kaffee trinken?«, fragte Stefanie, plötzlich verlegen.

»Nein, danke.«

»Dann können wir los. Ich bin fertig.«

»Die Frage, ob Sie vernünftig gegessen haben, erübrigt sich?«

Stefanie musste kurz grinsen. »Ja.«

Sie sah aus den Augenwinkeln, wie er sie abschätzend musterte und zufrieden nickte.

Felix schaute fragend von einem zum anderen. Stefanie fühlte sich verpflichtet, zu erklären. »Er hat mich gestern gerettet, als mir so flau war. David hat …«, dieses *David* hörte sich entsetzlich intim an, fand Stefanie, »… also Monsieur Bessons hat das bemerkt und …«

»Ach so.«

Normalerweise hätte Felix neugierig, wie er nun einmal war, nachgebohrt. Aber heute war er offensichtlich zu müde. Er nickte nur.

Über Davids Gesicht huschte ein amüsiertes Lächeln.

»Wir sollten aufbrechen«, sagte Stefanie und runzelte missmutig die Stirn. David zog offenbar falsche Schlüsse aus der Tatsache, dass sie ihrem Bruder nichts von der gestrigen Begegnung erzählt hatte. Dabei war sie einfach nur noch nicht dazu gekommen.

Felix nickte. »Ich hole schnell mein Gepäck.«

Zehn Minuten später saßen die drei in Josefs Auto. Stefanie fuhr. Felix war blitzschnell hinten eingestiegen, und Stefanie vermutete, dass er ungestört etwas Schlaf nachholen wollte. Und da David erklärte, die Strecke zu kennen, gab es keine weitere Diskussion um die Sitzbelegung.

Aber jetzt saß David neben ihr, und seine Nähe irritierte sie.

Die ersten zwanzig Minuten schwiegen beide.

»Was sind Sie eigentlich von Beruf?«, fragte David in ihre Gedanken hinein.

»Ich bin Bogenbaumeisterin.«

»Schießen oder musizieren?«

»Musizieren.«

»Ach, wie schön! Ich hätte es wissen müssen, dass Sie etwas arbeiten, was mich berührt.«

»Wieso?«

»Sie arbeiten mit Holz. Und ich liebe Holz.«

»Ach so.«

Wieder schwiegen beide. Es war kein unangenehmes Schweigen, aber auch nicht unbedingt ein entspannendes. Es war dieses Schweigen, von dem man wusste, dass die nächsten Worte die Macht hatten, entsetzlich falsch zu sein, vielleicht sogar etwas zu zerstören. Oder aber das Gegenteil zu bewirken: Sie konnten ebenso gut aufbauen, etwas begründen. Ein vorsichtiges Schweigen, aus dem man sich nur sorgsam tastend herausbewegen konnte, wenn man nicht eine Katastrophe riskieren wollte.

Stefanie warf einen Blick in den Rückspiegel. Ihr Bruder schlief.

»Sind Sie irgendwo angestellt?«, fragte David.

»Nein, ich bin selbstständig.«

»Und wo?«

»In Passau.«

»Schöne Stadt!«

»Kennen Sie Passau?«, fragte Stefanie überrascht.

»Ja, ich war öfter in Österreich. So bin ich auch nach Passau gekommen.«

»Haben Sie dort Urlaub gemacht?«

»Nein. Bei Salzburg wohnt ein Studienfreund von mir, der sich, genau wie ich, für Holzhäuser interessiert. Holz ist ein wunderbares Baumaterial. Ihn habe ich ein paarmal besucht, und er ist mit mir herumgefahren und hat mir alles Mögliche gezeigt, denn die Österreicher haben in Bezug auf Holzhäuser nicht nur eine lange Tradition mit einem Wahnsinns-Know-how, sondern sind gleichzeitig auch unglaublich innovativ. Deswegen.«

Stefanie nickte überrascht. »Holz ist einfach etwas Großartiges«, sagte sie.

Wieder Schweigen. Aber Stefanie hatte das Gefühl, sie sei noch an der Reihe.

»Sie sind also Architekt.«

Über Davids Gesicht zog ein Grinsen. »Das haben Sie gut geraten.«

Stefanie ärgerte sich. Was für eine blöde Frage. Das wusste sie doch. »Ja, ich meinte, Sie sind also auch selbstständig. Als Architekt eben.«

»Nein, das bin ich leider nicht.«

»Sind Sie nicht? Aber Ihr Name steht doch auf dem Schild.«

»Das ist der Name meines Onkels. Er und Thiery waren Partner. Ich habe nach meinem Studium in diesem Büro angefangen; mein Onkel ist schon vor Längerem ausgeschieden, aber er mischt sich immer noch ein. Und leider hat er andere Vorstellungen als ich. Nachhaltiges Bauen – damit kann er nichts anfangen zum Beispiel. Ich will nicht ungerecht sein, diesen Begriff gab es schließlich zu seiner Zeit noch nicht. Aber er will auch nicht dazulernen.«

»Oh«, sagte Stefanie.

David nickte. »Ich denke darüber nach, auszusteigen und mich selbstständig zu machen.«

»Ich verstehe.«

Wieder Schweigen.

Stefanie konzentrierte sich auf das Fahren, es war viel Verkehr an diesem Montagmorgen.

»Die übernächste Abfahrt müssen wir raus«, sagte David.

»Schon?«, fragte Stefanie erschrocken. Plötzlich krampfte sich ihr Magen zusammen. Sie waren auf dem Weg zu einer Frau, die mit Kleinkindern, mit Babys gehandelt hatte. Das war nicht nur verabscheuungswürdig, sondern auch im höchsten Maß kriminell. Plötzlich fragte sich Stefanie, ob es nicht besser gewesen wäre, zur Polizei zu gehen und Anzeige zu erstatten.

Aber nach achtundzwanzig Jahren? Und außerdem: Damit hätte sie ja auch ihre Eltern anzeigen müssen – Stefanie bemerkte es nicht in ihrer Anspannung, aber sie nannte in Gedanken das erste Mal seit Langem Ruth und Josef wieder ihre Eltern. Nein, das war keine Option.

Aber wie gut, dass sie zu dritt waren. Wie gut, dass David bei ihr war.

Er gab ihr Kraft.

Vorsicht, dachte sie. *Steigere dich bloß nicht in etwas hinein. Du kennst diesen Mann doch überhaupt nicht.*

»Jetzt müssen wir rechts«, sagte David, fast zeitgleich mit dem Navi.

Gleich wäre es so weit.

Und plötzlich, zum ersten Mal, fragte sie sich, ob sie das, was sie womöglich erfahren konnte, auch erfahren *wollte*. Wollte sie es wirklich wissen? Jetzt, wo es gleich so weit war, dass sie der Frau gegenüberstand, die ihr vielleicht sagen konnte, wo sie herkam, der Frau, die ihr sagen könnte, wer sie war, jetzt fühlte sie sich noch nicht bereit.

»Wir sind gleich da.«

»Sie kennen die Adresse?«

»Ich habe auch im Telefonbuch nachgeschaut gestern Abend.«

»Hier ist es.« Stefanie steuerte das Auto auf den großen Parkplatz vor dem Wohnblock.

David warf einen Blick auf Stefanie und sah, wie sie sich vor Anspannung streckte. Er legte ihr einen Arm um die Schulter. »Keine Sorge, wir schaffen das schon!«

Felix schreckte hoch. »Habe ich geschlafen?«

»Ich wüsste nicht, wer sonst so geschnarcht haben sollte.«

»Haha.« Felix schnitt eine Grimasse.

Mehrere Klingelschilder waren mit Zettelchen überklebt, auf denen in blauer, schwarzer oder einmal sogar in knallroter Schrift irgendwelche mehr oder weniger sorgfältig hingekritzelte Nachnamen standen. Der Name Ricard allerdings leuchtete von einem älteren Aluschild. Die Familie schien schon länger hier zu wohnen. Die Wohnung war im dritten Stock. Stefanie wollte klingeln, doch David hielt ihre Hand auf dem Weg zum Klingelschild fest.

»Ich möchte gerne oben vor der Tür stehen, wenn ich klingle.«

Stefanie nickte. Sie verstand. Er wollte die Frau überrumpeln und ihr keine Möglichkeit zum Ausweichen bieten. »Wie kommen wir hinein?«

»Zwei Möglichkeiten: Wir warten, bis jemand herauskommt, oder wir klingeln zuerst anderswo.«

»Ich würde lieber warten.«

David nickte, und fast im selben Moment sprangen schon zwei kichernde, etwa sechzehnjährige Mädchen die Treppe herunter.

Stefanie, Felix und David bedankten sich bei den Teenagern, die ihnen höflich die Tür aufhielten, und gingen hintereinander, Stefanie zuerst, die wenigen Granitstufen hoch zum Aufzug.

Im Lift wollte Stefanie auf den Knopf für das dritte Stockwerk drücken, aber ihre Hand zitterte so sehr, dass David sie nahm und fest in seiner hielt.

Felix warf Stefanie einen erstaunten Blick zu. David presste den Knopf neben der Ziffer drei.

Der Aufzug fuhr los. Stefanie hatte das Gefühl, es war der langsamste Aufzug, mit dem sie jemals gefahren war.

Aber endlich öffnete sich die Tür und gab den Blick auf einen Gang mit zehn Wohnungstüren frei.

David hielt immer noch ihre Hand und zog sie fast mit sich, als er von Tür zu Tür ging und ein Namensschild nach dem anderen prüfte. Felix folgte auf dem Fuß.

»Hier, hier ist es.« David stoppte abrupt. Stefanie klopfte das Herz bis zum Hals.

»Bereit?«, fragte David. Stefanie nickte, und er drückte den schwarzen Klingelknopf.

Sie konnten das Ding-Dong auch draußen hören.

Hinter der Tür kamen Schritte näher, im Spion veränderte sich der Lichtschimmer. Jemand schaute hindurch. Und Stefanie meinte, durch die Tür die Erstarrung zu spüren, die die Person hinter der Tür befiel. Kein Laut war mehr zu hören.

Sie fuhr zusammen, als plötzlich laute Geräusche verrieten, dass hinter der Tür eine Kette entriegelt und ein Schieber zurückgezogen wurde. Die Tür schwang auf.

Stefanie wusste nicht, was sie erwartet hatte. Eine alte Hexe eben. Die Frau hier sah aber nicht mal unsympathisch aus, zwar auch nicht besonders sympathisch, aber irgendwie *neutral.* Jedenfalls eine ältere Frau im Rentenalter. Also das passte schon mal. Und sie hielt eine brennende Zigarette in der Hand. *Noch nicht einmal das Rauchen hat sie sich inzwischen abgewöhnt,* dachte Stefanie.

»Was wollen Sie?«

»Wir haben nur ein paar Fragen«, sagte Stefanie und wunderte sich, dass ihre Stimme so fest klang.

»Worum geht es?«

»Es ist vielleicht kein Thema für den Hausflur«, warnte David.

»Sie wollen sich in meine Wohnung einschleichen? Ich denke nicht daran!«

Die Frau trat einen Schritt zurück, und die Tür schwang zu, da rief David: »Es geht um Ihre Zeit in Metz!«

Die schon halb geschlossene Tür bewegte sich plötzlich nicht mehr weiter.

Stefanie hatte das Gefühl, die Zeit verharrte und wartete genau wie sie, was nun passieren würde.

Endlich weitete sich der Türspalt wieder langsam.

»Was haben Sie gesagt?«, fragte die Frau.

»Wir wollen niemandem Probleme machen. Wir hätten nur zwei oder drei kleine Fragen!«, sagte Stefanie und fügte noch hinzu. »Bitte! Sie sind die Einzige, die mir helfen kann.«

Die Frau lächelte, aber es war kein nettes Lächeln. Eher verächtlich. Oder geringschätzig.

»Das bezweifle ich«, sagte sie endlich. Sie drehte den Kopf nach hinten und rief: »Marcel? Komm doch mal.«

Ein unwilliges Geknurre ertönte, ein schwerer Stuhl oder Sessel wurde zurückgeschoben, dann tapsten Pantoffelschritte über das Linoleum.

Die Frau trat einen Schritt zur Seite, und ein Mann erschien in der Türöffnung. *Was für ein Klischee,* dachte Stefanie. Karierte, ausgelatschte Stoffpantoffeln, eine dunkle, schlabbrige Trainingshose, ein vergilbtes Feinrippunterhemd. Das Gesicht von roten Adern durchzogen, Tränensäcke, schütteres, graues Haar. Und ein kleiner getrockneter gelber Fleck im linken Mundwinkel, eine Erinnerung an das Frühstücksei.

»Was ist denn los?«, fragte Herr Ricard unwillig.

»Es tut mir sehr leid, dass wir Sie stören«, sagte Stefanie verunsichert. Was sollte sie sagen? Wusste der Mann von den ehemaligen kriminellen Aktivitäten seiner Frau? Oder zerstörte sie mit einer falschen Frage jede Chance auf eine mögliche Hilfe von Edith Ricard? Sie musste vorsichtig formulieren.

»Wir suchen jemanden, den Ihre Frau vielleicht gekannt hat. Als sie noch in Metz gewohnt hat.«

Stefanie konnte den Blick nicht deuten, den Frau Ricard ihrem Mann zuwarf. »Es hat etwas mit meiner Mutter zu tun«, fügte Stefanie hinzu. Spätestens jetzt wüsste Frau Ricard, worum es ging. Wenn Frau Ricard nicht wollte, dass ihr Ehemann von ihrem verbrecherischen Treiben in Metz erfuhr, könnte sie noch einschreiten.

Aber Frau Ricard verzog nur geringschätzig den Mund.

»Das kannst du sicher besser beantworten«, sagte sie mit einem höhnischen Lächeln zu ihrem Mann und wandte sich ab.

Stefanie stutzte.

Der Mann setzte an, etwas zu sagen, aber dann schüttelte ihn ein Hustenanfall.

Stefanie musste sich zusammenreißen, um sich – derart direkt dem unappetitlichen Husten und Röcheln ausgesetzt, wie es bei starken Rauchern häufig vorkommt – nicht abzuwenden.

Endlich hatte er seine Stimme wiedergefunden.

»Sie wollen zu Edith«, sagte er.

Stefanie nickte.

»Keine Ahnung, was aus der Schlampe geworden ist. Ich hab sie schon vor Jahren rausgeworfen. Sonst noch Fragen?«

»Aber …«

»Das war unser Irrtum. Entschuldigen Sie bitte die Störung«, sagte David. »Aber wissen Sie vielleicht, wo wir Ihre Ex-Frau finden können?«

Stefanie drehte überrascht den Kopf zu David und sah seinen ausgestreckten Finger, mit dem er auf das Klingelschild deutete. Ihr Blick folgte der Richtung. Und dann erstarrte sie.

Elise und Marcel Ricard.

E. und M. hatte im Telefonbuch gestanden. E. wie Elise – nicht Edith.

Herr Ricard lachte höhnisch. »Nein. Aber wenn Sie sie finden, dann sagen Sie es mir. *Ich* hab sie nämlich nicht gefunden. Und ich habe lange gesucht. Wegen der Kohle, die sie mir noch schuldet. Aber die hat sich irgendwo verkrochen. Die wird wissen, warum. Schönen Tag noch.«

Und schon knallte die Tür zu.

Felix stand da mit halb geöffnetem Mund und wirkte überfordert.

David wies immer noch mit der Hand auf das Klingelschild neben der Tür.

»Nicht Edith«, flüsterte Stefanie.

Vielleicht hatte Herr Ricard den Telefonbucheintrag damals einfach behalten. Vielleicht war sogar ursprünglich tatsächlich Edith gemeint gewesen.

Was für ein dummer Fehler.

Stefanie spürte Davids Hand tröstend auf ihrer Schulter.

»Meine Suche ist schon wieder zu Ende.« Sie schaute David Hilfe suchend an.

Er blickte finster. »Ich hätte sie so viel zu fragen!«, murmelte er. Dann lächelte er Stefanie und Felix angestrengt an.

»Vielleicht gehen wir erst mal raus.«

Keiner sprach ein Wort, während sie den langen, engen Flur zurück zum Aufzug gingen. Irgendwo dünstete jemand Zwiebeln, hinter einer Tür brüllte ein Fernsehapparat, ein Kleinkind schrie. Die Stimmung passte zu Stefanies Gefühlslage.

»Und nun?«, fragte sie endlich, als sie alle drei am Auto standen.

»Das war wohl ein Satz mit Ypsilon«, sagte Felix.

David stutzte. »Ich dachte immer, das heißt: ein Satz mit X?«

Felix verzog das Gesicht zu einem schiefen Lächeln. »Ich hatte das Gefühl, ein normales X reicht einfach nicht.«

David rieb sich müde die Stirn. »Ich verstehe. Ja, das ist schon eine Enttäuschung.«

»Es tut mir leid«, brachte Stefanie mühsam hervor.

»Was?«, fragte David.

»Dass ich Sie hierhergelockt habe. Ich hätte besser recherchieren müssen. Jetzt haben Sie völlig umsonst diesen Weg auf sich genommen.«

David schaute sie lange an. »Nicht umsonst«, sagte er. »Und schon gar nicht vergeblich.«

»Wie kommen Sie denn zurück?«, fragte Felix.

»Mit dem Zug. Wenn Sie mich am Bahnhof absetzen würden?«, bat David.

»Natürlich«, sagte Stefanie.

Alle drei öffneten die Autotüren so langsam, als seien sie unendlich müde.

Bis zum Bahnhof brauchten sie nur wenige Minuten.

Stefanie war der Hals wie zugeschnürt.

David fasste nach dem Türgriff. »Ich werde mal weiter bei Google recherchieren«, sagte er. »Wenn diese Edith Dubois noch lebt, muss sie auch zu finden sein.« Er hob die freie Hand, als wolle er Stefanie über die Wange streichen. Dann ließ er die Hand wieder sinken.

»Ich rufe Sie an«, sagte er. »Auf jeden Fall!«

Jetzt musste David aussteigen. Würde sie ihn wiedersehen?

Stefanie schluckte. Und schon war er fort.

Die Heimfahrt mit Felix war von gedrückter Stimmung geprägt. Stefanie fuhr zuerst, während Felix Schlaf nachholte, später übernahm er. Sie dämmerte mit geschlossenen Augen auf dem Beifahrersitz vor sich hin und dachte nach.

Als Stefanie am Abend daheim an ihrem Fenster in Passau saß und auf das Altstadtpanorama hinunterblickte, rief Bertram an.

»Du bist gut angekommen? Prima! Es ist ja eine Wahnsinnsstrecke.«

»Zu zweit ist es nicht ganz so schlimm. Aber montags ist natürlich immer viel Verkehr, anstrengend war es.«

»Bist du denn weitergekommen?«

Stefanie erzählte mit wenigen Worten von der neuen Frau Ricard und dass die so verheißungsvolle Spur sich als Sackgasse erwiesen hatte.

»Gibst du deine Suche also auf?«

»Es wird mir nichts anderes übrigbleiben. Im Moment hab ich keinen Haken, an dem ich ansetzen kann.«

»Sei mir nicht böse, aber ich bin erleichtert. Stell dir mal vor, du hättest tatsächlich jemanden gefunden.«

»Ich weiß schon, du hattest Angst, da taucht eine Alkoholikerin auf.«

»Das hätte ich nicht sagen dürfen. Dafür habe ich mich entschuldigt. Aber wenn ich nur an die praktischen Probleme denke!«

»Was meinst du damit?«

»Na ja, überleg doch mal. Bei unserer Hochzeit zum Beispiel: Was wäre das für eine Bildunterschrift in den Zeitungen? *Hier die zwei Mütter der Braut.* Oder die Sitzordnung. Wo setzt man so eine zweite Mutter hin? Und wir reden hier die ganze Zeit nur von einer Mutter. Aber da hängt doch wahrscheinlich noch ein Vater dran, unter Umständen weitere Geschwister, eine ganze Sippschaft! Ich will dich nicht anlügen, ich bin sehr erleichtert.«

»Ich verstehe dich«, sagte Stefanie. »Das hätte wirklich zu Konfusionen führen können.«

»Wie auch immer – das Thema ist ja erledigt. Ich freue mich auf jeden Fall auf dich, wenn wir uns am Wochenende wiedersehen.«

»Ja, darüber wollte ich mit dir sprechen. Ich komme morgen zu dir.«

»Du kommst nach München?«

»Ja.«

»Morgen schon? Schön! Aber am Wochenende kommst du trotzdem – oder etwa nicht?«

Stefanie zögerte.

»Steffi! Mach mich nicht fertig. Meine Mutter rechnet fest mit dir.«

»Also, wenn sich nicht ganz gravierende Dinge ändern, dann komme ich auch am Wochenende«, antwortete Stefanie.

»Na, Gott sei Dank! Meine Mutter dreht sowieso schon durch. Sie hat mich gefragt, ob du deinen Laden nicht mal für ein oder zwei Wochen schließen und ihr bei der Organisation helfen kannst.«

»Das … das ist wirklich … also …«

Stefanie fehlten nur kurz die Worte. »Das ist sicher nicht nötig.«

»Dann bis morgen, mein Herz.«

»Bis morgen. Ich wünsche dir eine gute Nacht.«

Dienstag, 7. August 2018

Am nächsten Abend verließ Stefanie die Werkstatt um kurz nach achtzehn Uhr. Bevor sie ging, zog sie die kleine Schublade auf und steckte den Verlobungsring in das Seitenfach ihrer Handtasche.

Gegen halb neun traf sie in München ein. Zu Bertrams Wohnung gehörten zwei Tiefgaragenstellplätze, der zweite war frei, den belegte sie. Aber dann rangierte sie wieder aus dem Abteil heraus und suchte sich einen Parkplatz auf der Straße. Es dauerte fast zwanzig Minuten, bis jemand in einer Querstraße direkt vor ihr wegfuhr.

Als sie vor dem Aufzug stand, schloss sie die Augen und holte tief Luft.

Sie hatte sich bereits aus dem Auto telefonisch gemeldet, Bertram wusste, dass sie jede Minute eintreffen musste.

Stefanie hatte einen Schlüssel für die Wohnung im Penthouse. Mit diesem Schlüssel konnte sie auch das Schloss in dem Aufzug bedienen, der direkt in die Penthousewohnung fuhr.

»Da bist du ja, mein Liebes«, sagte Bertram. Er erhob sich aus dem Fernsehsessel und kam ihr entgegen, wobei er allerdings den Blick auf den Fernseher gerichtet hielt, wo auf dem Bildschirm gerade eine wilde Schießerei zu sehen war.

»Ich habe uns etwas zu essen bestellt, es sollte innerhalb der nächsten zwanzig Minuten kommen. Ich hoffe, es ist dir recht«, sagte er.

»Bertram«, sagte Stefanie und wunderte sich über sich selbst. Ihre Stimme war ruhig, sie war ruhig. »Bertram, es tut mir leid. Ich habe dir etwas zu sagen.«

Im Fernsehen schrie ein von einer Kugel ins Bein getroffener, schwarz maskierter Mann laut auf. Bertrams Augen zuckten zwischen dem schreienden Mann und Stefanie hin und her.

»Was ist los? Moment. Gleich. Wie?«

»Bertram, bitte.« Stefanie öffnete ihre Handtasche und zog den Ring heraus. Sie hielt ihn Bertram hin. »Es tut mir wirklich sehr leid, aber ich habe eingesehen, dass unsere Verlobung ein Fehler war. Ich möchte dir bitte deinen Ring zurückgeben.«

Im Fernseher peitschten weitere Schüsse. Noch ein Mann schrie. Bertram ging einen Schritt zurück und fiel rücklings in seinen Fernsehsessel, als sei er selbst getroffen.

»*Was* ist los?« Seine Stimme überschlug sich vor Erregung. »Bist du verrückt geworden?«

Stefanie stand mitten im Raum, die Hand mit dem Ring weit nach vorn gestreckt. Aber Bertram starrte sie nur fassungslos an.

»Bertram, es tut mir wirklich sehr, sehr leid!« Sie versuchte ein tröstendes Lächeln, aber er erwiderte es nicht. »Ich lege den Ring hier auf den kleinen Tisch, okay?«

»Aber … aber ich brauche dich doch!«, stammelte er.

Stefanie setzte sich auf den Stuhl neben dem Aufzug. Das Metallgeflecht diente als Dekoration und war eher eine Skulptur als ein Möbelstück und zum Sitzen nur bedingt geeignet.

»Ja«, sagte sie. »Ich weiß. Und ich war gerne für dich da. Und bin das auch weiterhin, wenn du es willst. Als Freundin.«

Sie musste schreien, um sich über das Gebrüll und die Schüsse hinweg verständlich zu machen.

Endlich fasste Bertram nach der Fernbedienung und drehte den Ton ab.

»Du hast gesagt, du liebst mich!«, sagte er anklagend.

»Es ist meine Schuld. Ich habe das Glück, das ich empfunden habe, wenn ich dir helfen konnte, mit Liebe verwechselt. Aber das war ein Irrtum. Ich liebe dich nicht. Glaub mir, ich bin auch sehr traurig.«

»Ist es wegen deiner Mutter? Weil ich das nicht unterstützen wollte? Such deine Mutter weiter! Bitte! Ich helfe dir dabei!«

Sein Tonfall war kläglich. Sein Knie flog förmlich, so schnell wippte er mit dem Fuß auf und ab.

Stefanie spürte, wie ihr die Tränen in die Augen stiegen. Bertram tat ihr leid. Sehr leid sogar. Und am liebsten hätte sie gesagt: »Ach, Blödsinn. Ich habe Unsinn geredet. Komm, es ist alles wieder gut!«

Aber sie wusste, dass sie nicht nur sich, sondern auch Bertram keinen Gefallen damit tun würde.

Denn Bertram liebte sie ebenfalls nicht, das war ihr beim Nachdenken im Auto klar geworden. Er brauchte sie, weil ihre Ruhe und Besonnenheit ihm guttaten. Aber er interessierte sich nicht für sie, nicht für ihre Belange, Stefanie bezweifelte, ob er überhaupt lieben konnte. Vielleicht hatte er bei seinen Eltern nie erfahren, wie es war, wenn zwei Menschen sich liebten. Nicht so, wie sie es erfahren hatte bei …

Kurz presste sie die Lippen zusammen. *So bleiben ihm natürlich auch Enttäuschung und Verrat erspart,* dachte sie. Und kam sich im selben Moment albern vor. *Findest du nicht, dass du übertreibst?,* fragte eine Stimme in ihrem Innern.

Nun, darüber würde sie später nachdenken.

»Bertram, es tut mir wirklich sehr, sehr leid«, sagte sie. »Es geht nicht um meine Mutter. Aber ich liebe dich nicht.«

»Und was ist mit dem Wochenende? Du kommst aber am Wochenende, du hast es doch gesagt!«

Stefanie schaute ihn mitfühlend an. »Ich habe gesagt, wenn sich nicht etwas Gravierendes ändert. Aber nun entloben wir uns, ich denke, das ist etwas Gravierendes.«

Plötzlich verzerrte sich Bertrams Gesicht. »Hast du eigentlich eine Ahnung, wie begehrt ich bin? Was für eine Superpartie du ausschlägst? Du hättest in eine der reichsten und bekanntesten Familien in München einheiraten können!«

Seine Stimme überschlug sich. »Mein Vater hat eh schon ein paarmal gefragt, ob ich mir sicher bin, dass so eine Fiedelschnitzerin aus Vilshofen wirklich das Richtige für mich ist. Ob ich glaube, dass so was mit den Aufgaben an meiner Seite zurechtkommt. Er hatte recht. Und wahrscheinlich stammst du obendrein wer weiß woher! Kein Wunder, dass …«

Stefanie erkannte, dass seine Wut aus Hilflosigkeit und Verzweiflung herrührte. Dieses Wissen änderte allerdings nichts daran, dass seine Worte sie verletzten. Aber sie halfen auch.

Sie erhob sich. »Ich danke dir, dass du es mir jetzt so leicht machst. Ich lege den Schlüssel, den du mir gegeben hast, hierhin. Wenn du mir meinen dann einfach in den nächsten Tagen zuschickst?«

Stefanie drückte auf den Aufzugknopf. Die Kabine war noch oben, und die Tür glitt sofort auf. Als sie sich wieder schloss, hörte sie Bertram als Letztes schluchzen: »Was sage ich bloß meinen Eltern?«

Im Auto schaute Stefanie auf die Uhr. Schon fast zweiundzwanzig Uhr. Kurz entschlossen rief sie Felix an.

»Gruber?«, meldete er sich direkt.

»Hast du was vor heute Abend oder bist du frei?«

»Ich bin zu Hause und skype gerade mit Gabrielle. Und danach gehe ich ins Bett. Warum?«

»Könnte ich bei dir übernachten? Ich bin in München, und es ist mir zu spät, um zurückzufahren.«

»Natürlich! Aber was machst du in München?«

»Erzähle ich später. Und hast du vielleicht noch ein Butterbrot?«

Felix lachte. »Hast du ein Glück! Ich habe heute eingekauft.«

Plötzlich stockte Stefanie. Beinahe hätte sie gesagt: Du bist der beste kleine Bruder, den ich habe. Dieser alte Witz zwischen ihnen blieb ihr jetzt im Hals stecken.

»Du bist einfach der Größte«, sagte sie stattdessen. »Und ganz liebe Grüße an Gabrielle!«

»Sag ich ihr. Bis gleich.«

Eine halbe Stunde später traf Stefanie bei Felix ein.

Felix strahlte von innen heraus. So hatte Stefanie ihn noch nie gesehen.

»Das ist aber eine schöne Überraschung!« Er umarmte sie liebevoll. »Was machst du in München?«

»Ich habe mich entlobt.«

»Na, Gott sei Dank!«, antwortete Felix. »Darauf hol ich uns ein Bier. Du magst doch auch eins?«

»Gern«, sagte Stefanie, und ihr lief das Wasser im Mund zusammen, als sie die kleine vorbereitete Platte mit den Käsescheiben, die aufgeschnittene Salami und das Töpfchen mit dem Karottensalat auf dem Tisch sah.

»Du bist wirklich der Größte!« Sie ließ sich auf den Stuhl fallen.

Es zischte, als Felix die Flaschen öffnete.

»Ach ja!«, stöhnte Stefanie genüsslich und stieß mit Felix an, bevor sie direkt aus der Flasche einen kräftigen Zug nahm.

»Greif zu«, forderte Felix sie auf, und Stefanie ließ sich das nicht zweimal sagen. Grinsend schaute Felix ihr zu, wie sie mit Appetit die Käsescheiben dezimierte.

»Und wieso kamst du jetzt zu dieser segensreichen Entscheidung?«, erkundigte er sich, als er das Gefühl hatte, jetzt sollte Stefanie allmählich den größten Hunger gestillt haben.

»Entschuldige«, sagte sie. »Aber ich konnte den ganzen Tag nichts Richtiges essen. Diese Entlobung lag mir schwer im Magen.«

»Das verstehe ich gut«, sagte Felix. »Gehe ich recht in der Annahme, dass ein gewisser David bei dieser Entscheidungsfindung eine nicht ganz unwesentliche Rolle gespielt hat?«

Stefanie wischte sich den Mund mit der gelben Papierserviette ab. »Furchtbare Farbe übrigens«, sagte sie.

»Lenk nicht ab!«

Stefanie lehnte sich zurück. »Um ehrlich zu sein, ich bin mir nicht sicher. Ich habe lange darüber nachgedacht. Ich glaube, David war der Anlass, aber nicht die Ursache. Durch David habe ich gemerkt, wie es sein könnte.« Sie zögerte. Es schmerzte, über David zu sprechen. Sie würde ihn vielleicht nie mehr wiedersehen. Jedoch auch dieser Schmerz würde vorübergehen. »Aber die Probleme lagen woanders. Ich habe Gefühle miteinander verwechselt. Ich habe die Befriedigung, die ich empfunden habe, weil Bertram mich brauchte, für Liebe gehalten. Aber das funktioniert nicht. Es wäre mir sicher auch ohne David irgendwann aufgefallen. Aber vielleicht später.«

»Vielleicht zu spät?«, sagte Felix.

»Schon möglich.«

»Dann gibt es jetzt nicht das große Event-Wochenende mit Verlobungsfeier?«

»Jedenfalls nicht mit mir.«

»Hast du es den Eltern schon gesagt?«

»Ach so, nein. Schreibst du es ihnen?«

»Findest du nicht, du solltest es ihnen selbst schreiben?«

Die beiden schauten sich lange an. Schließlich nickte Stefanie. »Ich schreibe gleich.«

»Mami wird sich sehr freuen, von dir etwas zu hören.«

Stefanie zögerte, dann nickte sie. »Ja, ich schreibe ihr. Heute Abend noch.«

Felix nickte. »Sie sind beide sehr unglücklich.«

Stefanie schaute den Nachtfaltern zu, die von draußen gegen das geschlossene Fenster flogen und auf der Scheibe krabbelten.

»Ich habe übrigens gegoogelt wie ein Wilder, aber diese Edith Dubois ist nicht zu finden«, sagte Felix.

Stefanie nickte.

»Ich habe es sogar auf Französisch versucht. Ich habe auch die Schlagworte Kinderhandel und Babyhandel auf Französisch eingegeben, aber es war nichts im Netz.«

»Das hat sie doch nicht als Berufsbezeichnung eingetragen!«

»Natürlich nicht! Aber ich dachte, vielleicht ist sie irgendwann einmal aufgeflogen. Vielleicht gab es eine Gerichtsverhandlung oder eine Anzeige oder was auch immer. Und darüber dann Berichte in den Zeitungen.«

»Ach, wie blöd von mir. Natürlich! Eine Superidee!«

»Aber leider brotlos. Nichts dabei herausgekommen.«

Stefanie seufzte. »Ja, das war eine Sackgasse. Ich werde wohl nie erfahren, wer ich bin.«

Felix, der gerade den Teller an die Küchenzeile trug, stellte ihn so laut auf der Spüle ab, dass es knallte.

Stefanie hob erschrocken den Kopf.

»Du bist meine Schwester! Und die Tochter von zwei wunderbaren Menschen! Aber das reicht dir ja offensichtlich nicht.«

In den nächsten Tagen lenkte sich Stefanie mit Arbeit ab. Sie stand bereits gegen sechs Uhr auf und arbeitete spätestens ab sieben in ihrer Werkstatt. Glücklicherweise hatte sie genügend Aufträge – einige Bögen mussten behaart werden, außerdem hatte ein Kollege aus dem Orchester einen historischen Bogen auf einem Flohmarkt erstanden, der eine Bruchstelle oberhalb des Frosches hatte und wo sich die Frage stellte, ob es nicht doch möglich war, diesen Bogen irgendwie zu reparieren. Zusätzlich fertigte sie einen neuen Bogen an; sie hatte gut verkauft in den letzten Wochen, und ihr Bestand an fertigen Bögen war geschrumpft.

Das Orchester hatte noch Sommerferien und probte also nicht.

Von Bertram hatte sie einen eingeschriebenen Brief mit ihrem Hausschlüssel erhalten. Ohne Kommentar.

Die ersten zwei Tage war sie noch nervös zusammengezuckt, wenn das Handy klingelte.

Aber Bertram meldete sich nicht mehr. Und Stefanie war erleichtert.

Ihre Eltern hatten auf ihre SMS geantwortet. »Das tut uns leid. Wenn du uns brauchst, wir sind für dich da. Mami und Papi.«

Es tat nicht mehr ganz so weh.

Gerne hätte sie Felix angerufen. Aber die Missstimmung, die am Dienstagabend entstanden war, hatte sich nicht wirklich aufgelöst. Felix hatte ihr vorgeworfen, dass sie einfach zu nachtragend sei – und sie hatte sich entsetzlich unverstanden gefühlt.

Sie hatte versucht, Felix zu erklären, wie sehr dieses Belogenwerden sie getroffen hatte. Und war wütend geworden, als Felix erklärt hatte, er könne die Eltern verstehen.

»Zuerst warst du zu klein. Wie leicht verplappert sich so ein Kind!«

»Aber später. Als ich erwachsen war.«

»Ich denke, da hatten sie Angst. Es stand zu viel auf dem Spiel.«

»Wovor sollen sie Angst gehabt haben? Was soll auf dem Spiel gestanden haben?«

»Ahnst du es nicht?«

»Nein!«

Felix hatte gezögert und abgewartet, ob Stefanie nicht vielleicht doch etwas sagen würde. Aber Stefanie hatte nur grimmig auf ihre Bierflasche geschaut.

»Deine Liebe zu ihnen. Die stand auf dem Spiel. Die zu verlieren, das wollten sie nicht riskieren.«

Sie hatte unwillig den Kopf geschüttelt. Am nächsten Morgen hatten sie sich ziemlich kühl voneinander verabschiedet.

Am Donnerstagvormittag erhielt sie eine merkwürdige Mail. Die Ankündigung eines Paketdienstleisters, dass am morgigen Tag ein Paket geliefert werden sollte.

Sie hatte nichts bestellt. Sie erwartete auch nichts.

Hoffentlich hatte nicht Bertram sich irgendetwas ausgedacht. Hoffentlich nicht. Ihr wurde angst und bang.

Sie rief bei der Spedition an. Die Disponentin in der Spedition, die Stefanie – nach mehreren Minuten in der Warteschleife – endlich erreichte, eine Frau Gröbel, wusste selbstverständlich auch nicht, worum es sich bei der Ware handelte.

»Ich habe nichts bestellt.«

»Haben Sie eine Auftragsnummer?«

Stefanie las die lange Nummer vor.

Frau Gröbel wiederholte umständlich, dann hatte sie es.

»Ja, der Auftrag ist da.«

»Aber was soll das denn sein?«

»Tut mir leid, das kann ich Ihnen auch nicht sagen.«

»Aber ich habe wirklich nichts bestellt!«

»Sie sind Frau Stefanie Gruber in Passau in der Milchgasse?«

»Ja.«

»Dann liefern wir Ihnen morgen etwas an, und wenn es damit ein Problem gibt, müssen Sie sich bitte an den Auftraggeber wenden. Wir können da nichts machen. Vielen Dank!«

Stefanie schob eine CD ins Laufwerk des kleinen Players. Eine Sammlung von Violakonzerten. Während sie der Musik von Casadesus, der bewusst im Stile Bachs komponiert hatte, lauschte und eine Fernambukholzstange in die oktogonale Form feilte, merkte sie – wieder einmal –, wie sehr sie die Berührung des Holzes tröstete. Und ihr wurde das Herz etwas leichter.

Trotzdem begleitete die Unruhe sie den ganzen Abend und die Nacht hindurch. Sie schlief schlecht, und es trieb sie wieder in aller Herrgottsfrühe in ihre Werkstatt.

Die Zeit wurde ihr lang, und sie wurde immer nervöser. Was um Himmels willen hatte Bertram sich bloß einfallen lassen, um sie umzustimmen?

Am besten, sie verweigerte die Annahme. Aber natürlich musste sie zuerst den Absender kontrollieren. Obwohl sie wirklich keine Idee hatte, wer ihr sonst ein Paket schicken sollte.

Ruth und Josef vielleicht? Das war natürlich auch eine Möglichkeit.

Sie musste auf jeden Fall den Absender kontrollieren.

Bei jedem Auto, das durch die Milchgasse fuhr, ruckte Stefanie hoch und schaute aus dem Fenster.

Um zwanzig nach elf hielt endlich ein kleinerer beigefarbener Transporter vor ihrer Tür.

Zwei Männer stiegen aus, einer ging nach hinten und öffnete die Hecktüren, der andere, etwas untersetzt, schaute suchend vor ihrem Laden, ob das wohl der richtige Eingang sei.

Stefanie riss die Tür auf. »Ich nehme an, Sie kommen zu mir.«

Der Mann blickte auf den Zettel, den er in der Hand hielt.

»Gruber?«

»Genau. Von wem kommt denn das Paket?«

Der Untersetzte nickte, ging zurück ans Auto, öffnete die Fahrertür und zog einen Packen Papiere heraus. Der Mann an der Rückseite des Lieferwagens schob eine Sackkarre herbei, auf der eine Kiste in einem merkwürdigen Format lag. Sicher fast einen Meter lang, vielleicht etwa dreißig Zentimeter hoch und fast doppelt so breit.

Ein riesiger Blumenstrauß? Aber den würde man doch nicht mit einer Spedition verschicken.

»Darf ich mal auf den Absender schauen?«, fragte Stefanie.

Der Mann mit der Sackkarre ächzte laut und wuchtete die Karre mit dem Paket über die Schwelle ihrer Eingangstür.

Das Paket schien schwer zu sein. Kein Blumenstrauß also.

»Ich weiß ja gar nicht, was das ist. Und wer mir das schickt«, sagte sie, aber der Mann schien sie nicht zu hören. Mit einem erleichterten Aufstöhnen zog er die Auflageplattform unter dem Paket heraus.

»Wer schickt mir das denn?«, fragte sie erneut.

»Absender steht drauf.« Und schon war er wieder draußen. Sein untersetzter Kollege wedelte hektisch mit irgendwelchen Papieren vor Stefanies Gesicht herum: »Unterschrift du, die Dame!«, und während sie mit resigniertem Seufzen danach griff, warf der Begleiter mit Schwung die leere Sackkarre in den Transporter hinein, dass es durch die ganze Milchgasse schepperte.

Stefanie setzte ihre Unterschrift unter den Lieferschein.

Bevor sie sich's versah, war auch der zweite Mann zur Tür hinaus, der Lieferwagen setzte sich in Bewegung und verschwand vor dem Fenster.

Endlich konnte Stefanie nach dem Absender suchen. Auf dem Lieferschein musste der Name doch irgendwo stehen.

Sie brauchte etwas, bis sie sich in dem komplizierten und mit Stempeln und Vermerken übersäten Formular zurechtgefunden hatte, aber endlich entdeckte sie den Namen des Absenders.

Wolfgang Belling. Nicht Bertram. Aber wer war Wolfgang Belling?

Sie stutzte. Moment! Den Namen kannte sie. Wolfgang Belling aus Groß-Reisigdorf. Wo war ihr dieser Name schon einmal begegnet? Stefanie wusste genau, dass sie ihn vor Kurzem erst gehört oder gelesen hatte.

Im Zusammenhang mit Bertram?

Stefanie ließ die Begegnungen mit Bertrams Freunden schnell in ihrem Kopf passieren: Sie hatte seine Clique im Segelklub kennengelernt, er hatte ihr ein paar Spielpartner aus dem Tennisverein vorgestellt, das war es. Da war kein Wolfgang Belling dabei gewesen. Sie war sich sicher.

Aber sie kannte diesen Namen. Sie hörte oder las ihn heute nicht das erste Mal.

Egal, wie sehr sie sich das Gehirn zermarterte, ihr wollte partout nicht einfallen, in welchem Zusammenhang ihr dieser Name begegnet war.

Vielleicht fand sie eine Antwort, wenn sie das Paket öffnete.

Sie schnitt sauber den Pappkarton oben an drei Seiten auf und klappte ihn zurück. Dicke Luftpolsterfolie deckte das Darunterliegende ab. Sie hob die Folie an, dann schnappte sie nach Luft.

Im Karton lagen, sauber nebeneinander angeordnet, jede einzeln mit Schutzfolie umhüllt, aber jetzt schon deutlich zu erkennen – Holzstangen. Holzstangen in dem Format, wie man sie für den Bogenbau benutzte. Und so wie das Holz rötlich durch die Folie schimmerte, konnte es eigentlich nur …

Sie riss die Umhüllung von der ersten Stange ab. Ein wunderbarer Fernambukholzstab lag in ihrer Hand. Ungläubig strich sie darüber. Sie brauchte die anderen Stangen gar nicht auszupacken, das Holz leuchtete unverwechselbar durch die Schutzfolie.

Und jetzt wusste sie auch, woher sie den Namen kannte. Das war der Bogenbaumeister, der damals in der Fachzeitschrift annonciert hatte. Den sie angerufen hatte. Der nach einer Stunde schon seinen ganzen Bestand verkauft hatte. Aber wieso …?

Hatte Bertram etwa? Aber der wusste doch von der Existenz dieses Herrn Belling gar nichts. Oder doch?

Die Zeitschrift lag noch in der Schublade ihrer Werkbank. Mit fliegenden Fingern blätterte Stefanie die Seiten durch. Da! Hier war die Anzeige. Mit Telefonnummer.

Stefanie griff nach ihrem Handy und tippte die Telefonnummer ein.

Es läutete nur zwei Mal. »Belling.«

»Guten Tag, hier ist Stefanie Gruber, Herr Belling. Sie haben mir …«

»Frau Gruber. Ah. Ist das Paket gut angekommen? Sind Sie zufrieden? Ist die Überraschung gelungen?«

»Überraschung? Und wie! Aber … wieso habe ich jetzt doch die Stangen bekommen? Und so viele! So viele kann ich gar nicht bezahlen, Herr Belling.«

»Ja, aber es ist doch schon alles bezahlt! Wir haben doch getauscht!« Seine Stimme geriet ins Schwärmen. »Dieses Mahagoni! *Swietenia humilis!* Einmalig schön. Seit zehn Jahren versuche ich, da ranzukommen. Die anderen Unterarten kriegen Sie schon noch aus manchen Ländern, obwohl der Handel ja für alle Mahagoniarten eingeschränkt ist. Aber das *humilis!* Aussichtslos. Wirklich aussichtslos. Und ich wollte mir doch so gerne, wenn ich in Rente gehe, eine Bücherwand aus diesem Holz bauen. Ich hätte nicht gedacht, dass ich mir diesen Traum noch erfüllen kann.«

Stefanie wurde es abwechselnd kalt und heiß. Sie wusste, wer seit fast vierzig Jahren Bohlen aus echtem Mahagoni in seiner Werkstatt liegen hatte. Und immer wieder erklärt hatte, dass diese Art von echtem Mahagoni heutzutage nicht mehr zu bekommen sei.

Es war eigentlich überflüssig, dass sie fragte: »Und warum schicken Sie die Stangen zu mir?«

»Ja, hab ich denn nicht … Moment!«

Stefanie hörte, wie der Hörer auf den Tisch gelegt wurde, dann drang das Geräusch von raschelndem Papier an ihr Ohr, und plötzlich ein kräftiger, herzhafter Fluch.

»Ich werde wirklich alt und verkalkt«, sagte Herr Belling, nachdem er den Hörer wieder in die Hand genommen hatte.

»Ich habe vergessen, die Karte dazuzulegen.«

Stefanie, die bisher an der Werkbank gestanden hatte, ließ sich auf ihren Hocker sinken. »Ich verstehe Sie also richtig, dass es sich um ein Geschenk handelt?«

»Ja, natürlich.«

»Würde es Ihnen etwas ausmachen, mir die Karte vorzulesen?«

»Wenn das nicht zu indiskret … aber natürlich. Gerne.«

Herr Belling räusperte sich: »Für meine großartige, wunderbare, über alles geliebte Tochter. Herzlichen Glückwunsch zu deinem Geburtstag! Papa.«

»Danke«, hauchte Stefanie.

»Es ist mir wirklich schwergefallen, Ihnen so schroff abzusagen, als Sie neulich das zweite Mal anriefen. Aber Ihr Vater hatte mich doch gebeten – ›Ich will meine Tochter so richtig überraschen‹, hat er gesagt.«

Plötzlich ergab alles einen Sinn. Was hatte sie ihn an ihrem Geburtstag gefragt?

Hast du mich irgendwie austricksen müssen für dieses Geschenk?

»Ja, natürlich«, flüsterte Stefanie jetzt stimmlos.

»Eigentlich sollte es ja vor acht Wochen schon raus, aber die Spedition hat uns hängen lassen. Und dann war ich für vier Wochen in den Staaten, ich bin erst seit einigen Tagen zurück – deswegen konnte ich leider erst jetzt das Paket auf den Weg bringen.«

Da gab es Transportprobleme. Stefanie hatte es noch genau im Ohr.

»Faktisch haben Ihr Vater und ich ja nur Hölzer getauscht. Aber natürlich haben wir uns auch ganz ordentlich und gewissenhaft gegenseitig die Rechnungen dafür geschrieben. Also, es hat alles seine Ordnung. Auch buchhalterisch. Damit Ihr Vater für Sie eine Rechnung hat. Sie müssen ja diese Kosten absetzen können, Sie wollen die Kosten für das Holz sicher weder den Kunden noch dem Finanzamt schenken«, lachte Herr Belling.

Du kriegst nämlich auch eine Rechnung dafür.

Stefanie unterdrückte ein Aufschluchzen.

»Ist alles in Ordnung? Das ist doch Ihr Vater, der das Holz bei mir bestellt hat?«, fragte Herr Belling irritiert.

Papa liest diese Zeitschrift übrigens auch, hatte Felix festgestellt. Und sie hatte sich gewundert.

Es war keines ihrer Exemplare, das Felix gesehen hatte. Josef hatte sich die Zeitschrift gekauft, weil er nach Fernambukholz für seine Tochter suchte.

Der Mann, der das alles bestellt hatte, war auch der Mann, der sie schon als Dreijährige mit in die Schreinerei genommen hatte und der ihr nach und nach all die Werkzeuge in die Hand gegeben hatte, nach denen sie so energisch verlangte. Als sie sich nicht mehr damit zufriedengegeben hatte, einfach irgendwelche Klötzchen aneinanderzuleimen.

Und Stefanie dachte auch an die Frau, vor der dieser Mann und sie verschwörerisch geheim hielten, welche Werkzeuge sie so alles benutzen durfte; diese Frau, die so getan hatte, als würde sie die kleinen Verletzungen und Blessuren des Mädchens nicht bemerken; diese Frau, die den blau gehauenen Daumen, den das kleine Mädchen beim Baden hinterm Rücken versteckte, dann tatsächlich *übersah* …

Stefanie spürte, wie ihr die Tränen in die Augen stiegen. Schon wieder Tränen. War sie denn nur noch am Heulen? Aber es waren Tränen der Befreiung, Tränen des Glücks.

»Oder ist etwas verkehrt? War das gar nicht Ihr Vater?«, fragte Herr Belling verunsichert.

»Doch. Natürlich«, sagte sie und bemühte sich, das Schluchzen zu unterdrücken. »Ja. Das war mein Vater!«

Sonntag, 12. August 2018

Ruth wachte auf. War da nicht ein Geräusch gewesen? Es hatte sich angehört wie Stefanies Zimmertür. Sie hatte wohl geträumt. Ein Wunschtraum.

Oder Felix hatte ein Geräusch gemacht. Er war gestern Nachmittag überraschend gekommen. Er spürte wohl, dass seine Eltern Trost brauchten.

Wie spät war es? Kurz vor zwei. Vor drei Stunden waren sie ins Bett gegangen. Sie waren beide müde gewesen.

Traurigkeit macht müde, dachte Ruth.

Außerdem gab es neuerdings diese schlaflosen Nächte. Nächte, in denen sie sich Vorwürfe machte.

Felix hatte natürlich erzählt von den Erlebnissen, von den Erkenntnissen, die Stefanie und er auf ihren beiden Fahrten gewonnen hatten. Er hatte von Tante Zizi berichtet und von Frau Dubois, von den weißen Bündeln und den fremdländischen Nummernschildern.

Ruth machte sich Vorwürfe.

Eine Kinderhändlerin. Sie hatten eine Kinderhändlerin unterstützt. Menschen wie Josef und sie waren dafür verantwortlich, dass ein solches Geschäft überhaupt funktionierte.

Egoistisch hatten sie die Augen vor der Wirklichkeit verschlossen und nur an sich gedacht.

Sich ein Wunschbild gemalt von einem armen, elternlosen Baby, das sie zu sich nahmen, als ihr Kind annahmen. Und waren sich dabei sogar irgendwie großherzig vorgekommen.

Aber so war es nicht. Jedenfalls nicht immer. Babys wurden gesucht. Babys wurden zur Handelsware gemacht. Und sie beide hatten mitgeholfen. Sie trugen Mitschuld.

Kein Wunder, dass Stefanie nichts mehr mit ihnen zu tun haben wollte.

Und natürlich fragte sie sich, wie es Stefanie wohl inzwischen erging. Nachdem die Suche in einer Sackgasse geendet hatte. Wie kam Steffi damit zurecht?

Aber Felix wusste auch nichts Näheres. »Es geht ihr gut«, war die einzige Auskunft, die sie von ihrem Sohn bei den häufigen Telefonaten bekam.

Ihr fielen die Augen wieder zu. Aber es war ein unruhiger Schlaf, in den sie sank. Immer wieder wälzte sie sich von einer Seite auf die andere.

Am Morgen hätte sie, weil Sonntag war, eigentlich länger schlafen können.

Aber Ruth war ruhelos. Um halb sieben hielt sie es im Bett nicht mehr aus und schlich sich aus dem Schlafzimmer.

Sie ging in die Küche und knipste die Kaffeemaschine an.

Plötzlich waren da Schritte auf der Treppe zu hören. Bestimmte, entschiedene Schritte; Schritte, die sie kannte, Schritte, die sie liebte.

Ruth spürte, wie ihr Herzschlag beschleunigte.

Die Küchentür schwang auf und gab den Blick auf Steffi frei.

Sie stand in der Türöffnung, und die beiden Frauen schauten sich in die Augen.

»Hallo …« Steffi zögerte nur kurz. »Hallo, Mami!«

Ruth breitete die Arme aus und machte zwei Schritte auf Steffi zu, und Steffi eilte ihr entgegen und ließ sich in die Arme fallen.

Steffis Körper bebte.

»Mein Kind, mein liebes Kind, es tut mir so leid«, flüsterte Ruth ihrer Tochter ins Ohr.

Steffi schniefte. »Mir tut es leid«, sagte sie. »Ich wollte euch nicht traurig machen!«

»Ach, du hattest doch allen Grund!«

Ruth wischte sich über die Augen.

»Magst du einen Kaffee?«

Steffi löste sich aus der Umarmung und nickte. Beide lächelten sich noch einmal innig an, dann setzte sich Steffi auf die Eckbank.

Ruth stellte zwei Tassen unter den Auslauf der Kaffeemaschine und drückte auf den entsprechenden Knopf. Kurz darauf setzte sie sich, die beiden gefüllten Tassen in der Hand, neben ihre Tochter.

Irgendwann legte Ruth ihre Hand über die von Steffi. Und Steffi lehnte den Kopf an Ruths Schulter.

Beide schwiegen. Aber es war ein angenehmes Schweigen.

Dann atmete Stefanie tief durch. Sie hob den Kopf, lächelte ihre Mutter noch einmal an und griff nach ihrer Kaffeetasse.

»Verrückt«, sagte sie. »Einfach verrückt, das alles!«

Ruth nickte. »Mir kommt das heute auch völlig unwirklich vor. Ich kann mir nicht vorstellen, dass wir so etwas gemacht haben. Ich schäme mich.«

Beide hoben den Kopf, andere Schritte kamen die Treppe heruntergesprungen. Felix.

»Ich habe Kaffee gerochen«, grinste er, und als im selben Moment oben die Badezimmertür klappte, fügte er hinzu: »Und da bin ich, wie es scheint, nicht allein.«

Er knuffte leicht seine Schwester in die Seite. »Und? Alles wieder gut?«, fragte er, und Steffi nickte und grinste ihn kurz an.

»Du bist nicht überrascht?«, fragte Ruth.

»Nö«, sagte Felix. »Ich wusste, dass sie kommt. Wir haben am Freitag telefoniert.«

»Ach ihr!«, sagte Ruth, und ihre Stimme war voller Glück.

Die Tür oben klappte erneut.

»Ich decke mal schnell den Frühstückstisch«, sagte Ruth, Stefanie bot an: »Ich helfe dir«, und Felix griff nach einem kurzen Blick auf den leeren Tisch zu dem Tellerregal an der Seite und nahm vier Teller heraus.

Als drei Minuten später Josef durch die Tür trat, lockten schon Marmelade, Käsescheiben und frisch aufgeschnittene Tomaten vom Frühstückstisch, und der Toaster verbreitete den Duft nach frischem Brot.

Auch Josef hielt bei Stefanies Anblick kurz inne. »Wie geht es dir?«, fragte er dann betont unaufgeregt, und nur an dem Blick, mit dem er sie prüfend musterte, konnte man seine Emotionen ablesen. Seine Freude, die Tochter zu sehen – und seine Angst, sie könnte sich noch weiter abwenden von ihren Eltern. Sie stand auf und umarmte ihn. »Alles ist gut, Papi. Wirklich. Mach dir keine Sorgen.«

»Ach, mein Mädchen! Da bin ich aber froh!« Er drückte sie so fest, dass sie lachend aufstöhnte; nur Ruth hörte, wie tief er vor Erleichterung ausatmete.

Dann frühstückten sie. Die Atmosphäre war noch etwas angespannt.

»Vielen Dank für die Fernambukholzstangen«, sagte Steffi.

»Ach – an die habe ich überhaupt nicht mehr gedacht!«, erwiderte Josef. »Ich habe nur …«

Plötzlich zitterte seine Stimme.

Stefanie erhob sich erneut und umarmte ihren Vater ein zweites Mal.

»Es tut mir leid«, sagte sie. »Es tut mir so leid! Ich wollte euch keinen Kummer machen.«

Alle taten, als würden sie nicht sehen, wie Josefs Oberkörper bebte.

Endlich räusperte er sich und löste sich aus Stefanies Armen.

»*Dir* braucht doch nichts leidzutun!«, sagte er. »*Wir* waren es doch, die versäumt haben …« Er räusperte sich noch einmal.

Stefanie legte ihm die Hand liebevoll an die Wange.

»Ich hätte mich besser in eure Situation hineinversetzen müssen.« Sie lächelte Josef an.

»Ach, mein Mädchen!«, sagte er noch einmal.

Stefanie strich Josef zärtlich über die Schulter.

»Wollt ihr euch jetzt noch stundenlang gegenseitig versichern, dass der andere nicht schuld ist?«, erkundigte sich Felix. »Oder können wir endlich zu einem gemütlichen, geruhsamen Frühstück in der Familie übergehen?«

Josef räusperte sich ein drittes Mal, und Stefanie wischte sich über die Wange.

Dann grinste sie Felix an.

»Eigentlich schade, dass sich die Hoffnung zerschlagen hat, wir könnten dich vielleicht zurückgeben.«

Felix grinste zurück. »Du meinst, wenn ich im Krankenhaus vertauscht worden wäre?«

Stefanie nickte, und alle lachten. Vielleicht etwas zu laut, denn der Witz war nicht mal besonders gut. Aber er genügte, um die angestauten Emotionen zu lösen und die Stimmung zu befreien.

Später berichtete Stefanie von ihren beiden Fahrten, und sie bemerkte, dass Felix nur das Nötigste erzählt hatte. Als sie auf Gabrielles Bistro zu sprechen kam, leuchtete sein Gesicht auf einmal in einem zarten Roséton; als sie jedoch erzählte, dass der betreffende Arzt inzwischen verstorben war, sie aber seinen Sohn David kennengelernt hätten, einen netten, hilfsbereiten jungen Mann, mied sie Felix' Blick, denn sie war sicher, dass auch ihr Gesicht nun eine ähnliche Rosafärbung zeigte.

»Ja«, sagte Josef. »Das scheint tatsächlich das Ende zu sein. Wenn man diese Frau Dubois nicht finden kann, also die richtige, meine ich natürlich.«

»Etwas habe ich allerdings erfahren«, sagte Stefanie auf einmal. Ruths und Josefs Köpfe ruckten hoch.

»Die Heilige hier drin«, Stefanie zog die Kette mit dem Medaillon aus der Hosentasche, »das ist nicht die Jungfrau Maria, das ist die heilige Sara.«

Josef wusste direkt, um wen es sich handelte. »Natürlich!«, sagte er. »Es ist die Schutzheilige der Roma! Darauf hätte ich eigentlich kommen können!«

»Ach ja«, sagte Ruth. »Jetzt erinnere ich mich auch an die Geschichte!« Sie nickte, als sei ihr gerade etwas klar geworden.

»Die Kette hat dir deine leibliche Mutter mitgegeben. Davon bin ich jetzt fest überzeugt. Sie hat dich dem Schutz der heiligen Sara anvertraut, weil sie dich weggeben musste. Und wenn du in einem fremden Land an fremde Ufer gespült wirst, so wie es der heiligen Sara ergangen ist, dann soll die Heilige dich beschützen und für dich sorgen.«

Stefanie strich mit dem Finger zart über das Gesicht der Schutzpatronin.

Dann lächelte sie Ruth an. »Das hat die heilige Sara aber auch sehr gut gemacht!«

»Ach, mein Kind!« Ruth schluckte. Sie musste an sich halten, um nicht schon wieder zu weinen. Aber sämtliche Traurigkeit der letzten Wochen verflog bei diesem Satz.

Stefanie schaute noch einmal auf das Bild, dann klappte sie das

Medaillon zu. »Ich bin nur unendlich traurig, dass ich es meiner leiblichen Mutter nie werde erzählen können.«

Montag, 13. August 2018

Als Gretha Theissen auf die Brücke kam, sah sie ihren Mann Johannes in seiner typischen Haltung am Steuerstand sitzen. Die rechte Hand ruhte am Ruderhebel, die Füße hatte er hochgelegt, der Blick war nach vorne gerichtet. Sie fuhren zu Tal, die Strömung war stark, und der Rhein führte Niedrigwasser. Sie fuhren mit zweiundzwanzig Knoten den Rhein flussabwärts. Drei Tage noch, dann wären sie pünktlich zum Löschen der Ladung in Rotterdam.

Gretha balancierte ein Tablett mit zwei Kaffeetassen, Thermoskanne, Kuchentellern und einer Platte mit appetitanregend duftendem Streuselkuchen.

Johannes schnupperte.

»Oh! Frisch gebacken! Wie lecker! Es ist einfach wunderbar, wenn du mit an Bord bist!«

Gretha Theissen lachte. »Du meinst, weil es dann Streuselkuchen gibt?«

»Erwischt.«

»Aber da du ein so ruheloser Rentner bist und es zu Hause nicht aushältst, muss ich ja mit an Bord, wenn ich meinen Mann mal verwöhnen will. Die Frau gehört zum Mann, hat meine Großmutter immer gesagt.«

Gretha dachte an ihre Oma.

Sie war eine Roma gewesen, die während der Nazizeit ihre gesamte Familie verloren hatte. Ein Bauer in der Eifel hatte die verzweifelte junge Frau auf seinem Hof zwei Jahre lang versteckt. Nach dem Krieg war daraus eine Liebesgeschichte geworden. Die beiden hatten geheiratet, eine glückliche Ehe geführt und einen Sohn bekommen, Grethas Vater. Gretha hatte ein sehr enges Verhältnis zu ihrer Großmutter gehabt. Der Großvater war zuerst verstorben, aber die Großmutter hatte noch lange genug gelebt, um Johannes kennenzulernen. Erst während Grethas Schwangerschaft …

Da war es wieder passiert. Ein falscher Gedanke und die Erinnerung schoss hoch. Diese Erinnerung, die ständig im Hintergrund lauerte und nur auf Gelegenheiten wartete. Die das Herz mit einem glühenden Eisenreif zusammendrücken konnte.

Ein kurzer Seitenblick zu Johannes. Hatte er etwas bemerkt?

»Ich wusste, warum mir deine Großmutter so sympathisch war«, antwortete er jetzt lachend.

Gretha atmete erleichtert aus.

Sie räumte alles bis auf eine Kaffeetasse und einen Kuchenteller vom Tablett auf den kleinen Tisch hinter dem Steuerstand, füllte die Kaffeetasse und schnitt ein ordentliches Stück von dem saftigen Kuchen mit den leicht gebräunten, knusprigen Streuseln ab. Dann brachte sie das Tablett zu ihrem Mann und platzierte es geschickt auf seinen Oberschenkeln. Zurück am Tisch, schob sie die Geige, die ihr Mann immer spielbereit bei sich auf der Brücke hatte, zur Seite, setzte sich und schaute zum Fenster hinaus.

Ein Passagierdampfer kam ihnen entgegen. An Deck wimmelte es vor Menschen. Das Rheintal mit seinen Burgen und Schlössern hatte seine Faszination nie verloren und zog immer noch jedes Jahr Hunderttausende Touristen an.

»… wo der Sage nach der brutale und hartherzige Bischof Hatto bei lebendigem Leibe von den Mäusen aufgefressen …«, schallte es jetzt von den Schiffslautsprechern herüber. Und die Köpfe der Menschen reckten sich zum Binger Mäuseturm, auf den Gesichtern zeigte sich wohliges Erschauern.

Gretha lächelte. Diese alten Sagen und Märchen, die hier in dieser Landschaft spielten … Aber die Burgen und Schlösser, die das Rheinufer säumten, gaben ja auch eine prächtige Kulisse ab. Und dazu »Vater Rhein«, der mächtige Strom, der heute so freundlich und einladend war, der die Sportbootfahrer, die Ruderer und die Kanuten an diesem heißen Sommertag auf seine erfrischenden Wasser gelockt hatte. Der aber auch anders konnte. Der nicht nur bei den regelmäßigen Hochwassern die Macht der Natur zeigte, sondern auch die Binnenschiffer mit Sturm, mit Wellen, mit Untiefen und mit Strudeln vor Herausforderungen stellen konnte.

»Der Fluss macht demütig«, hatte ihr Mann einmal gesagt. Gretha lächelte in sich hinein. Demütig war eigentlich nicht das Adjektiv, mit dem sie ihren Johannes beschreiben würde. Aber damals, ja, da war ihr Johannes wirklich demütig gewesen, als er um ein Haar ein Schiff verloren hätte, weil er seinen Willen gegen die Natur hatte durchsetzen wollen.

Gretha beobachtete nachdenklich ihren Mann, wie er mit ruhiger Hand den Ruderhebel führte. Über den Rücken baumelte der inzwischen schneeweiße Zopf, zu dem ihr Mann jeden Morgen seine langen, immer noch kräftigen Haare sorgfältig flocht. An seiner linken Hand blitzten unter der hereinscheinenden Sonne die wuchtigen Silberringe. Er trug, wie meist, eine ärmellose schwarze Lederweste. Die große Tätowierung auf seinem linken Oberarm zeigte das Spiel des Muskels darunter.

Man sah ihm seine siebzig Jahre nicht an. Groß und sehnig und immer noch schlank war er, fast drahtig, die muskulösen Arme waren immer noch straff.

Jetzt warf er einen Blick auf die Uhr. »Ich darf noch sechs Stunden. Die Strömung ist ordentlich, wir werden es gut schaffen!«

Sie mussten Rotterdam pünktlich erreichen, denn sie würden direkt eine neue Ladung aufnehmen: Schrott, der flussaufwärts in ein Stahlwerk gebracht werden sollte.

Es war natürlich schön, wenn man die eine Ladung in Rotterdam löschen und direkt die andere aufnehmen konnte. Aber alles war eng getaktet, es bedeutete Termindruck und Stress. Denn letzten Endes entschied der Fluss, wie schnell man vorankam.

Eigentlich sollte Johannes sich diesem Stress nicht mehr aussetzen. Es war geplant gewesen, dass er sich, wie schon sein Vater und sein Großvater, mit Erreichen des siebzigsten Lebensjahrs zur Ruhe setzen und den letzten Lebensabschnitt an Land verbringen würde. In dem kleinen Häuschen in Dieblich an der Mosel, wo man von der Terrasse aus die vorbeiziehenden Lastkähne zählen konnte und das Tuckern der Dieselmotoren einen in den Schlaf wiegte.

»Da liegt ja eine Zeitung von heute!«, stellte Gretha plötzlich überrascht fest.

»Ja, der *St. Goarshausener Tagesanzeiger.* Hat das Proviantboot heute Morgen mitgebracht.«

Die Seiten der Zeitung raschelten, als Gretha sie umblätterte. Aber sie nahm nichts auf von dem, was da stand, ihre Gedanken gingen ihre eigenen Wege.

Vor einem halben Jahr hatte er es versucht, hatte das Schiff vermietet und war an Land geblieben. Aber es hatte nicht funktioniert.

Lag es daran, dass sie keine Kinder hatten? Dass es keinen Sohn gab, dem er das Schiff übergeben konnte? So wie sein Vater ein Schiff – nicht dieses allerdings – ihm übergeben hatte und so wie der wiederum ein Schiff von seinem Vater erhalten hatte.

Partikulier, also selbstständiger Schiffsführer mit eigenem Schiff, das waren diese Männer. Johannes in der dritten Generation. Und auch in der letzten.

Das waren ganz schlechte Gedanken, Gretha hatte es geahnt. Sofort tauchte er wieder auf, der Eisenring. Gretha hielt mit Gewalt einen Schmerzenslaut zurück.

»Das Rheintal ist einfach wunderschön«, sagte sie jetzt.

Ihr Mann drehte sich kurz zu ihr um. »Nicht so schön wie du«, lächelte er sie an.

»Ach! Was bist du nur für ein Schmeichler. Aber ich ahne, worauf es hinausläuft. Du möchtest noch eine Tasse Kaffee und ein zweites Stück Streuselkuchen.«

Johannes grinste kurz. »Es geht doch nichts über eine langjährige Ehe.«

Gretha brachte ihrem Mann das Gewünschte, dann nahm sie wieder Platz an dem kleinen Tisch und blätterte weiter in der Zeitung.

Während Johannes mit der rechten Hand den Ruderhebel dirigierte, griff er mit der linken nach dem Kuchenstück und biss herzhaft hinein.

»Gleich kommt Leys Lore«, sagte ihr Mann einige Minuten später.

»So weit sind wir schon?«, sagte Gretha erschrocken. »Ich hab gar nicht aufgepasst, soll ich dir das Tablett abnehmen?«

Johannes legte das Kuchenstück wieder hin. »Ja, bitte. Für zehn Minuten.«

Gretha holte das Tablett, Johannes nickte dankend.

Hier an der Loreley, von Johannes meist scherzhaft als Leys Lore bezeichnet, war eine der engsten und gleichzeitig auch eine der tiefsten Stellen des schiffbaren Rheins.

Früher hatten die Schiffsführer vor der Durchfahrt Lotsen an Bord genommen. Inzwischen waren zwar im Rhein die gefährlichsten Felsen unter Wasser weggesprengt worden, und dank der modernen Radargeräte und auch der höheren PS-Zahlen der Schiffe brauchten die Schiffsführer keine Lotsen mehr. Dennoch erforderte die Durchfahrt, insbesondere bei außergewöhnlichen Wasserständen wie zum Beispiel dem Niedrigwasser heute, die volle Konzentration.

Das letzte große Schiffsunglück lag noch gar nicht lange zurück. 2011 war ein Säuretanker gekentert. Das Schiff konnte erst Wochen später geborgen werden, weswegen die Schifffahrtsstraße Rhein für Wochen gesperrt gewesen war. Das hatte auch für Johannes als unabhängigen Partikulier einen erheblichen Verdienstausfall bedeutet.

»Jetzt kannst du mir das Tablett wiedergeben«, bat er.

Aber er bekam keine Antwort. Verwundert wandte er den Kopf.

»Gretha?«

Seine Frau saß an dem kleinen Tisch hinter ihm in der engen Steuerkabine, die aufgeschlagene Zeitung vor sich, und war in den Anblick eines halbseitigen Fotos vertieft.

Das Foto zeigte, das konnte er auch von seinem Platz aus erkennen, eine junge Frau.

»Wer ist das?«

»Die junge Frau, die dieses Jahr bei irgendeiner Aufführung hier die Loreley spielt.«

»Nein!«, sagte er. »Gretha, nicht!« Er sagte es so sanft, wie es ihm nur möglich war.

»So alt müsste sie jetzt ungefähr sein. So könnte sie aussehen.«

»Ach, Gretha, hör doch bitte auf! Es ist so lange her, kannst du dich nicht irgendwann damit abfinden und glauben, was dir alle sagen?«

»Nein. Ganz im Gegenteil. Je älter ich werde, desto sicherer werde ich mir.«

»Ja. Weil die Fakten in deiner Erinnerung immer weiter verblassen. Deswegen kannst du dir immer erfolgreicher alles Mögliche einreden.«

»Ich muss mir nichts einreden! Ich habe eine Tochter geboren, ich weiß es ganz genau. Es war ein Mädchen! Und der arme kleine tote Junge, das war nicht mein Kind.«

Johannes schaute abwechselnd nach vorne und dann wieder kurz nach hinten zu seiner Frau.

»Du warst halb bewusstlos vor Schmerz und von der Anstrengung. Und benommen von den Medikamenten, die sie dir gegeben hat.«

»Mit denen sie mich halb bewusstlos gemacht hat, meinst du wohl. Diese Hebamme! Sie hat mich belogen, sie hat uns betrogen!«

Johannes schüttelte den Kopf. »Es vergeht kaum ein Tag, an dem du nicht davon sprichst.«

»Es vergeht auch kaum ein Tag, an dem ich nicht an meine Tochter denke.«

Johannes schwieg und schaute nach vorne. Gretha sah seinen abweisenden Rücken. Aber er sprach mit ihr.

»Kannst du dir vielleicht vorstellen, dass ich das nicht aushalte? Du willst, dass ich zu Hause bleibe, dass ich mit dir in dem Haus meines Vaters und Großvaters lebe. Das würde ich auch gerne, aber ich ertrage einfach deine ständige Trauer nicht. Ich bin auch traurig, dass unser Kind gestorben ist. Sehr traurig sogar. Aber es ist jetzt fast dreißig Jahre her. Der Satz, dass die Zeit alle Wunden heilt, stimmt zwar nicht. Die Wunden heilen nicht. Aber sie können vernarben. Und dann kann man weiterleben. Sogar halbwegs glücklich. Aber du reißt meine Narben jeden Tag aufs Neue auf. Und deswegen ertrage ich es nicht, mit dir an Land zu leben. Deswegen flüchte ich auf das Schiff.«

Gretha war betroffen. »Das hast du mir nie gesagt.«

Johannes wandte sich wieder zu ihr um und lächelte traurig. »Was soll ich denn sagen? Ich habe doch nicht das Recht, dir die Trauer um dein Kind zu nehmen.«

Gretha las in seinen Augen seine Liebe zu ihr. Zärtlichkeit und Mitgefühl. Aber auch Hilflosigkeit. Und Leid.

»Und warum vernarbt es bei mir nicht?«, fragte sie ratlos.

»Ich weiß es nicht. Aber ich glaube, es kommt daher, weil du um ein Gespenst trauerst. Um einen Menschen, den es nicht gegeben hat. Deswegen kannst du nicht abschließen.«

Gretha lehnte den Kopf zurück und schloss die Augen: »Wenn ich zurückdenke – ich sehe alles noch so genau vor mir!«

»Haben wir nicht neulich zusammen diese Fernsehsendung gesehen, in der es darum ging, wie sehr einen das Gedächtnis täuschen kann?«

Natürlich erinnerte sich Gretha an diese Reportage. Darin hatte unter anderem eine Frau aus New York berichtet, dass sie in ihrer Erinnerung am 11. September aus ihrem Wohnzimmerfenster schaut und die Staubwolken über dem Hudson sieht – dass sie nachweislich an dem Tag aber ganz woanders war.

»Das Gedächtnis trügt uns so leicht, es gibt so viele Experimente, die das beweisen. Wir bauen etwas ein, was wir anderswo gesehen haben oder was wir glauben.«

Hatte Johannes recht? Sie war tatsächlich halb bewusstlos gewesen. Sie hatte sich eine Tochter gewünscht. Und ihre damals gerade verstorbene Großmutter hatte ihr im Traum eine Tochter angekündigt. Sie hatte fest daran geglaubt, dass ihre Großmutter recht hatte, dass dieser Traum eine Bedeutung hatte. Aber das war natürlich Unsinn.

Und – aber das wusste Johannes nicht – in den letzten Monaten hatte sie zu zweifeln begonnen. Eigentlich tatsächlich nach dieser Fernsehsendung damals.

Und sie hatte gelogen gerade eben. Sie wurde sich nämlich *nicht* immer sicherer, im Gegenteil. Immer öfter hatte sie das Gefühl, dass sie sich verrannte. Dass ihre Überzeugung, es sei eine Tochter gewesen, der einzige Hinweis darauf war, dass sie eine Tochter geboren hätte. Sie war der Meinung, sie kurz gesehen zu haben. Täuschte sie sich? Sie wusste es nicht mehr.

Etwas anderes hatte sie auch aus dieser Fernsehsendung gelernt: Die Erinnerung konnte trügen. Ganz furchtbar sogar.

Und hier gab es noch nicht einmal irgendeine Erinnerung, die auf eine Tochter hindeutete.

Was, wenn sie sich und ihren Mann mit einer Einbildung quälte? Einer Wahnvorstellung?

»Wenn ich sicher wüsste, dass mein Kind tot ist, ja, das wäre für mich schlimm, und ich wäre sehr traurig. Ich könnte jedoch mit diesem Gedanken meinen Frieden finden. Aber ich denke immer, vielleicht lebt sie irgendwo, und es geht ihr schlecht. Vielleicht braucht sie mich. Und sie fragt sich, warum ihre Mutter ihr nicht hilft!« Sie schluchzte kurz auf. »Verstehst du nicht, dass mir dieser Gedanke keine Ruhe lässt?«

»Wenn ich das glauben würde, wenn ich denken würde, dass mein Kind irgendwo leidet – ich wäre keine Sekunde mehr froh.«

Draußen glitt die Landschaft vorbei. Sie sahen beide die mächtige Marksburg auf der rechten Seite.

Keiner von ihnen sagte ein Wort. Aber beide schauten hoch, und dann drehte sich Johannes in seinem Führerstand kurz zu seiner Frau und suchte ihren Blick. Oben auf der Marksburg hatte Johannes damals seiner Gretha den Heiratsantrag gemacht. Mit einer für seine Verhältnisse extrem romantischen Formulierung: »Diese Burg ist nie zerstört worden. Und meine Liebe zu dir ist auch unzerstörbar!«

»Aber keiner von uns hat nachgeschaut, ob es ein Mädchen ist oder ein Junge«, sagte er jetzt, nachdem sie sich kurz wegen der Erinnerung zugelächelt hatten.

»Doch! Ich«, sagte Gretha leise.

»Das konntest du gar nicht. Du warst viel zu benommen. Und

die Hebamme ist doch auch sofort mit dem Kind verschwunden. Wenn du mir das nur einmal glauben würdest! Du hast nicht nachgeschaut!«

Gretha konnte nicht zählen, wie oft sie genau dieses Gespräch schon geführt hatten.

Konnte es wirklich sein, dass sie sich täuschte? Sie war nur halb bei sich gewesen, geschwächt und halb betäubt. Und es war alles so schnell gegangen.

Aber dass er sich nicht zur Ruhe setzte, nicht nach Hause kam, weil sie …

Was, wenn sie sich täuschte? Wenn sie ihr Leben – und das Leben ihres Mannes – mit einer Wahnidee zerstörte?

»Vielleicht hast du recht. Vielleicht habe ich mich wirklich in etwas hineingesteigert.« Gretha versuchte, sich vorzustellen, dass der kleine tote Junge ihr Kind war, ihr Sohn. So wie sie es schon seit einigen Wochen versuchte. Es fiel ihr schwer. Aber es ging irgendwie.

»Wenn ich ehrlich bin«, gab sie plötzlich zu, »weiß ich gar nicht mehr, warum ich mir so sicher war, ich hätte eine Tochter geboren.«

Dass er nicht mit ihr leben konnte, weil sie um ihre Tochter trauerte, war entsetzlich. Sollte das denn immer so weitergehen? Wollte er fahren, bis er auf der Schiffsbrücke tot umfiel?

Das konnte doch nicht ihr gemeinsamer Lebensabend sein!

Ihr Mann hatte recht. Sie musste endlich Frieden finden. Sie beide mussten Frieden finden.

Plötzlich schluchzte sie auf. »Dann habe ich mich nie von ihm verabschiedet. Und durch meine Schuld gibt es noch nicht einmal ein Grab, zu dem ich gehen kann.«

»Doch«, sagte ihr Mann.

»Was meinst du damit?«

»Das Grab gibt es.«

»Aber … ich verstehe dich nicht.«

»Ich habe mich darum gekümmert.«

Fassungslos starrte Gretha auf den Rücken ihres Mannes.

»Du hast *was?*

»Ich habe damals dafür gesorgt, dass unser Junge ein richtiges Grab bekommt. Vor ein paar Jahren wäre die Grabstelle eigentlich abgelaufen, aber ich habe sie verlängern lassen. Es gibt das Grab also noch.«

»Johannes!«

»Ich kann hier jetzt nicht loslassen, magst du einen Moment zu mir kommen?«

Gretha ging zu ihrem Mann, und er nahm sie in die Arme.

»Ich habe nie die Hoffnung aufgegeben, dass du eines Tages am Grab unseres Sohnes von ihm Abschied nehmen willst.«

Gretha weinte in seinen Armen. Aber es waren Tränen, die ihr Erleichterung brachten.

»Nach dieser Tour, wenn wir zurück sind, bringe ich dich hin. Vielleicht hilft es dir, abzuschließen. Und dann setze ich mich zur Ruhe.«

Gretha lächelte unter Tränen und schniefte. »Ich werde es uns schön machen!«

Montag, 13. August 2018

Am Montagmittag, als Stefanie sich schnell vom nahe gelegenen Imbiss eine Kleinigkeit besorgen wollte, kam sie an einer Buchhandlung vorbei.

Kurz entschlossen ging sie hinein.

»Gibt es eigentlich irgendwas über die Architektur von Holzhäusern?«, fragte sie die Buchhändlerin. »Vielleicht speziell in Österreich?«

»Da muss ich nachschauen.« Die hilfsbereite Frau tippte geschwind einige Begriffe in ihren Computer, schüttelte den Kopf, tippte andere Wörter und gab auf einmal ein triumphierendes »Na also!« von sich. »Hier«, sie klopfte mit dem Finger auf den Bildschirm. »Zum Thema Holzhäuser im Alpenraum gibt es einiges.«

Den Titeln nach zu urteilen, erschienen Stefanie die Bücher alle lesenswert. »Davon habe ich aber keines vorrätig«, meinte die Buchhändlerin bedauernd. Und dann: »Moment, diese zwei hier haben wir in unserer Filiale in Landshut auf Lager. Die könnte ich bis heute Abend besorgen.«

»Dann möchte ich die zwei bitte bestellen.«

Am Nachmittag, als sie einem Bogen den letzten Schliff gab, merkte sie plötzlich, wie sehr sie sich darauf freute, in den bestellten Büchern zu schmökern.

Tatsächlich lagen die Bücher am Abend bereit, und Stefanie trug die schweren Bände voll neugieriger Erwartung nach Hause. Nach dem Abendessen bereitete sie sich einen großen Krug mit erfrischendem Wasser und einigen Zitronenscheiben, und dann saß sie an ihrem Tisch mit dem Blick über Passau und begann zu blättern.

Sie las über Vorarlberger Schindelhäuser und Schweizer Ständerblockhäuser; sie erfuhr Details über mögliche Eckverbindungen wie Schwalbenschwanzverbindung und Sattelkerbenbauart, und sie lernte Begriffe wie Zierschrot und Klingschrot.

Einige Bezeichnungen waren ihr bereits von ihrem Vater her vertraut, manche Zusammenhänge begriff sie, weil sie das nötige Verständnis in ihrer Ausbildung erworben hatte.

Auch am nächsten Abend vertiefte sie sich in die Bücher.

Und auch am dritten Abend wieder.

Aber da unterbrach sie das Klingeln des Telefons.

Sie hob ab und hörte Davids Stimme. Er sagte: »Ich habe Edith Dubois gefunden.«

Samstag, 18. August 2018

Es gab einen kleinen Ruck, als der Flieger aufsetzte. Stefanie streckte sich. Der Flug war wirklich kurz gewesen, noch nicht einmal eine Stunde war das Flugzeug bei seinem Flug von München nach Luxemburg in der Luft gewesen.

David würde sie am Flughafen abholen.

Stefanie wusste nicht, was sie mehr nervös machte. Dass sie David gleich wiedersah?

Oder dass er meinte, Frau Dubois gefunden zu haben.

Als ihr Telefon am vergangenen Mittwoch geklingelt hatte, hatte David ihr Folgendes erzählt: Er war nach Esch in Luxemburg gefahren, wo Edith Dubois laut Tante Zizi herstammen sollte.

»Vorher hatte ich alles Mögliche gegoogelt. Familienanzeigen in den Zeitungen, das Telefonbuch natürlich als Erstes, ein paar Mitgliederlisten in Vereinen auf gut Glück. Alles, was mir irgendwie einfiel. Aber natürlich ohne Erfolg. Dann habe ich mir überlegt, dass ich vielleicht mal auf dem Friedhof in Esch spazieren gehe. Wenn Frau Dubois aus Esch stammt, dachte ich, liegen vielleicht noch irgendwelche Vorfahren oder Verwandte dort.«

Stefanie hatte atemlos gelauscht.

»Also bin ich über den Friedhof gestapft und habe ein Grab mit der Aufschrift Dubois gesucht.«

»Über den ganzen Friedhof?«, hatte Stefanie ungläubig gefragt.

»So groß ist der Friedhof nicht. Jedenfalls habe ich mir Urlaub genommen, weil …«

»Sie sind ja verrückt«, entfuhr es Stefanie.

David lachte. Schmetterlinge flatterten in ihrem Bauch um die Wette.

»Den Urlaub habe ich mir deswegen genommen, weil ich nämlich ein Doppelgrab mit der Aufschrift Dubois gefunden habe.«

»Edith?«, stieß Stefanie hervor.

»Nein. Andere Vornamen. Und zu lange her. Ich vermute, dass es die Eltern waren.«

»Ja – und dann?«

»Wie gesagt, dann habe ich mir gestern und vorgestern Urlaub genommen, und heute ist ja sowieso hier Feiertag.«

»Hier auch«, unterbrach Stefanie.

»Ich wusste nicht, dass Mariä Himmelfahrt in Deutschland auch ein Feiertag ist«, sagte David verwundert.

»Nur in Bayern. Aber ich habe Sie leider unterbrochen. Bitte erzählen Sie doch weiter.«

David lachte leise.

»Sie möchten, dass ich weitererzähle? Gerne. Wissen Sie, Esch ist ja nicht so groß. Da kennt doch fast jeder jeden. Und die alten Frauen auf dem Friedhof, die da seit zig Jahren ihre früh verstorbenen Gatten wässern, die wissen nicht nur alles, sondern sind auch froh um jedes Gespräch.«

»Das ist ja … Und?«

David gab ein gedehntes *Ja* von sich, in dem Stefanie tiefste Befriedigung hörte. »Die vierte war's!«, sagte er.

»War was?«, fragte Stefanie atemlos.

»Das war die Frau, die die Familie Dubois gut gekannt hat und mir – unaufgefordert – die Lebensgeschichte sämtlicher Familienmitglieder erzählt hat.«

»Warum hat sie das denn gemacht?!«

David hüstelte. Es sollte sich wohl verlegen anhören, aber er konnte sein Triumphgefühl nicht verbergen.

»Ich habe erzählt, ich suche gerade meine Familiengeschichte und forsche nach meinen Vorfahren und dass ich in diesem Zusammenhang festgestellt hätte, dass diese Verblichenen vielleicht entfernte Verwandte von mir sind.«

»Also das ist ja …! Und? Wusste die Frau etwas über Edith Dubois?«

»Nicht nur über Edith. Über die ganze Familie! Die Familie gehörte hier früher zu den Schmelzherren.«

»Zu was?«

David lachte. »Ich gebe zu, ich habe den Begriff auch erst jetzt gelernt. Stahlbarone sagt man in Deutschland dazu.«

»Ach«, meinte Stefanie überrascht. Edith Dubois war in ihrer Vorstellung alles andere gewesen als eine Tochter aus reichem Haus.

»Ja. Genau. Früher mal sehr vermögend. Dann, mit dem Untergang der Stahlindustrie hier, verarmt. Und so ist diese Tochter Edith, Einzelkind übrigens, nach Metz gegangen, um dort bei einem Frauenarzt zu arbeiten. Allerdings nur als Empfangsdame, obwohl ihre Mutter in Esch das immer so dargestellt hat, als sei die

Tochter Arzthelferin, was im Übrigen in den Augen von Frau Alzen eine Unverschämtheit ist, weil ...«

»David!«

Er lachte. »Erzähle ich Ihnen zu umständlich?«

»Bitte!«, flehte Stefanie.

»Vielleicht möchte ich einfach das Telefongespräch mit Ihnen in die Länge ziehen.«

War das ernst gemeint? Lächelte er gerade?

Stefanie schloss die Augen.

»Ich glaube, ich kippe gleich um«, sagte sie. »Und hier ist niemand, der mich auffängt. Also bitte: Was haben Sie herausgefunden?«

David lachte wieder. »Unter diesen Umständen werde ich mich kurzfassen.« Er konnte es aber nicht lassen, noch eine kleine Kunstpause zu setzen. »Die Mutter von Edith Dubois ist eine geborene Welter.«

Stefanie stöhnte leise auf.

»Das ist wichtig!«, sagte er, und Stefanie konnte sein unterdrücktes Lachen hören. »Das ist eine sehr relevante Information.«

»Ich bin mir nicht sicher, ob ich Ihnen das glauben kann.«

»Ach, ich denke, Sie werden mir glauben ...«, sagte er gedehnt und zog die Pause noch ein kleines bisschen in die Länge, »... wenn ich Ihnen sage, dass Edith Dubois inzwischen den Mädchennamen ihrer Mutter angenommen hat.«

»Was!?«

»Sie lebt als Edith Welter in Esch.«

Stefanie sackte in ihrem Stuhl zusammen.

»Und?«, fragte er.

»Was und?«

»War das eine wichtige Information?«

Stefanie holte tief Luft. »Ja, das war es.«

»Wiederholen Sie bitte: Ich werde Herrn David Bessons in Zukunft immer glauben, dass er eine wichtige Information hat, wenn er sagt, dass er eine wichtige Information hat.«

Stefanie konnte ein leises Glucksen nicht unterdrücken.

»Ich werde …«, wiederholte sie auftragsgemäß die Worte.

»So ist es richtig«, lobte David.

»Ich kann es noch immer nicht glauben! Haben Sie auch die Adresse?«

»Da gibt es leider ein kleines Problem, unsere Edith ist nämlich gerade umgezogen, und die Dame, die mir das alles erzählt hat, kannte die neue Adresse nicht.«

»Oh«, sagte Stefanie. »Wo ist sie denn hingezogen?« Verlor sich diese Spur etwa auch gleich wieder?

»Keine Angst!«, sagte David. »Nur hier innerhalb von Esch. Ich habe auch schon im Telefonbuch nachgeschaut, Welter ist allerdings hier ein häufiger Name, deswegen gibt es mehrere, die infrage kämen. Aber wenn ich Ihnen sage, dass ich noch eine wichtige Information habe, werden Sie mir dann glauben?«

Stefanie ruckte hoch.

»Ja!«, stieß sie atemlos hervor.

»Am Sonntag ist eine Trauung in Esch.«

Stefanie schwieg. Offenbar wartete David auf ein neugieriges Nachfragen. Oder ein lautstarkes Anzweifeln der Wichtigkeit dieser Information.

»Das ist ganz sicher eine wichtige Information.«

»Das war die richtige Antwort«, lobte David erneut, und sie konnte das unterdrückte Lachen deutlich in seiner Stimme hören. »Und der Kirchenchor wird singen.«

Jetzt hielt sie es doch nicht mehr aus. »Diese Information ist sicher auch … David! Ich flehe Sie an!«

Er räusperte sich kurz. »Ach so, ja. Habe ich eigentlich schon erwähnt, dass Frau Edith Welter Mitglied des Kirchenchors ist? Ich werde Frau Welter am Sonntag dort bei der Trauung abfangen. Wollen Sie mit?«

Stefanie schlug sich die Hand vor den Mund. Und nahm sie gleich wieder weg. So konnte sie nicht sprechen.

»Wenn ich keinen Platz im Flieger kriege, komme ich zu Fuß!«, sagte sie.

»Das dachte ich mir.«

Dann schwiegen beide. Und hörten sich gegenseitig beim Schweigen zu.

»Geht es Ihnen gut?«, fragte David nach einer Weile.

»Ich habe keine Ahnung«, antwortete Stefanie.

»Ich kann es mir vorstellen.«

Wieder Schweigen. Ein oder zwei Minuten mindestens.

»Wenn Sie mit dem Flugzeug kommen, hole ich Sie ab. Schreiben Sie mir, wann Sie landen.«

»Das wäre wunderbar«, sagte Stefanie. Und dann: »David, wie kann ich Ihnen jemals danken?«

Es dauerte, bis David antwortete. »Sie brauchen mir nicht zu danken. Nicht nur Sie haben ein Interesse daran, mit dieser Frau zu sprechen. Ich möchte schließlich wissen, inwieweit mein Vater in diese kriminellen Machenschaften verwickelt war.«

Dieser letzte Satz ging ihr im Kopf herum, als das Flugzeug gerade aufgesetzt hatte, sie die kurze SMS »Gelandet« getippt und die Antwort »Stehe direkt am Ausgang« erhalten hatte.

Sie musste sich wirklich zusammenreißen.

David war ein netter Mann. Ein gut aussehender Mann. Ein attraktiver Mann. Und charmant. Und hatte Humor. Und überhaupt!

Aber schon die räumliche Entfernung zwischen ihnen war zu groß. Und außerdem: Sein Interesse an ihr reichte sicher für eine kleine Romanze. Daran hatte sie keinen Zweifel.

Aber nicht für eine Beziehung, das war etwas anderes.

Sie musste aufpassen. Sie durfte sich nicht verlieben!

Trotzdem flogen die Schmetterlinge in ihrem Innern wieder auf, als sich die Automatiktür öffnete, David direkt als Erster an der Gitterstange auftauchte und in seinen Augen bei ihrem Anblick ein Strahlen aufleuchtete.

Und dann standen sie sich gegenüber.

»Hallo«, sagte Stefanie.

»Hier begrüßt man sich mit Wangenküssen«, sagte David.

Stefanie musste lachen.

»Also, wenn man das hier so macht«, sagte sie. David zog sie fest an sich und küsste sie links und rechts auf die Wange.

Sooo machen das aber nicht alle, dachte Stefanie amüsiert.

David griff nach ihrem Köfferchen. »Mein Auto steht draußen, fast direkt vor der Tür«, sagte er.

Auf der Rolltreppe hoch ins Erdgeschoss ließ David Stefanie den Vortritt.

Sie spürte seinen Blick in ihrem Rücken. Die Haut schien geradezu zu kribbeln.

Das werden fürchterliche Tage, dachte sie.

»Ich habe uns, wie besprochen, ein Hotelzimmer in Esch gebucht«, sagte David. »Ich hoffe, es ist Ihnen recht.«

»Eines?«, fragte Stefanie erschrocken.

David grinste. »Für jeden eines, meine ich natürlich.«

Stefanie merkte, wie sie rot anlief, und ärgerte sich über ihre dumme Nachfrage.

»Ja, natürlich«, sagte sie schnell.

»Die Frage war, ob wir stattdessen hier in der Stadt Luxemburg übernachten. Schließlich bietet der Ort vielleicht etwas mehr Unterhaltungsmöglichkeiten als Esch«, erklärte David. »Denn nach Metz zu fahren – und morgen quasi wieder hierher –, das erschien mir zu umständlich. Zumal Sie dort ebenfalls ein Hotel gebraucht hätten.«

Er legte Stefanies Reisetasche in den Kofferraum. »Obwohl ich Ihnen natürlich auch mein Gästezimmer angeboten hätte.«

»Es ist gut so, wie es ist!«, sagte Stefanie unwillig. Sie wollte nicht mit David über weitere mögliche Übernachtungsorte spekulieren. Und das amüsierte Lächeln, das dabei immer wieder über Davids Gesicht huschte, wollte sie schon gar nicht sehen.

Aber sie fühlte sich bestätigt. Er hatte zwar Interesse an ihr. Das hatte er schließlich auch eindeutig zum Ausdruck gebracht.

Aber als kleine Affäre, sozusagen für zwischendurch – diese anzüglichen Bemerkungen bewiesen es. Schon die Umarmung war zu … ja, zu intim gewesen für eine harmlose Begrüßung.

Und sie hatte den festen Druck auch noch erwidert, hatte sich in seine Arme geschmiegt. Hoffentlich hatte er es nicht zu sehr gespürt.

Sie musste aufpassen!

»So«, sagte er und lächelte sie an, als sie endlich beide im Auto saßen. »Auf nach Esch zu Frau Dubois.«

Edith Dubois. Er hatte sie gefunden. Unglaublich!

»Wie kamen Sie bloß auf die Idee mit dem Friedhof?«, fragte Stefanie.

»Mein Vater hat früher mal als Hobby einen Stammbaum über unsere Familie angefangen. Er hat immer gesagt: Wenn du was über Leute erfahren willst, geh zur Kirche oder zum Friedhof. Das war mir eingefallen. Und wie gesagt, ich dachte, wenn die Frau in Esch geboren ist, vielleicht aufgewachsen ist, das ist ja nicht groß, dann müsste es doch irgendjemanden in diesem Ort geben, der etwas über die Familie weiß. Und wenn man jemanden aus der Familie fände, der- oder diejenige wüsste vielleicht etwas darüber, wo Edith Dubois heute lebt. Wobei ich zugeben muss, dass ich eher an eine Schwester oder einen Bruder, eine Cousine, vielleicht sogar eine Schulkameradin oder so gedacht hatte. Jedenfalls, um in dieser Richtung etwas zu erfahren, ist so ein Friedhof die erste Wahl.«

»Das war näherungsweise genial«, sagte Stefanie.

»Es freut mich, wenn meine intellektuelle Leistung derart gewürdigt wird.« David wandte den Blick zu Stefanie, und kurz lachten sie sich an.

Aber sofort drehte Stefanie den Kopf wieder nach vorn, und auch David beeilte sich, wieder auf die Straße zu schauen.

»Ich muss aber der Wahrheit die Ehre geben: Glück kam auch dazu. Eine der älteren Damen war dann tatsächlich das wandelnde Lexikon der Escher Familien, auf das ich gehofft hatte.«

»Wie sind Sie denn überhaupt ins Gespräch gekommen?«

»Das war überhaupt kein Problem! Ganz im Gegenteil. Ich glaube, wenn jemand mit ein paar Blümchen in der Hand an dem Grab des Ehepaars Dubois steht, muss er eher aufpassen, wenn er *nicht* ins Gespräch kommen will. Die regelmäßigen Friedhofsgängerinnen kennen sich. Und wissen, wer wohin und an welches Grab gehört. So ein neues Gesicht wie ich? Jede hat mich gemustert, jede hat gegrüßt, und jede zweite zumindest hat gefragt, ob sie mir helfen kann, ob ich jemanden suche oder etwas in der Art.«

»Und dann haben Sie gesagt, das sind Verwandte von Ihnen?«

»Nicht so direkt. Wie schon erwähnt, habe ich erklärt, es könne sein, dass diese Verblichenen entfernte Verwandte von mir seien. Und dann habe ich die jeweilige Frau gefragt, ob sie etwas Genaueres über dieses Paar weiß.«

»Sie haben tatsächlich gelogen!«

»Eigentlich nicht.« David lachte. »Ich habe immer gesagt: *Es könnte sein*. Können Sie eine solche Verwandtschaft hundertprozentig sicher ausschließen?«

»Natürlich nicht«, sagte Stefanie.

»Eben! Und wie gesagt«, fuhr David fort, »am dritten Tag kam eine ältere Dame, die gut befreundet mit Frau Dubois, geborene Welter, gewesen war. Und dann erfuhr ich sozusagen sofort, was aus Edith Dubois geworden war.«

»Und die singt im Kirchenchor.«

»Altstimme«, sagte David. »Aber nicht besonders gut, sagt Frau Alzen. Jedenfalls ist am Sonntag eine Trauung, und da singt der Kirchenchor, und da sollte sie dabei sein.«

»Und wenn nicht?«

»Dann gehen wir zu ihr nach Hause.«

»Wir haben aber keine Adresse.«

»Die erfragen wir.«

»Und wenn sie nicht aufmacht? Oder nicht da ist?«

David warf kurz einen Blick zu Stefanie und sah, wie sie sich auf den Fingerknöchel biss.

»Vor knapp zwei Wochen dachten wir noch, die Suche sei zu Ende!«, sagte er und legte ihr kurz tröstend die Hand auf die Schulter. »Jetzt haben wir nicht nur ihren aktuellen Namen, sondern wir wissen auch, wo wir sie treffen können! Mut, liebe Stefanie. Nur Mut!«

Stefanie nickte und ließ die Hand sinken.

»So nah auf einmal«, sagte sie. »Das ist … jetzt macht es mir Angst.«

»So nah ist es nun auch wieder nicht. Vielleicht erzählt sie uns nichts. Vielleicht erinnert sie sich nicht an Sie. Vielleicht ist das, woran sie sich erinnert, nicht weiterführend.«

»Sie haben recht. Schauen wir mal. Lassen Sie uns über etwas anderes reden.«

»Wir sind auch gleich am Hotel.«

Stefanie lachte auf, als sie das Gebäude sah. Ein modernes Hochhaus, wahrscheinlich einfach Beton, sie kannte sich da nicht aus, aber daran sozusagen angesetzt mehrere asymmetrische Baukörper, die mit Holz verkleidet waren.

»Ein Holzhaus!«, sagte sie.

David lächelte leise. »Ich gebe zu, die Architektur gab den Ausschlag, als ich aus der Liste der Hotels eines aussuchen musste.«

»Ich habe mir übrigens mal diese österreichischen Holzhäuser angeschaut, wirklich beeindruckend, was es da so gibt«, sagte Stefanie.

»Ja? Waren Sie in Österreich?«

»Nein, das nicht. Ich habe mir zwei Bücher gekauft. Besonders diese Vorarlberger Schindeln sind beeindruckend.«

»Sie haben sich zwei Bücher gekauft?«

»Ja, sicher. Warum erstaunt Sie das so?«

»Über Holzarchitektur?«

»Ja!« Plötzlich sah sie seinen Blick. Sie hatte sich verraten. Wie dumm.

»Weil ich Holz liebe. Deswegen«, sagte sie.

David lächelte sie an. »Danke«, sagte er nur. Und drehte sich zur Hotelrezeption um.

Er trug ihr den Koffer in ihr Zimmer. Der Raum lag im sechsten Stock und bot einen traumhaften Blick über die Stadt.

David schaute auf die Uhr. »Schon halb acht durch. Ich habe für Viertel nach einen Tisch hier im Restaurant reserviert. Es ist ein bisschen knapp vielleicht?«

»Nein, das schaffe ich locker«, sagte Stefanie.

»Dann sehen wir uns gleich unten.«

Während des Abendessens unterhielten sie sich nicht mehr viel. Zu stark wuchs nun die Anspannung wegen morgen.

Stefanie war auf der Hut, um eventuellen Anzüglichkeiten von David direkt entsprechend begegnen zu können. Aber natürlich kam nichts dergleichen.

Er lächelte sie nur immer wieder an, mit so viel Wärme und Zuneigung im Blick, dass die Schmetterlinge in ihrem Bauch kaum noch zur Ruhe kamen.

»Halb zehn«, sagte David irgendwann. »Wenn Sie Zeit und Lust haben, zeige ich Ihnen noch die Lichtinstallation hier an den Hochöfen. Die ist von einem weltbekannten Münchner Lichtdesigner.«

»Vielleicht morgen«, sagte Stefanie. »Ich habe heute keinen Sinn dafür.«

David nickte. »Wenn ich ehrlich bin, ich auch nicht. Sollen wir uns zurückziehen und ausruhen? Es wird sicher ein aufregender Tag morgen.«

»Wie wollen wir denn überhaupt vorgehen? Wir können doch nicht die Hochzeit sprengen.«

»Nein. Ich dachte, wir warten, bis die Feierlichkeiten vorbei sind, und dann sprechen wir jemanden vom Chor an und fragen, wer Frau Dubois ist.«

»Was sagen wir denn?«

»Wir sagen zuerst einmal, dass wir Grüße aus Metz bringen.«

»Halten Sie das für eine gute Idee?«

»Nicht wirklich. Aber haben Sie eine bessere?«

»Leider nein.«

»Vielleicht fällt uns bis morgen noch etwas ein.«

Aber es fiel ihnen nichts anderes ein.

Also warteten sie – in der letzten Bank sitzend – die Hochzeitszeremonie ab. Beide starrten angestrengt nach vorne bei der Trauformel, beim Hochzeitskuss und überhaupt bei jedem Wort des Pfarrers, das in irgendeiner Weise mit Liebe oder sogar mit Ehe zu tun hatte.

Danach stellten sie sich an die Treppe, als die Mitglieder des Kirchenchors von der Empore herunterkamen.

Stefanie blickte forschend in die Gesichter, als würde sie nach einer Bekannten Ausschau halten, und fragte dann aus einem spontanen Impuls heraus direkt die dritte Frau, die sie passierte: »Pardon. Edith Dubois. Ist die noch oben?«

Die etwas ältere Frau mit der großen Brille hielt inne. »Edith? *Mais non.* Die ist *malade.* Angeblich. Die wird zu Hause sein.«

Stefanie merkte erst, dass sie in sich zusammengesunken war, als sie plötzlich Davids Arm um sich spürte.

»Merci«, sagte David zu der Bebrillten, die aber in einer Geschwindigkeit weitereilte, dass Stefanie bezweifelte, dass die Frau es überhaupt gehört hatte.

Unvermittelt ließ David sie wieder los und eilte der Frau hinterher. Sie war schon an ihrem Auto und fasste gerade nach dem Griff der Fahrertür, als David sie erreichte.

Die beiden unterhielten sich kurz. David zog einen Zettel aus seiner Hosentasche, die Frau griff ins Auto und gab ihm etwas, es schien sich um einen Stift zu handeln, jedenfalls schrieb David auf dem Zettel etwas auf. Und dann kam er zurückgeschlendert, mit einem breiten Grinsen im Gesicht.

»Ich habe die Adresse«, sagte er.

»Sie hat sie Ihnen einfach so gegeben?«

»Es war die Chorleiterin. Und die ist ziemlich sauer, dass ihre Altstimme sich heute krankgemeldet hat.«

»Was haben Sie denn gesagt?«

»Wir sollen Frau Dubois von gemeinsamen Bekannten eine Nachricht überbringen.«

»Und das hat sie Ihnen abgenommen?«

»Es hat sie überhaupt nicht interessiert. Sie hat sich nur gefreut, dass sie der angeblich Kranken jemanden auf den Hals hetzen kann.«

»Sie sind unglaublich!«, sagte Stefanie.

David lachte auf. »Ich gebe zu, das hat mich auch überrascht.« Er wedelte mit dem Zettel. »Kommen Sie, da fahren wir jetzt hin.«

»Sie wird bestimmt nicht zu Hause sein. Oder nicht öffnen.

Oder wir sehen gerade noch, wie ein Polizist sie in Handschellen abführt. Oder was weiß ich. Wir finden sie nie!«

»He«, sagte David. »Ist das jetzt die Angst des Siegers vorm Gewinnen?«

Stefanie atmete konzentriert aus und ein. Dann kräuselten sich ihre Mundwinkel plötzlich. »Die Angst der Sieger*in* bitte!«

David lachte auf. »Stimmt. Sorry. Also, kommen Sie. Wir fahren!«

Zehn Minuten später standen sie vor dem Haus, in dem Frau Dubois, verheiratete Ricard, mit mütterlichem Mädchennamen Welter nun wohnen sollte.

Und wirklich stand der Name Edith Welter an der Klingel.

»Kurz vor eins. Wenn sie krank ist, isst sie vielleicht trotzdem jetzt zu Mittag«, sagte David und drückte auf den Klingelknopf.

Sonst war es Stefanie oft lang vorgekommen, aber hier ertönte ihr der Summer fast zu schnell.

»Soll ich vorgehen?«, fragte David und drückte die Haustür auf.

Stefanie nickte.

Das dreistöckige Haus hatte keinen Aufzug. Die Treppenstufen waren aus Marmor und wirkten so kalt wie der gesamte Hausflur. »Quadratisch, praktisch, gut«, kam Stefanie plötzlich in den Sinn, und sie musste sich anstrengen, nicht albern loszuprusten.

David stieg zügig die Stufen hoch, Stefanie eilte hinterher.

Im zweiten Stock stand eine Frau in der offenen Tür: schmales langes Gesicht mit einer scharfen, ziemlich gekrümmten Nase, dünne glatte, strähnige Haare, Lippen so scharf wie ein Messerrücken. Stefanie verstand, was Ruth gemeint hatte.

»Moien?«, sagte die Frau in fragendem Ton.

»Frau Welter? Entschuldigen Sie, dass wir Sie stören. Wir haben ein Problem, bei dem Sie uns helfen könnten. Und zwar nur Sie!«, sagte David.

Frau Welter zog verwundert die Augenbrauen hoch. »Ich?«

»Ja. Aber ich muss noch betonen, dass wir niemandem Schwierigkeiten machen wollen. Keinesfalls. Es geht wirklich nur um ein paar Auskünfte. Für uns persönlich. Für sonst niemanden.«

Der Gesichtsausdruck der Frau wechselte zu purem Misstrauen.

»Können Sie mir genauer erklären, was Sie von mir wollen?«

»Es ist kein Thema fürs Treppenhaus. Wissen Sie einen Ort, wo wir ungestört reden können?«, fragte David.

Im Gesicht der Frau arbeitete es.

»Wir kommen übrigens aus Metz«, fügte David hinzu.

Die Miene der Frau veränderte sich erneut. Sie hatte verstanden. Sie wusste nun, worum es ging.

Einen Moment lang dachte Stefanie, sie wollte ihnen die Tür vor der Nase zuschlagen.

David machte einen Schritt auf die Frau zu. Fast drohend.

Und die Frau zögerte tatsächlich. Stefanie meinte, ihre Gedanken lesen zu können. *Ich kann zwar die Tür schließen. Aber was mache ich, wenn der einfach nicht geht?*

»Was ist, wenn ich keine Lust habe, irgendwelche Fragen zu beantworten?«

»Bisher sind es nur wir, die Fragen haben«, sagte David. »Aber es ist natürlich auch denkbar, dass irgendwelche Ämter plötzlich Informationen bekommen. Und auf einmal offizielle Stellen Antworten suchen.«

Die Lippen der Frau stülpten sich nach vorne. Sie schien nachzudenken.

»Sie haben nichts von uns zu befürchten. Ich verspreche es Ihnen«, sagte Stefanie. »Bitte.«

Unten quietschte eine Wohnungstür.

Frau Welter zuckte zusammen und riss ihre Tür weit auf.

»Kommen Sie rein. Hopp.«

In der Wohnung roch es nach kaltem Rauch und abgestandenem Alkohol.

»Gehen Sie durch bis in die Küche dahinten.«

Stefanie verharrte kurz, als sie die zwei Flaschen *Pastis 51* auf der Anrichte entdeckte.

Stefanie und David stellten sich an die offene Tür, die auf den kleinen Balkon führte, auf dem sich Bierkästen stapelten.

Der Balkon ging nach Norden, heute war das von Vorteil, die hereinströmende Luft brachte ein wenig Abkühlung.

»Also. Was wollen Sie?«

»Ich möchte wissen, wer meine Mutter ist.«

Frau Welter setzte sich an den Küchentisch und zündete sich eine Zigarette an. »Und warum fragen Sie das mich?«

»Weil die Menschen, die mich großgezogen haben, mich bei Ihnen in der Rue des Bouchons abgeholt haben.«

»Gut. Das dachte ich mir jetzt schon. Aber ich habe die Mütter nicht gekannt.«

David mischte sich ein. »Wir wollen Ihnen wirklich keine Schwierigkeiten machen. Und auch keine Vorhaltungen. Die junge Frau hier sucht nur ihre Mutter und hofft auf Ihre Hilfe.«

Die Frau nickte. »Keine Schwierigkeiten und keine Vorhaltungen?«

»Nein.«

»Trotzdem: Woher soll ich das wissen? Mir wurden die Kinder gebracht, und ich habe sie weitervermittelt. Mütter gab es keine. Die Kinder waren doch alle aus Waisenhäusern oder sonst irgendwoher.«

»Wissen Sie denn, aus welchem Land ich gekommen bin?«, fragte Stefanie.

»Wahrscheinlich aus Rumänien oder Bulgarien. Aber ich hatte auch Kinder aus Polen. Es tut mir leid. Ich kann Ihnen nicht helfen.«

»Ich war noch ein ganz kleines Baby. Höchstens drei Wochen alt. Hilft Ihnen das, mich zuzuordnen?«

»Liebchen, ich hatte doch nur Babys. Größere will ja keiner. Als wenn es denen nicht auch dreckig ginge. Und Babys sind doch alle gleich. Ich kann mich ehrlich gesagt an kein einziges erinnern.«

Stefanie nestelte in ihrer Handtasche. »Hatten die auch alle ein solches Medaillon?«

Überrascht sog Frau Welter die Luft ein. »*Du* bist das«, sagte sie.

»Sie können sich an mich erinnern?«

»An dich kann ich mich tatsächlich erinnern. Moment, da brauche ich erst mal was zu trinken.«

Frau Welter ging an den Kühlschrank, griff nach einer Flasche

Bier im Seitenfach und öffnete sie gekonnt mit einem gezielten Schlag an der Kühlschrankkante. Der Kronkorken sprang ab und fiel auf den Boden. Sie kickte ihn routiniert mit dem Fuß unter den Schrank. Stefanie vermutete, dass dort bereits eine größere Anzahl Kronkorken ihr Dasein fristeten.

Frau Welter setzte die Flasche an den Mund und nahm einen großen Schluck.

»Du bist das«, wiederholte sie und schüttelte den Kopf. Stefanie verkrampfte die Hände ineinander.

»Sie wissen, wer meine Mutter ist?«, fragte sie.

»Nein, Liebchen, das weiß ich leider nicht.«

Wieder einmal Hoffnung, die in sich zusammenfiel. Stefanie spürte plötzlich Davids tröstende Hand um ihre.

»Aber ich weiß, wer dich gebracht hat.« Die Frau kicherte. »Der war so erpicht darauf, dieses Baby loszuwerden, dass der glatt das Medaillon um deinen Knöchel übersehen hat. Aber der hat dich sowieso ganz offensichtlich kein einziges Mal ausgewickelt. Was im Übrigen eine Katastrophe war. Du warst verdreckt und wund und … na ja. Aber das da – das hätte der sofort eingesackt.«

Die Frau kicherte erneut. »Ich hab auch überlegt, ob ich es behalten soll. Aber das bringt Unglück. Das hab ich nicht gemacht. Ich hab's dir gelassen.«

Sie schaute auffordernd Stefanie an. David drückte ihre Hand erneut, dieses Mal auffordernd. »Ja, vielen Dank auch dafür, dass Sie es mir gelassen haben«, sagte Stefanie und verzog kurz spöttisch den Mund. Gut, dass die Frau gerade die Asche ihrer Zigarette im Aschenbecher abklopfte und nicht zu ihr schaute.

»Und wer war das, der mich gebracht hat?«, fragte Stefanie, als die Frau keine Anstalten machte, weiterzureden.

»So ein Ganove aus dem Trierer Raum. Der hatte – ach, das war eine längere Geschichte. Jedenfalls hatte der plötzlich ein Kind an der Backe, das er nicht wollte, und da kam er zu mir.«

»War das mein Vater?«, fragte Stefanie betroffen.

»Nein.«

Stefanie verstand nichts. »Und wie kam der an mich?«

»Also. Das war so.« Die Frau nahm einen tiefen Zug von ihrer Zigarette. »Mit dir war das wirklich eine besondere Geschichte, für dich mussten wir nämlich zwei Mal ein Attest fälschen.« Stefanie konnte an Davids Hand spüren, wie er sich plötzlich anspannte. »Du gehörtest der Schwester von diesem Möchtegern-Ganoven«, fuhr die Frau endlich fort. »Und die ist vor den Bus gelaufen. Da warst du noch nicht mal zwei Wochen alt. Und der Typ, der wusste nicht, wohin mit dir. Denn die Schwester, die hatte etwas Kohle, und die wollte er lieber allein erben.« Die Frau lachte scheppernd, und in dieses Lachen hinein machte sich die Kohlensäure aus dem Bier als lauter Rülpser bemerkbar.

»Ach, Entschuldigung. So was ist mir ja noch nie passiert.« Jetzt lachte die Frau noch lauter.

»Aber wenn ich das Kind dieser Schwester war ...«

»Das warst du nicht. Wo die dich herhatte, das weiß ich nicht.«

Stefanie und David schüttelten wie auf ein geheimes Kommando synchron den Kopf.

»Und wieso haben Sie gesagt: zwei Mal ein Attest fälschen?«, fragte David.

»Ja, das war eine chaotische Geschichte damals. Also, zuerst hat diese Schwester dich irgendwie über andere Quellen organisiert. Nicht über mich. Bei mir hätte sie nicht solche Probleme gehabt. Meine Kinder hatten alle ordentliche Papiere! Da hab ich mir nichts nachsagen lassen. Das war alles seriös!«

Wieder wartete die Frau ganz offensichtlich auf Lob, wieder drückte David Stefanies Hand, und wieder erfüllte Stefanie die unausgesprochene Erwartung.

»Ja, das glaube ich, dass das bei Ihnen ganz ordentlich und seriös zuging.«

»Eben. Aber die hatte dich wer weiß woher. Absolut keine Ahnung. Wie auch immer: Die hatte sich ein Baby organisiert, offenbar illegal, und brauchte jetzt eine Bescheinigung, dass du ihr Kind warst. In Metz gab es einen Arzt, der ...«

»Mein Vater!«, sagte David.

»Ach! Ach, so ist das.« Die Frau musterte David von oben bis unten. »Dich hätte ich nicht wiedererkannt. Aber du warst ja auch höchstens zwei, als ich gekündigt habe. Siehst ihm aber ähnlich. Wirklich!«

»Ich nehme das mal als Kompliment«, sagte David.

Stefanie war begierig, mehr zu erfahren. »Ich war also nicht das Kind dieser Schwester.«

»Nein.«

»Und Sie wissen nicht, wie die mich … woher ich …«

Frau Welter schüttelte den Kopf. »Ich habe keine Ahnung, wie die an dich kam.«

»Aber wie kam dann die junge Frau hier zu der Familie, in der sie aufgewachsen ist?«, hakte David nach.

»Okay, noch mal ganz langsam zum Mitschreiben: Diese Schwester, von der ich den Namen nicht weiß, die hat dich irgendwo organisiert. Illegal. Dann fiel ihr auf, dass sie ja Papiere benötigte. Eine Geburtsurkunde. Dafür brauchte sie die Bescheinigung eines Arztes, dass sie bei ihm entbunden hat. Der Bruder war, wie gesagt, ziemlich kriminell, die haben Einbrüche gemacht hier in der Gegend, und der hat sich dann erkundigt und über seinen Hehler von mir gehört. Und kam dann zu mir, ob ich so eine Bescheinigung beschaffen könnte. Die hat dein Vater«, Frau Welter nickte mit dem Kinn zu David, »geschrieben. Dann ist diese glückliche junge Mutter trotz der schönen Bescheinigung unters Auto gekommen und war tot. Jetzt saß der Bruder da. Mit einem Baby, mit dem er nix zu tun hatte. Mit dem er noch nicht einmal verwandt war. Und mit einer satten Erbschaft auf der anderen Seite. So weit mitgekommen?«

Stefanie, die atemlos gelauscht hatte, nickte.

»Seine Schwester hatte wirklich nur ein kurzes Vergnügen mit dir, denn sie ist nicht mehr dazu gekommen, zum Standesamt zu gehen und dich als ihre Tochter eintragen zu lassen. Du warst also offiziell noch nirgends aufgetaucht. Klar?«

Stefanie nickte erneut.

»Jetzt hat der Bruder sich natürlich gefragt, warum er dieses Erbe mit einer angeblichen Nichte teilen soll, die noch nicht mal seine Nichte ist! Also ist er wieder zu mir gekommen, mich kannte er ja schon – und zwar diesmal mit dir unterm Arm. Und er war so in Panik, dass er noch nicht einmal Geld für dich verlangt hat. Er wollte dich nur loswerden. Er hat vor meinen Augen die falsche Bestätigung verbrannt. Auf dass bloß keiner auf die Idee käme, dass du was mit seiner Schwester zu tun hast. Nicht dass du ihm doch noch irgendwann das Erbe streitig machst.«

Die Frau kicherte. Und bekam einen Hustenanfall.

»Wieso Geld?«, fragte David, als die Frau halbwegs ausgehustet hatte.

»Für die Babys wurde doch gezahlt! Und zwar viel! Wenn er gefragt hätte, der Trottel. Er hätte ein paar Tausend Euro von mir gekriegt. Ein fast neugeborenes gesundes Mädchen – dafür hatte ich eine Warteliste. Hoffende Möchtegerneltern noch und nöcher …«

»Ich muss mich setzen«, sagte Stefanie plötzlich.

»Natürlich«, sagte David, griff sich mit einem kurzen »Ich darf doch?« den zweiten Küchenstuhl und zog ihn an die offene Balkontür.

»Haben Sie vielleicht auch ein Glas Wasser?«, fragte er. Frau Welter, die für Stefanie für immer Frau Dubois bleiben würde, deutete mit dem Kopf zu der Kiste mit den Wasserflaschen, die neben den Bierkisten auf dem Balkon stand.

»Glas ist im Küchenschrank links«, sagte die Frau.

Gleich darauf reichte David Stefanie ein halb gefülltes Wasserglas und hielt mit seinem Blick den ihren fest. »Nur Mut«, las sie in seinen Augen. Sie nickte unmerklich.

»So, jetzt wissen Sie alles, was ich weiß«, sagte die Frau. Stefanie wäre vom Stuhl hochgeschossen, wenn nicht Davids Hand fest auf ihrer Schulter gelegen hätte.

»Noch nicht ganz«, sagte David. »Wie ist denn das Baby zu der Familie gekommen, wo es schließlich aufgewachsen ist?«

»Das ist doch klar! Ich habe von meiner Liste einen Namen ausgesucht und dort anrufen lassen. Die Leute haben gesagt, sie nehmen das Kind, also habe ich von Bessons, deinem Vater, noch mal eine Bescheinigung geholt, mit einem passenden Termin …«

»Wieso passender Termin?«, fragte Stefanie.

»Wir konnten doch nicht das richtige Geburtsdatum nehmen! Du warst doch schon fast zwei Wochen alt. Die Leute konnten doch schlecht auf einmal mit einem Baby im Körbchen in ihrem Kaff auftauchen und sagen: Übrigens, wir haben vor zwei Wochen eine Tochter gekriegt. Außerdem darf so eine Bescheinigung nicht älter als sieben Tage sein, wenn du damit zum Standesamt willst, um eine Geburtsurkunde zu beantragen. Nein. Wir brauchten ein neues Attest mit einem neuen Termin, zu dem diese Frau … ach, den Namen weiß ich nicht mehr …«

»Gruber«, sagte Stefanie.

»Richtig!«, sagte die Frau. »Tatsächlich. Jetzt fällt es mir sogar wieder ein! Mein Vater hatte mal einen Chef, der genauso hieß, deswegen weiß ich's noch … Na ja, wie gesagt, wir brauchten einen Geburtstermin, an dem die Grubers in Metz waren, und dann konnte Dr. Bessons bestätigen, dass diese Frau Sowieso Gruber …«

»Ruth Gruber«, sagte Stefanie.

»Von mir aus. Jedenfalls konnten die kommen, und dann bekamen sie ein Baby und dazu eine Bescheinigung, dass die schwangere Ruth Gruber auf der Durchreise in Metz von Wehen überrascht wurde und in Anwesenheit des Doktors Bessons dieses Mädchen entbunden hatte. Sie konnten das Kind mitnehmen. Sie konnten den Wisch mitnehmen. Und damit war alles in Ordnung.«

»Aber meine Eltern«, Stefanie stoppte. Es war immer noch kompliziert. »Also, ich meine das Ehepaar Gruber. Die haben mir erzählt, es sei eine Französin gewesen, bei der sie das Kind, also mich, geholt hätten.«

»Ich habe mit Absicht so getan. Nicht verraten, dass ich Deutsch kann. Ich dachte, wenn vielleicht doch mal was auffliegt, sollen die Flics nach einer Französin suchen.«

Stefanie nickte verstehend.

»Und mein Vater hat das alles unterstützt?«, fragte David.

Frau Welter lachte höhnisch. »Dem blieb ja nichts anderes übrig. Dafür wusste ich zu viel.«

Die Hand um Stefanies Schulter verkrampfte sich.

»Wieso? Was wussten Sie denn?«, fragte David.

»Von seinen …« Sie stoppte. Offenbar überlegte sie, was sie erzählen konnte. Oder wollte.

»Mein Vater ist tot«, sagte David. »Schon lange. Und es ist alles verjährt. Also …«

Sie nickte. »Dein Vater war ein Idealist. Ein Spinner.« Der Druck um Stefanies Schulter wurde stärker. Stefanie hob den Arm und legte beruhigend ihre Hand über seine.

»Der wollte die Kinder aus den Waisenhäusern hier herüberholen. Deswegen hat er mich ja auch eingestellt. Weil ich so gut Russisch kann.«

»Sie sprechen Russisch?«, fragte David verblüfft.

»Ja. Ich hatte ein russisches Kindermädchen.«

Das waren die guten Sprachkenntnisse, von denen Tante Zizi berichtet hat!, dachte Stefanie. Nicht Deutsch und Französisch und Englisch. Das konnten hier viele. Das war hier nichts Besonderes. Aber Russisch!

»Aber wer will denn einen sieben Jahre alten Jungen, der die halbe Nacht mit dem Kopf gegen die Wand schlägt? Oder ein zwölfjähriges Mädchen mit nur einem Bein? Ich habe die Gespräche von den Paaren gehört im Wartezimmer. Wie die sich unterhalten haben. Die wollten Babys. Gesunde Babys. Und Säuglinge waren in den Waisenhäusern selten. So was war sofort weg. Da war die Nachfrage größer als das Angebot.«

»Und dann?«, fragte David.

»Dein Vater hat natürlich ein paar Kinder vermitteln können, klar«, fuhr die Frau fort. »Es gab schon Leute, die auch ein solches Kind genommen haben. Aber die meisten wollten halt Säuglinge … Und diese Säuglinge gab es ja. Nur eben aus zweifelhaften Quellen. Immer wieder kamen irgendwelche Gestalten in die Praxis und boten deinem Vater neugeborene Säuglinge an. Aber damit wollte dein Vater nichts zu tun haben.«

»Sie jedoch hatten diese Hemmungen nicht«, sagte David verstehend.

Die Frau zog an ihrer Zigarette. »Was soll's!«, sagte sie plötzlich. »Selbst wenn dort mal eine Frau überredet wurde, ihr Kind zu verkaufen, obwohl sie es vielleicht nicht wollte – den Kindern ging es doch hier viel besser als da drüben! Die hatten doch hier ganz andere Chancen! Zum Nachteil der Kinder war es auf jeden Fall nicht!«

Stefanie spürte, wie ihr die Tränen in die Augen stiegen.

»Und lukrativ war es auch«, sagte David.

Die Frau zuckte mit den Schultern.

»Wie häufig … ich meine, wie viele Babys sind über Sie so gelaufen?«

Die Frau lachte höhnisch. »Bist du von der Steuer oder was?«

David schüttelte den Kopf. »Ich wollte wissen, wie oft mein Vater für Sie …«

»Bist wohl auch so ein Moralapostel! Ich kann dich beruhigen, dein Vater hat für mich genau drei Mal eine Bescheinigung für ein Kind ausgestellt. Davon eine für die hier.« Die Frau deutete mit dem Kinn auf Stefanie. »Die zwei Bescheinigungen habe ich jetzt nur als eine gezählt«, kicherte sie. »Ich habe schnell jemand anderen gefunden, dein Vater war einfach zu kompliziert. Und den konntest du auch nicht mit Geld motivieren. Aber bei anderen ging das.«

David nickte. »Verstehe. Und dann haben Sie geheiratet und haben gekündigt?«, fragte David.

»Ganz so war es nicht. Dein Vater mit seinem Moralgetue wollte mit mir nichts mehr zu tun haben. Und ich musste kündigen. Sonst hätte er mich rausgeschmissen. Aber da hatte ich schon den Ricard an der Angel und dachte …« Sie verzog verächtlich das Gesicht. »Dass der sich als ein solcher Penner erweisen würde, hab ich natürlich nicht geahnt.«

Stefanie wischte sich mit einer Hand über die Wange. Was für Schicksale. Wie viel Leid und Elend.

»Wissen Sie zufälligerweise noch, wie der Bruder hieß?«, fragte sie tonlos.

»Nein, das hab ich vergessen.«

Wie sollte es auch anders sein, dachte Stefanie.

Sie fasste nach Davids Hand auf ihrer Schulter und erhob sich. »Ich danke Ihnen wirklich von ganzem Herzen, dass Sie uns so offen Auskunft gegeben haben.«

War es, weil Stefanie so blass war? Oder weil sie sich bedankte und die Frau spürte, dass Stefanie diesen Dank ehrlich meinte?

Denn ehrlich gemeint war es; Stefanie war sich sehr wohl bewusst, dass Frau Dubois-Ricard-Welter ihr keine Auskunft hätte geben müssen.

Stefanie und David waren schon fast an der Küchentür, als die Frau plötzlich sagte: »Wenn Sie mir versprechen, dass Sie mich nicht erwähnen …«

»Mit keinem Wort. Sie können sich auf uns verlassen. Keine einzige Silbe.«

Die Frau musterte Stefanies Gesicht. »Was wollen Sie überhaupt?«

»Ich wüsste gern, wo ich herkomme. Und – auch wenn das sicher nicht möglich ist – wer meine Mutter ist oder wer meine Eltern sind.«

»Der Bruder sollte wissen, wie seine Schwester an dich gekommen ist«, sagte die Frau.

Stefanie nickte.

»Ich hab zwar vergessen, wie er damals hieß«, fuhr die Frau fort, und Stefanie meinte zu spüren, wie sich das Adrenalin heiß in ihre Adern ergoss. Wie er *damals* hieß? Warum betonte die Frau das Wörtchen *damals?* Hieß er heute anders? Kannte sie seinen heutigen Namen?

Die Frau setzte die Flasche an den Mund und nahm noch einmal einen langen Schluck. »Mensch, das kühlt heute mal wieder überhaupt nicht ab.« Sie wischte sich mit dem Handrücken über den Mund. Und grinste breit. »Also, dieser Bruder, der hat inzwischen geheiratet. Gut geheiratet.«

Stefanie stellte das Atmen ein. Der Luftstrom war zu laut. Musste das Blut in ihren Ohren derart dröhnend pochen? Sie wollte doch keine Silbe, keinen Buchstaben, keinen Hauch von dem verpassen, was jetzt zur Sprache kommen würde. Frau Dubois-Ricard-Welter warf plötzlich einen sehnsüchtigen Blick auf die Pastis-Flaschen. Sie erhob sich.

»Er hat in ein Weingut eingeheiratet. Ein ziemlich großes.« Sie kicherte wieder, als sie nach einer der beiden Pastis-Flaschen griff. »Die Tochter eines Ministers von hier hat auf dem Gut ihre Hochzeit gefeiert. Da gab es natürlich einen großen Artikel in der Zeitung. Mit 'nem Haufen Fotos. Ich guck also die Bilder an, und auf einmal denk ich: Den kennst du doch! Und dann habe ich die Bildunterschrift gelesen und gedacht: Dieser Ganove! Hat er tatsächlich seinen alten Namen weggeschmissen. Er wird gewusst haben, warum.«

Die Frau stellte die Flasche Pastis bereit, ging zum Kühlschrank und öffnete das Gefrierfach. Stefanie und David sahen die Eiswürfelschale.

Die Frau drehte sich zu den beiden und schaute Stefanie in die Augen.

»Er hat bei Matthes und Erb eingeheiratet. Die Tochter vom Matthes. Und so heißt er jetzt auch: Thomas Matthes. In Igel. In Igel an der Mosel. Ortsausgang. Prächtiges Weingut. Können Sie gar nicht verfehlen.«

Sie zog die Eiswürfelschale aus dem Gefrierfach und schüttete die Eiswürfel in einen großen Glaskrug, der neben der Spüle stand.

Igel? War das ein Ort? Wo lag Igel?

»In Igel? Das ist ja gar nicht weit!«, sagte David überrascht. »Da könnten wir hinfahren.«

»Ja. Macht das. Und dann könnt ihr euch mal erkundigen, wo seine Schwester dich eigentlich *gefunden* hat. Das habe ich mich schon immer gefragt.«

»Sollen wir wiederkommen und es Ihnen sagen, wenn wir es wissen?«, fragte Stefanie und dachte im Stillen: *Und wenn vielleicht wir noch weitere Fragen haben.*

Die Frau schaute sie abschätzig an. »Lieber nicht.« Sie hielt die Kanne mit den Eiswürfeln unter den Wasserhahn. »Ich denke, ihr findet allein raus.«

David nickte Stefanie zu.

»Auch ich bedanke mich«, sagte er.

Obwohl David das Auto unter einem Baum im Schatten geparkt hatte, stand im Inneren die stickig heiße Luft, und die beiden öffneten zunächst auf beiden Seiten weit die Türen und ließen die Luft zirkulieren.

Dann saßen sie schweigend nebeneinander. Diese Informationen mussten erst einmal verarbeitet werden.

»Sie können weiter voller Stolz an Ihren Vater denken«, sagte Stefanie. »Und ich entschuldige mich ausdrücklich für die Ausdrücke, mit denen ich Ihren Vater beschimpft habe.«

David schenkte ihr ein leises Lächeln. »Das ist typisch für Sie.«

»Was?«

»Dass Sie sich jetzt entschuldigen.«

»Wieso?«

David winkte ab. »Egal. Außerdem hatten Sie so unrecht nicht. Immerhin hat er ja ein paar Mal …«

»Aber er hat kein Geld genommen. Und diesen ganzen Handel nicht gewollt und abgelehnt. Und die Frau rausgeworfen.«

»Schon gut. Sie müssen ihn nicht verteidigen.«

Seine Stimme wurde rau vor Wut. »Sie hat ihn erpresst, diese alte Hexe. Ich würde sie am liebsten …«

»Die arme Frau«, sagte Stefanie.

»Wie bitte?«

»Sie bezeichnen sie auch sofort als Hexe. Meine Eltern haben ebenfalls gesagt, sie sieht wie eine Hexe aus. Und ich habe es auch gleich gedacht. Wenn das schon immer so war?« Stefanies Stimme war voller Mitgefühl. »Vielleicht war es bei ihr so ähnlich wie bei Janis Joplin.«

»Wieso? Was war denn bei der?«

»Die wurde während ihrer Schulzeit in einer Schülerzeitschrift zum hässlichsten Mann der Schule gewählt.«

»O mein Gott. Die arme Frau!«

»Genau. Das sage ich doch! Wer weiß, was für Witze und Hänseleien die Welter in ihrer Kindheit erdulden musste. Sicher keine leichte Kindheit.«

»Sehen Sie. Das meinte ich. Das ist so typisch für Sie.«

»Und ich weiß immer noch nicht, wovon Sie reden!«

»Nicht? Hier gibt es eine Frau, eine Kriminelle, eine Kinderhändlerin, die gewissenlos mit Babys, mit den Schicksalen von Menschen handelt. Und Sie empfinden Mitgefühl, weil sie als Kind keine Schönheit war?«

David schaute zu ihr herüber, und in seinem Blick lag Bewunderung, Anerkennung – und noch etwas. Darüber wollte Stefanie nicht nachdenken.

»Also, das haben Sie jetzt aber unzulässig überspitzt«, konterte Stefanie und freute sich über das Schmunzeln auf Davids Gesicht. »Wir sollten ihr dankbar sein. Sie hat uns alles erzählt. Das hätte sie nicht tun müssen.«

»So weit reicht meine Empathie trotz Ihres wahrhaft beispiellosen Vorbilds nun wirklich nicht.«

Er lächelte sie immer noch an, und sie konnte nicht anders: Sie lächelte zurück, und ihre Blicke versanken ineinander.

Jemand hupte. Beide zuckten erschrocken zusammen.

»Maach emol eng Dier zou. Dir blokiert dei ganz Parkplaatz«, schrie es auf einmal hinter ihnen. Beide wandten erschrocken den Kopf. Hinter ihnen wartete mit laufendem Motor ein Auto.

»Ich kann zwar kein Luxemburgisch, aber das habe ich auch so verstanden«, sagte Stefanie und zog die Beifahrertür heran.

Sie warf David einen verstohlenen Blick zu. Er nickte. Aber die Stimmung von eben war dahin, seine Lippen waren fest aufeinandergepresst. Verlegenes Schweigen herrschte nun im Auto.

»Sollen wir jetzt mal zu diesem Weingut fahren?«, fragte David auf einmal.

»Sie brauchen das wirklich nicht, Sie haben bereits so viel Zeit für mich geopfert. Allein schon die Tage, die Sie auf dem Friedhof verbracht haben.«

»Das war wunderbar. Das war bei dieser Hitze sowieso der angenehmste Ort.«

»Sie wissen, was ich meine. Und Ihre Suche – Sie wollten ja nur wissen, was Ihr Vater mit dieser Kinderhändlerin zu tun hatte –, die ist doch beendet. Sie haben die Antworten auf Ihre Fragen.«

»Ich möchte Sie trotzdem hinfahren.«

»Wo ist denn dieses Igel?«

»Ich kenne es. Etwa eine Stunde von hier.«

»Sie kennen es?«

»Ja. Von der Igeler Säule.«

»Was ist das denn?«

»Zusammen mit dem Drususstein in Mainz eines der beiden einzigen erhaltenen oberirdischen römischen Grabdenkmäler nördlich der Alpen.«

»Tatsächlich? Und woher wissen Sie das?«

»Ich bin Architekt! Römische Architektur nördlich der Alpen – da sollte ich mich auskennen. Schließlich gibt es hier ziemlich viel altes römisches Gemäuer. Denken Sie nur an die Porta Nigra.«

»Was Sie alles wissen! Sie beeindrucken mich.«

»Genau deswegen will ich Sie ja fahren.«

»Sie möchten die männliche Eitelkeit befriedigen?«

»Genau!«

Stefanies Lippen verzogen sich zu einem glücklichen Lächeln, und ein schneller scheuer Seitenblick zeigte ihr, dass David es ihr endlich gleichtat.

Er setzte den Blinker und lenkte das Auto auf die Autobahn.

»Wie kann ich mich jemals bei Ihnen bedanken?«, sagte Stefanie nach einer Weile nachdenklich.

»Wenn ich der Meinung bin, dass die richtige Zeit gekommen ist, Dank einzufordern, sage ich es Ihnen.«

Stefanie wollte lachen, sie schaute zu ihm, aber seine Züge waren plötzlich wieder ernst, fast bitter.

Das Weingut war leicht zu finden. Aber das große Tor war geschlossen.

»Wahrscheinlich ist am Sonntag Ruhetag«, vermutete David.

»Das wäre Pech.«

Aber es kam noch schlimmer. An der Eingangstür hing ein großer weißer Zettel, der die »geschätzten Gäste und Kunden« darüber informierte, dass man eine Woche Betriebsurlaub mache und ab dem 26. August wieder geöffnet habe.

»Ach nein!«, stöhnte Stefanie. »Es ist aber auch wie verhext.«

»Soll ich mal im Telefonbuch nachsehen? Vielleicht wohnen die Winzer ja anderswo?«

»Nein. Hier: Sehen Sie? Eine Klingel für Thomas und Brigitte Matthes.«

An den Angeln des mächtigen dunkelgrünen Holztors konnte man durch schmale Schlitze in das Innere des Weinguts blicken. Der kopfsteingepflasterte Hof war leer, kein Fahrzeug, das herumstand. Die Rollläden am Wohnhaus waren geschlossen, die Tore zur Scheune zu, sogar die Hundehütte war leer. Es war eindeutig, dass niemand da war.

»Wie und wann kommen Sie eigentlich zurück nach Passau?«, fragte David. »Müssen Sie zurück an den Flughafen?«

»Nein. Ich hatte vor, mit dem Zug zurückzufahren.«

»Das ist aber umständlich.«

Sie stiegen wieder ins Auto, und David startete den Motor.

»Aber es macht mich flexibler. Flüge gehen nicht so viele. Ich habe nachgeschaut. Es gibt stündlich Züge von Luxemburg nach Trier. Von dort auch stündlich welche nach Koblenz – und von dort aus kann ich mit einmaligem Umsteigen nach München fahren. Da steht mein Auto.«

»Am Flughafen?«

David steuerte das Auto auf die Hauptstraße.

»Nein, bei meinem Bruder. Der hat mich auch gestern zum Flughafen gefahren.«

»Ich kann Sie nach Koblenz bringen. Dann haben Sie mindestens ein Mal Umsteigen gespart.«

»Das kann ich nicht annehmen.«

»Ich wollte da sowieso hin. Wir, also unser Büro hat dort gerade eine Baustelle. Da könnte ich gleich morgen früh einige Termine abwickeln. Wir sind ja schon halb da. Das mache ich sowieso«, sagte David entschlossen. »Ich fahre jetzt nach Koblenz. Das passt mir prima. Soll ich Sie mitnehmen?«

Stefanie schwieg.

»Wenn Sie wollen, setze ich Sie vorher in Trier oder Luxemburg oder wo auch immer ab. Aber das wäre für mich schon ein riesiger Zeitverlust.«

»Bitte, David!«

»Was?«

»Machen Sie mich hier nicht zur Idiotin!«

»Wieso?«

»Ich kann lesen.«

»Das habe ich nie bezweifelt.«

»Dann sollte Ihnen klar sein, dass ich auch Entfernungsangaben auf Straßenschildern lesen kann. Nach Trier waren auf dem Schild gerade eben dreizehn Kilometer angegeben, und nach Koblenz stand da was von etwa einhundertdreißig. Also von wegen *schon fast in der Mitte.*«

Stefanie warf einen Blick zur Seite. David wurde tatsächlich rot.

»Es tut mir leid«, sagte er. »Ja, ich möchte Sie noch länger bei mir haben. Deshalb bringe ich Sie nach Koblenz.«

Seine Hände umfassten das Lenkrad. Schöne Hände hat er auch, dachte Stefanie.

»Aber wir haben dort wirklich eine Baustelle, und ich kann tatsächlich dort bis morgen bleiben und es so mit einigen wichtigen Terminen verbinden!«, fügte er hinzu.

Stefanie runzelte zweifelnd die Stirn.

»Und eine kleine Reisetasche mit dem Nötigsten habe ich immer im Kofferraum. Es kommt öfter vor, dass ich spontan irgendwo übernachten muss, weil sich irgendwas in die Länge zieht.«

Stefanie nickte endlich.

Den Rest der Fahrt schwiegen beide. Ein Schweigen, in dem Abschied lag.

Am Bahnhof angekommen, stellten sie fest, dass der Zug erst in knapp zwei Stunden fuhr.

»Waren Sie schon einmal in Koblenz?«

»Nein.«

»Dann zeige ich Ihnen aber noch schnell etwas von der Stadt. Kommen Sie!«

Und bevor Stefanie widersprechen konnte, hatte David schon das Auto gewendet und wies bereits während der Fahrt auf alles Mögliche hin – »Das ist das Stadtschloss, eines der letzten Schlösser, die vor der Französischen Revolution gebaut wurden«, »hier das Stammhaus der Deinhardt-Kellerei«, »auf der anderen Rheinseite sehen Sie die Festung Ehrenbreitstein, eine der größten Festungen Europas« –, um dann schwungvoll auf einem kleinen Parkplatz zu halten. »Jetzt gehen wir in die Kastorkirche. Hier haben die Enkel Karls des Großen das Reich geteilt.«

Er schaute sie an und schüttelte plötzlich den Kopf. »Entschuldigen Sie, es ist mit mir durchgegangen. Aber ich sehe, dass Sie erschöpft sind. Ich zeige Ihnen heute nichts mehr, ich habe Sie überfordert. Wir haben noch eine knappe Stunde. Sollen wir so lange einfach ein bisschen hier an den Flussufern bummeln?«

»Das wäre schön!«, sagte Stefanie.

Und so schlenderten die beiden durch die Rheinpromenade bis zum Deutschen Eck, wo Stefanie bewunderte, wie die Mosel in den Rhein mündete: »Man sieht genau, dass das Moselwasser eine ganz andere Farbe hat!«

Und bummelten am Moselufer entlang.

Etwas weiter flussaufwärts legte gerade ein Lastkahn an.

Stefanie und David beobachteten das Manöver.

»Schon faszinierend, wie man ein Schiff so zentimetergenau dirigieren kann«, meinte Stefanie.

»Der macht das vielleicht nicht zum ersten Mal«, scherzte David.

Jetzt kam der Kapitän oder Steuermann oder wie auch immer man das nannte, aus seinem Steuerstand.

»Der ist ja schon älter!«, meinte Stefanie verblüfft.

»Das stützt meine Hypothese, dass es für ihn nicht das erste Mal war.«

Stefanie musste lachen. »Stimmt.«

Beide beobachteten den Mann, wie er zu dem anderen, jüngeren Mann ging, der am Kai stand und das Schiffstau um den Poller wickelte.

»Der sieht aber auch so richtig nach wildem Flussschiffer aus mit dieser ärmellosen Lederweste«, meinte David.

»Und diese Tätowierungen!«, sagte Stefanie.

»Ja. Ist das Weiße da hinten am Rücken etwa ein Zopf?«

»Ja. Der muss unglaublich lange Haare haben.«

»So ein alter Mann! Beeindruckend.«

Der Mann hob den Kopf und schaute zu ihnen.

»Er merkt, dass wir ihn beobachten«, sagte David.

»Das macht doch nichts.«

Kurz sahen sie einander an – der alte Mann und die junge Frau. Plötzlich hob der Mann den Arm und winkte grüßend.

Stefanie winkte lachend zurück. »Das ist wirklich ein cooler Typ!«

Sie wandte den Blick von dem Schiff ab und schaute nach hinten. »Wie weit ist es jetzt bis zum Auto?«

»Ich denke, es wird Zeit, dass wir uns auf den Weg machen.«

Johannes nickte zufrieden. Das Schiff war ordentlich vertäut. Sein Steuermann wusste Bescheid und würde an Bord bleiben. Er, Johannes, würde sich mit Gretha einen schönen Abend machen.

Grethas Glück war immer nur von der Trauer und der Sorge um ihre Tochter getrübt gewesen. Aber jetzt, in den letzten Tagen seit sie entschieden hatte, endlich zu glauben, was ihr Mann ihr all die Jahre beteuerte, jetzt, wo sie sich entschlossen hatte, den toten kleinen Jungen an seinem Grab zu besuchen, ihn als ihren Sohn zu akzeptieren und sich von ihm zu verabschieden – jetzt ging es ihr besser. Dieses Dunkle, das auf ihrer Seele gelastet hatte, das ihr Gemüt umfangen hatte, das sie beschwert hatte, hatte sich etwas gelichtet. Nicht ganz, nein. Es brauchte sicher noch einige Zeit.

Aber es würde ihr mit jedem Tag leichter fallen. Und wenn sie erst einmal das Grab besucht hätten …

Johannes ließ seinen Blick über das Moselufer schweifen. Manchmal in den letzten Jahren, wenn er ohne Gretha unterwegs gewesen war, hatte er hier öfter geankert und den Abend in Koblenz verbracht. Aber wenn Gretha mit an Bord gewesen war, hatte es sich nie ergeben. Er würde heute mit ihr durch die Stadt bummeln und ihr seine Lieblingsplätze zeigen: Er würde sie so am »Augenroller« vorbeiführen, dass sie genau dann vorbeikämen, wenn der die Zunge herausstreckte; er würde ihr das Mittelrheinmuseum mit seiner kuriosen Aufschrift aus den umgestellten Buchstaben zeigen; und danach würde er sie zum Essen in eines der zahlreichen gemütlichen Weinlokale, die es hier gab, ausführen. Zum Beispiel das, wo er zuletzt gewesen war: *Zum alten Koblenz* hatte es geheißen, oder so ähnlich. Mitten in der stimmungsvollen Altstadt, unweit der historischen Vier-Türme. Oder dieses fantastische italienische Restaurant am Rheinufer. Oder …

Sein Blick wanderte über die Menschen, die an der Mosel promenierten. Ein junges Paar schaute zu seinem Schiff und zu ihm herüber. Nett sahen die beiden aus, die junge Frau erinnerte ihn an seine Gretha von früher.

Aus einer plötzlichen Laune heraus hob er den Arm und winkte grüßend. Die jungen Leute winkten lachend zurück.

Dann drehten sich die beiden ab, und er sah sie noch von hinten. Sein Lächeln vertiefte sich: Ja, so gingen die jungen Frauen. Genauso war seine Gretha früher gegangen, so ähnlich hatte sie von hinten auch ausgesehen. Seine geliebte Gretha.

Gerade kam sie die Treppe aus der Kajüte hoch und stellte sich neben ihn.

Er überlegte, ob er sie auf die junge Frau, die ihn so sehr an sie erinnerte, aufmerksam machen sollte. Aber dann entschied er sich dagegen. Vielleicht würde es sie wehmütig stimmen, wenn sie an die vergangenen Zeiten dachte. Wo sie doch gerade ihre dunklen Schatten abschüttelte.

Er legte ihr den Arm um die Schulter, schaute der jungen Frau hinterher und war glücklich.

Wieder zurück am Bahnhof, fragte David: »Können Sie vielleicht Ihren Aufenthalt bis morgen verlängern? Ich wüsste ein schönes Lokal, wo wir heute Abend …«

Stefanie unterdrückte das Bedürfnis, über seine Hand am Lenkrad zu streichen. »Nein«, sagte sie. Sie blickte ihn an. »Ich denke, es ist besser, wenn wir uns nicht mehr sehen.«

Er starrte geradeaus, die Zähne so fest zusammengebissen, dass sich die Kiefergelenke scharf unter der Haut abzeichneten.

»Es tut mir leid, David. Sehr leid sogar.«

»Wenn Sie noch einmal wiederkommen, melden Sie sich dann?«

»Ich sage Ihnen von ganzem Herzen Danke – und: Nein, ich werde mich nicht melden. Wir werden uns nicht mehr sehen. Es hat keinen Sinn. Bitte machen Sie es mir nicht schwerer, als es sowieso schon ist!« Ihre Stimme zitterte. »Ich habe Ihnen so vieles zu verdanken. Und ich kann leider nichts zurückgeben. Aber ich wünsche Ihnen von Herzen alles Gute!«

Hoffentlich merkte er nicht, wie viel Überwindung es sie kostete, die Autotür zu öffnen und auszusteigen. Bevor er auf seiner Seite ausgestiegen war, hatte sie schon ihre Reisetasche vom Rücksitz genommen, und ohne ein weiteres Wort und vor allem, ohne sich umzusehen, ging sie zum Bahnhof.

Aber so war es am vernünftigsten. Sie hatte während der ganzen Rückfahrt gründlich nachgedacht.

Die Szene vorhin, dieser Moment, der um ein Haar zu einem Kuss geführt hätte – das durfte sich nicht wiederholen. Das durfte nicht passieren. Denn es würde sie nur noch weiter in Gefühle verstricken und Wünsche erzeugen, die sich nicht realisieren ließen.

Ihre Überlegungen vor diesem Treffen waren falsch gewesen. Er wollte keine Affäre. Das nicht. Sein Interesse an ihr, seine Gefühle für sie, das alles meinte er ernst. Oder, besser formuliert, er glaubte es ernst zu meinen.

Denn genau wie sie hatte wohl auch er sich in eine Illusion hineingesteigert. Schließlich kannten sie beide sich überhaupt nicht.

Wie hieß es so treffend: *Nichts eint so sehr wie ein gemeinsamer Feind.*

Und so ähnlich war es hier gewesen. Der *gemeinsame Feind* war Frau Dubois. Und beide hatten sie Antworten gesucht. Dieses gemeinsame Ziel, das hatte sie verbunden. In dieser Situation hatten sie sich gegenseitig gutgetan. In dieser besonderen Situation.

Deswegen glaubte er, etwas für sie zu empfinden.

Aber das hier war nicht das normale Leben. Und eine Beziehung war sowieso nicht möglich. Schließlich lebten sie in verschiedenen Ländern.

Je früher man die Notbremse zog, desto besser. Sonst würde es nur noch mehr schmerzen.

Sie hörte, wie er ihren Namen rief. Doch sie drehte sich nicht um. Hoffentlich folgte er ihr nicht, sie wusste nicht, ob sie ihm standhalten könnte.

Sie drehte sich auch nicht um, als sie die Reifen auf dem Asphalt quietschen hörte.

Sonntag, 26. August 2018

Sie hatte sich beeilen müssen gestern. Punkt dreizehn Uhr hatte sie die Werkstatt abgeschlossen, aber aufgrund geringen Verkehrsaufkommens den Flughafen tatsächlich noch rechtzeitig für die Nachmittagsmaschine erreicht. Ein freundlicher junger Mann in Luxemburg hatte die Übergabe des Leihwagens unerwartet zügig abgewickelt, und vom Flughafen in Luxemburg bis hierher nach Igel hatte sie tatsächlich nur etwa fünfundzwanzig Minuten gebraucht.

In dem bequemen Bett des kleinen Hotels, nur wenige Fußminuten vom Weingut Matthes und Erb entfernt, hatte sie trotz ihrer Nervosität gut geschlafen.

Und jetzt stand sie vor dem großen zweiflügeligen Tor des Weinguts. Dieses Mal standen die Flügel weit offen.

Wie entsetzlich lang war ihr die vergangene Woche geworden!

Jeden Tag hatte sie in dem Weingut angerufen, jeden Tag hatte die automatische Stimme sie darüber informiert, dass man eine

Woche Betriebsurlaub mache und ab Montag, den 27. August, wieder für die geschätzten Kunden da sei.

Aber am Donnerstag – Stefanie war derart zusammengezuckt, dass sie um ein Haar ihre Teetasse von der Werkbank gestoßen hätte – hatte sich eine Frau gemeldet. »Matthes«.

Stefanie hatte etwas gestammelt, dass sie gerne einmal das Weingut besuchen würde, und die Frau hatte geantwortet: »Eigentlich machen wir diese Woche Urlaub. Wobei Urlaub das falsche Wort ist: Wir waren in der Champagne und haben uns Kellereien angeschaut. Aber wir sind seit gestern Abend zurück. Sie können also gerne kommen.«

»Ich wohne in Niederbayern, ich habe eine längere Anreise. Für mich wäre das Wochenende gut.«

»Und da kommen Sie zu uns zum Weinkaufen?«

Sie wollte keinen Wein kaufen. Aber warum nicht? So weit hatte sie noch gar nicht gedacht. Sie kam, um Wein zu kaufen.

»Ja, schon. Mal sehen«, antwortete Stefanie.

»Darf ich fragen, wie Sie ausgerechnet auf uns gekommen sind? Ich bin ja hier unter anderem auch für die Werbung verantwortlich. Deswegen wüsste ich gerne, wie Sie von uns erfahren haben.«

Von einer Kinderhändlerin, die mit Ihrem Mann früher Geschäfte gemacht hat.

Stefanies Hand krampfte sich um das Telefon. »In der Zeitung war mal ein Artikel über die Hochzeit von dieser luxemburgischen Ministertochter.«

»Oh, ach so. Da haben Sie aber ein gutes Gedächtnis. Das ist ja schon fast vier Jahre her«, lachte die Frau. »Aber es freut mich natürlich. Also, wann wollen Sie kommen? Es wäre gut, wenn wir es ungefähr wüssten, weil wir jetzt – in dieser sogenannten Urlaubswoche – noch viel erledigen müssen und nicht immer jemand im Haus ist.«

»Ist es unverschämt, wenn ich nach dem Sonntag frage?«

»Wenn wir Wein verkaufen wollen, müssen wir das an den Tagen machen, wo unsere Kunden Zeit haben. Das ist meistens am

Wochenende. Also nicht unverschämt, nein. Ich bin allerdings am Vormittag bei meinen Eltern, aber mein Mann sollte hier sein.«

Das war ideal. Stefanie würde mit dem Mann ungestört reden können.

Irgendwie hatte Stefanie die restlichen Tage durchgestanden.

Und jetzt war sie hier. In Igel.

Weingut Matthes und Erb – große goldene Buchstaben leuchteten auf der Bruchsteinfassade zu ihrer Linken.

Obwohl die beiden Flügel des Tors weit offen standen, verharrte Stefanie.

Rechts von ihr war eine Klingel. Ihr Finger schwebte eine Weile darüber.

Endlich schrillte das Läuten durch das Haus und durch den Hof. Die Klingel hörte man wahrscheinlich noch im Weinberg.

Von irgendwo hinten aus der Scheuer rief jemand: »Ich komme!«

Stefanie wartete. Sie hatte das Gefühl, die Nerven unter ihrer Haut vibrierten. In der Scheuer schepperte es, jemand fluchte, dann trat ein Mann aus dem großen Tor in den Hof, hob die Hand vor die Augen, um sie vor der Sonne zu schützen, und schaute fragend in ihre Richtung.

»Ja, was gibt's?«

»Herr Matthes? Herr Thomas Matthes?«, rief Stefanie ihm zu.

Der Mann kam auf sie zu.

»Das bin ich. Warum?«

»Mein Name ist Gruber, Stefanie Gruber. Ich komme aus …«

»Ich weiß Bescheid. Sie wollen Wein kaufen.«

Im Hof waberte die Hitze, und Stefanie wartete mit schweißnassen Händen.

»Wir gehen in die Probierstube«, sagte der Mann und wies auf eine alte, mit geschnitzten Weinreben verzierte Holztür in einem Anbau. *Weinproben* konnte sie auf der großen Kreidetafel links vom Türeingang lesen, während er die Tür zu diesem Raum öffnete.

»Bitte sehr«, sagte er und ließ ihr den Vortritt.

Sie befanden sich in einem kleinen, gewölbeähnlichen Raum. Ein langer Tisch mit mindestens zwanzig Stühlen auf jeder Seite stand in der Raummitte, in den beiden hinteren Raumecken noch hohe Stapel von weiteren Stühlen. An der Längswand befand sich eine Art Buffet, rotbraunes, schweres Holz, die acht Türen trugen Zierschnitzereien, die dicke Traubendolden an knorrigen Reben darstellten. Auf dem Buffet standen umgedreht Hunderte verschiedene Gläser. Die Wände waren dekoriert mit Fotos aus den Weinbergen: goldener Sonnenuntergang durch die Reihen der noch kahlen Reben, nassgrauer Nebel um dicht begrünte Weinstöcke, Dutzende von Menschen in halb gebückter oder vornübergebeugter Haltung mit bunten Kopftüchern zwischen den Reihen der Rebstöcke.

»Sie haben von der Hochzeit gelesen?«, erkundigte sich der Mann, während er eine der verzierten Türen öffnete. Stefanie sah, dass sich dahinter ein Kühlschrank für Weinflaschen verbarg.

»Das war ja eine große Sache!«, antwortete Stefanie.

Der Mann stellte vier verschiedene Flaschen auf den Tisch.

»Ja, das war schon eine gute Reklame. Nicht dass wir es nötig gehabt hätten – aber schaden tut so was nie. Jetzt kommen sogar Sie aus Bayern zu uns!«

Er lachte sie an, und sein Lächeln hatte Charme. Stefanie ertappte sich dabei, wie sie zurücklächelte. Wie sollte sie bloß anfangen?

Der Mann nahm noch ein Tablett von dem Buffet, auf dem kopfüber acht kleine Probiergläser standen.

Er wollte sich schon auf den Stuhl gegenüber von Stefanie setzen, da erhob er sich noch mal.

»Ich mache die Tür wieder zu«, sagte er. »Sonst kommt die ganze Hitze rein.«

Stefanie wartete, bis der Mann wieder ihr gegenübersaß.

»Welche Geschmacksrichtung bevorzugen Sie denn? Und welche Rebe? Wir haben Riesling und Elbling und …«

»Ich muss Ihnen etwas gestehen«, unterbrach ihn Stefanie. »Ich bin eigentlich gar nicht hier, um Wein zu kaufen.«

»Ach ja?«, fragte der Mann und runzelte die Stirn.

»Ich bin hier, weil ich etwas über meine Herkunft erfahren möchte.«

Offenbar hatte Thomas Matthes keine Ahnung, wovon sie sprach. Trotzdem spiegelte sich in seiner Miene, dass seine Verwunderung in Ärger umschlug.

»Und was wollen Sie da von mir?«

»Ich bin auf der Suche nach meiner Mutter.«

»Ich bin's jedenfalls nicht.« Das sollte nicht lustig sein. Da schwang bereits Aggression mit. Der Tonfall besagte: Wenn du keinen Wein willst, kannst du abhauen.

»Aber vielleicht Ihre Schwester, die so tragisch ums Leben kam? Oder woher hatte sie mich?«

Der Mann öffnete den Mund. Und schloss ihn wieder.

Er erhob sich so abrupt, dass sein Stuhl umfiel. »Was willst du?«

Plötzlich bekam Stefanie Angst. Hatte eigentlich jemand gesehen, wie er sie hier hineindirigiert hatte? Sicher nicht. Wenn er sie jetzt …

Und niemand wusste, dass sie hier war. Kein einziger Mensch.

Höchstens die Frau dieses Mannes. Aber der gegenüber konnte er ja einfach behaupten, dass sie gar nicht gekommen war.

Stefanie verbot sich weiterzudenken. Aber sie erhob sich auch. Jetzt war die Tür genau in ihrem Rücken. Der Mann stand fast zwei Meter von ihr entfernt. Sobald er sich auf sie zubewegte, würde sie durch die Tür nach draußen fliehen. Hoffentlich hatte er nicht abgeschlossen. Sie versuchte, sich zu erinnern. Wie war das eben gewesen? Er hatte die Tür an der Klinke gepackt und zu sich herangezogen. Nein, abgeschlossen hatte er höchstwahrscheinlich nicht.

»Sie brauchen keine Bedenken zu haben. Ich möchte nur erfahren, wo ich herkomme! Sonst nichts.«

Thomas Matthes stützte sich mit beiden Händen an der Tischplatte ab und schnaufte laut.

»Hast du meiner Frau was gesagt?«

»Kein Wort!«

Im selben Moment hätte sie sich am liebsten auf die Zunge gebissen. Das war ein Fehler gewesen. Dämmerte ihm, dass niemand wusste, dass sie hier war? Dass er sie einfach verschwinden lassen konnte?

»Aber meine Familie, also die, in der ich aufgewachsen bin, die weiß, dass ich heute hier bin«, fügte sie mit zitternder Stimme hinzu.

Glaubte er ihr? Oder hörte er, dass sie log? Stefanie hatte das Gefühl, es stand auf ihrer Stirn geschrieben, dass kein Mensch auf der ganzen weiten Welt wusste, dass sie hier war.

Thomas Matthes streckte den Arm aus, und Stefanie tat einen weiteren Schritt nach hinten.

Aber er bückte sich nur nach dem umgefallenen Stuhl, hob ihn auf und ließ sich müde darauf fallen.

»Hören Sie«, sagte er, und jetzt sah er überhaupt nicht mehr bedrohlich aus, nur noch besorgt.

»Meine Frau weiß das alles nicht. Und ich möchte gerne …«

»Es bleibt alles unter uns, ich verspreche es!«, beteuerte Stefanie hastig.

Thomas Matthes nickte.

»Und du bist das Baby, das ich der Frau gebracht habe?«

»Ja!«

»Sicher?«

»Ja, es gibt … es gibt Beweise dafür.«

»Beweise? Was für Beweise?«

Stefanie sagte nichts von dem Medaillon. Am Ende holte er heute noch nach, was er damals versäumt hatte, und nahm ihr das Medaillon einfach ab. Schließlich war es auch ein Beweisstück.

Matthes verzog das Gesicht. »Hat die alte Hexe sich doch irgendwie abgesichert. Hab von Anfang an gewusst, dass ich der nicht trauen kann. Eigentlich hab ich all die Jahre darauf gewartet, dass sie mich erpresst.«

»Das wird sie nicht tun«, sagte Stefanie.

»Woher willst du das wissen?«

Stefanie dachte daran, wie erfolgreich sich Frau Dubois hinter dem Mädchennamen ihrer Mutter versteckte. Und plötzlich war sie sich ziemlich sicher, dass der geschiedene Herr Ricard nicht der Einzige war, dem diese Frau Geld schuldete.

»Sie hat selbst genug zu verlieren.«

»Ist das so?«

Stefanie nickte.

»Ganz sicher?«

»Ganz sicher.«

Matthes wischte sich mit dem Handrücken über die Stirn.

Dann musterte er sie von oben bis unten und lächelte auf einmal. »Bist ganz schön proper geworden. Ich hab mir oft Gedanken gemacht all die Jahre. Konnte damals mit Babys nix anfangen. Erst als meine eigenen Kinder gekommen sind, hab ich drüber nachgedacht, dass ich dich sicher nicht richtig behandelt habe. Da hab ich mir schwere Vorwürfe gemacht. Ist schön, dass du so gut gediehen bist.«

Stefanie nickte überrascht. »Mir geht es wunderbar. Sie können nicht viel falsch gemacht haben.«

Matthes lachte kurz auf.

»Aber wer ist meine Mutter?«

»Keine Ahnung. Da kann ich dir nicht helfen.«

Eine neue Enttäuschung. Weiche Knie. Immer wieder derselbe Fehler: zu hohe Erwartungen.

»Aber ich kann dir sagen, wo du suchen musst. Komm, setz dich. Ich erzähl dir alles.«

Stefanie zögerte. »Kann ich vielleicht die Tür wieder aufmachen, damit etwas mehr frische Luft hereinkommt?«, fragte sie.

»Klar!«, antwortete Matthes. »Ist doch noch zu muffig hier drin. Wir haben schon lange keine Weinprobe mehr gehabt. Es geht erst jetzt allmählich wieder los. Am kommenden Wochenende ist die erste.«

Während Stefanie die Tür weit öffnete, sagte er: »Pass auf, ich erzähle dir alles, was ich weiß. Aber wenn meine Frau kommt – dann bleibst du dabei, dass du Wein kaufen willst. Und vielleicht auch hier eine Veranstaltung planst. Verstanden? Du willst dir in

Ruhe den Raum anschauen, weil du überlegst, deinen Geburtstag hier zu feiern. Abgemacht?«

Stefanie nickte. »Natürlich.« Sie setzte sich wieder dem Mann gegenüber an den großen Holztisch.

»Sie weiß nicht so viel von meinem früheren Leben«, fügte er hinzu.

Er füllte zwei Probiergläser.

Stefanie stieß mit ihm an – sie wollte Matthes keinesfalls verärgern – und nahm einen winzigen Schluck. »Gut!«, sagte sie überrascht.

»Ja!«, nickte Matthes stolz. »Wir machen hier einen der besten Elbling-Weine! Da können die anderen …« Er sah Stefanies gespannten Blick. »Aber das interessiert dich nicht. Du willst was anderes wissen, nehme ich an.«

Stefanie nickte.

»Also,« begann er, »ich war …« Er grinste, und plötzlich erkannte Stefanie, dass er einmal ein gut aussehender, attraktiver Mann gewesen sein musste. Das war er auch immer noch, auch wenn die harte körperliche Arbeit im Freien seinen Gesichtszügen ihren Stempel aufgedrückt hatte.

»Was soll ich lang drum rumreden. Sie weiß es ja auch. Ich war, als ich jung war, ein ziemlich wilder Typ, wenn du verstehst, was ich meine.«

Stefanie verstand nicht wirklich, aber sie nickte zaghaft.

»Ist ja auch egal. Jedenfalls war ich auf dem besten Weg in den Knast. Hab mich dann allerdings verliebt und irgendwie …«, jetzt strahlte das Gesicht dieses Mannes, und Stefanie fragte sich auf einmal, wie sie vor ihm hatte Angst haben können.

»Weißt du, dieses Mädel, in das ich mich verliebt habe, die hat mir die Pistole auf die Brust gesetzt: Entweder ich werde solide, oder sie geht. Und dann hat sie mir einen Job besorgt. Hier, auf dem Weingut ihres Vaters. Einen Knochenjob. Ich hatte vorher noch nie so hart gearbeitet in meinem Leben. In den ersten Tagen dachte ich auch, ich stehe es nicht durch. Aber dann … Ich kannte das vorher nicht. Dieses Gefühl.« Der Mann hob sein Glas und nahm einen kleinen Schluck. Stefanie konnte beobachten, wie er die Flüssigkeit kurz in seinem Mund kreisen ließ, bevor er nickte und den Wein hinunterschluckte. »Das ist wirklich ein sehr guter Jahrgang«, sagte er. Er hob den Blick wieder zu Stefanie. »Wenn du am Abend aus dem Wingert gehst und die Reihen siehst, wo du tagsüber die schwachen Triebe ausgebrochen hast, wenn du siehst, was du geschafft hast, das hat schon was. Ich hatte vorher noch nie etwas gemacht, was mir eine solche Befriedigung verschafft hat.« Er verzog das Gesicht. »Abends war ich allerdings hundskaputt, und ich konnte nicht mehr saufen gehen mit den anderen. Da wurde ich für die Kumpels schnell uninteressant, Gott sei Dank!«

Stefanie sah Thomas Matthes an, dass er in Gedanken gerade noch einmal diese Zeit durchlebte. Obwohl sie vor Ungeduld brannte, traute sie sich nicht, ihn zu unterbrechen.

»Ja, und dann hab ich hier den Alten und seine Frau zum Essen eingeladen. Ohne Brigitte. Nur die Eltern. Ich hatte geplant, die beiden schön zu bekochen und bei beiden, aber insbesondere bei der Mutter, meinen Charme spielen zu lassen und dann den Alten, wie man so schön sagt, um die Hand seiner Tochter zu bitten. Der Alte hat natürlich den Braten gerochen, hat gleich geahnt, worum es ging. Das alte Schlitzohr kam prompt allein. Er wollte mir die Meinung sagen. Dass ich die Finger von seiner Tochter lassen soll. Dass er keinen braucht, der sich ins gemachte Nest setzt. Keinen Mitgiftjäger. Und dann hat er meine Wohnung gesehen. Und gestaunt. Und gefragt, was ich an Miete zahle. Als ich ihm erklärt habe, dass die Wohnung mir gehört, und zwar nur mir und nicht der Bank, da hat er gegrinst. Ach, so ist das, hat er gesagt. Bringst also was mit! Auf der hohen Kante hab ich auch noch was, hab ich gesagt. Das hatte ich ja alles von meiner Schwester geerbt, ich hatte ja richtig Kohle.« Er lächelte Stefanie an. »So habe ich hier eingeheiratet, konnte dann auch das Weingut neu aufstellen und uns einen guten Namen machen, habe zwei Kinder bekommen, und mir geht es gut.«

»Das freut mich!«, sagte Stefanie. »Aber …«

»Ja?«

»An welcher Stelle komme denn ich ins Spiel?«

Thomas lachte dröhnend. »Ach du je. Ja, dich hatte ich grad ein bisschen vergessen. Also: Vorher, als ich noch … als ich Brigitte noch nicht kannte, da habe ich einige Zeit bei meiner Schwester gewohnt. Die war Hebamme. Und man soll ja über Tote nix Schlechtes reden, aber die war nicht ganz richtig in der Birne. Die wollte ein Kind. Einfach, um ein Kind zu haben. Ist mit allen möglichen Männern ins Bett, nur um sich eins ansetzen zu lassen. Daraus wurde aber nix. Und was soll ich dir sagen …«

Stefanie hielt den Atem an.

»Eines Tages bringt die Irre sich eins aus dem Krankenhaus mit.«

»Was?«

»Plötzlich steht die mit 'nem Baby im Arm in der Küche und rührt Babymilch an. Ich denk, ich seh nicht recht. Tja, und das warst du.«

»Ja aber, wie … woher hatte sie mich denn?«

»Die hat dich einfach geklaut.«

Stefanie verstand es nicht.

»Entführt?«

»Nein, nicht entführt. Eher unterschlagen.«

Stefanie schüttelte verständnislos den Kopf. »Wie – unterschlagen? Ich verstehe das nicht. Wie kann man ein Baby unterschlagen?«

Von draußen drang Motorengeräusch herein.

»Meine Frau kommt«, sagte Thomas. »Du weißt, was du zu sagen hast.«

»Aber wie denn unterschlagen?«, drängte Stefanie.

Draußen hupte jemand kurz.

»Ach, doch nicht meine Frau. Kundschaft. Moment. Bin gleich wieder da«, sagte Thomas.

Er ging zu Tür und begrüßte den Ankömmling. »Hallo, was kann ich für Sie tun? Wenn Sie Wein kaufen wollen, dann …«

»Ich bin auf der Suche nach Stefanie Gruber«, sagte eine Stimme, die Stefanie nur zu gut kannte und die ihr jetzt die Tränen in die Augen trieb.

»Ach so? Die ist im Gewölbekeller.«

In dem Moment, wo er durch die Tür trat, wurde es einen Moment merklich dunkler in dem Raum, so sehr füllte David die Türöffnung aus. Stefanie lächelte ihn mit verschwimmendem Blick glücklich an.

Mit zwei Schritten war er bei ihr. »Alles gut?«, fragte er.

Sie nickte.

Er stellte sich an ihre Seite und griff nach ihrer Hand. »Was wissen Sie schon?«, fragte er.

»Herr Matthes hat mir erzählt, dass seine Schwester Hebamme war und mich unterschlagen hat.«

»Was?«

»Ja. Aber wie das vor sich gegangen ist, das wollte er mir gerade noch erklären.«

Thomas Matthes war sichtlich unfroh über diesen weiteren Besuch. »Sollte meine Frau kommen …«

»… dann sagt Herr Bessons kein Wort. Sie können sich darauf verlassen. Aber jetzt bitte noch mal: Wie hat Ihre Schwester das gemacht, dass sie ein Baby *unterschlagen* konnte?«

»Sie hat einfach einer frisch Entbundenen erzählt, dass die eine Totgeburt gehabt hat, hat der noch als Beweis kurz das tote Baby von einer anderen Frau in den Arm gelegt, und schwups – hatte sie ein eigenes Kind.«

Stefanie schloss die Augen. Was waren das für Informationen!

David drückte ihre Hand fester. »Sie wissen aber nicht zufällig, wie die Frau hieß, diese Schwangere, der sie das Kind weggenommen hat?«, fragte er.

Thomas hob die Arme und drehte die Handflächen in einer bedauernden Geste nach außen.

»Woher sollte ich? Ich hatte mit dem Krankenhaus nichts zu tun. Ich war da nie.«

Stefanie ließ den Kopf sinken. Ein neues Rätsel. Eine neue Suche. Allmählich wurde sie müde.

»In welchem Krankenhaus hat Ihre Schwester gearbeitet?«, fragte David. »Wissen Sie das?«

Stefanie hob wieder den Kopf, als Matthes antwortete. »Den Namen weiß ich natürlich nicht, aber es war beziehungsweise es ist immer noch das einzige in Perlich. Da war sie.«

»Ich verstehe«, sagte Stefanie. »Ihre Schwester hat mich, wie soll man da sagen, sie hat mich gestohlen. Aber wieso haben Sie mich dann nach Metz zu Frau Dubois gebracht?«

»Weil meine Schwester nicht lange Freude an dir hatte. Die ist vor lauter Begeisterung vor den Stadtbus gerannt. Du warst nur zehn Tage bei uns.«

»Und – sie war tot?«

»Mausetot. Und ich hatte ein geklautes Baby am Hals.«

»Wann war das denn? Könnte man daraus mein richtiges Geburtsdatum errechnen?«

»Das könnte man. Aber das braucht man nicht. Das weiß ich nämlich sogar. Es war der fünfte Mai. Ich glaube, sie hat da gar nicht dran gedacht, aber der fünfte Mai war auch der Geburtstag unserer Mutter. Ich habe mal überlegt, ob ich ihr das sagen soll, aber dann habe ich es gelassen. Die hatten keine besonders enge Beziehung, die beiden. Also, meine Mutter und meine Schwester, meine ich. Und wie gesagt: Am fünfzehnten Mai hat sie es mit einem voll besetzten Stadtbus aufgenommen und ist zweiter Sieger geblieben. Was mich irgendwie sogar wundert«, sagte Thomas und grinste kurz. »Jedenfalls war das für mich der pure Stress. Nicht nur der ganze offizielle Kram. Der allein hätte mir schon gereicht. Aber ich stand auch noch da mit einem geklauten Baby und wusste nicht, was ich tun sollte.«

»Hätten Sie mich nicht zurückbringen können?«

»Und dann? Ich hatte zwar nix damit zu tun, aber du warst ja schon ein paar Tage bei uns. Ich war also Mitwisser. Wer weiß, was mir die Justiz für einen Strick daraus gedreht hätte. Und überhaupt hätte ich so eine Aufmerksamkeit absolut nicht brauchen können. Grade zu dieser Zeit hatten wir einen sehr lohnenden … Aber das gehört nicht hierher. Jedenfalls hatte ich durch meine … also, durch die Leute, mit denen ich damals Umgang hatte, kannte ich bereits eine Frau Dubois, die …«

Stefanie und David verzogen keine Miene.

»... die hatte schon für meine Schwester eine Bescheinigung besorgt, dass das Baby ihr leibliches Kind war. Und dann hat dieser Arzt, der immer diese Bescheinigungen gefälscht hat, einfach noch mal eine neue für dich ausgestellt.«

Davids Atem hörte sich schwerer an, fand Stefanie. Aber er sagte nichts.

Stefanie beschloss, sich unwissend zu stellen. »Aber wenn ich schon das Kind Ihrer Schwester war?«

»Aber die war doch nun tot. Und ich wollte natürlich nicht ...«

Plötzlich wurde der Blick von Matthes verschlagen. »Spekulierst du etwa auf das Erbe? Seid ihr deshalb auf einmal zu zweit? Damit du einen Zeugen hast?« Er wurde lauter. »Wollt ihr mich irgendwie hinhängen? Ich streite alles ab, und du hast kein Recht auf das Erbe, überhaupt keins!«

»Nein! Ganz bestimmt nicht. Ich will nichts von dem Erbe! Das steht mir doch auch gar nicht zu. Glauben Sie mir bitte!«

»Eben! Gar nix davon steht dir zu!«

Wieder drang ein Motorengeräusch herein. »Jetzt kommt meine Frau!«, sagte Thomas aufgeregt. »Bitte ...«

»Wie hieß denn Ihre Schwester?«, fragte David.

»Ich möchte wirklich nicht, dass meine Frau irgendwas von dieser Geschichte erfährt!«

»Nur noch schnell den Namen«, drängte David.

Thomas Matthes drehte den Kopf und beobachtete, wie seine Frau das Auto in den Carport an der Seite rangierte.

»Wir waren ja nur Halbgeschwister, hatten nur dieselbe Mutter, aber verschiedene Väter. Paula Köhler. Meine Schwester hieß Paula Köhler.« Thomas erhob sich. »Aber jetzt kein Wort mehr davon. Sie kommt!«

»Wir gehen sowieso.« Stefanie löste ihre Hand aus Davids und erhob sich.

Eine Autotür klappte, und Schritte näherten sich.

»Ich danke Ihnen von ganzem Herzen, dass Sie uns so geholfen haben.«

Eine Frau erschien im Türrahmen.

Ganz hübsch, dachte Stefanie. *Aber wirkt auch resolut. Die weiß, was sie will.*

»Hallo«, grüßte Stefanie diese Frau, und dann, sich wieder Thomas zuwendend, sagte sie: »Nochmals ganz herzlichen Dank für diese ausführlichen Informationen. Wirklich schön ist es hier! Und die Weine sind sehr fein. Wir lassen uns das in Ruhe durch den Kopf gehen und melden uns dann wieder.«

Im Hof blitzte Davids schwarzer Wagen.

»Steigen Sie ein«, flüsterte David, und wenige Augenblicke später rollte das Auto vom Hof.

Johannes warf einen kurzen, sorgenvollen Blick auf seine Frau.

Auf den letzten Kilometern war sie immer stiller geworden. Bis zum Friedhof in Perlich waren es nur noch wenige Minuten.

Sie waren schon früh losgefahren, es war noch nicht einmal sieben Uhr gewesen. Aber sie hatten unterwegs sein wollen, solange die Temperaturen noch halbwegs erträglich waren. Sie würden heute das Grab des kleinen Jungen besuchen, ihres Jungen. Und seine Frau würde endlich Abschied nehmen können. Er hatte das schon vor langer, langer Zeit getan. Und mit allem abgeschlossen.

Natürlich hatte auch er sich damals auf das Baby gefreut und war zutiefst betrübt gewesen, dass das so sehnlich erwünschte Kind tot zur Welt gekommen war.

Aber er hatte schnell gelernt, mit der Trauer zu leben. Wenn er ehrlich war, musste er zugeben, die Trauer sogar überwunden zu haben.

Es war ein stilles Bedauern in ihm, ein Gefühl von: *Es wäre so schön gewesen.* Dieses leise Bedauern würde ihn den Rest seines Lebens begleiten, das wusste er. Aber es hinderte ihn nicht daran, sein Leben zu genießen und glücklich zu sein.

Bei seiner Frau war das anders: Ihre Trauer hatte sich nicht verändert, war nicht schwächer geworden, der Schmerz hatte – soweit er das beurteilen konnte – nie nachgelassen. Am Anfang hatte er es darauf zurückgeführt, dass es für eine Frau, für eine Mutter sicher noch einmal ein ganz anderer Schmerz war, ein Kind zu verlieren, als für einen Mann.

Aber irgendwann hatte er gemerkt, dass seine geliebte Gretha einfach nicht darüber hinwegkam.

Und ja: Er war geflohen. Hatte sich in die Arbeit geflüchtet. Er war öfter unterwegs gewesen, als er gemusst hätte. Er hatte Touren angenommen, Aufträge angenommen, nur um nicht zu Hause sein zu müssen. Dabei liebte er seine Frau wie am ersten Tag, nein: mehr als am ersten Tag.

Und er konnte ihr nichts vorwerfen: Sie hatte sich immer Mühe gegeben, ihm ein schönes Zuhause zu bereiten; sie hatte versucht, ihre Trauer vor ihm zu verbergen. Aber in ihrem Lachen hatte er immer die Anstrengung gesehen, die es sie kostete. Er war nicht vor seiner Frau geflohen, er war auch nicht vor ihrer Trauer geflohen, er war vor dem Schmerz geflohen, den dieser Anblick ihm bereitet hatte.

Aber jetzt würde alles gut werden! Seit Gretha entschieden hatte, zu akzeptieren, dass der tote Junge ihr Baby gewesen war, seither ging es ihr wesentlich besser. Gleich würden sie an das Grab gehen, Gretha würde ebenfalls Abschied von ihrem kleinen Sohn nehmen, und sie würden zurück nach Hause fahren. Und ab der kommenden Woche war sein Schiff verpachtet, und Gretha und er würden ihren letzten Lebensabschnitt zu zweit glücklich genießen.

Vor ihm tauchte schon das Hinweisschild für den Parkplatz des Friedhofs auf.

Johannes parkte das Auto, doch Gretha rührte sich nicht. Er zog den Schlüssel ab, stieg aus, ging um das Auto herum, öffnete die Beifahrertür und hielt ihr die Hand hin.

Sie umklammerte mit beiden Händen den Blumenstrauß in ihrem Schoß. Die Knöchel waren weiß, so verkrampft waren ihre Hände. Sie war blass. Aber jetzt hob sie den Kopf, lächelte ihn nachdenklich an und sagte: »Ich bin so weit.«

An seinem Arm ging sie über den Friedhof, bis sie vor dem kleinen Grab standen.

»Du hast auch einen Stein setzen lassen«, sagte sie überrascht. »Und du hast ihn Stefan genannt?«

»Du hast von deinem Baby ja immer als Stefanie geredet. Da dachte ich …«

»Das hast du gut gemacht«, sagte sie, ging in die Hocke und stellte den kleinen Strauß aus roten Heckenrosen in die grüne Vase, die zwischen den vielen Blüten herausschaute. Sie wandte sich dem Grabstein zu und fuhr mit dem Finger über die Inschrift.

Stefan Theissen
5. Mai 1990

»Wer hat denn das Grab so schön angelegt?«, fragte Gretha.

»Ich war oft hier«, sagte Johannes, »und ich habe einen Vertrag mit der Gärtnerei dahinten. Die schauen jede Woche einmal danach.«

»Das haben sie wunderbar gemacht«, sagte Gretha.

Johannes verzog kurz das Gesicht. »Im Laufe der Jahre haben sie verstanden, was ich mir vorstelle.«

Gretha stellte sich neben ihren Mann und schob ihren Arm unter seinen. »Du hast dir so viel Mühe gegeben. Und mir nie etwas davon gesagt.«

»Du wolltest es nicht hören.«

Sie lehnte ihren Kopf an seine Schulter und blickte versonnen auf den Grabstein.

»Es tut mir leid. Und ich danke dir. Ich danke dir so sehr!«

Johannes atmete tief aus. »Ich habe immer gehofft, dass ich dich eines Tages hierherbringen kann.«

Auch Gretha holte tief Luft. »Du hattest so recht. Ja, da liegt nun unser Sohn. Es sollte eben nicht sein. Er ist sicher glücklich da, wo er jetzt ist.«

»Ganz bestimmt.«

»Vielleicht können wir öfter mal herfahren?«

»Aber natürlich, sooft du willst.«

»Du musst keine Angst haben, dass wir jetzt dauernd hermüssen. Aber der Gedanke, dass ich nun einen Ort habe, wo ich hinkommen kann, wo ich mein Kind besuchen kann, dieser Gedanke ist einfach … einfach tröstlich! Ich war dumm, dass ich mich so lange dagegen verwehrt habe.«

Sie lächelte Johannes an. »Da gab es doch hier am Moselufer so ein schönes Café. Mit einer tollen Terrasse mit Blick auf die Mosel. Sollen wir mal nachsehen, ob es das noch gibt? Und ob es heute geöffnet hat? Wir könnten uns einen kleinen Imbiss gönnen.«

»Sehr gerne!«, sagte Johannes überrascht. »Das war so ein Ausflugscafé. Die haben sicher auf!«

»Dann lass uns gehen.« Gretha warf noch einen Blick auf das Grab. »Mach's gut, mein Kleiner. Ich komme auch bald wieder. Ich verspreche es dir.«

Als sie sich anschickte zu gehen, fiel ihr Blick auf den nächsten Grabstein.

»Hier liegt auch ein kleines Kind«, sagte sie zu ihrem Mann. Sie las die Inschrift auf dem Grabstein. »Schau mal. Das ist ja ein Zufall! Moritz Rungert. Auch ein kleiner Junge! Genau am selben Tag wie unserer geboren und gestorben!«

»Ja«, sagte Johannes irritiert. »Das ist wirklich ein großer Zufall.«

»Ob die Mutter auch hier im Krankenhaus war? Ob wir uns vielleicht begegnet sind?«

»Ich erinnere mich nur an eine andere Schwangere. Hinter einem Paravent. Also, eine gab's da mindestens noch.«

»Davon habe ich nichts mitbekommen. Aber jetzt fällt mir ein – komisch, da habe ich die ganzen Jahre nicht mehr daran gedacht –, jetzt fällt mir ein, dass da eine Frau geweint hat, als wir kamen. Die lag auf ihrem Bett, das hatte man in so ein kleines Extrazimmer geschoben. Da sind wir dran vorbeigekommen. Ich habe kurz einen Blick hineingeworfen, und da war diese Frau, die so weinte. Das weiß ich noch.«

»Daran kann ich mich nicht erinnern.«

»Ja, ich glaube nicht, dass du das gesehen hast. Ich hatte das auch total vergessen. Das ist das erste Mal, dass ich wieder daran denke!«

Die beiden schlenderten über die Friedhofswege Richtung Ausgang. Unter den großen Bäumen war es angenehm kühl.

Gretha dachte nach. »Ich weiß nicht mehr genau, auf welcher Höhe dieses Café war. Ich glaube, wir müssen erst Richtung Zentrum und …«

Sie verharrte mitten im Schritt.

»Was ist los?«, fragte Johannes.

»Ich muss … ich will … du wirst böse auf mich sein!«

Aus ihrem Gesicht sprach Ratlosigkeit.

»Ich war noch nie böse auf dich.«

»Oh. Dann hast du das aber gelegentlich gut getarnt«, sagte Gretha, und Johannes musste lachen. Derart zum Scherzen aufgelegt hatte er seine Gretha schon seit Jahren nicht mehr erlebt. Dabei war er wirklich nie ernsthaft böse auf sie gewesen, aber natürlich hatten sie, wie jedes andere Ehepaar auch, gelegentlich Streit gehabt – und dann neigte er bedauerlicherweise manchmal dazu, einfach loszubrüllen. Was ihm aber immer gleich danach sehr leidtat. Und wofür er sich auch immer sofort entschuldigte. Seine Gretha war zum Glück in der Beziehung nicht empfindlich, ganz im Gegenteil, die konnte auch selbst richtig wütend werden. Ganz früher, als sie beide noch temperamentvoller gewesen waren, hatte er sogar einige Male vor einem fliegenden Teller in Deckung gehen müssen. Kurz musste er grinsen, als ihm das einfiel. Ja, wenn sie sich mal stritten, konnte das schon lebhaft zugehen. Vor allem früher. Doch ein solcher Streit war wirklich selten vorgekommen. Und hatte immer mit einer genauso intensiven Versöhnung geendet.

Aber jetzt – worauf wollte sie hinaus?

Ihr Blick war immer noch ratlos und verwirrt, unentschlossen und zögernd – er wusste diesen Blick nicht zu deuten.

»Sag doch«, bat er, »was willst du denn?«

»Ich würde gerne mal nachschauen, ob ich diese Frau finde.«

»Welche Frau?«

»Die mit dem toten Jungen neben unserem.«

»Warum denn das?«

»Ich möchte mich mit ihr unterhalten.«

»Wieso?«

»Weil … weil sie das Gleiche erlebt hat wie ich! Und weil ich das ja gar nicht wahrgenommen habe. Wie soll ich dir das erklären? Ich habe etwas erlebt, was ich nicht … nicht angenommen habe. Ich habe ja immer gedacht, ich hätte eine Tochter … Und jetzt muss ich Gefühle nachholen, die ich hätte haben müssen … ich weiß nicht, wie ich dir das schildern soll. Aber ich merke, dass es gut für mich wäre, wenn ich mit dieser Frau reden könnte. Nein, ich *weiß* es!«

»Ja, wenn du meinst.« Johannes wusste nicht damit umzugehen. Er war schon enttäuscht, er hatte darauf gehofft, einen Schlussstrich ziehen zu können. Aber vielleicht half es seiner Frau tatsächlich? Vielleicht hatte es in der Vergangenheit an einer Leidensgenossin gemangelt. An einer Frau, mit der sie über ihre Gefühle sprechen konnte. Er als Mann war vielleicht nicht der Richtige gewesen.

»Bestimmt. Moment, jetzt habe ich den Namen schon wieder vergessen. Ich geh schnell nachschauen!«

Während Johannes wartete, eilte Gretha die Wege zurück. Der Friedhof war nicht groß, und sie war nach wenigen Momenten wieder da.

»Rungert«, sagte sie. »Die Familie heißt Rungert. Aber jetzt suchen wir erst mal dieses Café. Ich habe Hunger!«

»Wo kamen Sie so plötzlich her?«, fragte Stefanie, während David langsam durch die Straßen von Igel steuerte.

»Aus Metz«, grinste David.

»Haha.« Stefanie verzog das Gesicht. »Und wieso?«

»Weil ich nach Igel gefahren bin?«

»David! Bitte!«

Er lachte leise. »Entschuldigen Sie, aber ich lie– ich mag es einfach, wenn Sie so schauen!«

Er wurde ernst. »Ich habe angerufen.«

»Wo?«

»Zuerst in den Hotels.«

»Sie haben die Hotels abtelefoniert? Alle?«

»Das ist keine große Kunst. Die Anzahl der Hotels in Igel ist durchaus übersichtlich.«

»Sie haben also die Hotels in Igel abtelefoniert. Bis Sie eines gefunden hatten, in dem ich wohnte. Gut, dass ich nicht schon am Montag gekommen bin und schon wieder weg war.«

»Ich hatte auch Montag schon angerufen«, sagte David.

»Sie haben *jeden Tag* angerufen?«, fragte Stefanie fassungslos.

»Nur bis Donnerstag. Dann wusste ich ja Bescheid.«

Stefanie war versucht, David mal kurz in die Seite zu knuffen.

»Das erklärt noch nicht, wieso Sie jetzt im Weingut aufgetaucht sind.«

»Dort habe ich auch angerufen.«

»Und die haben gesagt, Frau Stefanie Gruber ist am Sonntagvormittag bei uns?«

»Nein! Die haben gesagt, ich kann mit meiner Gruppe von zwölf Personen zum Weinprobieren das ganze Wochenende kommen, nur nicht am Sonntagmorgen, da ist die Probierstube belegt. Da kommt eigens eine Frau aus Bayern.«

Stefanie schüttelte ungläubig den Kopf. »Sie sind unmöglich! Und warum das alles?«

»*Eine* Antwort kennen Sie. Und die zweite lautet, dass ich auf einmal Sorge hatte, ob es eine gute Idee ist, Sie mit diesem Ex-Gangster allein reden zu lassen.«

»Puh …« Stefanie stieß laut den Atem aus.

»Sind Sie wütend auf mich, dass ich plötzlich aufgetaucht bin?«

»Nein, ganz im Gegenteil«, antwortete Stefanie wahrheitsgemäß. »Danke, dass Sie gekommen sind. Ich hatte in der Zwischenzeit auch wirklich Angst vor diesem Mann.«

»Die kann aber unmöglich so groß gewesen sein wie die, die dieser Thomas Matthes vor seiner Frau hat«, erwiderte David trocken.

Stefanie musste lachen. »Das stimmt. Der hat ja förmlich gebibbert, als er sie gesehen hat. Aber …«, sagte sie nachdenklich, »als er zuvor von ihr erzählt hat, leuchteten seine Augen.«

Plötzlich legte sie sich die Hände in einer Geste der Fassungslosigkeit an die Wangen. »Aber was er alles erzählt hat! Ich weiß jetzt, wo ich herkomme! Was sagen Sie dazu?«

»Ich freue mich für Sie!«

»Ich weiß, wo ich geboren wurde!«, sagte Stefanie atemlos. »Ich weiß, wo ich herkomme. Ist das nicht fantastisch?«

David schluckte. Er konnte hören, wie viel es Stefanie bedeutete.

»Und zwar bin ich von hier.« Sie deutete auf eine Gruppe älterer Frauen, die an einer Ampel auf das Grünlicht warteten. »Und irgendeine der Frauen hier ist vielleicht meine Mutter! Ist das nicht verrückt?«

David lächelte über die fast kindliche Begeisterung, die auf einmal in ihrer Stimme schwang.

»Und ich kenne jetzt meinen Geburtstag. Ist das nicht einfach wunderbar?«

Ihre Stimme klang belegt, als sie den Kopf zu David wandte. »Das habe ich Ihnen zu verdanken!«

Er schüttelte den Kopf. »Sie haben nicht aufgegeben. Sie haben sich das wirklich verdient.«

»Ich kann es noch gar nicht richtig fassen: Ich kann einfach im Krankenhaus in Perlich nachfragen, welche Frauen am 5. Mai 1990 dort ihr Baby bekommen haben, und dann weiß ich, dass eine davon meine Mutter ist.« Sie nahm die Hände wieder vom Gesicht, legte sie sich auf die Knie und sagte: »Ich muss erst mal in Ruhe durchatmen. Ich platze sonst vor … vor Emotion.«

Sie schloss die Augen und atmete langsam ein und aus.

David nahm die rechte Hand vom Lenkrad. Er machte Anstalten, seinen Arm um Stefanie zu legen, aber dann ließ er den Arm mit einem resignierten Gesichtsausdruck wieder sinken.

Stefanie öffnete die Augen wieder. »Und wissen Sie, was das Schönste ist: Meine leibliche Mutter hat sich nicht die ganzen Jahre gefragt, was aus mir geworden ist. Denn sie glaubt ja, ich bin tot.«

Ihr Zeigefinger zog kleine schnelle Kreise auf ihrem Kinn.

»Hoffentlich lebt sie noch. Es wäre schlimm, wenn ich sie vielleicht um eine kurze Zeit verpasst hätte.«

David nickte.

»Also, jetzt auf ins Krankenhaus?«, fragte er.

Stefanie schüttelte den Kopf. »Heute am Sonntag ist die Verwaltung sicher geschlossen. Ich muss bis morgen warten.«

»Ich fahre Sie gerne.«

»Ich bin mit einem Leihwagen hier, danke. Ich kann selbst morgen früh …«

Stefanie hielt inne.

»Ach so, natürlich«, sagte David. »Vielleicht rufen Sie mich einmal an bei Gelegenheit und erzählen mir, was Ihre Suche ergeben hat.«

Stefanie warf einen Blick zu ihm hinüber, aber er starrte mit zusammengepressten Lippen auf die Straße.

»Ich habe es nicht so gemeint. Natürlich können Sie mitkommen«, sagte Stefanie. »Ich wollte nur …«

Er nickte.

Sie ahnte, was er dachte.

Wenn morgen ihre Suche zu Ende war, was würde dann aus David und ihr?

»David, ich … «, begann sie und wusste nicht mehr weiter.

Er reagierte nicht. Stattdessen setzte er den Blinker und lenkte das Auto nach rechts auf einen Parkplatz.

Sie schaute sich suchend um. »Wo sind wir hier eigentlich?«

»An der Igeler Säule. Die wollte ich Ihnen doch noch zeigen. Steigen Sie mit mir aus?«

Verwundert nickte Stefanie.

Dann standen sie an der Säule, und Stefanie reckte den Kopf. »Hoch«, meinte sie.

»Dreiundzwanzig Meter«, meinte David.

»Interessant«, meinte Stefanie.

»Wissen Sie, warum ich gerne mit Ihnen hierher wollte?«, fragte David.

Stefanie schüttelte den Kopf.

»Diese Säule wurde irgendwann im dritten Jahrhundert errichtet«, erklärte David. »Es ist ein Grabdenkmal und soll an Mitglieder einer römischen Tuchhändlerfamilie erinnern. Wenn Sie sich die Säule anschauen, sehen Sie Darstellungen aus dem Leben dieser Familie. Da oben wird gerade das Tuch im Laden abgemessen, da hinten wird in der Küche eine Mahlzeit gekocht, hier sitzen sie am Tisch und essen. Das ist alles so normal. Und gleichzeitig achtzehnhundert Jahre her. Mir macht diese Säule die Vergänglichkeit sehr bewusst. Und dass ein Tag, den man nicht so gelebt hat, wie man leben will, ein verlorener Tag ist.«

Stefanie sah ihn mit großen Augen an.

»Ich rede deswegen so langatmig über irgendeine römische Tuchhändlerfamilie und betreibe Küchenphilosophie, weil ich mich schwertue, Ihnen das zu sagen, was ich Ihnen eigentlich sagen will.«

Stefanie hielt den Atem an. »Seit ich Sie das erste Mal gesehen habe, seit Sie über die Treppenstufen auf mich zukamen, mit diesem bestimmten und bewussten Schritt, der Ihnen so eigen ist, seither frage ich mich, was in diesem Moment mit mir passiert ist. Und finde keine Erklärung.«

Stefanie suchte nach einem Wort, nach einem Satz, nach einem Kommentar. Aber ihr fiel nichts ein. Nur ihr Herz, das sprach. Nein, es sprach nicht, es sang.

Er zögerte kurz, und die Erinnerung ließ einen dunklen Schatten über sein Gesicht huschen. »Und ich habe keine Worte, die das Gefühl der Enttäuschung und des Verlustes beschreiben, das mich überfiel, als hinter Ihnen das Gesicht eines Mannes auftauchte.«

Er holte noch einmal tief Luft.

»Ich weiß, dass Sie den Ring eines anderen tragen«, ein kurzer Seitenblick, »auch wenn Sie ihn im Moment mal wieder nicht tragen, aber ich wollte Ihnen einfach sagen, dass ich Sie liebe.«

Er trat einen Schritt zurück und lächelte wehmütig. »Ich wollte, dass Sie das wissen. Bevor wir uns voneinander verabschieden.«

Stefanie schluckte. Und schluckte noch einmal.

Endlich hatte sie das Gefühl, antworten zu können.

»Ich trage keinen Ring«, sagte sie.

»Ich weiß, er ist Ihnen zu wertvoll.«

»Sie verstehen mich nicht. Ich trage diesen Ring nie mehr.«

David brauchte einige Augenblicke, bis er die Bedeutung dieser Worte erfasste.

»Das heißt, Sie …«

»Ich habe den Ring zurückgegeben.«

Er machte wieder einen Schritt auf sie zu.

»David?«, sagte Stefanie, und ihre Blicke fanden sich.

Stefanie räusperte sich. Plötzlich erschien ein Lächeln in ihren Augen. »Sie haben doch einmal gesagt, Sie werden Ihren Dank einfordern, wenn Sie es für richtig halten. Wann dürfte ich denn damit rechnen?«

In Davids Blick leuchtete etwas auf.

»Denn aus meiner Sicht wäre jetzt schon ein geeigneter Zeitpunkt …«, fuhr Stefanie fort, während das Lächeln in ihren Augen strahlender und strahlender wurde.

David trat noch näher an sie heran. »Ich weiß, ich habe das gesagt. Aber damit gibt es ein Problem.«

Stefanie hob fragend die Augenbrauen.

»Ich habe völlig falsch formuliert.«

Er war ihr so nahe, dass sie seinen Atem auf ihrer Wange spürte.

Bei seinem Blick wurden Stefanies Knie weich.

»Es ist schon richtig. Wenn ich fordern wollte, würde auch ich es jetzt für richtig halten.«

Stefanies Herz klopfte.

»Aber ich fordere nicht. Sowieso nicht. Ich bin nicht der Auffassung, dass man in einer Beziehung Forderungen stellen sollte.«

Stefanie lehnte am Sockel der Säule, und er hob seinen linken Arm und stützte sich mit der Hand an dem Sandstein ab. Jetzt war er ihr noch näher.

»Und natürlich steht mir auch nichts zu. Das schon gar nicht.«

Sah er, wie sie bebte?

»Aber vor allem ist Dankbarkeit das Letzte, was ich will.«

Stefanie spürte, wie ihre Augen feucht wurden. Sie hatte nicht gewusst, was Glück war. Sie hatte nicht gewusst, wie sich Liebe anfühlte. Jetzt wusste sie es.

Ein Lachen wollte in ihr aufsteigen, eine Wärme strahlte in ihr und füllte sie aus.

Sie hob ihm das Gesicht entgegen.

Dieses Bild versuchte sie sich einzuprägen: seinen Blick. Den Blick, in dem sie seine Liebe erkannte. Und sein Verlangen. Ja, auch das. Aber auch den Zweifel, die Unsicherheit und die Hoffnung. Mit diesem Blick würde er sie niemals wieder ansehen. Denn diese Unsicherheit, die würde sie ihm nun nehmen. Für die Dauer ihres gemeinsamen Lebens.

»Was ist los?«, fragte er. Und ließ den Arm, der sie fast umfing, sinken.

Sie griff nach seinem Unterarm und zog den Arm hoch, sodass er sich wieder an der Wand abstützen musste. Ihr Blick hielt den seinen fest.

»Ich versichere dir …«, sagte sie und beobachtete ganz genau seinen Blick, während sie sprach. Sie wollte zusehen und für immer in ihrem Gedächtnis behalten, wie seine Zweifel wichen und das Glück auch seine Augen strahlen ließ. »Ich versichere dir, es wird alles sein, alles andere, nur ganz sicher keine Dankbarkeit, wenn ich gleich deinen Kuss …«

Erwidere, hatte sie noch sagen wollen. Aber dazu kam sie nicht mehr.

»Das hat aber gut geschmeckt«, sagte Gretha und strich sich über den Bauch. »Das tat richtig wohl!«

»Ich glaube es sofort«, sagte Johannes. »Du hast das ja quasi eingeatmet.«

Gretha lachte. »Ich hatte Hunger.«

Johannes nickte zufrieden. »Soll ich bezahlen?«, fragte er.

Gretha nickte. Johannes winkte der Kellnerin, die gerade am Nebentisch zwei riesige Eisbecher servierte.

Obwohl es noch nicht zwölf Uhr war, hatten schon viele Ausflügler den Weg hierher gefunden, und die kleine Terrasse direkt am Moselufer war dicht besetzt. Es dauerte etwas, bis die Frau zu ihnen kam.

»Achtzehn Euro achtzig«, sagte sie, und Johannes zog seine Geldbörse aus der Hose.

»Das Omelett war sehr lecker«, sagte Gretha. »Und der kleine Tomatensalat dazu – ganz wunderbar.«

Die Frau nickte zufrieden. »Wir ziehen die Tomaten selbst. Und ich nehme keinen Kunstdünger. Nur etwas Brennnesseljauche, aber ganz früh. Da werden sie nicht so groß, aber dafür schmecken sie besser.«

»Sie sind hier die Inhaberin?«, fragte Gretha überrascht.

Die Frau nickte. »Meine Schwester und ich, wir kommen hier aus Perlich. Und wir haben das Lokal übernommen, als der letzte Inhaber aufgehört hat. Wir hatten die Idee, eine etwas modernere Küche anzubieten. Weg von der Schweinelende Winzer Art, wo in der fettigen Sahnesoße drei Weintrauben schwimmen. Wir wollten bio und regional und … ach«, die Frau lachte, »halt das ganze Weltverbesserungsprogramm. Im Endeffekt ist es ein Kompromiss geworden. Aber die Tomaten, die sind immer noch ungedüngt und selbst gezogen.«

»Wie schön!«, sagte Gretha, während ihr Mann Münzen aus seinem Portemonnaie auf den Tisch zählte. »Aber wenn Sie hier aus Perlich sind, kann ich Sie gleich etwas fragen: Kennen Sie zufälligerweise eine Frau Rungert hier im Ort?«

»Die Ida? Ja, natürlich. Die Rungerts wohnen in der Kirchstraße Nummer 4, das ist dahinten, die zweite Straße rechts. Sie müssen also nur über den Platz, und dann nicht am Geldautomaten rein, sondern die nächste. Das Haus mit der Aufschrift *Elektro-Jäger*. Den gibt es zwar schon lange nicht mehr, aber die Schrift klebt noch oben. Also, da vorne rein und dann das zweite Haus. So ein hellgelbes.«

»Vielen herzlichen Dank«, sagten beide Theissens wie aus einem Mund.

»Aber da ist im Moment keiner. Die sind in Urlaub.«

»Oh.«

»Ja«, sagte die Frau, während sie die Münzen vom Tisch klaubte. »Das heißt, nein: Die müssten heute Abend oder heute Nacht irgendwann schon wiederkommen!«

Montag, 27. August 2018

Stefanie zog die Decke hoch. Sie hatten das Fenster weit geöffnet, und die ganze Nacht hatte die Sommerluft sie angenehm umschmeichelt.

Aber jetzt zog vom Fluss morgendlich feuchtkühle Luft herein.

Stefanie schmiegte sich in Davids Arme.

Ohne zu erwachen, zog er sie enger an sich.

Gestern, als sie nach dem Besuch dieser römischen Säule Arm in Arm am Moselufer geschlendert waren, hatten sie – von mehreren Küssen und Umarmungen unterbrochen – den heutigen und die kommenden Tage geplant.

David war verblüfft, als er hörte, dass Stefanie ihre Werkstatt für die ganze kommende Woche geschlossen hatte, um hier in Ruhe weiter Nachforschungen betreiben zu können.

»Warst du so sicher, dass du etwas von Thomas Matthes erfahren würdest?«

»Ich habe es gehofft«, hatte sie geantwortet. Und geschmunzelt. »Ich glaube, mein Unterbewusstsein hat gemeint, ich soll mir noch die Zeit einräumen, schnell nach Metz zu fahren.«

»Ich liebe dein Unterbewusstsein«, hatte David gesagt.

Sie hatten beschlossen, noch eine Nacht in Igel zu bleiben und am Montagmorgen nach Perlich ins Krankenhaus zu fahren. »Ich werde morgen früh anrufen und mir auch noch ein paar Tage freinehmen«, hatte er gemeint. »Im Moment ist Urlaubszeit – bei uns ruht sowieso gerade alles.«

Sie hatten den Nachmittag dazu genutzt, Stefanies Leihwagen zurück nach Luxemburg zu bringen, hatten im Hotel ein Zimmer für David reserviert, im Lokal zu Abend gegessen, und dann hatte David sie zu ihrem Zimmer begleitet.

»Darf ich dir noch einen Gutenachtkuss geben?«, hatte er gefragt. Der allerdings war alles andere als einschläfernd gewesen – und Stefanie hätte nicht zu sagen gewusst, ob David sie in das Zimmer gedrängt oder ob nicht vielmehr sie ihn in ihr Zimmer gezogen hatte.

Stefanie wickelte sich in die Decke und lächelte glücklich. Sie hatte nicht gewusst, dass Liebe derart erfüllend sein konnte.

Gegen acht brachen sie auf, und gegen neun hielten sie in einer freien Parkbucht vor dem Perlicher Krankenhaus.

Wenn die Aussagen von Thomas Matthes richtig waren – und es gab keinen Grund, daran zu zweifeln –, dann war Stefanie hier zur Welt gekommen. Hier hatte die Hebamme Paula Köhler sie entführt, gekidnappt, ihrer leiblichen Mutter gestohlen.

Stefanie musterte bei der Anfahrt lange das alte dreistöckige, helle Gebäude mit dem schwarzen Schieferdach. Hier kam sie her. Ihr wurde der Mund trocken.

»Nur Mut«, sagte David und legte seine Hand kurz über ihre, als er sah, wie sie die Finger in den Oberschenkel krallte.

Sie hatten Schwierigkeiten, bis in die Verwaltung vorgelassen zu werden.

Der junge Mann am Empfang mit seinen gegelten Haaren und dem Polohemd mit dem Emblem einer teuren Marke schüttelte heftig verneinend den Kopf.

»Sie brauchen einen Termin!«

Erst als David zu dem jungen Mann sagte: »Es geht um einen Fall von Kindesentführung. In diesem Krankenhaus. Und ich bin mir ganz sicher, dass Ihr Verwaltungsdirektor lieber mit uns spricht als mit der Polizei, die dann in Kürze hier auftaucht«, war etwas Schwung in die Sache gekommen, und Stefanie hatte den Eindruck, dass der junge Mann sie jetzt erst richtig wahrnahm. Obwohl der Blick, mit dem er David musterte, besagte: *Was bist du denn für ein Spinner?! Ich glaube dir kein Wort.*

Aber letzten Endes fehlte ihm der Mut, die beiden wegzuschicken. Vielleicht war ja doch irgendwas an der Geschichte dran, und wenn er jetzt falsch reagierte? Der junge Mann war von der

Entscheidung überfordert – heute, am frühen Montagmorgen, wo er doch gestern im Tennisklub nach dem Turnier derart abgestürzt war.

»Ich sehe mal zu, was ich tun kann«, nölte er missmutig. »Nehmen Sie bitte im Wartebereich Platz!« Und als Stefanie und David zunächst nicht reagierten, fügte er hinzu: »Ich hole Sie dann!«

Es war offensichtlich, dass er erst telefonieren würde, wenn sie beide außer Hörweite wären.

So saßen Stefanie und David auf den ehemals hellbeigen Kunststoffsesseln und konnten nur sehen, wie der Mann in das grüne Tastentelefon neben sich Nummern eintippte und dann in den Hörer sprach.

Sie sahen, wie er in den Telefonhörer nickte. Und noch mal nickte. Auflegte. Beide erhoben sich. Er bedeutete ihnen mit einer Handbewegung, sie sollten sich wieder setzen. Und signalisierte dann mit den Fingern: zehn Minuten.

Es wurden fast dreißig.

Aber endlich klingelte das kleine grüne Telefon. Stefanie und David sahen, wie er beim Sprechen zu ihnen herübersah, immer wieder nickte, den Hörer auflegte, ihnen auffordernd winkte und sich erhob.

»Ich bringe Sie zu Frau Krupps, das ist unsere Verwaltungsdirektorin«, sagte er.

Gretha und Johannes standen vor dem Haus der Familie Rungert in der Kirchstraße in Perlich.

Gretha hatte dort sicherheitshalber heute Morgen angerufen. Aber als sich jemand meldete, hatte sie mit einem »Entschuldigung, falsch gewählt« sofort aufgelegt.

»Ich kann das nicht am Telefon«, hatte sie Johannes erklärt. »Lass uns hinfahren.«

Jetzt zögerte sie, ihr Finger verharrte wenige Zentimeter vor dem Klingelknopf.

»Du musst nicht, wenn du nicht willst.« Johannes lächelte ihr ermutigend zu.

Gretha nickte und drückte auf den Klingelknopf. Gleich darauf ertönte der Summer. Gretha stieß gegen die Tür, die aufschwang, und sie gingen hinein.

Gretha und Johannes fanden sich in einem weiten Flur wieder, dessen hintere Wand zu einem großen Teil verglast war und den Blick in einen üppigen Garten freigab.

»Hallo?«, rief Gretha. Links und rechts waren jeweils zwei Türen, aus einer kam jetzt eine Frau herausgeeilt. »Oh, Entschuldigung. Ich dachte, es wäre meine Tochter.«

»Wir müssen uns entschuldigen, dass wir einfach so hereinplatzen«, sagte Gretha. »Aber wir wollten ... Unser Name ist Theissen.«

»Sie sind die Eltern von dem kleinen Stefan, der neben unserem Moritz liegt? Das ist aber eine Überraschung!« Sie stutzte. »Ist etwas am Friedhof passiert? Ich war schon länger nicht mehr da.«

»Nein, nein!«, versicherte Johannes eilig. »Wir hatten nur auf einmal die Idee – das kommt Ihnen vielleicht jetzt merkwürdig vor.«

»Nein«, sagte Frau Rungert. »Nein, überhaupt nicht. Ich verstehe Sie genau. Nur jetzt nach so vielen Jahren kommt es etwas überraschend. Aber sehr schön, dass ich Sie kennenlerne! Nach so langer Zeit. Bitte!« Frau Rungert freute sich wirklich, man sah es ihr an. Aber sie war auch erstaunt, ihre Augen behielten den fragenden Ausdruck, während sie einladend mit der Hand hinter sich in den Raum, ins Wohnzimmer, wies. Auch hier gab eine großzügig verglaste Außenwand den Blick in den farbenprächtigen Garten frei.

»Setzen Sie sich doch bitte. Ich habe oft an Sie gedacht. Wobei ich ehrlich sagen muss, dass ich in letzter Zeit nicht mehr so oft bei Moritz war. Darf ich Ihnen etwas anbieten?«

»Vielen Dank, das ist sehr nett, Frau Rungert. Aber wir wollten Sie nicht aufhalten. Wir wollten nur ...« Gretha zuckte mit den Achseln und lachte verlegen. »Wenn ich ehrlich sein soll, weiß ich gar nicht so genau, was ich wollte.«

Frau Rungert lächelte Gretha an. »Ich weiß genau, was Sie meinen. Und ich freue mich wirklich sehr, Sie kennenzulernen. Ich bewundere oft das Grab von Ihrem kleinen Stefan. Das ist immer so schön zurechtgemacht.«

»Das erledigt der Gärtner hier«, sagte Johannes.

»Um ehrlich zu sein, ich weiß das schon«, lachte Frau Rungert. »Das macht der Andreas.«

Johannes schmunzelte. »Das denke ich mir doch, dass Sie das wissen. Schließlich kennt in einem so kleinen Ort jeder jeden, und jeder weiß, was der andere macht. Bei uns im Ort ist das genauso.«

Frau Rungert nickte. »Möchten Sie nicht doch eine Tasse Kaffee?«

»Danke, nein,« sagte Gretha. »Wir waren gestern auf dem Friedhof, und da habe ich das Grab Ihres Sohnes gesehen und dachte, irgendwie könnten wir vielleicht mal miteinander reden, schließlich haben wir …«

»Schließlich haben wir dasselbe Schicksal am selben Ort und zur selben Zeit! Das ist schon etwas, was uns verbindet«, nickte Frau Rungert. »Ich habe auch oft gedacht, dass wir uns doch unbedingt kennenlernen sollten. Eigentlich hätte ich Ihnen ja schon damals im Krankenhaus begegnen können. Ich dachte immer, wir treffen uns vielleicht mal auf dem Friedhof.« In diesem Moment klingelte Frau Rungerts Handy. Sie nahm es von dem kleinen Beistelltisch, schaute aufs Display und sagte: »Einen Moment bitte.« Dann nahm sie das Gespräch an. Sie hörte eine Weile zu, nickte lächelnd und sagte dann ins Telefon: »Das passt mir ganz gut. Ich habe sowieso gerade unverhofften Besuch bekommen. Dann bis nachher, meine Große!«

»Das war meine Tochter«, erklärte sie Gretha und Johannes. »Wir wollten eigentlich gleich zusammen in die Stadt und schnell noch ein paar Kleinigkeiten für ihre Hochzeit nächste Woche besorgen. Aber sie kommt etwas später.« Frau Rungert lachte. »Mit anderen Worten, ich habe jetzt ganz viel Zeit für Sie, das freut mich!«

Gretha rutschte in ihrem Sessel etwas nach vorn. »Ich war nicht so oft auf dem Friedhof. Ich hatte lange große Schwierigkeiten, zu akzeptieren, was geschehen ist.«

»Es war Ihr erstes Kind?«

»Ja.«

»Das ist hart.« Frau Rungert schenkte den beiden einen mitfühlenden Blick. »Für Sie war das dann sicher viel schlimmer, als es für mich war. Ich wusste schon, dass das Kind tot ist, als ich ins Krankenhaus ging. Ich bin morgens wach geworden und habe gespürt, mein Kind lebt nicht mehr. Es war meine dritte Schwangerschaft, da weiß man, wie sich das anfühlen muss. Da merkt man sofort, wenn etwas nicht stimmt.«

»Sie haben noch zwei Kinder?«

»Ich habe insgesamt noch vier«, lachte Frau Rungert. »Zuerst zwei Mädchen, dann kam Moritz, und dann habe ich noch zwei Jungen bekommen.«

»Wie schön!«, sagte Gretha.

»Und ich habe auch schon einen Enkel, und der nächste ist unterwegs. Und die andere Tochter heiratet nächste Woche. Die wollen auch schnell Kinder.« Frau Rungert strahlte in den Gedanken an ihre Enkel. Dann fragte sie mitfühlend: »Und Ihr totes Kind? Haben Sie keine weiteren …?«

Gretha schüttelte stumm den Kopf.

»Das tut mir sehr leid.«

»Danke. Es sollte eben nicht sein. Inzwischen bin ich darüber hinweg. Aber ich habe lange gebraucht. Ich glaube, das lag auch an der Hebamme, die war mir so unsympathisch, das kann ich gar nicht beschreiben.«

»Die war furchtbar! Meine ersten beiden Kinder habe ich noch in Mainz bekommen, da haben wir damals ein paar Jahre gelebt. Aber bei der dritten Schwangerschaft war ich schon wieder hier in Perlich. Und meine Freundinnen hatten mich gewarnt. Ich dachte, ich wüsste es besser. Was soll mir so eine Hebamme schon anhaben. Schließlich war es mein drittes Kind. Ich fühlte mich ganz sicher. Aber die war wirklich entsetzlich. Die hat übrigens ganz früher hier im Ort gewohnt, und es hieß immer, sie könne keine eigenen Kinder bekommen. Und dass sie deswegen die Schwangeren hasst. Aber das scheint mir doch etwas weit hergeholt. Und das hat außerdem nicht gestimmt, weil irgendjemand später erzählt hat, dass er sie in der Stadt getroffen und sie ihm ganz stolz ihre Tochter präsentiert hat. Ich habe jedenfalls meine anderen Kinder dann in Trier im Krankenhaus entbunden, ich wollte hier nicht mehr hin. Daran war aber nicht nur die Hebamme schuld, muss ich ehrlich zugeben. Das war auch so eine Art Aberglauben.«

»Ist die Hebamme vielleicht immer noch im Krankenhaus hier tätig?«

»Nein. Die soll vor Langem schon bei einem Unfall ums Leben gekommen sein.«

Wieder klingelte das Handy. »Entschuldigen Sie kurz«, sagte Frau Rungert. Gretha wurde das Herz schwer, als sie sah, wie Frau Rungert unwillkürlich lächelte, während sie in das Telefon sprach. »Ach so! – Ja gut. – Ja, ich bin auch gleich so weit«, antwortete sie der Anruferin.

Sie lächelte Gretha und Johannes entschuldigend an. »Meine Tochter kommt jetzt bald.« Gretha und Johannes erhoben sich augenblicklich.

»Aber ich habe mich sehr gefreut, Sie endlich einmal kennenzulernen! Und ich finde schon, dass wir Kontakt halten sollten. Schließlich liegen unsere Söhne nebeneinander, sind am gleichen Tag hier zur Welt gekommen, und so wie es aussieht, auch Hand in Hand wieder gegangen.« Sie zögerte, ganz kurz huschte ein dunkler Schatten über ihr Gesicht. »Auch wenn ich eigentlich drüber hinweg bin, ich fände es trotzdem irgendwie tröstlich.«

»Genauso geht es mir auch!«, sagte Gretha. »Ich verspreche, dass wir wiederkommen. Und das nächste Mal melden wir uns vorher, da passiert das dann nicht so überfallartig.«

»Möchten Sie meinen Moritz einmal sehen? Ich habe ein Foto gemacht, denn ich wollte sein Gesicht nicht vergessen.«

Gretha und Johannes hatten beide den Eindruck, dass es Frau Rungert ein Bedürfnis war, das Foto zu zeigen.

»Sehr, sehr gerne.«

Frau Rungert ging zu der Schrankwand an der Seite und zog eine Schublade auf.

»Früher hatte ich es auf meinem Nachttisch stehen. Aber meinen Mann, den hat es irgendwie gestört. Der war damals getroffener als ich. Vielleicht weil er sich so auf den ersten Sohn gefreut hat. Obwohl er unsere Kinder natürlich alle gleichermaßen liebt. Aber irgendwie … Jedenfalls, mein Mann hat das verdrängt und möchte am liebsten nicht daran erinnert werden. Aber für mich ist es so: Ich habe fünf Kinder, und eines davon lebt eben nicht mehr.«

Frau Rungert griff in die Schublade und zog einen großen silbernen Bilderrahmen heraus.

»Hier, das ist der kleine Moritz.« Sie reichte Gretha den Rahmen.

Gretha warf einen Blick auf das Foto. Plötzlich drückte ihr etwas die Kehle zu, irgendwo zwischen den Schlüsselbeinen. Wie eine Eisenkugel, die hart und kalt ihren Hals blockierte.

Sie hielt den Rahmen ihrem Mann hin. Der warf einen Blick darauf, und sie sah, wie er zusammenzuckte.

»Ein hübscher Junge«, sagte Gretha. Nur ihr Mann konnte hören, mit welcher Mühe sie die Worte herausbrachte.

Gretha gab den Rahmen zurück an Frau Rungert.

Die strich noch einmal sanft über das Foto. »Ja, das war er. Glücklicherweise habe ich wenigstens dieses Bild, denn wir haben ihn ja dann leider nicht noch einmal sehen können, um uns von ihm zu verabschieden.«

»Warum das denn?«, fragte Johannes irritiert.

»Ach, da war irgendwas schiefgelaufen. Das tut mir heute noch weh. Eigentlich werden die tot geborenen Babys ja in einer Kühlung aufbewahrt.«

»Was heißt das?«, fragte Johannes.

»Ich war selbst Krankenschwester. Ich kenne mich ein bisschen aus. Totgeborene kommen – ja, es hört sich nicht schön an, aber es ist nun mal so – in eine Kühlbox. Wie andere Leichen auch. Und da bleiben sie manchmal eine ganze Woche. Es gibt ja keine Bestattungspflicht für Totgeburten. Und viele Mütter brauchen eine gewisse Zeit, bis sie sich entschieden haben, wie sie verfahren wollen. Unser Moritz ist irgendwie aus Versehen ins Krematorium gebracht worden. Als mein Mann ihn am frühen Nachmittag sehen wollte, gab es nur noch die Urne mit der Asche.«

»Wie traurig.«

»Ja. Das war es. Es hat mir viel ausgemacht. Daran war auch diese Hebamme schuld! Die hatte irgendwelche Formulare falsch ausgefüllt. Und dann war es passiert.«

»Ja, diese Frau!« Gretha schluckte.

Frau Rungert begleitete die beiden zur Haustür. »Ich habe das vorhin nicht so dahingesagt. Ich würde mich wirklich sehr freuen, und mein Mann auch, wenn wir etwas Kontakt halten könnten.«

Gretha und Johannes nickten und versprachen noch einmal, sich auf jeden Fall wieder zu melden.

Draußen zog Gretha Johannes fast mit Gewalt am Arm mit sich, als sie die Gasse entlangeilte. Endlich waren sie um die Ecke gegangen, und Gretha konnte sicher sein, dass Frau Rungert sie nicht mehr hören konnte.

»Du hast das Baby doch auch erkannt! Das war das Baby, das mir die Hebamme in den Arm gelegt hat. Genau dieses Kind. Das war dieser kleine Junge!«

»Ich weiß nicht.«

»Was weißt du nicht?«

»Es ist so lange her. Und Babys, so neugeborene, die sehen sich doch alle irgendwie ähnlich.«

Gretha schüttelte den Kopf.

»Aber …« Johannes blieb stehen.

»Was ist los?«

»Aber etwas anderes ist mir aufgefallen. Ich muss nachdenken.«

Gretha sah die hängenden Schultern ihres Mannes.

»Du bist enttäuscht«, sagte sie.

»Warum?«

»Weil du dachtest, die Geschichte findet einen Abschluss, wenn ich am Grab war. Und jetzt, jetzt sind irgendwie noch mehr Fragen da als vorher.«

»Das ist es nicht«, sagte Johannes.

»Sondern?«

»Weißt du«, sagte er, »ich kann dir nicht sagen, ob das Kind auf dem Bild unser Baby war. Es ist viel zu lange her.«

Wieder wollte Gretha etwas erwidern, und wieder ließ er sie nicht zu Wort kommen.

»Du sagst, du hast uns das Leben vergällt, weil du dreißig Jahre lang getrauert hast. Aber ich könnte genauso sagen, ich habe *dir* das Leben schwer gemacht, weil ich dich nicht hören wollte, dir nicht glauben wollte, dich alles vergessen machen wollte.«

Gretha öffnete überrascht den Mund.

»Aber ich hatte auch – ich habe es nur verdrängt –, ich hatte auch ein ungutes Gefühl. Und das ist jetzt wieder hochgekommen. Irgendwas ist da nicht richtig gelaufen. Ich würde gerne ins Krankenhaus fahren und mal nachfragen.«

»Du? Willst nachfragen? Warum jetzt auf einmal?«

Johannes sah seine Frau mit einem um Entschuldigung bittenden Blick an. »Einerseits war es natürlich schon das Foto. So habe ich unser Kind auch in Erinnerung. Aber wie gesagt, das ist lange her, und Babys sind wirklich irgendwie schwer zu unterscheiden. Aber es ist mir etwas anderes eingefallen. Was ich verdrängt hatte.«

»Was denn?«

»Ich verstehe nicht, warum ich mich nicht schon viel früher gewundert habe. Es tut mir so leid. Du hattest recht. Ich hätte von Anfang an auf dich hören müssen!«

»Ich weiß nicht, was du meinst.«

»Die Füße waren so kalt. Viel zu kalt!«

»Aber das ist doch normal bei einem …« Bei einem toten Baby, wollte Gretha sagen, aber sie konnte es nicht aussprechen.

»Du meinst, ein toter Mensch ist kühl. Ja. Aber das war das Baby ja nicht. Der Körper war nicht kalt. Du hast ihm das Gesicht gestreichelt. Ich auch. Das war … zwar nicht warm, aber auch nicht richtig kalt. Aber das Füßchen! Als ich die Kette befestigt habe, da war es eiskalt!«

Die beiden standen reglos auf dem Parkplatz, wo ihr Auto stand, einander zugewandt, sich in die Augen schauend.

»Aber wenn es doch tot war …«

»Der Fuß war deutlich kälter als der Rest des Kindes! Ich dachte noch, es fühlt sich an wie aus dem Kühlschrank. Und das ist mir eben wieder eingefallen, dieser Gedanke. Wie ich mich gewundert habe. Das hatte ich vergessen. Das war total weg. Aber jetzt, als die Frau gesagt hat, die toten Babys kommen in eine Kühlbox …«

Gretha holte Luft, um etwas zu sagen. Aber ihr fiel nichts ein. Sie hatte den Eindruck, ihr Gehirn sei ebenfalls eingefroren. Es war ihr nicht möglich zu denken. Sie schloss den Mund wieder.

»Ich will in dieses Krankenhaus«, sagte Johannes. »Ich will den Namen dieser Hebamme wissen. Woher hatte diese Hebamme plötzlich ein Kind? Wenn sie doch keine Kinder bekommen konnte! Und vor allem …« Johannes fasste seine Frau am Oberarm. »Wenn sie irgendwann verunglückt ist, wie Frau Rungert erzählt – was ist dann aus diesem Kind geworden?«

»Sollen wir direkt nach Perlich fahren?«

»Nein. Nicht heute. Lass uns nach Hause fahren. Ich möchte die Unterlagen heraussuchen von deinem Krankenhausaufenthalt damals.«

»Da hast du noch was?«

»Alles«, gestand Johannes.

»Und wo ist das?«

»Im Keller. Ich muss es suchen. Ich habe es bei jedem Aufräumen etwas weiter nach hinten gepackt. Und umsortiert. Aber es ist noch alles da. Ich konnte das nicht wegwerfen.«

Gretha schaute ihren Mann nachdenklich an. »Du hast mir gegenüber deine Trauer nie eingestanden«, sagte sie. »Mir gegenüber hast du immer so getan, als sei es für dich nicht so schlimm.«

»Ich dachte, ich muss für dich stark sein. Und es war doch nicht zu ändern. Ich dachte, ich muss mich damit abfinden.«

Gretha betrachtete ihren Mann, wie er da stand, mit seinen Tätowierungen und den Silberringen.

Er wollte immer stark sein. Und er war auch stark. Aber in einem ganz anderen Sinn.

»Du hast deinen Kummer all die Jahre allein getragen«, sagte sie jetzt. Ihre Stimme zitterte. »Ich war dir keine Hilfe.«

»Ich wollte dich nicht noch weiter belasten.«

»Johannes«, sagte Gretha. »Johannes, ich sage es dir nicht so oft. Aber ich liebe dich!«

Johannes nahm seine Frau in den Arm und küsste sie lange.

»Und wir fahren doch sofort ins Krankenhaus«, sagte er, als er sie losließ. »Ich will das jetzt wissen.«

»Sie kommen hierher und erzählen mir eine wilde Geschichte. Sie haben keine Unterlagen, keine Beweise, nichts. Dann will ich mich erst einmal zum möglichen Wahrheitsgehalt Ihrer Geschichte äußern.« Frau Krupps, die Leiterin der Verwaltung des St. Martin Krankenhauses in Perlich, saß hinter ihrem Schreibtisch und hob dozierend den Finger.

Nachdem Stefanie und David mit ihrer Geduld und ihrer Beharrlichkeit es tatsächlich geschafft hatten, bis zu Frau Krupps vorzudringen, hatten sie ihr die ganze Geschichte erzählt.

»So etwas ist gar nicht möglich. Natürlich war ich vor achtundzwanzig Jahren noch nicht hier. Aber die Abläufe waren damals genauso wie heute. Und so, wie Sie die Geschichte erzählen, fehlt ganz einfach ein Baby! Eine Hebamme ist ja nicht allein, die arbeitet nicht im luftleeren Raum. Da ist der Arzt, der immer wieder nach seiner Patientin sieht, der die Herztöne des Ungeborenen kontrolliert und so weiter. Der will das tote Kind zumindest sehen. Wenn er nicht sowieso bei der Entbindung dabei war. Da können Sie doch nicht sagen: Ach übrigens, das Baby war eine Totgeburt. Und fertig. Da fragt man doch: Warum? Weshalb kam das Kind tot zur Welt? Was ist falsch gelaufen? Hat hier jemand einen Fehler gemacht? Und dann die Eltern. Es gibt zwar keine Beisetzungspflicht für Totgeburten, aber die meisten Eltern möchten das Kind trotzdem beisetzen lassen. Zwei Elternpaare, die zum Bestatter kommen, aber nur ein Körper? Wie soll das alles vonstattengegangen sein? Sie müssen doch selbst merken, dass das so nicht funktioniert.«

Sie warf Stefanie und David einen vorwurfsvollen Blick zu.

»Aber *selbst wenn* diese Geschichte wirklich stimmen würde, dann ist das doch viel zu lange her! Natürlich heben wir Patientenakten lange auf, aber fast dreißig Jahre? Ich kann mir nicht vorstellen, dass es aus dieser Zeit noch Unterlagen hier gibt. Ehrlich gesagt, ist mir die Frist, wie lange wir Patientenakten aufbewahren, gerade nicht präsent. Aber auf jeden Fall sind es keine dreißig Jahre.«

Der graue Knoten im Nacken von Frau Krupps wackelte im Takt des Kopfschüttelns.

»Also, *selbst wenn* die Geschichte stimmen würde und *selbst wenn* wir die Patientenakten noch unten im Keller hätten, selbst dann würde ich Ihnen natürlich keinerlei Auskünfte geben. Haben Sie schon mal etwas von Datenschutz gehört? Vom Arztgeheimnis? Ich werde Ihnen nie und unter keinen Umständen eine Namensliste der Frauen geben, die hier am 5. Mai 1990 entbunden haben!«

Frau Krupps' Augen hinter der Brille funkelten verächtlich.

»Fazit: Es funktioniert nicht, es ist zu lange her, und ich darf und will Ihnen nichts sagen.«

Zehn Minuten später saßen Stefanie und David in seinem Auto auf dem Parkplatz des Krankenhauses und grübelten.

»Ich denke, du brauchst einen Anwalt«, sagte David.

»Und dann?«

»Ich weiß nicht, wie das geht. Aber der kann dich beraten. Jedenfalls hast du ein Recht darauf, zu erfahren, wer deine Mutter ist. Der kann sicher auf Herausgabe der Namen klagen. Und vielleicht eine Strafanzeige wegen Kindesentführung oder Kindesentziehung veranlassen. Wenn dann die Polizei zu Frau Krupps kommt oder es eine richterliche Anordnung gibt, muss sie aussagen.«

»Ach, David.« Stefanie strich immer wieder mit dem Zeigefinger über das Medaillon. »Erstens ist diese Kindesentführung sicher auch schon verjährt. Zweitens müssten dann Frau Ricard und Herr Matthes ihre Aussagen offiziell wiederholen. Ich habe ihnen aber versprochen, dass ich sie nicht in Schwierigkeiten bringen werde und dass ich die Informationen, die sie mir gegeben haben, für mich behalte. Und selbst wenn ich mein Versprechen brechen würde: Sie würden wahrscheinlich sowieso nicht aussagen. Frau Dubois und so weiter schon deswegen nicht, damit sie sich nicht selbst belastet, und Thomas Matthes hat sicher mehr Angst vor seiner Frau als vor dem Richter. Und drittens: Selbst wenn das alles funktionieren würde und selbst wenn die beiden aussagten und selbst wenn Frau Krupps ihre Bedenken zurückstellen würde – ich glaube ihr, dass keine Patientenakten mehr da sind. Also, selbst wenn alle guten Willens wären, die Informationen sind einfach nicht mehr zu bekommen.« Sie warf David einen Blick zu.

»Es muss aber doch noch Leute geben, die damals hier gearbeitet haben«, sagte David. »So lange ist das doch nun auch wieder nicht her. Oder eine andere Mutter, die auch hier entbunden hat. Irgendeine andere Schwangere, die deine Mutter gesehen hat? Mit ihr geredet hat? Wir könnten uns an einen Radiosender wenden. Wenn es da einen Aufruf gäbe?«

Stefanie schüttelte den Kopf. »Das wäre mir unangenehm. Ich möchte nicht mein Leben – mich – so öffentlich im Radio abgebildet sehen.«

Sie lächelte David zärtlich an. »Ich glaube, das Schicksal wollte, dass ich dich finde. Vielleicht war das der tiefere Sinn dieser Suche. Außerdem habe ich trotz allem viel über meine Herkunft erfahren. Ich weiß, wo ich herkomme! Ich weiß sogar, in welchem Krankenhaus ich geboren wurde! Und meine größte Angst, dass es irgendwo eine Frau gibt, die sich seit achtundzwanzig Jahren um mein Wohlergehen sorgt, die ist mir genommen. Wenn man der Frau gesagt hat, ihr Baby sei tot? Wahrscheinlich hat sie mich schon längst vergessen. Sie hat weitere Kinder bekommen und lebt glücklich und unbeschwert irgendwo. Vielleicht würde ich sogar einen bewältigten Schmerz wieder neu entfachen, eine verheilte

Wunde wieder aufreißen, wenn ich plötzlich vor der Tür stünde? Nein. Meine Suche ist hier zu Ende.« Sie strich ihm mit der Hand über die Wange, und plötzlich funkelten ihre Augen vor Vergnügen. »Und ich muss sagen, wenn ich so darüber nachdenke, bin ich eigentlich mehr als zufrieden mit dem, was ich gefunden habe.«

David lachte auf, nahm sie in den Arm und küsste sie.

Als sie sich voneinander lösten, fiel sein Blick auf das Medaillon in ihrer Hand.

»Aber ich glaube nicht, dass sie dich vergessen hat. Ein Kind, dem man dieses Medaillon mitgibt, vergisst man einfach nicht.«

»Vielleicht ist das Medaillon nicht von ihr? Vielleicht stammt es von der Hebamme? Wir hätten ihren Bruder fragen sollen, ob er es kennt.«

»Ja, vielleicht«, meinte David. »Aber irgendwie … sie wusste ja vorher nicht, dass sie vor den Bus rennt. Warum sollte sie dir ein Amulett mitgeben?«

»Vielleicht wusste sie es doch? Vielleicht hat ihr das schlechte Gewissen keine Ruhe gelassen, und sie ist mit Absicht vor den Bus gerannt? Und hat mich vorher noch schnell dem Schutz einer Heiligen anvertraut?«

»Ich weiß nicht. Genau dann, als sie endlich das ersehnte Kind hatte?«

»Der Winzer hat gesagt, seine Schwester sei psychisch nicht gesund gewesen. Vielleicht war sie überfordert mit dem Baby. Das Leben mit Kind war möglicherweise anders, als sie es sich vorgestellt hatte. Ein Baby ist nicht immer süß. Es schreit dich nachts aus dem Schlaf. Der Windeleimer stinkt durch die ganze Wohnung. Und kaum nimmst du es hoch, spuckt es dir auf deinen Lieblingspullover. Oder ihr ist klar geworden, dass das nicht lange ein süßes Baby bleibt, dass das Kind wächst und in die Schule geht, wo es schlechte Noten schreibt und in die Pubertät kommt und …«

»Willst du eigentlich Kinder?«, erkundigte sich David.

Stefanie lachte. »Fragst du, weil du merkst, dass ich mir keine Illusionen mache? Ja, ich will Kinder. Sogar unbedingt.« Sie schmunzelte. »Es hat sich vielleicht gerade nicht so angehört, aber ich liebe Kinder.«

Sie zögerte. War es zu früh, eine solche Frage zu stellen? War es überhaupt *angebracht?* Aber schließlich hatte er ja zuerst gefragt.

»Wie steht es denn mit dir? Willst du später Kinder?« Ihre Stimme klang neutral, fast desinteressiert.

»Möchtest du eine ehrliche Antwort?«

Sie ahnte, was nun käme: *Ich mag dich, ich liebe dich, aber Kinder …*

»Klar will ich Kinder, am liebsten drei.«

»Gleich drei?«, fragte Stefanie überrascht.

»Wenn es gar nicht anders geht, lasse ich mich vielleicht auf zwei herunterhandeln.«

Stefanies Lippen kräuselten sich. »Du sagst mir, wenn wir mit den Verhandlungen beginnen sollen?«

David zog sie erneut an sich und küsste sie.

Dann schlug er vor: »Jetzt fahren wir in die nächstgelegene Stadt. Dort kaufe ich einen Ring. Dann mache ich dir einen Antrag. Und für den Fall, dass du Ja sagst, steigen wir unmittelbar danach in die Verhandlungen ein. Meinst du eigentlich, wir könnten in deinem Hotel auch ein Doppelzimmer bekommen?«

Stefanie legte den Kopf in den Nacken und lachte schallend.

Es dauerte ziemlich lange, bis die beiden sich wieder voneinander lösten und David den Motor startete. Der helle Kombi, der gerade auf der Suche nach einem Parkplatz die Reihe entlangfuhr, stoppte, als die Rückfahrscheinwerfer an Davids Auto aufleuchteten.

Die Insassen der beiden Autos waren alle in ihre jeweiligen Gedanken vertieft und nahmen keine Notiz voneinander.

Dann rangierte David aus der Parklücke heraus – und Johannes Theissen fuhr hinein.

Johannes und Gretha traten zögernd durch die Eingangstür des Krankenhauses.

»Wo ist bitte Ihre Verwaltung?«, fragte Johannes an der Information.

»Können Sie mir verraten, worum es geht?« Eine junge Frau blickte unwirsch von ihrem Bildschirm auf.

»Um ein verschwundenes Baby!«

»Wie bitte?«

»Oder ein vertauschtes! Das wollen wir hier klären.«

»Wenn ein Kind verschwunden ist – müssen wir dann nicht sofort die Polizei rufen?« Die junge Frau hinter dem Informationstresen war blass geworden.

»Vor achtundzwanzig Jahren«, ergänzte Gretha. »Es geht um eine Entbindung hier im Haus, die achtundzwanzig Jahre zurückliegt.«

»Ach so.« Die junge Frau war sichtlich überfordert. »Ich glaube, am besten sprechen Sie mit unserer Verwaltungsdirektorin Frau Krupps.«

Johannes und Gretha nickten.

Die junge Frau wählte und wartete. Gretha und Johannes konnten leise das Freizeichen hören.

Die junge Frau warf einen Blick auf die große, über der Eingangstür hängende Uhr.

»Frau Krupps ist sicher zu Tisch«, sagte sie. »Ich versuche es mal bei ihrer Stellvertreterin Frau Bongert.«

Jetzt hatte sie Glück.

»Frau Bongert, hier ist ein Ehepaar, das Fragen hat zu einer länger zurückliegenden Angelegenheit.«

Gretha und Johannes konnten nicht verstehen, was Frau Bongert antwortete, aber die junge Frau legte den Hörer auf und sagte: »Frau Krupps ist heute Nachmittag bei einem Auswärtstermin. Aber Frau Bongert hat Zeit für Sie und holt Sie in ein paar Minuten hier ab. Wenn Sie bitte dort Platz nehmen möchten?«

»Das ist ja eine abenteuerliche Geschichte, die Sie mir da erzählen.«

Frau Bongert verzog wütend das Gesicht, als von draußen die Alarmsirene eines Krankenwagens zu hören war.

»Die Fahrer wissen genau, dass sie spätestens beim Einbiegen auf den Parkplatz die Sirene ausmachen sollen!«, schimpfte sie.

Dann musterte sie mit skeptisch zusammengezogenen Augenbrauen Gretha und Johannes.

»Wenn ich kurz zusammenfassen darf: Sie glauben, dass Sie hier eine Tochter entbunden haben und die Hebamme sich dieses Kind dann sozusagen angeeignet hat, indem sie Ihnen das tote Baby einer anderen Frau in die Arme gelegt hat.«

Johannes und Gretha nickten beide gleichzeitig.

Frau Bongert wiegte nachdenklich den Kopf. Gretha fasste nach der Hand ihres Mannes.

»Und das ist achtundzwanzig Jahre her?«

Johannes und Gretha nickten erneut.

»Lassen Sie mich überlegen.«

Hoffnungsvoll schauten Johannes und Gretha auf Frau Bongert.

Die zog nachdenklich die Unterlippe ein und kaute darauf herum. Immer wieder fuhr sie mit den gelblich verfärbten Schneidezähnen, die auf eine ausgeprägte Nikotinsucht hindeuteten, über die Unterlippe.

Endlich schien Frau Bongert zu einem Ergebnis gekommen zu sein. Die Unterlippe wurde aus dem Zubiss befreit, und der Mund verzog sich zu einem höflichen Lächeln.

»Ich schreibe Ihnen hier eine Telefonnummer auf. Lassen Sie sich vielleicht mal einen Termin geben.«

Gretha richtete sich hoffnungsvoll auf. Auch Johannes spannte sich erwartungsvoll an.

Und Frau Bongert erklärte, während sie schrieb: »Ich verstehe Sie. Ich hatte selbst mal einen Unfall. Das ist zwar schon lange her; ich war siebzehn. Aber ich erinnere mich noch gut, wie ich mir danach eine eigene Realität aufgebaut habe, die mit der Wirklichkeit nichts zu tun hatte. Das hier ist ein wirklich guter Psychotherapeut. Sie haben offenbar die Ereignisse von damals nicht …«

»Sie behaupten, wir sind verrückt?«, fuhr Johannes auf.

»Nicht doch!«, beschwichtigte Frau Bongert. »Aber Sie sind traumatisiert. Und offenbar hat sich niemand darum gekümmert.«

Gretha hielt Johannes am Arm fest.

»Gut«, sagte sie. »Ich werde versuchen, einen Termin bei diesem Mann zu vereinbaren.«

Frau Bongert nickte zufrieden.

»Aber was wäre, wenn wir recht hätten?«

Frau Bongert schüttelte den Kopf. »Glauben Sie mir, so was ist einfach nicht möglich. Sie kennen die Abläufe und die Strukturen in einem Krankenhaus natürlich nicht. Aber selbst wenn das jemand so planen würde – es würde nicht funktionieren.«

Gretha nickte verstehend.

»Aber wenn ich jetzt so eine Therapie mache. Vielleicht wäre es gut, wenn ich auch mit der Hebamme mal reden könnte. Können Sie uns wenigstens den Namen dieser Frau geben?«

»Erstens weiß ich nicht, ob unsere Personalabteilung noch Unterlagen hat, die so weit zurückreichen. Aber ich sehe da auch Probleme mit dem Datenschutz. Ich denke, ich kann Ihnen nicht helfen.«

»Vielleicht arbeitet in der Abteilung jemand, der damals schon da war? Eine andere Hebamme?«

Frau Bongert schüttelte den Kopf. »Wir haben hier aktuell drei Hebammen beschäftigt«, sagte sie. »Frau Rath ist die älteste. Und die ist letzte Woche vierzig geworden. Rechnen Sie selbst nach.« Frau Bongert sprach langsam und nachsichtig, als wollte sie einem unvernünftigen Kleinkind etwas erklären.

Lag es an Grethas ruhiger Beharrlichkeit? Oder wollte Frau Bongert sie einfach loswerden?

»Aber ich kann mich ja mal umhören«, sagte sie unvermittelt. »Ich frag mal nach. Ein paar Mitarbeiterinnen gibt es, die schon Jahrzehnte bei uns sind. Lassen Sie mir eine Telefonnummer da. Wenn ich was erfahre, melde ich mich.«

»Das wäre sehr, sehr nett von Ihnen«, sagte Gretha.

»Hier.« Frau Bongert schob Johannes einen Zettel und einen Bleistift zu.

Johannes schrieb die Telefonnummer langsam und deutlich auf das kleine Blatt Papier, darauf achtend, dass die Ziffern gut lesbar und auf keinen Fall uneindeutig waren.

Gretha verfolgte, zu ihm gebeugt, wie er Ziffer für Ziffer schrieb, und nickte bei jeder zustimmend.

»Schreib noch unseren Namen dazu«, sagte sie. »Und vielleicht auch noch: Entbindung 1990.«

»Das braucht es wirklich nicht«, sagte Frau Bongert. »Ich weiß schon so, worum es geht.«

Sie erhob sich halb, griff über ihren Schreibtisch nach dem Zettel, und während sie ihn unter den schweren schwarzen Hefter links auf ihrem Schreibtisch schob, meinte sie: »Wie gesagt, ich höre mich um. Jetzt habe ich allerdings einen Termin. Wenn ich etwas erfahre, melde ich mich sofort.«

Sie war inzwischen ganz aufgestanden und hielt Johannes und Gretha die Hand zur Verabschiedung hin.

»Vielen Dank!«, sagte Gretha, und Johannes nickte Frau Bongert zu: »Auf Wiedersehen.«

Als die beiden draußen waren, griff Frau Bongert nach dem Telefonhörer und rief in der Personalabteilung an.

»Hallo, Claudia«, sagte sie dann. »Sag mal, die Frau Krupps, die kommt doch morgen zurück. Oder habe ich das falsch im Kopf?«

Und fügte hinzu, nachdem sie die Antwort erhalten hatte: »Ich wollte mich nur noch mal vergewissern. Ich muss ihr eine Geschichte erzählen. Die wird staunen! Also, morgen ist sie wieder da, ja? Danke!«

Stefanie und David saßen auf der Terrasse des Eissalons in der Trierer Fußgängerzone. Während Stefanie das Eis löffelte, blitzte immer wieder an ihrer linken Hand der kleine Diamant in dem goldenen Ring auf.

»Du bist unmöglich!«, sagte Stefanie jetzt zum dritten oder vierten Mal.

David grinste. »Ich wollte nicht unnötig Zeit verstreichen lassen. Nicht, dass du es dir noch anders überlegst.«

Stefanie musste kichern. »Die eine Verkäuferin … hast du den Blick gesehen?«

David schüttelte den Kopf. »Ich war ganz auf dich fokussiert.«

David war direkt im Juweliergeschäft, unmittelbar nachdem er den Ring gekauft hatte und ohne sich an den anwesenden Kunden und Verkäuferinnen zu stören, vor ihr auf die Knie gegangen und hatte sie gefragt, ob sie seine Frau werden wolle.

Und eigenartigerweise hatte es sie, die sonst jedes Aufsehen mied, die nicht mochte, im Mittelpunkt zu stehen, überhaupt nicht gestört. Im Gegenteil: Jeder und jede durfte wissen, sollte wissen, dass sie ihr Glück gefunden hatte.

Ihnen gegenüber war eine Zeitungsbox. Immer wieder blieben Passanten stehen, klaubten in ihren Taschen die nötigen Münzen zusammen und entnahmen ein Exemplar.

David beobachtete ein Paar, wie sie sich auch eine Zeitung kauften und dann gemeinsam, neben dem Kasten stehend, darin blätterten.

Die Frau jubelte plötzlich auf, so laut, dass es durch die ganze Fußgängerzone hallte. »Hier, hier ist unsere Anzeige!«

Davids Löffel klirrte auf dem Porzellanuntersetzer. Er hatte ihn zu schnell abgelegt.

»Was ist passiert?«, fragte Stefanie.

»Ich habe eine Idee!«, antwortete David. Stefanie schaute ihn gespannt an.

»Du brauchst die Namen der Frauen, die in einem bestimmten Zeitraum hier entbunden haben, richtig?«

Stefanie nickte.

»Deine Mutter war ja sicher nicht die einzige Frau, die dort um den fünften Mai herum entbunden hat.«

»Natürlich nicht. Dann wäre das Krankenhaus nicht profitabel.«

»Eben! Und wenn da viele Paare glückliche Eltern geworden sind, was machen die dann?«

Stefanie schaute David irritiert an. Er deutete auf den Zeitungsspender. »Sie geben eine Anzeige auf!«

Stefanie erstarrte. Und streckte sich. Und legte den Finger ans Kinn, wo er kleine Kreise beschrieb.

»Du meinst, wenn wir die Geburtsanzeigen vom Mai 1990 durchsehen, dann finden wir …«

»… ganz sicher Frauen, die gemeinsam mit deiner Mutter im Krankenhaus entbunden haben«, vollendete David den Satz.

Stefanies Finger beschrieb erneut einen Kreis um das Kinn herum.

»Aber ob die meine Mutter kennen?«

»Frauen in der Situation, die unterhalten sich. Die reden miteinander. Nach so einer Entbindung, da bleibt man doch ein paar Tage. Da lernt man die anderen Mütter kennen. Da entstehen oft sogar Freundschaften zwischen den frischgebackenen Müttern!«

»Du meinst, wenn wir da eine oder mehrere Frauen finden …?«

»Die wüssten ganz sicher, welche Frau angeblich oder tatsächlich eine Totgeburt hatte!«

»Also: Wir lesen die Geburtstagsanzeigen des entsprechenden Zeitraums. Woher wissen wir, dass die Frauen ihr Baby hier im Perlicher Krankenhaus bekommen haben?«

»Manchmal steht doch in solchen Anzeigen ein Dank ans Krankenhaus oder ans Personal dabei. Oder die Adresse des Krankenhauses ist als Aufenthaltsort aufgeführt. Dass man da Glückwünsche und Blumen hinschicken kann. Und wir schauen nach dem Wohnort der Familie. Wenn die Frauen in Perlich wohnen, werden die wohl auch dort im Krankenhaus entbunden haben.«

»Gut. Nehmen wir an, wir finden zwei oder drei Namen. Und dann?«

»Dann rufen wir die an!«

Stefanies Finger kreiste schneller. »Die müssen also heute noch so heißen wie in der Anzeige, müssen noch irgendwo auffindbar wohnen, müssen irgendwie mit ihren Telefonnummern im Internet zu finden sein und müssen mir Auskunft geben wollen.«

David nickte.

Stefanie nahm den Finger vom Kinn. »Einen Versuch ist es wert. Wo ist das Verlagshaus, das zu dieser Zeitung gehört?«

Das Verlagsgebäude der Zeitung lag ein paar Kilometer vom Stadtzentrum entfernt. Der Raum verfügte offenbar über eine gut funktionierende Klimaanlage. Die Temperatur war angenehm, fast kühl. Nach der Hitze draußen überlief Stefanie ein leichtes Frösteln.

»Das ist inzwischen alles elektronisch«, sagte der nette Mann am Empfangstresen des Zeitungsverlags.

»Da hinten sind die Lesegeräte. Da brauchen Sie nur das Datum einzutippen, und dann können Sie losblättern.«

»Kann ich denn auch selektiv suchen? Wenn ich nur die Geburtsanzeigen möchte? Oder muss ich mich durch jede ganze Zeitung scrollen?«

»Hm, das ist etwas *tricky*. Sie können unter Umständen das Wort *Geburt* eingeben, dann kriegen Sie zumindest alle Anzeigen, in denen das Wort *Geburt* vorkommt. Allerdings auch Zeitungsartikel mit diesem Wort. Und nicht die Anzeigen, wo dieses Wort nicht benutzt wurde. Es gibt ja noch andere Schlagwörter: *glückliche Eltern* und *stolze Eltern*, *Taufe* vielleicht noch. Aber ob es dann vollständig ist? Da kann Ihnen natürlich auch eine Anzeige durchschlüpfen.«

»Wir versuchen es einfach. Mal sehen, wie weit wir kommen.«

Die Aufgabe war umfangreicher als vermutet, denn die Zeitung hatte ein riesiges Verbreitungsgebiet mit unterschiedlichen Regionalausgaben.

»Ich denke, es reicht, wenn wir nur die Ausgaben ansehen, die Perlich abdecken«, meinte David.

»Aber es könnte doch auch sein, dass die Frau zwar in dem Krankenhaus an der Mosel entbunden hat, aber zwanzig Kilometer entfernt in die Eifel rein oder im Hunsrück wohnt«, meinte Stefanie. »Dann hätte sie sicher in der Eifel-Ausgabe oder in der Hunsrück-Ausgabe annonciert.«

»Dann müssen wir doch alle Ausgaben durchforsten.«

»Mit welchem Datum sollen wir anfangen?«

»Lass mal überlegen. Wie lange bleibt man nach einer Entbindung im Krankenhaus? Wie viele Tage vorher geht man hin?«

»Also normalerweise vielleicht drei oder vier Tage anschließend? Und ein oder zwei Tage vorher? Wenn es irgendwelche Komplikationen gab, wenn die Frau eine Infektion bekommen hat, dann blieb sie vielleicht länger. Wenn es dem Kind nicht gut ging, dann ist sie vielleicht schon etwas früher ins Krankenhaus. Vielleicht ein Zeitraum bis zu zehn Tagen?« Stefanie kaute auf der Unterlippe. »Und das durch alle Ausgaben … Das wird richtig heftig.«

»Ja. Aber die Wahrscheinlichkeit ist natürlich in den Tagen um deine Geburt herum am höchsten.«

»Du hast recht. Dann fangen wir vielleicht mit dem Tag meiner Geburt an. Und von da aus einen Tag nach vorn und einen nach hinten, und dann zwei nach vorn und zwei nach hinten und so weiter.«

»Hört sich nach einem guten Plan an.« David lächelte Stefanie ermutigend zu.

Stefanie überlegte. »Soll ich mit der Ausgabe vom fünften Mai anfangen?«

»Gut. Dann starte ich mit der vom sechsten.«

»Genau. Teilen wir es so auf: Ich übernehme die ungeraden Tage und du die geraden.«

Das Licht des Monitors leuchtete in dem leicht abgedunkelten Raum – und Stefanie und David scrollten sich durch die Ausgaben der Zeitung und lasen die Geburtsanzeigen.

»Das ist frustrierend. Ich hatte ja gehofft, dass zumindest manchmal das Krankenhaus erwähnt wird, in dem das Kind zur Welt kam. Das macht man doch so: Und wir bedanken uns bei der Station bla, bla, bla … aber noch keine einzige in der Art!«, klagte David nach einer Dreiviertelstunde. »Wenigstens habe ich auf meiner Liste schon sieben Namen.«

»Ich habe vier. Und bin jetzt beim ersten Mai.«

»Ich beim achten.«

Stefanie rieb sich die Augen.

»Weißt du was?«, sagte sie, und David hörte die Erregung in ihrer Stimme. »Wir suchen in der falschen Rubrik!«

David dachte nach, dann schlug er sich mit der flachen Hand an die Stirn.

»Du meinst, wir sollten in den Todesanzeigen schauen!«

»Ja, natürlich. Wenn es wirklich eine Totgeburt in dem Krankenhaus gegeben hat, dann geben die Eltern vielleicht eine Todesanzeige auf.«

David klickte schon mit der Computermaus. »Ich fange wieder mit dem sechsten an.«

Es dauerte keine zehn Minuten, bis er mit belegter Stimme sagte: »Hier. Ich glaube, ich habe es.«

Stefanie rollte mit ihrem Stuhl näher an David heran. Und als sie auf den Bildschirm schaute, klopfte ihr das Herz auf einmal hart gegen die Rippen.

In tiefer Trauer nehmen wir Abschied
von unserem kleinen Moritz,
den unser himmlischer Vater so geliebt hat,
dass er ihn direkt zu sich in sein
himmlisches Reich aufgenommen hat.

Moritz Rungert
5. Mai 1990

In der Gewissheit, dass wir ihn
eines Tages wiedersehen werden:
Ida und Karl Rungert mit Inge und Gabi
Und alle Anverwandten

Perlich, den 12. Mai 1990

Die Urnenbeisetzung findet im engsten Familienkreis statt.
Wenn Sie Ihr Mitgefühl ausdrücken möchten,
freuen wir uns über eine kleine Spende an
das St. Martins Krankenhaus in Perlich.

»Das ist das tote Kind«, flüsterte Stefanie erschüttert. »Das ist das Kind, von dem meine Mutter dachte, sie hätte es geboren.«

David legte den Arm um sie, und sie lehnte den Kopf an seine Schulter und weinte.

Ein paar Minuten saßen sie still, vor sich diese Anzeige auf dem Bildschirm.

»Ist gut«, sagte Stefanie und richtete sich wieder auf. Sie atmete tief durch. »Sollen wir noch weiter nach Geburten suchen?«

»Um ehrlich zu sein, mir reicht es gerade.«

»Danke! Mir auch.«

David scrollte zum Menü und drückte auf »Ausschalten«.

Sie verabschiedeten sich von dem hilfsbereiten jungen Mann am Empfang.

»Haben Sie gefunden, wonach Sie suchten?«, fragte der.

Stefanie nickte.

»Vielleicht«, antwortete David. »Jedenfalls vielen Dank!«

»Sonst kommen Sie einfach noch mal wieder.«

Ganz sicher nicht, dachte Stefanie, aber sie gab sich Mühe, ihren Dank mit einem besonders herzlichen Lächeln zu verbinden.

»Diese Familie Rungert war aus Perlich. Die müsste leicht zu finden sein«, sagte David, als sie wieder im Auto saßen.

Stefanie schüttelte müde den Kopf.

»Was ist los?«

»Ich will nicht mehr.«

»Was ist passiert?«

»Ich fühle mich erschöpft. Jetzt haben wir wieder einen Namen. Jetzt suchen wir diese Ida Rungert. Die wohnt wahrscheinlich nicht mehr in Perlich. Vielleicht ist sie schon tot. Oder nach Australien ausgewandert.« Stefanie lachte, aber es war ein trauriges Lachen. »Und dann werden wir von jemandem erfahren, wie wir Frau Rungert finden. Und Frau Rungert wird uns einen Namen sagen, und die Person ist dann auch nicht mehr da, wo sie mal war, und …«

David legte seinen Arm um sie und zog sie an sich. »Ich verstehe dich.«

»Und außerdem …«

»Was?«

»Selbst wenn wir sie finden: Ich reiße so viele alte Wunden auf.«

Ihre Unterlippe zitterte, als sie den Kopf zu David drehte. »Ihr Kind ist bei der Geburt gestorben! Wer weiß, wie sehr sie darunter gelitten hat. Und wie lange sie gebraucht hat, um damit fertigzuwerden. Und dann komme ich und kratze an der halbwegs verheilten Wunde? Nein.«

Sie schniefte.

»Hier ist ein Taschentuch.«

»Danke.«

»Wenn du aufhören möchtest, verstehe ich das gut. Ich kann mir vorstellen, wie sehr dich das alles emotional aufwühlt.«

»Und du noch dazu«, sagte Stefanie in dem Versuch, die gedrückte Stimmung zu heben. »Du bist auch emotional aufwühlend für mich.«

David suchte ihren Blick und lächelte sie an. Und Stefanie wurde es wieder leicht ums Herz.

»Weißt du«, sagte sie, »ich denke wirklich, ich habe genug erfahren. Ich weiß, und das ist mir wirklich am wichtigsten, dass meine leibliche Mutter nicht achtundzwanzig Jahre um mich gebangt hat. Ich habe viel mehr erfahren, als ich mir hätte vorstellen können. Und viel mehr, als man sich nach so einer langen Zeit erhoffen durfte.«

Stefanie putzte sich ausgiebig die Nase.

»Gut«, sagte David. »Dann fahren wir jetzt nicht nach Perlich?«

Stefanie schüttelte den Kopf.

»Sondern wir erklären die Suche offiziell für beendet?«

Stefanie nickte.

Sein Blick wurde schelmisch. »Wir haben noch ein paar freie Tage. Hast du eigentlich schon das sensationelle Holzdach des Centre Pompidou in Metz gesehen?«

Stefanie nickte. »Ich war einmal kurz da. Es ist beeindruckend. Aber ich war damals mit meinen Gedanken ganz woanders, ich konnte es nicht wirklich würdigen.«

»Was hältst du davon, es dir von einem überaus kompetenten, auf Holzkonstruktionen spezialisierten Architekten erklären zu lassen?«

Stefanie zog nachdenklich die Stirn kraus. »Ich merke gerade, das war genau das, was ich bei meinem ersten Besuch vermisst habe.«

Sie lachten sich an, David strich Stefanie sanft über die Wange, dann schloss er sie in die Arme und küsste sie.

Frau Bongert saß an ihrem Schreibtisch und kaute gedankenverloren an ihrem Bleistift, als plötzlich Frau Krupps an der offen stehenden Zimmertür von Frau Bongert vorbeikam.

Frau Bongerts Kopf ruckte nach oben.

»Da sind Sie ja«, sagte sie. »Sie haben gestern Nachmittag etwas verpasst.«

»Wieso? Was war denn los?«, fragte Frau Krupps.

»Hier war ein Ehepaar bei mir, das hat eine derart verrückte Geschichte erzählt, das glauben Sie nicht.«

Frau Krupps griff nach der Türklinke ihrer Zimmertür gegenüber.

»Ich habe schon so viele Irre hier erlebt, ich glaube inzwischen alles.«

»Die beiden haben behauptet, ihre neugeborene Tochter sei gegen eine Totgeburt ausgetauscht worden, und die Hebamme hier habe sich das Baby sozusagen angeeignet.«

»Was?« Frau Krupps gab die Türklinke so abrupt frei, dass die mit einem lauten Knall wieder nach oben sprang.

Frau Krupps kam in das Zimmer von Frau Bongert und ließ sich auf einen der beiden Besucherstühle vor dem Schreibtisch fallen.

»Erzählen Sie mir das ganz genau bitte.«

Eifrig und immer wieder kopfschüttelnd und lachend berichtete Frau Bongert von Johannes und Gretha und deren Vermutung.

Frau Krupps stand auf und schloss Frau Bongerts Tür mit Nachdruck.

Dann setzte sie sich wieder. »So wie es aussieht, war diese Tochter gestern Vormittag bei mir.«

»Was?«

Frau Krupps erzählte, was sie von Stefanie und David erfahren hatte.

»Dann stimmt die Geschichte tatsächlich!«, sagte Frau Bongert mit großen Augen. »Aber wie hat die das gemacht?«

»Ich war vor achtundzwanzig Jahren ja auch noch nicht hier«, erwiderte Frau Krupps nachdenklich. »Aber es gab doch diesen angeblich morphiumsüchtigen Gynäkologen, der *wurde gegangen,* kurz bevor ich kam. Nach allem, was ich gehört habe, wie das während seiner Zeit hier zugegangen sein soll, wäre es vielleicht möglich.«

»Ja, da habe ich auch noch Schauergeschichten gehört, als ich kam. Der war ja wohl immer abwesend, auch wenn er anwesend war.«

»Das weiß ich nicht. Ich weiß nur, dass die Patientenakten in einem heillosen Durcheinander waren und keiner durchgeblickt hat, nachdem man ihn rausgelobt hatte.«

»Sie meinen, es wäre möglich?«

»Heute sicher nicht mehr. Schon wegen der ganzen EDV und so. Aber damals? Mit genügend krimineller Energie? Man hätte halt eine Menge Unterschriften fälschen müssen. Aber wenn ich mich recht erinnere, hat damals das Krankenhaus sogar noch sein eigenes Krematorium betrieben. Also – wer weiß? Und dann noch ein Arzt, der nicht so genau hinschaut? Und seine Unterschrift einfach unter alles setzt, was man ihm vorlegt?«

»Und die Kolleginnen? Die Schwestern? Die …«

»Gehen die kontrollieren? Nachschauen in der Kühlung, ob das Totgeborene von gestern wirklich noch da liegt?«

»Sie meinen also, es war tatsächlich möglich.«

»Wenn hier nacheinander die Tochter und die Mutter auftauchen? Ja. Dann war es wohl so. So ein Zufall übrigens, dass beide fast gleichzeitig … Nun ja. So was gibt es.«

Frau Bongert strahlte übers ganze Gesicht. »Ja, dann rufe ich die Leute mal an. Die werden ihren Ohren nicht trauen. Hier habe ich die Telefonnummer der Eltern.«

Frau Bongert zog den Zettel unter dem Hefter hervor.

»Werfen Sie diesen Zettel weg! Sofort!«

»Aber …«

»Nichts aber. Haben Sie eine Vorstellung, was auf uns zukommt, wenn das auffliegt? Wo wir sowieso jedes Jahr aufs Neue um unser Fortbestehen kämpfen müssen? Schadensersatz! Schmerzensgeld! Was weiß ich was alles. Was da für finanzielle Forderungen gestellt werden können! Und erst die Presse! Was wird die daraus machen? Wir kriegen doch keinen einzigen Patienten mehr. Das darf niemals jemand erfahren. Werfen Sie den Zettel weg. Sonst können wir beide uns bald einen neuen Job suchen.«

Frau Bongert hatte zunächst fassungslos und mit widerstrebender Miene zugehört. Aber dann immer verständnisvoller geschaut. Und jetzt nickte sie, ununterbrochen. Sie nahm den Zettel, riss ihn in klitzekleine Fetzen und ließ diese in den Papierkorb fallen.

»Wir verstehen uns!« Frau Krupps schaute Frau Bongert tief in die Augen.

»Absolut!«, bestätigte Frau Bongert. Die beiden tauschten noch einen vielsagenden Blick, dann erhob sich Frau Krupps und verließ den Raum.

Dienstag, 28. August 2018

David fuhr ruhig und entspannt, Stefanie lehnte sich zurück und schloss die Augen.

Da es gestern schon so spät gewesen war, hatten sie noch eine Nacht in Igel verbracht. Jetzt waren sie unterwegs nach Metz.

Plötzlich bremste David abrupt, erschrocken riss Stefanie die Augen auf.

»Entschuldige«, sagte David. »Der da hat mich gerade beim Überholen voll geschnitten. Der hat mich übersehen.«

Stefanie nickte.

»Der fährt, als hätte er schon ein paar Gläser Elbling intus. Ich fahre mal lieber rechts rüber. Das ist mir nicht geheuer hinter dem.«

David setzte den Blinker und wechselte auf die rechte Spur.

»Ach wie blöd, das ist für die Rechtsabbieger«, sagte er auf einmal. »Na, dann muss ich wohl wieder …«

Sie sahen das Schild gleichzeitig. *Perlich – 6 Kilometer.*

»Das gibt es doch nicht!«, sagte Stefanie.

Auf der Spur links von ihnen fuhr ein Lkw mit einem riesigen Anhänger.

»Ich komme nicht mehr rüber«, knurrte David.

Stefanie stöhnte auf. »Mir scheint, wir sollen … Na, dann bleib halt auf der Abbiegespur.«

Und schon waren sie wieder auf dem Weg nach Perlich.

»Gib acht«, sagte Stefanie. »Wir machen es jetzt so: Wenn diese Frau Rungert nicht geschieden, umgezogen, verstorben oder sonst wie verschüttgegangen ist, keinen Namen von irgendwelchen Urahnen angenommen und nicht wieder geheiratet hat, sondern noch brav als Frau Rungert in Perlich wohnt, und wenn der erste Perlicher Bäcker oder Metzger, den wir fragen, sie kennt, und wenn sie dann nicht im Urlaub, nicht beim Wandern in den Vogesen, nicht beim Besichtigen irgendwelcher Keller in der Champagne und nicht auf dem Weg zum Mond ist – dann besuchen wir sie. Wenn aber das Finden von Frau Rungert zu einer neuen Suche ausartet – oder einer weiteren Warteschleife –, dann ist jetzt Schluss. Ich kann nicht mehr, und ich will nicht mehr.«

Ihre Stimme klang fest und entschlossen. Sie wusste wieder, was sie wollte.

David lachte. »Dann auf nach Perlich.«

Direkt an der Hauptstraße lag eine große Bäckerei. David parkte davor.

»Ich gehe.« Das Gurtschloss klickte laut, als Stefanie den Sicherheitsgurt löste.

David nickte. Stefanie wollte jetzt kurzen Prozess machen. Sie würde fragen, ob hier jemand Ida Rungert kannte, und sobald sie eine abschlägige Antwort bekäme, würde sie zurückkommen, sich auf den Beifahrersitz fallen lassen und sagen: »So, das war's.«

Er konnte sie durch die Scheibe sehen. Sie musste warten, die Kundin vor ihr unterhielt sich angeregt mit der älteren, etwas fülligen Bäckersfrau.

Die Kundin hatte zwar ihr Portemonnaie in der Hand, aber er meinte, an der Gestik ablesen zu können, dass sich das Gespräch nicht um den zu bezahlenden Geldbetrag handelte. Die Frauen nickten sich während des Redens immer wieder bestätigend zu. Sie waren sich einig.

Er schaute zu Stefanie. Die stand da, den Kopf leicht zur Seite gelegt, in sich ruhend und zufrieden.

Er lächelte.

Aber dann richtete er sich gespannt auf. Endlich öffnete die Kundin ihr Portemonnaie, und während Kundin und Bäckerin immer noch mit wildem Kopfnicken und lebhafter Mimik ihre Unterhaltung fortsetzten, legte die Kundin einige Münzen auf den Tresen, die Bäckersfrau griff danach, ging zur Kasse, drückte auf einen Knopf, der Kassenwagen sprang heraus – und dann stand die Bäckerin an dem offenen Kassenwagen, die Hand mit den Münzen vor sich haltend, und setzte erneut zu einem Monolog an.

David stöhnte leise auf.

Stefanie stand immer noch regungslos. Aber jetzt zuckte sie. Wollte sie umdrehen? Nahm sie dies als ein Zeichen, aufzugeben?

Gerade als David den Eindruck hatte, Stefanie würde jetzt auf dem Absatz kehrtmachen und gleich herauskommen, warf die Bäckersfrau Stefanie einen entschuldigenden Blick zu, schaute dann auf die Münzen in ihrer Hand, ließ sie in den Kassenwagen fallen, klaubte etwas Wechselgeld heraus, gab es der Kundin in die Hand, die danach griff, es in ihrem Portemonnaie verstaute und endlich Anstalten machte, das Geschäft zu verlassen – und David konnte von den Lippen der Bäckerin ablesen, wie sie fragte: »Bitte, Sie wünschen?«

Er konnte Stefanie nur von hinten sehen, deswegen auch nichts von den Lippen ablesen, aber er erkannte, wie die Kundin, die schon die Türklinke in der Hand hatte, abrupt innehielt.

Und dann hob die Kundin die Hand und zeigte mit dem Arm

nach draußen, irgendwohin, schräg hinter ihm. Und die Bäckerin nickte.

Stefanie drehte sich um, und ihr Blick suchte durch die Scheibe der Bäckerei und durch die Autoscheibe den seinen. Sie lächelte und hob den Daumen.

David hielt den Atem an.

»Wir fahren jetzt noch hinter uns die Straße hoch«, sagte Stefanie, als sie sich neben ihm auf den Sitz fallen ließ. »An dem Haus, wo an der Fassade *Elektro-Jäger* steht, müssen wir rechts rein. Dann das zweite Haus. Dort wohnt Ida Rungert.«

Ihre Stimme war ruhig, aber ihr Gesicht war gerötet. David spürte ihre Anspannung.

Er startete den Motor und fuhr, wie sie es ihm angegeben hatte. Vor dem beschriebenen Haus war die ganze Straßenseite frei, mindestens vier Parkplätze hintereinander.

David hielt direkt vor dem Haus, und sie stiegen aus. Dann schauten sie auf das Klingelschild: Ida und Karl Rungert.

»Das sind sie«, flüsterte Stefanie. »Diese Frau lag mit meiner Mutter im Krankenhaus.«

Sie hob den Finger, um auf das Klingelschild zu drücken – und ließ ihn wieder sinken.

»Und wenn sie sich jetzt nicht an einen Namen erinnern kann? Sie hat ihr Kind verloren. Sie hat anderes im Kopf gehabt, als sich fremder Leute Namen zu merken.«

Sie schaute David Hilfe suchend an. Er ahnte, was sie fühlte. Sie waren ganz nah. Aber je näher sie der Lösung kamen, desto furchtbarer würde die Enttäuschung sein, wenn es dann nicht mehr weiterginge, wenn der letzte Schritt nicht gemacht werden könnte, wenn das allerletzte Puzzlestückchen unwiederbringlich verloren war.

»Wir können wieder fahren«, schlug er vor.

Stefanie nickte. »Ich überlege.«

Neben ihnen hielt ein Auto.

»Wollen Sie zu mir?«, rief eine Frau aus dem offenen Autofenster. »Rungert ist mein Name. Ida Rungert.«

David warf einen Blick zu Stefanie, die mit einer Grimasse nickte.

»Ja«, sagte er.

»Moment, ich parke nur schnell ein. Ich bin gleich bei Ihnen«, schrie die Frau, während sie gleichzeitig bereits Gas gab und nach vorne schoss.

»Was kann ich denn für Sie tun?«, fragte Frau Rungert wenige Augenblicke später, während sie in ihrer Handtasche nach dem Haustürschlüssel wühlte.

»Ich heiße Stefanie Gruber, das ist Herr David Bessons«, begann Stefanie, »und wenn die Erinnerungen für Sie zu schmerzhaft sind, dann gehen wir wieder.«

Frau Rungert stutzte und hob den Kopf.

»Was für Erinnerungen?«

»Ich hätte ein paar Fragen zum 5. Mai 1990 und ...«

»Ja, was ist denn diese Woche bloß los?«, fragte Frau Rungert und hatte endlich den Schlüsselbund ertastet, den sie nun mit Mühe aus der übervollen großen Handtasche zog.

»Wieso?«, fragte David.

»Weil gestern schon die Eltern von dem kleine Stefan hier waren. Nach fast dreißig Jahren habe ich die Frau das erste Mal gesehen.«

»Stefan«, wiederholte Stefanie, und plötzlich überlief sie ein Schauder.

»Sehr nette Leute. Obwohl der Mann natürlich im ersten Moment wüst aussieht. Sind Sie auch Verwandte von dem armen Kleinen? Suchen Sie das Grab?« Frau Rungert plapperte ununterbrochen, während sie gleichzeitig in dem dicken Schlüsselbund einen Schlüssel nach dem anderen mit dem Daumen zur Seite kickte.

Stefanie verneinte. »Das ist eine komplizierte Geschichte.«

»Kommen Sie doch mit rein. Mögen Sie einen Eistee?«

Und dann saßen alle im Wohnzimmer, Stefanie und David bewunderten den tollen Ausblick in den Garten, Frau Rungert servierte erfrischenden Eistee – und Stefanie erzählte. Sie nannte keine Namen, weder den von Frau Dubois noch den von Thomas Matthes, sie erwähnte noch nicht einmal den Namen Paula Köhler, aber ansonsten erzählte sie alles.

Frau Rungert saß in ihrem Sessel und schüttelte abwechselnd den Kopf oder schlug die Hände vor den Mund.

»Das gibt es doch nicht«, sagte sie atemlos, als Stefanie mit ihrer Geschichte zum Ende gekommen war.

»Das gibt es doch nicht«, wiederholte sie. »Das ist … das gibt es nicht!«

David ließ ihr ein paar Augenblicke Zeit, dann fragte er: »Und es waren Eltern hier?«

»Ja. Gestern. Die von dem kleinen Stefan. Der war auch eine Totgeburt, wie unser Moritz, auch in dem Krankenhaus, der ist …«

Erst jetzt realisierte Frau Rungert wirklich, was sie gerade gehört hatte.

»Die Hebamme hat einer Mutter erzählt, ihr Kind sei tot – und es war gar nicht tot?«, fragte sie noch einmal nach, aber Stefanie sah ihrem Gesicht an, dass sie plötzlich das Gehörte verarbeitet hatte. Und die Konsequenzen jetzt voll erkannte. Sie wollte nur noch Gewissheit. Die Geschichte war einfach zu unglaublich.

»Ja«, nickte David. Stefanie konnte nicht sprechen. Sie klammerte sich mit beiden Händen an den Armlehnen des Sessels fest.

David suchte ihren Blick. Ihre Lippen formten ein Wort. *Gestern.*

Frau Rungert stöhnte auf. »Das waren ja dann vielleicht Ihre … Stefan und Stefanie …«

Sie fasste sich mit beiden Händen an die Brust.

»Mein Gott!«, sagte sie.

»Frau Rungert, wissen Sie den Namen dieses Ehepaares?«

»Natürlich! Der Kleine liegt doch neben … also neben unserem ist ein Grab … o mein Gott!«

Frau Rungert schüttelte immer wieder den Kopf. Jetzt schlug sie sich die Hände links und rechts an die Wangen.

»Auf dem Grab steht Stefan Theissen. Theissen heißen die Leute.«

Von Stefanie kam ein unterdrückter Aufschrei. David ahnte, warum. Sie hatte einen Namen. Sie wusste, wie sie hieß.

»Theissen ist hier ein häufiger Name«, sagte David. »Wissen Sie, wo das Ehepaar Theissen wohnt?«

Frau Rungert schluchzte fast. »Nein, leider!«

»Aber das müsste man rauskriegen können.«

»Theissen? Davon gibt es sicher Hunderte hier in der Gegend.«

Ein weiterer gequälter Laut von Stefanie.

»Ich wollte noch ... ich dachte noch, ich sollte die Adresse notieren. Aber dann stand schon meine Tochter vor der Tür. Und wir wollten doch in die Stadt. Sie braucht doch noch so vieles für die Hochzeit.«

Frau Rungert redete immer schneller. Sie verhaspelte sich zweimal, so schuldig fühlte sie sich jetzt. Warum hatte sie sich bloß nicht die Telefonnummer geben lassen? Oder eine Adresse?

»Wissen Sie sonst etwas, was uns helfen könnte, das Ehepaar Theissen zu finden?«

»Es tut mir so leid«, sagte Frau Rungert jetzt. »Es tut mir so unglaublich leid, dass ich Ihnen nicht weiterhelfen kann. Aber bitte verzweifeln Sie nicht! Die Theissens haben gesagt, sie melden sich wieder. Und sie kämen jetzt öfter zum Grab. Ich sehe die bestimmt bald noch mal. Sie wollten mich wieder besuchen kommen. Wir wollten Kontakt halten. Die melden sich. Sicher. Ganz sicher!«

Frau Rungert riss aus der vor ihr liegenden Zeitung eine Ecke heraus. »Ich will einen Fehler nicht zweimal machen, geben Sie mir doch bitte Ihren Namen und Ihre Telefonnummer. Ich rufe Sie an, sobald ich was von Theissens höre.«

Stefanie sank in ihrem Sessel zusammen. David konnte in ihrem Gesicht lesen. *So nah,* dachte Stefanie.

»Die werden sich melden. Ganz bestimmt! Es dauert vielleicht ein bisschen. Aber die kommen wieder! Sicher. Ich kann ja auch einen Zettel an den Grabstein hängen. Die finden wir. Glauben Sie mir.«

Jetzt richtete sich Stefanie wieder auf.

»Können Sie mir etwas von diesem Ehepaar erzählen? Was sind das für Menschen?«

»Ja, nett. Sehr nett. Ach du lieber Himmel, was soll ich da sagen? Sehr sympathische Menschen sind das. Die Frau hat gesagt, dass sie sich lange schwergetan hat, das Geschehene zu akzeptieren. Ich weiß nicht, worüber wir sonst noch geredet haben, es waren ja höchstens fünfzehn Minuten. Sie haben noch erzählt, dass sie keine weiteren Kinder mehr bekommen haben.« Frau Rungert fühlte sich sichtlich überfordert.

»Dann wäre ich das einzige Kind?«, fragte Stefanie leise.

Frau Rungert nickte, froh darüber, wenigstens eine Information weitergeben zu können.

Stefanie erhob sich.

»Ich danke Ihnen von ganzem Herzen«, sagte sie. »Zumal wir Sie an so traurige Stunden erinnern mussten.«

»Das ist nicht so schlimm«, sagte Frau Rungert. »Ich habe noch vier weitere Kinder, gesunde Kinder. Und bereits eineinhalb Enkel.« In ihrem Gesicht konnte Stefanie die Freude sehen. »Der kleine Moritz damals, der wollte halt nicht bleiben. Aber Sie brauchen keine Angst zu haben. Es tut nicht mehr weh.«

Stefanie nickte. Wenigstens das.

»Wie kommen wir jetzt zum Friedhof?«, fragte sie. »Ich würde mir das Grab von Stefan Theissen gerne einmal anschauen.«

»Das ist ganz einfach. Und das Grab ist gut gepflegt, das macht der …« Sie erstarrte. »Andreas! Der Andreas weiß das.«

Stefanie und David schauten verständnislos.

»Setzen Sie sich doch noch mal. Ich muss mit Andreas telefonieren!«

Sie zog ihr Handy aus der Handtasche und scrollte durch die Kontakte. »Moment, Moment, ich hab's gleich«, sagte sie.

Stefanie atmete durch den Mund. Die Augen hatte sie halb geschlossen.

Auch David spannte sich an, als Frau Rungert auf eine Taste tippte, den Lautsprecher einschaltete und er hörte, wie der Ruf durchging.

»Andreas ist der Gärtner hier. Er macht auch den Friedhof. Und er hat für die Theissens …«

»Betz«, meldete sich jemand.

»Hier ist die Ida«, sagte Frau Rungert. »Du, ich hab mal 'ne Frage. Ich brauch unbedingt die Adresse von den Theissens, da machst du doch das Grab von dem kleinen Stefan. Hast du die?«

»Ja, müsst ich schon. Muss ich im Ordner schauen.«

»Sei so lieb. Es ist wirklich dringend.«

»Moment«, ein Stuhl ratschte über den Boden, ein Rollladenschrank wurde geöffnet, weitere undefinierbare Geräusche …

Stefanie griff nach Davids Hand. Er hielt sie und schaute ihr in die Augen. »Ich liebe dich«, formten seine Lippen.

Stefanie nickte.

Jetzt hörte es sich an, als wäre ein Ordner neben dem Telefon abgelegt worden.

»Darf ich dir das überhaupt sagen? Wie ist das denn mit Datenschutz und so?«

»Andreas! Die Leute haben mich hier besucht. Ich habe den Zettel mit der Adresse verlegt. Aber ich brauch jetzt unbedingt …«

»Ist ja schon gut. In Dieblich wohnen die. Moselstraße 23. Willst du auch die Telefonnummer?«

»Ja, bitte.«

Während Frau Rungert die Ziffern noch einmal laut wiederholte und sorgsam auf einem Notizblock mitschrieb, konnte Stefanie ein Aufstöhnen nicht unterdrücken. War sie wirklich am Ende ihrer Suche angelangt? Konnten das tatsächlich ihre Eltern sein?

Sie hatte Schwierigkeiten, im Sessel sitzen zu bleiben. Sie wollte aufspringen und zu Fuß nach Dieblich rennen, wo auch immer das war.

»Ich danke dir«, sagte Ida Rungert. Sie erhob sich, ging zu dem Sessel, in dem Stefanie saß, und reichte ihr den Zettel.

»Das sind die Leute, die hier waren. Ich denke, das hier ist die Anschrift und die Telefonnummer Ihrer Eltern.«

Mittwoch, 29. August 2018

»Gretha, bitte. Du musst doch was essen!«

Gretha schüttelte den Kopf und ließ den Kopf nach hinten sinken. Das Tablett neigte sich auf der Bettdecke, als Gretha sich zur Wand drehte, Johannes erwischte es im letzten Moment an den Griffen.

Gretha hatte nicht mehr gesprochen, seit sie gestern aus dem Krankenhaus gekommen waren. Die ganze Heimfahrt nicht. War direkt ins Bett gegangen. Hatte nichts zu Abend gegessen. Nichts getrunken.

Und lag jetzt immer noch im Bett. Obwohl es schon gleich elf Uhr war.

Den Kopf hatte sie apathisch zur Seite gedreht.

»Gretha«, flehte er. »Bitte!«

Johannes saß seit zwei Stunden an der Bettseite und versuchte, seine Frau dazu zu bringen, dass sie etwas zu sich nahm.

Und er fühlte sich entsetzlich schuldig. Hätte er damals gleich reagiert, gleich etwas gesagt, wäre er wacher gewesen, aufmerksamer – alles wäre anders gekommen.

Oder in den darauffolgenden Jahren: Warum hatte er nicht früher daran gedacht, wie entsetzlich kalt ihm die Füßchen des kleinen Babys vorgekommen waren, warum hatte er sich nicht früher erinnert?

Dann wäre es noch nicht so lange her, dann hätten sie eine Chance gehabt.

Aber so? Nach achtundzwanzig Jahren?

Ob sie zur Polizei gehen sollten? Aber höchstwahrscheinlich würden sie dort einfach als Spinner abgetan, als schon halb Senile, bei denen die Grenze zwischen Erinnerung und Fantasie durchlöchert war.

Andererseits – so schrecklich lange war das ja nun auch nicht her. Es musste doch noch andere Mütter geben, die in dieser Zeit in diesem Krankenhaus ihr Baby bekommen hatten. Die in etwa so alt waren wie sie beide. Davon musste doch eine zu finden sein.

Eine brauchten sie, eine einzige, die sich an den Namen dieser Hebamme erinnerte.

»Gretha«, sagte er. »Ich habe eine Idee!«

Hörte ihn seine Frau? Sie reagierte nicht.

»Gretha, pass auf: Ich setze mich mit den Illustrierten in Verbindung. Das ist doch eine Geschichte, wie die Zeitungen sie lieben. Irgendeine wird die sicher bringen. Unsere Geschichte erzählen. Und dass wir Informationen brauchen.«

Gretha bewegte sich nicht.

»Gretha, bitte. Stell dir doch mal vor, ich finde unsere Tochter und muss ihr sagen, dass ihre Mutter aufgegeben hat und nicht mehr da ist. Willst du mir das wirklich antun?«

Von Gretha kam ein Seufzer.

Hatte er richtig gehört?

Sie drehte sich wieder zu ihm. Und richtete sich auf.

»Ach, Johannes«, sagte sie. »Merkst du nicht, dass es nicht sein soll? Ich weiß nicht, womit wir dieses Schicksal verdient haben – aber ich fühle, dass es unser Schicksal ist. Wir werden nie …«

Sie brach ab, aber sie weinte nicht. Ihr Gesicht war eine versteinerte Maske.

»Trink doch bitte was«, flehte er.

Sie schaute ihn an. Er erschrak, als er ihren Blick sah. Aus ihren Augen war das Leben gewichen.

Mit einem Seufzen streckte sie die Hand aus, und er reichte ihr das Wasserglas vom Nachttisch.

Endlich griff sie danach – und er hätte aufstöhnen wollen vor Dankbarkeit, als sie zwei Schlucke trank.

»Magst du deine Haferflocken? Oder kann ich dir etwas anderes holen?«

»Haferflocken sind gut«, flüsterte sie.

Es waren nur zwei Löffel voll, die sie zu sich nahm. Aber immerhin.

»Gehst du nachher mit mir raus? Es ist wunderbares Wetter und auch nicht so furchtbar heiß heute. Ein paar Schritte an der frischen Luft würden dir sicher guttun.«

Johannes hätte jubeln mögen, als Gretha nickte.

»Ich gehe gleich ins Bad«, sagte sie.

»Ich bringe schnell das Tablett runter, und dann komme ich und helfe dir«, sagte Johannes.

Gretha nickte.

Als er draußen war, zog sie die Nachttischschublade auf. Schnell ließ sie ihre Finger über die Schachteln gleiten. Drei Packungen mit je zwanzig Tabletten. Wie beruhigend sich das anfühlte.

»Ich kann nicht«, sagte Stefanie. »Lass uns wieder fahren.«

»Was ist passiert?«, fragte David erschrocken.

»Nichts. Ich habe nur beschlossen, ich will es an dieser Stelle genug sein lassen.«

David warf einen Blick zu Stefanie. Dann schwieg er nachdenklich.

Stefanie und er saßen im Auto, in Dieblich, in der Moselstraße. Einen Häuserblock entfernt von der Nummer 23. Und eigentlich hatten sie jetzt zu dem Haus gehen wollen. Diesem kleinen, zweistöckigen Haus aus roten Backsteinen, das so gemütlich aussah. Mit diesen üppig bepflanzten Blumenkästen an den Fenstern, aus denen es rot und blau leuchtete, dass es nur so eine Pracht war.

Das Haus stand fast direkt an der Straße, ein schmaler gepflasterter Weg führte durch ähnlich liebevoll angelegte Blumenrabatten die wenigen Schritte von der Haustür auf den öffentlichen Bürgersteig.

Und sowohl die beiden Fenster im ersten Stock als auch die beiden Fenster im Erdgeschoss waren gekippt. Die Bewohner waren offensichtlich nicht verreist. Nicht im Urlaub. Sie waren da.

In diesem Haus waren Stefanies Eltern.

Es wäre auch genug Platz vor dem Haus zum Parken gewesen, aber als David Anstalten machte anzuhalten, hatte Stefanie auf einmal mit einer ganz kleinen Stimme gesagt: »Fahr weiter. Bitte!«

Er hatte an der nächsten Kreuzung gewendet und an der Ecke gestoppt. Etwa zwanzig Meter von dem Haus entfernt.

Und jetzt saßen sie hier seit mindestens fünf Minuten, und Stefanie starrte das Haus an.

Sie seufzte leise. »Weißt du, als ich damals alles erfahren habe, dachte ich, ich wüsste nicht, wer ich eigentlich bin. Wenn ich nicht weiß, wo ich herkomme und wer meine Eltern sind.«

Sie legte ihren Zeigefinger nachdenklich ans Kinn. »Aber so war es nicht. Es war nur meine Wut. Ich wollte alles von mir abwerfen, was von Ruth und Josef kam. Und durch etwas anderes ersetzen.«

Ihr Finger beschrieb kleine Kreise. »Ich war immer ich. Mit meiner Geschichte, die ich nun einmal habe. Selbst wenn ich vielleicht manche Teile meiner Geschichte nicht kenne. Dann bin auch das ich!«

Sie lächelte ihn an. »Ich dachte, ich suche mich. Aber vielleicht habe ich dich gesucht?«

Sie fasste die Gurtschnalle an der Halterung und zog den Gurt heraus.

»Lass uns fahren, David. Ich weiß genug. Ich kann meine persönliche Geschichte sogar noch um wesentliche Details erweitern. Das ist wunderbar.«

Sie wartete, dass er den Motor startete. Aber er tat es nicht.

Und nachdem sie weitere Minuten schweigend im Auto gesessen hatten, sagte sie es. »Ich habe einfach Angst.«

»Wovor?«

»Vor dem, was ich antreffe.«

»Das Haus sieht nett aus. Und sehr anständig.«

»Eben. Nettes Haus. Bestimmt nette Leute. Vielleicht sollte ich dieses Bild im Kopf behalten. So schön kann die Realität ja gar nicht sein.«

Sie richtete sich auf. »Und wer weiß, wie sie reagieren? Vielleicht haben die sich in ihrem Leben gut eingerichtet – mit einem toten Söhnchen auf dem Friedhof. Und wollen gar keine lebendige erwachsene Tochter stattdessen.«

Sie hob ihre Handtasche vom Boden, nestelte darin herum und zog das Medaillon heraus.

»Sie haben es mir mitgegeben. Sie hatten ein Bild von mir. Und eine Hoffnung. Was ist, wenn ich sie jetzt enttäusche?«

Das war es. Das war der wirkliche Grund. David spürte es. Alle anderen Argumente waren nur vorgeschoben. In Wirklichkeit hatte Stefanie Angst, dass ihre leiblichen Eltern sie ablehnen könnten.

»Du wirst es nie erfahren, wenn wir jetzt umdrehen.«

Stefanie blickte immer noch auf das Haus. Und plötzlich ging ein Ruck durch sie.

Sie klappte das Medaillon auf und fuhr mit dem Finger sanft über das Bild.

Sie klappte das Medaillon wieder zu und öffnete mit einer entschlossenen Bewegung die Autotür.

»Also dann«, sagte sie.

»Möchtest du vielleicht lieber allein gehen?«, erkundigte sich David.

»Ich freue mich, wenn du mitkommst.«

Und dann gingen beide auf das Haus zu.

David ließ Stefanie etwas vorausgehen, ließ sie die Geschwindigkeit bestimmen, mit der sie sich der Antwort auf ihre Fragen näherte.

Sie waren schon fast da, als plötzlich die Haustür aufschwang und ein älteres Paar heraustrat.

Beide hatten vage das Gefühl, den Mann schon einmal gesehen zu haben: mit dieser ärmellosen Lederweste, den tätowierten Armen, dem langen weißen Zopf.

Aber sie dachten beide nicht weiter darüber nach.

David stoppte, Stefanie ging noch zwei Schritte weiter, dann blieb auch sie stehen.

Das Paar ging zum Bürgersteig und wandte sich dann in ihre Richtung.

Stefanie stand in der Mitte des Gehwegs.

David an seinem Platz etwa fünf Schritte hinter Stefanie verharrte ebenfalls.

Stefanie hielt den Atem an. Sie hatte die Augen ihres Vaters geerbt, stellte sie fest.

Und die Figur ihrer Mutter.

Die beiden wollten offenbar zum Einkaufen. Der Mann trug einen geflochtenen Korb.

Als die beiden sich bis auf etwa fünf Meter genähert hatten, realisierten sie, dass ihnen jemand im Weg stand.

Fast gleichzeitig hoben sie den Kopf und lächelten Stefanie kurz an. Ein unverbindliches, freundliches Lächeln, wie man es Entgegenkommenden auf der Straße gelegentlich schenkt.

Ein Lächeln, das sich bereits dafür bedankte, dass sie, Stefanie, die mitten auf dem Bürgersteig stehend den Weg blockierte, gleich zur Seite treten und die beiden passieren lassen würde.

Aber Stefanie trat nicht zur Seite. Und sie wandte ihren Blick nicht von dem Paar.

Gretha stutzte als Erste. Warum versperrte diese Frau ihnen den Weg? Warum schaute diese Frau sie so an?

Auch Johannes blieb stehen und zog verwundert die Stirn kraus.

Jetzt tat die Frau einen Schritt auf sie beide zu.

Und noch einen.

Die junge Frau kam auf sie zu, langsam und zögernd, und dennoch fokussiert auf sie beide.

Johannes sah, wie diese fremde junge Frau ihren Blick über ihn wandern ließ. Und über Gretha.

»Wer ist das?«, fragte Gretha neben ihm.

Eine Träne lief über die Wange der jungen Frau. Trotzdem lächelte sie. Mit einem schüchternen Lächeln, das Johannes sonderbar vertraut vorkam.

»Kenne ich Sie?«, wollte er fragen. Aber er brachte seltsamerweise keinen Ton heraus.

Stattdessen spürte er, wie seine Knie ihm den Dienst versagen wollten.

Gretha neben ihm wimmerte auf einmal leise auf. Ihre Hand krallte sich schmerzhaft in seinen Unterarm. Er spürte, wie sie wankte. Sie blieben stehen. Und die junge Frau kam einen weiteren Schritt auf sie zu. Und noch einen.

Jetzt stand sie unmittelbar vor ihnen. Und hielt ihnen den rechten Arm mit der Hand entgegen, deren Finger sich fest um etwas schlossen.

Etwas in ihm wusste bereits, was die Frau in der Faust hielt, noch bevor sie die Worte sprach und bevor sie die Finger langsam öffnete.

»Es war nicht gerade einfach, euch zu finden«, sagte sie. »Aber ich wollte euch doch unbedingt sagen, dass mich die heilige Sara all die Jahre gut beschützt hat!«

Sonntag, 16. September 2018

Es war Sonntagvormittag, Stefanie war – für ihre Eltern überraschend – vor etwa einer Stunde eingetroffen.

Der Tisch war noch gedeckt gewesen, Felix hatte, so wie sie ihn gebeten hatte, Ruth und Josef geschickt zu einem etwas verspäteten und verlängerten Frühstück manipuliert.

Stefanie schmunzelte. »Ich nehme an, ihr seid neugierig, was ich in der Zwischenzeit erfahren habe«, sagte sie wie nebenbei.

Sie hatte in den letzten Tagen mehrmals mit Felix telefoniert, ihm alles berichtet, was sich in der Zwischenzeit ereignet hatte, ihn aber gebeten, den Eltern von diesen jüngsten Entwicklungen noch nichts zu erzählen. »Das möchte ich gerne selbst machen.«

»Ganz klar, von mir erfahren sie nichts!« Er hatte sich kurz geräuspert. »Gabrielle kennen sie allerdings inzwischen.«

»Du hast Gabrielle schon mit nach Hause gebracht?«

»Ja.«

»Und? Was haben sie gesagt?«

»Hat gepasst. Sie mögen sich.«

»Das ist ja wunderbar.«

Hinterher hatte Stefanie kurz sinniert: Felix hatte sein Glück gefunden, sie hatte ihr Glück gefunden, das alles war nur passiert, weil sie etwas über ihre Herkunft hatte erfahren wollen. Und zwar genau jetzt zu diesem Zeitpunkt.

Wenn Ruth und Josef ihr schon vor zehn Jahren alles erzählt

hätten? Selbst Bertram hatte eine unersetzbare Rolle gespielt: Wenn die Koglers damals nicht hereingeschneit und von diesem DNA-Test erzählt hätten …

Das Schicksal hatte offensichtlich seine eigene Streckenführung. Müßig, darüber nachzudenken.

Jedenfalls hatte sich Felix an die Absprache gehalten und nichts verraten, Stefanie sah es an der mühsam unterdrückten Neugier in der Miene ihrer Mutter, ihrer *einen* Mutter, dachte sie lächelnd, und an der betont gelassenen Körperhaltung ihres Vaters, des *einen* Vaters.

»Dann erzähle ich vielleicht mal, was sich so alles ergeben hat.«

Ihr Vater warf ihr einen Blick zu. »Ja. Bitte.«

»Ich will euch nicht länger auf die Folter spannen. Zuerst noch mal vielen Dank, Papi, dass du Felix damals das Auto geliehen hast. Das war natürlich schon bequem und angenehm.«

»Bitte, gern geschehen«, brummte ihr Vater. Stefanie sah ihm an, dass er sich wunderte. Schließlich hatten sie sich seither schon gesehen. Und sie hatte sich schon bedankt. Sein Gesichtsausdruck verriet, dass ihm Danksagungen sowieso im Moment absolut gleichgültig waren. Er wollte wissen, was sie erreicht hatte. Sie warf einen schnellen Blick auf die Küchenuhr an der Wand.

Aus den Augenwinkeln sah sie, wie Ruth vor Anspannung die Hände ineinander verkrampfte, und umarmte sie. »Es ist alles gut, Mami! Glaub mir!«

Ruth lächelte dankbar und löste die Hände voneinander.

»Beim letzten Mal hatten Felix und ich ja schon von Frau Dubois erzählt und dass die als Frau Ricard nach Konz gezogen war.«

»Und dass es in Konz schon eine neue Frau Ricard gegeben hat. Ja.«

»Nun«, sagte Stefanie und schaute kurz auf ihre Armbanduhr. Die zeigte dieselbe Zeit wie die Küchenuhr. »Nun«, wiederholte sie gedehnt, »ich habe dann jemanden kennengelernt, dazu komme ich später noch, und dem ist es tatsächlich gelungen, die *richtige* Frau Dubois ausfindig zu machen.«

»Was?«, fuhr ihre Mutter hoch. »Diese alte Hexe?«

»Ja.« Stefanie nickte. »Sie ist wirklich bemitleidenswert mit ihrem Aussehen.«

»Du hast sie getroffen?« Kurz verlor Josef seine Gelassenheit.

»Und? Konnte sie sich erinnern? Hat sie eine Ahnung, wo du herkommst?« Ruth hing förmlich an Stefanies Lippen.

»Es ist kompliziert«, sagte Stefanie. »Aber sie wusste tatsächlich etwas.«

Josef kniff nachdenklich die Augen zusammen. Er kannte Stefanie. Sie schindete Zeit. Was hatte sie vor?

»Sie hat uns erzählt, dass ein junger Mann mich zu ihr gebracht hat. Wir konnten diesen ehemals jungen Mann ebenfalls ausfindig machen.«

Plötzlich sprachen alle durcheinander.

»Dein Vater?« Das war Ruth.

»Wie habt ihr das geschafft?«

»Woher wusstet ihr eigentlich, dass sie nicht lügt?«, fragte Felix.

»Hat sie nicht«, sagte Stefanie.

»Entschuldige, ich wollte dich nicht unterbrechen.«

»Also, dieser ehemals junge Mann, seinerzeit wohl regelrecht kriminell, der hat inzwischen …« Stefanie erzählte von dem Weingut, von dem Krankenhaus, von der Suche nach den Anzeigen im Archiv der regionalen Zeitung.

»Was schaust du denn dauernd auf die Uhr?«, unterbrach ihr Vater sie. »Musst du weg?«

Stefanie zuckte mit den Schultern. »Entschuldigung. Nein, aber ich warte tatsächlich auf einen Anruf. Das erzähle ich euch später noch. Jedenfalls …« Sie berichtete von Frau Rungert, und die anderen rutschten ungeduldig auf ihren Sitzen hin und her, denn Stefanie schilderte in epischer Breite die Einrichtung des Wohnzimmers und …

»Das machst du doch extra!«, erkundigte sich Josef irgendwann misstrauisch. »Und jetzt schaust du schon wieder auf die Uhr. Das scheint aber ein wirklich wichtiger Anruf zu sein.«

Stefanie nickte. Und da brummte das Handy. Sie nahm den Anruf an und sagte nur: »Perfekt. Das passt.«

Und lachte hell auf, als sie sah, wie Ruth und Josef sie beäugten.

Sie nickte. Und schmunzelte. »Ihr habt zu Recht das Gefühl, dass hier etwas vorgeht. Jetzt kürze ich auch ab. Wir haben meine leiblichen Eltern gefunden!«

»Du hast sie tatsächlich …?« Ruth umfasste mit beiden Händen die Tischplatte.

»Das ist doch … jetzt rück schon raus mit der Sprache! Und was bedeutet eigentlich dieses dauernde *Wir?*«, fragte Josef.

»Ja, ich habe sie kennengelernt«, nickte Stefanie. »Sie sind übrigens sehr lieb …«, sie machte eine kleine Kunstpause und ließ ihren Blick schmunzelnd über die Anwesenden schweifen »ich bin mir sicher, dass ihr sie mögen werdet. Felix und ich werden jetzt schnell frische Gedecke auf den Tisch stellen und alles wieder etwas herrichten. Und ihr könnt, wenn ihr wollt, noch mal kurz ins Bad. Denn sie sind in fünfzehn Minuten hier.«

Josefs Kopf schnellte hoch.

Ruth schaute fassungslos zu Stefanie. »Sie kommen hierher?«

»Sie sind gleich da. Also in etwa …«, sie warf wieder einen Blick auf die Uhr »vierzehn Minuten.«

»Ich muss ins Bad«, stöhnte Ruth, und schon war sie zur Tür hinaus.

Josef folgte ihr auf dem Fuß, nicht ohne Steffi vorher noch einen vorwurfsvollen Blick zuzuwerfen.

»Meinst du wirklich, das war richtig so?«, fragte Felix, der entspannt auf seinem Stuhl saß, die Beine weit von sich gestreckt.

Stefanie nickte. »Ich glaube schon. Wenn Mami und Papi Zeit gehabt hätten, ein paar Tage über diesen bevorstehenden Besuch nachzudenken, wären sie nur nervös geworden. Und hätten sich vielleicht in wer-weiß-was hineingesteigert. So ist es kurz und schmerzlos. Und wenn ich ehrlich bin«, sie lachte etwas verlegen, »ich will es auch hinter mich bringen. Dass sie sich kennenlernen. Ich hoffe so sehr, dass sie sich verstehen!«

»Wie sind denn deine Eltern?«

»Lieb. Ganz lieb. Du wirst sie auch mögen«, sagte Stefanie, und ihr Tonfall war zärtlich.

»War das nicht ein merkwürdiges Gefühl?«

»Ich weiß es nicht«, sagte Stefanie. »Zuerst waren da natürlich unglaublich starke Emotionen. Und dann … dann waren wir ganz schnell richtig vertraut miteinander.«

»Wie lange warst du jetzt da?«

»Sieben Tage habe ich bei ihnen gewohnt. Es war … es war sehr besonders, und trotzdem hat es sich ganz schnell fast selbstverständlich angefühlt. Ach, ich kann es nicht beschreiben. Es war einfach wunderschön.«

Stefanie sah ihrem Bruder an, dass ihm eine Frage auf der Zunge lag.

»Ich will nie, wirklich nie die beiden miteinander vergleichen. Sie sind – jedes Elternpaar – auf ihre Weise toll!« Sie sagte es mit großem Nachdruck, und Felix nickte ertappt.

Er erhob sich. »Schon gut. Komm, wir richten den Tisch.«

Ein paar Minuten später kamen Ruth und Josef die Treppe herunter.

»Ich hätte mir noch die Haare machen müssen«, klagte Ruth und schaute ihre Tochter strafend an.

»Das wollte ich nicht«, erwiderte Stefanie.

»Was denn?«

»Dass ihr euch zurechtmacht!«

Sie warf beiden einen Blick zu.

»Ich wollte, dass meine anderen Eltern euch so sehen, wie ihr seid. So, wie ich euch liebe und stolz auf euch bin.«

Stefanie sah, wie Ruth der Atem stockte.

Draußen knirschte der Kies. »Ein Auto kommt!«, sagte Josef.

»Dann sollten wir vielleicht hinausgehen?«, schlug Stefanie vor.

Ruth und Josef holten tief Luft und folgten ihrer Tochter. Felix trabte zwei Schritte hinterher.

Ohne zu zögern, ging Stefanie zu dem Auto und öffnete erst die Beifahrertür, dann die Tür dahinter.

Ruth begann zu zittern. Was würde die Frau, die Mutter von

Stefanie, zu ihr sagen? Würde sie ihr Vorwürfe machen? Sie hatte ihr das Kind gestohlen. Sie war schuld daran, dass …

Ruths Herz begann zu klopfen, als Stefanie einer schmalen, zierlichen Frau aus dem Wagen half.

Und Josef schaute ungläubig auf den Mann mit dem langen weißen Pferdeschwanz, dem markanten Gesicht und den wilden Tätowierungen auf den nackten Oberarmen, der aus dem Fond ausstieg.

Ruth bebte am ganzen Körper, als Stefanie die Frau auf der einen Seite einhakte, den Mann auf der anderen Seite, dann langsam auf sie und Josef zukam.

»Mami, Papi«, sagte Stefanie, »ich möchte euch Mama und Papa vorstellen.«

Die Frauen schauten sich an, auch die Männer blickten sich in die Augen.

Auf einmal sah Ruth in Grethas Gesicht ihre Stefanie – und breitete weit die Arme aus. Und die Frauen umarmten sich fest.

»Ich danke Ihnen. Ich danke Ihnen so sehr«, schluchzte Gretha immer wieder, und Ruth stammelte: »Es tut mir so leid, es tut mir so leid.«

Die Männer reichten sich erst einmal prüfend die Hand, und plötzlich erkannte Josef in Johannes' Augen den warmen, offenen Blick seiner geliebten Stefanie. Und auch er breitete die Arme aus, die Männer umarmten sich, klopften sich gegenseitig auf die Schultern und murmelten irgendetwas Unverständliches, krampfhaft bemüht, den anderen die Aufgewühltheit nicht spüren zu lassen.

»Ich bin natürlich Ruth«, sagte Ruth, als sie und Gretha sich endlich mit tränenfeuchten Augen voneinander lösten.

Die Stimmen zitterten noch, als sie sich alle gegenseitig mit dem Vornamen vorstellten; hier wischte eine Hand über die Wange, dort räusperte sich jemand in dem Versuch, der Rührung Herr zu werden.

Felix trat heran und stellte sich ebenfalls vor.

»Ich freue mich! Steffi hat schon so viel von dir erzählt«, sagte Gretha lächelnd.

»Ja, dann schlage ich vor, dass wir alle mal reingehen«, sagte Ruth.

Josef nickte. »Aber wo ist eigentlich der Fahrer?«

In diesem Moment stieg ein junger Mann aus dem Auto und kam auf sie zu. Stefanie ging ihm ein paar Schritte entgegen.

»Wir standen leider zehn Minuten im Stau«, sagte er zu Stefanie.

»Ich hab's gemerkt. Sie kennen jetzt das Wohnzimmer von Rungerts in allen Details.« Der junge Mann lachte, und Ruth bemerkte den Blick, den die beiden tauschten.

Stefanie und der Mann traten Hand in Hand vor Ruth und Josef.

»Mami, Papi«, sagte Stefanie. »ich möchte euch noch jemanden vorstellen. Das hier ist David. Wahrscheinlich der einzige Mann auf der Welt, der das Pech hat, gleich zwei zukünftige Schwiegerväter um die Hand ihrer Tochter bitten zu müssen.«

Epilog

Mai 2019

Auf dem Rhein kurz vor der Loreley

Gerade passierte sie ein talwärts fahrendes Schubschiff. Dessen Steuermann schaute herüber, stutzte, schaute noch einmal und betätigte sein Signalhorn.

Lang – kurz – lang – kurz.

»Was will er?«, fragte Ruth.

»Er sagt: Einverstanden!«, erklärte Johannes lachend. »Eigentlich erteilt man mit diesem Signal seine Zustimmung, wenn man von einem anderen Schiff das Signal erhalten hat, dass es überholen möchte.«

Aber auch die Menschen, die die Uferpromenade entlangspazierten, blieben stehen, guckten, machten sich gegenseitig auf Johannes' Lastschiff aufmerksam und grüßten winkend und lächelnd.

Denn man sah nicht allzu oft ein Lastschiff, wo auf dem Roofdeck anstelle des Autos ein festlich gedeckter Tisch stand, von dem die überlange Tischdecke im Fahrtwind wehte – und wo neben der Flagge ein Hochzeitsschleier flatterte.

Denn den hatte Johannes übermütig dort aufgezogen, kaum dass sie von der Trauung kommend an Bord gegangen waren.

Sie waren zu acht: Stefanie und David, Ruth und Josef, Gretha und Johannes und noch Felix mit Gabrielle.

Die Trauung im Koblenzer Standesamt war schlicht und trotzdem feierlich und ergreifend gewesen.

Als die kleine Gesellschaft anschließend am Kowelenzer Schängel vorbeigekommen war, dieser kleinen bronzenen Brunnenfigur, hatte der tatsächlich »gespuckt«, also einen kleinen Wasserstrahl ausgespien, wie er es etwa alle drei Minuten tat, und obwohl

Stefanie lachend und kreischend zur Seite gesprungen war, hatte er noch den Schleier der Braut getroffen.

»Das bringt Glück!«, hatte Gretha strahlend gemeint.

»Diese Signale interessieren mich. Gibt es viele?«, fragte Josef jetzt.

»Schon. In der Binnenschifffahrt sind zum Teil andere gebräuchlich als in der Seeschifffahrt, deswegen …«

»Johannes!« Gretha drohte lachend mit dem Finger. »Du hast die nächsten vierzehn Tage Zeit genug, Josef zum Rheinschiffer auszubilden. Lass uns jetzt auf das junge Glück anstoßen.«

Johannes grinste schuldbewusst und hob mit den anderen sein Glas.

Sie fuhren langsam bergauf.

In der Steuerkabine stand Jan van Aalen, der niederländische Steuermann, der früher schon mehrmals mit Johannes gefahren war. Er hatte für heute das Steuer übernommen.

Gleich würden sie an Bord zu Mittag essen.

Gabrielle hatte Verschiedenes vorbereitet und wies gerade in der Kombüse die beiden Studentinnen ein, die als Serviererinnen für den heutigen Tag engagiert waren.

»Mama, Mami, schaut mal, was für eine tolle Burg!«

Es war für sie alle schon fast normal geworden, dass es zwei Mütter und zwei Väter gab.

Stefanie ließ ihren Blick über die kleine Gesellschaft schweifen. Und lächelte, als sie ihre vier Eltern sah.

Denn das waren die vier. Vier Eltern. Seit drei Wochen auch höchst offiziell.

Vor allem Ruth hatte sich Gedanken gemacht. Zuerst hatte sie zur Polizei gehen und eine Selbstanzeige machen wollen.

Aber sowohl Stefanie als auch Gretha und Johannes waren dagegen gewesen.

Es hatte Ruth jedoch keine Ruhe gelassen. »Stefanie muss doch Kindesrechte gegenüber ihren Eltern haben. Stell dir nur vor, einer von beiden kommt ins Krankenhaus. Bis jetzt ist sie noch nicht mal eine Angehörige!«

Ruth hatte sich informiert. Und hatte zu ihrer großen Überraschung erfahren, dass es die Möglichkeit der Erwachsenenadoption gab. Und in diesem Fall die bisherigen Eltern ihre Rechte (und Pflichten) behielten. Im Falle einer Erwachsenenadoption hatte das Kind dann tatsächlich vier Eltern.

Ruth und Josef hatten Stefanie davon erzählt. »Es wäre eine pragmatische Lösung. Es würde natürlich bedeuten, dass du offiziell nach wie vor unser leibliches Kind bist. Und deine tatsächlichen leiblichen Eltern wären rechtlich deine Adoptiveltern. Ich weiß nicht, ob sie damit … so ein Ansinnen kränkt sie vielleicht. Aber es wäre halt die einfachste Lösung.«

Gretha hatte feuchte Augen bekommen, als Stefanie ihr diese Möglichkeit erklärt hatte.

»Ich könnte überall sagen: Das ist meine Tochter – und das stünde auch so in den offiziellen Papieren?«

»Ja. Nur wäre es den Papieren nach genau umgekehrt wie in der Wirklichkeit. Ihr wärt meine Adoptiveltern. Aber ihr hättet damit auch offizielle Rechte.«

»Und wir würden Ruth und Josef nichts wegnehmen?«

»Ganz und gar nicht. Die wären nach wie vor ebenfalls meine Eltern.«

»Das wäre … das wäre ja wunderbar!«

Natürlich war es dann doch kompliziert geworden. Sie hatten einen Anwalt beauftragen müssen. Aber zuletzt hatte es geklappt.

Jetzt hatte Stefanie vier Eltern. Die sich im Übrigen hervorragend verstanden.

Ruth und Gretha sowieso. Nicht nur, dass sie ähnliche Hobbys und Interessen hatten, es verband sie auch die gemeinsame Liebe zu Stefanie: Gretha sehnte sich danach, alles aus Stefanies Kindheit zu erfahren, und Ruth liebte es, die alten Fotos zu zeigen und die vergangenen Geschichten zu erzählen.

Und Josef und Johannes hatten sich schnell als wesensverwandt erkannt. Sie waren beide selbstständige Unternehmer: der eine mit einer Fabrik, der andere als Partikulier. Sie trugen die Verantwortung für ihr Unternehmen und für die Menschen, denen sie

Arbeit gaben, und ihre Probleme und Ärgernisse waren die gleichen: gelegentliche Auftragsflauten, zu knappe Liefertermine, säumige Zahler und in ihren Augen unsinnige Verordnungen, Vorschriften und Steuersätze.

Stefanie musste lächeln, als gerade jetzt ein Satzfetzen aus der Unterhaltung der beiden ihr Ohr erreichte: »… und dann lässt sich das Finanzamt natürlich Zeit! Fünf Mal musste ich anrufen, bis der Typ sich endlich bequemte …«

Irgendwann nach dem Kaffee würden sie Mainz erreichen. Stefanie und David würden von Bord gehen und in die Flitterwochen aufbrechen.

Ihre vier Eltern würden auf dem Schiff bleiben und eine Flusskreuzfahrt starten. »Mal schauen, wie weit wir kommen«, hatte Johannes gemeint. »Bis Straßburg auf jeden Fall.«

Gabrielle und Felix würden ebenfalls abreisen; zunächst Gabrielle zurück nach Metz, Felix zurück nach München.

Aber nicht mehr für lange. Bereits seine zweite Bewerbung bei einem Start-up–Unternehmen in Metz hatte zum Erfolg geführt; am ersten Juli würde Felix dort seine neue Arbeitsstelle antreten.

Zunächst waren Ruth und Josef etwas betrübt gewesen. Aber dann: »Wer hätte gedacht, dass wir in unserem hohen Alter unseren Lebensraum noch einmal derart erweitern«, hatte Josef auf einmal gescherzt.

Denn es war auch schon abgemacht, dass Josef und Ruth häufig Besuche in Dieblich machen würden.

Josef würde sich Schritt für Schritt aus der Fabrik zurückziehen. Der neue Geschäftsführer – ein langjähriger Mitarbeiter, zu dem Josef vollstes Vertrauen hatte – war bereits berufen.

Und dann würde man sehen. Wie sich Davids eigenes Architekturbüro, das er mit seinem österreichischen Freund jüngst direkt hinter der Grenze bei Passau eröffnet hatte, entwickelte.

Anspruchsvolle Holzhäuser wollten sie planen und bauen. Eine moderne Architektur verwirklichen. In der das Thema Nachhaltigkeit die ihm zustehende Bedeutung bekam. Und vielleicht würde sogar Josefs Fabrik das eine oder andere Modell, den einen oder anderen Prototyp oder die eine oder andere Speziallösung schreinern. Es gab viele Optionen.

Jedenfalls lagen Stefanies und Davids Arbeitsplätze nur fünfunddreißig Autominuten voneinander entfernt.

Sie würden ein Haus in der Mitte finden.

Stefanie ließ ihren Blick über die Landschaft gleiten.

Das Rheintal zeigte sich von seiner schönsten Seite. Zartes Grün in allen Schattierungen säumte die Ufer, und die Maisonne ließ die kleinen Wellen silbern aufblitzen.

Gerade jetzt flatterten zwei Schmetterlinge über das Schiffsdeck.

Zwei Schwalbenschwänze. Im Paarungstanz.

Plötzlich fühlte sie unter ihrem Herzen ebenfalls das Flattern eines Schmetterlings. Ganz zart noch.

Sie musste David rufen. Er wartete schon so ungeduldig auf die erste Bewegung.

Ein weiteres Glückskind …

Ich bedanke mich sehr herzlich bei

- dem Münchner Bogenbauer Markus Wörz. Herr Wörz hat mich mit unglaublicher Freundlichkeit und Warmherzigkeit empfangen, mir die Faszination des Instrumentenbogenbaus nahegebracht und meine Fragen (die sich gelegentlich auch wiederholten) mit großer Geduld beantwortet. Die Stunden, die ich in seiner Werkstatt verbringen durfte, werden mir als wunderbare Reise in eine mir bis dahin fremde Welt in Erinnerung bleiben.
- dem international renommierten Violinisten und Komponisten Florian Willeitner. Herr Willeitner hat mir großzügigerweise erlaubt, ihn – und seine *Soulfiddle* (!) – im Roman auftreten und erscheinen zu lassen und eine seiner faszinierenden *Kesselsessions* in der Innstadtbrauerei als Hintergrund für eine Szene zu nutzen. (Hier übrigens der Link zur ersten *Kesselsession:* https://www.youtube.com/watch?v=MV8M0d7HBS0 : spannende Komposition und einzigartige Bilder!).
- Gerhard Kuhn. Herr Kuhn, den ich über die ausgesprochen informative Website des Binnenschifferforums kennenlernen durfte, hat mit überwältigender Hilfsbereitschaft meine Fragen geduldig und mit Fachkunde und Engagement beantwortet.
- Barbara Kümin. Frau Kümin hat mir mit ihrem profunden Wissen über Schmetterlinge im Allgemeinen und den Schwalbenschwanz im Besonderen mit großer Freundlichkeit geholfen, meine diesbezüglichen Wissenslücken etwas kleiner werden zu lassen (hier ebenfalls der Link zu der informativ und liebevoll aufgebauten Website: http://www.schwalbenschwanz.ch/index.html).
- Helmut Fischer. Der Münchner Schreinermeister Helmut Fischer, den ich seit Jahrzehnten sowohl fachlich als auch persönlich

außerordentlich schätze, hat mit herzlicher Hilfsbereitschaft und Geduld meine Fragen bezüglich diverser Hölzer beantwortet.

- Silvia Kuttny-Walser. Meine Lektorin Silvia Kuttny-Walser war in jeder Phase der Manuskriptentstehung für mich da, und ich danke ihr nicht nur für ihre Unterstützung und ihre Geduld, mit der sie meine gelegentlich wilden Plot-Ideen in konstruktive Bahnen lenkt und mich in jeder Phase der Manuskriptentstehung unterstützt, sondern auch für ihre wunderbare, herzliche Freundschaft.
- Christine Steffen-Reimann. Frau Steffen-Reimann, Senior Acquisition Manager bei Droemer-Knaur, hat erneut mir und dem Manuskript ihr Vertrauen geschenkt, und ich bin stolz, sie meine Freundin nennen zu dürfen.
- Lianne Kolf, Isabel Schickinger und ihr Team. Ich bin nach wie vor voller Freude, als Autorin von dieser wundervollen Agentur vertreten zu werden.
- Und last but not least: bei meiner Familie für ihre Unterstützung und für ihre Liebe.

Ohne all die Informationen und Hilfen hätte dieser Roman nicht entstehen können. Die Recherchen in den verschiedenen Bereichen haben mir viel Freude bereitet. Noch schöner waren jedoch die Herzlichkeit und Begeisterung, die mir ausnahmslos von all den Menschen entgegengebracht wurden, die ich um Hilfe bat. Sollten sich allerdings sachliche Fehler eingeschlichen haben, habe ich irgendwo nicht richtig aufgepasst!

Und noch eine Anmerkung: den Ort Perlich an der Mosel gibt es nicht. Ich habe es nicht über mich gebracht, die betrügerische, nur meiner Fantasie entsprungene, gewissenlose Hebamme Paula Köhler in einem realen Krankenhaus anzusiedeln, in dem engagierte, kompetente und gewissenhafte Hebammen die werdenden Mütter mit all ihrer Kraft und ihrem Können unterstützen und ihnen zur Seite stehen. Das Gleiche gilt für die beiden Straßen in Metz: Auch die Avenue des Musées und die Rue des Bouchons sind – aus ähnlichen Gründen – von mir erfunden.

Und jetzt bleibt mir nur noch das, was mir am stärksten am Herzen liegt: ein riesiges Dankeschön an Sie, meine lieben Leserinnen und Leser!

München, März 2022

Monika Maifeld
monika-maifeld@outlook.de

Zwei Menschen, so unterschiedlich wie Salz und Pfeffer.
Kann aus diesen beiden ein Paar werden?

MONIKA MAIFELD

Doch Liebe findet ihre Zeit

ROMAN

Die Jungunternehmerin Antonia und der erfolgsverwöhnte Künstler Julian sind sich von der ersten Begegnung an unsympathisch. Julian wirkt arrogant und überheblich, Antonia reserviert und abweisend. Beide tragen noch schwer an der Last einer traurigen Kindheit. Was muss passieren, damit diese beiden erkennen, dass sie die Rettung füreinander sein können?

KNAUR

Die wahre Liebe ist oft näher,
als du glaubst

MONIKA MAIFELD

Tür an Tür mit der Liebe

ROMAN

Neunzehn Jahre ist es her, dass Lenas Herz gebrochen wurde – für immer, glaubt sie, die ständig an sich zweifelt, obwohl sie gerade erfolgreich ein Atelier für Brautmode eröffnet hat. Für Lenas neuen Mitbewohner, den erfolgsverwöhnten Tierarzt Jonas, ist Liebe dagegen nichts weiter als eine hormonelle Verirrung. Bereits ihre erste Begegnung endet in einem Fiasko, und nicht nur deswegen geraten die beiden bald regelmäßig aneinander. Bis Jonas nach einem kleinen Haushaltsunfall erkennen muss, dass er Lena falsch eingeschätzt hat. Doch gerade als Jonas und Lena sich endlich näherkommen, steht plötzlich der Mann vor der Tür, den sie noch immer zu lieben glaubt …

Ein turbulent-romantischer Liebesroman über zwei, die so gar nicht zusammenzupassen scheinen, und darüber, dass das Glück oft da wohnt, wo man es gar nicht vermutet hat.

KNAUR

»Eine moderne Romanze, die mit sympathischen Charakteren und ihrer zauberhaften Stimmung berührt.«
Petra

MONIKA MAIFELD

Morgen ist es Liebe

ROMAN

Es ist eine eiskalte Nacht kurz vor Weihnachten, in der die junge Ärztin Alexandra auf dem Heimweg mit dem Auto verunglückt. Sie wird bewusstlos und wäre dem Tode geweiht, würde ein Unbekannter sie nicht aus dem Wagen ziehen. Doch als Polizei und Sanitäter am Unglücksort eintreffen, ist der Retter nicht mehr da.

Martin Hallberg ist an jenem Abend in den winterlichen Weinberg gekommen, um sein Leben zu beenden. Diese Nacht sollte seine letzte sein – doch da ereignete sich genau vor seinen Augen der Unfall. Die Erinnerung an die junge Frau, die er aus dem Autowrack gezogen hat, lässt ihn einfach nicht mehr los – und die Sorge um den Abschiedsbrief in seinem Mantel, der zusammen mit der jungen Frau im Rettungswagen verschwunden ist …

KNAUR